書法傳奇

墨舞篇

著

推薦者簡介

蘇牧

北京電影學院文學系教授、博士生導師，北京市高等學校優秀青年骨幹教師（1996 年），香港中文大學傑出訪問學者。北京電影學院「金字獎」第二屆、第七屆評審會主席。

主要著作有《榮譽》、《太陽少年》、《新世紀新電影》，其中《榮譽》16 次印刷，為北京電影學院、中央戲劇學院、中國傳媒大學、上海戲劇學院、北京大學等國內著名藝術院校學生必讀書。《榮譽》2004 年獲「中國高校影視學會優秀學術著作一等獎」，《榮譽》修訂版 2007 年入選教育部中國高校「十一五」國家級教材。2008 年入選教育部中國高校「十一五」國家級教材精品教材。

主要科研項目：北京市教育委員會 2013 年社科計畫重點項目：《中外電影大師精品解讀》。

【推薦序】
青鸞舞鏡與孟婆犧牲

北京電影學院上課，我會講侯孝賢導演的電影《刺客聶隱娘》。《刺客聶隱娘》是一部古裝武打電影，侯孝賢導演真是有些不應該，文藝片拍得那麼好，卻要來拍古裝武打片。中國古裝武打電影很多，徐克、成龍等等，當然最好的是李安導演的電影《臥虎藏龍》。《臥虎藏龍》的優點是精彩的武打背後，是我們中國和東方的神韻。但是萬萬沒有想到，侯孝賢導演拍出了《刺客聶隱娘》。

打一個比方，如果所有武打電影參加奧運會跳高比賽，《臥虎藏龍》跳過了 2 米 3，《刺客聶隱娘》卻跳過了 2 米 5。總之，以後的中國武打電影，其他人真是沒辦法拍了。

為什麼《刺客聶隱娘》是 2 米 5 ？《刺客聶隱娘》拍攝的故事是唐朝。唐朝是中國歷史上最偉大的時代，陳凱歌導演的《妖貓傳》也是拍唐朝。但是，《妖貓傳》表現更多的是唐朝的繁華和絢爛，紙醉金迷、鶯歌燕舞、雲想衣裳花想容⋯⋯那些只是表面上的唐朝，《刺客聶隱娘》拍攝的卻是唐朝的精神。

唐朝的精神是唐朝偉大的根本原因，他的胸懷，他的壯闊，他的海納百川的偉大精神力量。從人物角度講，《刺客聶隱娘》的唐朝精神，體現在舒淇扮演的窈七，還有道姑和公主身上。窈七是為愛情而犧牲，道姑是道家的行規和準則，公主是為國獻身的偉大情懷。公主之上，還有青鸞，電影中描述了青鸞舞鏡的故事。

「濶賓國王得一鸞，三年不鳴，夫人謂，鸞見類則鳴，何不懸鏡照之。鸞見影，終宵奮舞而絕。」

青鸞不舞，是因為沒有同類，看到鏡中的另一個青鸞（自己的影子），她誤以為同類，一夜起舞身亡。

青鸞起舞是為精神而死，為知音而死，不與雞犬之輩同流合汙，這正是偉大的唐朝精神。

女作家李莎的小說《孟婆傳奇》系列中的孟婆，是道教中的傳說人物，也是道家精神的集大成者。李莎書寫的孟婆，故事驚心動魄、優美動人，在李莎筆下，孟婆不僅僅是美麗、善良、助人、達觀的美的化身，更如同《刺客聶隱娘》中的窈七，是性格剛烈、為人付出、忠貞不二的女中豪傑。如同《刺客聶隱娘》中的青鸞，三年不鳴，見到同類，終宵奮舞而絕。

在電影學院的講臺上，我經常對同學們感歎女性的偉大。女性的無私和犧牲，女性的捨己和寬容。更有女性的純粹，如同姜文電影《太陽照常升起》中，河水中流動的女人的衣服。女性之美淋漓盡致，讓人目眩，李莎作品中的孟婆何嘗不是如此。

《孟婆傳奇》系列中的孟婆形象光彩奪目、與眾不同，與李莎的女作家身分相關。李莎是我中歐商學院電影課程的學生，她對電影的理解獨到深刻，感悟極佳。春節前夕，李莎告訴我，她要將她的小說《孟婆傳奇》系列改編為電影劇本。

祝賀李莎，那必將是一部與眾不同、出類拔萃的謳歌女性的電影，如同侯孝賢導演的《刺客聶隱娘》一樣。

北京電影學院文學系教授 蘇牧

推薦者簡介

毛利華

北京大學心理與認知科學學院副教授，博士生導師，九三學社社員，現任北京大學心理與認知科學學院工會主席。

北京大學主幹基礎課《普通心理學》，《社會心理學》，全校通選課《心理學概論》，線上線下混合式課程《探索心理學的奧祕》主講教師。

曾獲 2004 年北京大學教學成果一等獎，教育部教學成果二等獎，2005、2008 年北京大學教學優秀獎，2006 年北京市科技新星，2006 年教育部高等學校科學技術獎（自然科學獎）二等獎，2015 年北京大學十佳教師寒梅獎，2017 年北京大學曾憲梓教學優秀獎，主講的《探索心理學的奧祕》獲教育部 2018 年國家精品線上開放課程。

曾獲 2010 年北京大學模範工會主席、2018 年北京大學優秀工會幹部等稱號。

【推薦序】
著眼當世、一心向善

「孟婆」或許該算是中國民間最家喻戶曉的名字之一了，相對於神話傳說中的人物，我更願意把她看作是古老中國文明體系中極為關鍵的角色，因為她承接了生與死之間的橋梁。

對死亡的探究，應該是每個人類文明最為著迷的話題之一，因為我們渴望瞭解生的意義，所以同樣也在追求死亡的本質。在這個星球將近 35 億年的歷史當中，無數的生命在生生死死之間更迭，活過一世，完成傳承的使命，一次又一次重複著同樣的故事。直到幾百萬年前，人類的祖先陰錯陽差，突然小小打破了一下這個困住所有生命當世的牢籠，將思維的觸角伸向將來，我們意識到了將來，擁有了希望，擁有了對永生的渴望，也開始畏懼死亡。

人類文明傳承一直都在嘗試著去理解生與死的本質，以及背後隱藏的祕密，而對生的渴望和對死亡的恐懼，使得人們努力試圖打通生死之間的壁壘，建起一座跨越生死的橋梁，銜接起生與死的世界。

古埃及相信人死後不會消亡，會以靈魂的方式存在，因此他們將死者製成木乃伊，而女神伊西斯（Isis）會引導亡者的靈魂依附於其上，帶著所有曾經的過往，以這種形式繼續存在。古希臘人也相信靈魂不死，但是他們覺得死亡或許是一場淨化之旅，能夠使人們洗脫罪惡。

柏拉圖在《理想國》中描述的遺忘平原（Lethe）及後來在但丁的《神曲》中擁有同樣名字的遺忘之河（Lethe），都是洗淨靈魂中罪惡的記憶，而將美好永存下去。古代中國則用另外的形式，詮釋著生與死之間的承接，對個體來講，死亡並不是結束，而是意味著拋開所有過往，重新開啟生命新的旅程。不僅是人類，萬靈萬物都被包含在這個宏大的輪迴體系當中，重複卻又獨特地有序運轉。因此，或許古埃及相信的永生，是換了一種存在的形式，古希臘的永生，意味著洗淨罪惡以最美好的形式留存。

古代中國文明則是徹底拋開所有的過往，無論美好還是罪惡，以全

新的獨立個體繼續存在。孟婆作為由死至生的最後一個環節，則是在奈何橋頭用一碗特殊熬製的孟婆湯，使所有的靈魂忘卻前世種種一切，重新開啟新的輪迴。在那個重啟的輪迴裡已經不再是當世的這個我，所以在古老的中國文明傳承中，人們會著眼當下，追求當世的長生，甚至超越輪迴的永恆不滅，成為個體跨越生死的最重要手段。著眼現世並不意味著可以為所欲為，因為不同輪迴中的個體，其實並不是兩個獨立不相干的個體，在這個系統當中，還有另外一個真正貫穿始終而不變的最基本規則，那就是因果報應，恰恰是這個規則，使得整個輪迴系統成為了一個圓滿的體系。

靈魂對前世的忘卻，只是個體層面的忘卻，但是系統還存在著因果迴圈這個宏大規則記錄著每個個體的因果，從而把無數個獨立的輪迴聯繫成為一個整體，「何為前世因，今生受者是；何為後世果，今生做者是。」這樣也形成了中國傳統文化當中敬畏因果，行為向善的特質。

因此，中國人活在當世，著眼當下，但是卻又講求報應，一心向善。在這個輪迴體系中，孟婆居於最關鍵的起承轉合的位置，正是因為這個角色，使得這個體系有序地運轉。

李莎筆下的孟婆，恰恰描述了這種傳統的文明特質，在她的故事裡，孟婆作為一個普通而平凡的個體，在一個宏大的前生今世故事中，經歷了人世間的愛恨情仇悲歡離合。李莎講的故事深深吸引了我，也使我看到了在這所有的文字背後，始終流淌著的「經歷當世，一心向善」，因而促使我想到了上面的這些文字。

而我也相信，每位閱讀者都會從李莎的故事中，獲取自身不一樣的感悟。因為，或許孟婆是一個使得個體忘卻前生故事的人，卻同時也是一個收集故事的人，她經歷了在這個世間存在過的所有個體一生一世的記憶，閱盡了人世間的悲歡離合一切種種，那麼她定也有自己精彩的故事。從傳統的中國文化來講，每個人心中孟婆的故事，可能都帶有自己前世的過往、今世的精彩，以及對後世的理想吧！

北京大學心理學系副教授 毛利華

作者簡介

李莎

希達工作室創辦人、中國傳統文化教育與傳播研究學者、中國社會科學院金融學研究生、香港大學整合行銷碩士、中歐國際工商學院高級工商管理碩士。

現就讀於清華大學積極心理學專業。曾於中山大學任職，並在韓國三星集團、周大福集團等世界 500 強企業擔任集團高級管理職位。擅長傳統文化在心理學方向和環境學的應用，並致力於中國優秀傳統文化教育與傳播。

所撰寫的多篇學術性論文和專業性文章，已在《出版廣角》、《財經界》、《中國文藝家》、《發現》、《長江叢刊》、《中國民族博覽》、《新教育時代》、《中華少年》、《中國校外教育》等多家國家級專業期刊和國家級媒體刊登。

代表作品：《直覺力：讓人生經驗轉化成選擇的能力》、《焦慮心理學》、《1001 天》、《潛意識之謎》、《李莎的生活隨想》

【自序】
相濡以沫，不如相忘於江湖

一百個人心中有一百個孟婆。或許，每一個人想像中的孟婆都是截然不同的，包括那碗「孟婆湯」的滋味和功效，也是眾說紛紜。想像一下自己手捧孟婆湯時的心情和感慨，大概每個人都不一樣，在塵世活過的人，每個人都有一番屬於自己的際遇與感悟。

寫這本書的初衷，源自 2019 年某一天，彼時我正和清華積極心理學班的幾位同學一起聊天。大家都人到中年，經歷的世事也多了許多，忽然感歎起現在社會上的詐騙、作假行為，似乎很多人越來越缺少敬畏心。面對這種大規模的信任危機，好像沒有特別行之有效的方法能改變現狀。

說起這些，忽然覺得小說、電影、電視劇都是青年人關注得比較多的東西，如果能把這部分的力量好好運用，可以讓更多人瞭解更深的世間法則自然運行。在我們忙碌的日子裡，是否有在夜裡抬眼看看天空的繁星，放下自己的執著，感受天道萬物自然的運行呢？

想到這裡，就決定以「孟婆」的故事來做基點。孟婆湯是一個深入人心的名詞，我想過將來自己終老之時，會不會不捨得喝下那碗孟婆湯，會不會對前世的一切還有所眷念？我也想過，若是自己可以選擇性遺忘，會遺忘哪段回憶呢？細細思量了很久，覺得自己哪段回憶都不該遺忘，哪怕是痛苦的、傷心的、失望的，但那些才是構成現在的我的基礎要素之一，是我的一部分，又怎能隨意的遺忘呢！只不過換種心態去看待過往的回憶罷了，這樣想來，就沒有那麼多情緒的起伏和糾葛了。

小說中反覆想表達的只有一句話：「相濡以沫、不如相忘於江湖。」這是我親愛的大舅舅生前經常說的一句話，可惜他走得早，沒能看到這本小說的出版。但是我相信他在天有靈，一樣可以感受到這本書承襲了他的一部分的觀念，亦能得知他永遠活在愛他的親人朋友們心中。

人生不如意為常態，凡事小滿即可。無論一生何種經歷與苦楚，最終人還是要與自己和解。生是死之根，死是生之苗，眾生死有異，為眾生而死得福生，為自身而死得還債生，天道自然，人道自為。

小說之中，以中國傳統文化的道學文化為基礎，以孟婆的經歷為故事主線。但因為小說的特殊性，所以也無法完全真實反映道學文化的博大精深，只能擷取點滴片段而已。小說中的人物有你有我有他，在眾生一體之中，我們總能窺見自己的身影。

很感恩能邀請到我的兩位老師：北京電影學院文學系的蘇牧教授和北京大學心理學系的毛利華副教授，來為整個《孟婆傳奇》系列寫序言，兩位良師都是啟迪我更深入思考和探索的明燈。

此書獻給我摯愛的家人與朋友們，因為你們的支持，才讓我可以盡情學習探索，發掘那些未知領域，體驗更加豐富的人生。同時也以此書紀念所有我逝去的親人們，生是一段全新的旅程，死也是一段全新的旅程。天下人與事，都因歲月而物換星移，最後再附上我喜歡的那段日本詩詞：

《敦盛》
細細思量，此世非常棲之所，
浮生之迅疾微細。
尤勝草間白露、水中孤月。
金谷園詠花之人，為無常之風所誘，
榮華之夢早休。
南樓弄明月之輩，為有為之雲所蔽，
先於明月而逝。
人間五十年，比之於下天，
乃如夢幻之易渺。
一度享此浮生者，豈得長生不滅？
非欲識此菩提種，生滅逐流豈由心。

在此願諸位四時吉祥、平安喜樂。

李莎

第一節

天甯 177 年。

冥河彼岸花，曼珠沙華；寂寞的枝與葉，承諾輪迴。夜風緩緩吹拂，暗寂之中有金色粉末兒散落於潮濕的地面。那金粉一直蔓延向前，影影綽綽，點點斑駁，而迎面又是飄來一陣彷若在竊竊私語的風，只見金粉被吹得洋洋灑灑，它們在空中似旋轉、如墜落，竟像是飛天那般揮動水袖，婉轉而又婀娜，一路上慵懶的穿透鬼門、渡過忘川，沿著兩生花叢，來到了奈何橋旁，最終靜默停留在一位女子的肩上。

那女子是個身姿寂寥的孤魂，她的衣衫雍容華貴，黑玉瑪瑙般熠熠發光的青絲綰成如雲鬢，插著一支玉石雕刻成的笄，亮出白皙美頸，肌膚光潔通透，沒有半毫瑕疵。

金粉落在她肩頭，凝聚成了一隻金色蝴蝶，輕輕振翅，引得絕美女子側目而視，但也只是看了一眼，神色一凜，剎那間，只見她肩上迸發出一道紫光。金蝶的身軀頃刻間便支離破碎，瞬間灰飛煙滅，只餘幾簇金色的粉末兒飛散在風中。她冷冷的瞥去，眼神帶有一絲輕蔑，隨即淡漠的移開了視線，表情依舊寒如冰霜。

奈何橋這邊的牛頭和馬面把方才的一切都目睹於眼中，二鬼皆不寒而慄，它們和身側的眾鬼差一同竊竊私語起來，言語中滿是畏懼與無奈。

「又是這女子。」

牛頭咂咂舌，打量著她那美如靈玉的面容後，忽又改口道：「不，應說是這女鬼。想必她在人間應該死於非命，至此便常駐奈何橋，既不願投胎也不願離去，已經這般情形好一段時間了。」

馬面也是遙望著橋那端的女子歎道：「鬼差們誰也不敢近身上前，你我方才也瞧見了，誰一靠近，她身上就可以迸射出那威力極大的紫光，連咱們的信使金蝶都被殺得片甲不留，如果是普通鬼差去觸碰，豈不是要斷手斷腳了？」

牛頭一籌莫展的蹙眉唉聲歎氣道：「都是因為她擋在橋上，咱們最近已押下了好多鬼魂，但卻不敢上橋。明兒個就是中元了，鬼門一大開，孤魂野鬼全都湧進來，容易被她耽擱了投胎轉生啊！如此這般，冥帝大人問責下來，該如何是好？」

而駐足在橋上的女子卻不知眾鬼對她的懼怕與猜論，她依然靜靜佇立著，眼眸中黯淡無光，卻又是如此綽約美麗，那身織雲錦段子的墨黑衣衫上繡著鮮紅絢麗的鸞紋，外罩燙金緄邊的素紗羅衣，雲髻峨嵯，光華高貴，任誰都無法將這樣的女子與孤魂野鬼一類的恐怖詞彙聯繫在一起。

然而，她的確身處於冥府之中，恐怕連她自己都記不清很多生前的諸事了。她只依稀在腦海中搜尋出零散的碎片，前世……她本該有極好的似錦前程，身上無時無刻都縈繞著的紫色光芒便是證明，那時的她是世間少有的修仙之緣者，倘若一世未修滿，來世可再修，直到脫離生死六道。

她見過數不清的修仙之人，那些人性情大有不同，其中不乏精明算計、心腸歹毒、爭風吃醋之人，卻也有通透脫俗、心境澄澈之人，可是轉而湧現出的記憶令她不由的輕蹙起眉，那是何時的過往？是曾迷途在人世間的她嗎？竟有數不盡的愛恨情仇、痴心妄想在剎那間湧上心頭，她猛然閉上眼，似乎不願去回想，更不想再感受那其中悲苦、痛楚。

只是記憶深處的路愈發清晰，那富麗堂皇的城牆外的鵝卵石小路開滿了紫藤花，甜膩芳香如瀑布泉水般傾斜四溢，一團團錦繡般的花藤折損在腳下，冷風吹散汙泥，夜深無人問津，她隻身一人於這空曠僻世之中孤零零的抬起頭，忽見前方廊下有一男子白衣清袖，衣袂飄飄而起，他手握一把繡著鴛鴦的摺扇，墜著紅穗青玉佩，打著九轉相思結，正低聲吟道：「巧笑倩兮，美目盼兮，手如柔荑，膚如凝脂，東宮之妹，邢侯之姨，譚公維私……」

念到這裡，他忽然看向她這邊。她心裡一驚，卻見他滿眼都是憐愛與疼惜之色。他對她柔聲溫言道：「可墨舞就是墨舞，四海八荒，天上天下，又有誰能及上我獨一無二的墨舞呢？」

只此一句，令她徒然驚醒般的睜開雙眼，耳畔傳來衣襟碰觸的簌簌響聲，她警惕的轉頭去看，見是奈何橋上走來了一位姿容清冷、尊貴端雅的黑袍男子，他有著彷若能夠洞察世間乾坤的深邃眼眸，如利刃雕刻而出的面容線條清冽，雖然身著繡著回雲波紋的華衣，可偏偏將如此柔和的紋路襯托出一股濃重的疏遠與淡漠。

他是何時出現於此的？她竟未曾察覺半分。而橋下的一行鬼眾見到他現身，紛紛俯首跪拜，口中尊他道：「冥帝大人。」

她這才恍惚知曉，原來他便是冥帝和墨。這倒不奇怪了，除了冥帝，冥府之中自然不會有其他人能離她這般接近，卻未被她身上的紫光所傷。

冥帝和墨的目光雖溫和，眼神裡似乎還蘊藏著一絲審視的意味，他的聲音淡然如水，問她道：「聽聞你已在此駐足許久，這般執迷不悟，你究竟為何不願投胎轉生？見你身攜仙緣，只需再修一世，便可從凡塵苦難之中得以解脫。有如此之好的前程，又何必留戀人世中的過往雲煙？」

她失心般的垂下那雙美目，橋下的牛頭、馬面與眾鬼差見她此時此刻的神色，竟有悲傷之情，不由忘記了她用身上紫光傷及金蝶與其他小鬼的景象，禁不住對她產生了一絲憐憫之情。

許是她容貌生得實在秀麗，滿身清雅高華令所見之人無不為之震懾，甚至自慚形穢。以至於冥帝和墨都默許了她長久的沉默，半晌之後，她才幽幽道出：「我並非留戀，不過是看不懂人世紅塵罷了。哪怕是再有仙緣，我也難以悟得大道。慧根不足也好，愚鈍也罷，我不願再轉世去做碌碌無道之人。」

和墨逐漸斂去了唇邊那抹淡淡的一絲的笑意，沉聲說道：「無名，天地之始；有名，萬物之母。萬物自有根本，從何處來，往何處去，皆有它自己的緣法。天地初始的時候，所有的事物都沒有名字，聖人給每樣物品都起了個名字，便有了所謂的萬物。」

她抬眸望向冥帝，四目相對，那是一雙如忘川河一般深不可測、探不到底的眸子，她竟無畏的反問道：「倘若風雨永無法亂我心，我也無法作為仁者而心動呢？」

和墨寬慰且釋然的笑道：「三界六道，唯我冥界公平，所謂善者自興，惡者自病，吉凶之事，皆出於身，紅塵滾滾，若想參透，必要置身於中。你既不肯轉世去，便在此做守橋的孟婆吧！想來這奈何橋上人生百態、生死度盡，各有其道，或許你終有一日可尋到屬於你的道。」

她凝視著他，便是在那一刻，她眉心中央出現了一抹若隱若現的玉色珠點。

那是身為孟婆的印記，歷代不同，卻皆出自冥帝和墨的認可。

自那之後，冥府繼續迎接著從人世墜落而來的死魂。那些孤魂野鬼的身上總是攜帶著一春、一夏、一秋、一冬的煙火味兒，一如那成了守橋之人的孟婆，明明身在冥府，卻活得渾渾噩噩、醉生夢死，儼然像是個來自凡塵的俗不可耐之人。

「屬下已忍無可忍，今日必要將此事稟告給冥帝大人才行。」

奈何橋旁，一名剛剛晉升的鬼差大步流星的走在往冥帝住處的路上，另一名鬼差聽聞他這說法，立即追上前去攔住他，左右環顧一圈，確定無旁人後，才小心翼翼的向他苦口婆心道：「我勸你三思，那可是大名鼎鼎的孟婆呀！你一個籍籍無名的小小鬼差，哪裡是她的對手？」

那名鬼差聞言，不由得氣紅了臉，語氣更為強硬道：「又不是屬下不講道理，三日前，屬下被分配到她這邊做事，整日不見她人影不說，她還總仗著官高一級來向屬下借錢！」

「噓！你小聲點！」

「屬下也要討生活的，她已經跟屬下借走三百錢冥幣了！身為掌管眾鬼與死魂的孟婆，你見過她好生熬過一次孟婆湯嗎？就在上個月，她還扣下了死魂中的幾個宮妓，去她住處為她日夜彈琵琶、奏笙歌！更有甚者，一個御廚明明都要決定投胎了，她不僅不准他喝孟婆湯，還強迫對方留下幫她做飯！」

眾鬼自然都對這任孟婆的風評略有耳聞，自是無法反駁，陽奉陰違、兩面三刀描繪的大概就是她了，只不過……

「她也很擅長甜言蜜語，我實在很難記恨於她。」另一個鬼差為自己的軟弱而長長歎息。

恰逢此時，馬面走向了二鬼，兩個鬼差立即恭敬問候，馬面只問道：「你們有誰看見牛頭了？」

二鬼紛紛搖頭，馬面還想再問，負責帳目的劉官與前殿的李侍從邊喊邊跑的追上來，這邊的鬼差率先責怪道：「你們在馬面大人面前這般慌張，成何體統？」

馬面自是不在意，便詢問何事。劉官率先哭訴道：「馬面大人，孟婆姑娘她……她又從老夫這裡賒走了一百兩冥幣！」

馬面瞪圓了眼：「一百兩？」

劉官老淚縱橫：「怕是又去賭坊了！唉，老夫昨日才替她還了八十兩的賭債！」

李侍從也控訴道：「馬面大人，新來掃庭院的小川被孟婆姑娘貼了張符，現在杵在庭院裡被圍觀著，要說小川也真是的！明知是高攀，還要去向孟婆姑娘示愛，這下可好，淪為笑柄了！」

二人七嘴八舌的訴說著，馬面聽得暈頭轉向的，最後只好同意去孟婆私下開設的賭坊裡「興師問罪」。

「賭大。」

「賭小。」

「開？」

「請。」

喧鬧賭坊裡的眾人探頭去望，都想知道骰子的點數。一開！三個骰子在骰盅裡滴溜溜的轉了幾轉兒，竟然全部停在了「五」點上。

眾人驚呼，這是豹子！

揭盅的牛頭哀歎連連，孟婆則是眉開眼笑的將桌上銀兩推到自己懷裡，咬著一根吃完丸子的竹籤得意道：「看來是我今日運氣佳，各位要是玩得不盡興，我就再陪你們玩一局，這一次加倍。」

對面的牛頭和身側的黑白無常面面相覷，心想著再這樣輸下去，私房錢都要輸光了，而且餘光再瞥向孟婆，今日的她裝束有些不同，也許是怕惹人注目，她換下了水面流光的墨色華服，穿著輕便的蜀錦衫，長髮豎馬尾，衣襟繡金線，儼然一位俊俏的公子哥模樣。

只是她忽然雙瞳一凜，迅速的把贏走的錢打包好，又對牛頭和黑白無常挑眉輕笑，留下一句：「我突然想起有緊急要務得處理，先走一步，你等請便。」就轉身跑掉了。

牛頭還在發愣，耳邊傳來馬面的呼喊聲：「牛頭！黑白無常！你們快走，上頭來搜查了！」

這下牛頭才發覺不妙，轉頭去看，果然，來者是氣勢洶洶的駐派司的人，自從孟婆在暗地裡開設這間賭坊後，他們總會找準機會來搜查，恨不得要揪出孟婆的狐狸尾巴。然而每次都是牛頭、黑白無常倒楣被抓，雖說他們頭銜與官職都不小，可是冥府近來肅清得緊，照樣還是要被盤問一番。

偏偏狡黠的孟婆總能逃之夭夭，明明她才是罪魁禍首，卻依然可以「兩袖清風」般瀟灑離去，實在令牛頭有種「啞巴吃黃連，有苦說不出」的感覺。

到了夜裡，冥帝和墨收到了駐派司的摺子，其中記錄了牛頭、黑白無常等人在賭坊裡的作為，此等有失作風之事，被駐派司描繪得極為大逆不道，寫到最後，還一併將率先逃掉的孟婆寫了進去，且言辭激烈，稱孟婆為興風作浪、霍亂冥府的極惡之女，懇請冥帝廢除孟婆的職務，打去牢獄之中改過自新。

和墨讀過此摺，哭笑不得道：「其他不說，這極惡一詞倒是略有言重了，無非是她喜好熱鬧罷了，既無傷大雅也未傷及他人，談何極惡呢？」說罷，和墨笑著將摺子收起，毫無批覆之意。

前來面見的馬面跪在殿內，見此情景，心裡不禁想著：侍奉在冥帝身側千百年來，皆是因公而見，平日裡總是覺得冥帝和墨看似無情，清冷孤傲也不徇私，可實際上，冥帝卻待每任孟婆都如親妹，時常為她們謀些福利，或者是對她們出格的行為視而不見，而在諸任孟婆之中，冥帝待此任的孟婆更是非同一般。

難不成是因為他們二人的名字裡都帶有一個「墨」字？

冥帝名和墨，孟婆名墨舞，此前就總見孟婆時常攀附冥帝，且叫著「和墨哥哥」，馬面自然欽佩她的死皮賴臉，卻更為驚異於冥帝的欣然默許。

然而，他自己和牛頭以及黑白無常，還不是照樣被那個孟婆收拾得服服貼貼的！馬面無奈的默默歎息，只覺在此任孟婆的掌管下，奈何橋竟如同是一個小小的人間市井圖了。

只是……這般的孟婆又能有多少人情味兒呢？

馬面的疑惑未能讓孟婆知曉，此時此刻的她正坐在鬼門的高牆上，望著黑壓壓的夜空，那空中有一處光連接著人間光景，這夜的塵世正值中秋時節，璀璨煙火流光溢彩，孟婆的眼中落盡了繁華驚鴻，她痴痴凝視著接連綻放的煙火，臉上的神色似悲愁又似怨恨。在她的身側，散著數不清的銀兩，那是她今夜贏來的，卻也是她昨日輸去的。

世間萬情，天上地下，如人飲水，冷暖自知，不知其味者，哪懂其憂思。

天甯 187 年。

孟婆獨自一人站在奈何橋上，透過四面大開的鬼門，她站在他的面前，看著近在咫尺帶著微微笑意的他，她的臉上終是浮現出一絲可被稱之為是「人情味兒」的複雜情緒，然而卻不知該如何開口。她幾次啟唇，想說的話都如鯁在喉，最後只能垂下眼，裝作漫不經心。

他一點都沒有變，依舊是溫文爾雅，卻又與肅殺之氣渾然一體的模樣。

而他在鬼差的帶領下，已隨著眾多鬼魂離她僅有一步之遙，他靜靜凝視著她低垂的面容，在他眼中，她仍是當年那個令他露出滿眼驚豔的女子，遺憾的是陰陽地界中的陰冷潮濕，為她蒙上了一層更為涼薄孤寂的氣息，令他心中湧現疼惜之情，忍不住問道：「這麼多年了，你是否還記恨於我？」

這麼多年……她遙想起自己當年碧玉年華，他也是沉穩儒雅，那是一個春日的午後，他穿著銀青色的錦衣，白色的披帛上描繪著深淺不一的雲海波紋。

當日那件錦衣，正是他此時穿在身上的這件衣裳，而他的容顏，也是她初見他時的模樣。

孟婆深深歎息，自從做了孟婆，她卻從未熬過孟婆湯，更別提親手把湯端給哪個死魂了，真是諷刺。只是此時此刻，她破天荒為他花了一個時辰，熬製出一碗孟婆湯，選了一盞玲瓏別緻的琉璃湯碗，雙手捧著遞給了他，漠然道：「當年服藥之前，你為我端來了一碗清甜之水，如今，我把它還你。」

他怔了一怔，眼中除了猶豫與遲疑外，也有不捨與懊惱，最終他接過了那碗澄澈的孟婆湯，低歎著問她：「墨舞，在你離世之後的第七年，是否曾回去人世尋過我？」

孟婆只是淡然一笑，眉梢、眼角依舊是慵懶傲慢的神色，對他道：「投胎去吧！凡塵過往，皆已消散。」

他凝望著她，見她面容決絕，其中難掩一絲隱藏至深的眷戀。最終，他還是選擇喝下了她遞給他的那碗孟婆湯，一飲而盡，往昔成煙。

面前的魂魄漸漸消逝不見，只剩下那一盞琉璃般通透精美的湯碗落在橋面。孟婆俯身拾起湯碗，一滴晶瑩的淚水不經意的垂落在碗沿濺了開來，她的神色也逐漸變得複雜，然而她很快就恢復了冷漠，彷彿冰冷無情才是她最真實、最原本的面目。

天甯 197 年。

奈何橋上匆匆而過三十年，孟婆迎來了許多熟悉之人，他們來到冥府的時刻各有不同。有人號啕痛哭，有人釋然大笑，有人滿腹懊悔，也有人平淡無波，然而自始至終都沒有出現一種孟婆內心所期待的情緒。她親手送走了丈夫，送走了父母，送走了她曾經在人世時的一切羈絆，卻仍舊不能尋到心之歸處。

除了短暫的慰藉，她再無所獲。

當轉世的靈魂接連步入輪迴，當奈何橋上靜寂無聲，她孑然一身站在忘川旁，凝望粼粼波光的河水。透過如鏡像般的水面，她彷彿能看到數十年前的花影婆娑，皎月當空，只是許多不堪的零散記憶，令她的臉上逐漸浮現沉鬱陰翳，那個人曾許諾的甜言蜜語恍如隔世，多少年過去了，依然在耳畔迴響。

「墨舞，我三媒六聘、婚書庚帖娶到你，你將是只屬於我一人的妻子，而我也將只屬於你，朝朝暮暮，生生世世，永不改變。」

想到這兒，孟婆輕蔑冷哼，抬手將一枝彼岸花扔進河中，水面立即散開層層漣漪，如雲似霧，捉摸不清，一如變幻莫測的人心。

到了今日。

冥府夜，奈何橋，曼珠沙華爭相怒放，灼灼成團簇擁著對川梳妝的孟婆。

她纖纖玉手持著象牙梳子，動作輕緩的梳理著柔順青絲，她嘴中哼著小曲，音調婉轉彷若天籟，迴蕩在整個忘川河畔上。

孟婆近來心情極好，便有心思用牛頭送給她的胭脂來細細裝扮自己。點胭脂，柳眉俏，桃花眼，珠玉唇，孟婆凝視著鏡面中的自己，不禁綻開嬌豔的笑容，當真是如花似玉的笑靨，竟要勝過那千年花開不敗的曼珠沙華萬分有餘了。

然而不遠處的河水中，忽有大小不一的氣泡不斷冒出，水下有一條又長又大的黑影循著孟婆的歌聲快速游來。那是一隻新死的惡鬼，孽障滿身、窮凶極惡，他死後徘徊在河下，不知吃掉了多少迷途於此的靈魂，壯大了罪惡的軀體，卻更加深了他的罪惡。這時候，他猙獰而又醜陋的臉孔突然從忘川之中躍然而出，整個身子如蛇的身軀般在地面上劇烈擺動，險些打翻了孟婆置於身側的胭脂盒。

孟婆臉上原有的笑容逐漸消退，一種淒苦之色浮現而出，惡鬼竟以為是自己的架勢嚇唬住了孟婆，心中不免大喜，立即甩動滑膩的尾巴，「嗖！」的一下子纏住孟婆的腳，欲將她拖進忘川河之中吃進腹裡。

孟婆被惡鬼拖拽著一路滑行，她卻始終不動聲色，直至被拖到河畔旁，眼看著就要被投入河川，她的眼眸忽地變成了幽如靈玉的紫色，嘴裡也鑽出了兩顆尖銳的獠牙，只見她纖手抬起，輕輕蘸了一抹盒中的胭脂，點到那惡鬼的尾巴上。

惡鬼眼神一凜，似乎察覺到了什麼，猛然回頭去看，只見他全身都已燃燒而起，火焚的痛楚在頃刻間便將他包裹住，哀號惡鬼發出陣陣淒厲的號啕聲，他咆哮、咒罵，最終變成卑微滑稽的求饒，孟婆冷笑著將他死前最後的掙扎盡收眼底，直到他化成一縷灰燼後，她才不疾不徐走上前去，拾起了惡鬼殘留的精元。

「愚蠢而又醜陋的東西。」孟婆在心中輕蔑道，如果不是她今天不想弄亂自己精心打扮後的妝容，她肯定要大費一番周折將他的脖子硬生生扭斷，再活生生的剝皮，哪會這麼簡單就給他一個痛快？

也罷，算是一個小小的消遣。孟婆動作優雅的拍了拍身上的灰塵，收起胭脂盒拂袖離開。待她重新回到奈何橋上時，竟見到前幾天剛被她留下來的幾個小鬼在偷懶閒聊。

都是前世一直為非作歹的小鬼，到了冥府也改不掉生前的臭毛病。孟婆走上前去，幾個小鬼立即察覺到她的出現，嚇得變了臉色，趕忙畢恭畢敬的搬過巨壇準備開工。孟婆傲慢的揚起下顎，慢條斯理的指揮著小鬼們道：「你們這幾個懶手懶腳的東西，趁我不在就投機取巧，哼！若是今夜熬不出孟婆湯，我不僅要扣你們的工錢，還要扣你們的假期，更要扣你們的陰德，搞不好還會抽你們的鬼筋出來做裝飾品，都聽進心裡了吧？」

小鬼們嚇得冷汗直冒，連連稱是，一邊搗藥一邊膽戰心驚的偷瞄著孟婆，只見她已伸著懶腰、打著哈欠朝橋邊的亭子裡走去了。

奈何橋這頭的小亭是孟婆上任時建成的，她還特地為其取名為「賞樂亭」。顧名思義，賞樂賞樂，既有樂曲，自然喜樂。亭子的建材也格外奢華，有琉璃做的柱，青雲紋的瓦，紅氈鋪地，金粉綴點，十足符合孟婆的高調作風。

這亭子是孟婆專門用來享樂的，亭外種滿了怒放的曼珠沙華，煞是美豔；亭內則是坐著宮中伶人，見孟婆來了，她們為其斟茶、燃香、彈奏琵琶，近十人的樂陣，古琴、瑟、箏、笛、笙，以及鐘、鼓、鑼、磬一應俱全。孟婆懶洋洋的側臥在一旁的玉石床上，皎白的手腕撐著頭，鬢旁的一縷青絲滑落而下，她極為沉浸聽著耳畔響起的弦樂絲竹聲，醉心於樂曲中充斥著的異域風情。

伶人們身上芳香四溢，香盞嫋嫋雲霧繚繞，孟婆手裡把玩著那顆惡鬼的精元，忽地想起了什麼，便隨手將精元丟進了身後的忘川中。說時遲那時快，河淵深處探出一隻巨大的白虎，吞下精元後便重新隱匿於川中。

孟婆曾聽牛頭說起過，那頭白虎神獸是前任孟婆的坐騎，想來白虎

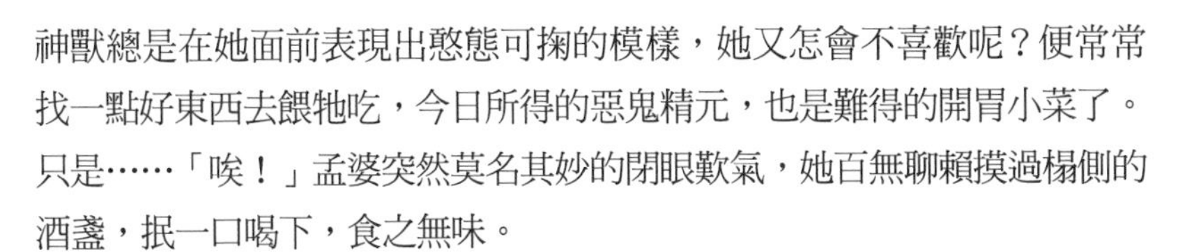

神獸總是在她面前表現出憨態可掬的模樣，她又怎會不喜歡呢？便常常找一點好東西去餵牠吃，今日所得的惡鬼精元，也是難得的開胃小菜了。只是……「唉！」孟婆突然莫名其妙的閉眼歎氣，她百無聊賴摸過榻側的酒盞，抿一口喝下，食之無味。

恰逢馬面在這時走進了亭內，炫耀似的提著手中的兩罈佳釀，向孟婆獻好道：「孟婆姐姐，你歎氣做什麼？如此花容月貌可別被憂愁沾染上慍色。對了，我今日去了一趟人間，你看我給你帶了什麼好東西來！」

孟婆愛理不理的抬了一下眼，低哼道：「不就是兩罐子酒嘛，有什麼了不起的，我正喝著呢！你吵到我的雅興了。」

馬面瞧見孟婆手中的酒盞，忍不住小聲抱怨一句：「怎麼大白天就喝起酒來了，孟婆姐姐的酒癮真是越來越大了，這樣下去還能管好奈何橋嗎？」

孟婆猛地看向他，眼角寒光一閃，沉聲質問道：「你方才說了什麼？」

馬面嚇得背脊一僵，伶人們也心驚肉跳的額角滲出冷汗，琵琶聲也彈奏得越發快了。

「我，我什麼也沒說，就是嘛，這冥府之內怎麼可能會有白天呢，全當是我胡言亂語呢。」馬面趕忙湊到孟婆跟前繼續諂媚道：「孟婆姐姐，你還是快來嘗嘗我特別帶給你的美酒吧，保證是上品！」

孟婆嗤之以鼻挑起眉梢，不屑的說道：「能有長安街柳家釀出的老酒好喝嗎？」

馬面得意道：「這可不就是柳家的酒嘛，而且，還是嫁女兒的喜酒呢！」

孟婆聞言，不禁打了直身子，打量一番馬面懷中捧著的酒罈，罈身上的確貼著柳姓字樣。她略微蹙眉，喃聲自問似的道著：「嫁女兒？柳家適齡的女眷便只有離歌一人了。」

馬面立即附和道：「自是離歌姑娘的出嫁酒。不過，想來她嫁人之後，便只能在家中相夫教子，再也不會釀酒了吧！」

孟婆氣得一拍床榻，喝道：「混帳！我只喝得慣離歌釀的酒，她不釀酒誰來釀酒給我喝？我問你，離歌的陽壽還有多少年？」

馬面掐指一算，瞇著眼睛回道：「約莫還有四十個年頭。」

孟婆不管不顧道：「那你立刻就去給我把她的魂勾來，讓她永遠只給我釀酒。」

馬面為難的訕笑起來，支支吾吾閃爍其詞道：「我的好姐姐啊！你怎能忍心讓我去做這等違反冥界規定的事情？即便你忍心，我也是不能去做的……」

見他拒絕，孟婆斜睨著他，忽然嫵媚一笑，那笑容竟令馬面不寒而慄。她一字一句道：「前些日子你和牛頭爭吵不休，期間將孟婆湯的藥引子撒了滿地，倘若我沒有記錯的話，冥帝哥哥可是很在乎那個藥引子的。」

馬面自是聽得出她故意搬出冥帝嚇他，他心有不服，卻也因事實如此，無法反駁，最終也只能不甘示弱來了一句：「你……你這是威脅？」而接下來的抱怨自然顯得十足順理成章：「要不是有冥帝大人給你撐腰，你沒了倚仗，便不會這般蠻橫刁鑽了。」

儘管這後面的話聲音越發微弱，可孟婆還是真切的聽進了耳中。她怒極反笑，一把扯過馬面的耳朵，哪裡還管他吵嚷著疼，她咬牙切齒的數落起了他和牛頭平日打架總是敗北，沒有她偶爾幫襯他，他豈能那麼輕易就贏過牛頭？

更何況他逢賭必輸，已經從孟婆的賭坊裡賒走了不少銀兩，孟婆從未跟他斤斤計較過，他今日竟敢質疑起她的威信來了？

孰可忍，今日她堂堂孟婆不可忍！

馬面只覺耳朵被扯得生疼，吱哇亂叫的吵個不停，卻又不肯乖乖求饒。也不知道他今兒是不是吃了熊心豹子膽了，膽敢掀起孟婆的老底，翻起了往事舊帳。

「事已至此，左右都是撕破臉，我倒也無所懼怕了！」馬面像倒豆子似的，一股腦全都倒出肺腑不滿：「想當初你剛做孟婆沒多久，根本招架不住那些招式狠的孤魂野鬼，還不都要靠我和牛頭為你做墊腳石？如今你成厲害角色了，欺負起我們來，真是絲毫不顧舊情啊！再說了，若不是你死皮賴臉攀附上了冥帝大人，眾鬼差又怎會對你敢怒不敢言？孟婆姐姐，你日日年年一口一個『冥帝哥哥』、『和墨哥哥』，叫得好生親熱，你都不嫌丟人嗎？好多鬼差都見你曾蜷縮在冥帝大人的膝上，你，你分明是妖媚蠱惑！」

妖媚？蠱惑？

這兩個字眼讓孟婆不由得變了臉色，她恍惚間回憶起馬面口中所描繪的景象。

那年的確是她剛勝任孟婆一職，即便再有仙緣，可是作為孟婆，她仍舊毫無經驗。某次在奈何橋上遇見了一隻怨念極重的雙頭鬼，那鬼禍亂忘川，傷了不少鬼差，竟還能用那數不清的觸手去撚動唇邊翠綠的葉片，吹奏出刺耳曲調。

陰風哭號，鬼差四散開來，那是充滿了極其激烈情感的惡之鳴曲，像悲鳴，有殺意，混雜著仇恨與嫉妒，並且音調越發增高，也越發狂亂，好似一片渾濁的汙海，怒吼著咆哮，折磨著被曲子演奏者所凝視著的人。

奈何橋上的孟婆痛苦的捂住雙耳，她的額角不斷滲出細膩的虛汗，全身像是被火燒一般的灼熱，她根本招架不住那雙頭鬼，且那曲子像是在催促著她什麼，又像是在對她進行審問。忽然間，曲子停了！孟婆赫然發現自己正站在一片火海裡，她想呼喊，卻又發不出一點聲音，絕望中，雙頭鬼惡狠狠扼住了她的脖頸！

雙頭鬼言語狠戾，詛咒孟婆道：「你這囂張的妖女，就算是有冥府來做你的靠山，你也休想逃過人世所犯下的劫！這一切都是你的劫數，是你藐視人世規則！你必要為此付出代價！」

這雙頭鬼在胡說些什麼她根本聽不懂，熊熊烈火燃燒，孟婆痛苦得快要窒息了。

「啊！」

一聲慘叫過後，雙頭鬼的巨大身軀已破碎成千萬片，隨著火焰一同灰飛煙滅了。孟婆伏在地上，她捂著自己被捏得幾乎要斷掉的脖頸，劇烈的喘息著。抬眼去看，見是冥帝從一片雲煙之中走向她來，手裡握著雙頭鬼的精元，他俯身望著她，詢問道：「可有受傷？」

孟婆氣喘吁吁的搖了搖頭，聲音暗啞道：「我沒事，多謝冥帝大人解救，是我學藝不精，還未能勝任孟婆……」

冥帝並不責怪於她，反而是溫和的微微一笑，安慰她道：「你且安心修行，奈何橋上本就是悲歡離合聚集地，可謂困難重重，又有何人能夠在此悽楚之地盡善盡美、妥善圓全？你且再慢慢適應便是。」

冥帝的身上總是散發著清洌奇香，嫋嫋入鼻，令人心神安寧。孟婆竟從他的這番言語之中得到了深切的慰藉，令她心中十分動容。

接著，冥帝喚出了一位迷途於此許久的孤魂，對孟婆道：「為了使你忘卻方才的不快，就讓這宮中伶人為你跳支舞吧！想來她在人間死得淒慘，唯有一身曼妙舞姿驚為天人，或許一曲終了，她也能抉擇是去是留。」

孟婆在昏昏沉沉中瞥見伶人翩翩起舞，她的手鐲與腳鐲加在一起有幾十個，相互碰撞發出清脆聲響。

清風微拂，沉香暗湧，孟婆已然忘卻了方才的驚恐，不禁感慨道：「此番美人、美景，只是缺一壺美酒……」

冥帝聽見她的思量，淡然笑道：「美酒未必會有，但這一次，你的夢裡一定不會有恐懼了。」他抬手，掌心覆在孟婆額上，沒過一會兒，孟婆便沉沉睡去。

夢境裡香煙嫋嫋，山水翠綠，有一隻羽毛烏黑的小雀停在桃花枝頭，孟婆心中喜悅，正欲去探，小雀忽然褪去羽翼，搖身一變，成了人形。

「冥帝大人？」孟婆萬分驚訝。

冥帝則是對她說：「這世間萬物都有它的運轉軌跡，風也好，雨也罷，即便是一隻弱小的雀鳥，也能成為展翅可遮日的大鵬。故此，奈何橋上的每一個過往來者，都不是平白無故的匆匆過客，唯有以誠相待、以心對照，才可悟出其中道義。」

孟婆聽著，並沒有參透要領。她暗暗思忖，悟與不悟都不打緊，反正這只是個夢。

冥帝無可奈何的垂眼輕歎，忽地抬起食指，點在孟婆額心道：「你我名中都有一個墨字，或許這便是難得的緣分，待你醒來，你我便以兄妹相稱吧！」

這番話就如同是一種強烈的暗示，滲透進孟婆的千思萬緒中。等到她醒來，竟發現自己枕在冥帝和墨的膝蓋上，她全然不記得夢中的對話，卻開口喚了一聲「和墨哥哥」。

冥帝意味深長的笑笑，一副看盡世間天機的通透神情。

往事回憶到此，孟婆恍了恍神，這才發現眼前的馬面已掙開了她的掌控，並且他整張臉上布滿了詫異，指著孟婆的身後說不出話來。

孟婆疑惑的順著他的視線側身循望，她瞇起眼，見到霧氣濛濛的奈何橋盡頭，正飄飄忽忽的走來一抹纖纖倩影。

那是位身著豔紅色嫁衣的姑娘，頭上卻頂著一塊白布。她每走一步，腳下便滴出斑駁血跡，一陣陰風吹過，她頭頂的白布被掀起吹落在地，血濺其上，染出了一道又一道的朱砂印。

孟婆打量著她的容貌，瞬間認出她來，不敢置信的喃聲喚道：「離歌……」

離歌的面色慘白如月，雙眼渾濁無神，她渾渾噩噩的抬起頭來，一眼看見孟婆，那眼神頃刻間亮了一絲柔和的光，彷彿也認出了孟婆。

第二節

五年前，天甯 202 年。

每逢上元節到來，陰陽兩界人市鼎沸，朱紅色的燈籠連成蜿蜒婉轉的小路，樣式奇特的花燈順著河水靜靜沉浮，夜空之中綻放著朵朵絢爛的煙火，街市上車水馬龍、光怪陸離，孟婆便在這一天乘著冥界的蓮花燈，踩著燈芯，於忘川中逆流而上，前往人間觀望這太平盛世，賞這繁華美景。

姑娘、公子們結伴嬉笑，穿過她的身體奔跑追逐，誰也看不見這位順著河水來到岸旁的孟婆，而她也只想靜默的觀賞這熱鬧景象，毫不在意是否會有人看得到她。

她一路走在紛紛擾擾的人群之中，眼睛所看、耳中所聽皆來自凡人們的祈願心聲。那邊的小女放飛了紙鳶，蝴蝶樣式的墜子上掛著願和如意郎君喜結連理的意願；這頭又有少年郎將求來的上上籤掛於許願樹的藤蔓中，一心盼望自己能夠早日奔赴沙場、精忠報國；既有為家中久病老母祈福的孝子，也有埋葬心愛貓兒的幼童……，這凡塵之中，人們各懷心思，卻從未聽到有人向冥界中的神明祈願。

孟婆不由的輕聲嗤笑，只覺凡人見識淺薄，可她倒也不打算為那群凡夫俗子傷了心神，轉身循著酒香，走向長安街的柳家酒坊。

夜風靜謐，暗香襲人，孟婆每走一步，裙下的紫色光暈便流落滿地，印下影影綽綽琉璃般的光點。

她這幾日饞柳家酒饞得心煩意亂，一早來到人間便決定要喝個痛快才肯甘休。

而今日的柳家酒坊門可羅雀，原來是鋪子裡的人都去街上提花燈了，唯獨留下離歌看守著酒坊。那年的離歌只有十三歲，已經出落成亭亭玉立的模樣，她的眉眼靈動嬌俏，一笑起來，嘴角會揚起月牙兒般清麗的弧度。

這會兒，她正獨自一人在酒坊裡忙忙碌碌，品酒裝罈，貼好「柳」

字，孟婆走進大廳，盯著她看了好一會兒，她擦汗空隙察覺到有人，轉頭看向孟婆，心裡一驚。

對方是何時出現的，離歌全然不知，就好像是在無聲無息之間便出現了這樣一個清冷、豔麗，美得彷彿是天人般的女子。

可美雖美，離歌卻從她的身上感受到了一股冷酷無情又危險神祕的氣息，不禁心生懼怕，實在是因她和平時的客人全然不同。

但做生意的人總歸是要招待周全的，於是離歌迅速打消心中疑慮，熱情的迎上前去。

「這位姐姐，你要來買些什麼酒？怎麼裝？多少斤兩？」她禮貌微笑，聲如琴鳴。

孟婆驚訝於她竟可以真真切切的看見自己，實屬難得，畢竟具有通靈體質的凡人並不多見，且她眼神裡毫無顧慮，想必已是將她當作普通凡人來相待了。

這不禁令孟婆覺得是一種奇妙的緣分，便慢慢放下了戒備，更為走近她幾步，與之對面而站。想來也是，誰會對這樣一個懵懂貌美的少女有提防之心呢？即便生性猜疑，也還是會有懷柔之時，尤其是在這充滿了煙花氣的人間境地。

「我要喝那小罈的桃酒，只喝用清晨露水釀出來的。」孟婆頤指氣使指著放在最顯眼處的土黃色罈酒，她近來只喝這一種。

離歌聞言，不禁露出了一抹極為自豪的笑容，她飛快的捧過小罈酒，拿出酒盞為孟婆斟好，遞給孟婆時道：「姐姐不僅人生得美豔，眼光也是上等的好呢！我們酒坊最為賣座的便是這小桃子酒，實不相瞞，每一罈都是我釀出的，我還為它起了名字，叫作『白素』，可惜爹爹、娘親不准我這麼做，他們說柳家酒坊的酒都是柳家人一同釀製而成的，誰也別想獨攬功勞……」說到最後，她臉上浮現出失落與無奈，眼神中又彷若有一絲惶恐，連忙抬頭看向孟婆，只覺自己怕是交淺言深了。

孟婆這才知曉，原來自己近一年內所喝的柳家酒都是出自離歌之手，這小小年紀的姑娘，竟有如此驚人的釀酒天賦，著實令孟婆感到讚許與驚喜。

可她也猜得出離歌的眼中為何會洩露慌亂，想來一個豆蔻年華的少女，整日被扔進漆黑潮濕的酒窖之中獨自釀酒，即便天賦異稟，可卻無人體諒、欣賞她，哪怕是在熱鬧的節日之中，也不會帶她賞月玩樂，連自行釀造出的賣座之酒都不被承認，其處境可見悲涼，這令孟婆情不自禁的產生了憐惜之情。

孟婆心中輕輕喟歎著走近她，接過她遞來的酒盞，卻沒有立即喝下，她凝望著酒水如漣漪般層層散開，又上上下下打量起面前少女的衣著。

她身形修長，要比同齡少女高出半個頭。衣裙料子不算貴重，甚至是有些寒酸，但是暗紋卻格外繁複精緻，是百鳥飛舞的圖繪，看針腳走線就知道是她自己細細繡上去的，由此將她整個人都襯托出一股子華光之氣。

她見孟婆盯著自己看，羞怯的低下頭，雙頰泛著微微紅暈，像是看穿了孟婆的心思，極為不好意思的說：「我娘說我還未出閣，毋須打扮得花枝招展，而且又常年在酒窖中忙碌，方便行動的粗布衫最適合我，然而姐姐這般美若天仙，著實讓我相形見絀，真是讓姐姐見笑了。」

「素衣裹腰，也遮掩不住靈動，又何必在意是否衣衫華貴。」語畢，孟婆抿了一口酒，心覺滿足，聲音也透出一種難得的溫柔，問她：「你叫什麼名字？」

她彎過眼睛，聲音清脆澄澈：「我叫離歌，姐姐也可否將芳名告知？」

「我姓孟，名墨舞，年長你許多歲，你可以叫我孟姐姐。」孟婆意味深長的挑唇一笑，自是一臉的得意與高傲。

離歌有些許驚色：「孟姐姐哪裡像年長我許多歲，最多大我四、五歲罷了。」

孟婆並不解釋，奉承的話聽得多了，她早已不會動心，只是又問：「你方才說這桃子酒的名字是你起的，叫『白素』，可有何特別的緣由嗎？」

一提到自己的佳作，離歌的眼角、眉梢都是得意的歡喜，可又不敢表現過於明顯，她始終覺得這位美豔的客人，與她不像是同一世界之中的人，不禁與之保持著一段微妙的距離，語調謹慎道：「正所謂詩中有云：

『綠蟻新醅酒，紅泥小火爐；晚來天欲雪，能飲一杯無？』」

曾幾何時，孟婆也是十分喜歡這首別有意境的詩，她雙眼亮起光，感到有趣，便接著離歌的話道：「新釀的米酒的確色綠香濃，小小紅泥爐，燒得殷紅殷紅。」

離歌眉飛色舞著：「天色這般黑，大雪又將至，遠方的友人能否一起光臨寒舍共飲一杯暖酒？」

孟婆欣然抬起手中酒盞，豪爽的一飲而盡，暢快道：「如果是寒冬臘月，暮色蒼茫，風雪大作，家酒新熟，爐火嫋嫋，便能讓人立即忘卻瑟瑟寒風與飄飄大雪，只覺熾熱暖意、珍貴情誼。」

離歌笑道：「一盞桃子酒，白桃佳釀，雖素卻醇，加上友情，令此酒韻味長存，酒香纏繞舌尖久久不散，彷若有種空靈搖曳之美，餘香嫋嫋之妙，白素之名由此而來。」

如此一番娓娓道來的取名過程，令孟婆心情大好，她覺得與離歌這女孩極為投緣，便靈光一閃，「引誘」般的對她說道：「既然你我一見如故，不如今日就由姐姐帶你去外頭好好遊玩一番，你意下如何？」

離歌連連點頭，自然十分願意，可是又想到酒坊會無人看管，隨即面露難言之隱。

孟婆猜出她的內心想法，便從懷中取出了一遝銀票，置於離歌手中，叮囑她收好，並再三命令她接納，「這是你賣出的酒錢，所以即便被家人發現你未曾寸步不離守著酒坊也不打緊，俗世之人在意的是收益，你只管把這些給了他們，便不會受到處罰。」

離歌想要拒絕，她明明只為孟婆打開了一罈白素，怎可收下這麼多銀票？如此一遝厚厚的銀票，怕是將整個酒坊裡的酒全部買走都所剩有餘。

然而孟婆那般能說會道、連哄帶騙又加上威脅，三兩下就打消了離歌的全部顧慮。而且再怎樣講，離歌也還只是個孩子，貪玩是人之常情，更何況是有人肯帶著她玩，自是樂不思蜀。

兩人就這樣一唱一和的跑出了柳家酒坊，離歌望見滿街的絢爛花燈，如同明珠繫成項鍊那般鋪滿了夜色。記得上一次遊市集時，她還是極小的年歲，尤其是這幾年更少出門。打她可以釀酒後，便淪為爹娘賺錢的工具，她幾乎忘記了酒坊之外還有這般熱鬧、寬廣的天地。

上元時節，滿街琳琅，笙簫管笛奏樂，提燈賞玩的人們嬉戲歡笑。孟婆一邊走著一邊喝著酒，離歌則是滿心好奇的買走了兩個糖人，自己留一個，送孟婆一個。又見隔壁攤位在賣面具，離歌戴在頭頂，對著孟婆故作兇狠的低吼幾聲，孟婆只覺無聊，便抬手在紅魔樣式的面具上狠狠拍打了一下，離歌笑嘻嘻從面具下探出頭來，又有些懼怕孟婆似的，對她頑皮靦腆的吐了吐舌頭。

身後那邊也有人家在互相猜著燈謎，你提燈我來猜，又或者是我提燈你來猜，一群人湊在一起絞盡腦汁，猜得不亦樂乎。離歌本也想湊上去瞧個究竟，但孟婆可不想去玩那無趣的猜謎，便強硬的帶她去河邊放花燈，離歌只好聽命，隨著孟婆前往河畔。

街角盡頭的河岸處人聲喧鬧，姑娘、少爺們都聚在此處放花燈、誦心願，滿河的光華，順著水波悠悠蕩蕩。月色溫柔，燭光縈繞，數不清的花燈，聽不盡的祈告，其中有離人的眼淚，有生者的祝福，有愛人的情意，也有父母的期盼……。在這彙集人間情愁的願池旁，她們二人提著一隻玉兔模樣的蓮花燈相視一笑。孟婆見離歌呆呆的不知所措，嗤笑她笨拙，沒耐心的教她寫出心願後撚成紙條，放於燈芯處。離歌則是乖乖照做，將寫有願望的紙條疊好，輕輕的放進燈裡，正欲和眾人一樣將花燈放入河中時，離歌卻遲疑了。

孟婆低頭看著她，詢問道：「怎麼了？」

離歌心懷憂思的輕歎一聲：「上元節許下心願的人千千萬萬，神明怎會聽得到呢？即便我許下願望，也未必會被神明知曉，又怎麼能實現呢？倘若我肯放棄自己的願望，說不定還會為其他許願之人騰出空位，他們或許會比我更需要被神明照拂。」

孟婆一愣。

她覺得這少女有幾分與眾不同，想必在說出這些話時，離歌是信了世間有神、有妖也有魔的，可她卻不知自己身側正站著一位能夠掌管輪迴與轉世的「神明」，她始終沒有絲毫察覺與懷疑。

這樣一個寧願埋葬自己那屬於少女時期最美好的嬌豔、美麗的願望，明知雙肩柔弱，卻還是擔起家族生意繁榮與衰敗的姑娘，理當被溫柔的呵護與精心的對待。

於是孟婆柔聲對她道：「你只管放走花燈，心願能否實現，皆是命數。」

離歌凝視著手中的花燈，沉吟片刻，終於放它入水中：「說的也是，緣由天定，份在人為，難得姐姐帶我來，我不該壞了興致，今日必要盡興而歸，才不枉這熱鬧美景。」說罷，她又再一次笑意滿面，眼神明亮。

水中花燈微微晃動幾下，粼粼波光映照在離歌的臉上婉婉流轉。孟婆凝望著她，竟猛然間驚覺自己心情也被她的喜悅所感染了。

她那頑劣又渾濁的心與靈魂，忽地就在這一瞬得到了洗滌，並為之震顫。真是怪了，她撇了撇嘴，可不想承認自己會被一個乳臭未乾的小毛頭所感化。

熱鬧光景持續了一陣子，等到天色微微漸白，孟婆忽地一下子醒了神似的睜開眼，這才發現自己坐在柳家酒坊的門外假寐了片刻。她喝了不少酒，醉醺醺的搖晃起身，好像已經把帶離歌出來玩的事情忘在腦後了，更是把期間與離歌走散的小插曲忘得一乾二淨。她只是提著酒罈，一邊仰頭暢飲，一邊朝前走去。

正逢此時，離歌氣喘吁吁的從對面跑來，倆人擦肩而過，離歌首先發現她，可是她擔心家人早已回到酒坊，心中焦急便來不及與孟婆告別，只得快速奔家跑去。想來她心中自是十分感激那位孟姐姐的陪伴，二人並未約定再見時日，離歌回過頭去望著孟婆的背影逐漸遠去，逐漸褪去的月光將其勾勒出一抹剪影的錯覺，幾乎是眨眼間，孟婆的身影便消失不見了。

晨曦灑落，柔和和煦，孟婆已是醒了酒，她在回往冥府的途中有些心神不寧，原是想起了自己的疏忽，那些給予離歌的銀票皆是陰間冥幣幻化而成，不出幾日便會化作灰燼煙消雲散，倘若柳家酒坊在盤帳之時發現銀票有異，離歌怕是要吃苦頭了。

她蹙起眉頭，不由對自己產生厭惡之情，喃聲自問道：「我幾時變成這般極具悲憫心思的孟婆了？那丫頭是死是活跟我有何干係？不過是一面之緣罷了，她除了會釀酒之外，也沒什麼稀奇。」

但總歸是要幫人幫到底，更何況她對離歌釀出的白素垂涎不已，就算是為了酒，也不能讓離歌受罰，萬一她被打殘了，自己豈不是喝不到好酒了？

於是在回到冥府後，孟婆就在奈何橋上尋到了幾個生於權貴之家的死魂。他們作為新鬼初來乍到，自是不敢違逆守橋人孟婆的任何命令。可孟婆在冥界畢竟身分尊貴，且此事也是有求，自是不能太過囂張。她帶著幾個新鬼到自己的賞樂亭中小聚，又命伶人們奏曲，再拿出一些上好的糕點供其品嘗，最後，孟婆親自為他們斟酒，正是她心愛的白素。

新鬼們起初還很懼怕，坐立不安、語無倫次，可舞曲佳餚與美酒美人令他們逐漸找回了人間的煙火，加上孟婆引他們輕鬆攀談，新鬼們竟因懷念生時的光景及親人，不禁潸然淚下、悲苦交加。

孟婆便順勢詢問他們：「哎唉喲！瞧你們哭成這樣可憐兮兮的，一定是掛念人世與家人了吧？」

其中一個死魂是皇室宗族的公子摯，他哭得最為傷心，一被孟婆問及，更是委屈得一發不可收拾，哭哭啼啼訴說著自己的傷心事，又道家中只有他一個男丁，老父老母肯定也是日日傷心欲絕。

孟婆引導著他：「見你這般可憐模樣，我也是於心不忍。不如我造個夢境，讓你們和家人在夢中一聚，也好傾訴各自思念，算是留下個念想。」

公子摯當即破涕為笑，趕忙叩謝孟婆的大恩大德，話音未落，孟婆便搖晃著手中的酒杯問他：「俗話說得好，投之以木桃，報之以瓊瑤，只有我幫你們，你們怕是也過意不去。既然是禮尚往來，你們也得在夢中幫我個忙才是。敢問各位，這酒可算上等佳釀？」

公子摯等人連連稱是，孟婆狡黠的笑著，慢條斯理道：「那便請幾位在與家人夢中相聚時，首先向他們說起這美酒吧！依我所看，光誇好並不算妙，一定要向親人們表明是你們想要日日喝上這酒水，不是這酒便絕不可用來祭拜。我所言這些可都聽清楚了？」

公子摯與其他幾個鬼面面相覷，見彼此眼中都有困惑，倒也心裡踏

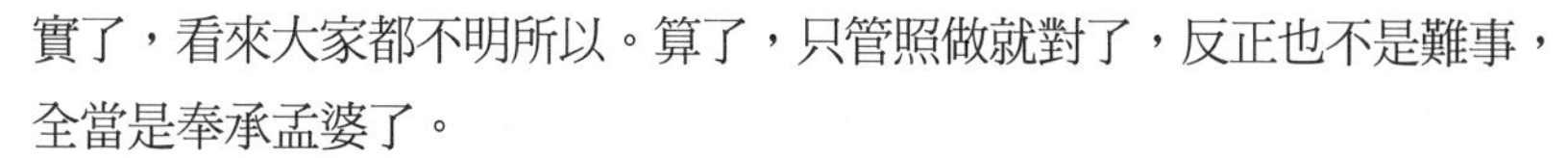

實了，看來大家都不明所以。算了，只管照做就對了，反正也不是難事，全當是奉承孟婆了。

到了子時夢迴，人世的親人們都接連被新鬼們托夢，他們在夢中與親人得以相聚，自是歡喜樂哉。末了，又想起孟婆的囑託，便一一跟親人們道盡柳家酒坊的佳釀有多麼讓人留戀萬分，尤其是那小罈桃酒，味醇清幽，餘香繞齒，且喝下一杯彷若可以忘卻天下煩惱，勝似神仙。如此美酒，作為鬼魂的他們想在陰間也喝得痛快。

聽著這般繪聲繪色的描述，親人們在睡夢中都流下了口水。

幾天之後，孟婆從坊間傳言中得知，由於王權貴族為了祭拜已故的親人，登門柳家酒坊買酒若干，以至於柳家酒坊在一時之間供不應求。據說，由於貴族們稱是受到親人托夢才特尋此酒，自身也是極為垂涎，便在祭拜之時嘗了嘗鮮，不禁讚不絕口，立即向柳家酒坊訂購大量的小罈桃酒，且其他酒水也一併購入，這一訂就訂下了五年的量，又將金額闊綽的預付。一時之間，柳家酒坊成了城中最火的招牌。

如此一來，孟婆終於放下了心，她覺得離歌這次可以高枕無憂過上富足的生活，倘若他日有緣，她二人也還會有再次相見的時日。

然而聰明如孟婆，卻還是忽略了人性最為深邃的惡，她曾為凡人，本該最清楚這點，或許是駐留冥界時日過多，竟令她在恍惚之中忘記了草履蟲也會在適當的環境中，生長出可以刺透葉片的獠牙。

由於酒坊的生意蒸蒸日上，柳家不僅財源廣進，連各路人脈與社會地位都有了顯著提升。柳家人已是樂得合不攏嘴，更被利欲蒙上了眼。金銀珠寶的誘惑使原本還算溫良的老實人也不受控制，打開了罪惡的心門，如魑魅魍魎一般蠱惑著他們的，是越來越多追尋刺激的心緒。

離歌的爹爹終日流連於煙火之地，沉醉在青樓歌妓的溫柔鄉中。那些視財如命的狐媚女子溫香軟玉，她們的繡帕上刺著同床共榻的鴛鴦，全身上下都搖曳著惑人魂魄的香，爹爹為她們拋擲千金，甚至為她們建造奢靡的高牆大院。如此錦衣富貴，眾多僕從，青樓女子們皆與他廝混於此，整日荒淫場面，一派酒池肉林之景。且不僅僅如此，他嗜上了賭博，白花花的銀兩就這樣夜夜付之東流，賭輸了便再賭，賭小了再大賭，一來二去，哪裡還有心思去妥善經營酒坊？

離歌的娘親也曾日夜哭求丈夫收心回家，可他被吵得煩了，索性與家中斷了聯繫，任憑是誰也找不到他的去處。娘親又怎知他早已在外另立門戶？為了排解苦悶，也不想鬱鬱成疾，她只得揮霍錢財來獲得短暫的愉悅，那些華而不實的玩意皆是她花了大價錢購入的，什麼虎皮象牙、鱷魚長尾，竟還有熊膽與熊掌……離歌實在不明白母親這樣做有何意義，她多次勸阻也未能得到娘親的顧及，久而久之，離歌內心絕望，但卻又無能為力。

就這樣折騰了幾年下來，離歌只能眼睜睜看著家業破敗，生意衰落，柳家酒坊就如同坍塌的殘垣破壁一般，跌陷於地底泥潭，好似再無重見天日之時。

直到最後，家中值錢的物品都已變賣一空，然而依然是入不敷出、赤字驚人，爹爹和娘親是在這一刻才幡然醒悟，可惜早已是回天乏力，為時晚矣，恐怕連整個柳家的酒坊都要輸給討債上門的人了。

娘親日哭夜哭，哭得肝腸寸斷，眼睛都要瞎了。爹爹更是唉聲歎氣，悔不當初，他惶恐不安，魔怔般念叨著：「酒坊不能沒了，酒坊不能沒了。」莫非天要亡他？但這可是祖輩留下的業績，萬萬不可斷於他手啊！

但並非別無他法，眼前也未必真的走投無路了。

爹爹和娘親淚眼婆娑，忽覺一縷生機浮現眼前，不約而同的看向了站在他們身後的離歌。

離歌見狀，驚慌不安的向後退了幾步，她止不住的全身顫抖，只因爹娘此刻望著她的眼神，如同食人不吐骨的惡鬼，奸惡而恐怖，似妖又似魔。

誰人道妖鬼無情、人有情？只怕赫赫紅塵中，滄海不忍吞幼龍，蒼穹亦憐憫鵬鳥，唯獨有披著人皮的狠戾角色，做盡了連妖魔鬼怪都為之驚悖、戰慄之舉。

最終，身為柳家酒坊女兒的離歌，便做了代替酒坊之物，被如此輕易賣掉了。

爹爹、娘親在按壓手印當日痛哭欲絕，不斷懇求著離歌的諒解，他

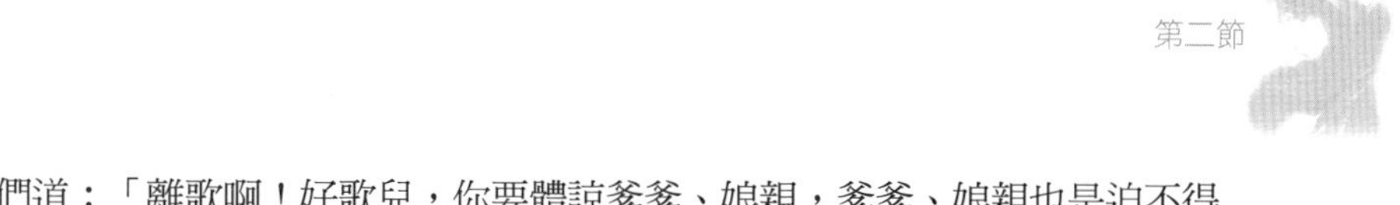

們道：「離歌啊！好歌兒，你要體諒爹爹、娘親，爹爹、娘親也是迫不得已而為之，柳家酒坊只有一個，我們必須要護它周全，才能去面對列祖列宗！你……你不要恨我們，誰讓柳家酒坊只有一個……」

但是離歌，也只有一個。

你們的女兒，也只有離歌一個。

緣來緣去，因果報應。

當日是一筆錢財，今日是離歌被逼上花轎，有始便有終，有善便有惡，可兜兜轉轉，竟皆是因孟婆那日將銀票贈給離歌所起。

就如同下到了一半的棋局，卻早已是一步錯，步步錯，鹿死他手，全盤落索。

如今的離歌便是一副已死之身，她六神無主站在孟婆面前，身著三重繁複的朱紅嫁衣，金絲繡的蓮花鞋裹足，額前鳳綴搖曳，正映著她眼裡的盈盈淚光。她已是美麗動人的窈窕淑女，唯獨一柄鋒利長劍插在胸口，攜著妖冶的血紅，閃著凜冽的寒光，鮮血淋漓的模樣刺痛人心。

見她這般淒慘，孟婆咬牙切齒轉向身側的馬面，厲聲斥道：「你竟敢騙我！她哪裡還有四十年的陽壽？分明都已經死得徹徹底底了！」

馬面抱頭躲閃，大叫著自己冤枉，口口聲聲道著柳離歌確實還有四十年才壽終正寢，一定是哪裡出了他所不知情的問題！

聽到這邊傳來吵鬧聲的牛頭也趕了過來，見是孟婆正在追打馬面，他趕忙上前去護住兄弟，擋在馬面身前，向孟婆訕笑著求饒：「孟姐姐這是做什麼？馬面向來呆頭呆腦的，好姐姐你人美心善，不要和他一般見識。」

馬面原本很感動牛頭的拔刀相助，可是他很快就不滿道：「牛頭，你說誰呆頭呆腦的？不是在說我吧？」

牛頭翻了翻白眼道：「除了你，這裡還會有誰？」

「去！誰要你多管閒事，你才是呆頭呆腦！」馬面火氣十足的推開牛頭。

「你簡直狗咬呂洞賓，不識好人心！」

「你是人嗎？你是牛頭！」

馬面與牛頭正吵得不可開交，忽然聽到橋上的孟婆在和新鬼離歌做起了交易，二鬼見多識廣，自然識大體顧大局，便立即放下各自不爽，豎起耳朵去偷聽她們的談話內容。

此時的孟婆正紆尊降貴俯身於離歌面前，竟是鮮少一見的和顏悅色，她道：「放下馬面騙我不說，反正你死都死了，不如乾脆就留在我這裡為我做事吧，我自然是不會虧待你，並且還會格外關照你。你看，橋下那邊就有一群小鬼，他們都是我前段時間特意留下來為我熬製孟婆湯的，別看他們好像整日忙碌，其實有的是甜頭呢。在這冥府內，但凡是在我的庇護下，無論是新鬼還是老鬼，都要被眾鬼差與其他孤魂野鬼高看的。如此大好機會，可不是天天都能遇到，你可要好好珍惜才是。」

離歌跪坐在橋面，死前的光景令她此刻還依然提心吊膽，然而望著面前這錦繡華衣的美豔女子，她彷彿又回想起五年前的那夜花燈繁華、熱鬧萬分。

倘若她那日沒有走出柳家酒坊……倘若自己從未與這女子相遇……

離歌的嘴唇顫抖如風中枯葉，臉色蒼白無血，她搖了搖頭，囁嚅道：「如果這是孟姐姐的美意，我便心領謝過了，恕離歌不識抬舉，還請孟姐姐寬諒。」

孟婆不敢相信她竟婉拒了自己，便直截了當問道：「怎麼，你不願意？」

離歌的眼淚撲簌撲簌的接連掉落，哽咽著說道：「孟姐姐，離歌並非不懂事理，然而我一心想要回去人間，否則我當真是死不瞑目。」

人間。

這二字莫名刺到了孟婆的心弦，她的眼前不由自主閃現了許多零散而破碎的畫面，那些承載著過往傷痛的悲卻頃刻間歷歷在目，令孟婆憎惡的緊閉雙眼，等到她再次睜開雙眼時，她的雙眸中充滿了凜冽的恨意，甚至將這股怨氣遷怒到了哭哭啼啼的離歌身上，呵斥她道：「有什麼好哭的？你的眼淚很值錢嗎？五年前我就告訴過你，不要總是輕易洩露你的軟弱，你以為會有人同情你？會有人可憐你？錯！只會遭人不齒罷了！」

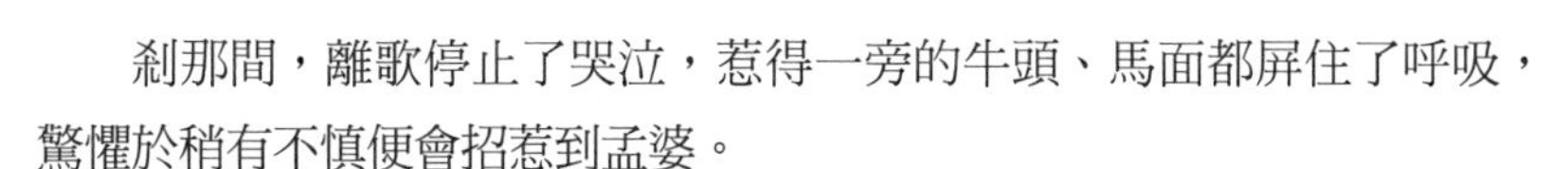

剎那間，離歌停止了哭泣，惹得一旁的牛頭、馬面都屏住了呼吸，驚懼於稍有不慎便會招惹到孟婆。

孟婆站起來，她傲慢的揚起下巴，緩緩在離歌身旁踱步而走，她開始誘惑離歌，就像五年前那般，只不過這一次的籌碼更大，結果也更為誘惑。

「看來是我方才提出的條件沒能讓你滿意了？好，那就敞開天窗說亮話，只要你肯答應留在這裡，我會承諾給你其他鬼差十倍的工錢，不僅如此，綾羅綢緞也隨你挑選，哪怕是你想要穿與我相同顏色的衣服也不在話下。」孟婆雖語調冰冷，卻是擲地有聲。

離歌聞言，微微動了動睫毛，雙眼依舊空洞無神，「即便是能夠住進金屋銀屋又如何？雖可護我肉身周全，怎能使我內心如願？」

孟婆的腳步略有一停，她又道：「我將給你在人世從未食過的山珍海味，賜你伶人奏曲，也可助你在此修行渡己，百年後提升官職，定可取代我成為冥帝之下、萬鬼之上的新任守橋主人。」

離歌不為所動，默默道：「即便所有光華彙集於我一身，即便我將獨立於異彩流光的中央，哪怕被眾人朝拜，可得了天下，失了我願，又有何意義？」

孟婆的聲音裡逐漸浮現惱怒：「你願又一定是正確的嗎？你怎知你願是對？你那是執念，是瘋魔的鏡中花、水中月！」

離歌遲疑片刻，悵然道：「即便是一錯到底，我也無怨無悔。」

「簡直荒謬！」孟婆忍無可忍的衝到離歌面前，一把抓過她的肩膀就要將她按在地上，「你若繼續執迷不悟，我今日便打折你的雙腿、挖掉你的雙眼，強行將你留在此處！」

眼看孟婆就要動粗了，牛頭、馬面也不能坐視不管，趕忙跑上前去拉開孟婆，好言相勸著讓她千萬別動怒，為了區區一個小新鬼可不值得動氣，末了又轉過頭去訓斥著離歌不懂規矩，這奈何橋上孟婆稱第一，自是不敢有人稱第二，竟敢惹孟婆不愉快，難道是有天王老子給撐腰了不成？

離歌依舊安靜跪坐，美目含淚，是為美人。

孟婆氣喘吁吁的看著她，並不說話。

而離歌這朵還未綻放就已衰敗的花朵，早已被悲戚與哀愁吞噬，她紅豔豔的嫁衣上血跡斑駁，明明遭受過撕心裂肺的痛楚，卻依然選擇再次奔赴刀山火海。孟婆死死的咬著牙，終於問她道：「為何？」

為何如此愚蠢！

離歌的身軀似受到驚嚇般震了一震，可她不再猶豫，終於鼓足勇氣抬起眼，堅定的望著孟婆道：「為了實現我在人世唯一的也是最後的心願。我路上聽鬼差大人們說過，只要自己能放得下來生來世，就能與孟姐姐做個交易。」

孟婆一邊平息著自己的怒火，一邊心裡埋怨這些多嘴多舌的鬼差們，竟讓離歌知道了交易之事，轉念一想或許也是定數。但是她依舊不得不提醒離歌道：「你可知和奈何橋的孟婆簽訂契約，是要付出你想都不敢想的代價，不只是要下十八層地獄那麼簡單，你將魂飛魄散、受盡酷刑，永生永世都不得輪迴！」

離歌面不改色的默然屈身，對孟婆行跪拜禮，她的雙手從袖口裡伸出半截，相互交疊，彷彿是塵世間最為卑微凋零的玉白花朵。

「只要孟姐姐肯答應，離歌願意為此付出任何代價。別說是不得超生，哪怕是挫骨揚灰，離歌也在所不辭。」

好一個挫骨揚灰啊！倒也有骨氣。

孟婆心裡雖氣離歌的執拗，可她何必與她爭論不休？身為孟婆，本就是渡人渡魂的。末了，孟婆掙脫開牛頭和馬面，居高臨下望著離歌，冷冰冰的問道：「但凡是不違背天道之事，我都可和你交易。說吧，你的心願是什麼？」

見孟婆終於同意，離歌的雙眸是在瞬間便亮起了點點晶瑩的光，她先是叩謝孟婆，再來便是幾度開口，都如刺在喉，許久許久的沉默過去，她才悲悲切切的說道：「我的心願……是嫁給昌陵的姜家。」

「昌陵姜家？」孟婆眯起了眼，語氣中充滿狐疑。要說到昌陵的姜家，想必這世上再沒人比孟婆更加瞭解了。畢竟，她尚且還是人類之軀時，便是在那個偌大家族中出生的。

孟婆也曾是姜家人，並且是一個被寫入族譜後又被無情劃掉的人，沒有對她的記載也沒有對她的描述，就好像她從未出生過，也從未存在過。

耳邊似乎在這時回想起母親曾對她說過的話：「你這孩子，身為女兒家，怎可與人打打殺殺？實在不像話！」

她那會兒年歲還小，又生性要強，自是滿不在乎的辯駁道：「女兒家怎就不可威風赫赫？我與男兒郎有何不同之處？我既可施粉黛，也可武弄刀槍，即便是喝酒吃肉、筆試文武，我也不會輸給他們，說不定還會比他們略勝一頭。故此，又憑什麼要我只做女兒家？誰人規定了女兒家就應該是什麼模樣？」

「一派胡言！」母親忽然一巴掌打下來，辭色漸嚴，「姜墨舞，你身為女兒身，就要做女人家該做的事情，萬不能有失姜家顏面！在這城邸之中，姜家乃大戶人家，豈可讓你這般胡作非為？男子生來便是天，女子自當對其叩首，而你竟要和男子平起平坐，你簡直是痴心妄想、是中了魔！」

那日的一記耳光，火辣辣的打在她的臉上，也烙在了她的心上。即便那般，她也是不服，心底深處名為反抗的種子逐漸生出了根、長出了枝枒，很快便會成為參天巨樹。為何女子就不可擁有和男子一般的生存權利？為何女子就一定不如男？她不願被奴役，更不願被輕視，她在那一天便對自己起誓——她，姜墨舞，絕不會對此甘休，絕不會任人宰割，絕不會。

而到了今日，歷盡滄桑與千帆後，竟然還會有人在她的面前說要嫁去姜家。

離歌卻字字真切的對她道：「我……是要嫁去姜家做小妾，但我要嫁的人是姜家的嫡長子——姜懷笙。」

話音落下的瞬間，孟婆那絕美的面容上浮現出了一抹冷酷的、輕蔑的笑意。就好像離歌誓死都要完成的心願，在她看來不過只是一個極為諷刺的笑話。

第三節

早在上古，便有六位靈獸，即南朱雀、北玄武、東青龍、西白虎、中麒麟與暗黑騰蛇。六位靈獸各守一方，後立國教，每一國教除有王儲外，又有一族人與王平起平坐，即是靈獸欽選一族，世代守護王君，又被王君所敬仰、懼怕、尊敬且愛慕。

從先代起，帝王們便為欽選一族建造出蓬萊似的島嶼，供其居住，並遠離塵世庸俗。而這其中最負盛名的，便是靠近北方的初代郡王所賦予其族的海島。土地偌大、山水翠綠的海島之上漂浮著一個「天甯仙境」，他們背靠著北方玄武的庇護，令其島四季如春、常年青翠，如同世外桃源，美不勝收，唯有虔誠的修行之人才可登入島內。

據流傳於人間諸國中的記載來看，天甯仙境的確如同蓬萊聖地——湖水懸掛在頭頂，海棠樹的花朵開成了雲，還有交織成原野般的紫藤花蔓盤旋在上空，結滿了如霧如海的紫色花簇。正如那詩文裡所寫：

「問蓬萊何處，風月依然，萬里江清。休說神仙事，便神仙縱有，即是閒人。笑我幾番醒醉，石磴掃松陰。任狂客難招，采芳難贈，且自微吟。俯仰成陳跡，歎百年誰在，闌檻孤憑。海日生殘夜，看臥龍和夢，飛入秋冥。」

這雖是用來描繪蓬萊美景的，可世人皆知，蓬萊聖地便是天甯仙境，天甯仙境勝似蓬萊聖地。許多皇親國戚、王孫貴族都想方設法前往天甯仙境一睹其風采，有的甚至駕著數不清的華麗車輛、俊秀寶馬去尋那海島，可惜浩浩蕩蕩的船隻總是在接近海的中心地帶時，便被巨浪掀翻了船身。

數千年過去，史冊中只記錄了一位老翁駕著破敗的孤舟前往海島且成功的案例。當年他獨自一人默默前行，感歎生年不滿百，常懷千歲憂，天快大亮時，見到海面上升起赤紅太陽，山騰如龍，人在夢境，又聽到舟下是滔滔波聲，情不自禁的在心中感慨，這千秋萬載總是戰亂不斷，如果眾人都能和他一樣來此海上見此壯闊，便不會心懷那渺小又無情的私欲了。紅塵亂世，可會有一處淨土能夠永樂無爭？那般聖潔之地必定是朝雲暮雨，煙霧氤氳，高朋滿座，聲歌盈室，品酒談心，醉舞歡騰，美人容顏嬌豔，香氣氤氳馥鬱。哪裡偏要有什麼你爭我奪、死不方休？彼此謙讓，各自體諒，三千世界，墨守成規，如此這般，皆大歡喜……

他這樣誠心所念，不知不覺間竟已經來到了海島，抬眼一看，天甯仙境的宮門已然為他打開了。

後世便借他之口傳頌著天甯仙島上平和歡樂、從無戰亂。列國深深嚮往其地，便在商貿往來和文書記載中，以「天甯」作為人世紀年，以此來表達世人對和平的追求和期盼。即便在此後的百年中，諸國之間的戰火與厮殺根本從未間斷。

但這卻是「天甯」年號的由來，無論哪朝哪代的帝王登基加冕，都不會更改年號。比起內心的嚮往，追求淺薄表面的年號才更是一種無形的思想枷鎖，牢牢鎖扣住了滿懷欲念的歷代帝王與諸國百姓。

「這便是人間為何只延續著天甯紀年的原因了。哎！說了這麼多，口都乾了，要潤潤嗓子才行！」孟婆道盡這些，趕忙暢快飲下一口酒，末了胡亂擦了擦嘴巴，極為滿足的發出讚歎聲。

那是五年前的上元節。離歌之所以與姜懷笙相遇，也是源於那一晚。

說起為何會遇見姜家嫡長子，還都要從孟婆的隨心所欲說起。要說她帶著離歌逛遍了整個長安街後，兩人都十足盡興。離歌是凡人之軀，暢玩之後大汗淋漓，便請求在樹蔭處稍作休息。孟婆嘴上雖怨她嬌弱，可行為上卻很貼心，帶著離歌躺在樹蔭下賞月，還施了一個小小的法術，為她驅趕走了夜裡的鈴蟲。

離歌愜意的乘涼，孟婆則是繼續喝著她愛到難以自拔的珍釀白素，一口接一口的喝，喝到興起時就跟離歌講起了各路故事，還要吟上幾句詩：「美酒白玉缸，肉臘黃金槃。樂哉今日宴，四座爭萬年。」

離歌聽著，反而覺得烈酒已那般熱辣，自是應該配以酥糕一類的點心才能解酒，便和孟婆道：「孟姐姐可喜歡吃桂花酥？我家酒坊裡每年春天都會自製桂花酥，又香又酥，十分好吃，下次也留些給姐姐配以白素一起品嘗。」

孟婆卻嗤了一聲，不屑道：「那種小孩子的東西怎能配好酒一同入胃？說起來，你這黃毛丫頭才十三歲，就會釀出這等好酒，自然也能是能千杯不醉了。來，這酒還剩下小半罈，賞給你來快活一下吧！」

說罷，孟婆不顧離歌的拒絕，二話不說便給離歌灌酒。她生來便不願在意細節，自然考慮不到離歌只是個孩子，哪可能喝酒？

這下可好，白素進喉，極為霸烈，離歌從不知自己釀出的酒是這般火燒火燎的東西，只喝了四口有餘，她便醉意上頭了。二人皆是醉眼惺忪，離歌在恍恍惚惚之間看到孟婆搖搖晃晃起站起身來，她先是哈哈大笑，忽然又水袖翻飛的跳起舞來。

她歌聲清麗，舞姿翩然，媚眼如絲，猶如驚鴻。

離歌看得呆住了，心想著世上怎麼會有如此美麗的女子？定是仙人下凡，自己真是三生有幸，能見此驚豔景象……

可唱著唱著，孟婆漸漸變得神色頹唐，她惆悵之餘，喃聲自語道：「人言落日是天涯，望極天涯不見家。已恨碧山相阻隔，碧山還被暮雲遮。平生不會相思，才會相思，便害相思……」

離歌從她的語氣中察覺到了她的悲戚，定是憶起了過往的傷心事，聽那詩句，像是在思念家人。離歌正欲去安慰她一番，沒想到孟婆忽然一把抓住離歌的手腕，低聲念出咒語。

離歌困惑的詢問：「孟姐姐，你剛剛念的是什麼啊？」

伴隨著一聲驚叫，途經於此的幾名布衣行人慢半拍的「哦？」了一聲，這才發現樹蔭下掉落了一罈酒，漫天綠葉飄灑而落，卻無半個人影。

月華皎潔，雲霧縹緲。

半空之上，離歌只覺得耳畔生風，她怕得不敢看下面，只得緊緊抓著孟婆的衣襟，碎碎唸著：「這是夢，這是夢，這一定是我在做夢，這全然不是真的……」

孟婆醉醺醺的掃了她一眼，嗤笑道：「如何，醒酒了吧？醒酒的話就趁此良機俯瞰長安街，這可不是誰都能體驗的。」

離歌瞇縫著眼，偷偷去看——不看還好，一看更是可怕！下方的長安街小的如同一粒粒沙礫，這若是墜落下去，豈不是要粉身碎骨了！

「我要回家！救命啊，快來人救救我啊！」坐在雲端上的離歌嚇得酒都醒了，她一邊大叫一邊哭求，頃刻間便哭得梨花帶雨、可憐至極。

孟婆被她哭得煩心，不耐的數落她道：「不就是被我帶到雲端上來了嘛，有什麼好哭的？哭哭啼啼的女人最惹我不痛快，簡直就是無能的喪家之犬。你最好立即給我止住眼淚，否則我就把你直接丟下去。」

離歌聽進耳裡，非常害怕，便不敢再哭出聲來，只得捂住嘴委屈啜泣。孟婆絲毫不覺得她可憐，反而是不留情面的點撥她道：「離歌，你如今雖然只有十三歲，可你很快就會長大成人。時光匆匆，歲月更是不會憐憫你，你將由少女變為少婦，再就是變為婦人，也許你會嫁給一個你心愛的男子，為人妻，為人母，你會有那麼一瞬間覺得你寧願為他們拋棄自己，只要他們需要你活成他們希望的模樣。即便如此，你仍舊要牢牢記得，沒人能夠剝奪你追求自己是誰的權利，更沒人有資格定義你該成為誰，女兒、妻子、母親，這些都是你可以成為也可以不去成為的角色，只要你願意，你可以成為任何人。你就是你，僅此一個，不可替代。」

這一番話發自肺腑，離歌卻似懂非懂，倒是因此而忘記了流淚，壯著膽子問了孟婆一句：「可誰又會在意我是否僅此一個呢？」

從出生那刻起，爹爹、娘親便從未珍惜過她，她每日的生活只有不斷重複的釀酒與學著釀酒，甚至連能夠交談的同齡人都沒有。那麼，一個連父母都不會疼愛的人，何以去奢求他人的在乎？

孟婆冷漠道：「為何一定要他人來在意？你太軟弱了。」

離歌的手指不由一抖。

「軟弱的人連選擇如何過活的權利都沒有，除了變得更為強大，根本不可能逃離現狀。」孟婆的眼神飄向遠方，若有所思般的繼續道：「女子也好，男子也罷，但凡是人，無論生前還是死後，對自己的命運都要去爭、去鬥、去拚，哪怕不擇手段，只要是應當自己得到的，便絕不要拱手讓人，更毋須在意他人感受，一如他們不會在意軟弱時的你。」

離歌默默重複著：「不擇手段……」

孟婆道：「倘若你覺得哭著去求別人便會得到你想要的東西，那簡直是大錯特錯。輕視你的人不會因為你的妥協而高看你，只會變本加厲的欺辱你，而你也將永無出頭之日。既生而為人，便要好生走完一生，必將極致絢爛，莫留遺憾。就算是要踩著他人的身軀做墊腳石，都不可辜負了自己。」

生時絢爛，死也無憾。

離歌聽著孟婆的話，眼神從渾濁逐漸變得清澈，尚且年少的她並不能參透孟婆話中的全部含義，可那一晚的所見所聞，都如烙印一般深深刻進了她心底，再難遺忘。

風漸漸小了，卻已穿過了數層雲霄。

離歌隨著孟婆的雲朵一路向前，她覺得自己被帶進了另一個世界，雲海浩瀚，星光熠熠，她從不知蒼穹之中是怎樣一番景象，如今竟看到許多浮在雲端上的島嶼、巨樹……還有與畫卷中一模一樣的蓬萊仙境。

她被眼前的種種畫面驚呆，目不暇接，道：「沒想到世間真的有這種地方……」

孟婆笑她少見多怪：「這樣就讓你震驚了？」

離歌驚歎道：「自是會永生銘記了。」

話音剛落，孟婆突命令道聲說：「閉上嘴，不要出聲。」

沒等離歌反應過來，迎面卻飛來了一隻巨獸，臉孔猙獰兇惡身形巨大，四肢纏冰，蹄下卻騰火。

這獸出現之際，雲霄都變了顏色，驟然黑暗。

「何人擅闖昌陵山？！」這獸高聲質問。

孟婆自然是知道這獸的名字，她向前踱了幾步，語氣也是較為難得的尊敬，和這獸攀談道：「睚眥兄，多年未見，別來無恙，想必是貴人多忘事，記不得我了嗎？」

離歌很驚奇，心想這個孟姐姐果真是個狠角色不成？見到那種可怕的獸都面不改色，竟還像是遇見了老友。

名為睚眥的獸打量孟婆一番，忽地亮了眼睛，隨即幻化成了人形，是一名極其豔麗妖嬈的公子模樣。

他對孟婆作揖行禮，言語間十足恭敬：「原來是墨舞姑娘，是在下冒犯了，只因如今的姑娘氣息變了，擾亂了在下的判評，實在是許久未曾謀面，還請姑娘見諒。」

孟婆淡然一笑，道：「睚眥兄不必多禮，是我突來此地，唐突了。我今日本想在人間稍作逗留便打道回府，但又想到這裡有故人，實在是情不自禁闖進了這山中……說來，你的二位主人可還都好？」

不提還好，一提及，睚眥便傷心歎道：「老爺和夫人近年來的身子狀況倒是一言難盡，家中是非多，我等儘管十分擔憂，可奈何此身非人，也是無能為力。」

孟婆點了點頭，睚眥忽然抬頭，一眼盯住了離歌，「姑娘怎麼會和凡人女子在一起？」

離歌有些怕他，不敢和他對視。孟婆回頭看了看她，然後輕佻笑道：「不過是我一時貪玩，路上撿到了隻可憐的小野貓罷了。」

竟說她是貓？還是野貓？

睚眥倒也不在意，只請示孟婆道：「姑娘既然來了，便隨我前去府中看看也好。你也知道，如果不跟著我，任憑是誰也進不去府中的，而且當年姑娘也是在鬧情緒，都已過去這麼久了，姑娘便別再介懷了。」

孟婆思慮了片刻，卻拒絕了，道：「謝過睚眥兄美意，我今日還有要緊事需要處理，不便多留，改日再會。」說罷，便與睚眥告別，轉身返回原路。

離歌心存疑慮，跟隨在孟婆身後，問道：「孟姐姐，你來此處不正是要去他口中所說的地方嗎？為何不隨他前去？還有……他是什麼人？不，看起來不像是人類……」

孟婆皺眉道：「你的問題這麼多，我聽都聽亂了。」

離歌不知所措起來。孟婆側臉看她，語氣戲謔，像在嘲諷：「你這笨丫頭，他自然不是人類了，我已稱呼他是睚眥，便足以證明他是那家宅子的守護神。他身為上古神獸，嗜殺喜鬥，刻鏤於刀環、門環、劍柄吞口，所謂『一飯之德必償，睚眥之怨必報』，報則不免腥殺，睚眥便成了剋殺一切邪惡的化身。若不是他在我嬰孩之時便看守於宅中，自是不肯和我這般態度恭敬了。不過，我為何要聽從他的提議呢？以我現在的功力，自是可以任由進出那宅子，根本不需要他來引我入門，他甚至都未曾察覺到，我便已經入宅了。」

孟婆生性叛逆，別人要她做什麼，她向來不會乖乖聽從。非要另行途徑，自尋門路才行。

離歌卻道：「但他剛剛卻發現你接近了這座山。」

孟婆哼一聲：「他是發現了你，可不是發現了我。」

說罷，孟婆便駕雲繞到山下的一處偌大府邸上空，那是棟富麗堂皇的大戶別院，朱牆玉柱，金面燈籠，滿園怒放著杜鵑香，姹紫嫣紅，爭相鬥豔，竟還有一簇簇紫藤蔓架在接連緊挨的柳樹上，錯中交雜，美如圖卷。

有三三兩兩的女僕提著燭燈經過於此，孟婆對離歌比出食指壓在她嘴上，示意她不可說話。然後又駕雲低空飛進了府中，趁著女僕們離開之後，孟婆便將離歌丟在花園的假山上。

離歌腳下一個不穩，差點就跌落進下方的蓮池中。她雙手攀附著假山的鏤空處，驚慌失措的喊著孟婆，孟婆卻對她做兇狠狀：「噓——都告訴你不准出聲了，想被睚眥發現把你咬成碎片不成？好了，我現在要去忙重要的事了，你且在這裡老實待著。」

想來這宅子是孟婆生時的故居，尚在人世的父母親也不過僅剩兩年壽命了，她今日來此，必要去偷偷探望。只是之前與他們二人有些過節，心中總是放不下彆扭，這才在喝得酩酊大醉後跑來於此，頗有幾分借酒壯膽的架勢。

孟婆心中矛盾不已，最終還是決心去見父母親。她念出一咒，頃刻間消失不見。見她沒了蹤影，離歌更是六神無主了。她獨自一人在這陌生的高牆大院裡，又狼狽的掛在假山上，實在是欲哭無淚。可是她立即想起孟婆的話，不要指望別人，也不能軟弱。離歌咬了咬牙，決定自己救自己。她小心翼翼踏著縫隙處爬下假山，可惜殘餘的酒精作祟，加上胃中燒灼，人又緊張得繃著一根弦，她眼前時而模糊不清，時而暈頭轉向，終究是在最後關頭踩了個空，硬生生的從半山腰處摔了下去。

然而離歌卻不覺得疼痛，這真是怪了。她困惑的皺起眉，還沒等猜想是怎麼回事，就聽到身上傳來一個強壓著憤怒的聲音：「這位姑娘，你差不多該從本公子的身上起來了吧？」

離歌一驚，趕忙爬起身來，這才發現自己方才是砸到了一個肉墊，不，是一個人，更準確來說，是一位少爺身上。

離歌心中不由「咯噔」了一下，沒料到自己的運氣這麼差，撞見了人不說，對方好似還是個衣著不凡之人，且面露慍色，十足氣憤。儘管驚懼不已，離歌卻也還是看清了身前之人的面容。

十六、七歲模樣的少年，烏黑深邃的眼，身上穿著雨過天晴時那般的青色綢衣，腰間繫著一把淡藍色的摺扇，墜著流蘇穗，映著嵌有桃花的玉佩，將他華貴身影勾勒出一股青澀但有疏離的韻致。

姜家獨子名懷笙，是姜府之中彙集萬千寵愛於一身的人物，雖是庶出，但自幼便得到全族的認可，上到祖輩、下到奴僕都將他當作嫡子一般恭敬相待。且又是父親老來得子，哪怕生母只是地位卑微的妾室，可由於是長房母親的遠親，也便不會遭人欺辱。

離歌的視線從他的眉、眼、臉一直滑落到他手中握著的書卷，是本寫有《武林絕密》的武功祕笈。察覺到她的眼神，他立即將書卷藏到身後，尷尬的解釋著這是僕人隨手丟在地上的，他好心幫忙拾起罷了，而且他可不是在偷偷練功，絕不會做那麼蠢的事。末了，又意識到自己幹嘛要和她說這麼多？豈不是此地無銀三百兩？而且她從天而降砸得他好生疼痛，必當教訓她一番才是！

懷笙沉著一張稚氣未脫的俊秀臉孔，走近離歌幾步正欲責罵，離歌受到驚嚇般向後退縮幾步，竟是一副就要哭出來的楚楚可憐模樣。

懷笙抿起嘴角，遲疑了一下，目光緩緩落在她的臉上。

那夜花影婆娑，月色深重，離歌的面容蒙上了一層柔情的光澤。懷笙對她端詳許久，然後皺起眉，不情願的低歎一聲，又從自己袖中取出一條繡著朱紅色絲線的錦帕遞給她，彆扭的說道：「就算你是家中新買來的丫鬟，也不要在夜深人靜時爬去假山胡鬧吧？還有，你身上有泥濘，收拾得乾淨些，免得母親待會兒看到要罰你了。」

離歌怯怯的接過帕子，猜想他是把自己當成他府裡的新人了。而能以這種語氣說話的人，肯定是少爺了。離歌仍舊驚魂未定，不知道該說些什麼才好，又怕被識破，只好囁嚅一句：「謝過少爺……」

這會兒飄來一陣清風，吹散了懷笙身上的香。離歌忍不住閉眼深嗅，心覺這般奇香隱隱，實在令人沉醉。曾幾何時，聽聞來酒坊的客人們說起過，城中的大戶人家喜愛西域香料，負責調香的都是極為美貌的婢女，據說是為了令妙齡絕色女子的體香混雜進異族香料中，更添別致。

「你湊我這麼近做什麼？」他的聲音驚醒了她。

離歌發覺自己的失態，臉紅不已，支支吾吾之中竟聽見自己的肚子咕嚕咕嚕叫了起來。

風清，花靜。離歌羞愧到恨不得像鴕鳥一般，把頭埋進泥土裡。

懷笙低頭看著她，目光深不見底，半晌之後氣呼呼的說：「宋媽真是越來越不像話了，竟然如此苛待新來的丫鬟，連飯食都不給吃，實在惡毒！」

離歌越發不好意思垂下頭，她的確是肚子餓了不假，但連累那位宋媽被咒罵惡毒就是罪過了。

「你，跟我來。」懷笙平淡的掃了一眼離歌，轉身向西側走去。

離歌很猶豫，她擔心自己離開原地後，孟婆回來會找不到她。但是懷笙這時停住腳，轉過身看著她，輕聲問了句：「不來嗎？」

離歌睫毛微微一顫，見他用那般寂靜如夜的雙眸盯住她，幽幽也深遠，於靜謐之中不動聲色的刻進了她心裡。

離歌向前邁去一步，便鬼使神差的追上了他。

他緩緩走在前方，她隨在身後，耳畔是輕薄似紗的風，吹拂在面頰上如溫柔的水，纏綿悱惻，竟令二人感到了肌膚癢癢。

夜已很深了。

由於昨日剛下過一場雨，屋簷下還有殘餘的水珠滴落。懷笙踏上了蓮池中央架起的小石橋，他青色的身影在夜幕中搖曳，腰間繫著的桃花玉佩，隨他的走動而輕盈晃動。

姜府宅邸內富麗堂皇，色調是金與紅，庭院的設計竟都是流線型的，襯著水潭中養著的金鯉，顯得十分奢華。

走進西廂房的長廊，引起離歌注意的是半米處立著的一座山水圖屏風，上面是潑墨畫的八仙過海。

順著長廊走到了後院，赫然呈現在眼前的是一個古樸的山莊般的廂房。懷笙叮囑離歌要緊緊跟在她身後，躡手躡腳一些是最好的。離歌乖乖照辦，隨他偷偷進了廂房，不禁眼前一亮！

這哪裡是什麼廂房，分明就是膳房！離歌見到梨花木案的長桌上，擺放著琳琅滿目的山珍美味，都是她見都沒見過的。

懷笙四周環顧，確定沒有旁人在場後，他便鬆了一口氣，立刻耀武揚威的向離歌炫耀起來：「這些都是今晚剩下的菜色，但也還都新鮮。從左起是蓮藕蒸扣肉、酥油牛肉飯、麒麟肉羹、櫻桃蜜餞糕、西施蝦仁、烏雌雞燉炸核桃、三鮮瑤柱、龍井竹蓀……我說你儘管吃呀，隨便吃不用擔心，別傻愣愣的杵在門口，你不是餓了嗎？快快填飽肚子。」

離歌拘謹的搖頭笑笑，她並不願無為便受人恩惠。懷笙凝視著她，彷彿看穿了她的小心思，隨即二話不說盛了一碗烏雞湯外加一隻肥嫩的雞腿遞給她。

「你放心，只吃這點是不會有人發現的，就算他們察覺了也沒關係，有我在，你不用怕。」他的聲音極為真誠，明眸如星。

離歌望著雞腿吞了吞口水，終於按捺不住饑餓，接過碗筷便狼吞虎嚥吃了起來。

懷笙笑道：「你不必吃得這麼快，又不會有人和你搶食。」

離歌害羞的鼓著雙頰，含糊不清說著：「謝謝。」

懷笙覺得她此時模樣像極了樹林裡的松鼠，便揚起唇角，溫柔的笑了。

假設真的要回憶，懷笙偶爾會覺得自己出生至今的十六年裡，並沒有太多愉快的過往。姜家作為富甲一方的大戶，宗族勢力極為複雜。為了鞏固地位，父親必須要有嫡子來培養，並做繼承家業的候選人，才可繼續掌握著於眾多勢力中的話語權。

然而長房夫人卻始終沒有誕下男子，唯獨生下兩個孩子，偏偏都是女兒。在他看來，長房夫人的個性十足強勢，故此就連父親的妾室所納何人，都要由她一手操辦。

而他的生母，便是長房夫人的遠親表妹。由於家道中落，身為表姐的長房夫人，便討來表妹為父親做了小妾。心想著只要生下男兒，這姜家都將還會由她長房一手遮天。

他的生母性格溫和，甚至是有一些軟弱。她做妾嫁來時僅有十八歲，生得非常美麗，令眾人迷醉。生母掌控了父親的愛慕，長房夫人卻掌控了生母的行為。

她要生母死，生母不敢苟活；她要生母懷上孩子，生母不敢有片刻耽擱。生母成了她的傀儡，是她用來統治姜家的工具與武器，更是一把鋒利的刀刃，也是免死金牌般的鐵盾。

在嫁進姜家的當年秋天，生母便懷上了他。即便生母已經擁有了恃寵而驕的籌碼，她卻因自我奴役而從不願反抗。她整日緊跟在長房夫人身側，唯她是從，下人們私下裡還嘲笑她哪裡是妾夫人，分明像是長房夫人的貼身婢女。

但值得欣慰的是，當他出生之後，長房夫人便將他養在身邊，待如己出。他自幼也被教導要稱呼長房夫人為母親，至於自己的生母，反而要尊稱一聲為二夫人。

他的存在就如同是照亮姜府的一道聖潔之光，被父親視作明珠，被母親萬千寵愛，他是全府的希望，是未來唯一可繼承家業的嫡子。

每日他聽得最多的問話，便是來自父親與母親的那句：「可有乖乖讀書？」

他們為他請來了最好的先生，教他琴、棋、詩、賦，教他讀書、練字，日復一日，年復一年，聖賢書背上了千萬遍，父親總在他耳邊念著：「富貴必從勤苦得，男兒須讀五車書。」

可他畢竟也還是個孩子，心裡總想貪玩，更喜愛策馬奔騰的自在感。然而能夠主宰他人生的人，卻不會是他自己。猶記得那年是他十一歲的初春，園內忽然飛進來一群色澤豔麗的蝴蝶，他從未見過如此漂亮的蝴蝶成群出現，心中喜悅，便要婢女們陪他一起抓蝴蝶，只是蝴蝶還沒抓到一隻，母親便出現了。

她揚手一個耳光，落在照顧他飲食起居的婢女臉上，並憤怒得斥責道：「你們這群不知天高地厚的下賤東西，竟敢蠱惑少爺玩這些迷心妖

冶之物？我欽點你們在他身邊，可不是要你們擾他心神的！少爺必要刻骨讀書、心無旁騖，他日後要統領偌大的姜家，豈可在妖冶上浪費時間？如果再被我看見一次，我定要打折你們的雙腿！」

末了，母親轉向他，立即變得和顏悅色，蹲下身來撫摸他的臉頰，笑道：「懷笙別怕，都是那群下人們不對，你只管勤於讀書，其他的在日後都會手到擒來。至於現在……那些統統都是妖冶，你觸及它們會沾染上骯髒的東西，會汙了你的潔淨，母親會保護你的，有母親在，誰也別想害你。」

但是……蝴蝶……

「蝴蝶明明那麼美……」年幼的他情不自禁對母親說出了自己的心聲，他神情傷心，面露哀色。

母親卻抓住了一隻蝴蝶，絕情的撕掉了牠美麗的雙翅，並對他說：「所有美豔之物只會迷惑心智，蝴蝶是，人也是。懷笙，你必須要時刻保持清醒，牢記你的身分才是。」

他的身分……是不可以和其他人一樣開心就笑、難過就哭的！

他的身分……是剝奪了他尋找自己的權利與喜歡美麗事物的心情！

這一切，只因他的身分，因為他是要繼承姜家的人。

「我便整日讀書、讀書，還是讀書，連一個能夠攀談的同齡人都沒有。婢女們害怕會被母親懲罰，即便想和我說話也是不敢；親戚家的孩子也只是跟我爭風吃醋，攀比著誰人讀的什麼書、背的什麼詩，除此之外再無其他。唉！好生無趣啊。」此時此刻，懷笙正坐在膳房後面的花園臺階上，向離歌抱怨自己的人生，他偶爾還會給離歌遞上些食物，都是方才從膳房裡順手拿出來的櫻桃蜜餞。

離歌自始至終都默默聽著他的傾訴，不覺苦悶，反而還很憧憬的說道：「我倒十分羨慕你有這麼多的時間讀書。」

他不敢置信的挑起眉，驚恐的看著她。

離歌有些苦澀的笑了笑：「你是因為反感家族壓在你肩上的責任罷了，並非是全然厭惡讀書這件事。可我卻沒你那般幸運了，我很想要讀書卻不被允許。」她暗自神傷垂下眼低歎。

他打量著她憂鬱的模樣，不禁心生疼惜，竟湊近她脫口而出道：「這有什麼難，我教你讀書！」

離歌驚訝得抬起頭，以眼相問。

姜懷笙立即得意的高揚起頭，咳了幾聲清清嗓子，作風流態，曼聲吟道：「爰居爰處，爰喪其馬。於以求之，於林之下。」

離歌笑著看他，聽他繼續吟道：「死生契闊，與子成說。執子之手，與子偕老。於嗟……」

後面的「闊兮」二字還未出口，離歌便忍不住問道：「執子之手，與子偕老是何意？」

他雙手一拍，直道離歌問得好，便解釋道：「這句詩原本是形容將士之間共同勉勵，生死與共，但我卻覺得他是形容男女之間真摯、美好的愛情，言下之意便是讓我攜起你的手，與你白頭到老，一如生死不分離，永生如此誓……」

「生死不分離，永生如此誓。」離歌重複著他的話，與之四目相對。

懷笙怔了怔，這才發覺她的眼神純粹而直接，忽地令他耳朵發熱，雙頰隱隱作紅。

「是螢火蟲！」離歌忽然一聲尖叫，嚇得懷笙一縮肩膀，轉而循著她的視線望向身後，自家的花園裡竟不知何時飛來了星星點點的幾隻小蟲，彷若夜空星宿墜落一般明亮異常。

離歌歡欣雀躍的跳下石階來，她圍著那群螢火蟲笑靨如花，幾次身手去捉，居然想抓到那些狡黠飛舞的精靈。

懷笙料想她是喜歡這些小蟲的，便不由自主的迎上前去幫她去捕。幾次交手都未贏過小蟲，差點害他撞到一旁的老樹上。離歌覺得有趣，「咯咯咯」的直笑，懷笙有些賭氣的不許她笑，上前追她。離歌慌忙躲閃，與他鬧作一團。

二人在滿天星辰之下嬉笑打鬧，期間一個不經意，懷笙把離歌抱個滿懷，年少無知的姑娘與公子交會了眼神，說不清的情愫在難捨難分的氣氛中氤氳，懷笙和離歌只覺得彼此的心都跳得極快，撲通撲通的吵人心弦。

今夜，彷彿是懷笙十六年來度過最為美好的時光，一切人生宏圖與

煩惱都被拋在腦後，他好似從離歌的身上汲取到了無盡的力量，足以支撐他面對後日將會出現的無盡困苦。

「我……你……」懷笙一時之間手足無措，懷裡抱著的人溫軟清香，令他口舌乾熱，語無倫次的問她道：「你的名字……是，是哪個房內的丫鬟？」

離歌面頰緋紅，有時候，少女在瞬間便可長大的原因，只是來自少年的一個眼神、一聲呼喚。她羞怯的咬著嘴唇，囁嚅著回答：「我叫離歌，我……並不是丫鬟……」

懷笙正欲再次追問，哪知忽來一陣大風，漆黑長夜都要被這呼嘯的風聲吹破了。亂花遮眼，樹葉紛飛，懷笙不禁伸手去遮擋雙目，等到再次睜開眼時，卻發現離歌不見了。

他震驚的張望周遭，猛然看到半空中有一朵綿軟的雲在漂浮向前。坐在雲上的人有離歌，還有一位黑色華服的美豔女子。她側眼看向懷笙，神情狠戾，眼底寒光，嚇得懷笙頃刻間臉色鐵青，險些跌坐在地。

那美豔女子輕蔑一哼，水袖揮起，又招惹來千萬片大風一般，那無數道利風吹在懷笙臉上是切膚的疼。

等到醒來時，懷笙發現天色已亮，自己正躺在床榻上，他只覺高熱不止，虛汗直冒，屋子裡圍滿了大夫、婢女，父親、母親更是急得團團轉，念叨著：「懷笙已經病了三天三夜了，吃了好多湯藥也不見好，這到底是中了哪門子邪？」

懷笙面容憔悴的夢囈不斷，他念著什麼神仙，什麼騰雲駕霧，什麼執子之手……就這樣一直病了數十天，懷笙在某個雨天過後，忽然大病初癒，不僅生龍活虎，竟連性情都發生了變化。

他不再厭惡讀書，而是自願投身仕途，日日發憤圖強，再無怨言。只是，停下來的時候，他會時不時回想起那夜所發生的一切。

少女的音容笑貌，如松鼠般可愛的吃相，以及她那入懷時身上特有的清柔香氣……每每記起，都不覺的痴痴傻笑，他怕是永生永世都無法忘懷。

第四節

孟婆伸出纖纖玉手，遮擋著半張臉，百無聊賴打了個長長的哈欠。她擦拭了眼角的淚跡，側頭去問聽得入迷的牛頭、馬面：「過了幾炷香了？」

馬面還未從離歌的故事中醒過神，他還在感動著，便恍惚回應孟婆道：「似乎是兩炷香⋯⋯」

孟婆咂了咂嘴，原來已經過去兩炷香了，怪不得她的酒癮又上來了。轉手拿過案几上的酒壺，為自己斟上了一杯。這酒的味道有些淡，真是比不上離歌釀出的白素那般令人沉醉。

離歌卻心有疑慮的打量著孟婆喝酒的愜意模樣，總覺得孟婆根本沒有將自己的事情聽進心裡，她便心生一絲不悅，低聲問道：「孟姐姐，你有在聽嗎？」

孟婆不耐的歎息道：「自然是都聽見了。」說到這，她又微微蹙眉，看向離歌：「可是那夜你我不是走散了嗎？我怎麼不記得自己曾去姜府接你離開？」

牛頭小聲接話，和馬面嘟囔道：「一定是孟姐姐中途又犯了酒癮，把離歌姑娘忘在哪個地方，害得人家還要自己找路回家。」

孟婆一道凌厲的眼神利刃刺向牛頭，牛頭只得乖乖閉嘴，不敢再多言語。

離歌也是無奈一笑，心想著，到底還是孟婆身邊的親信最瞭解她的為人。

孟婆才不理會屬下對她的抱怨，只管繼續喝酒尋樂，半晌之後才對離歌道：「說來說去，你還沒講你是怎麼死的呢。」

離歌沉下眼，緩緩道出了事情的來龍去脈。

她本以為再也不會和姜懷笙相遇，然而世事無常，她在十五歲那年，被欠下大筆賭債的父母賣掉了，竟是要嫁給一個古稀之年的鰥夫沖喜。

十八新娘八十郎，蒼蒼白髮對紅裝。那鰥夫富甲一方，唯獨疾病纏身，便買下離歌想要一掃晦氣。

離歌的爹娘哭哭啼啼將鳳冠霞帔的女兒送上了錦繡富貴的花轎，離歌就這樣被鑼鼓喧天、八抬大轎給抬走了。她額前鳳墜搖曳，眼裡噙淚，屢屢回首去看身後的爹娘，只見二人在酒坊門口數著滿箱的金銀，竟在剎那間便已破涕為笑。

離歌回過頭，重新蓋上朱紅色的蓋頭，淚水順著臉頰濺碎在疊加於雙腿的手背上，似晶瑩玉珠支離破碎。

也不知道過去了多久，天色開始變得陰鬱，蒼穹盡頭劃過幾道詭異的紫閃，負責送親的隊伍因此而滯住了。由八名壯漢高抬著的花轎也被巨風吹得顫顫巍巍的，惹得轎裡的離歌心生恐懼。

轎頭左顧四盼一通，眼前已是長安街的郊外，荒野無人，前方便是長橋了，過了橋，便可遇見迎親的人，他向媒婆喊道：「張媽媽，咱們已經到了淮陽河了！待風停下再上橋的好，免得搖搖晃晃的摔進了河裡！」

媒婆自是應好，但心裡卻焦急得很。她滿頭大汗，心想著今兒還真是晦氣，好端端的怎麼就天色大變了？可別耽誤了成親的吉時才好。

淮陽河……花轎裡的離歌聽見這三個字，不由的攥緊了手中的紅帕。

這時，天際一道閃電劈天而下——

白光刺痛人眼，幾個壯漢跌落了轎子，紅燦燦的花轎摔在地上，轎裡的離歌爬出來，扯掉頭上的蓋頭倉皇逃跑。

「不好！」媒婆調頭緊追，慌慌張張的叫喊著：「快抓住她啊！新娘子跑了！」

忽然之間大雨瓢潑驟降，雨滴大如卵石，砸落在離歌的紅色翹頭履上，「啪嗒啪嗒」的四濺開來，彷若粉身碎骨那般淒厲哀絕。

她怕得全身顫抖，只想著快逃、快逃！錯過了這個機會，再沒有其他法子了！就算是從此隱匿深山老林，她也不願委身於蒼老的鰥夫！然而頭頂的蓋頭掉落，絆在她腳下，她一個踉蹌摔倒在地，眼看身後的人就要追上，她腦中一片空白，竟是拚了全力爬起身，二話不說跳進了身側的淮陽河。

「撲通！」

離歌堅定不移的投入了秋時那冰冷徹骨的河水中，她本能的張開嘴想要呼吸，卻被冷水嗆得喘不上氣，但很快她便遏制住了自己內心的希望，她不該有求生的幻想，今日，她必要死在這裡，只有死亡才能解脫……於是她絕望的閉上雙眼，任憑自己的身體向黑暗深處緩慢下沉。

再這樣下去，真的會死。

她唯獨……留戀那一夜的上元節……

公子……離歌的淚水滑落，伸向前方的手無力的緩慢下垂，直到另一隻手出現，一把拉住了她！

「離歌！」懷笙在水中大叫出她的名字，她不敢置信的睜開眼去看，竟真的是他。

此般重逢雖看似蹊蹺，卻也是命中註定的奇緣。

約莫半炷香前，懷笙與三兩友人在橋這端的淮陽河畔賞湖飲酒。他們早早便騎著高頭駿馬來到此地，只因友人念及懷笙家中剛過新喪，見他心情愁苦，便想陪他排憂解愁。

想來爹娘離世不足月餘，懷笙還身著素色錦紗衣，腰間繫著暗金黑綢，他站在河岸便遙望平靜無波的河面，不覺有何興致，依然是哀歎連連。

其中一位友人是素來交好的商賈李鳶，這便勸慰懷笙道：「懷笙兄，這淮陽河無邊無盡，見此美景，自當感受得到身為凡人的渺小。你便莫再鬱鬱苦悶了，想來令尊與令堂皆是高壽辭世，算作喜喪，兩位老人又能一同在睡夢中蒙天召喚，自是一番美事了，你且應當感到欣慰才是，何苦整日愁眉苦臉呢？」

話雖如此，可他與爹娘感情深厚，如今二人雙雙離去，對他而言無疑是一種巨大重擊。母親雖不是他的生母，但他自襁褓之中開始，就放在姜夫人身邊照料，日日夜夜皆母子相對，這情分自然深刻。他愛她、尊她、敬她，又怎捨她撒手人寰？

「多謝李鳶兄點撥，只是企者不立，跨者不行；自見者不明；自是者不彰；自伐者無功；自矜者不長。在下雖知其中道理，也仍舊需要時日來緩解心中難過。」懷笙眼中憂愁惆悵，聲音低沉。

李鳶默然點頭，不再多說，只陪伴於他身側而立。偶然側眼打量他，不禁感慨著他雖身著素衣，也仍舊是遮蓋不住那與生俱來的高貴。明明飽讀詩書，身姿卻英武挺拔，毫不孱弱，姿容又是那般奪目俊美，難怪見過他的人都會說他是姜家祖上最漂亮的一位男嗣後人，實在是如畫如玉，氣宇軒昂。

正當此時，耳邊忽然飄進鑼鼓奏樂聲。懷笙眼中困惑，和李鳶一齊望向聲音傳來的方向，見是一仗送親隊伍歡天喜地的走來。

李鳶道：「這般時辰娶親，大多是續弦。我幾日前倒是聽聞街角那頭富戶老鰥夫要娶個二八少女做妾室，也不知道那老頭聽了哪裡的鬼話，說是要選個八字純陽的姑娘和自己婚配，就能延年益壽，據說還有其他相貌和面相的要求，已經找人到處尋了一年有餘，終究還是給他找到了。因為難尋，故此給女方家中許了重金彩禮，只是不知會是哪家倒楣的姑娘要遭此劫難。」

懷笙問道：「那鰥夫已上了年歲，都不知還能活上幾日，怎可做出如此違背天道之事？」

李鳶望著懷笙，歎道：「在金財面前，天道又能作何判決？那厚重彩禮當前恐是動了心，一定是那姑娘的父母把她賣了出去，倒是可憐。」

懷笙也跟著歎息，再朝前望去，那頭不知何時竟亂成了一團。媒婆張牙舞爪的叫喊著什麼，好幾個壯漢氣勢洶洶的追趕，居然是新娘跳出了花轎正欲逃跑。

狂風大雨忽然驟降，懷笙瞇起眼，只見颶風掀起了新娘頭頂的紅色蓋頭，一張嬌俏美麗但卻倉皇失措的容顏闖進了懷笙眼裡。

一瞬間，那夜的記憶鋪天蓋地席捲而來。她那靈動羞怯的風姿，衣香鬢影中透露出靡靡酒香，尤其是她抬眼看向他的那一剎光景，蒙昧而澄澈的眼神，連同皎月也一同墜落進她幽幽眼底。

是她！

懷笙神色震驚，心中動容，他不曾料到會在這裡重逢他日思夜想的女子！

他激動喜悅到失了語，下一秒，他不由得倒吸了一口涼氣，只見那女子狠絕的跳入淮陽河，毫不猶豫！

媒婆嚇破了膽，癱坐在河畔驚叫著：「救……救人啊！新娘子投河了！出、出人命啦！」

話音剛剛落下，一道素白身影從媒婆眼前晃了過去。緊接著又是「撲通」一聲投了河，懷笙在流動的水波裡，義無反顧的奔向了離歌。

正值秋高氣爽，風高露深，花香襲人，淮陽河的水卻是冰冷徹骨的。懷笙心覺自己要被凍僵了，然而不遠處的離歌正在沉落水底，他體內竟激湧出一股強勁的力道，促使著他不停向前，急迫地抓住了離歌的手。

手腕處突然一緊，離歌聽見他的呼喚聲，微微一轉頭，便看見了那令她魂牽夢縈的容顏。

淮陽河水寒如冰，似藤蔓糾纏著二人，懷笙試圖帶著她湧出河面，可他博覽全書、策馬練功，偏偏不會游泳。以至於撲騰了幾下之後，他很快就沒了力氣，除了牢牢握緊離歌的手，他似乎已是一籌莫展。

四肢無力，呼吸艱難，懷笙的雙眼漸漸渾濁，在失去意識的前一秒，他彷彿看見有小小的亮光刺探進了眼底。白寥寥的，極其微小的光。

光怪陸離中是離歌在水裡貼近他，那光是來自她眼角的淚珠。

她對他笑了笑，帶著一抹悲涼卻欣喜的笑意，身上的紅嫁衣灼灼，彷若是冥河旁終年怒放的曼珠沙華。她忽然用力挽起他的手，屏住呼吸撥開水面，依然是極其堅定的神情，坦然的帶著懷笙衝出河面。

浮上水面的懷笙大口大口呼吸，他抹掉臉上的水跡，低頭的瞬間與離歌彼此相望，四目交接，二人皆是露出了失而復得般苦澀又喜悅的笑容。

岸旁傳來一陣陣雜遝的腳步聲，分別是李鳶與媒婆等人。

媒婆氣不可遏的斥責離歌，壯漢口口聲聲也都是咒罵的難聽話，甚至還要對懷笙大打出手。李鳶和友人們不服氣，便與之爭吵起來，道著：「你們這群有眼無珠之徒，在姜府的繼承人面前也敢如此大言不慚！本就是你們強買強賣好人家的姑娘，如果將今日之事呈報給官府，你等該當何罪？！」

懷笙與離歌卻彷若充耳不聞，此時此刻，他們的眼中只有彼此。懷笙握起離歌的雙手，滿眼的深情與激動，他對她道：「當年不言而別，如今有幸相見，你可還記得執子之手，與子偕老？」

離歌眼睛灼熱滾燙，淚水悄然間滑落，她心中的愛戀再無法隱藏，隨著眼淚一同撲簌簌傾瀉而出。

「死生契闊，定當與子成悅。」她讀書不多，也鮮少有機會能瞭解詩詞歌賦，唯獨這兩句詩詞，令她終日裡刻骨銘心。

懷笙眼眶微熱，他伸出手輕輕擦拭掉離歌臉上的淚痕，釋然的笑了。

天際落雨，一片蒼涼。

離歌與懷笙在肆意落下的傾盆大雨中緊緊相擁，彼此的心跳交融，周圍萬物瞬間都沒了聲息。

她溫軟的身軀駐留在他的臂彎，他沉醉的細嗅著她髮絲裡的芳香。

心中有無聲的話語傳遞給彼此。

「跟我走吧，離歌。」

「可我已是賣與鰥夫之人。」

「只要你肯，這一切都可交由我來解決。離歌，你願意嗎？」

「公子在哪，離歌便在哪，公子願意，離歌便願意。」

或許，早在兩年前的那一夜就已然註定，他望向她的那一眼，便是她今後的一生。

紅塵繁亂，相思苦短，轉眼白髮，與子成雙。世人皆荒謬，親人眾叛離，任憑歲月消磨，痴心如她也義無反顧、心甘情願。

那日之後，懷笙便趁熱打鐵般率先登門尋那鰥夫，不僅闊綽的把買走離歌的錢還與對方，還給了許多賠償。起初鰥夫也是不肯同意，但得知懷笙是姜府的人之後，他這種商賈老狐自是不願招惹麻煩，惺惺作態之後便收下了錢，還沾親帶故想要攀附懷笙，打算與之結下貨物上的往來交易。

懷笙宅心仁厚，斷然是不會拒絕這份「忘年之交」的。想來他與離歌在那夜上元節分別後，便不再抗拒讀書學習，許是因為離歌喜歡讀書，又或許是他想早日出人頭地，只要在姜家有了話語權，他說不定就可去和離歌提親……他便是一直懷揣著這樣的小心思的。

如今到底是遂了他的願，幸與離歌相逢，他必要好生珍惜。於是再從鰥夫那裡贖回離歌後，他又帶著離歌重回柳家酒坊，感謝離歌父母對離歌的養育之恩，並贈予了一大筆金銀作為報答。

離歌的爹娘自是十分驚訝於女兒與姜府少爺的機緣，可他們看得出懷笙對離歌的在意，不想錯過這大好的機會，竟獅子大開口，私下裡向懷笙又要了一筆錢。哪知懷笙不僅應允，還許諾每年都會給，只要他們同意把離歌許配給他。

這可是活生生的財神爺啊！離歌爹娘見狀便一改要脅嘴臉，阿諛奉承不說，還諂媚的鞍前馬後起來。心想著與懷笙搞好關係，下半輩子肯定不愁生計。懷笙毫不介意，他反倒更為憐惜離歌，心想她生於這般家境之中，多年來真是苦了她了。

誠然，離歌的家世不足以與懷笙匹配，即便嫁去姜家，也只能做一個妾室，根本無法成為懷笙的髮妻。姜府上上下下得知此事，更是抗拒不已，乃至於整個家族都反對此事。然而懷笙已鐵了心，他非離歌不娶，如果眾多長輩執意不肯，他便出家為僧，再不問紅塵。

姜家萬萬是不能斷後的，且懷笙又是長子，雖是庶出，但是姜夫人一早就把他放到自己名下，他自小便喊姜夫人為母親，喊生母為二夫人。因此姜家都將他作為嫡子來看待，任何人都不敢輕慢了他。

他與已故的姜夫人情同親生，反而與二夫人生分了不少，養恩大於生恩，再者一直在姜夫人身邊長大，感情自然不同。這二夫人也是懂事明理的人，只當作自己沒生兒子一般，見到懷笙也是恭敬客氣的喊一聲「少爺」，自己硬生生斷了母子的情分。正是因為她這般的識大體，姜夫人待她也是情同姐妹。

他是繼承家業的不二人選，一旦他娶了親，姜府也便順理成章交由他來打理了。再者，族人也都瞭解懷笙的脾性，他必定是說到做到的，而且只是一個小妾罷了，斷然沒必要惹懷笙不快，允了便是。只不過姜家老爺與夫人才去世不足百日，嫡子必要守喪，娶妾的儀式需要延期，這是族人們提出的唯一條件。

懷笙倒也應了下來，他深知百善孝為先，的確是要守喪三年才可，只是要委屈一下離歌了，無名無分跟隨他來到姜府，實在是令他心中有愧。他承諾離歌，三年過後，一定要為離歌補上十里紅妝，即便是妾，也要明媒正娶的大肆操辦。

其實，離歌並不在意是否有高堂在座、鳳冠霞帔，她只要能和他日日相守便已心滿意足。

想必姜家的老老少少也沒有料到，懷笙對離歌的情意是刻骨銘心的，他從未嫌棄過她不算高貴的出身，更是鍾情於她、疼愛有加，甚至不肯納其他妾室，真可謂是萬千寵愛集於她一身。

風華正茂的二人，沉浸在滋味甜美的熱戀之中，他們形影不離伴於彼此身側，一起縱情策馬，一起遊山玩水，一起在花園裡奔跑著放飛紙鳶，一起躺在紅磚青瓦的宅邸之上，細數夜空中的星辰。懷笙教會離歌撫琴吟詩，離歌為懷笙釀出醇厚美酒，彼此的眼神時時交會，滿是纏綿悱惻的愛戀之意。

沒過多久，離歌懷了身孕。

猶記得那日天濛濛亮，晨曦穿透雲層，耳邊傳來鷓鴣鳴叫，她身上倦意難耐，惺忪的睜開雙眼，見到懷笙正單手支著身軀側臥在她身邊，眼角眉梢掛著一絲柔膩的笑。

她羞怯的遮擋住臉，從纖纖指縫中偷看他，問為何這樣直勾勾的盯著她看，直叫人害羞。

他「咿」了一聲，略有頑劣的挑高了眉，眼波流轉顧盼多情，極盡風流，道著自己昨夜整完沒睡，翻找古書想尋個好字，總算是皇天不負苦心人，如果生的是女兒，就叫懿，兒子的話……就叫煜。

離歌眨眨眼，拿開雙手問：「都是何意？」

「懿字，意為完美；煜字，則是火焰之意。」他看向離歌，眼窩深邃如泉，伸手去撫她的眉、鼻與嘴唇，柔聲細語著，像你這般完美，似火焰照耀了我的生命。

紙窗外吹進來了風掃過耳畔，離歌睫毛微動，晨光將她的容顏染上一層華美旖旎，以至於她對他露出嬌羞笑意時，他竟想要在此夢中一醉不醒。

世間富貴榮華、功名利祿與離歌二字相比，皆是泥潭裡的淤泥，不值得他去費絲毫心思。

唯獨離歌與他們的孩子，是他一生傾盡全部也要保護周全的存在，他曾那般在心中暗暗起誓，他要護離歌一輩子、幾輩子，永生，永世。

自那過去了三年。

守喪之期已到，離歌與懷笙的兒子姜煜也已年滿三歲。

正如當年懷笙的承諾一般，明媒正娶與鳳冠霞帔都一一兌現，十里紅妝鋪滿園，桃花灼灼香漫漫。正因離歌為姜家誕下了長子，母憑子貴，族人對她的偏見也日漸削弱，竟也默許了這番勝似迎娶正室的大肆操辦。族人們也都明白懷笙的心思，他若再過三年依舊不肯娶正妻入門，按照族中舊制就會在已經生育子女的妾室中挑選一位成為正妻，以便配合祠堂的祭祀典儀。以此來看，這未來姜夫人的位置定是屬於離歌的，他們所生之子就成了族中的嫡長子，地位自此貴重非常。

喜日到來的前幾天，婢女、僕人們便忙上忙下的布置，掛紅綢、貼喜字，上好的糕點與蜜棗也要提前訂購，可把大夥兒累得大汗淋漓，卻也是喜上眉梢。

而離歌也在大喜之日的前一天夜裡，回到了柳家酒坊，那裡永遠都是她的娘家，從酒坊出嫁才算完成了整個盛大的儀式。

三年未曾謀面，爹娘鬢髮已白，衰老可見。見她回來了，爹娘出門迎接，話還未說，淚先潸然。許是分離時日久了，爹娘也老了，反而憶起了曾經對她的不公與苛待。竟也曾像賣掉一隻小貓一樣的把她拱手送人，是何等的喪盡天良啊！

明日便是她的出嫁之日了，娘親徹夜為她鋪好嫁衣，細數珠鏈，還親自為她繡了一雙紅鞋。離歌心中不免動容，便決心再為爹娘釀最後一次酒。柳家酒坊的酒不能沒有白素，她忙了一整晚，釀出的酒足夠販賣數月。快到天明時，離歌在娘親的幫助下穿上了嫁衣，點上紅唇，戴上鳳冠，娘親見她雲髻峨嵯，綽約婀娜，不禁感慨萬千，道著：「歌兒生得這般花容月貌，哪個男子見到她都會心動的。而這心動，便心動一世最好。」

離歌叩拜了雙親，為其斟上清酒，悵然道：「我雖未曾讀過書，卻從小被爹娘教導『酒要滿、茶要淺』，斟酒必要滿，飲茶必要七分，否則會被認為是不識禮數。如今離歌為爹娘斟滿了酒，不僅是酒水滿杯，也是代表了我心中的尊敬。自今以後，無論何時何地，離歌心中都將滿懷對爹娘的敬意，永不敢忘卻。」

爹娘聞言，愧疚難安，爹爹別開臉去，已是老淚縱橫。娘親俯身扶起盛裝的離歌，以那雙衰老渾濁的雙眸凝視著她，歉意道：「歌兒，是為娘對不起你。這些年你吃盡了苦頭，如今終於苦盡甘來，你且能夠嫁給那般疼你、惜你的如意郎君，為娘也是為你感到喜悅。」

離歌雙眼含淚，默默點頭。

「為娘見識少，讀書更少，可為娘卻也知道信言不美，美言不信；善者不辯，辯者不善。這人世之中誘惑重重，真實可信的話不漂亮，漂亮的話不真實；善良的人不巧說，巧說的人不善良。姜家少爺會說美言，也是個能兌現美言之人，能夠遇見他，是你的福氣。為娘只望你能安穩此生，遠離紛擾，把自己託付給值得託付的人，身為女子，這一生便也知足了。」話到最後，娘親只剩下一聲深深的歎息。

離歌略有遲疑的思忖了片刻，彷若想要辯駁些什麼，卻也不知該從何說起。出嫁的時辰已到，來接親的隊伍已經奏響了樂曲。娘親和爹爹拖起離歌繁複厚重的嫁衣，送她走出了鋪滿紅裝的酒坊。

離歌踏上花轎，轉回頭去看。這一次，爹娘是含笑目送她離去的，他們的身形較比之前瘦削了許多，眼中也再沒了銅臭氣的貪欲，他們與離歌揮別，望她珍重自己。

離歌緩緩轉回頭，心中漸漸安穩下來，一絲喜悅的笑容浮現在她唇角，她有一種預感，今日之後，她會與懷笙、煜兒過著再無擔憂的喜樂生活。

「起轎！」一聲高喊落下，離歌彷彿飛上了雲端。

她就要真正嫁給懷笙了，過了今朝，她將是他的妾室，她有了名分，眾人也不會再將她視為卑賤之軀。況且懷笙和她早就許諾過，三年之後按家規將她扶正為正妻，那時的她就是姜夫人了。想到這不久的將來，她情不自禁、按捺不住的微微揚起臉龐，是欣喜，是驕傲，眉宇間竟也有了一股難以掩飾的盛氣凌人。

彷若是在萬眾矚目之中，花轎被抬出了長安街，抬進了山路，抬進了通往昌陵姜家唯一一條必經的崎嶇之道。

林中極靜，一股隱隱的腐臭氣息緩緩飄進花轎裡。離歌用帕子遮擋住口鼻，她困惑這味道是怎麼一回事，隨即便聽到花轎外面的嘈雜聲。

「這裡怎麼有這麼多的死兔子？天 ！前邊還有一頭腐爛的山豬呢！停下停下，快停下轎子，別再往前了！」

花轎就這樣落了地，離歌從轎中走出來，正欲摘下蓋頭，媒婆連連要她回去坐好，還沒說完，山頂一道青光乍現。

電閃雷鳴中，竟有急雨驟降。

眾人叫嚷著先找處地方避避雨，可暴雨之中無處可尋，四周看不清道路，離歌心生恐懼，手指絞著喜帕，她曾聽聞昌陵山附近經常會有山賊出沒，官府也奈何不了那一群殘暴的山野莽夫，難道今日……

「啊——！」

一聲慘叫衝破耳膜，離歌受到驚嚇，慌亂不安的張望周遭，霧濛濛的一片，只感到腳下有溫熱的液體流淌而來。

是血。

她顫抖著伸手去觸摸，倒在地上的正是媒婆的身體，她胸口中刀，朱紅色的血液涓涓流淌，染紅了地面的積雨。

離歌嚇得全身癱軟，向後退了幾步，忽然又聽見不疾不徐的馬蹄聲傳來，眼前霧氣氤氳的雨簾中逐漸有身影浮現，他們的笑聲詭異，言語粗鄙，離歌心裡轟然，立即猜出是山賊來了。

她顫顫巍巍的想要逃跑，然而那群人意識到她的舉動，竟是策馬將她團團圍住，談笑之間言辭放蕩，嬉笑猙獰的模樣極為可怖。

「呦呵，這可是姜府的小娘子啊！」山賊們勒住韁繩，放肆大笑，「據說姜府要從長安街娶親，爺幾個早在這頭埋伏多日了，就等著小娘子現身啦！哈哈哈！」

「頭兒，把這小娘子帶回山上去給你做壓寨夫人，讓她生一群娃娃給寨子！」

「再拿她來敲詐姜府一筆錢，簡直是一箭雙雕！豈不是美哉！樂哉啊！」

雨幕成簾，光影交織，她站在被圍剿的中央處，眼神裡有驚慌、不安、懼怕……她滿腦子想起的都是與懷笙一起度過的幸福時日，一起撫琴作畫，一起品酒暢談，他為她描眉點唇，為她提詩寫詞，將她抱在懷裡，輕聲念著她的名字。

她多希望懷笙能在此刻出現救她離開，她手足無措，可很快又想到他現在一定和煜兒在痴痴等候著她。

懷笙，煜兒……

可惜啊，他們怕是再也等不到她了。

迎面襲來冷風，吹散離歌的思緒，她的神色漸漸變得沉著，任憑他人唏噓嘲弄，她靜默無聲，只是緩緩摘掉了朱紅色的蓋頭。

霧靄之中她的容顏依稀可見，山賊頭子見是個美人，不禁喜出望外的狂笑出聲，道著姜家少爺實在風流得很，如此美豔的小娘子可不能由他獨自品嘗。說罷，他駕馬走向她，近在咫尺，她仰頭盯著他，眼神竟是幽深而狠戾。

山賊頭子狐疑的皺起眉，離歌趁他分神之際，衝上前來抽出了他腰間的佩劍。

雨珠順著鋒利的劍身滴落，她嫁衣紅如血，唇白似蠟紙。山賊頭子臉色頓時一變，翻身下馬，卻為時已晚。

離歌目光堅定，只見她眼中有淚，喉口哽咽，帶著一絲啞澀，高昂起頭柔情輕笑，道：「懷笙，今生今世，我柳離歌即便是死也絕不負你。然而，你我到底是有緣無分，唯有來世再見了。」

她不會讓自己受辱，更不會被作為物品一般，被這群十惡不赦之徒用來要脅她的愛人。她只是高舉長劍，將刀刃逼向自己的胸口，就那麼用力一推，劍身猛地刺入了心窩。

離歌自盡了。

離歌的故事終於娓娓道盡，她不由流下兩行清淚，哭訴道：「我並不是想要什麼公道，那人世紅塵浮浮沉沉，本就毫無道理可言，即便我是因遇到山賊才死得不明不白，說不定此時的肉身是否還是全屍都不得而知。可我唯獨不甘心的是，自己來之不易的幸福付之東流，我不過是想要與懷笙恩恩愛愛的廝守，這般心願有什麼錯？憑什麼要被剝奪？只要能讓我回到人世，哪怕是要我用無數個來世換取這一世的安穩，我都心甘情願，就算……這安穩僅有一年也好……」

孟婆被她的啜泣聲擾得心煩意亂，忍不住嘖了一聲，神色不耐，竟還撇了撇嘴巴。

不僅離歌被孟婆的表情震撼了，連同身側的牛頭、馬面也驚慌的瞪圓了眼睛。

這麼感人、悲戚、美麗、淒慘的故事，孟婆竟毫無憐憫之意？雖說她本就是那般隨心所欲之人，可如此不顧及死魂的感受未免也太狂妄了！試問歷代孟婆之中，還有哪個像她這樣不像「孟婆」？

然而牛頭、馬面只是敢怒不敢言，離歌雖然也覺得孟婆表現得十分無情，也是不敢直言心中不滿。她抿緊了嘴唇，猛然回想起初見孟婆的那一夜，自己便對這個美豔卻冰冷的女子沒有多少好感，反而是懼怕、排斥她。

當日的離歌怎會料到她是孟婆，更不會料到自己在死後會有求於她。

然而，身為掌管輪迴轉世的孟婆卻如此漠然，真是好生殘忍。離歌握緊了十指，竟在不自覺之中對孟婆萌生出了一絲絲恨意。

哪知孟婆忽然在這時打了一個哈欠，她站起身來扭動幾下身軀，又伸了個風情萬種的懶腰，轉而對離歌嗤笑道：「你竟然想要用無數個輪迴來換取一世的愛情？你的輪迴怎會如此不值錢，總共加在一起只抵得上這一世嗎？未免太糟踐自己了吧！」

離歌怔了怔，立即搖頭道：「我絕非是貪生怕死之人，我也不在乎來世、永世會是什麼模樣，更加不在乎自己來生會成為誰，我只是貪戀這一世的濃情蜜意，我只想活在這一世！即便你說我糟踐自己也罷，我是斷

然不會退縮的！」

孟婆挑眉問：「哪怕只有一年時光？」

離歌堅定道：「哪怕只有一年時光。」

孟婆緊蹙著眉心，只覺麻煩。

離歌看到她又擺出這副表情，不禁神色落寞道：「我在來此的路上親耳聽到鬼差們提起過交易之事，看來鬼眾與孟婆的這種交易是存在的，求孟姐姐行行好，答應我的這個請求，我只想和夫君、孩兒共用一年的歡喜時日，不願在後世裡孤孤單單……」說及傷心處，她再次潸然淚下。

孟婆禁不住她的軟磨硬泡，卻仍舊嫌棄不已。她根本不想要離歌的這份福報珠子，更對離歌這種將性命寄付於男人身上的作風感到不齒。她無奈的歎息，想著都已經過去這麼多年了，自己還在與姜家糾纏不清，實在令人感到頭疼。特別是離歌若按照陽世的名分，這未曾謀面的同父異母弟弟懷笙的妻子，還要喊自己一聲姐姐。只是姜家已經將孟婆在族譜之中除名，族人們也絕口不提她，怕是姜家的後人們都不曾知道有過她這麼一個人的存在。轉念一想，這離歌和懷笙的緣分竟然還是自己酒醉無意所致，想到這裡不由一陣心煩。

見孟婆開始動搖，離歌趁熱打鐵的懇求道：「無論如何，都請孟姐姐幫我實現心願，念在你我曾有一面之緣的交情上，求孟姐姐不要讓我含恨而終、死不瞑目。」

孟婆掃她一眼，言語雖淡漠，卻也不是不近人情：「哼，像你這般固執又不懂變通的死腦筋，即便回到了人世，日後也有的是苦頭吃，到時候可別怪我沒有事先提醒你。」說罷，她便水袖一揮，轉身離開了。

離歌焦急的呼喚她，牛頭、馬面卻替離歌開心道：「別喊了別喊了，要說你這姑娘運氣倒是好，孟姐姐已經答應你了，她現在是去冥帝大人處報備了，你就等著她取到凝時珠後，帶你去人間完成心願吧！」

離歌聞言，驚喜道：「她當真肯幫我了？」

牛頭搖頭晃腦道：「孟姐姐雖然嘴巴壞，可她總歸還是心存憐憫的。」然後又對離歌道：「你啊，就只管在此乖乖等候便是。」

在前往冥府處的路上，孟婆心緒繁雜，她想著人、仙、鬼三界中的嗔痴數不勝數，結果自然會有千千萬萬種。

人既有情，妖也有愛，芸芸眾生心之所向，願為心上人而殉情的，也有隨著心中痴戀而急不可耐踏入輪迴的，更有為報仇雪恨而拒飲孟婆湯的……，可願為人世心願而放棄輪迴之人，卻寥寥無幾。

每次看見那些喝下孟婆湯的幽魂眼神皆有不同，無論是恐慌、留戀、悲痛或是瘋狂，都不是孟婆想要尋覓的。

有時，她甚至連自己想要看見的是怎樣的神情都快要忘卻了。

可既然接了離歌的案子，就理應去冥帝處辭行，再領取凝時珠。孟婆便搖搖頭，不去想亂心之事，只管向前快步走去。

冥帝所在的正殿要經過忘川河，架在河上的是一條二十八孔石橋，下了橋，走進了正殿的居所大門，鵝卵石鋪就的庭院，長長的九重石階，兩側高挑的火焰仍熊熊燃燒。墨黑的石柱閃爍著忽明忽暗的光，只覺這是一幢雍容的建築，而赤金色的府門兩旁，坐落著玄鳥石像，那是冥帝的信使。

入幽冥殿時，冥帝和墨正坐在案几旁溫一壺酒，醇厚酒香嫋嫋，彷若是從四面八方撲向了孟婆。

一旁，林冉冉歡快的正向和墨彙報著自己近期降魔的情況，忽見孟婆進來先是一愣，隨即臉上就露出一絲不悅。畢竟這任孟婆與之前的幾任皆不相同，竟然厚著臉皮認了冥帝做哥哥，還總是這般沒大沒小的橫衝直撞，好像冥帝的府邸是可以隨意進出一般。

也不知道這任孟婆好在哪裡，也確實獲得了冥帝的額外垂青，總是偏頗對待她。雖然她對自己禮數周到，也未敢造次，還經常主動讓鬼差們給自己送些點心食物和稀奇玩意兒巴結討好著，猜想著也知道自己不是好惹的主，但自己總是對她親近不起來，要說緣由為何卻又說不清楚，只是每每想到此處，心裡便不舒暢。日子越久便越發想念前幾任的孟婆，那都是和親姐妹一般的主兒。

「既然孟婆來了，屬下就先行告退了。」林冉冉邊說著邊向和墨行禮。和墨輕輕點了點頭，林冉冉見狀就轉身快步走出大殿，與迎面而來的孟婆點了點頭就算打過招呼了。

孟婆側身笑著目送著林冉冉離去，也心知這冥府第一猛將對自己總是有些芥蒂。而這芥蒂不為其他，只是因為自己與冥帝和墨走得頗近，又稱和墨為哥哥，這才惹得林冉冉不悅。而林冉冉性子耿直，怕是自己也沒意識到罷了。自己本是很喜歡這性子直爽的林大將軍，也有心交好，在陽世之時自己就沒有什麼可信的閨房密友，因此盼望著在冥界能有一密友。遞送過去的好意也都被這位林將軍照單全收了，卻不見兩人關係更近一步，孟婆心想，反正這冥府歲月悠長，自己也不心急，想著總有一天能彼此交心的。

目送完林冉冉離去，再看殿中，今日的和墨身穿素淡的長袍，外披黑紗罩衣，見孟婆來了，他狹長鳳目略微上揚，道著她來得正好，邀請她一同坐坐。

孟婆禮數周到的向和墨作揖問安，隨後便極為自然的走到他對面盤膝而坐，先是為冥帝斟上一杯酒，又為自己斟好，心滿意足的狡黠一笑，道：「和墨哥哥一定是知道我接下來的計畫了，所以準備好了美酒，想在臨行之前與我小酌一杯。這三界中我最愛的酒除了白素，便是你住處的珍釀了。不愧是我情同手足的兄長，連我藏於心底的小心思都掌握得一清二楚。」

和墨淡淡笑過，搖晃著手中清酒飲入喉，沉聲道：「想來你已在奈何橋上做了三十年的守橋人，如今總算迎來這樣一次不同以往的福報珠子，你且隨她前往人間，自當會從中悟出些許道義。」

孟婆卻道：「是否得道我是不奢望的，無非是還她一個人情。」要說來，孟婆喝了這麼久的白素，對於釀酒之人多少也會有些許感情，就當是為了酒，也要幫她這個忙。

和墨側頭望了孟婆一眼，見她眸中依舊少了些應當浮現的光，便示意她看向身後的一棵樹。那是棵結滿了金色桃子的桃樹，滿樹碩果，金燦燦、紅豔豔，格外美麗。

這是近來迷途於冥府的桃樹妖，她孤孤單單整日徘徊著，和墨見她可憐，便收留她在自己的府內，更是允許她在此開花結果。

和墨請孟婆去摘幾隻桃子來配酒喝，孟婆照辦，她走近桃樹斟酌一番，伸手便想去摘距離最近枝枒上的桃子。這幾顆桃子長得最好，色澤紅潤，又大又圓，這般看著都能想像出它的甜美。可沒想到的是枝枒立即躲開了她，並向上空生長起來。孟婆皺起眉，施了法術，腳下騰空而起，她偏要去摘那根枝枒上的桃子。

可桃樹也不甘示弱，正所謂道高一尺魔高一丈，孟婆每次湊近她，她都會甩開孟婆不停生長，孟婆去追，她便躲，孟婆氣急了要打壞她的樹幹，她便縮成一株小幼苗，帶著金桃子們藏進了地底。

這下可把孟婆氣壞了，她飛回到地面，對著桃樹消失的某一處又踩又踹，然而地底下的桃樹卻在「咯咯咯」的嘲笑她。孟婆被徹底激怒，她拔出腰間的兩柄峨眉刺便要穿透地面，嘴裡叨念著：「就算要掘地三尺，也要把這個桃樹妖給挖出來凌遲成桃子醬！」

許是她的威脅奏效，桃樹妖害怕了，便把兩顆半生不熟的桃子丟了出來。

孟婆拾起桃子，立刻發現不是她看中的那幾顆熟透的桃子，隨即扔掉，越發憤怒的要收拾桃樹妖。

和墨在這時喊住孟婆，他阻止道：「阿桃已經妥協，你為何還要苦苦相逼？」

孟婆狠狠踩了一腳探出頭來的小幼苗，咬牙切齒道：「這等雜碎般的小妖魅也敢和我一爭高下，我偏要給她一點顏色瞧瞧！」

和墨歎息道：「她已敗下陣來，並贈予你兩顆桃子，你何不得饒人處且饒人？」

孟婆不滿的回道：「她分明知道我想要的桃子是最初那幾顆，可她偏不給我，和墨哥哥，是她不識好歹、尊卑不分，我難道不該教訓教訓她嗎？」

和墨道：「你在摘桃之前，可有告知於她？」

孟婆道：「和墨哥哥已下了令，我自當照做，她又有何不肯？」

「我請求於你，你請求於她，其中過往缺一不可。」

「我在她之上，憑什麼請求她？」

「我在你之上，有如你待她這般的待過你嗎？」

孟婆略一沉吟，道：「我與她自是不同，和墨哥哥向來高看我一眼，怎可拿我與她相之並論……」

和墨感慨道：「含德之厚，比於赤子。毒蟲不螫，猛獸不據，攫鳥不搏。骨弱筋柔而握固。」

孟婆聽著，並不作聲。

和墨淺笑指點她道：「世間的萬物、眾生向來都是平等的，不分貴賤，更不分高低。面由心生，心由欲成，貪生縱欲就會遭殃，欲念主使精氣就叫作逞強。事物過於壯盛了就會變衰老，這就叫不合於『道』，不遵守常道就會很快死亡。美好的言辭可以換來別人對你的尊重，良好的行為可以見重於人。」

孟婆收起了峨眉刺，可是心底仍舊對桃樹妖耿耿於懷。

和墨繼續說道：「比起手中的劍、刀刃，天下再沒有什麼東西比水更柔弱了，而攻堅克強卻沒有什麼東西可以勝過水。弱勝過強，柔勝過剛，水是柔，也是刃，更可為盾，而你只是一味掠奪，不加以情志上的潤色，又怎會得到你希望得到的一切呢？」

孟婆沉吟片刻，似乎頓悟了一些，頃刻間明白這是冥帝為了點撥她的用心良苦。她只得對和墨低頭致歉，內心裡卻依舊不覺得自己所做有何不妥。心裡覺得今日的和墨哥哥與往昔不同，雖然依舊如兄長一般待她，但是更像是老師一般指點。

和墨看穿她心思浮雜，卻不再多說，只從袖中取出一華貴錦盒交予孟婆，孟婆知道那錦盒之中就是凝視珠。這凝視珠是黃泉忘川河中凝結的寶物，可以讓屍身復活一年，旁人全然察覺不出，這一年之間，屍身和靈魂合一，宛若再生。

和墨轉過身去，向內堂緩步走去，說道：「世人多不明瞭，那些沒有受苦便得到的甜，總有一天要還回去的……」

孟婆怔怔看著和墨遠去的背影，急忙行禮道謝，退出冥府的時候，她隱約看見那株小樹苗頃刻間又變回了原本的參天大樹，抖動枝椏，落滿了一地桃子。樹枝變成無數隻纖細的小手，皆是捧著桃子去送給冥帝。

孟婆心裡憎惡的諷刺桃樹妖媚上欺下，她不知和墨在此時的喟歎，是因她全然沒有領悟和墨贈予她那番話的意圖。

然而時不我待，孟婆不再耽擱，辭別了牛頭、馬面與為她做工熬湯的眾小鬼，便帶著離歌前往人間了。

目送二人離開的牛頭，一直揮手到看不見孟婆的身影為止，他忍不住鬆了一口氣，與身旁的馬面相視一笑，突然覺得冥府的景色都變得格外好看了。

「孟姐姐要有一段時間才能回來了。」牛頭的嘴角止不住的上揚。

「你看，那幾個熬湯小鬼是不是在高興的淚流滿面？」馬面自己也欣慰的擦拭了一下眼角，感歎著：「這陣子我終於可以攢下工錢了，再不用擔心被孟姐姐借走，且一去不返。」

「哈啾！」

剛走出鬼門的孟婆打了一個噴嚏，她揉了揉鼻子，心想定是太久沒走出冥府，身子骨都變得嬌弱了。

第五節

從高空中俯瞰長安街一帶，的確是番極盡奢華的享受。

接連皇宮處蜿蜒而出的高大城牆，巍峨壯麗，久經歷代帝王的血與爭的磨礪後，帶著一股登峰造極的氣息。街角市集熱鬧非凡，衣香鬢影，且又值桂花婆娑、芳香如雲之際，著實是人間美景。

孟婆坐在雲端之上，凝望著身下的秀美，嘴裡喃喃道：「別來無恙了，人間！這人世間，真是個看清三界百態的好地方，一面朝著天界，一面向著冥界，每個人都在負重前行。全陽者為仙、全陰者為鬼，這半陰半陽的人們在人界沉淪宿命業力之中，也真是好生不容易。難怪那麼多老鬼都賴在地府不肯投胎，怕是想明白了自己要在這萬千輪迴中，渾渾噩噩不明就裡的度日，還要承受各種生老病死之苦。唉，罷了罷了，都說仙道貴生，可這人道有幾個真正明白貴生的呢？」

離歌凝視著孟婆那張嫣然如花的絕美面容，過了半晌見孟婆不再者語，就小聲問道：「敢問，孟姐姐你打算怎樣救我出去？」

「你想要怎樣被我救出去？」她一副雲遮霧罩的迷離神情，著實令人猜不透她的心。

離歌很有骨氣道：「我受夠了偷偷摸摸活著，更不想連死後都要躲躲閃閃。」

孟婆一笑，唇邊弧度略有些許譏嘲的意味，她慢條斯理說著：「你既然不想死後逃跑都偷偷摸摸，那便只能光明正大放手一搏了。反正我會洗去那賊人知道你自盡的記憶，他只會當你還在房中乖乖等著他，其他的，你聽我安排就是。」

離歌的眼神異常堅定，她點頭道：「只要能夠光明正大逃出山賊的巢穴，我願聽從你一切安排。」

孟婆媚笑：「即便是不擇手段？」

離歌再次點頭，毅然道：「悉聽尊便。」

「既然你心意已決，我便可以無所顧忌了。」孟婆對自己引導而出的回覆十分滿意，她轉過頭，望向越來越近的昌陵山，嘴角笑意越發深陷。想來自從姜家夫妻逝世之後，守護著姜府的門神與神獸都一併隨之死去了。多年來，睚眥守著這座昌陵山與姜府，從沒有絲毫怠慢。可惜壽數已盡，沒了神獸庇佑，昌陵山哀荒四野，山賊作亂，他們禍亂蒼生，殺人誅心，強取豪奪，無惡不作，實在是令世人恨之入骨。故此……也是時候進行一番徹底的懲戒與肅清了。

不出半炷香的時間，孟婆與離歌便來到了坐落在昌陵山頂端的山賊屋寨。這屋寨極大，鐵門之前駐紮著數十根粗獷的木柱，柱端削得尖銳無比，分別掛著各種野獸的頭顱與毛皮。是在夜色中踏入這陰風陣陣的山林，孟婆看到寨門前方遍地都是動物的死屍，竟都是開膛破肚的模樣，大概是被掏空內臟後棄之不顧了。

「看來這山的山賊頭子口味奇特，喜歡吃嬌嫩的野味內臟啊。」孟婆踢走一隻腐掉的野兔子，惹得兔子的紅眼珠滾落出來，離歌見此情景，胃裡一陣翻湧，她連忙轉過頭，扶著老樹彎身乾嘔。

「呦，這麼點小意思就受不了了？」孟婆哼了聲，意味深長道：「接下來還有更厲害的戲碼呢，你且不要暈厥才好。」

離歌擦了擦嘴角，強忍著噁心隨孟婆走近了屋寨。早在離開冥府之前，孟婆便已利用凝時珠與法術重造了離歌的身體，原本已是死魂的她，在服下凝時珠後便擁有了新的軀體，四肢也變得血肉鮮明，如一般常人無異。從某種意義上來說，她也算得上是死而復生。

由於孟婆使了障眼法，守在寨門之外的小賊們根本沒有發現她們二人。孟婆與離歌直奔一間如同洞房的屋子，走進去一看，果真布置得有模有樣，山賊頭子當真是把自己當成新郎倌了，連喜字都貼在了木窗上，朱紅色的蠟燭似兩隻鴛鴦，一併燃燒出曖昧氤氳的柔光。

嘖嘖，可惜了，平躺在喜床上的那具屍體，在如此氛圍中顯得十分詭異。那正是死去的離歌肉身，她雙目緊閉，面容慘白，雙手交疊著扣在一起，胸口上仍舊插著那把短而細的劍，血液順著劍身一直流淌而下，凝固在地面，猩紅一片。

離歌望著自己這般淒慘的孤寂模樣，不由晦暗下了眼神。

孟婆側眼打量著身旁的離歌，自然猜得出她在想什麼，於是她水袖一揮，略施法術，喜床上的屍身便消失不見了。

不等離歌驚訝，孟婆搖身一變，倏地化成離歌的模樣，她身著赤紅嫁衣，靈動的眼神明豔而又嬌麗，轉而示意後方的屏風，對離歌令道：「你還傻站在這裡幹什麼？快點躲起來，這裡現在可不需要兩個柳離歌。」

離歌不敢置信的打量著孟婆，四目相對，簡直就像是在對鏡而望。

她讚歎道：「孟姐姐法術之高，實在令我歎為觀止。」

孟婆可沒打算聽她奉承，與其浪費時間，不如快快展開計畫。於是她不耐煩的揮一揮手，要離歌速速退下躲好。她自己則是坐到銅鏡旁，拾起桃木梳子，風情萬種梳妝打扮。

鏡中女子的容顏與她本人模樣毫不相似，唯有一身灼灼如火的嫁衣勾人回憶。孟婆綰著青絲的動作緩慢而輕柔，她凝視著鏡子裡那女子迷濛的眼神，耳邊迴蕩起的是來自曾經的往昔音律……

鳳髻金泥帶，龍紋玉掌梳。

走來窗下笑相扶，愛道畫眉深淺入時無？

弄筆偎人久，描花試手初。

等閒妨了繡功夫，笑問鴛鴦兩字怎生書？

鳥鳴聲清亮，晨曦光和煦，一晃便迎來了日出，那年的孟婆還是笑靨如花的姜墨舞，她睜眼醒來，有些口渴，看到桌子上有一壺茶，喝過之後，便出門尋人。

侍女珠玳正在亭裡照看花花草草，見她醒了，立即問候道：「小姐醒了？我為小姐準備了桃花茶，小姐可喝過？」

墨舞點點頭，道了謝，珠玳連說承受不起，墨舞卻有些羞澀的問她道：「他可來過了？」

珠玳道：「自然是來過了，見你睡著，他不忍打擾，便等著明日吉時快快到呢。」

墨舞露出了甜蜜的笑意，她喚著珠玳快幫她入浴，珠玳便為她在木桶裡準備好水，用著桂花做的皂角為墨舞擦拭身體，極為柔和的香氣，珠玳說：「這是他今早送來的，說是波斯人進貢的稀罕物，做工十分細緻。」

洗完澡，珠玳為墨舞擦拭乾了頭髮，並仔細梳好，插上簪子，換上藕粉色的裙衫，點一抹紅唇，銅鏡裡映出的是一個明豔美麗的妙齡女子。

珠玳便讚歎道：「小姐這般美貌舉世無雙，就如同是天上來的仙子。想到小姐明天就要成親嫁人了，全府上下都好生嫉妒那位姬侯爺……」

姬侯爺。

從眼前稍縱即逝的是他曾伸向她的手，那時的他眉目風流，語氣輕柔，對她道：「墨舞，我這一生一世都將只有你，你是我的唯一。」

她也曾被濃情蜜意環繞著，大婚當日，奢華的姜府四周圍滿了前來觀禮的人，各大望族更是紛紛登門恭賀。喜轎之前，墨舞身著豔麗貴重的赤紅嫁衣，寬大裙幅逶迤身後，在兩名侍女的攙扶下，她邁著優雅的蓮步，徐徐穿過園內玉階，來到門外的父母親面前，俯身跪下，攤開雙掌，頷首叩拜。

她的母親，驕傲而又風華絕代的婦人，含笑凝視她，眼中充滿了讚許。母親為她戴好綴滿珠玉的鳳冠，替她挽起一絲流落於額前的髮，又將一支鑲嵌著黑玉瑪瑙的璀璨碧簪插進她的雲鬢之中。那簪子綴著星月般光華的珍珠，更襯她容顏絕美萬千。

父親則是接過她的手，引她來到長輩、族人們身前，她一一跪拜，得到望族們的美言、祝福、賞賜，等到她款款起身，眾人豔羨的目光停留在她價值連城的嫁衣與美得驚心動魄的容顏上，她不禁高昂起纖美皎白的脖頸，傲慢如雲端之上的仙鶴。

喜樂奏響，鑼鼓喧天，她牽引著萬眾視線，彷若天地下的光彩都凝聚在她一身。她緩緩落入喜轎，拉上玉簾，至此出嫁，前往他所在的宅邸。

風華正茂，勝過繁花，她懷抱著滿心的喜悅、期盼與得意，以為他便是她幸福的歸處。可年年歲歲皆不如今朝，春夏更替，花草輪迴，記不起是哪日下起的滂沱大雨，藏青車簾被暴雨打得濕漉漉的，府中的琉璃燈被狂風打滅，內罩都刮破了，電閃雷鳴嚇壞了去關窗的守夜侍女，連花枝都被狂風壓得折了腰。

長廊盡頭，朝南的廂房裡燭光微弱，一縷嫋嫋煙霧從白色帳幔中飄

飄而出，她順著那縷魅惑香氣朝前走，白衫輕掃地面，她去嗅那香，聞起來竟也令這雨夜染上了一抹心醉之情。

輕微的對話聲逐漸傳入耳中，她來到了廂房門前，可以從紙窗上隱約看見錦帳繡幔輕輕飄灑，琳琅笑語起起伏伏。

呼吸與情話影影綽綽，伴隨著嫋嫋雲煙香霧，訴說著她所不知道的柔情纏綿。她抬起雪白皓腕，終是推開了那扇門。

嬌羞的低呼聲伴著驚詫聲，她目睹眼前的景象，只覺霹靂在頭，心中轟然。他的視線越過懷中略顯慌亂的女子，落到她的臉上，卻是平淡無波的輕歎，問她道：「你來這裡做什麼？」

四周在剎那間空曠無聲，彷若天地之間只餘她一人孤立在此，悲壯決絕。她的眼中布滿痛心與絕望，連聲音都因惱怒而控制不住的顫抖：「我才要問你，在這裡做什麼⋯⋯」

他淡漠的看著她，眼神似利刃，閃著寒芒，不動聲色，只道：「如你所見。」

簡短四字，如芒刺背。

她猶記新婚燕爾，梨花輕落，她翠色裙衫隨風輕擺，柔光花影之中她與蝶共舞，而他在亭中廊柱旁含笑凝望，滿眼都是情意正濃。

可那笑中寵溺，那蜜語和攜手，竟也都是虛妄的鏡中水月不成？

曾經熱鬧大婚，如今冷清空閨，可有誰人能懂其中不甘與憤怒？如果是大夢一場，不如隨手揮去，拋下也罷。

孟婆的思緒逐漸抽回，往昔皆已消散，她卻依然心有餘悸似的露出一抹苦澀笑意，嘴裡喃喃道：「一梳梳到尾，二梳齊白眉，三梳子孫滿堂，人間皆過往⋯⋯」

她沉了沉眼，嘴角逐漸上揚起一個譏諷的弧度，於心中道：「姜家，我到底是又回來了！」

然而門外突然傳來跌跌撞撞的吵嚷聲，孟婆側身去，房門被猛地打開，已然酩酊大醉的山賊頭子踉蹌著跌了進來。

這山賊頭子人高馬大，四肢壯碩，且又是一臉兇惡之相，左眼前方延伸出一條長長的刀疤，胸前還佩戴著紅綢，趿拉著那雙骯髒的草鞋，便撲向了銅鏡前的孟婆。

「小美人，爺來和你洞房了！」山賊頭子一身濃重的酒氣，他這一撲卻是撲了個空，孟婆不知何時坐到了床上，正對他嬌俏媚笑，好生風流。

山賊頭子見狀，心中一陣竊喜，想來自己擄回寨子的是個尤物，不禁口水直流，臉上的橫肉都因笑意而顯得越發猥瑣，再一次朝孟婆撲去，「唉喲！小美人，等爺等久了吧，快讓爺親親！」

孟婆又一轉身，山賊頭子再次撲空，他四處尋孟婆，見她站在門旁嬉笑著，以為她是在吊自己胃口，他竟也咧嘴笑個不停，抬腳便去追趕她。二人你追我趕，幾次撲空，山賊頭子終於急不可耐道：「美人，娘子，你別害羞呀，今夜過後你我就是夫妻了，春宵千金都難買，可耽誤不得！」

孟婆卻道：「山大王，你怎能隨口叫妾身娘子呢？誰說我要嫁給你了？」

山賊頭子狂笑起來：「你不嫁給爺，難不成要嫁姜府那個病秧子？」

話音剛落，山賊頭子腳下突然一滑，他竟是醉醺醺的要摔倒。可他到底會些功夫，情急之下伸手去抓孟婆的裙角，手指眼看就要觸碰到孟婆。

孟婆突然抬起腳尖，輕輕一躍，背對著他坐在案桌上。

山賊頭子抓了個空，「砰」一聲摔倒在地，正罵罵咧咧著，孟婆卻道：「來，我們來玩個遊戲吧，倘若你贏了，我今夜便做你的娘子。」

山賊頭子立即稱好，連問是什麼遊戲。

孟婆扶了扶髮鬢，姿態尊貴，沉聲道：「我要問你三件事，你回答對了，就算贏。」

第一問。

「我正值風華好年歲，跟了你可會有我跟了姜家少爺的好處？你能否和他一樣令我吃穿不愁、婢女伺候、無所擔憂？」

山賊頭子放肆大笑，得意洋洋道：「爺的山寨占有山下長流村良田千頃，還打劫了過路富商萬兩家財，屋寨倉庫裡堆滿了金銀財寶，別說是一個小小姜家，爺都敢與皇宮國庫叫板三分。」

「喲！口氣還真大。」孟婆直了直腰身，忽然冷下語氣，揚起頭道：「第二問，長流村雖有良田，可卻仍會有人不斷餓死，是否是因山大王你

總是強取豪奪，斷卻百姓口糧？」

山賊頭子不屑道：「哼！爺保他們自在生活，他們自然要給爺進貢，不過是點糧食罷了，用來當作養活爺兄弟們的保護費，他們又不吃虧！」

「不吃虧？人為刀俎、我為魚肉的感覺又有誰人會喜歡呢？」孟婆歎息，抬起纖纖玉手，從鬢上摘下了一支碧玉簪子，略微側過眼，低垂的睫毛微微顫動，她道出了第三問：「那過路的富商，可是金陵來的金家？」

山賊頭子齜牙奸笑，竟是陰惻惻的如惡鬼般的猙獰表情，且自豪道：「自然是金陵首富金家商賈了。想來普天之下能與當今皇帝財力平分秋色的，除了金家還會有何人？」

孟婆微啟唇瓣，好似輕描淡寫的一句：「你便屠殺了金家全族？」

山賊頭子打量著孟婆背對著自己的纖柔身影，狐疑問道：「你這小娘子是如何知道這些的？」

孟婆從案桌上移下身，轉首看向跪坐在地上的山賊頭子，她此刻的容顏凝上了一層寒冰般的清冷，眼神閃動，半晌，掩面嬉笑：「因為，他們都去陰間找我沉冤了。」

山賊頭子的笑容僵在臉上，彼時，他望著逐漸靠近他的紅衣女子，竟覺得她全身都散發出一股鬼魅之氣，令他冷汗直流、不寒而慄。

木窗忽然被從外吹開，大風湧進來，吹滅了喜燭火光，灰暗之中亮起一抹碧綠光暈，是她手中的那支簪子，閃著幽幽綠芒，映著她那張美麗，但卻恐懼的臉龐。

山賊頭子緩緩向後爬，他的眼前開始出現幻象，金陵金家，一族百餘口人，仔細算算，是真真切切的一百三十人。他們浩浩蕩蕩越過吞金嶺，來到了昌陵山，攜帶著數不清的滿箱滿箱的金銀、珠玉、瑪瑙……，金家的女眷個個貌美如花，男子們英武俊朗，腰間佩劍，又隨著數十名精武劍客，一群山賊竟然也能奈何得了這般大戶？

可昌陵山下有長流村啊，村子外的淮陽河環繞著整座山，山賊頭子早早便命人埋伏於此，並在河水投了毒。

那毒無色無味，化於水中，喝下大傷肺腑，不足半炷香的時間便七竅流血而崩亡。

約莫半數的金家人都喝了下過毒的淮陽河水，他們接連暴斃，剩下一群老弱婦孺抱著繈褓中的嬰孩，絕望的呼喊著親人，他們搖晃著同族死去的軀體，試圖喚醒他們，然而山上這時奔來一群暴虐的上賊，為首的是左眼前有刀疤的頭目，他印堂狹窄，面相惡毒，全身上下都湧出令人懼怕的殺意。

他帶領著三十幾個山賊燒傷掠奪，用長劍刺穿垂死欲戰的男子，用木棒擊碎老者的頭顱，用鐵鍊拖拽婦孺的腳踝，用短刀劈開嬰兒的身軀。鮮血四溢，腦漿橫飛，哀號不斷，一片人間煉獄之景。

嗜血的山賊們如鬼怪一般興奮狂笑，他們舔舐著噴濺於臉上的血跡，控制不住滿眼的喜悅。

「好漢饒命——好漢饒命——」一位年輕的母親抱著僅有三月大的嬰兒跪在地上，淚流不止，苦苦求饒。

山賊頭目卻像聽不見一樣，舉起手中的利刃，拋給站在一旁約莫十歲上下的小賊，這小賊歪著嘴嘿嘿邪笑著，一步一步逼近那對母子，那感覺就像是在享受一種遊戲的樂趣。面對瑟瑟發抖的母親，他竟然眼都不眨一下就將利刃瞄準了母親與她懷裡的嬰兒，一劍刺穿了他們的軀體。

孟婆在這時忽然伸出雙手，凝視著自己的掌心，像是在對山賊頭子講起那位母親臨死前的模樣，又彷彿是那位母親本人的魂魄附在孟婆身上一般，她瞪大著眼睛，彷彿要嘔血一般咬牙切齒恨道：「那個時候，我害怕極了。我的丈夫已經被殺了；我的公婆喝了毒水，死狀淒慘；我的弟弟、弟媳被屠殺、被開膛破肚，唯獨剩下我和孩兒。我是金家大少爺的髮妻，我是生下曾嫡孫的金趙氏，我死了並不打緊，可孩兒……孩兒怎可以和我一起死？」

孟婆說著說著，聲音越來越激動，她甚至發出瘋狂的叫聲，哀號慟哭道：「所以我就……我就拔下了我的髮簪，我要將那支簪子刺進山賊的胸口……我要與他同歸於盡！我要保護我的孩兒！」

然而，簪子掉落在地，折成了彎月。她的一擊太過微不足道，山賊擰斷她的脖子，就如同對待一隻螻蟻。血泊之中，她與孩兒倒在族人的屍身上，滿地的血水流進淮陽河水，化作河底水鬼啃食殆盡的白骨，堆積成了被海藻覆蓋的屍山。

「殺人有道，有怨報怨，有仇報仇，而你們卻連三月大的嬰孩都不肯放過。」孟婆緩緩放下雙手，她身上的幽魂已然悲戚離去，此時此刻，她以一種悲憫而又同情的眼神，望著面前的山賊頭子，聲音冰冷徹骨：「禽獸見到你們會躲遠，恐怕連惡鬼都對你等聞風喪膽。可惜啊，你們花著染著血的金錢，犯下了如此不可饒恕的罪孽，不假時日，必是要付出同等代價的。」

山賊頭子已經被嚇得說不出話來，他臉色鐵青，眼珠子充血，胯下一陣潮濕，竟是失禁了。他恐懼得顫抖著，想要逃，雙腳癱軟無力，想要喊，卻如鯁在喉。

虛空之中，有聲音幽幽響起，伴隨著歎息與哭泣，哀叫連連。

蒼老的聲音道：「你還我命來。」

年輕的聲音道：「我死得好慘。」

女子的聲音道：「你們怎可侮辱我？」

嬰孩的啼哭聲不絕。

那位母親的聲音響起：「為何不肯放過我的孩兒？你們已經奪走了金財，為何這般狠毒？」

「別……別過來……你們這群登徒子能死在我刀子是榮幸，是你們的福氣！你們休要不識抬舉！」山賊頭子的眼前出現了大片的幻覺，那些曾經死在他刀下的金家鬼魂蜂擁而來，哭泣著、哀號著，攀上他的腿，纏上他的腰，大力的附在他的身體上，拉著他向下墜，向下墜，一直一直向下墜。

孟婆在這時貼近山賊頭子，笑靨如花的將手中簪子在他身後輕輕一點，道：「水可穿石，火可燒山，惡人自有惡來懲，你看這番景象多美啊！」

山賊頭子已然被死在自己刀下的鬼魂嚇得痴痴傻傻，他循著孟婆指引的方向轉過頭去看，只見身後燃起了熊熊火焰，整個屋寨都被火海吞沒，他的部下們在妖異的烈火之中焚燒著肉身，哀號著，慘叫連連。那殺害母子的小賊更是被烈火焚身，慘狀異常。

他恍惚的站起身，目光呆滯望著眼前煉獄，忽然哈哈大笑起來，他已經瘋了，手舞足蹈說著瘋癲話：「美啊，真是美景啊！燒吧！大火繼續燒啊！哈哈哈哈……」

風大起來，火苗一點點竄起。風越吹，火勢越高，濃煙越起，老樹紛紛倒下去，砸踏屋寨的房子。數不清的山賊被焚燒在這彷若地獄紅蓮的火海之中，嚷嚷成一片。

大火無情，隨著風勢大肆蔓延。

孟婆的臉上映滿了火光，踏聽見身後有人喚她，轉身看去，是一臉驚懼的離歌。

「孟姐姐，你把人和寨子一起燒掉了……他們……還有那孩子，才十歲而已啊，他們……」也是命啊。離歌生生咽回了後半句話，因為她的聲音止不住的顫抖，方才所見，令她不由自主懼怕起孟婆。

而此時的孟婆已經恢復了自己原本的面貌，她目光漠然，凝視著火海冷聲道：「民不畏死，奈何以死懼之。若使民常畏死，而為奇者，得執而殺之，孰敢？懲戒暴虐之徒，唯有用暴虐之策。暴可制暴，也根治暴。邪惡是不分年齡的，一些孩子的陰暗面，遠遠超出你想像。有的孩子是孩子，有的孩子是邪魔，有時，孩子的惡往往比大人的惡更可怕。因為他們心中沒有規則與道德的限制，所以惡起來更純粹、更徹底，也更無底線。你同情這群禽獸，那些死在他們刀下的冤魂又何辜呢？以他們的血來祭奠死者，實在甚妙。」

離歌畏懼的打量著孟婆，尤其令她心跳如鼓的，是在說這話時的孟婆，竟是微笑著的。

次日清早，豔陽高照。

昌陵山下的送親隊伍熱熱鬧鬧朝著姜府前行。

媒婆甩著喜帕走在最前方，時不時回頭去確認喜轎跟沒跟上來，她脖肩相連，圓潤的下巴總是會擠出兩個，熱辣辣的天氣也擋不住她喜上眉梢，要說真是峰迴路轉，昨兒個才遭遇了山賊，新娘子被擄去寨子，她這個媒婆和轎夫坐在山上哭了一整夜，人是他們弄丟的，是死是活總要有個說法。就這樣哀苦著等到天明，正想著該如何同姜家交代時，新娘子竟然自己下了山，回來了。身後還跟著一個錦衣華貴的貌美女子，據說是新娘子的救命恩人。

甭管是真是假，新娘子能不少一根髮絲的安全回來，就要叩謝老天爺了！媒婆可謂是喜極而泣，忙乎著把新娘子安排進喜轎裡，又為救命恩人張羅出一頂轎子跟在後頭，接著便快快啟程趕去姜家。

還好有快馬傳書給姜家，事情的來龍去脈都寫在了信中，想必姜家也定是擔心壞了，好在人好好回來了，即便是誤了成親的吉時也不打緊。

可是媒婆心中始終有個不敢問出口的疑慮。

這轎中的孟婆倒是自在得很，在燒山寨之前，她也不忘在山賊頭目身上拿了一大袋子銀元寶。看這裝銀元寶錢袋的樣式頗有些古怪，一般來說，都是繡了錢莊名字或是自己的名諱，而這錢袋質地上乘、嶄新無痕且做工精細，一看就是極好的針線，通體看去找不到任何標識，這山寨之中也不像有如此縝密的手藝，實在有點匪夷所思了。算了，想這做什麼，有錢就行，想到這裡便安下心來，任憑喜轎繼續前進，看著還有數日才可到達姜府，她又有了許多錢，正好可以藉此機會去買些酒來喝。

誰讓人間的規矩是沒錢寸步難行呢，即便她是孟婆，也還是要入鄉隨俗。

於是她踏著飛步來到離歌的轎旁，掀開簾子知會她：「我要暫且去尋些樂子了，你只管安心坐著你的喜轎，如果再有危險，我會立即回來救你的。再會。」說罷，她便消失不見。

離歌半張著嘴，惆悵的歎氣，心想這為期一年的交易，不知是否真的能夠如願以償。

這是發生在兩個時辰之後的事情了。

來到人間的孟婆自是要好好喝上一頓美酒，餵飽了自己刁鑽的胃，再去追趕送親隊伍也是不遲。她來到遠離昌陵山的城中，見到人間依舊是百年如一日的繁華，哪怕是過去了數十載也依舊沒有兩番模樣。

待她來到主街，從一處小酒館裡買了壺用來開胃的小酒，正打算稍作休息，品品酒香，卻察覺到不遠處的人群中起了騷動。

有一列威武的儀仗隊途經於此，孟婆好奇的走過去，看到一輛富貴的官車正緩緩而來，百姓紛紛退避，無不敬畏。孟婆只抬眼看了一看，那車被裝點的格外雍容華麗，鎏金鳳紋的車簾上繡著金絲線，見領頭的男官騎著高頭駿馬，共四名，皆是環繞於官車，好生趾高氣揚的姿態。

哪料後方的官車忽然歪歪扭扭倒了下去，竟是兩路太窄，駕車的馬匹和旁側的小攤撞在一起。小攤在賣著紅豆，駕車的高馬饞著那色澤飽滿的紅豆，居然結伴跑去啃著紅豆吃，不僅嚇壞了叫賣的父女，還把坐在車內的大漢給顛了出來。

大漢是這一帶出了名的惡霸老爺，他摔得不輕，立即火冒三丈，喊著橫肉一臉的男官們便要修理賣紅豆的父女。老翁已年過花甲，趕忙向惡老爺求饒起來，然而他們那群蠻橫無理之人可不會同情老翁，不僅一腳踢倒他，還抓過他的女兒，要她賠他摔疼的這個跟頭。

「阿珠——阿珠——」老翁急的老淚縱橫，想要救女兒，卻被男官們惡狠狠推開。

名為阿珠的秀美女子既憤怒又悲傷，她喊著「爹——爹——」，可又掙脫不開，情急之下哭得傷心欲絕。

周圍聚來了數不清的群眾，老爺他們既懼怕惡老爺，又忍不住義憤填膺道：「光天化日之下竟如此為非作歹，分明是他家的馬吃了老翁的紅豆，居然反咬一口，還讓人賠償他摔的一跟頭，賠什麼？那被他家馬吃了的紅豆怎麼算？唉喲！這叫什麼世道啊？」

又有人小聲歎氣道：「唉，惡霸老爺仗勢欺人也不是一兩天的新鮮事兒了，如果不是他朝中有背景，咱們又怎會這般懼怕於他？」

孟婆左一句、右一句聽進耳裡，又看向散亂的紅豆攤子旁，只見那惡霸老爺欺人更甚，竟狂笑著要女子去他府中做他的陪房。孟婆嗤笑一聲，並沒有路見不平的打算。她心想著，戲裡總是會出現這般橋段，我見猶憐的素女遭惡人強迫，危急時刻便會有意氣風發的少年郎，騰空出現來拔刀相助。

牛頭和馬面十分喜愛這等風花雪月的趣事，時常跟她講起在人間所見，類似的英雄救美環節在三十年內不知講過多少次了，她聽都聽得煩了。而按照推算，再數三下，差不多就該有俠義之士現身了。

孟婆坐看好戲似的在心中數著：一……二……三。

果然不出所料，人群之中走出來一位俠客，他大喊一聲「住手」，眾人的視線整齊一致的聚集到了他身上。

真是準時。孟婆嘻嘻一笑，不由的來了興致。她側眼打量著那「俠客」，竟是一個年歲不足十八的少年。他面帶桃花，衣衫整潔，袖口針腳也縝密，腰間配著一把精緻漂亮的好劍，倒有幾分玉樹臨風的氣勢。

少年從鑲有玉紅寶石的劍鞘中抽出長劍，一臉的正義凜然，以劍指向惡霸老爺，高聲質問道：「你這惡霸實在猖狂，竟如此明目張膽強搶民女，究竟心中還有沒有王法？」

「呦呵，小小的黃毛孩子也敢向本大爺叫板放肆？」惡老爺根本不把少年放在眼裡，高高在上抖了抖臉上橫肉，囂張道：「本大爺乃是朝廷後人，你跑到這裡竟談什麼王法？本大爺今日就逮你回去扔進大獄，讓你知道多管閒事的下場！」

少年無所畏懼的擺好陣勢，眼神堅定道：「放馬過來！」

惡霸老爺向男官們使了個眼色，走狗們一擁而上，衝上來將少年團團圍住。少年幾個招式下來將男官們擊倒在地，動作輕巧而流暢，惹得惡霸老爺氣不可遏的跺腳大叫道：「你們這群沒用的東西，連個吃奶的孩子也擺不平！還不快抄傢伙，給本大爺打死他！往死裡打！」

男官們便從官車裡摸出了大刀、長矛、雙頭錘……他們哇呀呀的叫著，再次圍剿少年。

少年倒也冷靜，以守為攻，等到男官們耗盡體力、喘息如牛之際，他又是一個漂亮的迴旋，以劍柄擊打眾人背脊，只用這一個招式便把一群男官擊敗。

眼看著手下都躺在地上哀叫連連，惡霸老爺慌了陣腳，他連忙把阿珠推向少年，又操起一旁的木棍胡亂揮舞著，虛張聲勢警告少年不准過來。

少年懶得理他，趕忙將阿珠送還到老翁身邊，好讓他們父女二人團聚。誰料就在少年背對著惡霸老爺的工夫，那卑鄙小人高舉著木棍偷襲，一棒子打在少年的頭上。

少年防備不及，踉蹌著摔倒在販賣的紅豆攤上，惡霸老爺乘勝追擊，對著少年一通亂打，搞得整堆的紅豆都撒了滿地，像天女散花。老翁心痛哭喊著：「別打了，別打了，豆子都所剩無幾了！那可是我們全家接下來一個月的食糧錢啊！」

聞言，少年心中憤怒不已，他猛然一個轉身，使出全力扔出手中長劍，鋒利的劍身割傷了惡霸老爺的手臂。惡霸老爺鮮血直流，嚇得幾乎昏厥。他被男官們扶起，少年作勢還要追趕，惡霸老爺連連直退，趕快翻身上車帶著屬下逃之夭夭了。

等到確定惡霸老爺走遠了，少年才如釋重負癱坐在地上，他整張臉都被打得腫脹，眼眶烏青，疼得他可憐兮兮的哭唧唧了幾聲。

老翁和阿珠感謝他的救命之恩，少年卻慚愧的道著：「都怪我太不謹慎了，紅豆都被我們打散了，我實在感到抱歉，你們就別謝我了。唉，想來我身上也沒有多少錢，這些銀兩算是我賠償給你們的，拿去用吧！」

老翁父女再次感謝他的大恩，收下銀兩，拾起僅剩的為數不多的紅豆，便相互扶持著離開了。

周圍看戲的人們也逐漸散去，孟婆的目光則是落在少年遺落於地面的玉劍上。她踱步過去，俯身拾起玉劍，劍柄絳紫紋理，彷若玉澤通透，而劍身的脈絡打造得極為精細，寒光熠熠，實為上上之品。

這的確是把難得的好劍，孟婆猜想著那少年定是出身不俗，不然也不會帶著此等寶物出行。

少年在這時齜牙咧嘴揉著腫脹的臉，發現自己的佩劍不見了去向，便四處尋找，找著找著，便見一雙樣式精巧的繡鞋出現在視線中。

順著鞋子向上看，是黑淵一般墨色的錦衣華服，如同暗寂的湖水一般閃著幽幽光輝。再向上移動著目光，自是看到一張面頰微豐的曼妙容顏，她柳眉下鑲著一雙桃花眼，朱唇輕點，耳墜琉璃，有股超凡脫俗的疏離高冷之氣，令他不覺之中愣了楞神兒。

「仙女啊……」他在心裡發出感歎。

孟婆的美目停留在他臉上，有點輕蔑似的嫵媚一笑，將手中玉劍向他示意道：「這可是你的劍？」

少年看到她手中的劍，立刻醒神，走上前幾步靠近她，嗅到她身上有異樣奇香，沁人心脾。

他聞著這幽幽清香，略微躬身，舉止得體，不疾不徐道：「正是在下的劍，多謝姑娘，還請奉還。」

孟婆並未立即還給他，反而問道：「我見你方才和那惡霸爭鬥，倒是勇氣可嘉。他們最初未持武器，而你手中握劍卻不曾用劍身傷及他們，只是用劍柄擊打他們的背部，所謂何因呢？」

少年腫著一張青紫交加的臉，義正言辭道：「面對手無寸鐵之人，無論對方是老嫗、婦孺或者是十惡不赦的孽障者，握有武器的人都不該與之兵戎相見，否則便是利用自身優勢去欺辱弱勢，絕非正人君子所為。唯有對方也拾起武器，平等相對，這才方可一戰。」

聽他說的條條是道，還不是被揍得一塌糊塗？就連最終獲勝，也是險勝罷了。孟婆瞥他一眼，又細細端詳起握在自己手中的玉劍，總覺得這劍似曾相識，彷若是睹物思人，她低低喟歎道：「自古有云，不惜千金買寶刀，貂裘換酒也堪豪，自是寶劍配英雄，紅粉贈佳人了。可如此寶物被你這般模樣的人佩戴，不知寶劍會否因此而哭泣啊……」

他這般模樣的人？是怎樣模樣？

少年下意識的打量起自身，翩翩公子，卓爾不凡，當真是一表人才啊！但是臉的確是破相了，破壞了面相，有失尊重。他不好意思揉了揉自己烏青的眼眶，羞怯的覺得這副樣子的確是不配寶劍。

不過，等等。

他很快便反應過來，怎麼就不配了？他文武雙全、俠骨柔腸，不過是被打腫了臉，那也是因他寡不敵眾啊！且她是何人，憑何斷定他配不上劍？

而他還真的顧影自憐起來，險些就上了她的當！

他便皺起眉，氣呼呼的衝上前去，欲將玉劍從她手中奪回。

此時的孟婆卻神色有變，她瞥見了手中玉劍劍柄上刻有的名字——「逸舒」。

第六節

章莪之山，有鳥焉，其狀如鶴，一足，赤文青質而白喙，名曰畢方，其鳴自叫也，見則其邑有訛火。

「這話裡的意思是，再往西方向二百八十里的地方，有座山名字叫作章莪山，這座山上不生草木，多產瑤和碧一類的美玉。山中常會出現十分奇怪的現象，那裡有一種鳥，形狀像白鶴，一隻腳，紅斑紋，青身子，白嘴殼，名字叫畢方，牠鳴叫的聲音就是自呼其名。」他向她解釋著這番話，眼睛明亮如星，十分陶醉的模樣。接著，他又為她展開自己珍藏的畫卷，與她一同欣賞畫中美景。

畫中的景色如同仙境美輪美奐，雲端之上更是飛舞成群結伴的仙子，她們手捧花枝，身穿霓裳，正嬉笑著超天際那邊的雲閣飛去。

她驚歎不已，他則是要她閉上眼，更為投入的去體驗身臨其境的感覺。她笑著照做，緩緩閉眼再緩緩睜開，只見她自己似乎來到了畫中，仙子們環繞在她的身側嬉笑，她被牽著向前走。

可他在哪呢？

她喚了幾聲他的名字，卻沒得到任何回應。走著走著，她被腳下的異物所絆，低頭去看，竟是一個梨木製的雕花酒壺。

她疑惑著俯身去拾，酒壺卻一蹦一蹦的自己跑了起來。她驚愕去追，酒壺已帶她來到一片遍地白沙的空曠異域。

周圍極其靜謐，酒壺「啪」一聲倒在地上，一名身穿白色衣衫的男子提起酒壺，飲下一口烈酒，立刻皺眉，轉手拋給她，對她道：「清舞師妹，你隨身攜帶的酒也太烈了吧？等下師父見你又貪起酒來，一定要責怪於你了。」

清舞？那是誰？是在叫她？可是她的名字是墨舞啊⋯⋯

那⋯⋯他又是誰？她瞇起眼，仔仔細細打量著他的尊容，眉眼清秀，眸中流光，左眼角下方一顆淚痣，更添風流。可他神情中卻帶一絲涼意，且那股寒冰般的氣焰，幾乎要與他的那身白衣融為一體般，冷漠如寂寥之淵。

「公子，你怕是認錯人了。我姓姜，名墨舞，並非公子口中的清舞。」她對他道。

這男子略有一怔，隨後若有所思道：「也是難怪，這都已經步入輪迴了，許多前塵你怕是也記不清楚了。更何況，我也……」

她更加困惑了。

接下來，他忽然望向天際，只聽雷聲乍起，烏雲密布，他低咒一聲：「又是他們。」

是在剎那間，周遭景色發生巨變，大漠飛煙，迷霧浮現，男子趕忙將她拉到自己身邊。她還在推拒，總歸是男女授受不親，可他卻貼近她耳邊低語道：「前世劫難未盡，劫未渡過，你我怕是再會時也難以維持當年面貌與記憶了。」

她放眼望去他身後，驀然看見一群妖鬼之獸騰雲駕霧而來，它們相貌可憎、尖嘴獠牙，個個都兇神惡煞。

她嚇壞了，倉皇之中抓住他詢問道：「這是怎麼一回事？那些都是什麼？我們該如何是好？」

他看向她，眼波流動，極盡俊美的容顏彷若盛世繁花，竟讓她覺得似曾相識。

「清舞，你且回去吧，在一切結束之前，不要再來這裡了。」他像是掙扎了很久一般，終於用力推開了她。

恰逢此時，一片大風撲面而來，她伸手去擋，再也看不清他容顏。情急之下，她脫口問道：「你……你可是晟雲嗎？」

他的聲音逐漸消散在風中：「你會想起我的名字的。」

風沙巨大，她只能依稀看得清他佩帶在腰間的玉劍，劍柄處的的確確刻有「晟雲」二字，且方才正是晟雲帶她沉浸於畫卷之中的，然而畫裡男子的模樣卻與晟雲毫無相似之處，可明明如此，這男子又怎會帶著晟雲的劍呢？

又是一陣大風刮來，她痛苦的閉上眼，再記不得接下來發生的事情了。

孟婆恍惚從回憶中拉回思緒，她回想起了相似的玉劍，更回想起了前世的身影。她繼而轉過頭，靈巧的騰空一跳，躲避開了少年來搶玉劍的手，落地時看向他，充滿疑慮的問他道：「你是上官氏族？」

少年一怔，竟沒料到自己的姓氏會被猜出，困惑點頭應道：「對啊，我是上官氏。你怎麼會知道的？我不記得有告訴過你我的名字……」

孟婆並不回答，眼波倒是亮起了微妙的光簇。

而有那麼一瞬間，清風襲來，吹散孟婆衣裙，少年忽地發覺她不僅僅美豔絕倫、光華照人，竟像是位故人。

想來那位未曾蒙面的已故叔父的書房裡，曾有一副被他寶貝珍藏的畫像，這位未曾蒙面的叔父，在他出生前好幾年就去世了，只是家族之中一直保有他的一間書房，每旬都命下人打掃仔細，宛若主人隨時都要回來一般。自兒時起，他就特別喜歡獨自偷溜進書房裡待著，看看這、看看那，覺得既新奇又熟悉，特別是那副畫像，少年每次見到那畫都會讚歎畫中女子的美貌。

她眼中含笑，似盈盈水澤，又雲鬢峨峨，修眉聯娟，戴金翠之步搖，皓腕玉白如瓷，腰肢纖細，身段玲瓏。

少年曾感慨過：此女只應天上有。

可眼前這女子，卻像極了畫中之人。

瞬間記憶的匣子被打開了，又想起這位叔父的書桌上，最後打開的是一本筆記，像是記錄一些自己的感慨和病情，聽父親提起過叔父是久病不癒而亡，但是也沒有具體說是什麼病症。等到他大一些的年紀再去看，筆記上有幾段話倒是讓他記憶深刻：

「甲戌日記：這人一旦開始去悟，就會變得沉默寡言。正如那刹那花開，全然猝不及防。不是沒有了與人相處的能力，而是沒有了與人逢場作戲的興趣。但是悟到通透之時，又會如琉璃一般光潔堅毅，透亮明達，心性好似回到孩童般自然天成，與人自然相處不設屏障之圍。這當然是高階之態，想要硬生生模仿是求不來的，只能耐著心性一日日在這紅塵去打磨歷練，修行與頓悟只能在這動中得靜。此時之靜方為真靜，可隨動兒動的靜，自然陰陽轉化無虞。」

「庚子日記：今日風大獨坐在山邊忽想起她，憶得她那深鎖眉目的說過：我最是厭惡這世間愛抱怨與談論是非之人，尤其是那些自詡心善的嚼舌人們，殊不知那舌頭才是殺人的利器。有意無意談論著旁人的是非理短，自以為是關愛人家，噓寒問暖談東扯西，其實不過是日子乏味，拿那些事情來打發度日罷了。越是抱怨，事情多是與所期望相背離。『行有不得，反求諸己』，遇事最聰明的做法，就是自省。自我解析，自我反省，找到自己的不足。人無完人，每個人都會犯錯，自省才能清晰的認識自己，更準確的改正自己。如果不懂自省，就看不到自己的問題，更不能自救，只能一直沉淪，終至無可救藥。」

孟婆也重新審視了他一番，想來這個眉目清俊的雋秀少年，自是生得一副好皮囊，雖乍看之下，像是個富貴人家的紈絝子弟，可他舉止有禮、行事有度，既是上官氏族的話……便不足為奇了。

的確是故人之後。

思及此，孟婆便略微放下了心中戒備，少年的表情也自然了許多，剎那間化解了二人之間那劍拔弩張的氣氛。

惡霸老爺的部下對著孟婆大吼道：「哪來的道姑？多管閒事！趕緊給大爺們滾一邊去！」

還不等孟婆接話，一旁的少年就忍不住大聲回嘴道：「這廝怎麼如此無禮！先不說這位姑娘沒有道人打扮，就算是道人衣著裝扮，遇到女道士也不可以稱呼道姑，這是極其不尊重的叫法，在正統道教裡，是沒有這個稱謂的。男道士，稱為乾道；女道士，稱為坤道。取義天地陰陽，乾坤有分。男女互相之間，均以道友、師兄相稱。自古以來，道教一直崇尚男女平等，所以在見到道士時，不論性別，我們都稱呼道長，遇到德高望重年長的修行者也可以尊稱為道爺，你家主子沒教過你這些嗎？」

孟婆抿著嘴看著這較真的少年笑了，心中不由生出幾分好感。

孟婆正打算將玉劍還於少年，哪知一直躲藏在暗處的惡霸老爺的部下，突然向二人發起了偷襲。想來他是被惡霸老爺安排於此處伺機出手的，可他到底是小看了孟婆。

也許覺得孟婆是個弱女子，輕而易舉便可將其制伏，那名部下便想首先拿下孟婆，一個長刀揮出去，孟婆卻靈敏的騰空，腳尖踩在刀尖上，部下神色一驚，抬頭去看，孟婆與之四目相對，微微一笑，手指一彈，劍柄直擊對方的胸口。

這一擊令男子後退連連，可他還不肯服輸，再次以迅雷不及掩耳之勢，橫刀劈向孟婆。

孟婆扔出手中的劍，劍身滑過男子的腳下，使他絆倒在石塊上，摔倒不說，腦殼竟是重重砸在石塊上，當即便不省人事了。

那少年見此大招，立刻拍手叫好道：「原來這就是傳說中的隔空打物，好生厲害！」

孟婆悠悠然撿起地上的玉劍，轉手丟還給他，笑道：「覺得厲害？想不想拜師學藝呀？」

這少年很懂事理，既然佩服孟婆的身手，立刻湊近她，合拳躬身道：「自然是想，那便從道明身分開始——在下姓上官，名逸舒，字聿知，不知俠女如何稱呼？」

「我可不是俠女。我姓孟，你且叫我孟姐姐吧！」

上官逸舒眨巴幾下眼，撓撓頭道：「可你看起來不像做人姐姐的年紀啊。」

孟婆高興道：「呦，你倒是真會說話。」接著又問：「你方才教訓了這帶的官惡霸，下次他們再找你麻煩該如何是好？我未必會再幫你的，今日都是機緣巧遇。」

他卻滿不在乎的眉飛色舞說：「一看你就不是本地人吧？你不知道那惡霸雖背後有勢力，但也沒有我們上官家資歷雄厚！因我不喜歡炫耀這些身外之事，我更願意雲遊四方，多學武藝，練就一身好劍技！還有，你知道我為什麼想要練好劍技嗎？你一定不知道吧？就是因為我叔父啊！」

孟婆無動於衷，她對他的個人情況可沒什麼興趣。

「對了。」他忽然想起了什麼，從自己的口袋裡翻出了一個寶貝，掰開一半給她：「喏，你這會兒也應該是餓了，這包子雖然有點被壓扁了，不過不影響！來，一人一半！」

孟婆看著他遞來的東西，忍不住翻起白眼，「你竟然在自己的衣衫口袋裡帶包子？還是蜜棗餡兒的？」根本不能叫包子，應該是糕點了！

「這有什麼奇怪的，誰說包子就一定是要肉餡兒的？更何況，我喜歡吃甜的，要不是今天出門急，我就多帶幾個了，我家這次新換的廚娘手藝特別好！啊，等會兒，你身上是什麼味兒？」說著，他便不拘小節的跑到孟婆跟前嗅了嗅，恍然大悟道：「是酒味！你喝了酒，別說，這味道還挺好聞的，有酒的話，也分給我嘗嘗吧！」

孟婆心想真是狗鼻子，喝了幾口酒都被他聞出來了。說來也是稀奇，上官家的後人還會有這般風流隨性的，明明前人是那般清傲……倒也不能說是平淡無奇，總歸嘛，是少了幾分豪爽仗義的江湖氣。

但眼前，上官逸舒太過聒噪，孟婆不得不數落他道：「沒大沒小的主兒，你叫過我一聲姐姐了嗎？別說是拜師學藝了，連姐姐都沒叫過，我憑什麼要分酒給你喝？」

看來對方可不是個好說話的，上官逸舒發現以自己目前的功力，就算是在嘴皮子上也未必能應付得了這位美豔姐姐，只能默默將頭轉向一邊，小聲嘟囔幾句：「都說喝酒臉不紅的人不是良善之輩，她的臉就一點都沒紅……」

孟婆聽見了，反而笑瞇瞇道：「我喝酒是不會臉紅的，可是我喝水會臉紅，各人有各人的臉紅方式。」

沒聽說有人喝水還能臉紅的，上官逸舒嘴角微微抽搐，但也只敢在心中丟給她二字金言：謬論。

孟婆看向他，挑了挑眉問：「你剛剛在心裡說了什麼？」

上官逸舒立刻捂住嘴，再次心想道：「不是吧，她連我的心裡話都可以聽得見？這是什麼厲害的武林絕學？難道說不是仙女，而是妖怪嗎？」

孟婆笑了，皮笑肉不笑的那種，她從雙袖中亮出尖銳的峨眉刺直逼向他，眼角寒光乍起，上官逸舒立即乖乖露齒笑道：「我是在心裡說，孟姐姐！」

孟婆收回峨眉刺，略有輕蔑的看著他，倒也有幾分縱容他的意味，笑著拿出自己的酒壺對他道：「看你還算明事理，姐姐我就分你一杯酒嘗嘗鮮。」

上官逸舒的雙眼立刻變得炯炯有神、閃閃發亮，他如獲珍寶一般雙手接過孟婆的酒壺，仰起頭來「咕咚咕咚」喝下了好幾大口。

這是他生平第一次嘗試酒的味道，有些辣，有些凜冽，可滑入胃中，卻令他感到喜悅與快活。他欣喜的望向遠處，心覺人生這般短暫，年少時日無多，定是不能浪費這大好風光呀。瞧，風刮落陣陣桃花，實在是一場極美的花瓣雨！

孟婆也順著他的視線望去，眼前的花瓣雨紛紛揚揚灑落下了一地桃花，不知不覺間，她竟也露出了溫和笑意。

而在周圍路人的眼中，只覺桃花樹下站著一對美麗如玉的人兒，他們在喝酒、賞花，時不時傳來歡聲笑語，倒也令途經於此的人覺得賞心悅目。

喝著喝著，不勝酒量的上官逸舒有些醺醺然，他作勢便揮舞著手中的玉劍，跳起了輕盈的劍舞，還手舞足蹈喋喋不休著：「想來我自幼喜吃魚，可十歲時被魚刺卡過喉嚨，那之後便只吃白鰱了，白鰱魚刺較少，可謂樂哉！樂哉！」

孟婆哭笑不得：「可別說你這是在作詩。還有，你是小貓不成，竟這麼喜歡吃魚。」

上官逸舒哈哈大笑道：「我若是小貓的話，孟姐姐便是隻老虎了。」

孟婆同意道：「便是一隻猛虎。」

上官逸舒反唇相譏：「猛虎都食人，姐姐這隻虎也吃人嗎？」

孟婆亮起手中的峨眉刺，打趣道：「倒是能傷人。」

上官逸舒挑釁似的一揚眉：「是否能傷人，一試便知！」

說罷，上官逸舒便先發制人舉劍衝向孟婆，不甘示弱的模樣倒有幾分上官氏族應有的英姿。

孟婆一邊後退一邊笑了起來，饒有興趣的奚落他道：「呦，你這是喝了酒有了膽子，終於敢打女人啦？」

「不過是切磋武藝，孟姐姐何必要把話說的這麼難聽呢！」上官逸舒的動作極快，彷彿與之前判若兩人。

酒可壯膽這話還真不假。

孟婆瞇了瞇眼，深知這個小毛孩子算不上善輩，但就算是切磋，她也不可能會輸給他。峨眉刺雙雙刺出，卻被他防下，且他一個側身，從左方殺來，孟婆尚未看穿他的這個招式，心裡一驚，竟將上官逸舒看成了是別的人。

彷若……是……

「晟雲……」孟婆喃喃念道，腦子裡猛地跳出了昔日畫面，而回過神的空檔，上官逸舒已經與她近在咫尺，她低呼一聲，猛地反手，用左臂擊向了上官逸舒的鼻子。

上官逸舒的舊傷還疼著，鼻子又遭殃，他「嗷嗚」一聲跌倒在地，痛苦不滿道：「你怎麼動真格的呀，出手這麼狠……面對我這樣玉樹臨風的美男子，虧你也下得了手！」

孟婆恍惚了一下，這才發現自己方才有些失態。可是上官逸舒見她分神之際，又猛地跳起身來搞突襲，孟婆下意識抬起腿，一腳踢中了他的胸口。

上官逸舒被踢出去老遠，吱哇亂叫著，痛得不行。待他爬起身來想要再繼續比試時，竟發現孟婆已經離開了。

留給他的只是一個清冷孤傲的背影。

一陣風襲來，吹散她身上的酒香，與她對他的輕歎：「少年人，你這柔弱的小身子骨還差得遠了，且再繼續修煉吧！」

上官逸舒望著她在灑滿餘暉的金色天際邊逐漸消失不見，他不怎麼高興的搔了搔耳朵，總覺得自己被她瞧不起了。不，分明是被侮辱了。

「唉！」他坐在石階上消沉了一會兒，倒沒有自怨自艾，反而是滿懷憧憬的喃喃道：「沒想到外面的世界這般與眾不同，我雖是初出茅廬，可今日卻受教許多，等到下次再與孟姐姐相遇，我定要成為更加非凡的男子才是……」

非凡的男子嘛……孟婆靜靜走進幽深的小巷中，她停住腳，低垂著眼，打開了自己的一個錦盒。

那是一個紅色絲繩繫著的小巧金盒子，其中裝著宿世砂，輕抹一筆在額心，便可以看到想要去看的某人的宿世。

前世今生，歷歷在目。

這是孟婆從冥帝和墨處偷來的寶物，她將宿世砂沾染在手指上，點在自己眉目中央，心中念著上官逸舒的名字，頃刻間，眼前浮現出了關於他上一世的點滴過往。

那像是一場舊夢。夢裡的一切都是她前世所見，是記憶中的人間景象。唯獨一點不同的是，不遠處飛來了一隻會說話的文鳥，她認識那隻文鳥，是宿世砂的守護者——南平君。

南平君的嘴裡銜著一枝荷葉，盛著露水。他將荷葉送到孟婆面前，並對她說道：「孟姑娘，好些時日不見了，近來可都安好？」

孟婆禮貌的頷首示意：「一切都好，南平君，別來無恙。」

南平君又道：「孟姑娘既然召喚在下來了，必定是有想要看的前塵。在下就捎來了雲河水，知道孟姑娘喜歡酒，便在其中加了些杏子酒，喝下之後就可看到你想要得知的一切了，還請孟姑娘笑納。」

孟婆感謝道：「如此貴重之物，真是謝謝南平君了。」

南平君羞澀的彎下小腦袋，他很不習慣被冷豔的孟婆這麼客氣相待。

喝下水後，孟婆抬頭望去，夢的場景變換成另一番景象。

他出現在她遊湖的橋下，原來他早早便遇見了她，人群之中，所有人的視線都彙集在她的身上。那年的她有著五月清空般靈秀的面容，雙眼透著秋水韻澤，一頭烏亮的青絲垂在腰間，彷若有種與世隔閡的淡漠疏離。而在平庸的遊客裡，他清俊溫潤的面容格外醒目，他在凝望著橋上的她，竟從那時起便已是一臉痴迷。

孟婆緊緊注視著夢境內容，生怕錯過任何一個細小的畫面，她看到他與她相識後，總是默默守在她身後。

雨天，晴天，雪天，烏雲密布時，異常寒冷時，他的眼神總是追尋著她的身影，努力做到不被她也不被其他人發現。

當她在樹下打盹，他會命人悄悄移來紙傘，為她遮擋炎陽。

當她清晨醒來時，他會在她的窗前放上一枝嬌豔的桃花，每天都不曾忘記。

不知不覺之中，他望著她難得露出笑意，眼底會浮起異樣的波動。

像是留戀，又似迷惘。

他屢次接納酒後失言的她，將她帶回自己府中，也讓她知道了自己早有妻室，卻依然不可自拔迷戀她的事實。

他曾告訴過她，傳說中，上天會懲罰對髮妻不忠的負心之人。負心人要被天雷擊中三次，第一次在胸口，第二次在四肢，第三次在靈魄。也許在他無可救藥愛上她的那一刻開始，他便日日都在歷經天雷的拷問。

有個模糊的身影萬分吃驚，那身影痛苦而又不敢置信的質問他道：「你竟動了真心不成？」

他摸摸胸口，那裡每次都會因想起她的臉而變得很痛，比天雷重擊還要痛。他也對此不知所措，可也只能告訴所有試圖阻止他的人：「我不過是很想見她罷了。」

那麼多的人在對他好言相勸：「望你謹慎行事，不要傷了自己，更不要賠了夫人又折兵。」

可對於沉溺於相思之苦中的他來說，怕是聽不進旁觀者清的苦口婆心。

那麼她呢，她又是何時在意起他的呢？

許是那年夏初，她在酒樓裡尋歡作樂，忽聽樓外人聲鼎沸，大家都道是他來了，她好奇，從窗外探頭望下去，便一眼瞧見了他。

那日花影婆娑，風暖斜陽，他走在緩緩一行人的最前方，正和身側小廝低語，手拿一把淡綠色摺扇，墜著一抹流蘇穗，映著空中飄落下的幾朵桃花，將他華貴身影勾勒出一股子韻致。

他察覺到她直勾勾的視線，抬眼看向他，便是輕描淡寫的一瞥，卻足以硬生生刻上了她心尖。那時的她尚且不知於之後的歲月裡，她與他之間竟會是一種如山如海的淪陷。

一滴淚從孟婆的眼眶中墜落。

「啪！」

砸碎在夢裡。

南平君轉頭詢問她：「孟姑娘，你怎麼哭了？」

孟婆抬手去觸碰自己臉頰，她從不知自己是會流淚的。多少年了，她都沒有再掉過一滴眼淚。

「不要哭。」

是他的聲音。

孟婆猛然間抬起頭，竟看到他走到了她的面前，抬起手，為她擦拭掉淚珠。

「我沒哭。」她辯駁。

「那，這是什麼？」他示意沾染在自己指尖上的淚痕。

「因為這裡是夢，所以……這一切都是夢。我所看到的都是你後人的前世，連同你，也是這夢裡的一部分。」

「不是夢。」他道，「我會向你證明，這不是夢。」

孟婆抬起頭，以眼相問。

「我說過，我會永遠陪在你身邊的。哪怕是要我來為你改變三界規矩，哪怕是要我背叛世間人倫，我也在所不辭。」他的眼中仍然沒有絲毫猶豫，那漂亮的黑色雙瞳裡隱隱泛起了痴心，竟是這樣美豔絕倫。

等到孟婆從這夢裡睜開眼，呈現在眼前的是寂靜幽深的小巷，他再也不會出現在她身邊了，打從上一世結束後，他便不再會輕喚她的名字了。

然而夢中所見仍令她覺得亦真亦假、恍恍惚惚，有時也會私心覺得，能夠在夢裡一醉不醒，未嘗不是一件美事。

孟婆闔上宿世砂的錦盒，苦澀而又輕蔑的搖搖頭，笑自己愚蠢。然而卻不會有人看見她眼底深處泛起的淚光，那是沾染著滄桑與悽楚的，甚至有些許懊悔的淚光。

十三日後。

送親的隊伍終於磕磕絆絆進入了昌陵境內，姜家早已安置好了入住的客棧，轎夫們圍坐在案几旁招喊來店小二，要了上好的酒水和牛肉，累了這麼久，定要好好的飽餐一頓。

離歌也下了轎，媒婆攙著她進了客棧，候在廊下的兩名姜家侍女立即迎上來，向離歌作揖道：

「蘭琪見過側夫人。」藍裙少女溫柔嫵媚。

「綠枳見過側夫人。」綠裙少女明豔嬌麗。

早先在姜府時，蘭琪與綠枳便負責照顧著離歌和煜兒的起居，已是頗有感情。如今再次相見，離歌十分感傷握住二人的手，流淚道：「想不到今時今日還能與你們相見，實在是讓我心中倍感欣喜……」

怎麼好端端的就哭起來了？

蘭琪與綠枳面面相覷，皆是有些措手不及，只得去勸慰起離歌來，媒婆也不明所以，訕笑道：「可不是我們欺負側夫人了啊，我們沒那麼大的膽子！定是側夫人旅途疲勞，累壞了身子，二位姑娘還是陪側夫人去樓上安頓好，吃好喝好的休息一夜，煩惱到明兒個就煙消雲散了。」

蘭琪與綠枳連連點頭稱是，一左一右扶著離歌去了樓上的房間。

等到孟婆循著離歌的氣息趕到客棧時，已經是入夜的光景了。見她回來，轎夫們興高采烈的還要與她賭局，毫不在乎自己早已輸得精光。

孟婆自是不會拒絕這等熱鬧好事的，可她聞到了酒香，便頤指氣使命令著轎夫們為她斟好酒、擺好菜，吃飽喝足才有心情玩樂。轎夫們乖乖照做，正欲把孟婆請進座位上時，客棧外忽來了一輛馬車。

負責開道的家奴次序井然，他們站在門外兩側讓開路來，那富貴雍容的馬車緩緩駛出，車門打開，走下來的人正是姜府的繼承人姜懷笙。

儘管他今夜穿的是素淡衣衫，也仍舊是遮蓋不住那與生俱來的高貴，眉宇間的英氣更是咄咄逼人，而唇角邊卻總是含著溫潤的笑，與之形成鮮明的反差對比。

見是準新郎來了，堂內的媒婆趕忙一路小跑來迎接，笑著寒暄了好一陣，才突然想起風俗，不得不提醒懷笙道：「姜家少爺，不是我這個媒婆多嘴，實在是規矩擺在這，咱們也不能不遵守。你看，這還沒有到成婚之日……」

懷笙笑著接話道：「昌陵夫婦成婚之前不得相見，我牢記規矩的。」

媒婆立即眉開眼笑：「記得就好，你記得就好。」

懷笙則是將視線落在孟婆身上，禮貌的頷首點頭，感激道：「今夜造訪，只是為了當面向救命恩人致謝。」

媒婆一時詫異，反問：「救命恩人？」

懷笙望著孟婆的目光如溫水一般明燦深邃，令孟婆情不自禁感到心平氣和，她聽到懷笙真誠道：「救下我心愛女子的恩人，不同樣也是我的恩人嗎？幸好有快馬傳書，我才得知送親隊伍遭遇了山賊襲擊，如果不是有這位姑娘出手相助，離歌恐怕早已遭遇不測。」說罷，他踱步上前，在距離孟婆有半米處的地方輕微躬身，雙手合成拳，再次致以真摯的謝意：「多謝姑娘仗義勇為，我曾認為女子柔弱，無法保護自己周全，今日有幸見到姑娘這般美貌與身手集於一身之人，實在佩服不已，敢問姑娘該如何稱呼？」

孟婆抬手摸了一下自己鬢邊，有意扶了扶髮中碧簪，手指撚過珍珠墜子，挑刺道：「公子過譽了，我不過是見不得出嫁隊伍裡沒有配備武夫罷了。想來從長安街到昌陵的道路崎嶇，山賊眾多，只有婦孺和幾個轎夫同行，豈不是送羊去入虎口？」

懷笙一驚，臉紅了紅，趕忙道：「是我考慮的不周到，自從我入職六部之後，也曾與同僚抓捕那群山賊，私以為已是斬草除根了……」

孟婆搶著道：「沒想到卻春風吹又生？你這後生還真是只顧得眼前，顧不得日後的脾性啊！」

懷笙的臉又是一紅，他從未遇見過孟婆這樣一針見血指責於他的人，自是不知該如何與之相處，只好放棄這個話題，再次問道：「不知姑娘芳名……」

「在詢問他人姓名之前，難道不應該先報上自己的名號才對嗎？」孟婆的問話拋得乾淨俐落。

懷笙愣了一下，訥訥的道：「抱歉，我一時疏忽，忘記自報名號。在下姜懷笙，是昌陵姜府的準當家，目前在六部任職。」

媒婆趕忙插嘴一句，得意洋洋道：「少爺可是當年由皇上親自點名面見的狀元郎呀！」

孟婆不以為然的高抬起下顎，雖是傲慢，倒也不會顯得無禮，她點頭道：「那便是姜少爺了，小女子姓孟，年長你幾歲，幸會了。」

懷笙微笑問候一聲：「孟姑娘。」接著，他又側身示意帶來的綢緞、

珠玉、糕點與罈酒，命人搬進孟婆的房間裡，道：「這些都是我特意準備給孟姑娘的見面禮，小小心意，不成敬意，望孟姑娘笑納。」

到底是姜家的人，出手總歸是闊綽，看來快馬送去的消息不僅僅是離歌遭遇山賊，連孟婆好酒一事都一併告知了，不然怎會送來這麼多的酒！

孟婆道謝後欣然接受，媒婆便指揮著轎夫們把東西都搬到房裡頭去，客棧門外便只剩下孟婆與懷笙，還有馬夫與幾匹馬了。

氣氛靜謐有些許尷尬，懷笙倒也不避諱自己打量孟婆的眼神，他毫無輕薄之意，不過是覺得初見這女子之時便有種似曾相識的感覺，彷彿曾在何處與之照面過。

孟婆看穿了他心中所想，又覺得夜風微涼，便邀請他進客棧的案桌旁一坐，尤其是今夜繁星璀璨，陪她喝杯酒再走不遲。懷笙心想這樣也好，畢竟是救了離歌的人，他也應當陪她小酌一杯，如此才不算怠慢。

燈燭暈黃，夜色沉沉，媒婆大概是向樓上的離歌道出了懷笙夜訪之事，總能聽見樓上傳來窸窸窣窣的動靜，彷彿是一種不得不按捺與克制的雀躍。

懷笙也時不時的張望樓上，眼神裡藏著殷切的期盼與愛戀，無奈被舊俗規矩所束縛，他歎息連連，想來一日不見如隔三秋，他思念離歌的心思真叫他徹夜難眠。

孟婆自然懂得這兩個年輕人的纏綿情意，笑著為懷笙斟上一杯酒，跟他說起了遭遇山賊，又如何解救離歌的過程。這其中雖然隱瞞了縱火焚寨的過程，但大致屬實，說到最後，她的那句點撥便顯得合情合理：「為了斷絕那幫作惡之人日後繼續為非作歹，我懇請姜少爺能夠在明日回到六部後處理此事，也算是做個善後了。」

懷笙覺得孟婆的提議甚妙，自是應好，幾杯酒過後，他問起了孟婆家在何處，聽口音覺得並不是外鄉人。

孟婆故作感傷悵然歎息，慢條斯理道：「說來話長，也真可謂是淒涼，我家中父母盡喪，前些年又變賣了全部家當，為的就是來到故居昌陵投靠表親。可惜到了這裡才發現他們早已搬走，我正在苦苦尋覓他們，恐怕還要再孤孤單單尋上一段時日了。」

懷笙心性純善，從不疑人，聽了孟婆的話，立刻就相信了她，並十分同情她的處境，又愧疚自責道：「都怪我多嘴，害得孟姑娘說出自己的傷心事。」

孟婆擺擺手，搖晃著手中的酒杯，淡淡道：「生老病死，人之常情，這其中道理誰人都明白。我唯獨懊悔的是，在爹娘生前很少陪伴他們，就連他們死時，我也不在他們身邊。」

懷笙觸景生情一般感慨道：「你我許是同命相憐，我家父母親也亡故三年了，如今我有了妻子和孩兒，他們卻無緣與孫輩相見，此後將永生陰陽兩隔，這是何等不如意的憾事啊……」話到悲傷處，懷笙眼眶泛紅，舉起酒杯，一飲而盡。

孟婆打量著他此刻的痛心神色，不由得想起了許多年前，當她曾返回人世逗留的某一個光景。

那日無風，陽光隱蔽在雲朵後，巷子與暗寂的街角相連，不知名的鳥群從灰濛濛的蒼穹之中結伴飛過，孟婆走在前往姜府的路上，她聽得見自己的腳步聲，踩在空曠的青石路上，夾雜著她略顯錯亂的呼吸。

姜府的大門敞開著，睚眥今日被上了鎖，封在門眼裡。孟婆隨著家奴走進了府內，繞到空曠的後花園，忽然聽到身後傳來了清脆的呼喚聲。

「母親，快看我畫出的山水圖！」

孟婆心中一震，循聲望去，嬉笑著跑來的正是年幼的懷笙。

她急忙想躲，還沒走幾步，便想起他是不會看見自己的，再次抬頭，她看見母親已經抱住了向自己撒嬌的懷笙，展開他手中的宣紙畫，細細欣賞那生澀幼稚的粗糙山水。

「我的笙兒真是了不得呀！小小年紀就能畫出這樣的神來之筆，先生也讚歎不已吧？」母親親昵的摟著懷笙，眼中滿是寵溺。

「先生要我再多加練習，只要肯下功夫，日後也許會成為畫聖呢！」懷笙笑嘻嘻磨蹭著母親，笑得純真而無憂。

孟婆眼光落在他們母子二人親昵相挽的手臂上，心中說不清是嫉妒還是酸楚，或是羡慕……她的嘴唇抿成了一條線，靜默站在他們面前，聽著母親絮絮叨叨關心著懷笙：「笙兒，今天你穿得少了些吧？乳娘怎麼沒有給你加件衣裳？天涼，凍到了笙兒，母親會心痛的！」懷笙的小手覆在母親的面頰上，瞇著眼睛笑道：「那母親就給笙兒暖一暖，有母親在，笙兒便不會覺得冷了！」

孟婆望著這對其樂融融的母子，她覺得自己像是一條河，無聲無息的被他們隔開，遠遠兀自流淌，沒人問她流去何方，也無人在乎她是否快要乾涸，哪怕是她結了冰、汙了水底，也不會有人踏進她的河川，問她一聲：「這麼久了，你還好嗎？」

「孟姑娘，你還好嗎？」

如此關切的問候令孟婆醒了神，她如夢初醒般看向門前的懷笙，俊秀的男子正面露擔憂，略有不安的歉意一笑，道：「你手中的酒都倒灑了，莫非是回想起了什麼傷懷之事？」

孟婆慢慢收回了神思，她恢復了那副玩世不恭的腔調，挑眉一笑：「哪有什麼值得傷懷的事，無非是多喝了幾杯，且公子帶來的酒又烈性十足，後勁兒極大，我一時醉得失了神罷了。」

懷笙順勢提議道：「既然孟姑娘是來投奔親人的，又不曾與親人團聚，不如先到我府上小住，待你尋到親人再離開。」

如此一來，正合孟婆之意，她點頭答應下來：「也好，那便謝過公子了。」

接下來，懷笙漸漸有了醉意，他雙頰微紅，笑意純善，倒也敢和孟婆自在聊起來：「想來孟姑娘的表親在昌陵，孟姑娘也算是昌陵人了，也許你我曾經在何處相見過。」

孟婆明知故問道：「何來此言？」

懷笙斟酌著話語說道：「姑娘身上有種神祕的意境，我總覺得熟識得很，可又說不清到底是否曾打過照面。且要說你不過雙十年華，卻散發出百年積澱才會有的通透，令人在倍感壓迫的同時，也會不由自主的臣服。再者，姑娘孤身一人便能降伏數十名作惡多端的山賊，實乃不可思議。但我也不願以懷疑之意去揣測姑娘本身，然而我仍舊覺得事情蹊蹺，與其把這話藏在心中，不如統統說給姑娘聽，也算是我對姑娘的一種通透。」

孟婆的神色流露出讚許之意，姜懷笙果然心思機敏，也難怪姜府上上下下會縱容他一些其他的弊端了。

「以道蒞天下，其鬼不神。非其鬼不神，其神不傷人。非其神不傷人，聖人也不傷人。夫兩不相傷，故德交歸焉。」孟婆凝視著懷笙，嘴角似笑非笑，低聲問他：「公子覺得，道是什麼？你相信這種道的存在嗎？」

你相信這種道的存在嗎？

這句話從孟婆口中說出，竟然令懷笙覺得縹緲如夢。好像能夠蠱惑人心，令某種欲望打開雙眼，直抵心口深處最為隱蔽的私密地帶。

懷笙驚醒似的睜了睜眼，像是察覺到異樣危險一樣，身子略微退後，恍惚道：「能與鬼神匹敵的道，是什麼？」

孟婆笑了笑，伸出手，指了指懷笙的心臟，答曰：「人心。」

懷笙一臉困惑。

孟婆的笑意更深一些，令人參不透這笑容下是危險還是真摯，她道：「日後你會成為姜府隻手遮天的人，你可以挑選的女人千千萬，多得如同天上星，數也數不清，她們同樣是挖空心思的來接近你、取悅你，可卻不會有人敢直言不諱的坦露心中野心。而你，又是否能察覺到你最愛的那個女子的真心呢？你怎知她究竟是至善還是至惡呢？」

懷笙皺起眉，他不明白孟婆的話，而孟婆在這時邪魅一笑，嘴角便似有兩顆細細的獠牙陰險，這令懷笙大驚失色，踉蹌起身，冷不防腳下一滑，朝後跌去，加上酒勁兒正濃，便摔得昏過去了。

孟婆見狀，只輕巧的笑一笑，抬起手，將自己掉落在額前的髮絲拂起，又喚來門外的馬夫，要他將自己的少爺抬到車上，回府好好休息去吧！

馬夫見少爺喝得爛醉如泥，一邊將其扶起，一邊好心對孟婆道：「姑娘也別貪杯了，早些就寢罷！」

「我？」孟婆望著屋外沉沉夜色，眼中放彩，饒有興致道：「我的樂子才剛剛開始呢。」

第七節

長安街有柳家酒坊，昌陵附近則是有孟婆前世更為喜愛的酒館。

那裡有著她數不清的醉生夢死與肆意快活，如今重回昌陵，她自然是要造訪一下那久未謀面的老酒館了。

這家酒館在昌陵的平遠街，距離姜府有一段距離。但平遠街卻是昌陵一帶最為繁華熱鬧的街市，早在當年，歌舞藝伎便統統聚集在這裡，酒樓、賭坊、茶館、戲臺，甚至是青樓，多得數不勝數，其他街道在入夜之後便悄無聲息、烏黑一片，而此處卻是徹夜燈紅酒綠、人滿為患。

如果說青樓是溫柔鄉，酒館便是長相守，孟婆生前常去的那家酒館名為「白家居」，雖然名字素淡，裡子卻火辣，不僅藏有陳年佳釀，還有漂亮藝伎。

尤其是酒館大門是照耀張揚的金色，上面鑲著奇珍異獸的朱紅色圖騰，襯托著楠木匾額上的「白家居」三個大字。

孟婆來到白家居門前時，發現店名並未更換，店內的景色也沒什麼變化，燈火通明之中流光溢彩，各色的胭脂袖從樓上揮舞，軟語鶯言，絲竹靡靡，這裡不僅僅是來喝酒的，還可以賞舞聽曲，必要的話，也是可以在樓上挑選幾個姑娘陪著作樂的。

孟婆心想著這店雖然還保留原時面貌，但老闆畢竟是易主了，這麼多年過去，換人也是情理之中。

而越發走近白家居，孟婆來自前世的回憶便越加清晰。

當年就是在這裡，有人願意為了她放棄眼前的榮華富貴，願意為了她背棄結髮妻子，只為了和她相守天涯。

她先是一怔，很快便笑了，甚至是露出嘲笑的眼神，故作輕佻的態度諷刺他道：「你真是痴人說夢，快別再說這些不著邊際的話了。」她拂開他的手，轉身背對他的時候，卻禁不住心中酸楚。

他們總是這樣私會，她本以為這是彼此都習慣了的事情，稱之為兒戲、消遣都不為過，她深知自己貪戀的，是他所給予她那份不求回報的溫暖。

而一旦這份溫暖也需要以同樣的方式去回應的話，她竟一時之間手足無措。說她自私也好，怨她冷漠也罷，她只是不願令感情被加上籌碼，沉重的愛會令人窒息，她想要快意人生又有何不妥？

在此之前，他與她之間的暗號是丑時初，她每每趕來時，都見他在白家居門前獨自負手而立。

她遠遠就能望到他錦繡華衣上繡著水墨海波金線，腰間墜著的是髮妻做給他的玫紅色香囊，上面刺著相思花葉。

他聞聲看來，盯著她走近，眼裡有藏不住的愛意。

是那份深切的愛意，忽然就沒來由的令她失去了勇氣，她下意識想要躲閃，內心竟有一絲莫名的懼怕。

為何要懼怕？

她懼怕的又是什麼？

是……那個人嗎？

她的身後傳來一聲呼喚，她背脊一僵，緩緩轉過頭去看，一臉驚愕。

果真是他。是她既愛戀又懼怕的人，是給了她夢一樣的生活，又親手碾碎了她美夢的人。

也許她早就知道會有這日到來，也早就料到會有今天的這種景象。

於是她走到他面前，微微頷首，恭敬道：「姬侯爺。」

他的臉色並不好看，雖忍住了內心的惱怒，可開口的語調卻好聽不到哪裡去：「你是在跟我裝模作樣嗎？姜墨舞，你當真以為我把你捧在手心裡，你就可以為所欲為不成？不過，倒是我小看了你，想不到你竟能攀上上官氏族，倒是讓我對你刮目相看了。」

她握緊雙拳，面不改色凝視著他的眼睛，淡淡說道：「侯爺說笑了，我哪裡值得侯爺刮目相看？不過是如今長了腦子，學會睚眥必報罷了。」

他一把抓住她的手腕，威懾她道：「你最好不要用這種語氣來跟我說話，就憑你？還不夠格！」

她輕輕一笑，掙開他的手，低聲道：「我自是不夠，想你姬侯爺是何

等尊貴？可堂堂侯爺始亂終棄，也不見得是一件光彩事吧？你總不會要說是我對你投懷送抱、不知廉恥吧？可的確啊，如果不是遇見了你，我怎會有現在這般自在生活？還不都是靠了你花大把大把的金銀在我身上嘛。」

他的表情變了變，可他畢竟是出身望族，即便心中已勃然大怒，可展現在臉上的也只是寥寥幾分。他冷冷道：「你當真是要親手使你我之間的夫妻情意生分了嗎？」

「侯爺高估我了。」她反唇相譏道：「你既與我夫妻情深，又怎能是輕易可撼動得了的呢？除非心中有鬼，害怕此前種種事端暴露罷了。」

他高臨下的審視著她，漠然道：「你實在讓我很失望。」

她心被刺痛，強忍痛楚道：「那麼，姬侯爺，試問成為姬夫人與上官夫人，哪一個更高高在上呢？」

他瞇起眼，打量她一番，道：「你瘋了。」

「我瘋了？」她唇角含笑，像是在挖苦他似的，「難道只准你肆意尋歡，卻不准我效仿為之？古有南朝公主，現有我姜墨舞，與男子平起平坐一事才是你所畏懼的東西吧？」話至此，她勢在必得一般掩嘴一笑，媚眼看向他，問道：「你也會怕被毀了清譽嗎？」

他愕然，她順勢向他略微躬身道：「時候不早了，我要先行休息了，侯爺請便吧！」

說罷，她轉身離去，可每走一步，她都覺得腳下如履薄冰。

她不曾回過頭去看身後的他，就彷彿是毅然決然已經決定的摒棄過去種種。快樂的、悲傷的、喜悅的、痛苦的，哪怕還有美好的……統統都是虛幻，一如她當年初次見到他那般。

他的甜言蜜語是致命的砒霜，令她一度肝腸寸斷。她也曾信他、痴戀他，以為他真會如他承諾那般，到頭來卻換得無情背叛。

在羞憤與悲痛之間，她回想那些他的情話與誓言——他為她揮灑千金，他為她提詩寫詞，也為她描眉點唇，也為她溫一壺酒，也將她抱在懷裡，低念她的名字。

怕是一場肝腸寸斷的夢罷了。

迎面襲來清風，吹散她的思緒，她抬起眼，這才發現自己正醉醺醺的躺在馬車上，而駕車的人正是白家居的老闆娘，也不知道是多少次了，每當她喝得爛醉如泥後，老闆娘都會親自送她回府。

她會聽到老闆娘發出的歎息聲，似無奈又似憐憫。

她心中嗤笑，想著身為中年婦人的老闆娘，又有何資格同情自己呢？早早便守了寡，還要操持著丈夫留下來的酒館度日，勞累辛苦，無兒無女，豈不是更加可憐？

但老闆娘對她十分之好，許是將她當成了女兒那般，總是會特別呵護。在回府的路上，老闆娘向她說起青樓裡的瓔紇姑娘總是會在這個時間來私會情郎，就在前方不遠處的小亭那頭。

說罷，老闆娘放慢了駕車的速度，她也循著視線望去，果真見到小亭裡有一男一女在暗色中互訴衷情。

老闆娘停下了馬車，遙望瓔紇所在的方向惋惜道：「瓔紇打幾年前便時常來我店中買酒喝，她身世悲苦，被親爹娘轉賣了好幾家，十二歲便淪落到了青樓裡賣藝。到了十四歲，老鴇見她頗有幾分姿色，便打算將她的初夜賣給某個達官貴人，討個好價錢。想來這些煙火柳巷的女子極少有人自願獻身，無非是苟且謀生的手段罷了，談何尊嚴呢？好在那個達官貴人還算良善之輩，倒也願意花錢捧一捧瓔紇。由此一來，瓔紇在十五歲時成了頭牌，為老鴇賺了不少金銀，瓔紇也在一時之間得到了青樓裡至高的待遇。然而好景不常，那位上了年紀的達官貴人病逝了，瓔紇的金主沒了，地位不保，年輕姑娘又多如雨後春筍，新人笑，舊人哭，在十七歲的時候，瓔紇便跌下了頭牌的位置，但這中間還有另外的緣由，她不肯再賣身，是因她愛上了一位年輕的望族公子，她竟想要以身相許。」

老闆娘低歎，繼續娓娓道來這個充斥著淡淡憂傷的故事，而她則是靜靜聽著，「公子名敖，這附近的人都稱他一聲公子敖，整日裡衣冠整潔，滿身香氣，錦囊、玉扇繫在腰間，乍看正是十足的紈絝子弟。可他能言會道，花言巧語，令瓔紇早早便委身於他，瓔紇中了他的迷魂湯，將自己多年來藏下的私房錢都給他花天酒地，甚至還與他在此夜夜幽會。直到前段時日，公子敖家的夫人找上門來，帶著家奴對瓔紇拳打腳踢，這事兒鬧得滿城風雨。」

「公子敖的夫人年長她七歲，年方二十六，雖算不上徐娘半老，但也不及璎紇年輕貌美。且夫人家中勢力雄厚，公子敖也不敢貿然得罪，便在夫人的威脅下和璎紇斷了來往。可痴情如璎紇，她太信他、痴戀他，以為他真會如他承諾那般娶她為妻，即便遭遇拋棄，她還是低聲下氣的如同一條狗，去為他下跪，懇求他收她做妾，哪怕是丫鬟也好，只要他肯留她在他府中。可是，他懼怕家中夫人，便閉門不見。夫人更是命家奴潑了璎紇一桶髒水，要她認清身分與地位的懸殊。璎紇失魂落魄回到青樓，鬧出這等醜事，老鴇不再待見她，姐妹們也疏遠她，她只能靠著以往攢下的銀兩過活。誰知偏巧在這時發現自己有孕，她不得不再去求公子敖，而夫人從未誕下過子嗣，自是害怕璎紇生下孩兒，可她又不能任憑璎紇仗著有孕便來與夫君相會，便陷入了兩難境地。」

「然而月餘前，事情出現了轉機。據說公子敖的夫人突然重病不起，總是會被夢魘糾纏，請了法師前來作法也無濟於事。那法師說，是怨氣極重的女子靈魂脫殼，在夜間折磨夫人，如果不想辦法制伏那女子，安撫她的怨念，夫人很快就會死於非命。」

「倘若夫人死了，公子敖豈不是可以順理成章納了璎紇入府？也就是在夫人臥在病榻之後，公子敖再度與璎紇頻繁幽會，且璎紇深愛公子敖，對於他的拋棄、侮辱，她根本不在乎，別說是只能於夜晚相見了，她恨不得事事都惟他是從。」

於是便有了現在這一幕。

夜風寥寥，青石鋪路的亭子裡，溢滿了胭脂芳香。璎紇正靠在公子敖的肩頭上嬌笑著，她面容憔悴，彷彿徹夜無眠，可聲音卻依舊嬌軟，緊握著他的手，彷彿鬆開他就會再次被他拋棄。

「公子，這次你真的會娶我為妻了吧？只要夫人死了，就再也沒有人能夠阻礙你我了。」璎紇的笑中有些許蒼涼與陰森，她瘦極了，手指如同枯槁，卻還在不停的和心上人暢想著未來，「等到進了府啊，我就會誕下孩兒，再繼續為公子開枝散葉，我要為你生三個，不，生五個、七個……我要生好多孩子給你，我們將過著膝下承歡、眾人豔羨的生活……」

公子敖的臉隱匿於暗處，誰也看不清的表情，只能聽見他淡淡應了一聲。

瓔紇察覺到他的異常，抬起頭，不安的問他：「你今天是怎麼了，為何如此心不在焉？」

他沒有回答，像是極為掙扎的歎息著站起身來。

瓔紇隨他走出亭外，來到橋下的河畔，她惶恐地拉住他的手追問著：「究竟是出了什麼事？你是不是有什麼話想要和我說？是不是……夫人的病有了好的跡象？」

他搖搖頭，只道：「夫人的病越來越重，她夜夜哀叫，那聲音淒慘嚇人，法師說是有怨魂附體在她的身上折磨著她。」

瓔紇恍惚躲閃著視線，略顯慌亂的捂住了嘴：「怨魂……怎麼會有怨魂？世上竟會有種可怖之事嗎？好可怕，瓔紇還是第一次聽聞……」

他抽回自己的手，繞到她的身後，悵然道：「我與夫人伉儷情深，多年來一直受她照拂，如今她受此磨難，我心中也是痛苦不已，恨不得由自己來替她受苦。」

瓔紇嫉妒的皺起眉，她突然提高音量道：「公子，你在說什麼胡話？你從前不是總和我抱怨你早已不愛夫人了嗎？你說她又老又蠻橫，根本比不上我年輕美麗，你說過你更愛我的。」

「我是說過，但，那是在你還沒有折磨夫人之前。」他的聲音寒冷如冰，痛徹骨髓。

瓔紇驚住了，她不由的退後一步，腳下踩住石塊才停下來，她渾然不知自己的身後是波光粼粼的河水，只是困惑的問他：「公子是在懷疑……那怨魂是瓔紇？」

他看向她，眼神竟是憎恨道：「法師說了，怨魂身上有青樓裡才會有的俗不可耐的胭脂味道，我聞見過，當真是與你身上的一模一樣。瓔紇，你竟連自己會在夜晚裡靈魂出竅都不知道了，你現在這副鬼樣子，與妖魔鬼怪還有什麼區分？」

「我是夜夜思念公子、夜不能寐啊，且我整日吃喝不下，才會瘦弱不堪……公子是嫌棄我嗎？你不是曾說，無論瓔紇變成什麼模樣都會鍾愛於我嗎？」

「荒謬！我堂堂公子敖怎會去愛一個青樓女子？我又怎麼會娶你過門？且要世人一併笑我不成？」

「可是，我已經懷有公子的骨肉，已經四月有餘了！」瓔紇心中刺痛，她不敢置信的搖搖頭，他則是表情兇狠的逼近她，一步又一步，她不停後退，一步又一步。

「如果夫人死了，我哪裡有多餘的錢來養活孩子？你想指望我養著你們母子不成？而你害死了夫人之後，你也要連我一同害死了罷？」他冷冷問道。

瓔紇睜大了眼睛，她悲痛的否認道：「不是我！我沒有做過任何傷害夫人的事情，我不是妖魔鬼怪！我的確是很高興她病倒了，那是因為我想和公子長相廝守，我不想公子離開我！而且我們有了孩子，我還有一些私房錢可以暫且過活的，只要公子肯收我入府，我不在意吃穿，只要能和你在一起……」

「我不需要累贅。」他面無表情的看著她，眼神竟有了殺意：「一旦夫人死了，我的錢財便斷了路子，沒有了夫人，她娘家便不會再接濟於我，宅邸、綢緞、玉器……統統都會被她的娘家收回去，故此，我不能沒有夫人。」

瓔紇驚恐的張了張嘴，「公子……」

「但是，我可以沒有你。」

他望著她，嘴角含笑。

她慘白著臉，手足無措。

他伸出雙手，用力一推。

「撲通！」

她墜入了身後的河水之中。

許是過於震驚，她跌入水中許久都忘了要掙扎，等到她逐漸沉入水底時，猛然看見河畔旁的他搬起了一塊巨大的石頭，狠狠砸向了她。

他怕她會游上岸來，所以才要狠心到底，甚至連她肚子裡的親生骨肉也絕不姑息。

巨響過後，水面上逐漸浮現出來腥紅色的血跡。

水下的屍身已然是越墜越深，她直到死前都瞪圓了雙眼，並不知自己為何而死。

為情？

為愛？

為男人？

也許，她只是死於自己之手。

如果她早些醒悟，如果她沒有愛上這個惡魔般的人，如果她能乾淨俐落斬斷與他的聯繫……或許就不會是今日這般淒慘境地了。

她與一個無情的男子抵死纏綿數年之久，從沒想到會為此搭上自己與未出生孩兒的性命。

她再也不會知道，哪有什麼怨魂附體一說？無非是他夫人編造出的謊言與手段，利用他擔心失去金錢的心理，促使他早早將她了結。

在利益面前，他對她口口聲聲的愛，全都是子虛烏有的，是水中月，是鏡中花，是祭奠她死亡的一株毒藥草。

可她在死前最後看見的，卻是河岸旁的另一端，馬車上坐著的兩名女子：一位中年婦人與一位年輕姑娘。

她們並未對她出手相救，只是憐憫的望著她的生命逐漸消逝。

而她也毫不在意，在最後關頭伸出手去，囁嚅出的呼喚仍舊是：「公子……」

他已然決絕轉過身去，踏著大步倉皇離開了。

而她的雙手在水中緩緩沉落，如同被暴風雨打折的花朵，搖搖欲墜，支離破碎。

殺人與被殺的整個過程，盡收老闆娘與她的眼底。她望著那具泡在冰冷河水中的屍體，像是在問老闆娘，又像是在問自己，喃喃道：「為何不去救她？」

老闆娘沉默半晌才回道：「生死有命，富貴在天，這一切都是她的命數，緣來緣去，皆有因果。人都說『妞愛俏、鴇愛鈔』，以前聽得有些刺耳，可如今才知道，這還變成了青樓姑娘們的保命良言了。這世上愛慕花容月貌的風流才子多得是，可有幾人能真心相待呢？既然如此，這風塵

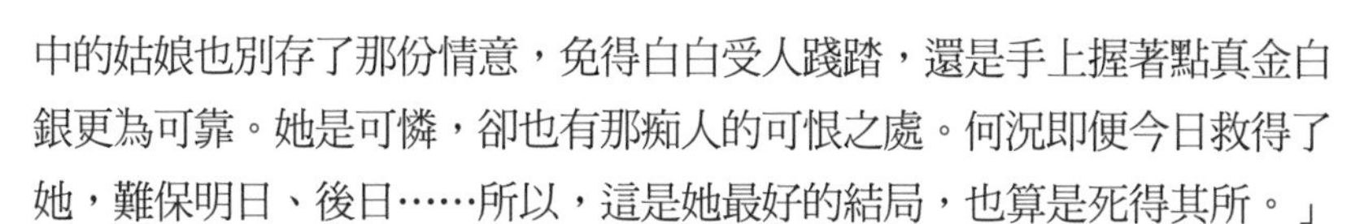

中的姑娘也別存了那份情意，免得白白受人踐踏，還是手上握著點真金白銀更為可靠。她是可憐，卻也有那痴人的可恨之處。何況即便今日救得了她，難保明日、後日……所以，這是她最好的結局，也算是死得其所。」

她攥緊了手指，捏得骨節都發白，心裡如同化了膿一般黏稠：「她太蠢了，竟然把自己的性命寄託在男人身上。在被拋棄的第一次之後，她便不該再給他第二次機會，就算懷了孩子又如何？她甚至連保護孩兒的力量都沒有。是她把自己送上了絕路，她太軟弱，太糟蹋自己了。」

老闆娘看向她，靜默問道：「如果是你呢？」

你心愛的人負了你，甚至想方設法打算抹殺你，你會如何？

「死的人不會是我。」她這樣說著，臉上卻冰涼一片，抬手摸了摸，原來早已淚流滿面。她閉上眼，任由兩行清淚滑落，卻字字珠璣道：「我發誓，我會讓他嘗到他所給予我的相同的喜悅、快樂、甜蜜，藝伎痛不欲生，一樣都不會少，一樣也不會多。」

投之以木桃，報之以瓊瑤。而屠夫殺人以刀，智者殺人以口。沒人可以決定她的生死，除了她自己，沒人能剝奪她的愛與恨，更沒人有權決定她該去愛誰，如何去愛。

她是自由的，也是唯一的。

「客官，我說……這位客官！」

隨著劇烈的搖晃，孟婆猛地睜開了雙眼，這才發現自己側靠在白家居的店門口睡著了。而夢裡所見，也一併隨著她的清醒而消逝了。

把孟婆搖醒的正是酒館的新老闆，她看起來不過二十五、六歲，簪花粉黛，媚眼如絲，腰身十分婀娜，胸口處繫著的桃色絹帕盡顯分流。孟婆見她身著一襲暗紫色流雲水紋交織的華服，頭戴翠玉製成的步搖，手腕上有四、五個異域風情的金鐲，眉心一點朱砂，且有一雙別致美豔的雙鳳眼。

她打量一番孟婆的這身行頭，不由嫵媚一笑，聲音柔軟又熱情，聽進耳裡十分舒坦：「呦，我這才仔細看清了，原來是位如此俊俏的姑娘啊！可也別在門口打盹啊，來，進店裡坐，看你是副新面孔，我定會好酒好肉的招呼你，包管你日後天天都想來混成老面孔！」說罷，她傳喚著店小二：「阿樵，把咱家的桑葚酒拿出來，有尊貴的稀客來啦！」

如此盛情難卻，孟婆便起了身，隨著酒館的新任老闆娘進了大堂。

店裡熱熱鬧鬧，都是孟婆不認識的面孔，客官們和老闆娘熟絡的打著哈哈，一番物是人非卻又充滿了人間煙火的場面。

老闆娘很會識人，她覺得孟婆定是出身不俗的大戶小姐，自然不會喜歡和粗鄙大漢同桌，就引她去了一個靠著河岸旁的玉石小桌，又熱絡的坐下來陪她，笑容可掬的自報家門道：「我是這家店的老闆，姓柳，名綺嫣。姑娘怎麼稱呼？我還是第一次在這帶見到你。」

孟婆盯著柳綺嫣看了一會兒，心裡暗自想著，這真是個會打扮的女子，想必她對自己的美貌是非常清楚的。

「我姓孟，曾是昌陵人。」孟婆接過她斟來的酒，搖晃著杯中液體，緩緩道：「在還未離開這裡的兒時，我時常陪同親人出入這家酒館，我記得酒館的老闆娘原先是位年紀雖大，卻風韻猶存的女子。依稀中記得她待年幼的我極好，這次返鄉有了閒暇，便特意前來此處想要探望她。」

「原來同是昌陵人呀。」柳綺嫣便道：「真是不巧，你要是早回來幾天，說不定還能見上她一面。她也是年歲漸長，想圖清淨，想頤養天年，這才在幾日前把這酒館賣予我。」

孟婆問道：「現在在哪裡？」

柳綺嫣搖頭道：「她把酒館賣予我後便離開了，並未告知去向。」

孟婆點了點頭，雖有惋惜，卻不再追問，這才想起品嘗手中佳釀，喝下一口後，立即雙眼明亮起來，毫不吝嗇自己的讚歎，道：「這桑葚酒味道醇厚，口感清涼，實屬好酒！」來人間多日，總算是找到一款不輸給白素的寶貝了！

柳綺嫣驕傲笑道：「孟姑娘好品味，識得佳釀。不瞞你說，這酒是由專人釀製的，名為『三生久』，普通的客人我可是不捨得拿給他們喝的，庸俗之人可喝不明白，必要和識貨的有緣人品嘗，才不枉費好酒的絕美味道。」

孟婆笑得有些頑劣，挑眉道：「你怎看得出我是有緣人？」

柳綺嫣指了指自己的眼睛，道：「自然是靠這裡了。否則，怎能算作是見多識廣的白家居當家人呢？」

孟婆覺得這姑娘蠻有趣，的確是難得一見的投緣，但她又不喜歡別人牽著鼻子走，便佯裝不太滿意道：「可我怎麼覺得白家居比以前要摳門了許多呢，之前的老闆娘不僅會拿出好酒，還要配以好菜來招待的，難不成是酒館換人就砸了老招牌，經濟走起了下坡路不成？」

柳綺嫣也不是好對付的人，立即懟道：「孟姑娘那會兒年歲還小，怕是記不清什麼有用的事情吧？」

孟婆惺惺作態嬌歎一聲，撫了撫鬢邊髮，挑釁一般：「看來白家居不僅是換了人，連老底都要換了，這都是後浪要比前浪強，怎麼到了柳老闆這裡要扭轉古言了呢？究竟是白家居不捨得好菜，還是拿不出好菜來呢？」

柳綺嫣瞇起眼，笑著凝視孟婆，心想著好一個能言會道之人，真不是個省油的燈。她可不能被看扁，立即拍拍手，吩咐店小二道：「告訴釀酒的老哥，再讓他把鎮店之寶拿上來。」

小二「哎！」了一聲，但還是猶豫問道：「嫣姐，你確定？」

「有什麼不確定？這位姑娘想看看咱們店裡的稀罕物，咱們統統拿出來便是，你還擔心她會是騙吃騙喝的神棍不成？」柳綺嫣一昂頭，又吩咐道：「再端上各色佳餚，鳳凰酥雞、玉筍湯、菊香團、飛魚羹、炒銀絲、芙蓉炙、清蒸蟹、一品肉、燜白鱔……都記住了吧？」

小二飛速記錄，心覺可是遇見冤大頭了，不痛宰一頓都對不起老闆娘這無奸不商的名號了。

不出一會兒，這些菜色便都擺在了孟婆的面前，柳綺嫣笑問：「如何？孟姑娘可都滿意？」

孟婆用眼睛掃了一遍琳琅滿目的菜餚，咂了咂嘴巴，輕描淡寫道：「還湊合吧！」

柳綺嫣笑她裝模作樣，兩人你一句我一句鬥了一會兒嘴，一位佝僂的老翁這時走了過來，他頭髮花白，長鬚銀色，顫顫巍巍捧著一壺酒，雙手遞給了孟婆。

孟婆怔了一怔，接過他手中的酒，視線卻停留在老翁身上移不開。

柳綺嫣看看孟婆，又看看老翁，機敏的眼睛轉了轉，介紹道：「孟姑娘，這便是在後頭釀酒的店裡老哥，他的手藝可不是隨處都有的。你快嘗嘗這酒，比桑葚那壺還要絕呢。」

孟婆低下眼，見那老翁已經動作遲緩的為她斟酒了，邊倒酒邊用沙啞的聲音道：「滿杯酒，半杯茶……姑娘，請用。」說罷，他弓著身子退了下去。

孟婆望著他離去的方向出了一會兒神，只因他是一位故人。

在前世時，他也曾像今日這般為她斟酒，同樣說著「滿杯酒，半杯茶」。那時的他中年俊逸，眼神敏銳，不似現在，老如枯木。

可他即便變成了這番模樣，孟婆卻一眼認出了他。而她容顏仍是當年，他卻沒有識出她來。

一股淒涼之意溢上心頭，孟婆沉下眼，故作漫不經心的詢問道：「他在此釀酒有年頭了吧？」

「可有好些年了。」柳綺嫣有些心緒複雜的歎道：「實不相瞞，那老哥是上任老闆娘的追隨者，這些年來他一直都在店裡任勞任怨的幫忙，為那老闆娘東奔西走的，真可謂是真情實意。只可惜那老闆娘也是個從一而終的痴情人，她心裡只有那死去的丈夫，即便她也感動老哥跟她一樣的痴情，可就是沒法子接受他。想來這感情也的確是分先來後到的，並不是說先遇見的那個人就有多麼好，而是用心愛過之後，再也抹不掉了。可憐了老哥，就那麼默默守護了一輩子，到頭來自己孤老不說，也沒換來那老闆娘的芳心相許，都是死心眼兒的人。」

孟婆聽著，心中不禁動容。

她從不知，原來世間竟有這般至深之情，男子對女子竟也會傾覆一生，哪怕到頭來做了孤家寡人。

可這塵世到底是紛紛擾擾的，誰人能夠做得到抵擋萬物誘惑呢？一腔深情錯付他人，可算值得？多少庸人的生生世世皆是如此，無論再輪迴多少世，始終都在作繭自縛罷了。被愛，或是去愛，無非都是來填補內心的私欲與空虛，一生只愛一人的高潔之情，又有幾人有幸得之？

何其奢侈。

輕撚酒杯，孟婆定定看著酒液輕晃，分不清心中酸痛的滋味究竟為何。

河畔處微風輕拂，那河底深處葬送了多少痴男怨女，也埋葬了多少愛恨別離？而酒館內燭光斑駁，酒香繚繞，一室歡聲，令人唏噓。

柳綺嫣像是猜透了幾分孟婆的心思，柔情聲音緩緩道：「依我所看，之前的那位老闆娘也並非對老哥完全無意。想當初，前任老闆娘曾給了我一筆錢，是要我好好照顧那位老哥的銀兩，如此說來，她也會擔心老哥過得好不好，不管那是愧疚還是憐憫，總之是有情所在。我也曾想找個藉口把錢給老哥，自然不會說是誰給的，否則老哥知情的話，又怎會收下呢？但是，當我透露給老哥想要為他買個宅子、安度老年光景時，老哥卻斷然拒絕了。」

孟婆倒是明白他拒絕的原因，點頭道：「他這一生已經習慣了守護心愛之人，又是這把年歲了，能離開這裡前往何處呢？」

柳綺嫣苦澀的笑了笑，道：「是啊，這酒館便已是他的一生了，他那會兒告訴我，他願意留在這裡繼續釀酒，既然心愛之人不告而別了，他就繼續守著這個酒館，也許有一天她會回來，而他，剛好也在。」

孟婆感慨萬分，幽幽垂眼。她不禁想起《太虛心淵篇》裡曾提起過：「我心無心，湛然外鑒，物形無形，坦坦蕩蕩，萬慮歸空，豈不樂乎。」

想來她做了三十年的孟婆，湯沒有親手熬過幾碗，輪迴轉生之事倒是見過了不少。而這輪迴之中，眾生本即是道的一部分，和道是同體的，是因為人有自由意志，有貪婪，是人自身的迷障讓凡人忘卻了前生。萬事萬物的發展有它自然的規則，各安其位，遵循它的變化秩序，才能得其所哉。

人是，情是，愛與恨皆是。

沒有誰能扭轉這其中的規律，也許到死都未必能實現生時所願，說不定還會懷揣著遺憾世世轉生，永生淒涼。

孟婆像是回想起了什麼，猛然間蹙眉，她握起手中的酒杯一飲而盡，柳綺嫣十分老練，立即為她又斟滿了酒，並起了一個輕鬆的話題，兩人就這樣再次暢談起來，直到結帳的那一刻。

「五十兩。」柳綺嫣的算盤子劈裡啪啦響，她對照著阿樵記下來的每一筆帳目，精準到了分毫。

孟婆看了一眼自己提在手裡準備打包帶走的剩餘美酒，倒也認可道：「畢竟喝了這麼多又帶走了這麼多，五十兩就五十兩吧！」

柳綺嫣笑瞇瞇的補充道：「酒錢五十兩，菜錢一百兩。」

孟婆大驚失色道：「你怎麼不去搶劫？！」

柳綺嫣也很無奈的聳了聳肩膀，她搔著耳朵道：「我良家婦女怎能去做搶劫那種大逆不道的事情？孟姑娘啊，這一朝天子一朝臣，且酒館換人就自然而然換了新價，畢竟我這是剛盤下來的店，欠債一堆呢！不調高些菜價，我可怎麼養活這大大小小的一酒館人？你也要體諒一下我的不易之處嘛。而且，我都給你很大優惠了，那條白鱔就算是我送給你的，要不是看你是有緣人，我可不會白白賠一條白鱔。所以嘍，總共收你一百五十兩已經很划算了。」

孟婆討價還價道：「一百兩，不能再多了。」

柳綺嫣挑眉：「一百三十兩。」

孟婆繼續討價還價：「一百一十兩。」

柳綺嫣撇嘴笑笑：「一百二十兩，我破例送你個好座位，你下次來的時候包管你先坐到那個座位，喝到滿意為止。」

還真是無奸不商呀，送座位這種話都說得出口，真是氣煞孟婆！可她什麼時候出門帶過錢？即便是帶錢，也是人間沒法子花的。所以，她理所應當從袖口掏出姜家的腰牌，遞到柳綺嫣的面前吩咐道：「一百二十兩就一百二十兩，你拿著這個，只管去姜家如數要錢。」想訛她錢，姓柳的還嫩著呢！

柳綺嫣有些驚訝道：「呦，瞧我，真是有眼不識泰山，孟姑娘竟和姜府有關係呀？定是極為親近，這姜府的腰牌可不是誰人都有的。」

「問那麼多做什麼，你登門去要錢便是了。」孟婆「哼！」了一聲，轉身大搖大擺走出了酒館。

可她越想越覺得憋氣，本是想著吃頓霸王餐，結果卻被霸王宰了。雖說她分文未掏，但柳綺嫣精明算計的模樣，可讓她不愉快。於是她轉了轉眼珠，靈機一動，翻牆到了酒館的後院，只見釀酒老哥正背對著她釀酒，想來他耳聾眼花，根本察覺不到她的動靜。孟婆得意的嬉笑，挑了一罎子道最香的「三生久」便跑走了。

夜色極靜，皎月懸空，孟婆樂哉哉的拎著好幾罈美酒往客棧走去，她忍不住放聲吟詩道：

「葡萄美酒夜光杯，欲飲琵琶馬上催。

醉臥沙場君莫笑，古來征戰幾人回。

秦中花鳥已應闌，塞外風沙猶自寒。

夜聽胡笳折楊柳，教人意氣憶長安……」

昌陵……前塵往事皆未消散，如今，她到底是又回來了！

第八節

三天後，是離歌出嫁的喜日。

依照姜府出嫁的習俗，新娘頭一晚半夜便要開始妝扮。

天還未亮，作為「娘家人」的孟婆便開始為離歌梳妝了。花瓣沐浴、紅綃華幔，媒婆送來鳳冠霞帔，離歌像是被層層捆綁了起來。也不知是衣服太緊還是過於緊張，離歌竟眼中含淚，幾度情緒低沉。媒婆與侍女見狀，傻眼站在一旁不知所措，孟婆便命她們統統退下，由她來安撫離歌的情緒。

媒婆自是帶著侍女們暫且離開，並絮絮叨叨念著：「這女子出嫁前往往都會這樣焦慮的，過了今日，往後的命運都會發生改變，任憑是誰都會不安的……」

房門被關上，坐在銅鏡前的離歌這才問孟婆道：「孟姐姐，我從昨日起便茶飯不思、寢食難安，實在是有些擔心……」

孟婆了然點頭，體諒的微笑道：「我知道，你擔心會被姜懷笙察覺到你是從陰間返回人世的。」

離歌點點頭，眉目之中顯露憂愁。

「傻姑娘，姜懷笙那麼在意你，即便知情又如何？更何況我已與你做了交易，任憑是火眼金睛也識不出你這副軀體不是肉體凡胎，你還有什麼可擔心的？」孟婆示意她安心，「別庸人自擾了，還是快期待你盼望已久的成婚儀式吧！」

「是……」離歌聽著，漸漸放心下來。

孟婆在這時伸出手指，在她的額心處輕點，立即出現了一朵曼珠沙華的圖案，孟婆微微吹了口氣，花朵漸漸隱去，最終凝結成了一抹赤紅的朱砂印。

「這是來自冥界的曼珠沙華，代表著灼燒的愛情。帶著這個印記，你會受到冥界的庇護，此後的情緣也是會順暢一些了。」孟婆說的這些，

都是冥帝和墨曾經告知於她的。他說過，曼珠沙華可以給予每一個冥界之人祝福。如今的離歌雖可返還人世一年，但已經算是冥界的人了。那麼，曼珠沙華便會成為她的護身符。

離歌抬手碰了碰朱砂印，不由安心了許多。

到了啟程的吉時，孟婆為離歌蓋上了赤紅的蓋巾，並挽過她的手緩緩走出房間。媒婆與侍女們早已等待多時，見新娘子終於出來，她們立即歡天喜地將離歌從孟婆的手中接了過來。

離歌按照姜府的嫁娶習俗，從昌陵的第一條街長遠街開始走，穿過夏華街、永樂街……喜樂喧天，沿途都鋪滿了大紅緞子，尤其是臨近姜府的昌陵街時，漫天的花瓣洋洋灑灑，許多家奴負責在此灑下金粉，一派奢華景象。

半炷香的時間過去了，負責送親的隊伍終於到達了坐落在昌陵街的姜府，氣派十足的宅邸大門前早已聚滿了人群。一直遵守著「成親之前不可相見」舊俗的懷笙已然是盼了又盼、等了又等，可算是把抬著離歌的花轎給等來了。

身穿錦瑟喜服的他欣喜若狂，離歌則是不由自主探出簾子偷偷看他，抿著嘴唇羞怯一笑，不料被媒婆發現，趕忙要離歌放下轎簾，直說著：「不拜堂不能摘蓋頭，晦氣晦氣。」

離歌趕忙縮回到轎子裡，她聽著耳邊鑼鼓聲響、鞭炮禮樂，心中既喜悅又有幾分不安。待喜轎落地，離歌被媒婆從轎中請了出來，四周人群嘈雜，離歌是在萬眾矚目下走進姜府的。

她一步步走得緩慢，由於蓋頭遮擋著視線，媒婆提醒她哪處有門檻，哪處要左轉，直到將她帶到堂內。

在嬉鬧與起哄聲中，她感到有一隻手輕輕握住了她的肩，她可以聞到他身上那股淡淡的男性味道，還有混雜著煙草的清冷味道。

是懷笙。

離歌的唇角泛起甜蜜，既感動又有心酸，如今的一切來之不易，她回想起自己幾乎是跋山涉水才能夠重新回到他的身邊，便不由得流下了淚，又輕輕探出手去，緊緊地挽住了他的臂。

彷彿是在回應她的不安一般，懷笙的手掌覆蓋住她的手背，溫暖的熱度在頃刻間便平復了離歌的憂慮。

二人拜了天地與高堂，最後是夫妻對拜，等她再直起身來，懷笙已經將她的蓋巾掀起了一半，他們彼此相望，會心而笑。

周圍一群說著吉利話、喜慶話的人兒蜂擁而來，道著「快入洞房」、「再添兒女」，離歌嬌羞的笑著，她被推攘著撲進懷笙的臂膀中，這一刻，他離她這麼近，她可以聽得見他的心跳，他也可以攬她入懷，她是他的姻緣，他是她的良人，如今再次擁抱著對方，就彷彿可以永生永世都不會再分開。

轉眼，入了夜。

月光灑照，暗香氤氳，家奴們燃放起了煙火，來賓們歌舞昇平。離歌已經在洞房之中等候，懷笙仍要陪著賓客們談笑。高座之上是姜家德高望重的長輩，他們紛紛舉杯獻上祝福，亭子裡搭起的戲臺上奔來舞女，她們配合著氣氛揮灑水袖，一時間天花亂墜，香風旖旎。

而孟婆卻在這個時候遠離了熱鬧，她獨自一人坐在姜府主宅的房頂上，只要向上稍一探頭，就能透過紅泥瓦的縫隙，看到宅內歡聲笑語的人們。

並不是她非要遠離喧囂與人群，只是她不想被姜家尚且在世的老一輩認出自己。雖說那些人老的老，死的死，更未必會記得她，可她到底是不願去湊這熱鬧的。

她抬起頭，望著高空明月，為自己倒一杯喜酒，對著月亮乾杯道：「來，今夜就你我二人，來個不醉不歸。」

月亮自然不會回話，只管白寥寥的照著她。孟婆一努嘴，故作生氣不滿意道：「怎麼，你不肯喝？哼！算了，料你這個大銀盤也沒有喝酒的本事，還是姐姐我替你一飲而盡吧！」說罷，她又自斟一杯酒，喝過之後豪爽咂舌道：「痛快！」

有美酒作樂，還需過問世間悲苦嗎？孟婆愜意的側身而臥，一眼瞥見賓客們都已漸漸離府，剩下懷笙一人也在家奴的指引下前往洞房了。

孟婆調皮的小小施法，便可將洞房裡的景象盡收眼底。

她看到懷笙在進入洞房之前喊來了乳娘，她懷裡抱著三歲的煜兒，煜兒已會嘟嘟囔囔地說很多話了。懷笙抱過煜兒走進洞房，離歌聽見孩兒聲音，立即摘掉蓋頭，煜兒見到離歌後開心的笑起來，伸出小手嚷著：「娘親抱抱，娘親抱抱。」

離歌喜極而泣，將煜兒抱在懷裡不停親吻著他的臉頰。一家三口如同劫後餘生般相擁在一起，門外的乳娘見狀，也是歡喜的潸然淚下。

懷笙逗著煜兒問道：「煜兒，說給爹爹聽聽何為九氣？」

煜兒稚聲答道：「九氣者，始氣生混混氣蒼，混氣生洞洞氣赤，洞氣生皓皓氣青，元氣生旻旻氣綠，旻氣生景景氣黃，景氣生遁遁氣白，玄氣生融融氣紫，融氣生炎炎氣碧，炎氣生演演氣。」

離歌在一旁聽著吃了一驚，說道：「煜兒怎麼懂這麼多？」

懷笙愛憐得看著離歌說：「煜兒將來要繼承我姜家祖業，你不在的這些時日，我已經為他挑選了位先生，早早教他些東西。他也聰慧好學，先生也是誇他。」

離歌聽後，心裡一陣暖意和欣慰，忍不住在煜兒粉嫩的小臉上嘬上一口，滿眼都是慈母的愛意。

煜兒見到離歌也是特別興奮，急急忙忙向娘親展示著自己近日所學，朗朗聲誦到：「正月為陬，二月為如，三月為寎，四月為餘，五月為皋，六月為且，七月為相，八月為壯，九月為玄，十月為陽，十一月為辜，十二月為塗。」

離歌一聽更是面帶讚許之喜，些許日子不見，兒子已經能將十二月名記牢。煜兒也是個小機靈，看見娘高興了，便又接著誦到：「玄枵子，星紀醜，析木寅，木火卯，壽星辰，鶉尾巳，鶉火午，鶉首未，實沈申，大梁酉，降婁戌，娵訾亥；此為十二時辰之名……」此後又反反覆覆和娘親親昵了好一會兒，等到他有了倦意，懷笙便吩咐乳娘帶煜兒去休息。

乳娘得令後退下，將房門妥善關好，這下終於只剩他們夫妻二人，懷笙與離歌相視凝望，滿眼都是悱惻情意。

懷笙探出手，輕撫她的臉頰，離歌貼著他的手心，溫柔的微笑。

懷笙感慨輕歎道：「打從我第一次見你的那夜起，我就時常在幻想今日這番畫面——我與你對面而坐，你的眼裡映著我，我的眼裡有著你，而我的手指隨時都可以觸碰到你，我的唇也能夠想如何吻你，便如何吻你……」他說著，俯身輕吻她的額。

她沉醉的閉上眼，心中泛起些許酸澀，嘴巴卻還要執拗一句：「你說的這些，怪羞人的……」

懷笙有些驚訝道：「哪裡羞人了？你難道不是這樣想的嗎？」

「我倒是曾想過自己會孤身一世，也曾想過對你的愛戀是痴心妄想……」離歌緩緩傾訴衷腸道：「我柳離歌只是草芥，尚不能支配自己的命運，即便想要與之抗衡，也無奈於處境艱難、能力微薄，思來想去，莫不如安分守命，豈能有非分之想？可在被賣去給那年邁體衰的富戶之時，就在跳河的剎那間，我也是在生死關頭幻想著有朝一日，能夠像現在這般接近你，哪怕做你身邊的一棵樹、一株草、一朵花，一塊石……」

懷笙眼神溫柔，反問她道：「你我不已經如此接近了嗎？」他抬起手，去將她掉落在額前的髮絲拂起，這舉動令她的呼吸微微一滯，她聽見他說：「即便你是一棵樹也不要緊，我會在你身邊生根、發芽，和你一樣變成參天大樹；然而你若是花朵，我甘願做你的葉片；你是石塊，我就做包裹於你的淤泥。我只知道，從今以後，再也沒有任何人能夠把我們拆散了，你終於成了我真正的妻子，在我心中，我的妻子只有你一個人，誰也不能改變這個事實。」

離歌極為感動握住他的手，點頭道：「我會和夫君、和煜兒永遠在一起，我們三個人會時時刻刻都守著彼此，如此一來，我此生無憾，再別無所求了。」

懷笙笑意深陷，他將離歌摟進懷中，緊緊抱著她溫軟如雲朵的身體，好似在訴說一種無聲而又宏大的情詩。

案桌上的花燭灼灼燃燒，一支龍燭，一支鳳燭，火苗躥起，彷若深淺不一的胭脂粉末，糾纏著纖細的燭芯，嫋嫋輕煙如氣韻流動般忽明忽滅，逐漸模糊了那對相愛至深的新人身影。

孟婆很知趣，她適時收回了法術，不再看下去。這個時候，她的唇邊不由自主掛起了一抹淡淡的笑意，心中想著離歌終於有了一個完整的家——有夫君，有孩兒，有了生存的希望。對於離歌來說，這便是最後的歸宿了，孟婆心中百味雜陳，卻也為離歌感到喜悅。

她也會羨慕起這樣平淡卻真實的生活，前世她也曾戀他許久，是他令她初次知曉情字纏綿，也令她飲盡了人間冷暖、塵世悲歡，那些往昔的迷情與眷戀都似璀璨煙火曇花一現，如今想要訴盡衷腸，都不知對何人說起。

世間人茫茫、海滄滄，能得一心人，甚妙！孟婆有些醉了，然而到底是人醉了酒，還是酒醉了人呢？夜色這般美，圓月如此明，怕是連同心也一併醉得不知所以了。

「憶梅下西洲，折梅寄江北。單衫杏子紅，雙鬢鴉雛色……」孟婆醉醺醺的站起身，她口中吟著詩，腳下踏著雲飛下房頂，來到了地面。

索性這會兒眾人都已安睡，否則她這般出神入化的模樣，真要嚇壞幾個家奴了。

「西洲在何處？兩槳橋頭渡。日暮伯勞飛，風吹烏柏樹……」孟婆東倒西歪的朝前走著，時不時「咯咯咯」笑幾聲，自問自答道：「伯勞鳥飛去哪裡了？是否把思念轉達給了我的心上人？倘若沒有的話……我便親自去告知於他！」

孟婆就這樣一路踉踉蹌蹌的艱難前行，她循著記憶中的道路走著走著，恍惚之間，她發覺自己好像變回了那個曾經風華正茂的少女。

十六歲的她穿過了如今她的軀體，帶著一身綺麗的光暈，那個少女正帶領著向前走，她時而回過頭來張望孟婆，嬉笑著朝她招手，孟婆很想去追趕，可酒醉得厲害，她眼前混沌一片，少女便跑來牽過她的手，聲音嬌柔的對她說：「你來，快和我一起去看。」

「去看哪裡呢？」孟婆問。

「當然是你心心念念的地方啊。」少女回答。

「可我……早就已經回不去了。」

「怎麼會呢？」她湊近她，雙手捧起她的臉頰，彎過雙眼，輕快的笑道：「只要你還是姜墨舞，你就回得去！」

彷彿被這句話驚醒一般，孟婆猛然間醒了醒神。

姜墨舞，這人世之中還有誰人會喚出她的這個名字？身為這個名字的主人，她早已拋棄了過往的溫柔纏綿、牽絆思念，她再也不是姜墨舞了！

如果她不是姜墨舞，她又會是誰？誰又會是姜墨舞？思及此，她反而加快了腳步，一直追著少女時的自己，到達了那處已經改成倉庫的院落。

她隻身一人來到這裡，每接近一步，她心跳就越加快，以至於她腦子裡面湧現的全部都是零散回憶，那些曾經遺落在此處的音容笑貌、輕聲笑語，竟是恍如隔世。

「吱呀——」

她推開了那扇木門，原本應該是漂浮著異香的房間裡，此刻卻落滿了厚重的灰塵。她撥開蛛網走進來，黯然望著灰濛濛的舊物，心中神傷。

這裡不再是她曾經的閨房，早已物是人非了。

孟婆的手撫過髒亂的每一處，她的眼神中洩露傷懷，倉庫裡唯一留存的舊物，便只有她曾用過的銅鏡了。孟婆回想起自己一襲水紋裙坐於鏡前梳妝的模樣，那時的她笑靨如花，綰著髮鬟，插上步搖，然後拉開抽屜取出最喜愛的那支骨笛，起身到草叢中吹奏一曲。

說到骨笛……

孟婆立即翻找起銅鏡案几的三個抽屜，竟真的在第二個抽屜裡找到了兒時視作珍寶的骨笛。

數年過去，細細的一支骨笛藏在這裡無人問津，倒令它保留住了原有的模樣。

孟婆將它握在手中，出神的端詳著，夜風順著紙窗吹進來，環繞在她的身畔，像是將她帶回了八歲那年的初春。

那時的她還不算太懂憂愁是何等滋味，即便偶爾嘗到酸和苦，也總想用自己得到為數不多的甘甜去將其取代。

六歲之前她身體羸弱，大小病症不斷，為儘快讓她強壯起來，父母親也四處找來了不少名醫，卻也無果。直到她五歲那年，有一位道長途經姜府門前，聽聞院內的她因肺熱而啼哭不止，便將一支細小的骨笛戴在了她的脖子上。

說來也怪，自從那之後，墨舞的病症便逐漸消失，到了六歲，她與曾經病弱的自己已然判若兩人。而那小小的骨笛，便成了墨舞無論去到何處都會隨身攜帶的寶貝。她整日捧著骨笛在後院裡吹奏，由於足夠刻苦，竟自學成才。

偶然一次在後院裡吹奏《陌上桑》，正興起時，她聽見身後傳來了腳步聲，轉頭去看，正是循聲而來的母親。

母親近來前往宮中，最近才回到府上。許是有時日不見，她只覺那日的母親格外美麗高貴，她內心喜悅，飛快得跑去母親身邊，對母親撒著嬌，表達著心中的思念之情。母親卻嫌惡的蹙眉，一把推開她，嚴厲道：「你可有乖乖練習女紅？」

她取悅似的抓著母親的手，語調裡還未褪去女娃娃才有的奶音，嘻嘻笑著：「母親總算是回來了，不要總是讓墨舞練女紅了，母親聽墨舞吹奏一曲吧！」

母親難掩怒色，視線更是落在她手中的骨笛上，忽然間，母親粗魯的將骨笛搶過，高聲斥責起她：「你整日把時間浪費在這等無關緊要的事情上做什麼？你不過是個姑娘家，能有什麼出息和能耐？只管做好女紅，相貌可人就罷了，便是會吹奏上千首曲子又如何？也進不了朝中做官，你沒辦法給家中延續香火，你終究是要嫁去別處，成為那潑出去的水！且姑娘家就做姑娘家該做的事情，生兒育女、相夫教子才是你最終要操持好的事業，殊不知你竟擺不正自己的位置，為娘從前都白打爛你的皮肉了嗎？怎會如此不長記性？你莫不是想要他人議論為娘教女無方不成？」

那年，八歲的她因這一番話而受到震撼，她的眼神在短短的幾秒鐘內從不安變成驚恐，再展現疑惑、猶豫、神傷……最終，竟是抗拒。

母親更為大怒道：「你那是什麼眼神？誰教會你這樣看母親的？你還懂不懂禮教了？」說罷，母親將骨笛「咔嚓！」一聲折斷，一分為二丟到她的臉上。

骨笛的尖銳處刺痛她面頰，卻比不上心中之痛的萬分之一。

她沉默的拾起兩截骨笛，咬緊牙，轉身飛快的跑掉了。身後還遺留著母親不滿的咒罵聲：「如今說你兩句都說不得了嗎？連女紅都做不好，日後誰會娶你這樣沒用的妻子？你別忘了你自己的身分，你不過是個女兒身，女子無才便是德，休想壞了老祖宗留下的德行！」

女兒身……便可讓她不能和男子一樣開懷就笑、放肆吃肉、學習書與樂嗎？

是剝奪了她裝飾自己生命的權利，與獲得同等尊重禮遇的枷鎖嗎？

這一切，只因她是女兒身。

女兒成為女人後便要嫁做人婦，生兒育女，相夫教子，從古至今，千千萬萬的婦人都在走同一條道路。

而上至宮中金鑾，下到布衣窮漢，誰人也逃不過。

就連以天甯為年號的幾國歷史之上也記載著，一樣有數位帝王因寵信美人而滅國，明明是其自身貪婪暴虐疏於朝政，也許的確是過於偏愛美色，可小女子也寢食難安，奸計非無才之人所擅。天下無道、人命卑賤，官吏猖狂、以權作惡，難道這也是那擁有色相的女子所造成的嗎？可後人卻在江山破碎之後，將萬般過錯都推責到了那小女子身上。

只因女子本弱，弱者連拒絕、辯駁的資格都不具備。難道女子便只有嫁人生子這一條路可走不成？說到底，為何女子不可考取功名、不可登堂入室、不可拋頭露面、不可休夫、不可尋歡？點唇與紅妝，竟不是為了悅納自己，反倒成了取悅男子？

聖人有言，愛養萬物而不為主，常無欲，可名於小；萬物歸之不為主，可名於大。是以聖人終不為大，故能成其大。

道生長萬物，養育萬物，使萬物各得所需，而道又從不主宰萬物，完全順應自然。這便是天道，得之者幸事。

說起來簡單，聽起來也簡單，可黑髮白頭、歲歲年年，又有誰能真正的無欲無求？又有何人能得償所願、得其天道？

亙古萬年，日月星辰，其路漫漫，聖賢明見，然而那些宣導眾生平等之人，是否真正體會到了平等的滋味？

如果平等，生靈皆同，草、木、石、狼、虎、獅乃至於是神明，真可謂是平起平坐了嗎？

為何唯獨男子與女子不可平等相待？

除去性別，男子、女子又有何不同之處呢？

女子也想策馬奔騰，去看紅塵滾滾；也想踏出閨閣，得似錦如綢般的好前途。

哪裡就憑得好兒郎才可對酒當歌，才可信馬由韁？

女子同樣可以闖出一番大明堂，即便身披霞衣又如何？長裙綾羅絆不倒玉足，相夫教子從不是女子的全部。

如今的孟婆終究是明白了這個道理，她望著那蹲在院落裡哭泣的八歲女童，心中極為同情憐憫她，卻也沒上前去安慰她。

孟婆知道，那是她必經的悲痛之路，只有親身去體會、去經歷、去感悟，才能成就日後的自己。無論前方是光芒萬丈，或者是無盡深淵，終究都是她依靠自己去做出的選擇，無怨無悔才算值得。

於是孟婆望著自己手中的骨笛，那是當年被她想方設法重新接好的，雖不如當初完整無缺，卻證明了她的堅韌與篤定。

孟婆的手指輕撫笛身，湊近唇邊，以愉快的曲調再次吹起了《陌上桑》。她一邊吹著，一邊走出了門，清傲的背影孤寂但卻決絕，眼神也是清涼明麗，如同義無反顧揮別了過去那個只會無助與哭泣的身為幼童的自己。

而她姜墨舞在世之時即便是嫁人，也是出於自己的意願；面對不公時，也可字字珠璣去奚落對方，而不是做案板上任人宰割的魚肉。

且她感謝自己身為女子，從不會因他人打壓而厭惡自己。她的確柔弱，正因為天生柔弱，才更加體諒柔弱之人，哪怕是強大之後，也依然心懷善意，永不猶疑。

思及此，孟婆放下了手中的骨笛，她高昂起脖頸，極為灑脫的走出了姜府。今夜月朗星稀，孟婆的半壺酒也喝光了，她還沒醒酒，身形略微搖晃走在昌陵街上。她恍惚看著周身景色，心中感慨著昌陵還是原來的樣子，不曾有絲毫改變。說到原來的樣子，她順著記憶中的路線，嘴中念叨著：「一步、兩步、三步……二十步。」

果然在走到第二十步的時候，她伸出手，觸碰到了距離自己一臂之遙的參天大樹樹幹。

她深深吐息，將額頭抵在樹幹上，雙手掌心一同貼覆在上面，與這棵大柳樹打了聲久違的招呼道：「許久不見，別來無恙。」

大柳樹像是聽懂了她的問候，抖動著樹枝，數不清的翠綠樹葉撲簌撲簌掉落下來，彷彿在回應她。

孟婆微笑了，她施法念咒，整個人立刻飛到了大柳樹的高處枝枒上。

她找了個舒適的位置躺好，心滿意足的喃喃道：「沒想到有朝一日還能重回你的懷抱，柳樹姑姑，我甚是想念你綠蔭的樹香呀！」

大柳樹再度輕搖樹枝，像是在咯咯低笑。

孟婆之所以稱其為柳樹姑姑，是有個奇妙的緣由的。

想當年，前塵的姜墨舞六歲時，她被母親打罵後跑出姜府，一路避難似的來到了湖畔旁，看到了一株略高於她的柳樹。她見柳樹快枯萎了，便好心拾起路邊掉落的破敗荷葉，盛起湖水去灌溉柳樹。

來來回回數十次，她累得滿頭大汗卻毫無怨言。最後實在累得不行了，她就靠著柳樹睡去。即便回去姜府後，她也不忘時常來澆灌柳樹，並查看樹幹年輪，發覺柳樹要比她年長一些。

她認真的揣摩起來，叫姐姐好像不適合，那便稱呼它是「柳樹姑姑」好了，這下子輩分和年歲便符合了。而柳樹就如同是有靈氣一般，感受到了她的用心，竟在不久之後恢復了茂盛模樣。

她無比開心的拍著樹幹，笑道：「柳樹姑姑，你可要再長得高一些，如此一來我便可以時常在你的枝枒上睡覺啦！」

柳樹姑姑沒有辜負她，一直生長，不斷生長，最終居然成了昌陵街上最大、最繁茂的一棵巨樹。人們會來敬仰柳樹姑姑，向它祈願，把它視為神樹一般恭敬相待。每當夜深人靜時，她便會偷偷溜出家門，睡在柳樹姑姑巨大的枝枒上，這比她在姜府中要舒適、愜意多了。

躺在枝枒上，她覺得月亮都距離自己極近，星辰也彷彿唾手可得，她在樹上俯瞰樹下，似能將人間百態盡收眼底。

有初次品嘗愛情甜蜜滋味的男女在此相聚，他們將許願籤掛在樹腰的紅麻繩上，訴說著百年好合的心願；有父親帶著孩兒在樹下奔跑著放飛紙鳶，有詩人們團團圍坐樹下喝酒聊天，有姑娘們嬉笑著在此捉迷藏……

她默默看著這一切，也會覺得人世間是萬般美好，她卻像是個局外人一般遠離塵囂。她很羨慕這群快樂的人們，看著他們的快樂，她也感到了快樂。

只是，偶爾她在睡著之前會詢問柳樹姑姑一個問題：「柳樹姑姑，你知道人們窮其一生都在追逐何種事物嗎？」

柳樹姑姑撲簌著掉落幾片葉子，她聽懂了柳樹姑姑的回答，便點頭贊同道：「你說得對，每個人都是不一樣的，追求的也都不同。有人喜歡名，有人喜歡利，有人慕強，有人貪色。到頭來，每個人的境遇也都不相似，命運也便不一樣了……」

可是那些臨死之人，會不會對自己走過的一生充滿悔恨呢？還願再轉世為人嗎？

「如果有來世……」她有了睡意，沉沉的閉上眼，呢喃著：「無論男子還是女子……飛禽或者是走獸，但凡可以自由無阻……便是值得的……」

她睡著了，也不知是夢裡還是誰家的小童在吟詩，那詩道著：

風雨替花愁。風雨罷，花也應休。勸君莫惜花前醉，今年花謝，明年花謝，白了人頭。

乘興兩三甌。揀溪山好處追遊。但教有酒身無事，有花也好，無花也好，選甚春秋……

有花也好，無花也好……

「選甚春秋……」

「你別咿咿呀呀念著春秋詩了，這都日曬三竿了，她怎麼還在睡啊？」

「噓！小聲點，搞不好是妖怪，吵醒了會被妖怪吃掉的。」

「哪裡是妖怪啊，你沒看見她肚子一鼓一鼓的嗎？我娘說了，我爹睡覺時就會鼓肚子，那是在喘氣兒，會喘氣兒的怎麼可能是妖怪？」

「誰告訴你妖怪不會喘氣兒了？」

你一言我一句的，耳邊充斥著嘰嘰喳喳的吵鬧聲，孟婆嫌棄的皺了皺眉頭，這才不情不願睜開了眼。

陽光筆直的照射著她，她恍惚的抬手去擋，再緩緩起身，這才發現樹下有一、二、三、四個小童在仰頭盯著她看。

「哇，她醒了！」小童們莫名雀躍著湊成一團，又怕又好奇的偷偷瞄孟婆。

孟婆見他們一個一個衣著不俗，五、六歲的模樣，大概是附近宅邸家的孩子。可他們聚到一處談論著她，這令孟婆覺得有些不自在，又不知道該怎麼做，她整個人顯得僵硬無措。

她已經很久沒有遇見過這個年紀的小童了，即便她曾經也有一雙……算了，別去回想了，她搖搖頭，剛想離開柳樹姑姑的枝枒，突然感到側面飛來一個圓滾滾的小東西，她敏捷伸手一擋，再握住，攤開一看，竟然是一顆生栗子。

樹下的小童們不禁讚歎連連：「她剛剛接住了我們扔過去的栗子！這是什麼絕技，好想學啊！」

孟婆困惑的低頭去看，小童們圍在樹下仰視著她，清一色都是崇拜的眼神。她咳嗽幾聲清了清嗓子，故作深沉的問他們：「哪來的生栗子？」

其中一個小男童指了指樹下挖開的洞，裡面全部都是生栗子，他驚喜的叫道：「我們方才挖出來的，一定是這棵神樹送給我們吃的！」

旁邊的小女童提議道：「烤栗子好吃。」

另一個小女童興致勃勃起來：「那我們就在樹下烤著吃吧！」

孟婆呵斥他們道：「什麼神樹送你們的，這分明是花鼠屯著過冬吃的，你們這群小賊，想讓花鼠在冬季到來的時候活活餓死嗎？還不快快把挖出來的洞給填上！」

幾個小童被她凶巴巴的模樣嚇到，倒是十分聽話，立即乖乖把泥土重新填補好。孟婆覺得這會兒能清淨一下了，沒想到小童們補洞的速度極快，補完了又開始研究孟婆，嘰嘰喳喳詢問孟婆是怎麼爬到那麼高的枝枒上的，而且她還會擋栗子，一定是深藏神功，便非要孟婆教他們。

孟婆無言以對，穿著中分褂子的小男童忽然提議道：「我和你交換，

只要你教會我爬得像你那麼高，我就教你武林絕學！」說罷，他自己倒先顯擺起了功力。

眾人瞪大眼睛去看他比劃來比劃去，孟婆的白眼都要翻了三千遍了，哪裡是什麼「武林絕學」，根本就是華佗五禽戲。

看來他家爹娘很喜歡養生，所以才透過模仿虎、熊、鹿、猿、鶴五種動物的動作來保健強身。五禽戲是華佗發明的一種氣功功法，用來治病調養、強壯身體倒是極為有用。

很不巧，孟婆對五禽戲已經熟得不能再熟，而且她可不想在這裡看小男童表演動作不標準的養生功夫，更不想和他交換學藝。她心想著要趕快脫身才行，沒想到這群乳臭未乾的小毛孩子，竟然一眼就看穿了她的企圖，立即接連吵嚷起來，一聲吵得更比一聲高：「你不教我們爬樹就別想走！」

「就是啊！我們不會放你走的！」

「否則我們會把生栗子再次挖出來，我們要餓死花鼠！」

拿素未謀面的花鼠來威脅她，花鼠招誰惹誰了？這群小無賴！見慣了大風大浪的孟婆可從未如此狼狽，她只覺此地不宜久留，便二話不說立刻施法騰空而起，踏著喚來的雲朵飛速離開了。

見此情景的小童們皆是張大了嘴巴、目瞪口呆，他們望著孟婆消失的方向眨巴眨巴眼，其中幾名女童被嚇得「哇！」的一下子大哭了起來，而剛剛炫耀五禽戲的男童則是呆愣愣的低頭一看，自己的褲子在不知不覺中尿濕了，他神思恍惚嘟囔著：「她隨雲離去了，不是妖怪，這不是妖怪，而是神仙……是神仙啊……」

冥府之中，和墨用月影鏡看到孟婆踏雲而去的身影，又看了一眼檯面上孟婆送他的琉璃硯臺上的詩文：

昨日花開滿樹紅，今朝花落萬枝空。
滋榮實藉三春秀，變化虛隨一夜風。
物外光陰元自得，人間生滅有誰窮。

百年大小榮枯事，過眼渾如一夢中。

思索片刻之後，不由得抿嘴笑了笑。站在其側的馬面帶著不滿之意說道：「冥帝大人，您還笑得出來，您看這任孟婆真是膽大妄為啊，在人間竟然肆意使用法術，這可得了？歷任孟婆在人世間都是盡量不用法術的，就算是迫不得已，也是背著人施法，哪有這樣明目張膽讓外人看見的？旁人都覺得她是妖怪了。」

和墨轉身輕笑著看了馬面一眼，微微點了點頭說：「我是要提醒她一下，有些時候還是要顧及下旁人，免得嚇著孩子們。」

馬面一聽，瞪大了眼睛，心裡嘀咕這冥帝真是偏心孟婆，明明濫用法術，怎麼最後總結成了不要驚嚇孩童，唉……

人世間此刻是另一番景象，且先不管是妖怪還是神仙，同樣睡在柳樹姑姑更高處樹幹的上官逸舒卻滿眼膜拜。他是昨晚在湖邊賞月懶得回家，便湊近在樹上睡一晚。沒想到還會再遇到孟婆，真是幸運至極。他方才一直不動聲色觀察著她與毛孩子們的互動，本想伺機插話，誰料她竟一言不合便踏雲跑路了。

但就是這一幕！就是孟婆踏雲跑路的這一幕令他對她的憧憬翻了數十倍，他在心中暗暗發誓，一定要拜她為師！他也要變成她那樣霹靂爆炸般無敵，想飛就飛，而且還是踩著雲飛！

不過，等等。

「拜師都應該有見面禮才對。」上官逸舒摸著下巴，十分認真思考著，「可是要送些什麼好呢？必須要彰顯我的與眾不同與非凡氣度……啊！有了！每次見她都是手不離酒，雖然加上這次也只見了兩次，但她的的確確是個好酒之輩，那就買上好的佳釀好了！」

這個師父，他是拜定了！

第九節

要說孟婆狼狽而逃可還是頭一遭，想不到她堂堂一個守橋人，會被幾個毛頭小孩逼迫得無路可退，只得逃竄。

她倒沒有離開多遠，只是回到了昌陵街的中心地帶，心想著離歌那邊正是新婚燕爾，倒是不需要她出面做什麼。即使如此，她便決定自己隨處逛逛。

這昌陵街在白日裡很熱鬧，用詩裡的句子來形容便是：長安大道連狹斜，青牛白馬七香車。玉輦縱橫過主第，金鞭絡繹向侯家。

然而，這陣子似乎也到了梅雨時節，清晨過後倒是有過一場毛毛細雨，這會兒正午，又淅淅瀝瀝下了起來。

茶屋簷下避雨的老農望著雨幕喟歎，擔憂道：「澇疏旱溉，今年莊稼的收成可該如何是好。」

後桌的小生喝醉了，扯著嗓門接話道：「眼前變成這樣，都得去怪那些貪得無厭的官吏，他們作惡太多，惹怒了蒼天，怕是不久之後還要遭遇澇災！」

茶屋老板正撥弄著算盤，瞥一眼小生奉勸句：「大白天跑來茶屋喝酒也就罷了，可休要在我店裡胡言亂語，小心自己腦袋不保，還要連累了我。」

小生醉醺醺的，臉頰兩團紅，拎著酒壺搖搖晃晃的起身：「我……我說錯了嗎？你去問旁人，這昌陵內誰人不知掌權的官吏，總是把百姓的稅收揣進自己的腰包？哼！你們茶樓的說書人都敢把這些事唱成戲劇，我有何說不得的？」小生又灌了口酒，轉頭問站在門口的孟婆：「喂！你說，你說對不對？」

孟婆正在避雨，不曾想過話題會丟到她身上，畢竟她與小生素不相識，更何況——

「我不算是本地人。」她鬢角頭髮幾縷垂著，清悠悠的淡漠語調裡散發出慵懶，倒也很好奇似的，「不過，你剛剛說，說書人在道官吏作惡？」現在的說書人都這般快意恩仇了嗎？

小生指了指後頭那對正在戲臺子上說書唱曲的父女，對孟婆道：「喏！你自己看，那不正在唱著嘛！」

孟婆循望過去，果真見到一對父女在茶樓裡說著書。她這會兒也沒什麼打緊事要去做，便找了個較好的位置坐下來聽書。店裡小二馬上為她拎來一壺茶，又端上一盤瓜子果脯，孟婆一邊嗑瓜子，一邊打量著臺上的父女倆。

說書的老翁年過花甲，可身子板直挺，聲音洪亮有力，絲毫不比那青年人遜色，他捋著花白的鬍子，繪聲繪影說道：「要說這昌陵奇事數不勝數，無論是近來發生的還是曾經發生的，大家也都能略知一二，可許多年有一樁驚世駭俗的案子，各位可都聽說過？」

聽客中有人接話道：「老先生說的可是二十年前發生在劉官員家中的那起慘案？」

老翁一拍手中的醒目，眉飛色舞道：「這位客官見多識廣了，正是那起劉氏全族的滅門慘案！」

劉氏。

這二字滑進耳中，孟婆磕著瓜子的手指停頓了一下，身邊坐著幾個聽戲的也都自以為是的議論起來：「那個劉官員祖上三代都是朝中的大官，傳到他那代已經是最為巔峰鼎盛的時期，據說他家後院砌了一座窖，裡面堆滿了金子。」

「不是說蓋了一幢別院嗎？那整個院子裡都鋪滿了金銀珠寶，連他家家奴拉屎的馬桶，都是用銀子打製出來的！」

「那點東西對他來說算什麼？據說他光正妻就娶了十五個，妾室更是納了近百人，怕是皇帝後宮佳麗的數量也不過如此了吧！」

「如果只是這般驕奢淫蕩，倒也不足為奇了。」說書老翁的表情變得沉重起來，他女兒拉著二胡的調子也逐漸悲戚憂苦，他繼續道：「劉官到了七十歲那年，還在強搶良家婦女去他府上，都是挑十八歲貌美如花的姑娘，倘若是做妾侍也罷了，起碼還是條活路，可他竟不知從哪裡道聽塗

說，非要喝童女血延壽！」

眾人只知劉氏那樁滅門慘案的皮毛，卻不知還有這層恐怖的內核，便都靜默了一陣兒，屏住呼吸繼續聽下去。

說書老翁悲歎道：「實乃世間慘劇啊，那七十歲的劉官在一夜之間如同妖魔附體，殺盡了家中五十七位不足二十歲的妻妾，其餘的家奴被嚇得瘋的瘋、逃的逃，一些年幼的劉官後代，也被他親手奪走了性命，哀號漫天、死狀淒慘，實在是喪盡天良！據說那天夜裡，血染劉府，勝似魔鬼的劉官浴血狂笑著童女血可長生不老，他將超越皇帝，壽與天齊！可是到了隔日，奔赴此處欲捉拿劉官的軍隊卻發現，劉府上下除了血流成河之外，並沒有任何一具屍首。」

有人問道：「怎麼可能會沒有屍首？死了那麼多的人……」

「士兵們也覺得事情蹊蹺，他們挖了三尺地找，就那樣日夜不休找了一天一夜，終於在後院的窨子裡發現約莫數十件嫁衣，都是用人皮做成的。而頭骨和頭髮都做成了鳳冠和零零碎碎的首飾、毯子……那可真是嚇壞了在場的士兵，有些十四、五歲的小戰士當場就暈了過去，年長一點的則是嘔吐不止，可謂是驚魂未定。」

茶樓裡的眾人聽著這如同鬼神之說的慘案，表情皆是驚懼萬分，他們之間有人喃聲問道：「是誰把屍體的人皮做成了嫁衣？又有何緣由？難不成是劉官？他喝了人血之後便真的成了魔鬼了不成？」

「必然是那無惡不作的劉官！」說書老翁義憤填膺的控訴道：「想來我家外親的女兒也慘死在他府中，他是少有的狼心狗肺之人，惡毒至極，真該千刀萬剮、人人得而誅之！可惜事到今日，他仍舊是不知在何處逍遙快活著，誰人都沒有抓到他留下的蛛絲馬跡，但老夫相信天網恢恢、疏而不漏，等到他落網之時，必定是昌陵眾人復仇之日！」

眾人同仇敵愾叫好著，彷彿都與那劉官有著不共戴天之仇一般。說書老翁也笑著向大家握拳示意，只覺自己這故事講得情真意切，博得一眾喝彩。然而臺下卻忽然在這時傳來一個幽幽的女聲，那聲音飄散在室內的煙草香氣裡，有一種縹緲如異域般的空靈：「老先生，你怎就如此確信殺人的是劉官？你又沒有在場，更沒有真憑實據。」

說書老翁循聲望去，只見臺下中央位置坐著一位黑色錦衣的貌美女子，她長髮綰著如雲鬢，膚白唇紅，眉眼之間盡顯風流。

「這位姑娘不是本地人吧？」說書老翁見孟婆陌生，便向她細細道：「那劉官本就作惡多端，他想效仿野史中所寫的長生不老之術，老早便在民間四處搜尋可製藥之人，自是有人向他舉薦了童女血一說，才促使了當年那場滅門慘案的橫空出世。」

孟婆卻道：「可這也只能說明他想喝童女血罷了，又何以證明他殺人剝皮？」

「除了他還會有誰？那般血腥之事，可不是凡人能做得出的。」

孟婆笑道：「你這也說了，凡人做不出，那劉官身為凡人，如何做得出？」

眾人聞言，立即駁道：「劉官是人嗎？他是畜生！他簡直豬狗不如啊！」

孟婆輕笑著，那笑意深藏著早已洞察了世間一切玄機的深邃，「我也絕非是為劉官叫冤，想來我與他素昧平生，自是與我無關。更不會是質疑老先生說書的真實性，只不過我早年也曾逗留在昌陵許久，機緣巧合聽聞過有關此事的另一版本。」

說書老翁和聽客們嗤之以鼻，但也沒有打斷她，只靜默聽她繼續說著：

在劉官還是青年才俊之時，便已經被皇帝親自嘉許為本地七品，然而劉家子嗣興旺，他又是庶出，那會兒子雖在外得了個一官半職，可在家中並未拔得頭籌。無法獲得爹娘喜愛，就無法繼承家業，他生性爭強好勝、心狠手辣，又怎會坐以待斃呢？他便攀龍附鳳，巴結宮中皇親國戚家的女兒婚配，想來生得嫡孫，便可從眾兄弟的「奪嫡之爭」中勝出，不料成婚大年妻子難產而死，倒是生下一兒子，卻是個啞巴，且還痴傻，這令劉官憤怒交加。

要說劉官在家中排行第五，生於中間的子嗣總歸不會太受待見，資源與親情都要靠爭搶，他自小便視最為得寵的長子為眼中釘，總是想要拔

掉這根刺。想來生在侯王將相家既是幸事也是不幸，不爭不搶都未必會得善終，實乃悲哀。剛巧那年長子的媳婦出天花死了，劉官便假情假意要為大哥張羅續弦。不過昌陵的好人家都不願把女兒嫁去劉府，他們都道劉府男丁剋妻，兄弟七人的髮妻不是早亡便是多病，好生晦氣。

這自古就有獻美姬之舉，那麼劉官自然也想尋一個既可獻給大哥做側室，又可為自己所用的心腹物品。苦覓多日，劉官從友人那裡聽聞，後山道觀裡有一道姑美若天仙，許是家中毫無背景，也不必擔憂她會有人撐腰，搶來進府便是。

劉官於某日夜深人靜時帶人前去，果然見那道姑才情俱全，真可謂是檀口點櫻桃，粉鼻兒倚瓊瑤，輕盈楊柳腰，一團兒真是嬌。他當下起了色心，想要占為己有後再送去給大哥做妻。怎料這道姑是仙人降世，她容不得世間有劉官這等為非作歹之人，當即便現出本尊要將他繩之以法。

劉官這才發現自己得罪的是仙姑，趕忙跪下叩頭求饒，仙姑念他有改過自新之意，便不打算追究，而且仙姑還好心送給他一個能使他改頭換面的物品，劉官做夢也沒想到，送他的物品竟是位比仙姑還要貌美絕倫的妙齡女子。這姑娘淡白梨花面，身姿甚嬌俏。正所謂窈窕淑女、君子好逑，劉官這一見便丟了魂，心想著美！容貌美，身段美，實乃尤物！劉官心中春潮洶湧，當下謝過仙姑，便把姑娘帶回了自己府中。

姑娘姓龍，單名玥字。劉官對其寵愛有加，日夜顛鸞倒鳳，沉溺在溫柔鄉裡不可自拔。他想著龍玥這麼美，獻給大哥實在可惜了，乾脆此事作罷，好生與龍玥生兒育女，倒也樂在其中。然而不出月餘，劉官竟然意外捉到龍玥與大哥私下幽會，他一時被憤怒衝昏了頭腦，乾脆操起地上石塊砸死了大哥。事後他清醒過來，當真覺得下手的那一刻，猶如妖魔附身般不受控制。龍玥倒勸他不必將此事放在心上，古時弒父殺兄、手足相殘都是常事，而她故意魅惑大哥，也是為了劉官，她想利用自己的美人計來為劉官鋪出一條康莊大道。

劉官十分感動，心想錯怪了她。二人和好如初，那之後更是聯手般利用各種計謀來扳倒家中兄長、親友，甚至是爹娘。其過程歹毒狠辣，二哥被做成了人彘，三哥被挖去雙眼，四哥、六弟還算幸運，被流放去蠻夷之地，爹娘見到此番景象，一夜之間瘋癲呆傻，雙雙投井自盡。到了最後，劉官順利繼承了家業，又登上了父親的大官之位，終是一路平步青雲。

人之初、性本善許是真的，但又有人之初、性本惡之說，所以此種論法要因人而異，譬如說劉官，他這種人便是性本惡的代表。自從位居高位後，他野心膨脹，越發放肆，不再滿足於只有龍玥一人，他開始於普天之下掠奪美豔女子，而女子到了二十歲之後，他便無情拋棄，即便女子已懷有他的骨肉，他也隨便給些銀兩便將其打發走。衰老的容顏會讓他覺得醜陋無比，他平生愛好酒色與金錢，朝中事務皆是丟給龍玥打理，他只管自己快活。

十年過後，劉官已從英俊青年到了油膩知命之年，更是成了一個富有的惡霸，欺凌百姓、搜刮民財、強取豪奪、酒池肉林。龍玥在某一日問他，她說他從未正式迎娶過她，而她也從未穿過嫁衣，想懇求他履行當年明媒正娶的承諾。劉官見龍玥都已是徐娘半老了，要不是看在她聰慧，能幫他打理公事，早就把她趕出府去了。所以他一直敷衍附和，就這樣騙了她幾十年，到了最後，他已是古稀之齡，仍未實現娶她之約。

且他擔憂自己搶來在府中的妙齡少女們，會因他的老去而逃離，便急不可耐的尋找長生不老的法子。童女血一說倒是正中他下懷，可劉官是個憐香惜玉之人，對待自己府中的年輕小妾們疼愛有加，又怎會捨得殺了她們？不過是每日清晨令她們割破手臂，取幾滴血給他飲下便罷。

可惜事情到底還是出乎了他的掌握，某日他得知自己最喜歡的小妾阿苑與家奴私通，甚至懷了身孕後，他氣得火冒三丈，當著小妾的面，命人打死了那名家奴。阿苑痛不欲生，整日哀哭，孩子也流產了，她又做了詛咒劉官去死的小人，每逢夜裡便狠狠用針去紮。這一紮可引來了龍玥，龍玥並不會傷及她，只悄悄的告訴了她時機已到，以及自己在策劃的事情。

當天夜裡，龍玥去劉官的房裡喚他，劉官嚇了一跳，醒來見到龍玥，他更是驚恐，直唸著她怎麼和當年在道觀中相見時的相貌一模一樣，毫無改變，難道這些年來的衰老都是假的不成？她到底是人是鬼？

貌美如花的龍玥坐在他床榻旁，媚眼如絲的笑著道：「官人會老如枯木是自然常事，肉體凡胎豈能和我龍族相提並論呢？想當年，你在道觀

中輕薄我家主人，本就種下了惡果，是主人心善才肯放過你這畜生，可我並非仙族，更不像主人那般懷柔，自是可以替主人討回公道。主人曾叮囑於我，要我給你四十年的時間來脫胎換骨，倘若你在這期間能重新做人，便饒你一命；但要是你不知悔改，我便會讓你滿門全滅、後繼無人。」

「綜觀這四十年裡，你驕奢淫惡，十惡不赦，視女子為玩物，把百姓當糞土，你為人世做出了何等貢獻？且你答應八抬大轎迎娶我，卻遲遲耍弄著我，你當真以為我不知實情？我不過是在屢次給你機會，你反而將我視為愚鈍。而你搶來的女子又有哪些是你給予禮金、明媒正娶的？你連她們一生獲得嫁於心愛之人的權利都剝奪了，你可配為人？仗著你有權有勢便隨心所欲，你不知蒼天可見、報應可現？不過……雖說你死不足惜，可府上無辜之人不能白白做你陪葬，我會選那些與你同樣作惡的女子，陪你一同赴死，也算不枉費你我之間的一場夫妻情分了。」

劉官被嚇得冷汗直冒、魂飛魄散，只見龍玥的頭上出現了犄角，瞳孔閃著金光，唇邊尖牙外露，手腕泛起鱗片，劉官剛要大叫，龍玥已經化身成一條小銀龍附在他身上，並借著他的手血洗了劉府上上下下，至此才有了後世流傳的劉氏滅門慘案。可實際上，死的都是那些與劉官一樣無惡不作的小妾與他的後代，其餘被劉官欺壓多年的良家女子，都在早就知情的阿苑的幫助下逃跑了。

至於那些用人皮做成的嫁衣，都是用惡人的皮囊製成，以祭奠那些曾經死在劉官手下的可憐女子。而劉官的去處嘛，大概早已在龍玥的胃液中，化作一灘不算美味的血水了。

仙姑在那之後喚回了龍玥，她本是仙姑養在海裡的一條小龍，性情正直剛烈，見不慣齷齪與不公之事，當年是主動請纓去治一治劉官的。仙姑問龍玥人間此行有何收穫與感慨，龍玥回道：「世人貪婪，不知滿足，恩怨悲歡，皆是因果。人心可怖勝似妖鬼邪魅，如果在道觀當日便懲戒釀造孽緣之人，大可拯救數以百計的蒼生百姓。」

仙姑讚許龍玥果敢英勇，卻也道出自己的意圖：那劉官雖大逆不道、喪盡天良，可上天仁慈，心懷厚愛，必定不願放棄任何一粒沙礫的凝固。我本願劉官能知錯就改、造福於民，然他本性極惡、不思進取，早已是違背天道迴圈，自古福禍相依相生，花開過盛必萎，驕兵征戰必敗，由此可見是他咎由自取。自作孽，不可活，且他陽壽一百有餘，派你前去後損他三十年壽命，並斷去他的後繼，倒也是拯救了許多無辜眾生，有憾，也有圓滿。

故事道盡，孟婆起身向臺上的說書老翁作了個揖，雲淡風輕的笑笑道：「獻醜了。老先生，我很少像這般和人高談闊論，其中不免誇大其詞之處，還請多多包涵。」

說書老翁愣著神，半晌之後才找回思緒，竟發現自己手中的醒木不知何時掉落在地，身旁的女兒連忙為他拾了起來，並以一種畏懼而又悲傷的神情凝望著孟婆。

孟婆的視線落在她眼角處的胎記上，那像是鱗片的圖案，但又絕非魚鱗圓且小，更不是鱷鱗那邊鈍而扁。

像是……畫卷中才有的龍鱗。

臺下的聽客從竊竊私語到高聲發表言論，他們質疑孟婆道：「你這姑娘信口雌黃，簡直是妖言惑眾了，世間哪有鬼怪邪魅？即便有，也絕非你所言那般正直意氣，妖就是妖，豈可勝於人？」

說書的老翁張了張嘴，欲替孟婆辯駁一般，可他到底還是把話咽了回去。最終看向孟婆，以一種細弱蚊蟲的聲音問道：「老夫冒昧相問，姑娘的年紀……」

孟婆反問：「老先生今年高齡幾何？」

「七十有一了。」

「劉官死了多少年了？」

「三十餘年了。」

孟婆笑笑，「時間倒是剛剛好。龍妖來到人間一遭，確實也留下了痕跡，說來她也是宅心仁厚，到底是沒有令劉官後繼無人。好在，留下的是善者。」

聞言，說書老翁的表情極為複雜，似擔憂、驚懼、迷惘，其中又夾雜著釋然。彷若許多年來守口如瓶的祕密，如今終於得了一位知心人。

又怕知心人戳穿、公之於眾，所以欣喜中伴隨慌亂，煎熬萬分。

孟婆倒是兩袖清風打算離去，說書老翁喚住她，欲言又止，最後問道：「姑娘是如何知道此事的？」

孟婆唇角泛起的笑意，彷若蠱惑心智的罌粟花，絕美而危險，神祕又通透，她只道：「奈何橋上三十年，迎來幽魂千千萬，有人訴苦，有人訴情，也有人訴往生。等到日後你我有緣再會，其中奧妙你自有分曉。」話音落下，她在眾聽客的矚目中走出茶樓。店老闆這才發現她沒付差錢，剛要追趕，孟婆背對著他扔來的一錠銀子，店老闆捧在手裡喜出望外，扯著嗓子吆喝道：「姑娘再來啊！上好的碧螺春備著給你！」

孟婆撇撇嘴，心中想著這時節的碧螺春潮得厲害，喝著沒滋沒味兒的。且她本不願付錢的，畢竟她孟婆可不是會乖乖和凡人做交易往來的。但是這齣戲她聽得有興致，賞的錢自然就多了些，更何況那都是從轎夫那裡贏來的銀兩，既然贏得來，也要花在值得的地方。

人與人、妖與人、神與人之間，皆是如此。唯有守住金錢、權力、愛欲之間的互換平衡才可相安無事，一方獲得的貪婪與饕餮，都是暫時的虛幻，代價在最終總是驚人的巨大，然而三千世界中從無後悔靈藥，必要從最初便按規則行事。

就這樣結束了茶樓之行，孟婆再回去姜府的時候，已經是隔日的黃昏。

見她回了府，早先就被安排服侍她的侍女蘭琪與綠枳，立即引她到客房裡梳洗、用膳。孟婆倒是很享受這份久違的有人伺候著的待遇，舒舒坦坦洗了個澡、吃了頓晚飯之後，她才想起要去離歌那頭看看。

侍女們說不去看也罷，少夫人與少爺在後花園裡看舞，昨日有人獻給姜府一個異域舞班，少爺便送給少夫人開心去了。

孟婆不經意的說著：「呦，小妾都成少夫人了？聽這一口一個少夫人叫得多親熱、多自然。」

侍女蘭琪得意道：「那必定是少夫人了，誰讓少爺獨獨寵愛我們主子一人呢！雖然身分是妾，可名義上早就是獨一無二的少夫人了，姜府上下誰不知道啊！」

還真是「狗仗人勢」啊，主子得勢了，丫鬟都跟著升天了。

侍女綠枳則是道：「而且像我們主子這樣集美貌與手藝於一身的年輕姑娘，可不是隨處都能見到的，她上得了廳堂、做得了羹湯、釀得了美酒、生得了男郎，如此豔壓群芳的稀罕女子，也難怪少爺會痴迷不已。」

現在的丫鬟都這麼會逢迎拍馬了嗎？別說，拍得還挺押韻。

蘭琪點頭認可道：「主子這幾日天天親自為少爺和小少爺熬湯喝，那手藝真是不比御膳房裡的廚子差，我光是聞著就口水流下三千尺。」

孟婆一口桂花糕差點噎在嗓子裡，她真不知道這兩個丫鬟到底還有什麼是不敢吹噓的了。

蘭琪見孟婆咳個不停，趕忙為她倒了杯茶，關切道：「孟姑娘吃急了吧？快喝口茶緩一緩，真是對不起啊，晚飯的酒都被你喝光了，奴婢也沒備太多，不然就給你倒酒順順嗓子了。」

酒順桂花糕？那能是個正經味兒嗎？

綠枳在這時天真無邪的問：「孟姑娘，聽說你和我們主子一見如故，且又是她的救命恩人，可是主子現在整日和少爺黏在一起，孟姑娘可會有所失落？」

孟婆非常認真斟酌著她的問題，雙手環胸，很是為難的蹙緊眉心道：「你這可真是問倒我了，容我想想……嗯！失落倒不至於，迷茫還是有點的，畢竟沒我的用武之地，顯得我好像很閒。」

蘭琪嘴快，立即提議道：「孟姑娘可以自行陪伴在主子身側呀！如此一來，孟姑娘就不必和主子分開，我和綠枳也可以同時侍奉你們二人了。」

綠枳卻扯了扯蘭琪衣角，極小聲的數落她道：「榆木腦袋，你什麼時候才能機靈些？孟姑娘天天陪著主子，不就是厚著臉皮夾在人家新婚夫妻中間了嗎？」

「如果孟姑娘也成為側室的話……唉喲！痛，你幹嘛打我的頭？」

「誰要你說昏話！淨說些有的沒的！」

「噓！你小聲一點，孟姑娘會聽到的。」

孟姑娘抽搐著嘴角，已經聽到了，且一字不漏。

而這時，離歌抱著煜兒，與懷笙三人從門前路過的畫面引得孟婆望去。

淡淡月色之下，滿樹桃花花瓣紛落，飄飄灑灑留在他們身旁，煞是美豔。懷笙跟離歌耳語了些悄悄話，離歌聽後笑靨如花，煜兒也隨著娘親一同「咯咯咯」的笑著，他們沉浸在三人的幸福世界中，全然沒有注意到孟婆的凝視。

等到他們走遠，蘭琪與綠枳才發出讚歎聲：「好美、好甜蜜啊……」

孟婆則是尷尬的站起身來，她示意兩位嘰嘰喳喳的侍女可以離開了，她要就寢了。

還有。

「我明天一早要去城中尋親戚，如果離歌問起我，你等如此交代即可。」孟婆皮笑肉不笑的推走蘭琪與綠枳，關上了房門。

入夜時分，孟婆換下衣服後準備入睡，這幾天皆在人間遊歷，她竟會覺得有一絲疲憊。

說來也怪，身為孟婆也會覺得累？她嘲笑起多愁善感的自己，不再多想，很快便沉沉睡去。

夢裡的她溫了一壺酒，是上乘佳釀，又燃一爐香，嗅青煙嫋嫋。

夕陽的血紅覆上天際，黃綠色的蒿草雜亂無章的長於園內，曾經熟悉的小閣樓裡，她正大喇喇的倚靠在墊子上，自斟自酌，舒服又愜意。

木門外響起叮叮噹噹的聲音，她隨即望去，身著豔麗華服的少女走進屋內，纖纖玉手遮擋著半張臉，猶如凝脂。

夜雲漸漸融入餘暉，彈琴奏樂的班子席地而坐，琵琶聲響，曲調婉轉，絲絲入扣，扣上心頭。

少女衣衫紅綃，綰朝雲近香髻，一縷鬢髮垂落下來，拂過玉白臉頰。她移開遮著半張臉的手，眼波流動，側看向她身後的人。

她一怔，隨即循著少女的視線看向自己身後，竟是心中大驚。

只見身後坐著的人，正是青年溫潤的他，他像是早就在等著少女的到來，挑眉輕笑，抬起手，喚少女起舞。

絲竹聲竊竊，少女翩翩起舞，她的手鐲與腳鐲加在一起有幾十個，相互碰撞，發出清脆聲響，倒也有一番俠骨柔情的別樣韻味。

孟婆的眼神逐漸黯淡了下來，她看清了那少女的容顏，正是曾經風華正茂的自己。

這夢境裡芳香四溢，雲霧繚繞，舞姿輕盈，情愫氤氳，誰也沒有注意到獨自飲酒的孟婆，他與少女的眼中只有彼此，相望時含情脈脈，彷若全天下只餘他們二人一般情真意切。

舞到動情處，他起身握住少女的手，將她鎖入自己懷中。

少女眼神含羞，聲音嬌柔道：「侯爺……」

他輕笑，猶如面對自己的獵物一般高高在上：「你刁蠻任性時好看，這樣嬌媚可人時，也很好看。薔薇豔麗，適合你的姿容。」他去吻她鬢髮上的那朵薔薇花，一低眉、一側眼的剎那間，極盡溫柔。

少女扭開臉去，想掩飾羞色：「油嘴滑舌的，你快不要取笑我了。」

「面對你絕美容顏，我還可以更油嘴滑舌一些，你要儘早適應才行。」他將她整個人橫抱起來，她一聲低呼，雙臂不自覺攀上他的肩。而那朵薔薇花也順勢掉落在地面，紅豔豔的花瓣散了滿地，嫵媚迷離，一如她與他的柔情笑語。

睡夢中的孟婆因此而哽咽一聲，她翻了個身，眼角竟閃爍起了點點晶瑩。

她知道，即便是在夢裡，她也知道，那夢是她回不去的過往，凝固著悲歡情意，也是她藏於心底的舊殤。

或許，是離歌對懷笙展露出的幸福笑意令她觸景生情，她很久不曾夢見往事了，而明明最想夢見的人，已經不會再出現於她的夢境之中了，如果如此，她只覺不如再也不去夢。

翌日。

晨起便落雨，孟婆藉著尋親的幌子，撐傘出了姜府，首先去了皇族陵墓，果真找到了劉皇后的棺木。

她駐留了片刻，掌心覆上棺木的玉案，心中千思萬緒。不料陵外傳來守衛腳步聲，她不想惹麻煩，便藉著雨天的黯淡離去了。

皇陵之外的山極高，她是徒步上了山頂，又踩著泥濘一路下山，油紙傘被雨水打得支離破碎，只剩下若干傘骨了。待她來到主街，正欲尋個小酒館坐上一坐，卻察覺到不遠處的人群中起了騷動。

有一列威武的儀仗隊途經於此，孟婆走過去，看到一輛富貴的宮車正緩緩而來，百姓紛紛退避，無不敬畏。孟婆只抬眼看了一看，見領頭的女官騎著高頭駿馬共四名，皆是環繞於宮車周圍。那車被裝點得格外雍容華麗，鎏金鳳紋的車簾上繡著金絲線，輕風攜雨來，吹起了簾子一角，露出了車內女子的曼妙容顏。

「是個美人。」孟婆想。

周身百姓議論道：「劉氏平懿公主很久不曾出行此街了。」

「自從駙馬暴斃以來，她整日在道觀中修心養性足有一整月，也是到了今日才出觀返回宮中去。」

「休得再提駙馬的事了，畢竟國喪前段日子才過，即便你我是普通百姓，也都要謹言慎行才是。」

旁邊人持續道：「你們別說那些陳穀子爛芝麻了，平懿公主今日出行是帶人張貼告示來的，據說是要招聘會做琉璃的手工匠人入宮。喏！告示就在前頭。」

孟婆的神色變了變，她蹙起眉心，隨著人群一同走向了告示前，黃底白紙上赫然寫著：

天下一統，四海皆平，皇上在位，欲行大道，現需琉璃匠人，遂求賢若渴，以納賢良；不使野有遺漏，特頒詔賢榜，聘名士，禮賢者，廣征八方人才，入宮即刻封賞，欽此。

這告示讀完，人群之中便炸開了鍋，各自吵嚷著：「哼，還真敢說啊，入宮即刻封賞？說得好聽，如今的戶部哪還有錢啊？這琉璃可不是人人都做得來的，能入宮的更是人中龍鳳，沒錢要如何結算？要弄我們平民百姓好欺負嗎？」

「你想得可真多，這天下會做琉璃的人不在少數，但入宮的名額可不是人人都有份的，他們見了告示，肯定是要搶破腦袋才是了！」

有年輕人不解道：「為何要招聘入宮呢？朝廷下令，吩咐商賈做好了送去宮中多方便。」

「此言差矣。」鬍鬚花白的老者接話道：「此事還要從多年前說起，當年啊，昌陵姜家的姑娘找人製作琉璃獻給皇后，冒名頂替，罪犯欺君。」

眾人的眼神中皆是困惑，老者緩緩近乎殘酷的說著多年前的那個故事：「想來那還是劉皇后鳳儀天下的時期，姜家女兒備受她的寵愛，便藉著會做琉璃之藝進宮做了女官。要說姜家女兒如果是個腳踏實地、不卑不亢之人，倒也會有似錦前程，畢竟女子做官可不是件簡單事，放在哪朝哪代都是鳳毛麟角的人物。」

「姜家女兒能獲得劉皇后嘉許，自然也是才藝俱佳，可她的個性實在張揚跋扈，明明已為人妻、為人母，卻從不懂得收斂。私下生活偏又極為混亂放蕩，種種挑戰道德倫理的作為，導致眾叛親離不說，還被情人揭發了製作琉璃背後的真相，到了最後，憑藉劉皇后之力，已然是護不住她了。」

說到這裡，老者長長歎息道：「一棵巨樹，如果傲然挺立，不畏嚴寒，反而容易招致雷電的暴虐，但是像柳樹一樣保持同一個低姿態，左右搖擺，能夠保持平衡，不僅不會受損，反而能夠長久於世。而在獲得一點功勞時便自恃甚高，最終的結果往往得不到善終。姜家女兒的所作所為，便是對後人的警戒。」

聽了老者所言，眾人發出一陣唏噓聲，而淹沒在人群深處的孟婆只是苦澀一笑。

姜家女兒，偷梁換柱。

當年的琉璃之案實在是鬧得滿城風雨，如今細細回憶起來，除了悲愴，也有諷刺。

第十節

那要從很久之前說起了，可往事的本來模樣大概早已沒有人能夠說得清。不管日後有多少人在閒暇時談起，都是斷章取義、添油加醋，或者是肆意杜撰、誇大其詞當作笑柄的餘興趣事罷了，又有誰會在意事情的緣與滅、始與終呢？

有人會從因果一說上道著，是姜家祖上陰德不足，先人做過孽障事，才導致這脈絕了後。仔細想想也不無道理，姜家最早的祖先要追溯到堯、舜、禹時期，族譜上有過記載：在舜治理天下時，身為寵臣的姜家祖先曾有策反之心，最終導致被株連九族，命脈一度受損，蟄伏了許多個朝代才重建了後世的榮耀。且姜家最初不姓姜，但具體緣由為何，族譜便沒有記錄的痕跡了。

也有人會從德義論上來說，姜家之所以這般「美中不足」，是德不配位。可如今的姜家自認是老老實實做人、勤勤懇懇做事，不參與朝中任何幫派爭鬥，更不會滋事生事，逢年過節時也會為百姓做做慈善，發放米麵對姜家來說已是尋常小事，他們也會接濟看不起重病的窮人，甚至還會按月份派送銀兩到其家中。

難道這不是在積攢德行嗎？難道這不是在充實福報嗎？為何當時的姜家只有女兒，生不出兒子呢？

這便要從五十多個年頭前來細細道清了。

五十七年前，天甯 150 年的春天。那年正逢澇災，昌陵整日暴雨不停，莊稼都被雨珠子打折了腰，朝廷為了治水愁白了頭，百姓們的日子苦不堪言，不出半個月的工夫，昌陵城內汪洋一片，怕是都可以直接划船出行了。

而就是在這等混亂又不太平的年份裡，姜家的長女姜墨舞出生了。

費了好大的勁兒才把她生下來的姜夫人滿頭大汗，她顧不及身子虛弱，既期待又不安的詢問產婆：「是男孩還是女孩？」

產婆訕訕的回了句：「是個漂亮的千金。」姜夫人臉色立即慘白，她痛恨的尖叫一聲，惹得繈褓中的嬰兒「哇哇」啼哭不止。

自那之後，姜夫人為了誕下男丁而再接再厲，可是不如意之事十有八九，第二胎仍舊是個女童，如同是受到了詛咒。

由於一連生下兩個女兒，身為姜家長房的她，常被親戚嘲諷是斷了家業的絕戶，來自裙帶的輕蔑與嘲諷令她心有不甘，尤其是常來府中做客的妯娌，總是會趾高氣揚的抱著剛滿周歲的兒子向姜夫人冷言冷語。

「呦！長嫂近來瘦了不少，是不是兩個女兒過於頑皮，令你操心煩憂了？」妯娌二十餘歲，衣衫精緻，珠寶滿身，總是化著時下最流行的妝容，她雖有名字，可做了姜家媳婦後便只被喚做四夫人或者是四房了。

「弟妹說笑了，我兩個女兒都乖巧懂事，怎會捨得讓我這個做娘親的煩心呢？倒是你可有些發福了，難不成是又懷上了？這才剛生完一個沒多久，我看兔子都趕不上你的速度了。」姜夫人端莊的面容上，掛著一抹恰到好處的淩厲微笑，語氣也拿捏的十分得體，儘管是譏諷的話，可聽進耳裡倒也沒有任何失禮之處。

四夫人有一瞬間升起怒火，但很快便壓了下去，她打量著姜夫人那張年長於自己幾歲的臉，不由露出了輕蔑的眼神，她心想著犯不著和一個生不出兒子的女人賭氣，再怎麼說自己也比她得老太太的寵、得姜家的寵，且又有懷中孩兒撐腰，這日後的形勢可說不好呢！

思及此，她便笑道：「長嫂此言極是，如果再能生下個一兒半女，我們也就有機會和長兄長嫂爭一下家業了。雖說長兄是嫡子，又和老爺、太太同吃同住，的確是在先天條件上便高於我們，自是人人豔羨。可我家夫君有我啊，我為他生下了男兒，長嫂，你說如今在老爺和太太的心中，究竟是孰重孰輕了呢？」

姜夫人臉色驟變，剛要數落她，她卻趕忙懼怕的嬉笑著說：「唉喲！長嫂千萬別生氣，是我不知分寸胡言亂語呢，快別和我這個又有身孕的人一般見識。我出身於小門小戶，自然無法和您這大家閨秀相比，您讀的書多，見識也廣博。長嫂，您大人有大量，不要記恨於我這般不識禮數的小女子才是。」儘管她嘴上道著歉，望著姜夫人的眼神裡，卻毫不掩蓋的滿是沾沾自喜與洋洋得意。

姜夫人強壓怒火，她的手指攪弄著絹帕，忽然聽見門外傳來歡聲笑語，她循聲望去，只見自己的兩個女兒正在相互追趕著玩耍，是在這一瞬間，姜夫人才恍然大悟一般的發覺，原來她們竟已經長得這麼大了，原來她自己也不再年輕了，她，就要失去生育的機會了。

一旦成了徐娘半老，三十有餘，夫君可還會願意多瞧她一眼？

想來從前年冬天開始，老太太便總會對她唉聲歎氣，言語之間不乏奚落：「當初看上你，一來你娘家在朝中關係頗多；二來你模樣生得俊俏。可未曾料到你這肚皮卻實在不爭氣！老二、老三，就連老四都生出了兒子。雖然他們媳婦的娘家家境不如你，但是人家興旺家族，個個都是人財兩旺的。可你呢，你為老大生了什麼？女兒，還是一雙！姜家家大業大，歷代祖宗都是傳任給長男嫡子，我們何德何能，豈可破壞祖宗的規矩？然而你，你卻一直生不出兒子來，你是要我這把老骨頭看著我大兒絕後不成？我看你這是要我含恨而終才甘休啊！」

老爺則是在一旁擦拭著玉石煙管，卻沒有續煙草，只是冷聲道著：「百善孝為先，無後罪則大，家中如此陰盛陽衰，實在有礙於長兒的仕途官運。本來四兒之中就老大文墨飽滿，又在朝為官，家族之中皆看好他，可如今這般景象，再看二、三、四房中，添子如添運，男兒陽氣厚重，必定會富貴榮華，而女兒生得再多，也到底是要為別人家延續血脈的物品，終究不是姜家的人啊！」

姜夫人聽著這些，咬了咬嘴唇，微微垂下了臉一言不發，表情哀怨淒苦。

而那一年的墨舞已經六歲，是可以聽懂他人語言的年紀了，她偷偷趴在門框旁，望著屋內的母親、祖父與祖母，只覺三人之間的氣氛極為詭異。但她不敢出聲，她自牙牙學語起便被父母嚴格管教，直至今日，她已很少會表達內心真正的情感。她習慣了隱藏自己的真實，也漸漸摸索出了如何來保護自己不受皮肉之苦的路子，可妹妹卻不懂。

身邊傳來了隱隱的啜泣聲，墨舞低頭一看，果然不出所料，與她一同在此偷聽的妹妹，正抓著她的衣襟滿面委屈，竟是尿褲子了。

妹妹生性膽小，時常被母親打罵，這樣的日子久了，妹妹甚至到了不聽從命令便不會行動的地步，即便是餓了也不知道開口說，冷了也不會要衣服穿。她與墨舞不同，她不會在夾縫中尋找生存之道，反而逆來順受也仍然要吃許多棍棒的痛。就像現在這樣，她明明想要去小便，但是由於心中懼怕而難以啟齒，又或者是找不到開口的時機，一來二去，便因忍不住而尿了滿地之後，怕得哭個不停。

哭，哭，每日只會哭，眼淚能解決什麼問題？墨舞氣憤不已，她捂住妹妹的嘴巴對她猛烈搖頭，示意她不許出聲。

妹妹也在努力，可她的眼淚順著墨舞的指縫流下，啪嗒啪嗒砸在地上的尿液積水中，微弱的聲響引來了母親的注意，墨舞立即察覺背後有一雙冷銳的眼神在注視著這裡。

等意識到不好時已經太遲了，母親迅速衝了過來，二話不說把墨舞扯開，然後在墨舞震驚的眼神中，母親揚起了手，狠狠打在妹妹幼小且柔軟的臉頰上。

「誰允許你們偷跑出來的？為何不安安分分待在房間裡？這裡是你們女兒家能來的嗎！小小年紀學什麼不好，學偷聽！竟敢尿在了走廊裡，傳出去都要被家奴笑話！」

母親的罵聲與妹妹的哭聲交織混雜，好像戲裡的秦腔曲，咿咿呀呀唱著，而扭曲的撕扯、打罵，彷彿是在上演著殘破的皮影戲。

不知為什麼，那一次的墨舞沒有去幫妹妹求情，她只是在一旁靜默望著妹妹被打，滿臉的麻木，她甚至覺得，幸好被打的人不是自己。打從她兩歲有記憶起，類似於這種事情時常會發生在自己身上，早已是司空見慣。或者，她彷彿在娘胎裡便適應面對這種情景，也許是她學會了接納，並自願去忍受如此不公、無理、暴虐與冷漠。

哪怕所有的緣由，都出自父親與母親的那句：「都是為了你好。」

為了讓你成為更好的姑娘，為了讓你將來嫁去好的人家，為了讓你過上比現在更為錦衣玉食的生活，為了讓你成為完美的妻子與母親……

全部都是為了你好……

是從何時起，他們總愛以此來代替墨舞與妹妹的自身想法。一句「都

是為了你好」，便可以隨意責罰、打罵；一句「都是為了你好」，便可以隨意支配、譏諷。正如祖父所言，女子是物品，是為別人家傳宗接代的容器，可生育子女的是女子，哺乳子女的是女子，何談是為別人家做這件事？難道子女的血液裡流淌的，不同樣是母親的血液嗎？

然而，許多如魔音灌耳的抨擊著靈魂的咒罵，許多腐骨噬魂的折磨著自尊的管教，在墨舞過於幼嫩的年紀裡，她就不得不在忍受著痛苦的情況下，為自己療養心裡的傷口，並致力於讓自己在外觀看起來與同齡的孩子無異，尤其是面對叔嬸家的表弟們時，她更要展現自己正常、聰慧、驕傲與無所不能的一面。

她要成為父母引以為傲的存在，她想成為，也必須成為，可能……可能她本不願意去爭去奪，但命運毫不憐憫她，任何人的眼神與語言之於她來說都是兇器，她只有強迫自己在本不該承受這些的年紀裡變得百毒不侵，哪怕她的幼年乃至於童年都早早被無情扼殺。她知道，在那個六歲春天的夜晚裡，最該天真爛漫的她已經死去了，她甚至頭也沒回，只管飛快蛻變成一個連她自己都不認識的可怕模樣朝前方跑去。

十歲那年，母親的歇斯底里越發加劇，她常年被祖母與嬸們欺壓，又因生不出男丁而自覺低人一等，她整日暴躁成疾，動輒便與那時在宮中做太醫的父親爭吵不休，她每次都重複著相同的抱怨：「還不都是因為你無能！身為我的夫君，你可有一次在人前護過我？你母親、弟弟、弟妹挖苦嘲笑我的時候，你反駁過他們嗎？偏偏你只會裝聾作啞，任由他們輕視、輕賤我！四房仗著這些年接管家族的綢緞莊生意賺了大錢，便可如此欺凌身為兄長的你，日後家業真要給他繼承了，他們夫妻二人豈不是要活活生吞了你我全家？」

每當母親數落父親時，生性懦弱的父親只會在堂內來回踱步，他背著雙手，緊鎖眉頭，連辯駁的腔調都顯得底氣不足：「你就別吵了！要是生出半個男兒，就半個，你也不必受這份屈辱了！」

母親氣紅了臉，怒喊道：「連你也在埋怨我？生不出男兒可當真只是我一人的錯？你不是自詡醫術精湛嗎？那你開點藥方予我啊！再者，你與弟弟們同父同母，為何他們所生皆男，偏偏只有你女兒成雙？」

父親咕噥一句：「還不都是因為我娶的是你，倘若娶的是旁人……」

「好呀！你這便休了我去另娶他人！」這一下子便狠狠刺痛到了母親的心窩，她撒潑起來，抓起古董物品便往地上摔去，哭喊著叫道：「憑你也有能耐怪罪於我嗎？想你的幾位弟弟都在地方做著商賈，只有你在朝廷為官，本是大好前途，可偏偏這麼多年都得不到擢升。現在連他們都看不起你，連同我也要和你一併遭殃！我倒也想做個高官的夫人去享清閒，人家二房、四房整日都有穿不完的綢緞、吃不完的燕窩，出門的馬車都有六匹馬拉著，那麼你呢？你一個小小的太醫，月份都不夠打點家奴！如果不是靠著你爹娘賞些銀兩，還有我娘家的生意幫補，我都要跟著你去喝那西北風來充饑了！」

父親被罵得臉色難看，他氣沖沖反駁道：「你說夠了沒有？」

「我說三天三夜也說不夠！」母親指著父親的鼻子，已是哭得滿面淚水，「自從我嫁給你生下一雙女兒，你家人就沒給過我好臉色看！你別以為我不知道大家的心思，二老都是想要你納妾的，無非是顧忌我娘家的權勢而不便開口。當初你來提親之時，與我父母兄長說一生一世只娶我一人，我娘家才托人介紹你入朝為官，還每年都打點了不少銀兩給太醫院院長，盼的就是你能當上大官。可年年都輪不到你晉升，到底是你醫術不堪還是與同僚不睦？或是你本就沒有那麼官運福分？你若是能節節高升，那就算我生不出兒子，你母親也不會太為難我，你弟弟、弟媳也會來巴結我。現如今他們口口聲聲都說是我沒有興家之運，既生不出兒子，也阻礙了你的官運，這是個什麼理？分明是你自己做人苟且、行事膽怯，你根本都算不上是個男人，在太醫院這麼多年，你連個主事的官位都混不到，我就算生十個男兒又有什麼用？都要和你一起受這份窩囊氣不成？我就不信那一品大員的夫人也非要生出男兒才會被大家高看！是你護不了妻女，你一無是處！」

最後，能夠終止這一切的是父親揮向母親的那一巴掌。這樣的場面墨舞時常目睹，她蹲坐在窗外，望著那映在紙窗上兩個相互撕扯的身影，如虎似狼，彼此都向對方齜出鋒利的獠牙，恨不得將對方撕成血淋淋的碎片。

她自小便知道母親的娘家雖然在離家百里之外的喬城，但是卻在京城之中關係眾多。當初姜家雖然是昌陵城的富甲大戶，但是在京城之中並無勢力，在京城權貴來看，不過是地方富商而已，沒有功名的富，那都是不值得一提的。

姜家之所以不遠百里去喬城提親，就是看中了母親家的權勢。姜家早期的先祖在舜治理天下時，身為寵臣。但後起謀反之心，最終導致被株連九族，命脈一度受損，蟄伏了許多個朝代才重建了後世的榮耀。但這榮耀再大，也只是地方上的大族富戶，文脈就一直沒落不起。幾代姜家人都想著入朝為官，奈何都名落孫山，當朝吏治嚴格不經科考不能為官。

到了這一代，姜家長子竟不喜經商，反而迷上了醫術，想不到這反而成了入朝為官的契機。這朝中除了文武百官還需要醫官，醫官是毋須科考的，但是需要朝中保薦和諸多名醫推舉才行。而喬家在京城之中的關係密結，自然也願意為這姑爺打點前程，因此父母成婚不久之後，喬家就托關係推舉了父親入朝為官，這也打開了姜家人由商入仕途的正道，算是償了幾代人的所願。在這一點上，姜家裡裡外外心裡都明白著這份長遠的好處。

所以，其他叔叔們都納了幾房妾室，唯獨父親不敢納妾，也是恐母親娘家不悅。雖然母親的娘家保住了母親的正房地位，但是母親所受的壓力並不少，畢竟嫁出去的女兒是別人家的人了，娘家也護不了她許多。

聽府裡老人們說，母親剛嫁來之時是另一副模樣，年輕貌美、性情率真而親切，待人也是有禮有節，和父親也是琴瑟和諧、出雙入對的一對璧人，是全昌陵城都羨慕不已的眷侶。可這些年來，愛意耗損殆盡，剩下的都是生活的苛責和無盡的壓抑，終究歲月把母親變成了另一個人。

十歲的墨舞便在心中滋生出了對權力近乎病態的渴望，她覺得會讓這個家整日充滿爭吵的原因是父親不夠強大，如果他掌握著超越祖父母的權勢，那麼姜家便無人敢欺凌她與母親。或者是他有著富足的金銀，眾人也將會對他刮目相看。

但父親一無所有，他只會鑽研中醫之術，不擅結交人脈，也不會阿諛奉承父母，明明守著姜家萬貫金財，卻像是個要飯的乞兒。這樣的男子其實是極度自私的，他沒有解決問題的能力，反而是把一切壓力都拋給了妻子，才會造就原本的如花美眷變成今日的村野潑婦。

軟弱的父親，瘋魔的母親，哭泣的妹妹，冷漠的表親。

「只有獲得權力，我才能離開姜家，我不屬於這裡，這裡也從未歡迎過我。」墨舞對懷中抱著的虎崽說道。

那虎崽是一個月前墨舞在昌陵山腳下撿到的，她極少被允許外出，但那日是她的生日，她很想買一條花繩繫在手腕上。母親那時與父親正在冷戰，沒有心情理會她，便隨口應允了。墨舞與妹妹便在家奴的陪同下出了府，姐妹二人盡興的玩耍了一番，還吃到了心心念念的小酥糕，上一次吃外面店鋪裡的小食還是四年前的事情。

妹妹從未開口索要過什麼，她只是望著小販手中的紙鳶出神，她的心思被家奴看出來了，家奴憐憫這對姐妹連世間最平常的樂趣都從未體會過，一時心軟，便挑選了一隻紙鳶和她們嬉鬧。誰料剛放了沒一會兒，大風將紙鳶刮去了街市的後山，家奴帶著姐妹二人奔去後山尋找紙鳶，這才意外發現了一隻在山腳下奄奄一息的虎崽。

當時牠剛出生沒多久，臍帶還在，家奴驚恐萬分，擔心附近會有虎母出現，便急忙拉著墨舞姐妹逃跑。可墨舞卻發現虎崽的四周沒有野獸出沒過的痕跡，且虎崽正在垂死邊緣，定是被虎母遺棄了。她不顧家奴的阻攔掙脫開，義無反顧抱起了虎崽，她決定要養育這隻境遇悲慘的可憐小獸。

但虎崽不能被母親發現，墨舞和妹妹只得偷偷將其養在房內。所幸小獸命不該絕，在墨舞精心照料了半月後，虎崽終於遲遲睜開了眼睛，那是一雙碧綠的獸眼，雖然稚氣，卻透露著野心。墨舞曾以為牠會陪伴自己長大，也許等養大了牠，她也會有了靠山。

牠是猛獸，自會保護她，為她驅趕危險、撕咬欺辱她的人。

她便不需要再懼怕任何人，與任何事。

可惜人算不如天算，虎崽在來到姜府的第二個月時死了，是被祖父一刀戳破了肚子，像扔老鼠一樣的扔到了墨舞面前。

本可長出兇惡野獸的虎崽軟塌塌倒在地上，墨舞瞪圓了雙眼，正打算要去觸摸虎崽冰冷的身軀，祖母卻一把抓住了她的臂膀，冷眼望著她道：

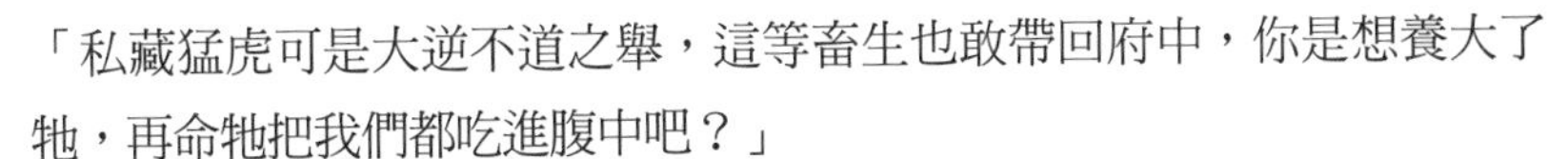

「私藏猛虎可是大逆不道之舉，這等畜生也敢帶回府中，你是想養大了牠，再命牠把我們都吃進腹中吧？」

墨舞失神落魄的喃聲道：「牠還只是一個幼崽⋯⋯連牙齒都還未長全⋯⋯」

「孽畜就是孽畜，無論幼年還是成年，牠都是危及凡人性命之物！」祖父盯著墨舞的眼睛，一字一句道：「必要趁早剷除，免得後患無窮。」

墨舞怔怔看著祖父，又看向祖母，最後看向死去的虎崽，她心中劇痛無比，卻終究是忍住了眼淚。

正因此事，她很快便不再悲傷，剩下的只有無窮無盡的憎恨。

對祖父、祖母，對父親、母親，對整個姜府，乃至府內的每一寸土地都憎恨到令她面部猙獰。可她從不奢求會有人把她從這裡帶走，她要憑藉自己的力量離開這裡，有朝一日，她一定可以。

只可惜歲月無情，總是肆意玩弄人心。

十五歲那年，墨舞被家中定下了親事。然而與其說是「定」，不如說是強迫。墨舞還記得對方初次登門的模樣，那日是梅雨午後，墨舞剛剛繡好一隻雲雀，正準備稍作歇息時，門外傳來一陣急促的腳步聲，侍女來傳墨舞去大堂正廳。墨舞詢問所謂何事，侍女只說府中來了客人，看那架勢像是來提親的。

提親？和誰？除了正值嫁娶年齡的墨舞之外，府中再沒有第二個合適的人選，雖然心中隱隱察覺到會是怎樣的情況，墨舞還是隨侍女前往正廳。

時值仲夏，姜府內花開滿園，高臺芳樹，池水逶迤，轉過一片種滿了鳳尾竹的小林，便到了招待尊客的大堂正廳。遠遠望去，墨舞看到繡滿山水圖的屏風後站著幾個陌生的客人。

而見墨舞來了，祖母立即喚她來見過貴客：「墨舞，高家母子都在此等候你多時了，還不快點來問候兩位。」

站在母親身旁的是昌陵境內赫赫有名的官員家高夫人，她姿態傲慢，體態臃腫，頗有幾分屠夫妻子的神韻，再看向她身側，大概就是她的兒子高公子了。這男子約莫二十剛剛出頭的模樣，生得倒還算是清秀，全然不像是他母親的親生骨肉。可是他見到墨舞時卻極為羞澀的低下頭去，唇邊的笑意也顯露靦腆，這令墨舞很難對他產生好感。

前段日子裡，墨舞時常會聽母親在她耳畔念叨著：「你如今也到了出閣的年紀，是該為你好好尋覓一位才貌雙全的如意郎君了，必要門當戶對才行。」

墨舞心裡冷嗤，不是才貌雙全，而是「財」貌雙全才對，畢竟在母親眼中，必要關頭是可以捨貌取財的。

母親又道：「好在你生得如花似玉，倒也有不少仰慕你姿容的合適人選托人來遊說。但這婚姻大事嘛，定要聽從父母之命，你祖母也很為你的終身去向憂心，思來想去，我們必要為你選個腰纏萬貫的好人家，一來可以令你高枕無憂，二來也可幫扶你的娘家，真可謂是兩全其美的好事。」

呵，令她高枕無憂是次要，幫扶娘家才是關鍵。

墨舞早就料到自己的結局會是如此，只是沒想到會來得如此之快，當她望著眼前的這位高公子時，僅僅一眼而已，她就已經把他整個人都看了個通透。出身望族，錢財不缺，生性軟弱，順從父母，怕是滴酒都未沾過，定是個安穩於現狀且胸無大志之人。墨舞同情似的歎了口氣，心想著自家母親和祖母才不會在乎長遠之事呢！她們只看得到這家人的老爺在朝中位高權重，但凡是可以為姜府帶來助力之人，又何必在意對方是肥、是瘦、是蠢、是笨呢？

再看母親與祖母與高夫人攀談的熱絡模樣，大概是要將她這個姜家嫡女姜墨舞如同物品一般的置換出去了。一如祖父在她六歲那年所說的那句話：「女子皆是物品。」連人都不配做，不過是交易中的一個和玉器、騾子、牛馬等價的貨物罷了。

一如古時用來與蠻夷聯姻的人，不都是公主嗎？可否有過皇子、爵爺？當然沒有！

女子可安定禍亂，女子可平息戰爭，等到利益達成之際，再殺掉公主的丈夫，掠奪他的領地與財富，此種壯舉只用一女之力便可達成，真是皆大歡喜、何樂而不為？

想到這裡，墨舞不禁覺得可笑至極，看來自己也要效仿古往今來的貞潔、大義女子去入番平亂了。

「墨舞！」母親的一聲叫喊令她回了神。

她看向母親，母親對她使了個眼色，道：「高公子的茶都涼了，還不快去為他添一杯熱茶？」

這種事情大可命侍女去做，但母親就是迫不及待想要高家母子見識一下墨舞的乖巧順從與賢良淑德。

墨舞自是微笑著應好，她邁著蓮花碎步提起案桌上的茶壺，笑眼盈盈來到高公子的座前為他斟茶倒水。顯然，墨舞的美貌驚豔了高公子，加上此刻是如此近距離的凝視，高公子甚至可以嗅到她髮鬢中的幽香，這使他在端茶的時候雙手一抖，墨舞便順勢去扶他的手，這一扶可好，直令高公子羞得向後一退，一盞熱茶就直接澆到了他的腿上。

墨舞趕緊掏出自己的帕子為高公子擦拭著，還不忘振振有詞道：「哎呀，高公子沒燙傷吧？怎麼會如此粗心大意呀？莫不是這裡在場的女人太多，嚇壞了你吧？」

此話一出，高公子更加羞紅了臉，連額角都滲出了隱隱汗跡，直道：「不、不是！是我手滑了，和其他人都無關，是我不小心……」

墨舞眼波流轉，淡淡一笑，那笑意是有些森涼的，像是在看到了他出醜的窘態後，感到了十足的滿足與喜悅。

她在以此方式來靜默反抗、控訴，她要告訴母親和祖母，她不喜歡這個男子，更不會嫁給他，而今天她所做的，便是今後會日日所做的，倘若她們執意逼迫她，高公子的日子可不會太舒坦。

果不其然，高夫人心疼高公子，立即上前來察看他是否被燙傷，滿口都念著他的乳名，當真是捧在手裡怕摔了，含在嘴裡怕化了。一如墨舞所料，這位高公子分明就是個未斷奶的乳兒呢！

於是，高家與姜家的會面算不太愉快與圓滿，高夫人臨走時是氣沖沖的，小聲嘟囔著：「要不是看你們姜家在昌陵還算有地位，我們才不特意跑來吃一鼻子灰呢！」而祖母則是在事後大罵了墨舞一頓，她自然是毫不心疼墨舞這個孫女，在她的心裡，從來就都沒有過墨舞的位置。

無論墨舞怎麼做，噓寒問暖也好，洗腳搓背也罷，哪怕是在祖母犯了胃疼時，墨舞長達三個月不間斷的服侍，為她熬製調理用的湯羹，卻也未曾換來祖母的一絲讚許與半毫溫情。

而墨舞又為何要為了一個心中無她的人，而卑微獻出自己珍貴的一生呢？又為何要任由他人來掌控自己的一生？

她自是同樣慕強、愛權，可她也不想為難自己去委身於根本就不感興趣的人。俗話說得好，魚和熊掌不可兼得，得了這一樣，便要失去那一樣，貌如潘安與萬貫家財總是很難呈現在同一個人身上，且還要考量對方的人品與修養，更是難上加難。

但墨舞認為，只要她足夠優秀，足夠與眾不同，便足夠去匹配「難上加難」之人。

而這種欲望促使她越發想要表露真實的自己，於是私下裡她會買酒來喝，憑什麼只有男子才可飲酒？

她也會把繡鞋偷偷改大一點，讓自己的雙足得以放鬆，憑什麼只有男子才可以趾高氣揚的大步行走？

她不喜紅裝，偏愛黑裙；她不綰鬢髮，偏束馬尾。她的種種做法實屬離經叛道，也時常會受到父母、祖父母的責罵，但她只會在表面上選擇去附和，心情好的時候還願意偽裝一下，然而偽裝久了，她便不管不顧的只做自己想做的事情。

妹妹總是擔心她這樣會嫁不到好人家，便在只有兩人獨處的時候好言相勸道：「姐姐，我知道這樣說會惹你不高興，可你我是姐妹，我萬萬不能看著你一錯再錯。家奴們都道你行事別具一格，如此下去會嚇跑那些前來提親的男子，就像上次那個高公子，他家世明明很好，你那樣做他會認定你做不成好妻子，自是不敢娶你了……」

墨舞揮了揮寬寬大大的衣袖，她並不喜歡穿束縛腰身的長裙，那樣會令她無法隨意呼吸。她正在修剪著房間裡的花花草草，看也不看一眼妹妹，只面無表情回道：「他們不願意娶我？呵，總得問問我願不願意嫁吧？」

妹妹歎息著：「母親說了，女子從古至今都是被人挑選的，哪有自己願意與否的道理？好在我們生於家境不錯的姜府，還可以嫁去較為上流

的人家。但要是做不好三從四德，到頭來臭名遠揚，定要淪落成無人問津的老姑娘了。」

墨舞道：「便是自食其力，做個老姑娘又有何不可？」

妹妹連連搖頭道：「老姑娘會被眾人笑話，俗話說人言可畏，那樣不僅會成為眾矢之的，年老之後的下場更是會極其悲慘。」

墨舞停下手中動作，問：「怎樣才不算是悲慘？嫁做人婦，生兒育女，便會老有所依嗎？像母親那樣？」

一句「像母親那樣」令懦弱的妹妹也不由得蹙起了眉，可她骨子裡的奴性已經令她無法正確思考，只管訴說著別人常年灌輸給她的思想道：「每個女子的歸宿都是嫁人生子，母親是因為膝下無子才會變成那樣，如果她能生下一個男孩，那麼母憑子貴，她的狀況肯定就不會是今日這般了。祖母不是總說養兒防老，嫡子繼業。誰讓我們是女兒呢，母親也不想這樣……」

墨舞在這時轉回身來，她眼神淡漠的凝視著妹妹，指著自己窗櫺上的一盆杜鵑花問道：「這花美嗎？」

妹妹點頭。

墨舞又問：「它會歲歲年年、朝朝暮暮都這樣美嗎？」

妹妹搖頭：「當然不能，但凡是花都會枯萎、凋謝，它的美麗終究只是曇花一現。」

墨舞略微側過臉，指著窗外栽種在姜府園內的果樹問妹妹道：「但你覺得結滿了果子的綠樹會否永遠繁茂？」

妹妹望著滿樹的果子回答道：「它可年年歲歲結果，但不可朝朝暮暮翠綠。」

墨舞道：「那麼，比起曇花一現和歲歲結果，哪一個存在的更為長遠？」

妹妹若有所思的低下頭去，緩緩道：「雖是曇花一現，可世有百花，再換一盆來欣賞便好，何必在意它的長遠？而果樹即便可以歲歲結果，卻生的不如花朵美豔，再如何長遠又有何用呢？誰人願意多看它一眼？」

墨舞再道：「你方才也說了，百花可再換，果樹卻能夠歲歲結果，結的是自己的果實，造福的是灌溉果樹的人，可花朵換掉了便不再是之前那一朵花了，而果樹依然是原來的那棵果樹。這說明曇花始終是一現，綠樹在本質上卻可長青。」

妹妹沉默。

墨舞再道：「帝王後宮佳麗三千，誕下子嗣的妃嬪寥寥無幾；女子之間爭相鬥豔，攀比的竟全部都是容貌與青春。然而無論他們爭與不爭，鬥與不鬥，以色待人又能幾日久？花朵嬌美，終要衰敗，綻放的瞬間極其短暫，可它在凋零之前又得到了什麼？無果又無實，怎可比得上結出累累碩果的綠樹呢？一如男子愛美色是天性，女子炫耀自身美色卻是為了吸引男子的青睞，那麼女子的天性又是什麼？千百年來，當真有女子敢把自己內心的想法公之於眾嗎？祖母不敢，母親不敢，你也是不敢，又有何資格來指責敢於做出這些的我呢？你們活在男子建立出的框架之中，認定如何做才會獲得男子喜愛，卻因此而放棄了自己的天性，不覺得可悲嗎？」

妹妹啞口無言，想方設法企圖反駁墨舞，但她又不敢，便只能鬱鬱寡歡垂下臉去。

墨舞見狀，反而輕蔑的冷哼一聲，不留情面的戳穿妹妹道：「你竟然連與我理論的勇氣都沒有嗎？自己想要說什麼都不敢了嗎？你豈不是一輩子都要活在別人對你的認為之中？那與行屍走肉又有何區別？」

妹妹掙扎似的絞弄著手指，終於在費盡了許多掙扎之後，才囁嚅道：「我與姐姐不同，我不像姐姐擁有資本，我……我不過是個只能聽從讓人擺布的平常人罷了，如果不嫁人，我又能有什麼其他出路呢？怕是最終會被爹娘趕出姜府，孤苦無依的餓死在路邊，成為連投胎轉世都去不了好人家的孤魂野鬼了。」

說到最後，妹妹竟變得如同母親的嘴臉那般，說起了親戚的閒話：「四叔前年新納的小妾便是活生生的例子，她不知好歹的和四嬸爭寵，仗著自己年輕貌美便忘乎所以，她連個子女都未曾給四叔生下，有何能耐和生養了兩兒兩女的四嬸平起平坐？」

墨舞對妹妹感到萬分失望，她無比同情的說道：「你整個人都是混亂的，你嘴上說著女子年輕貌美最為關鍵，可到頭來又強調要生下一兒半

女，究竟什麼才是女子最為重要的底氣？是容顏，還是生育的能力呢？」

「女子就該在應該生育的時間裡去生育，而這個時間便是女子最年輕、最貌美的時候！一旦錯過了，將會後悔莫及！就像四叔的小妾，她好端端的擁有著好時光與好姿色，卻不去為四叔生兒育女，反而日日與四嬸較量，簡直就是擺不正自己的位置！女子就該相夫教子，否則就會像她那樣被落井下石的害死，憑她又怎麼可能鬥得過四嬸？聰明反被聰明誤，她丟了自己的性命，據說她住過的院子到現在還在鬧鬼，整夜都是悲恨的哭泣聲。」

墨舞冷著一雙眼，臉上看不出一絲情緒，她道：「這世上最惡的鬼，是來自於人的心裡。」說罷，她剪了一朵杜鵑花的枝葉，折成兩半，遞給妹妹一半。

妹妹困惑的接過，墨舞對她道：「你我如同這株斷了的杜鵑，花與葉分離，根與莖中斷，代表著你我姐妹血緣雖在，情意卻不再了，各自留好這象徵因果的花枝。今日，這花枝證明了你我分道的因，擇日，這花枝便將是你我再難相聚的果。道不同，不相為謀，可他日你再拿這花枝尋我，我也定會義不容辭幫助你，只是再也不會心中有你。」

「姐姐……」妹妹神色黯然，她意識到墨舞是覺得自己愚鈍，所以才打算與自己劃清界限。然而前段時日，她隨同祖母與母親一同前去道觀祈福，也曾將一位道長的贈言銘記於心，於是送與墨舞道：「那位道長說，人生有四種境界。首先要『把自己當成別人』，此是無我；再者，要『把別人當成自己』，這是慈悲；而後，要『把別人當成別人』，此是智慧；最後，要『把自己當成自己』，這是自然。他的這番話我始終不明其意，許是我的確慧根不足，所以在今日送給姐姐，希望有朝一日，姐姐能參透其中妙趣。」

墨舞看著她，眼底閃過一抹暖意，那大概是墨舞在完全沉迷於權力之前的最後一絲柔情了。

窗外天色漸漸暗下，四面環風，空氣中有淡淡的泥土氣味，混入進傍晚的幽暗中之中，竟顯得有幾分蒼涼與沉重。

第十一節

天甯 176 年。

皇城，宮中。

本是晚秋，正值秋高氣爽，可天色卻陰鬱著，幾點雨滴落下，砸在懸掛於紅木簷的薄紗宮燈上，轉瞬便暈染開了水跡。

皇宮內的殿堂裡歌舞昇平，數不清的王孫貴族受邀而來，為的是慶祝太后生日。高座之上的正中央坐著雍容華貴的太后，年輕的帝王與帝后伴在其身側，談笑有加。

眾人紛紛舉杯，獻上祝福，臺下舞起的《霓裳羽衣》配合著氣氛揮灑水袖，舞得越發歡快。坐在殿內左側位置的五王爺正一邊小酌青瓷杯中的佳釀，一邊打量著高臺之上的帝王。

年長他兩歲的兄長，八歲封為太子，十六歲便登上皇位，眼前已執政十年的他在滿堂的諂媚聲中笑得一如既往的溫文爾雅，平和而沉靜，不似李卿璽，眉宇間都是戾氣。

可論資質論相貌，五王爺要勝他不知幾籌，傾向於他的皇室黨羽自然也是多不勝數，偏偏父皇生前卻格外偏愛兄長。

思及此，五王爺心生妒意，眼前最為緊要的便是時機。他又飲下一杯，目光越過帝王，落在太后右側的那抹身影上。

今夜的皇后仍然是美豔絕倫、光華照人，她正目不轉睛的觀舞，嫵媚的桃花眼中含笑，似盈盈水澤。

正當他思緒渾濁之時，耳邊忽然傳來驚歎聲。他循聲望去，只見場上一名舞女正在獨舞，腰身靈活如雀，上演出一曲驚人的霓裳飛天。她縱情旋轉，翩若驚鴻，又婉若游龍，四肢纏繞著的金鈴相互碰觸，響聲悅耳動聽。那透明面紗下的容貌榮耀如春松，好似仙子一般。只見她媚眼如波去探皇上，好像已有蓄謀。

五王爺側身去問旁桌的二王爺道：「這領舞之人是誰？」

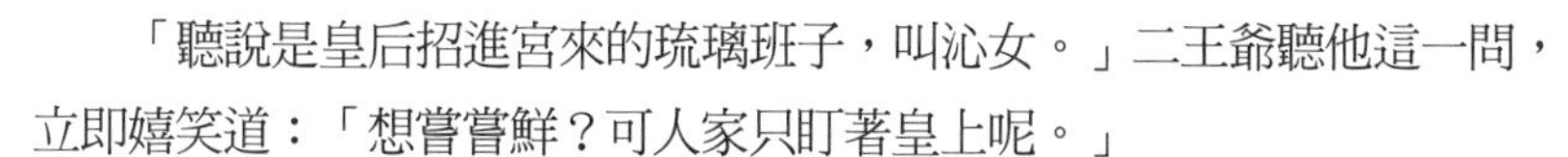

「聽說是皇后招進宮來的琉璃班子，叫沁女。」二王爺聽他這一問，立即嬉笑道：「想嘗嘗鮮？可人家只盯著皇上呢。」

五王爺口是心非的一撇嘴，道：「不過是個做手藝的，會跳點舞罷了，再如何美也攀不上龍床。」

二王爺的聲音更為壓低道：「老五，你是最沒資格說這話的吧？嘿嘿，你這個過來人又何必在這裡說葡萄酸呢？」

五王爺托著腮，再不言語，餘光去掃沁女，見她在皇上面前賣弄風騷卻未能博得側目，那失望模樣著實好笑。

卑賤之軀，本就不配。

當天夜裡，大雨終於滂沱而下，五王爺的馬車停在成陽宮外，藏青車簾被暴雨打得濕漉漉的。宮牆裡的琉璃燈被狂風打滅，內罩都刮破了，電閃雷鳴嚇壞了去關窗的守夜侍女，連花枝都被狂風壓得折了腰。

成陽宮內的朝南房裡燭光微弱，一縷嫋嫋煙霧從白色帳幔中飄飄而出，沁女燃了一壺香，聞起來竟也令這雨夜染上了一抹心醉之情。

五王爺的視線落在她光潔的背上，抬手去撫，聽她嬌羞得低呼一聲，喚道：「五王……」

他眼神迷離得看著她，隨口問道：「你想不想做皇后？」

沁女先是一驚，隨即抿嘴竊喜似的笑了笑，羞怯道：「今夜過後，妾身都已是王爺的人了，做皇后也比不過做王妃。」

五王爺忽地變了臉色，冷聲問道：「誰是王爺？」

沁女困惑，不知自己說錯了什麼，也不敢再多說。五王爺便一笑，指尖掃過她柔軟臉頰，竟是對她道：「讓本王來告訴你——等本王成了皇上，你自然就是皇后了，所以這裡沒有什麼王爺，只有日後的皇上和皇后。」

沁女聞言大驚失色，可她打量著他那英俊到不似人間來客的面容，竟鬼迷心竅的覺得他所言定會成真。窗外一道閃電劃過，悶雷乍響，沁女面向五王爺而跪，伏身叩頭道：「臣妾參見皇上，吾皇萬歲，萬萬歲。」

五王爺哈哈大笑幾聲，長臂一揮道：「免禮！」

沁女怯怯抬眼，臉上溢出喜悅，眼裡則是透露出引誘。五王爺重新將她攬入懷抱，正欲翻雲覆雨，忽然聽到房門被「砰」的一腳踢開，他作勢就要發怒，可臉色卻驟然變得慘白，眼神中滿是驚懼。

只見皇帝與皇后站在門外，身後恭候著一隊侍衛，五王爺見皇帝面無表情，他頃刻間嚇得魂飛魄散，身體癱軟的從床榻上翻滾下來，跪著求饒道：「皇、皇兄……饒了臣弟吧……」

皇帝將一支摺子扔下，惡狠狠的砸在五王爺面前，他拂袖離去道：「把五王爺押去大獄！」

侍衛們誠惶誠恐，彼此面面相覷，心想著那可是尊貴的五王殿下啊……

皇帝側過身，盛怒道：「都愣在那裡做什麼？還不快快照做！」

「是！」侍衛們膽戰心驚的領命，紛紛衝上前去扣押五王爺。

「皇兄！皇兄聽臣弟解釋，臣弟忠心耿耿，絕無半點窺視皇位之心！都是這個賤人蠱惑臣弟，是她！她才罪該萬死！」五王爺惡狠狠瞪著沁女，恨不得將她撕成碎片。

全身顫抖的沁女被侍衛押到皇后的面前，作為皇后選進宮的琉璃班子一員，雖名為「班子」，實際上卻只有兩人，她，以及……

「姜墨舞……」沁女看見了站在皇后身側的墨舞，頃刻之間，她便明白了自己為何會淪落到此種局面。

是姜墨舞，是她！這一切都是她陷害的！

「是你的詭計……」沁女面色如紙，她不敢置信的嘟囔著：「是你……」

墨舞看也不看她，只恭敬的請示皇后道：「娘娘，耳聽為虛、眼見為實，沁女欺上媚下、勾引王爺，今日證據確鑿，該如何處置呢？」

皇后本心覺得沁女伶俐聰慧，樣貌可人，萬萬沒想到是個守不住本分與操守之人，這樣的女子斷然是不適合留在宮中做事的。

「就將她逐出宮去吧！」皇后略微歎息，最後看一眼沁女，眼中不乏惋惜之色。

墨舞則是隨皇上、皇后一同離去，沁女看到她的嘴角泛起一絲狡黠的笑容，這令沁女恍然大悟、震怒不已，她想要掙脫侍衛撲向墨舞，卻被眾人按在地上，她扭曲了花容，歇斯底里咒罵道：「姜墨舞！你簡直是蛇蠍心腸！你我自入宮以來便姐妹相稱，我處處照拂與你，你卻恩將仇報！你以為我不知道是你通風報信的嗎？你是恨我手藝比你精湛，才將我視為眼中釘，你真覺得把我趕出宮了，你便會事事稱心如意不成？蒼天有眼，自是不會放過你這種背信棄義、不知廉恥的下賤之徒！」

「你會有報應的！姜墨舞！」

「我做鬼也不會放過你！」

……

身後的叫喊聲越發模糊，墨舞風輕雲淡的走在皇后身旁，這一路上她的心境頗為複雜，既恐慌又欣喜，甚至止不住上揚起了嘴角，她在心中罵著：「是沁女自己蠢，身為琉璃匠人卻與皇族私通，是她自己妄想飛上枝頭變鳳凰，本就罪不可赦。」

一旦沁女離開了皇宮，那麼皇后所能信賴的琉璃匠人便只有她一人了。只要她能做出令皇后滿意的琉璃，她便可以做女官、擁有人人豔羨的權力。

是啊，她踩著無數人的身軀走到今天，為的不就是成為女官的那一刻嗎？想她這十年來經歷的苦與痛還不夠嗎？無論他人怎樣汙蔑、咒罵她，她也是絕對不會回頭的，從十年前，她決心學藝琉璃時，她就已然決定了——姜墨舞要成為天甯紀年中第一個做官的女子。

她要用事實去告訴母親和祖母，就算是憑藉她一己之力，她也可以獲得其他女子一生都求而不得的全部。

十年前的昌陵城郊。

臨近傍晚，天色陰鬱，不久便下起了急雨，繁茂的山林樹枝被雨水澆打得搖搖欲墜，天地間是一片混沌的暗色。

墨舞正倉皇的奔走在泥濘的山路上，她的頭頂沒有避雨的傘，鞋子掉了一隻，罩在衣衫外的斗笠也是破舊不堪。

她還在加快趕路，心中盼著這雨下得再久一些，最好能斷去她來時的路。繞過山腳，有一家小客棧，她踩著泥水推門而進，棧裡竟坐滿了人，紛紛聞聲來看她，見是個衣衫襤褸的少年模樣，便也不足為奇。店小二招呼她坐下，又給她倒了茶水，她推辭說自己身上沒有帶錢，只避一避雨，隨後就走。

店小二還未開口，溫厚的店老闆便道：「少年人，喝碗熱茶再趕路吧，出門在外都有難處，一碗茶水，自然是不會收你銅板的。」

墨舞便道了謝，可卻沒有喝那茶。她脫掉了鞋子，將積水倒出去，期間聽到後面那桌人的閒談。

「此話可當真？姜家那個大女兒真的逃跑了？」

「這還能有假，我胞弟是姜府裡做事的，前天晚上便帶著不少人去追了，那可是要嫁去高官員家的長女，豈能讓她逃掉。」

「呵，自從那沒生出兒子的姜家大房繼承了姜家產業之後，姜府的日子還真是一天過的不如一天了。想來姜府這是要效仿古人獻美女啊，攀上了高官員，姜府日後也是可以蒸蒸日上嘛。」末了又壓低聲音竊竊道：「可依我看，說是獻妖女才要更為貼切。」

「這話可不能亂講啊……」

「就別裝糊塗了，昌陵城內誰人不知姜府大女兒離經叛道、韻事風流？」

姜府，長女。

這幾個字滑進墨舞的耳裡，她不自覺抿緊了嘴唇，只聽那幾人仍在誇誇其談道：「那姜家長女也是愚蠢至極，區區女子怎可效仿男子一般吃肉喝酒？也就高官員家的傻兒子不嫌棄她罷了，聽說，她還時常去主動勾搭一些紈絝子弟呢，簡直不知廉恥。」

「可我怎麼聽說是她不願意嫁去高家才出逃的呢？如果真的是那種隨意結交男子的輕浮女子，嫁去高家做少奶奶豈不是樂得自在？如今看來，她一定是個有自己主意的，並非旁人口中說的那般不堪。」

「唉喲！你懂什麼，這或許是她使出欲擒故縱的把戲呢！」對方不屑的咂舌道：「她這次出逃定是和姜府串通一氣，擺明要高家再增加迎親金額，姜府的那群人，個個都不是省油的燈。」

旁人面面相覷，點頭附和道：「說的也是，畢竟一個弱女子離開家門是活不了幾天的，女子嘛，到底無才便是德。」

想來確是「商女不知亡國恨，隔江猶唱後庭花。」他人說起虛幻縹緲之事，也能那般興致勃勃。然而墨舞本人聽著，卻覺得極為可笑，她端起茶碗，抿了一口，茶已涼，她起身走出客棧，望著夜幕之中的厚重雨簾，墨舞不再猶豫，義無反顧走了出去。

等到夜極深，雨已停，她已經走到了山下最為偏僻的一處宅院前。

皎月高掛，萬物靜謐，宅院裡負責值夜的小弟子抱掃把睡著了，忽然感覺一陣陰風從窗外吹進來，石桌上的燭臺「啪」一聲倒下了。

「篤篤——」

「篤篤——」

是敲門聲。

小弟子被驚醒，他困惑的眨了眨眼，猶豫著該不該回應，那敲門聲再一次響起，這一回顯得有些急促，令他不由得心生狐疑，這麼晚了……

「是誰？」他小聲詢問。

沒人回應，片刻沉靜過後，再次響起「篤篤——」「篤篤——」。

小弟子走到門前，遲疑片刻，打開了宅院的大門，只見月色之中站著一位身穿青玉色短衫的俊美少年。小弟子從未走出過昌陵山，更是從未見過如此美的「男子」了。可這「男子」看起來極為瘦弱，反而更像是女子了，如果是女子，倒像極了畫卷上那些天姿國色的飛天。

小弟子看她看得入了迷，忍不住讚歎道：「真是美啊……」

墨舞壓低了頭頂的草織簷帽，輕咳了幾聲，對小弟子抱拳道：「聽聞昌陵山腳下的無名宅院裡，有著製作琉璃技術最為精湛的師傅，我遠道而來，是前來拜師的。」

是來找師父的……小弟子奇怪她是怎麼找到無名宅的，要知道這附近人煙極少，而且師父行事低調，都是經熟人介紹才會送來弟子，而她貿然出現，究竟是如何來到這裡的……

「可我連你的名字都不知道。」小弟子略有戒備。

「小生姓姜，名……墨池。」她凝視著小弟子，問道：「敢問小哥是……」

小弟子想了想，道：「我是師父的第十九個徒兒，也是排位最後的，你就叫我阿瑁吧！」

「阿瑁師兄能否幫忙帶路？我實在是醉心於琉璃，一定要拜師學藝才行。」墨舞眼神堅定，語氣更是不容置疑。

這就師兄相稱了，倒是懂得攀附關係，而一聲「師兄」令小弟子有些得意，便答應道：「好吧，你隨我來。」

阿瑁本以為自己會被師父指責，沒想到師父不僅沒有責怪他，反而像是等候已久了。師父甚至親自沏茶，還是他平日裡最寶貝的赤芍茶。

阿瑁心有疑慮的打量著師父為墨舞倒茶的模樣，總覺得眼前景象令人難以置信，但還是介紹道：「師父，這位是姜公子，我也不知道他是從哪裡來的，總之他執意要拜您為師……」

師父一擺手，示意阿瑁不必多言。阿瑁有點氣，只能乖乖咽下話，坐到一邊。

師父是位樣貌清瘦的知命之年，他身穿黑色暗金紋長衫，腰間繫著波紋似的腰帶，上面鑲嵌著顆顆色澤不同的琉璃，璀璨奪目，樣式新穎。墨舞曾經見過類似的腰帶，都是昌陵達官貴人才佩戴得起的，而近來的新琉璃產業，也的確在中州大陸上發展得如火如荼，以至於小孩子之間都在流傳著一首歌謠：

只道人前可顯貴，必要學製琉璃翠；
修藝還鄉盆缽滿，坐享其樂人上人。
帝后只為琉璃醉，誰人不願入皇城？
明朝飛去紫雲路，頭戴官爵耀祖位。

的確如歌謠中所說，世人都道著琉璃難製、工藝煩瑣，而上好的琉璃更是價值連城。做一手好琉璃的人，實在是可遇不可求，而當今皇后更是鍾愛於琉璃，百姓們便著魔般搶著去學著製琉璃，心心盼盼著能藉此入宮，從而平步青雲、光宗耀祖。

近五年來，要屬昌陵最為熱衷製作琉璃，大街小巷的古玩店鋪裡都擺放著琉璃的工藝品，上到人像、神像，下到碗筷器皿，皆是由琉璃所製，別管廉價還是貴重，到頭來都能賣去望族家中做擺設。

從前，考取功名是步入仕途的唯一途經，如今，學會製作琉璃則成了飛黃騰達的捷徑，而一心愛慕權勢的墨舞自是不會放過這等好機遇。

她聽聞昌陵山下有個無名宅，雖是無名，卻住著整個昌陵的製璃高人，他遠離塵囂、鑽研手藝，只在每年秋分之後才肯開門收徒。如果對方愚笨、缺乏天資，不管是皇親國戚的後代還是誠心可鑒的痴人，他都是斷然不會收入門下的。沒人知道他的尊名，有幸見過他的幸運之人，都會尊稱其一聲「琉璃道人」。

墨舞深知，要想脫離姜府的束縛，只有出逃這等下策。她死也不願意嫁去高家，又想依靠自己的能力出人頭地，便只能來投奔無名宅，學得製作琉璃的手藝。她在某夜扮成男子模樣，匆匆逃出了姜府，一路尋到了無名宅。

此時此刻，琉璃道人望著面前的墨舞，低聲道：「有關你的事情……」說到這，他又微微皺眉，心覺不該道破天機，便改口道：「能憑藉一己之力找來老夫這裡，已然是不易。但你要知道，並不是每個來到此處的人，都會得到滿意的答覆。」

墨舞誠懇道：「師父，徒兒初來乍到，必有技不如人之處，可徒兒一心想要求得製作琉璃的手藝，且我自小偏愛玉器古玩，對此類物品的賞識眼光，絕非泛泛之輩，還請師父能夠收下徒兒，為徒兒指點迷津。」

這一口一聲「師父」、「徒兒」的，的確能夠博得些許好感，但琉璃道人也不是會吃這套的凡夫俗子，他只是意味深長的微笑，問墨舞道：「你學藝有成之後，將會做何等壯舉？」

墨舞聞言怔了一怔，她低垂下眼，緩緩道：「古人警戒過世人，五色令人目盲，五音令人耳聾，五味令人口爽；馳騁畋獵，令人心發狂；難得之貨，令人行妨；是以聖人為腹不為目，故去彼取此。」

琉璃道人饒有興味點頭應道：「正是。繽紛的色彩，使人眼花繚亂；嘈雜的音調，使人聽覺失靈；豐盛的食物，使人舌不知味；縱情狩獵，使人心情放蕩發狂；稀有的物品，使人行為不軌。因此，聖人但求吃飽肚子而不追逐聲色之娛，所以摒棄物欲的誘惑，而保持安定知足的生活方式。如此說來，你是打算在學成之後採菊東籬下、怡人自得去嗎？」

墨舞違心的點頭道：「師父明鑒，徒兒有意如此。我曾在書上看過這樣一個故事，庖丁為文惠君解牛，手之所觸，肩之所倚，足之所履，膝之所踦，砉然向然，奏刀然，莫不中音，合於桑林之舞，乃中經首之會。徒兒也和他一樣，所喜好的是摸索事物的規律，從小時候起，我就不只用眼睛去觀察萬物，因為眼見未必為實。而我之所以對琉璃工藝有興趣，完全是因為它自身的通透與美麗，想要把它的美展現到極致，必須要由自身去不斷的探索、提升。我也曾覺得，人們生活在俗世之中，如果只是渾渾噩噩度過一生，未免太過悲哀，然而能夠把握自己命運的人，必然是能主宰某個領域的強者，我想在成為這樣的強者之後，去過平靜的生活，不受任何人的牽制與打擾，在最終，我想要自己來主宰我自己。」

在說這些話的時候，墨舞的確是真心的，可她對功名利祿的追逐，仍舊也毫不掩飾寫在了眼睛裡，她言語之間極為矛盾，但又情真意切，不會令人覺得她是口是心非，倒讓在一旁聽到這番話的阿瑁心生出了幾分欽佩。

可琉璃道人卻沒有立即答應墨舞的拜師，他只道：「你且先去外面燒滿十缸的水吧，等到明日一早，老夫會去查看每缸的水溫。」說罷，他便示意阿瑁一同離開。

臨走時，阿瑁還有些擔心得看了幾眼墨舞。畢竟院落裡的水缸都有半米高，寬度同樣是半米，滿滿的十缸水可不是說笑的，這可憐的小個子怕是整晚都別想睡了。

阿瑁歎口氣，隨師父走了出去。

剩下墨舞一人，她也沒有覺得是被刁難，只放下了自己的行囊，略微挽起袖子，抬頭察看窗外皎月，心想著今夜要好好大幹一番才行。

對於中土大陸近來盛行的琉璃產業大熱這件事，墨舞始終不曾設身處地把自己放進其中的浪潮漩渦中。她尚且不知琉璃的背後是權勢的較量，更是金錢的攀比，她只覺得，如果她學成這門手藝，她便會製作出美豔的琉璃，可以是器皿，可以是擺飾，也可以是征服那些輕視她的人的武器。

她會擁有一種即便是依靠自己也能生存下去的技能，所以她知道，她必須要獲得琉璃道人的認可，她要留在無名宅。

但是燒開一壺水要足足有半炷香的時間，再倒入水缸裡，也僅僅只能填滿缸底。就這麼一次又一次，來來回回，反反覆覆，墨舞的手、臉頰、脖頸都被沸騰開水的熱氣燻得紅腫。可她不肯放棄，必要想出更快的法子才行。

思來想去，她把水缸裡灌滿了涼水，然後架起許多柴火來燒缸底，如此一來，便可煮沸缸裡的水。然而秋末晚風大得很，總是會把她剛剛打著的火星吹滅，以至於她好幾次的嘗試，也無法點燃柴火。

一氣之下，墨舞乾脆還是按照原來的方式，一壺接一壺的燒起水來。但是做著做著，她便累得氣喘如牛、汗如雨下，眼看著天色已經發白，她只燒好了一缸水。

墨舞冷靜下來，決心再細細考量，尋找其他可行的法子。

到了天色濛濛亮的時候，阿瑁打著哈欠從屋子裡出來掃落葉，他排位最末，年紀也小，便總是要替師兄師姐們做苦力活。

可是找來找去他也沒找到掃把，轉頭一看，竟見墨舞抱著掃把靠在其中一個水缸旁睡著了。

阿瑁湊過去想要叫醒她，卻驚訝的發現十個水缸裡都裝滿了水，他趕忙伸出去挨個試水溫，每個水缸的水溫皆有不同，最後一個水缸裡的水溫最涼，第十個水缸的水溫燙手，定是剛剛注入沸水沒多久。

阿瑁很意外，震驚於墨舞竟真的能裝滿十缸熱水。而這個時候，有幾名師兄、師姐也走了過來，他們見狀，便湊在一處小聲議論，等到琉璃道人出現，他們都畢恭畢敬的喚道：「師父。」

琉璃道人打量著熟睡的墨舞，又掃視了十個水缸，不由得會心一笑，詢問起在場的幾個弟子道：「你們可知她是怎麼做到將十個水缸倒滿沸水的嗎？」

有弟子搶先回道：「她定是整夜未睡，不停燒沸了熱水注滿十個水缸的。」

阿瑁卻反駁說：「即便整夜不眠，也是不可能注滿十個水缸的，要知道那燒水的水壺只能倒滿供八個人喝的茶杯，憑藉一個小小的水壺，又怎能在短短一個夜晚填滿那麼多的水缸呢？」

有位師姐揣摩道：「莫非是加起柴火來燒水缸裡的水嗎？可是秋季風大，柴火用來燒水壺的水還好說，用量一大便容易滅火。」

弟子們想了半天也未能參透，琉璃道人便指點道：「你們自是都知道琉璃的製作過程，最為精髓的六字則是『火裡來、水裡去』。」

弟子們點頭。

琉璃道人示意他們去水缸旁伸手觸碰缸壁，而不是去試探水溫。其中一名弟子的手指剛碰到缸壁，便被燙的哇哇直叫：「好燙！缸壁都可以煮沸一缸水了！」

此話一出，大家恍然大悟，阿瑁首先明白道：「我懂了，她是將柴火扔進了缸底點燃，既可以不被秋風吹滅，又可以燒熱缸壁，等到溫度上來，她再將涼水注滿水缸。缸底的柴火會被澆滅，浮於水面，撈出即可，而涼水則會在滾燙的缸壁內部裡不斷升溫，雖達不到沸水的程度，可卻也能持續保持著溫熱的水溫。」

琉璃道人點頭笑道：「她雖不曾學過琉璃工藝，卻已經深諳製作琉璃的道理，的確是身懷天資，若肯潛心苦學，定能成就點名堂出來。」

阿瑁也忍不住露出了開心的笑容，他可不是為了墨舞，而是覺得師父有意收下她，那麼，自己就不再是排位最末、最小的徒兒了。

幾名師兄笑嘻嘻的走上前去踢醒了墨舞，還不拘小節拍打著她的肩膀道：「你小子雖然是新來的，可腦袋靈光得很嘛，走！師兄們帶你洗個澡，再買點肉回來吃！」

墨舞揉了揉眼睛，睡眼惺忪看著面前站了一堆人，其中還有師姐對她露出了帶有幾分羞容的笑意，大概是真的把她當成個清俊的少年郎了。

但身邊這幾個青年自稱是師兄，墨舞當下頓悟，看向琉璃道人問道：「師父，你肯收下我了？我通過考驗了？」

琉璃道人並不言語，似一種默認。他轉過身，背過手，離開前對著和墨舞勾肩搭背的徒兒們說道：「你們不要對一個女兒家毛手毛腳的，新來的這位不是師弟，而是你們的師妹。你們做師兄、師姐的，都要對其多加照拂才是。」

此話一出，不僅阿瑁、師兄、師姐，就連墨舞本人都愣住了。

原來師父竟在一早就識出了她的真實身分嗎？墨舞有些困惑的看了看自己的裝束，明明天衣無縫啊！

的確是天衣無縫，畢竟阿瑁也不曾懷疑她的性別。但如此一來，他豈不是還要做最苦最累的活了嗎？總不能讓個師妹替他做吧？

其餘的師姐也翻了翻白眼，一臉悻悻然。本想著總算來了個樣貌不錯的師弟，竟然是個女子，真是害得她們空歡喜一場。

第二日，拜師儀式在師兄師姐們的見證下完成，琉璃道人對著堂內的弟子們說道：「今日小舞新入我門，今後就是一家人了，師兄弟之間需彼此善待幫扶。謹記：持而盈之不如其已；揣而銳之不可長保；金玉滿堂莫之能守；富貴而驕，自遺其咎。功遂身退，天之道。自滿、銳利、恃驕，即便金玉滿堂，富貴無比，時間久了也會出問題。不明白道之理，違逆而行就是在消耗自我。燒製琉璃看似製作一件器皿而已，實然卻可從中悟出修行之道。我琉璃道人是個火居的閒散之人，我的修行不在山林之中、不在廟宇之間，偏偏就在這市井紅塵，要的就是在紅塵煉心。在琉璃之中參道、悟道、傳道，爾等皆是上等根器，但心性不定、欲望沉重，若是能按為師所授心法修身養性、假以時日必有小成。」

「一切事物非事物自己如此，日月無人燃而自明，星辰無人列而自序，禽獸無人造而自生，風無人扇而自動，水無人推而自流，草木無人種而自生，不呼吸而自呼吸，不心跳而自心跳，等等不可盡言皆自己如此。因一切事物非事物，不約而同，統一遵循某種東西，無有例外。它即變化之本，不生不滅，無形無象，無始無終，無所不包，其大無外，其小無內，過而變之、亙古不變。」

「道散形為炁，炁聚形為太上。如此這般遵循道去製作琉璃，才能使琉璃有生命有靈性，而不是簡單的器皿。今後你們製作的難度隨著年歲的增長而增加上時，一定會遇到諸多挫折與坎坷，但是不要輕言放棄，也不可過分執著。正如心智未開未受世俗的汙染，內則柔和淡泊，外則天真無邪，也如繈褓之中的嬰兒終日大哭嗓子卻依然清亮。人世間的一切看起來各有不同，但『以道觀之』，所謂的生死榮辱、是非對錯等，都是一樣的。若『我』與『物』是對立的，則有無數種是非，就會陷入痛苦的深淵不可自拔；我與物本無差別、我與物化為一體，那帶來痛苦的問題就自然消失了。若把期待變成執著時，期待則變成了人生枷鎖。」

「忘物、忘他、忘我、忘心，無情、無功、無名、無己，才是人生的逍遙之道。道說：『見素抱樸，少私寡欲，絕學無憂。一個人只有無所欲，才能無所求，從而保持寧靜的心態。其嗜欲深者，其天機淺。人只有天機深厚，其生命力才能強盛。若我門弟子能恪守己心、神足欲寡則可天機深藏、定然可以做出驚世之作、傳世萬代。』」

包含墨舞在內的堂中眾多弟子，雖然不是全然理解師父一番話的意思，但也都恭恭敬敬的聆聽師訓，末了紛紛附和答覆道：「弟子明白，謹遵師訓。」

琉璃道人冷冷的目光掃向眾人，清冷的說：「明日卯時點到，今日散了吧！」

弟子們一個個按次序低著頭行著禮走出了主堂，墨舞輩分最小，所以她是最後一個走出主堂的。雖然背對著師父，但是她似乎總能感覺到自己身後兩道冰冷的目光，如冰錐一般紮在自己背上。她連大氣都不敢出一聲的就走了出來，直奔後院的寢房。

墨舞入了琉璃道人門下，換上了無名宅的裝束，黑色錦繡衣，腰間琉璃帶。她雖是入門最晚，卻天賦異稟，尤其擅長製作古法琉璃。

古法琉璃別名脫蠟琉璃，是琉璃的種類之一。經由高溫加工而成，採用「琉璃石」加入「琉璃母」燒製。琉璃石曾在《天工開物》中有所記載，其石五色皆具，為乾坤造化，日漸稀缺，尤為珍貴。而此種琉璃的製作工藝自是異常複雜，琉璃道人所說的「火裡來、水裡去」便是開端，且要經過幾十道工序才能完成，有些精緻的小擺飾要耗費數月才能製出，其中的火候把握之難更可以說是一半靠技藝，一半憑運氣。

誠然，琉璃工藝與金銀製品不同，它無法回收重做，只能從一而終，便是說期間一旦出現環節問題，那麼數十天的心血都要付諸東流，所以世人總說：「世間絕無兩個同樣的琉璃。」

「古法琉璃的色澤有需要識別的特徵，它自身的部分都有不同的色彩，但以純色為主，混合之後會爆裂或者是渾濁，即便如此，也依舊通透如故；在聲音上，輕輕敲擊它會有金屬之音；透明度高於水晶、瑪瑙，可卻永不變色，無論歷經千百年還是上萬年，古法琉璃的物品都會色澤如新。古人雖有云：水火不相容，但在古法琉璃的手藝體現中，水與火是可以完美交融的，也是此種手藝的魅力所在。它細膩、溫婉、繁華、美豔、純淨、流雲濟彩、光彩奪目，彷彿帶有律動的生命之美，極具意境，自是無與倫比。」琉璃道人向墨舞傳授著製作琉璃的所需所用，墨舞一字不落的記於心間。

「其實早在很久之前，方士們就流行著『食金飲玉』可以長生的說法，但用這種方法得到的琉璃，因燒製的氣溫低，有大量的氣泡，使透明度極差。而隨著文明逐漸發展，道家有煉丹術開始盛行。正所謂道人消爍五石，作五色之玉，比之真玉，光不殊別。此燒煉珠玉正是製作琉璃的來源，但那時的技術尚且不夠成熟，直至今日，琉璃的發展也達到了頂峰時期，許多才能之人紛紛投進製作琉璃的工藝中，也令多種琉璃橫空出世。」

「而做好琉璃，尤其是古法琉璃，光有天賦斷然不夠，必要有足夠的耐心和吃苦的勁頭。他人常道唯有男子才可做好萬物，老夫卻不這樣認為。只要有恆心與追求，無論是男子還是女子，都可以成就自身所需。而老夫的無名宅裡，女弟子要比男弟子多不少，這正是因為她們極具忍耐力，又細緻入微，可以做出近乎完美的琉璃工藝品。」

墨舞仔仔細細、認認真真的想要把琉璃道人所說的每一句話都記於腦海，而她也十分好強，整日鑽研製作琉璃，回過神時才發現，自己已經在無名宅裡度過兩個月了。

在這裡，她不僅可以學藝，還能和師兄們平等相待。師兄們也不會高高在上的劃分男女界限，反而是帶著墨舞一起在學藝的歇息片刻喝酒談心，墨舞便是在那段時間品味美酒的。

而每日早起燒製琉璃石是她最喜歡做的事情。宅中有規定，每兩人在晨時配合，日落時分將要排列燒好的琉璃石，並要繪製打算要製出的琉璃物品的草圖，如果無法完成，將會被罰。這懲罰隨機定奪，有時是罰一日三餐不准進食，有時也會罰靜坐止語一日思索錯誤，無論是哪種，對於墨舞來說都代表了一種恥辱。

所以，她每日都起得很早，早於同組的師姐或是師兄先行燒製琉璃石。與她同住的師姐，也會向他人抱怨墨舞急功近利，但墨舞全然不在乎，她只想憑藉自己的能力出人頭地，至於閒言碎語，她統統充耳不聞。而在眾多的徒兒中，師父是格外偏愛她的，一來是她的確有著天賦，聰慧有野心，相貌又極為美麗，實屬難得的才貌雙全；二來她也毫不扭捏，一點女孩子該有的嬌氣都不存在，像是早已習慣了單槍匹馬的拚搏，在讓人讚許之餘也不乏憐惜之情。

每逢月份裡帶「三」字日子的申時，琉璃道人都會出題來檢驗弟子的學藝。拔得頭籌的人會獲得一次製作琉璃工藝品送給達官貴人的機會，的確是展現自己的極佳方式。墨舞自然不會放過這樣的好機遇，可她不擅長團組作業，而這種檢驗向來是二人合作。

今次的題目是要尋得色澤、質感、透明度上等的琉璃石，是「尋」，而不是「製」。其中要考驗的是身為琉璃匠人的敏銳度和觀察度，每兩人一組，分頭行動，墨舞則是和阿瑁一起去山腳的前一條街搜尋。

阿瑁素來對墨舞比較關照，兩人年紀最為接近，平日裡的交集也要多一些。且阿瑁是唯一一個願意跟墨舞組隊的人，師兄們倒還好，但其他師姐因長時間的接觸，都不喜歡墨舞的個性，也一度排擠過墨舞。

阿瑁便在出行的時候，勸慰墨舞要懂得收斂，畢竟都是師姐，要給對方些面子的。

墨舞「嗯啊」敷衍著，目光則是不停流連在市集或是店裡的琉璃藝品上。要說她已經很久沒有走出無名宅了，距離逃出姜府已經過了數月，想必爹娘也會擔憂一下她的去向，可她並不想回去，在達到自己的目的之前，她不可能走回頭路。而這次小試，她勢必要尋到最為上等的琉璃石帶給師父。可這些小店裡的琉璃品都是從外城運來的，拋光程度可見一斑，老遠望去就知道是次品。

難不成這條街上根本就沒有好東西了？

墨舞不甘心的繼續找，阿瑁小跑著跟上她，兩人走著走著，來到了一條幽深小巷，彷彿穿過巷子就能來到另外一個奇妙的地方似的。墨舞帶頭走著，阿瑁有點怕，周圍很靜很暗，可是沒想到轉過巷角，眼前赫然出現的是一片熙熙攘攘、人聲鼎沸的景象。

阿瑁感到不可思議的打量四周，一抬頭，發現頭頂懸掛著一輪皎月，不禁大驚失色道：「竟然已是夜晚了嗎？！明明才剛到申時不久……」

墨舞停留在一個小販的面前，她背對著阿瑁說了句：「阿瑁師兄，你我雖為一組，可先到先得。」

阿瑁困惑的問：「什麼意思？」

墨舞轉過身看著他，唇邊掛笑，示意手中一顆極為璀璨光豔的琉璃石，道：「看，是我先找到的。」

阿瑁擦了擦眼睛，仔細一看，當真是顆從未見過、美輪美奐的琉璃石。儘管他心中有些羨慕是被墨舞先行找到，可卻毫不嫉妒，他與墨舞向來同組，無論是誰拔得頭籌，都是給二人團隊帶來榮耀。

只是……這般價值連城的琉璃石，怎會出現在這種平平無奇的小攤販上？小販又怎會同意把它送給墨舞呢？

「姑娘可想要帶走它？」小販是位身形枯瘦如柴的老翁，他的一隻眼睛瞎了，戴著黑色的眼罩，正坐在石凳上抽著煙筒。

墨舞看向他，堅定且真誠的點點頭，她自知這顆琉璃石必定與眾不同，但師父也說過，琉璃石在被做成工藝品之前的價錢都不算高，只要付給對方相應的銀兩便可，可這一顆卻不一樣，不是簡簡單單的價格就能帶走的。於是墨舞決定道出實情：「老先生，我是無名宅的學徒，今日正逢小考，只要我能尋到最為上等的琉璃石帶回去，我便可夠獲得一個極有可能飛黃騰達的機會，故此，老先生能否先行把這琉璃石賣給我？我可以打下欠條，日後的每月都補上差價，直到還清為止。」

老翁吐出一口白寥寥的嫋嫋煙霧，瞇著眼睛看墨舞道：「你買不起的。」

只此一句，令墨舞覺得受到蔑視，她忍不住道：「我可是姜府……」話說了一半，又被她硬生生咽了回去，她不想被身後的阿瑁得知自己的身家，便只得再問老翁：「老先生要怎樣才能把琉璃石賣給我？」

老翁的聲音如繞梁餘音般空曠深遠，他神神祕祕的對墨舞說：「你眼光好得很，一眼便識出這石頭是個好寶貝。金銀財寶換不走它，唯有與之等價的東西才能將它帶走，必是你身上最為珍貴的物品才行。」說著，老翁掀開了自己攤位的黑布，陳列在桌子上的竟全部都是血淋淋的器官！

有心臟、肝、手、腳等內臟與四肢……目睹此景，嚇得身後的阿瑁面色慘白，連連後退。

儘管墨舞也受到驚嚇，可她卻還算鎮定。老翁見她面不改色，倒覺得有趣道：「看來你是個不怕交換的人，不過你別見這攤子上有血有肉的，那都是對方願意送給我的，這些是他們認為他們所擁有最為值錢的物品，但你嘛……確定要和我換嗎？」

墨舞的額角滲出冷汗，她想要琉璃石，但卻不想失去內臟與四肢任何一處，可她全身還有更為值錢的東西嗎？

「有。」

墨舞一驚，抬頭看向老翁，他竟讀懂了自己的心思。

「誠心想換的話，我就要取走你身上的值錢物品了。」他說著，伸出乾枯得如同老樹一般的手，一把按住了墨舞的手臂。

墨舞是在那一刻花容失色得叫出聲來，而阿瑁飛快衝上前來抓住她，帶著她頭也不回的跑出了小巷。

兩人一直跑了很遠才停下來，阿瑁氣喘吁吁彎著腰大口呼吸，墨舞則是魂不守舍坐到一旁的樹下，她渾渾噩噩的張開手，發現那顆琉璃石正在她的掌心裡熠熠生輝。

墨舞怔怔看向阿瑁，阿瑁也正迷茫看著她，他們面面相覷，心中困惑不已。等到回到了無名宅，已是夜深人靜之時。弟子們都聚集在琉璃道人面前，一一獻上搜尋而來的琉璃石。墨舞也把自己得來的琉璃石呈給師父，唯有在看到那顆琉璃石的時候，師父眼裡亮起了非比尋常的光。

果然不出所料，墨舞因這顆琉璃石而拔得頭籌，彷彿是蒙得了上天的偏愛。師父也用讚許的目光看著墨舞點了點頭，大家的目光聚集在她身上，皆是羨慕、嫉妒，同樣也有欣慰。

數月後，墨舞送給達官貴人的琉璃，博得了上流社會的好評，對方竟將為她諫言，令她被選進了皇宮招攬人才的名單裡。

師父以她為榮，達官貴人也送來了祝賀的華服。臨行之前，墨舞身穿孔雀藍長裙，一點迎春，簪珠佩玉站在無名宅前向眾人告別。

師兄姐們站在門旁議論紛紛，他們三言兩語道著：「聽說北國前來和親，皇宮裡熱鬧著呢！且冠寵後宮的劉皇后甚愛琉璃作畫，皇帝便想著給皇后做出最好的琉璃，供皇后賞玩入畫，這才在中土之中招攬手藝精湛的琉璃匠人。」

「要說皇帝對皇后可真是疼愛有加，不僅為她閒置後宮，連和親這會兒都不忘要博皇后一笑。不過也罷，墨舞生得漂亮，身世也好，的確有著天賦，手藝也不差，能有進宮的機會也是她自己得來的。」

「身世？她的身世是什麼？」

「剛剛師父不是跟她說了嘛，如果功成名就，要記得回去姜家。可見師父打從一開始就知道她是姜府的人，你又不是不清楚，這昌陵上下姓姜的不就只有那一戶嗎？」

對方木訥的點點頭，彷彿一時之間難以相信一般，可是他四下找了一圈，卻發現阿瑁沒來，便問起去向。

有人說阿瑁病了，不能來送墨舞了。

而這時的墨舞也準備離開，她隨著前來接應的宦官走了一段路，又回過頭，望著無名宅與師父。師父向她揮手致意，墨舞點頭回應，心想著阿瑁是不能出現了，他一連病了數日都不見好，也不知道要不要緊。再次回過身時，墨舞心中卻仍舊有莫名的不安。

總是會忍不住猜測，老翁那日從她身上拿走的東西，究竟是什麼呢？

第十二節

天甯 167 年。

皇城之都，屏因皇城。

坐落在城內最為中心的院落是琉璃坊，在這個占地面積足有半個城池大的寶地中，建造著許多個富麗堂皇的小別院，根據東、南、西、北分別劃分出青龍苑、朱雀苑、白虎苑以及玄武苑。北苑玄武苑的地勢最高，在四苑中也最大、最奢侈，能夠被選進此苑的，都是中土大陸內四海八荒中，最為優秀的女性琉璃手藝人。

負責掌管琉璃坊的是朝廷中當紅宦官，人稱趙內侍。他年歲不大，樣貌也較為清俊，左眼前一顆淚痣為其增添了幾分風流意味。由於皇帝很信賴他，皇后也中意他，便把這偌大的、華麗的琉璃坊交由他打理，最終也將由他選出頂尖的幾名琉璃匠人，來為皇后製作最為精緻的琉璃品。

此番全國招攬，總共尋來了五十名年歲在三十歲以內的年輕男女，且都是有家室背景的，畢竟是在將來要面見皇上與皇后的，草芥出身與寒門之徒是斷然不可進入琉璃坊的。據說還有位一品大官的女兒選了進來，的確是令原本就金光燦燦的琉璃坊更為蓬華生輝。

墨舞是最後一個來到琉璃坊的，她被侍女帶去劃分好的房間裡梳洗、換裝——按照手藝程度與家境身世，她被分去了玄武苑。衣衫與無名宅的顏色相同，都是黑色的，可紋路卻金貴得多，連腰帶上的琉璃都綴著金墜子，背上的圖騰則是玄武印記，證明她的院落。

墨舞原本以為自己將會是玄武苑的佼佼者，她一直以自己的貌美姿容為傲，可是當她換洗之後，被帶去玄武苑前院與其他人會合時，才發現玄武苑是清一色的女匠人，共十二位，而且美人如雲。

墨舞的視線一一掃過那些高貴、出塵而又滿身香氣的女子，心中竟有一瞬間的挫敗感。雖說她的美麗沒有被比下去，可細細相比之下，她到底是小地方來的，從她們的言談之間聽得出，大部分是來自皇都，再者便是鄰市，而一品大官的女兒蕙樓也在這裡。

那女子美豔得很，幾乎與墨舞的容貌不相上下。她說自己從小便學製琉璃，十歲就可做出琉璃器皿，十五歲時便收徒弟了，到了如今十八歲，還是趙內侍親自登府邀她前來的。

墨舞聞言，睫毛垂了垂，她恍惚中察覺到自己並不是最為優秀的琉璃匠人，俗話說得好，人外有人，山外有山，她在玄武苑裡顯得有些渺小了。

「姑娘，我是瑤平來的，你老家在何處？」身邊傳來一陣沁人心脾的芳香，墨舞轉頭去看，只見一位鵝蛋臉、桃花眼的漂亮女子湊近她，微笑著搭話。

「我是昌陵姜家。」墨舞掛在唇邊的笑意不卑不亢，恰到好處，「我叫姜墨舞。」

那女子媚笑一下，眼波流轉道：「當真是人如其名的美，讓人一眼就能在人群中看見你。我叫胡沁女，是住在你隔壁房的。」

墨舞點頭笑道：「沁女姐姐美貌驚人，真是令妹妹相形見絀。」

沁女嬉笑著：「可不敢當，不過，生得美總歸是件好事情。」說著，她更為湊近墨舞的耳邊嘀咕道：「咱們這裡經常會有皇親國戚出沒，前幾日還有王爺造訪，於你於我都是機會。」

墨舞一愣，隨即暗藏輕蔑的笑了，面前的沁女，令她不由得想起了自己的母親、祖母，或是妹妹。

原來無論到了哪裡都會遇見這樣的女子，也罷，妄想利用美色改變自己命運的女子不在少數，但墨舞始終覺得，美色僅僅只是一部分籌碼，其餘還要依靠更為長久、穩固的東西才行。譬如，腦子。

「各位小師傅久等了。」

正是此時，一個溫和的聲音傳來，墨舞隨眾人循聲望去，見是趙內侍攜著八名侍女來了。

在場的年輕琉璃匠人們，包括墨舞在內，立即恭敬作揖，問候道：「見過趙內侍。」

「不必多禮。」趙內侍始終含笑，卻讓人覺得格外疏離，他側身帶路道：「各位隨洒家一起去中心苑，見過其餘別苑的同好吧，打從今日起，你們便要在這裡入住了，直到有人製作出令皇后娘娘滿意的琉璃藝品出現之前，你們都得拚了命努力才是。畢竟不被皇后、娘娘喜歡的藝品一旦出現兩次，它的主人就得打道回府了。」

「是。」眾人低眉順眼的遵命，皆規規矩矩跟在趙內侍的身後。

看來競爭會相當的慘烈。墨舞一邊走一邊打著算盤，餘光時不時打量著周遭的匠人：那個走在最前面像是鳳首一般的存在正是蕙樓，她趾高氣揚的模樣，像極了勝券在握，想必這是她平步青雲的一次踏板。的確，有些人在出生時便已經贏了。然而，墨舞可不想成為她的墊腳石。

再看其他人，有幾個也是出身不俗，大概是有家族撐腰的，到了她自己，雖然算不上上等，也輪不到下等，竟是個中庸之輩了。而沁女和她則不相上下，但沁女容貌同樣耀眼，也是個不容小覷的對手。

墨舞暗暗咬牙，她必要拚盡全力留在這裡才行。如果被趕回了老家昌陵，豈不是要讓所有人一併看她笑話不成？她可不想淪落到最終，要去嫁給高家那個無才無德的紈絝子弟。

「注意腳下。」身旁有人提醒出神的墨舞，是個梳著雙雲鬢的秀麗女子。

墨舞點點頭，隨著大家上了橋，穿過月亮門，走進了中心苑。

苑裡種滿了參天大樹，花林曲池，還有幽碧水潭。其中立著一塊約莫三米高的琉璃玉像，像是個公主，懷裡抱著一隻兔子。墨舞等人繞過琉璃玉像，又走過了掛著珍珠簾子的長廊，直叫人看得眼花繚亂。不愧是皇城境地，也能看得出皇帝對皇后的寵愛程度，特意為她打造出一座奢華鋪張的琉璃坊，當真是寵到了極致。

等到了中心苑，其他三苑的琉璃匠人都已經聚齊，最為顯眼的當屬南苑朱雀苑的琉璃匠人，都是清一色身穿紅衫的年輕男子，相貌堂堂、衣冠楚楚不說，更有一種不食人間煙火的高雅氣質。

而青龍苑與白虎苑則是有男有女，唯獨朱雀苑、玄武苑的人員性別比較一致。

墨舞打量著朱雀苑的男子們，目光緩緩落在為首最為顯眼的人身上。

他約莫二十歲出頭，朱雀苑的錦瑟紅衣著實襯他，且他的衣襟與袖口，都特意挽出一條非常精緻的紋路，領口與其他人有些不同，是鑲金小方領，倒是顯露出了別致的英氣。

其他的玄武苑女子也注意到了他，皆是交頭接耳小聲議論，私下裡發出欣喜的驚歎。沁女忍不住對墨舞嘀咕道：「聽說他是皇后的外親，叫沈意，是朱雀苑的第一美男子，不僅琉璃做得好，家世也雄厚得很，而且是趙內侍親命的琉璃坊副管。」

墨舞聽著，目光始終沒有離開他，他雖乍一看有那麼些遺世孤立，但看得久了會發現，他也絕非表像上那般清高。而他也察覺到了墨舞略顯熾熱的視線，轉過臉來，與墨舞四目相對，墨舞對他嫵媚一笑，她自知自己的這種笑能勾魂攝魄。

果然不出所料，他審視並認可了她的美貌，也領會了她笑裡的信號，自是微微頷首，眼裡也流露出一抹曖昧而放肆的波紋。

墨舞略低下眼，思索著沁女方才所告知的資訊，皇后的外親、家世雄厚、擅琉璃、副管……墨舞如春花般的容顏上，泛起了勢在必得的底氣，眼眸深處更是藏著森冷笑意，譏諷而又孤傲。

九月初七當日，是墨舞來到琉璃坊的第七日。

傍晚，天空的雲朵沉甸甸的，像是黑灰色的殘骸。

這七日中，墨舞幾乎是日夜不休的製作第一件要去獻給皇后的琉璃藝品——河伯公主像。

說起河伯，傳說裡的他是位風流瀟灑的花花公子，詩歌裡有云：「魚鱗屋兮龍堂，紫貝闕兮朱宮。靈何為兮水中，乘白黿兮逐文魚。與女遊兮河之渚，流澌紛兮將來下。與子交手兮東行，送美人兮南浦。波滔滔兮來迎，魚鄰鄰兮媵予。」

這一番描寫倒是驗證了河伯的多情與浪漫，可河伯的妻子眾多，記錄在野史裡的子嗣倒沒有幾個。而墨舞所製的河伯公主像，則是在中心苑所看到的巨大琉璃人像而產生的靈感，故事裡的公主也是她兒時聽來的戲曲，那公主叫蕪，尚在繈褓時便被河伯送去鄰國的君主手中養大。

蕪生性勇敢，不愛紅裝愛刀槍，自小便信馬由韁、武藝高強，可後來國家被侵略，導致滅亡，君主自焚，蕪被逼迫上吊，暴亂之中是侍女假扮成蕪，救了她一命，使她在重臣的掩護下逃出國去。恰逢此時，她逃到了河伯的大河中，父女相認，河伯為了替蕪報答君主的養育之恩，便讓大水沖毀了敵軍軍營，保全了雖成廢墟、卻依然是蕪的故鄉的國度。而後，蕪在殘餘的臣子、女眷、百姓們的扶持下登上王位，成了那時唯一的女帝。

「那便不是公主像了，而是女帝像。」沈意站在墨舞的身後，探出手去撫摸著她製出一半的琉璃像。而他的手背有意無意擦過墨舞的臉頰，稍作片刻的停留，是極為明目張膽的引誘。

墨舞的房門是虛掩著的，留有一條淺淺的縫隙，她不動聲色坐在椅子上，視線專注盯著面前的琉璃像，語調慵懶道：「要說朱雀苑與玄武苑雖然只有兩道月亮門，可沈君私自來我房中，這般孤男寡女的，傳出去怕是會有損沈君翩翩君子的形象吧？」她特意加重了「翩翩君子」四字的讀音。

沈意的雙手順著墨舞的臂膀滑到她的肩上，眼神裡倒有那麼一絲深情，並靜默說道：「你不說、我不說，又有何人會知道？」

墨舞笑道：「隔牆須有耳，窗外豈無人。」

沈意立即繞到她面前，以手指抬起她的下巴，捏住，挑眉一笑，道：「姜墨舞，整日用美色來暗示我的可是你自己啊，怎麼？魚上鉤了，你反而要撤掉魚餌了不成？你也不想想這幾日裡都是我幫著你拋光琉璃石，否則你怎會這麼快就完成了人像的一半？」

墨舞嬌媚的笑著，輕輕拂開他的手，一雙美目彎成月牙狀，柔聲細語道：「沈君美意，墨舞自是無以為報，還要勞煩人像完成後，由沈君替我在趙內侍那頭占個名額，畢竟每個月送到皇后眼前的琉璃只有三人的物品，我想快點拔得頭籌嘛。」

沈意打量著她的面容，湊近她的唇邊低聲問著：「事成之後，你打算如何謝我啊？」

墨舞巧妙躲開了他，並推開了自己的房門送他道：「等到那日，墨舞自當對沈君的吩咐悉聽尊便。」

沈意很喜歡墨舞的欲擒故縱，他拿起置於案桌上的摺扇，踏著墨舞的逐客令離開了。

見他走遠，墨舞的臉色也變回了原本的漠然，她嫌惡的擦了擦自己的下巴，正欲關門時，綰著雙雲鬢的秀麗少女走向她來，且面色凝重望了一眼沈意的背影，對墨舞道：「他又來糾纏你了？」

墨舞見是宓曉，便側身讓她進屋了，不以為然答道：「我都明確拒絕過他了，可誰讓我生得這般貌美呢，他執意對我獻好，我也無計可施。」

宓曉心性純善，總是喜歡親近墨舞，自是不會懷疑墨舞的話裡有假，只建議道：「不如去告訴趙內侍吧，你如果不喜歡那個浪蕩公子哥，還是趁早斷了他的念想，免得惹上不必要的麻煩。」

墨舞轉頭看著宓曉，嗤嗤一笑，心覺這姑娘真是蠢得可憐，竟不知趙內侍與沈意等官宦子弟都是一丘之貉？可宓曉對墨舞的確是真心的，墨舞也知道她是個通透清澈如光華琉璃般的女子。只是墨舞不是來這裡交朋友的，她也無心與人建立親密關係，或許從幼年開始，她整個人的內心都已封閉成了一道死死的鐵門，她守著心中的這扇門，不停朝遠方的高山攀爬，沿途的綠樹、花草都不值得她為其停留駐足，她恨不得踩踏著那些強有力的肩膀迅速爬高，直至登到那遙不可及的高嶺山尖。

許多看破墨舞本性的女匠人們，都會奉勸宓曉離她遠一點，小心遭到陷害。就連沁女也與墨舞若即若離的，她們深知墨舞貪慕虛榮與權勢金錢，是極具野心的女子，名門閨秀自是對她的種種做法感到不齒，可沁女和她們一樣，也會對墨舞產生一絲不敢公諸於眾的嫉妒。

墨舞的確美，極美，且是看得越久，越會被她吸引。她的身上彷彿有一種超過皮囊容顏之外的魅力，舉手投足之間，音容笑貌之裡，無不滲透出蠱惑心智的媚骨，似是渾然天成般的尤物，牽引著女子的妒，勾攝著男子的心，她的確不是琉璃坊中最美的，可卻是最令人在看過一眼之後，便欲罷不能的。

不僅沈意成了她的裙下臣，許多朱雀苑的其他男子，甚至是排名最為靠前的青龍苑的男子，也有許多對墨舞暗藏愛意與痴心的。而墨舞游刃有餘周旋在他們之中，憑藉自己的美貌與計謀，換取著多不勝數的便利。

她隨口說想要最為晶瑩剔透的琉璃石做人像的眼，便有男子徹夜不眠為她打造；她因燒製琉璃時的高溫燻傷了手背，便有男子翻山越嶺為她尋止痛祛疤的草藥；她不願意自己打水沐浴，又嫌侍女們不肯給她熏香，便有男子親自為她燒好木盆裡的浴水，又命自家家奴攜來上好的波斯進貢的香料……

類似這等小事多如牛毛，墨舞十分享受，沁女漸漸開始巴結、討好她，偶爾也會分得一杯羹。但表面上沁女又會疏離墨舞，她不想站進墨舞的孤營，更不想被其他人孤立。墨舞倒也無所謂，她雖一心攀附權力，但也不是隨便的人。她心目中最是動情的感覺不變，她想要琉璃一般光彩奪目的愛情。那樣的愛情裡，她可以肆無忌憚，可以認真做自己，她可以有歸屬感。而沈意是給不了她的，琉璃坊的男子裡沒人能給她。

然而，她玩弄感情的做法終究是要東窗事發的，就在她的琉璃人像經由沈意通融，可以在第一批的三人名額中送進宮裡時，沈意突然發現了墨舞對他只是利用，他很憤怒，當即就要去趙內侍那裡告發墨舞的計謀。墨舞為了安撫他而與他約定，子時在玄武苑的後院角落相會。

沈意身為風流倜儻的富貴少爺，自覺沒有得不到手的少女，他家中雖有妻女，可權貴在手，想娶上幾房都不在話下。那晚他來到後院角落時還在想，只要墨舞肯聽話，他會在入宮成為皇后跟前的琉璃匠人之後，便把她納回自己府上做個美妾。正想著，跟前傳來腳步聲，來人披著黑色斗篷，神色倉皇，一臉汗水，走近時彼此相視而望，皆是大驚失色。

宓曉瞪圓了雙眼，指著沈意驚慌道：「你、你在這裡做什麼？我是來見墨舞姐姐的！」

沈意更是一頭霧水，斥責她道：「怎麼是你？你快滾回去！小心被人看到……」話音未落，他像是懂了什麼，腦子裡亂糟糟一片，走馬燈似閃現著初來琉璃坊那天，趙內侍宣讀的聖旨：「皇上有旨，琉璃坊是聖潔華美之地，中雖是男女同吃同住，但不可在夜深人靜之時私自相會，更不可親密接觸，一旦發現男女有染者，必將趕出琉璃坊，且終生不得踏入皇城半步。欽此。」

這是禁令，一旦觸犯，雖死罪可免，活罪卻難逃。沈意與宓曉雙雙愣在那裡，好半天之後，沈意決心趁人發現之前逃之夭夭，可他失策了。

逐漸亮起的燭燈由遠而近，領頭前來的人正是趙內侍。見到沈意與宓曉果真在此密會，他冷眼揮袖，所有的侍從上前來扣住沈意、宓曉二人。

沈意滿心錯愕，不明白這究竟是怎麼回事，是誰走漏了風聲？此事明明只有他與墨舞知情，為何……

趙內侍在這時惋惜道：「沈君啊沈君，你好端端的名列前茅，又有身家背景做後盾，明明有著大好前程，何苦痴迷於區區女色呢？」

女色。沈意頃刻間恍然大悟，是墨舞，他被墨舞騙了！宓曉成了替罪羊，而他，也一併被墨舞耍得團團轉，並踢出了局！

思及此，沈意眼神震怒，他掙扎著不肯離開，還吼著他是冤枉的，是遭賤人陷害！宓曉也在一旁哭哭啼啼，她直說著自己是來見墨舞姐姐的，她絕非與沈意有染！趙內侍斥責他們二人口出狂言，實在放肆！又說姜墨舞早已把二人時常密會之事全盤托出，休要詭辯！

果真是姜墨舞！

沈意氣不可遏，他咒罵著姜墨舞那個妖婦、賤人，她玩弄人心、背信棄義，簡直人人得而誅之！

趙內侍無比憐憫看著沈意，道著：「沈君，你空口無憑，可萬萬不能血口噴人啊，更何況牡丹花下死，做鬼也風流，你便與宓曉二人一同離開琉璃坊，好生恩愛去罷。」

侍從們押著沈意、宓曉朝前走著，宓曉則是一步三回頭喊著墨舞的名字，聲音嘶啞，響徹整個宅院。

這時的墨舞正背靠房門，她隱約聽得見宓曉的哭喊聲，眼前也曾閃過初來琉璃坊那日，宓曉曾提醒她腳下的臺階。

「腳下的臺階啊……」墨舞只想著自己似乎又走得遠了一些。她一臉淡漠的轉過身，打開窗，獨自凝望著夜色。風裡帶來槐花樹的香氣撲進她鼻，混雜著被她拋棄的良知，一同碎成了泥。

回憶漸漸散去，孟婆緩緩抬起眼，面前招攬琉璃匠人的告示映入眼簾，周遭的群眾都已四散，她也渾渾噩噩轉過身，慢慢朝著她自己都不知道的地方走去。

耳邊響起的是冥帝和墨的聲音，那是她剛成為孟婆沒多久的事情，她不願熬湯，總是獨自一人坐在奈何橋旁的樹下出神。

她會觀察那些踏上橋的幽魂，神情專注，面容冷酷，惹得牛頭和馬面只敢在一旁遠遠觀望她，從不敢上前與之搭話，唯獨和墨總是去和她攀談。最初，孟婆很討厭和墨，討厭他那雙彷若看透世間萬物的眼眸，討厭他永遠溫潤無瀾的面容，孟婆把他看作一塊神祕的古玉，不願理會他。

可時間久了，她也習慣了他總是站在她的身邊，雖然無非是詢問她「何時打算熬湯？」、「從幽魂的身上看到了什麼？」之類的，就這樣一天天過去，孟婆也開始和他閒聊起來了。

孟婆問他：「為什麼選我做孟婆？」

和墨微笑著，回道：「不是我選了你，是奈何橋選了你。」

孟婆道：「你不是這裡的老大嗎？而且奈何橋只是座橋罷了，又不會說話，更別說選誰做孟婆了。」

和墨唇邊的笑意更深了一些，他風輕雲淡道：「世間萬物皆不同，卻始終平等。只是橋非橋，物非物，人非人，妖非妖，你，也非你。」

孟婆聽得亂了，和墨邀她明日還在此相聚，他會親自為她沏上一壺好茶。

孟婆心想，陰曹地府的也會有雅興品茶？但冥帝在此數千年，自然也早已於此融為一體了。而他說話的聲音總是令她感到奇妙的平和，於是便答應了他的邀約。

等到隔日，和墨並未出現，孟婆等了一日，依然不見他來。就這樣過了三天，和墨也爽約了三天。孟婆有些氣不過，直接衝去他的殿中找他質問。

她來到他住處，見他正在自斟飲茶，她有點生氣他為何騙她，和墨只是笑笑，要她一同來坐。

可他雖然沏了茶，卻為她拿出了酒，她有些怔然，抬頭看著他，他語調輕緩說著他喜歡喝茶，未必他人和他一樣喜歡；正如她喜歡飲酒，他尊重她即可。想來她一生顛簸坎坷，心中寂寞，即便是能有人陪她一起喝酒作樂，卻參不透她的心思，如此陪伴豈不是更為孤苦？而這三天未見，

她若是不喜歡，自然不會來尋他，可她既然來了，則說明彼此有緣，不如坐在一起，閒聊著各做各的，也算愜意。

「你既是孟婆，卻不必做歷任孟婆應該做的事情，你有許多方式可以成為孟婆，而孟婆斷然不僅是只有一種模樣，正如奈何橋選了你，而你也不該只將它看作橋，它是你腳下的安穩，它既給你安穩，便是你的知己。」和墨的笑意如和煦清風，吹拂過孟婆的心頭。

她凝望著他，眼神有些飄忽，和墨則是為她倒上了酒，對她再道：「你且留在這裡，做你願意在這裡做的事，有朝一日若是悟出了道義，想回去人間，我也會好生相送你離去。所以，不要流淚。」

她一怔，抬手觸碰臉頰，這才發現自己流下了眼淚。彷若是平生第一次得到了認可與理解，雖然是在死後，可是她內心卻止不住的動容。

她接過和墨遞來的酒杯，對他展露出了會心的笑意。

「為何你不是人間的男子？」她這樣委屈的問，隨後又覺得可笑。

和墨側臥在玉榻上，眼裡含笑道：「即便曾是，你我也還是於此處相識得好。」

那日是午時三刻，和墨宮殿裡的一切都井井有條，一如他這個人，早在最初便已將看透的全部藏在心底，縱然是要說出口，也是以一種能夠使人欣然接受的態度。以至於令孟婆覺得，如果能夠早些遇見他……她的人生或許會有所不同。

她總是缺乏安全感，縱觀前塵，她歷經煎熬與痛苦，她知道自己的不安與悲痛無人想知，有時她也會想，為何自己明明出身不錯、樣貌一等，且又有愛慕者追求，卻還是覺得內心空落落、無從歸屬？所以，她始終不相信風花雪月的浪漫，只相信那些能抓在手中的權力和財富。但想要得到權力，必然要現有大筆的財富，來給自己做底氣。

還記得生前的那一年，九月初八的清晨。

一大早便起了濛濛霧氣，墨舞按照排序在打掃院落裡的灰塵與落葉。無論她在琉璃坊裡走到哪，都能聽見沈意與宓曉私會被逐一事的竊竊私語。

有人說宓曉不知天高地厚，沈府哪裡是她地方小官的女兒高攀得起的？這下可好，惹出大禍，她被趕出皇城不要緊，可連沈君也被流放了，這才是賠了夫人又折兵。

又有人說琉璃坊能不准匠人之間談情說愛是鐵則，明知故犯實在是愚蠢至極。可惜了宓曉，做得一手漂亮的琉璃器皿，白白斷送了前程。

墨舞靜靜聽著，面無表情。直到苑外忽來一群人，負責開道的侍衛次序井然，他們站在苑門兩側讓開路來，一輛馬車緩緩駛進，車門打開，走下來的是一位身穿月白底子、赤紅鳳鳥紋錦袍的青年男子。他腰間配著鑲有白狐尾毛的琉璃玉，於晨光之下閃耀著璀璨明豔的光暈，映著他那張好似人間美景般斑斕高貴的容顏。他一轉眼，看向墨舞，眼神凌厲，眉宇間的英氣咄咄逼人，剎那間驚豔了八荒河山。

墨舞心裡一驚，不由得移開了視線，竟是略顯倉皇。那男子的視線停留在墨舞身上片刻，而後挑唇輕笑，他抬起手，侍從立刻將暖爐遞上來，他押著暖爐於雙手間，轉身去了別院，墨舞餘光瞥向他，只看得他烏青色的長靴踩在一地白晃晃的落花裡，幾簇流光飄飛在他的錦袍衣角，好似點綴了這蒼白乾枯的晚秋。

驚鴻一瞥，令墨舞心緒煩亂，她的心跳極快，滿腦子都是他方才的炫目姿容。沁女與幾名女匠人恰好經過此處，他們交頭接耳議論著那男子，沁女更是興奮的笑聲吟吟道：「墨舞，你可真好運，這麼多人之中，姬侯爺就只瞧了你一眼，我等都入不得他法眼呢！」

墨舞問：「姬侯爺？」

沁女道：「正是他，皇城富商姬晏璟，年近而立卻還未曾娶親，人人都道他眼光刁鑽。我看啊，他是百花叢中過，片片不留身。」

墨舞思索著這幾句話，又問：「他那樣的人怎會來琉璃坊？」

「自然是來替沈君善後的了。」沁女道，「姬侯爺與朝廷大官都有所交往，要不然怎能憑藉商賈之身得了侯爺頭銜？想來並不是為沈君求情，不過是將他的衣物帶回沈府罷了。我聽聞他是沈老爺的忘年之交，且又與趙內侍交好，剛剛趙內侍還命人來傳呢，今晚要在玄武苑設宴招待姬侯爺那群人，連舞女都傳來了。」

墨舞故作漫不經心的歎息：「既是晚宴，我們這些小匠人便不會受邀出席了吧！」

沁女卻笑道：「你還別說，其他苑的匠人自是沒有受邀，唯獨咱們玄武苑被趙內侍欽點了參加晚宴。依我所看，趙內侍是想借花獻佛，誰讓玄武苑裡的貌美女子最多呢？」

旁人推搡著沁女，擠眉弄眼著：「呦！沁女，這就打好如意算盤啦？憑你的姿色，只要有機會，必定能引得姬侯爺矚目。」

沁女扭捏辯駁著誰要嫁給長她那麼多歲的商賈，可她眉眼裡卻滿是言不由衷的喜悅，巴不得成為富家奶奶呢！墨舞則是低垂下眼，她抿著嘴角，若有所思的笑了。

當天夜裡，琉璃坊在中心苑中的晚宴極盡奢華。平時與姬晏璟有所交往的王孫貴族，都受趙內侍邀約而來，藉此機會敘舊談笑。

這會兒已接近黃昏，夕陽漸漸爬上天際，器樂班子跟隨侍女前來，他們一個個捧著琵琶、古琴、瑟、箏，還有笛與笙，連同鐘、鼓、鑼、磬，一應俱全，二十多人的器樂陣，井然有序的落座，開始彈奏七曼妙曲音。

姬晏璟早就聽聞趙內侍對戲曲痴迷，想不到琉璃坊中還能邀來這麼一群專業人士，倒令他頗為驚訝了。想來爾虞我詐的商貿往來之中，還能有這樣一處角落供來姬晏璟賞花弄月，也實屬難得。

正想著，苑內的所有歌女舞姬忽然傾巢而出，在絲竹迭奏聲中踏歌而舞。她們身姿曼妙，風情萬種，一時之間花影風動，桃花婆娑，如同天上人間。

姬晏璟凝望著這景象，心情也不由大好，等到眾舞姬散去，一名坐在對面的女子引起了他的注意。

早在晚宴之前，他便聽趙內侍提起過，玄武苑的琉璃匠人們都是美人，今夜也會一同出席。而晚宴剛開始沒多久前，他也的確看到十幾名妙齡女子依次坐到對面的長桌旁，可卻因為忙著與趙內侍攀談而忘記去欣賞。

直到此刻，那坐在位置偏僻的女子，令他回想起了今晨的匆匆一瞥，她定是好好妝飾了一番自己，玄武苑的那身黑裙穿在她身上，倒顯得流雲般璀璨了。姬晏璟見她身姿綺麗，容光照人，手腕與腳腕上佩戴著琉璃手串，在燭光下閃動著點點光芒，自是頗為引人注目。

趙內侍悄悄打量姬晏璟此時的表情，會心一笑，而坐在身側的老商賈也循著姬晏璟的視線望去，而後湊近他，低聲耳語道：「這女子的面相極好，眉清目秀，眼有靈光，可謂是旺夫旺子之相。」

姬晏璟凝視著她的臉，略微瞇起眼，揉搓了幾下左手食指上的翠玉扳指，接著喚來自己的隨從，悄悄吩咐了幾句，隨從立刻照辦。不出一炷香的時間，隨從便回來了，他手上拿著類似於生辰八字的紙封，雙手遞給姬晏璟。

姬晏璟看過之後露出滿意的笑容，他將紙封折了幾折，隨即裝進袖口中，又問趙內侍道：「她叫什麼名字？」

趙內侍的目光落去她身上，狡黠一笑，貼近他回道：「她叫姜墨舞，老家是昌陵的，雖然算不上是琉璃坊中最美、家世最好的，可她聰慧懂事，如果侯爺喜歡，就帶回你府中去。」

姬晏璟挑眉相問：「聽聞琉璃坊內不准談情說愛，趙內侍怎可壞了規矩？」

趙內侍嗤笑道：「那是對琉璃坊內男女匠人的規矩，侯爺又非琉璃坊中之人，此種規矩如何約束得了你？更何況今夜設宴，首要緊的事就是為你擇位美妻，如果她能令你滿意，洒家都要為你開心不已。」

姬晏璟含義不明的抬了抬下顎，語調盡顯尊貴：「做妻嘛，還早了點。但趙內侍不介意的話，在下要先行一步。」

趙內侍立即側身：「請。」

姬晏璟站起身來，踱步向墨舞的桌旁。那會兒的墨舞正在和身旁女眷說笑，姬晏璟凝望著她那黛眉紅唇、臉若皎月的容顏越發接近，等到來到她身後，怕驚到她，他只略微俯身，彬彬有禮問候道：「墨舞姑娘，在下姬晏璟，不知姑娘可否賞光，和我去正桌一聚？」

墨舞詫異了，連同周遭的所有女子都一併詫異了。她們看著姬晏璟向墨舞伸出手，將她扶起，又看到他帶著她前去趙內侍的桌旁。起初墨舞還很困惑，他湊近她耳邊，掌握了一個恰到好處的距離，既不會令她感到輕

薄，卻又將他的好感傳達給了她。就那樣低聲說了些什麼，墨舞忽然露出極為釋然的笑意，他也淡淡一笑，令這邊目睹此情此景的沁女大為吃驚。

難不成……富商姬侯爺很滿意姜墨舞？僅僅一眼就令他動了心？她可不曾聽聞挑剔的姬侯爺會對女子這樣體貼入微，偏偏是墨舞……為何是墨舞？她沁女……哪裡不如墨舞了？

「狐媚……」沁女忍不住從齒縫裡擠出了混雜著嫉恨的兩字。

而墨舞那邊，趙內侍極會看事態，自是提議道：「這歌舞也看了一會兒了，如果看膩的話，洒家在房中安排了好茶，就請侯爺與姜姑娘一同品茶去吧！」

「如此也好。」姬晏璟未走幾步，回頭去看墨舞。

她立即低垂臉頰，有些不敢看他似的，他卻對她道：「你一同來罷。」

墨舞身形一顫，像是不敢置信，這下趙內侍可終於能夠斷定了，侯爺是對這女子有興趣的。也罷，即便是侯爺，也會有一時興起……未必真的會帶她回府宮，而且就算封個側室，也算是經由琉璃坊成全的一樁美事。

只要侯爺開心，世間又有什麼不可呢？

到了趙內侍房中，茶點早已準備妥當，其餘的商賈還尚在宴席中觀舞，趙內侍豈能怠慢了眾人，自是不能在此處待得太久，他便喚來侍女伺候二位，又增添了菜餚與好酒，臨走之前他道：「姜姑娘，你也來敬姬侯爺一杯酒吧，他可有小半年沒來琉璃坊做客了。」

墨舞為姬晏璟倒了一杯酒，敬道：「小女敬侯爺。」

姬晏璟一飲而盡，墨舞又為其倒上一杯，在湊近他時聽聞他問道：「你可擅酒？可否同飲？」

墨舞笑著點點頭，而趙內侍又喊來了兩名侍女，要他們一同陪著飲酒，說罷，他便離開了。而幾杯酒下去，侍女們藉著酒興作起詩來，墨舞讚其好詩，姬晏璟也覺得久違的高興，眾人猜拳飲酒，笑聲滿堂。

直到月色爬滿牆，薄紗燈盞盞點亮，房門之外的宴席已散，侍女們醉成泥，東倒西歪的躺在長椅上。

姬晏璟頗有酒量，他尚且能夠保持清醒，便坐到窗邊，閉上眼睛，享受夜風拂面。

「侯爺，夜晚風涼。」墨舞將一件衣衫披在姬晏璟的肩上。

姬晏璟睜開眼，看向她道：「墨舞姑娘，你可會覺得我年長你許多歲嗎？」

墨舞想了想，輕輕一笑：「我也年方十八，算不得年少。」

他轉過臉，隔著夜晚的清風，定定盯著她道：「我卻已有三十，要大你整整十二歲。」

墨舞不由自主的問：「即使如此……侯爺為何不還娶親？」

他望著她，笑意竟是帶些頑劣，只道：「我在尋覓一位能夠令我刻骨銘心的妻子。」

墨舞望著他的眼睛，心覺這是一雙藏著哀色的眼眸，載著些許憂愁色澤，讓墨舞在與之對視的剎那，不禁感到一絲觸動。可她又在這眼裡找到了寒淵般的冷，以至於她感覺自己要被吸進那幽黑的瞳孔中。

直到他從容平淡的聲音再次於她耳畔響起：「墨舞姑娘，你會是那位令我刻骨銘心的女子嗎？」

墨舞沒想到他會如此直接，想來在他的身邊，女人定有千千萬，多得如同天上星數也數不清，她們同樣是挖空心思的來接近他、取悅他，可卻沒獲得任何名分。

見她愣了神，他反倒笑了，抬起手去將她掉落在額前的髮絲拂起，這舉動令她的呼吸微微一滯，她聽見他說：「其實憑你的姿色，本不必在琉璃坊中浪費這些時日的。而你今天遇見了我，日後，皇城境地裡的一個角落，你都可以無阻通行。」

墨舞聽著這話，心中泛起竊喜。

他的目光從她身上收回，轉眼望向窗外，意味深長道：「或許這就是你與我的緣分，既已來之，便不要有違天意了。」

打那日開始之後，姬晏璟便對墨舞展開了熱烈的追求，且長達半年之久。而在這期間，墨舞的河伯公主像並沒有得到宮中傳來的任何評價，也令她心覺自己是不是應該抓住機遇，嫁人為好。

而比起琉璃坊內青澀的王孫公子，年長的姬晏璟的確更為成熟有禮，

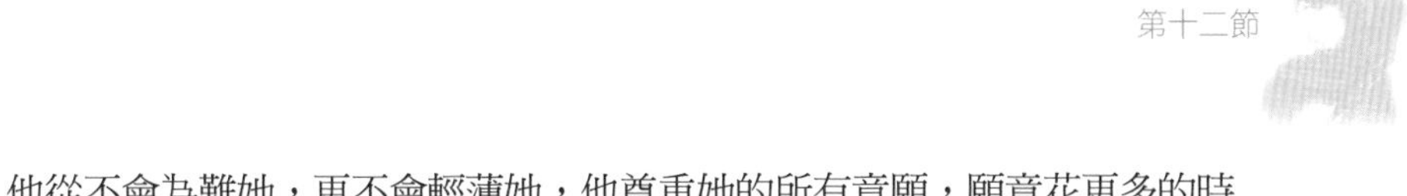

他從不會為難她，更不會輕薄她，他尊重她的所有意願，願意花更多的時間來陪伴她，哪怕只是靜靜看著她做琉璃的模樣。

誠然，他對她太好了，好到她也不自覺開始珍視起了自己。

他會給她製造浪漫與驚喜，也擅長捕捉她的小心思，讓墨舞對著他撒嬌，讓她對他逐漸了放鬆戒備，然後將一顆赤誠的心交付於他。

他的柔情，令曾玩弄眾多公子情意的她逐漸沉淪，等到她十八歲生日當日，他帶著馬車來到琉璃坊，當眾送令她一份厚禮——在京城郊外的奢華宅院，數不清的侍女家奴、綾羅綢緞，還有白銀萬兩。

她在眾多女眷豔羨的目光中走向他，他於萬眾恭維的視線中牽過她的手。

「嫁給我，做我刻骨銘心的妻子。」他突然這樣請求她。

語聲低沉，情真意切，她竟一時感動不已，心中酸楚，在這般花月春風時節，她捨棄了自由，答應做他的妻。

大婚前夕，琉璃坊內飛滿了匠人們的七嘴八舌：「可見生得姿色非凡是件頂要緊的事，這不就飛上枝頭成鳳凰了嗎？但要說絕色美人，蕙樓不知要比她美多少倍呢！」

「蕙樓又不像她那樣輕浮引誘，要說侯爺也非聖賢，美人在懷自然是抵擋不住。我聽沁女說了，姜墨舞當日在晚宴上，使盡渾身解數去迷惑侯爺。」

「這馬上就要成婚了，趙內侍還親自為她送親呢，呵！琉璃坊裡的公子哥們不知道要哭倒多少個了，朱雀苑那頭就有好多暗地裡愛慕她的，結果怎樣？才情終歸是比不上財情，姜墨舞攀上的可是赫赫有名的姬侯爺，京城最大的富商……」話到這裡便沒了下文，因為侍從來傳他們去燒製琉璃石。

而此時此刻，正在房中將奢華嫁衣掛起的墨舞，尚且不知自己將走向何種人生，她的心已被喜悅充滿，認定自己所嫁是良人，很快，她就會在皇城之內站穩腳，夢寐以求的一切都會到來……

第十三節

夜幕寧靜，孟婆坐在石橋下的水岸旁，她凝望著寂靜無人的河川對面，心中感歎，風景雖美，卻終不及當年。想來再過大半月就是十月十五下元節，下元節為「三元節」之一，但知名度遠不如上元節、中元節，這兩個節日內涵豐富，而下元節只與三官信仰有關。

正月十五「上元節」天官賜福，廣賜福利於人間；七月十五「中元節」地官赦罪，赦免亡魂之罪；十月十五「下元節」水官解厄，為人解除厄運、危難。

三官大帝，是玉帝派駐人間的代表，每年都要考察人間善惡。他們分別在正月十五、七月十五、十月十五來到人間，但司職略有不同。其中，水官負責校戒罪福，為人消災。作為對上天的回應，下元節的習俗往往圍繞「解厄」展開：參加祈福消災、迎福納祥法會；還受生債，增補財庫；祭祀水神，超渡拔薦、祈求好運。

這是個人鬼共濟的節日。

想到這裡，孟婆不由得低垂下了眼，當年她大婚之日，便是那節日的隔天……

在墨舞嫁入姬府之前，姬府大管家夫人曾經親自領著墨舞，到城外十里的「碧雲觀」進行一系列的祈福法事和祝禱科儀。這是京城皇親貴胄們成婚之前的必經之禮，而這一切對於墨舞而言陌生又好奇。

碧雲觀的偏廳之內，一位年長的坤道接待了她們，坤道問：「姜小姐兒時家中長輩可曾替您還過受生債？」

墨舞有些不解：「尚未還過，請問道長何為受生債？」

坤道答：「受生債就是人受胎下生後所欠的陰債。在道教講受生債的經典有《太上老君說五鬥金章受生經》、《靈寶天尊說祿庫受生經》、《太上元始天尊說開庫鑰匙妙經》等。」

「據《靈寶天尊說祿庫受生經》載，十方一切眾生，命屬天曹，身繫地府，當得人身之日，曾於地府所屬冥司，借貸祿庫受生錢財使用。方以祿簿注生，為人富貴其有貧窮者，為從劫至劫，負欠冥財，奪祿在世窮乏，皆是冥官所克，陽祿填於陰債。也就是說，眾生在地府所屬冥司借貸祿庫受生錢財注生，如果累欠祿庫受生錢財在世就會窮乏。」

「經文中記：昔賜寶樹一株，付與酆都北帝，植於冥京，明察眾生善惡果報。以聖箭三矢，神弓三張，給予得生人身男女。將此弓箭望寶樹而射：

射得東枝，得官爵長壽身。
射得南枝，得延壽康健身。
射得西枝，得富貴榮華身。
射得北枝，得貧窮困苦身。

上之寶樹者，乃是業鏡果報之緣。若在生欽敬三寶，方便布施，設齋誦念，行種種善緣，及依吾教，誦念此經，填還祿庫受生錢者，得三生常為男子身。若複死亡，不經地獄，再複人身。酆都若以弓箭施於寶樹，靈寶天尊以神力扶助，無使中於北枝，再得榮貴之身。」

「《太上五門受生經》記：『當生之先，每以為靈魂在天曹地府都曾許願。來世當受生人之時需要還本命銀錢，即受生債。不許此願不許受生人間，永在地獄內受苦，生人必還此債，不還者必將遭受短命、病苦、貧窮、牢獄之災、財運不聚、長生口舌之災、心不如意、結怨之極。』所以天尊大慈悲，頒出《太上老君說五門金章受生經》以勸誡世人有債當還，填還所有過去現在父母債、吃生債、殺生債、壽生債、流產墮胎債、風流債、天地債、官利債、輪迴債、歷劫冤凶人命債、牢獄債、孽債、一切眾生債等等。讓人了卻今生前生所欠之陰債從而減輕罪孽，減少業障，願得現世安樂，出入平安通達，願望達成，吉無不利，自有本命星官垂護庇佑，過世之時不失人身，文武星臨，財星祿星，五福照耀，身宮胎宮，安樂長壽，不值惡緣等等益處。」

「人生下土，命繫上天，人之生也，頂天立地，有陰有陽，各有五行正氣，各有五門所管，本命元辰，十二相屬，且甲乙生人，東門注生，丙丁生人，南斗注生，戊己生人，中門注生，庚辛生人，西門注生，壬癸生人，北斗注生，注生之時，各稟五行真氣，真氣混合，結秀成胎，受胎十月。」

「人之生身，便有十二年值宮分，各有曹典，主掌祿庫。十二宮庫，各有主局，生人借貸受生錢簿，及得人身，曾許所屬元辰錢財，乞注受生祿庫之簿，合同冥司之籍。」

「若人本命之日，依此燒醮了足，別無少欠，即得見世安樂，出入通達，吉無不利，所願如心，自有本命星官，常隨蔭佑，使保天年，過世之時，不失人身，得生富貴，文武星臨，財星祿星，五福照耀，身命胎宮，安樂長壽，不值惡緣。」

「還受生債免得身邊一十八種橫災：遠路波陌內被惡人窺算之災、遠路風雹雨打之災、過江渡河落水之災、牆倒屋塌之災、火光之災、血光之災、勞病之災、疥癩之災、咽喉閉塞之災、落馬傷人之災、車碾之災、破傷風死之災、難產之災、橫死之災、摔中風病之災、天行時氣之災、投河自盡之災、官事口舌之災。」

這坤道一口氣說了一大堆，聽得墨舞目瞪口呆，雖然記不大清晰，但總之知道這是極其重要的一件事情，心中不免想起過往種種不愉快的經歷，若是能早些知道這事早些還了這受生債，不知道眼前還是如此光景嗎？

坤道遞給墨舞紙墨接著說：「既然姜小姐兒時家中並未替您還過受生債，貧道擇好日子就給您安排上。姬候爺也交代過，問問您是否要替家中至親一併將這受生債還去，若是需要便在這紙上寫上他們的名諱和生辰八字，以及府上位址，屆時貧道都會安排妥帖。」

墨舞心中一陣暖意，他真是細心待我。

片刻之後，白紙上出現了父母和妹妹，還有那位總不給她好臉色的祖母名字。

十月十六日。

墨舞大婚之日，嫁衣、鳳冠、琉璃玉翠、珠光寶玉皆是源源不斷抬進琉璃坊，趙內侍笑稱：即便是公主和親也不過是如此排場了。

玄武苑的眾多女匠人紛紛來向墨舞賀喜，沁女更是一臉捨不得，哭得妝容皆花。臨行之前，她還握著墨舞的手不停道：「妹妹，好妹妹，你日後得了勢，可要記得提拔我這個做姐姐的呀。」

墨舞自是微笑著回握她的手，意味深長說著沁女姐姐的好，她姜墨舞定會加倍回報。

由於墨舞的娘家遠在昌陵，她便只能從琉璃坊出嫁。成婚的儀式也是按照皇城貴族來做的，趙內侍擔當著父母角色，被墨舞跪恩此行，他在帶了一隊人送墨舞出了玄武苑、青龍苑、白虎苑與朱雀苑……喜樂聲漫天，十里紅裝鋪滿了琉璃坊的青石道，數十位家奴抬著朱紅色的奢華鸞轎，一路直達金碧輝煌的姬府。

喜轎裡，墨舞在大紅色的蓋頭之下笑得美豔絕倫，她滿懷著對未來的期盼和憧憬，嘴角泛起的是按捺不住的甜蜜與喜悅。

而到了姬府，兩位喜娘早已經在大門之前恭候多時，伴隨著喜樂絲竹之聲，喜娘扶著墨舞從鸞轎中走下，侍女們也跟在身後不停說著些吉利話，墨舞任由她們牽著來到大堂，在繁多的禮數下，墨舞先是被喜娘吩咐著跪下，拜扣高堂，再來是姬家列祖，緊接著是輩分高的族人，最後才是與姬晏璟的夫妻交拜。

這是最為匆匆的一拜，快到墨舞都沒有來得及聽見他的聲音，接著便被送入洞房了。新郎並沒有當眾掀開她的喜蓋，而她也只是遵照著姬府的規矩，到了洞房之後還要被折騰著坐福、頌吉。且喜娘說，唯有等到新郎來了洞房之後，新娘才能吃喝。

墨舞告訴自己這點難處沒什麼，不就是餓肚子久一點，她只管乖乖等著便是了。可大婚一整天，她的確疲憊不已，哪怕是想要靠著休息片刻，也被喜娘阻止，她們滿口都是不成規矩、不成規矩，墨舞忽然發覺，姬府的規矩要比姜府的禮數還要繁雜。

這也難怪，畢竟是皇城望族，自然不是地方大戶能夠比擬的。墨舞回想起方才拜堂時，她只能從蓋巾下看見他的烏青長靴，竟會有一瞬間覺得陌生，就好像她一點都不瞭解真正的他，而他……又真的瞭解她嗎？

墨舞似乎被自己的這個想法驚到了，她不允許自己再多想，便遵從喜娘的要求，端坐在喜床上等候自己的夫君。可是等到喜燭燃盡、喜娘離開，也沒見外面傳來腳步聲。

夜已經很深了，府內的喜宴還在熱熱鬧鬧進行著，墨舞等了又等，一直等到天色濛濛亮，才聽到家奴敲門。侍女忙去接應，家奴規規矩矩站在門旁，恭敬的向屋內的墨舞道：「夫人，侯爺今日歡喜，一時興起便喝得酩酊大醉，這會兒已經在偏院書房裡睡熟了，小的不敢驚醒侯爺，便來告知夫人今夜不要等了，如此，小的先行告退。」

墨舞愣了愣，不等開口，家奴便已退下。她不敢置信的扯下蓋巾，望著空蕩蕩的洞房，她神色複雜，既慌亂又不安，還有惱怒……侍女見此情景，趕忙訕笑著勸慰道：「夫人今夜便早些就寢吧！等到了明日，侯爺自會來見夫人的。」說罷，她關上房門，也默默離開了。

徒留墨舞一人悵然若失坐在床榻，她腰側痠痛至極，紅玉琉璃的耳環與嫁衣成套，隨著她的微動而輕晃，如同點點火光。可她卻不知該用何種表情來面對今夜的變故，是該傷心？痛哭？或者是破口大罵？

他娶她回來，難道是要在新婚當夜便將她一個人丟在洞房裡嗎？

不，墨舞不相信，他那麼愛她、寵溺她，一定是個疏忽。如同家奴所說，他是喝得太醉了，無法來見她而已，他斷然不是有心的。可……他明知今日大婚，又何必喝到爛醉如泥？他難道將她忘於腦後了不成？

而她的新婚之夜，竟是如此狼狽淒慘嗎？

墨舞的胸中像是被揉進了一團碎泥塊，沉甸甸壓著她，令她心中煩躁不堪，只得裹著一身赤豔豔的嫁衣倒頭睡去。

窗外臨近凌晨的夜色靜謐，月涼似雪。離愁漸遠漸無窮，迢迢不斷如春水，釵分鳳凰，人拆鴛鴦，墨舞尚且不知，一座富麗堂皇、滿目珠翠的姬府，此後便住滿了哀傷別離、朱顏驚亂。

那天晚上，墨舞做了一個夢。

在夢中，她憑藉著姬晏璟殷實的家境，與他結交各種朝堂權貴的勢力，實現了自己的全部虛榮。姬晏璟與琉璃差事合作多年，更重要的是姬家樹大根深，家裡兄弟有六部官員，才有了他與趙內侍的交情，且又能夠得到經手琉璃的這個肥差。在那個夢裡，墨舞她憑藉姬晏璟的推薦，得到了許多的資源和機會，甚至得到了皇后的欣賞，並成為皇后的御用琉璃匠人。

夢裡的她擁有了權勢、財富，乃至於她曾經嚮往的一切。但夢境一轉，她看見自己正在浴血墜落，身上的綾羅、珠玉一點點瓦解紛飛，連同她整個人也一起瓦解消散了。

墨舞驚恐萬分的跑到高殿之下尋找自己的屍身，她甚至喊起了自己的名字，一遍又一遍，喊到聲嘶力竭、喉嚨腥澀。可是到了最後，她終究沒找到自己的屍身，連同自己的肉身也開始潰爛。

還沒等夢結束，墨舞便醒了過來，是因為有人坐在她的身旁，正輕輕搖晃著她的臂膀。

她恍惚的睜開眼，側過身望去，只見仍舊穿著紅衣的姬晏璟正伏在床榻邊，見她醒了，他略帶歉意一笑，柔聲道：「昨晚讓你受苦了，是我做得不周，你可會怪我只顧喝酒，忘記來陪你嗎？」

墨舞聞言，當即心生委屈，轉回頭背對著他，有些賭氣似的道：「你這是醒了酒，終於記起還有我這個人來了？」

「夫人息怒。」他自然知道她還在生氣，便側身支撐著自己的身軀，一手去輕撫她的臉頰，「昨晚朝中來人恭賀，美言我娶得嬌妻，也是我心中喜悅，才醉得忘乎所以。」

一句「朝中來人」令墨舞亮了亮眼睛，她靜靜聽著，心中怒氣已消了大半，本想繼續佯裝不快責怪他一番，他卻忽地起了身。

墨舞急忙坐起來，竟是見他要離開。她感到困惑，便喊了他名字，許是聲音微弱，他沒有聽見，她只好提高音量，開口便是一句：「你站住！」

他停住身形，眼神詫異的回過頭，望著她問：「你，在命令我？」

墨舞這才意識到他是她的夫君，而他的語氣明顯在告訴她，妻子是不能夠對夫君如此講話的。可在成為他妻子之前，她卻可以肆無忌憚對他表現著自己的任性，為何一夜之間身分扭轉、天差地別？

「我不是命令……」儘管墨舞一時難以適應這種身分地位的變換，但她還是緩聲道：「我是見你要走，心中焦急，想要挽留你。」

他眼裡有著他的思量，半晌過後，他才踱步走回到墨舞面前，笑著探手去抬起她的下顎，居高臨下的俯視倒也摻雜著濃厚的柔情，輕聲道：「夫人多慮了，我不過是想要去換身衣裳，想你方才不願理我，大概是我身上殘留酒氣，惹你不快了。」

他當真是個心思縝密且細膩的男子。墨舞這樣想著倒也不氣了，拉著他的手坐回到床邊，極為嬌柔的伏進他的懷裡，「我是不想你丟下我，又怎會嫌你身上的酒氣？我昨晚的確是寂寞了些，也很傷心……」

他向來喜歡她這套柔情似水的呢喃，自然是招架不住美人歎息，便握住她的手，低頭凝望她道：「令夫人傷心，便是我作為夫君的失職，若能有機會彌補，夫人只管開口。」

這句話彷彿是蠱惑人心的咒語，使墨舞心底深處的欲望張開了碧綠的眼。她抬起頭，迎上他的目光，直言不諱道：「夫君有機會彌補。」

「夫人請講。」

「我想要為皇后做琉璃。」

「為皇后？」

「我來到皇城，便是一心想要做出能夠被皇后認可的琉璃，時至今日，依然執著於此。」

他便笑了，湊近她唇邊道：「夫人，你已經不是琉璃坊的人了，又何苦受著普通凡人的苦？你是我姬晏璟的夫人，自是金銀珠寶不缺、山珍美味萬千，小小的琉璃又如何能讓你這般費心？」

她嫣然輕笑，道著自己只求他這個。

見她如此堅定，他也不再推辭，不過他提出條件：「夫人且要先生下一男半女，為我姬家開枝散葉才是。」

她有些羞紅了臉，他已翻身懷抱住了她，又在她耳邊引誘似的念著春宵一刻值千金，昨夜浪費的千金，今朝需加倍補回。

她「咯咯咯」笑著，就此沉淪在他含情脈脈的甜言蜜語裡。此時此

刻，情意正濃，風月誓言哪裡比得上兩人恩愛纏綿。她自是輕盈楊柳，他也是風流富貴，窈窕淑女，君子好逑，一如詩裡說著：

春來頻到宋家東，垂袖開懷待好風。

鶯藏柳暗無人語，唯有牆花滿樹紅。

深院無人草樹光，嬌鶯不語趁陰藏。

等閒弄水流花片，流出門前賺阮郎。

他與她情意綿綿的一同度過了三年時光，她如他所願，為他生兒育女，且是誕下了一對龍鳳胎，令他命中兒女雙全，好字當頭。

他十分愛她，但也許愛的是她尚且年輕美麗的容顏，與她順從時那帶有一絲羞澀的笑臉。她深知自己的籌碼，更是十分看重自己的容貌，整日裡精心養護，期盼著自己能夠永遠年輕貌美。

時光流淌，歲月更換，他以蜜糖般的語言，哄騙似的令她靜待閨閣，照顧一雙兒女，做他身後的賢內。她也的確為了滿足他的意願，付出了自己的年華、夢想，甚至是當初的約定。她沉浸在有兒、有女繞膝，有夫君疼愛，有侍女伺候的富足生活中，竟也漸漸忘記了要憑藉自身能力出人頭地的期望。

但三年過去、四年過去、一千多個時日過去，當她的眼角爬出第一道細碎的皺褶，當她的皮膚不似豆蔻年華時光滑潔淨，她開始聽見了他對她的歎息聲與挑剔聲。

他會提及誰家夫人知書達禮、聰慧賢良、明媚照人，也會說起朝中友人家的女兒出落得亭亭玉立、才學兼備、青春逼人。她起先聽在耳裡只是笑笑，並不去在意，全當他是在和她分享日日所見。畢竟她足不出戶，整日陪在孩子身邊，對外面的事情鮮少聽聞，也樂意聽他閒聊。

她本嫁入如此顯赫的京中貴胄，昌陵姜家在當年聞信後也是一片大喜，幾乎是在一夜之間便把墨舞當年不辭而別的罪過拋於腦後，且還道著墨舞這是效仿金鯉，一躍去了龍門。爹娘與妹妹初期還經常來姬府探望她與孩子們，姬晏璟也禮數周到的接待。可日子久了，她向他提起姜家之時，他先是面露不悅之色，繼而便指出姜家種種問題。墨舞隱約感到他對自己娘家人的見識、處事之道有不待之情。自此之後，她便極少主動與自己的娘家聯繫，一來不想被他瞧不起，二來也想少生事端。

日子久了，墨舞便發現這姬府上下瑣碎之事極多，雖有管家協力，但姬家例來要求女主人親自從理。她嫁進來後自然也要遵隨姬家的家族慣例，絲毫不敢懈怠，事無巨細、盡心盡力打理，但終究多有不足之處。偏偏他是個細緻入微的主人，常常一眼所查、一語點破，讓墨舞在下人面前多有失顏。

一雙兒女自虛齡三歲起，便請了城中最好的先生來教，每週他親自測驗兩人，如有學習倦怠或日常禮儀失當之行，便要扳起面孔，責怪她平日裡管教不當，言語之間處處流淌出「慈母多敗兒」的埋怨。墨舞是爭強好勝的，當然不願意總聽見否定的聲音，於是每週的測驗，與其說是在考兩個孩童，不如說是在考墨舞自己。可姬晏璟並非真的是在針對她，自古男尊女卑的思想在他心中根深蒂固，哪怕是與她分享起時政之時，也會譏笑似的數落墨舞學識不足，總道著：「將來自己的兒女一定不要隨她母親這般短視才好。」這話說者無心，聞者卻傷心。

即便如此，她也時常勸慰自己，他只是隨口說說罷了，不要當真就好，他還是如他當初所說的「墨舞就是墨舞，四海八荒，天上天下，又有誰能及上我的獨一無二的墨舞」。想到這裡，她不由嘴角微微上揚，又想起婚前的月下桂花樹下他擁她在懷輕聲說：「只要墨舞一人便好。」回憶往昔的美好之後，她總會淡然微笑，重新打起精神，繼續處理那似乎永遠做不完的瑣碎家事。

可時日越久，他回府用膳的次數越發減少，今日是去鄰市驗貨，明日又去同僚家中吃宴，直到他一連十日未歸家門，她終是忍不住質問他。不料他竟是毫不隱瞞，直截了當告訴她：「我的確是去了周府，也的確是見了周官的女兒。」

她一時之間竟然接不上一句話，猛地起身直徑向府外走去。

他卻沒有追上來。

她恍恍惚惚走到河邊，一個人坐著河堤之上，一坐就是三個時辰。直到天色已深，路上行人漸少之時，她才失魂落魄、心灰意冷拖著疲憊的身軀一步步挪回了姬府。

他依舊平靜的坐在書房看書，見到她只有一句話：「回來了。」她咬了咬唇，眼淚在眼眶裡打轉，近乎絕望道：「我以為你會來尋我。」他連頭都沒抬，依舊看著那本書說道：「你不是稚兒，又不是痴傻之人，不會走丟，何必要尋？鬧鬧性子罷了，脾氣發完了自會回來的。」

她臉色煞白，憤恨交加，一股悶氣憋在胸口，想要大聲喊出來，又怕驚擾熟睡中的一雙孩兒，她只得咬住牙關轉身離去，不願再和他共處一室。她獨自一人走在空蕩寂寥的府中，衣衫單薄，裙角悲涼，她如同孤魂似的穿梭在亭廊間，恍惚中像是在諸多家奴、侍女的譏笑、嘲諷聲中走過，她能回想起他們在談起她與他現狀時的可憎嘴臉，他們都在笑她：「不過是一個琉璃坊出身的小女匠，能嫁進京城富商家中以是登峰造極了，她也不想想自己幾斤幾兩，憑什麼整日跟侯爺理論？我要是侯爺，我也不願意在這府中待著，誰願意天天瞧個黃臉婆。」

「嘴巴別這麼毒嘛，夫人還年輕得很，二十歲出頭罷了，風韻尚在，還未到人老珠黃、令人生厭之時，只不過是侯爺業務繁忙、日理萬機，總得有人在外照顧他身子才是。更何況夫人還要在府哺育小姐和少爺，又怎能時時刻刻陪在侯爺身邊呢？」

「生孩子又怎麼了，哪個女人不生孩子？想要配得上咱們侯爺，必要秀外慧中、八面玲瓏才是。要說那周府的姑娘的確年輕貌美，周官又能輔佐侯爺的生意，周姑娘進姬府啊，那是早晚的事兒。」

「怎麼連你們也說起捕風捉影的事情了？夫人平日裡待咱們不薄，休要背後議論了。」

「呵！也不知還能稱她是夫人幾日了，這江山易主都是常有的事情，夫人輪流做，也不是不可能。」

那些話如同利刃，筆直刺進她的心口，惹得整顆心都血淋淋的破敗不堪。她頓覺憤怒，又恨自己遇人不淑，可思來想去，她還是恨那些比她年輕美麗的女子，痛恨她們迷惑自己的丈夫。她也曾悄悄去看周府的小姐，想看看她到底是怎樣的美人。

那日她偷偷出府，一路輾轉到周府門口，正巧見到周府小姐被侍女攙扶著出門。那姑娘不過十六、七歲，卻已然耀眼得如同天上星辰，儘管不及她年輕時美貌，可那如同鮮嫩蜜桃般的肌膚，足以勾魂攝魄了。

而她自己呢？

在這些年裡都得到了什麼，又失去了什麼？她回想起自己大婚時的風光，想到他追求自己時的殷勤，又想到如今連出府的次數都屈指可數，甚至於是在面對陌生人時都屢次失語，忘記如何去自如交談。

她是何時變成自己最厭惡、鄙視的模樣？她明明和母親、妹妹不同，為何到頭來也過著抱怨、可悲的生活？她還是那個為了製作琉璃而徹夜不眠的滿懷熱情的少女嗎？愛情剝奪了她的自我，妻子的頭銜令她捨棄了夢想，為人母的身分令她不得不將自己置於最為卑微的位置。

難道她的一生就是如此了嗎？

不！她淚流滿面搖了搖頭，她絕不甘心如此，她還有她尚未實現的抱負，她與其他女子不同，她是姜墨舞，是可以證明自己價值的人。

那天回去了姬府，一晃已經是黃昏時分。侍女正在亭裡照看花花草草，見墨舞來了，她立即問候道：「夫人可算回來了，我為夫人準備了桃花茶，夫人快去房裡喝吧！」

墨舞打量了侍女一番，心中知道她也是在背後和其他家奴一併笑過自己的。可墨舞並不惱，反而對她道了謝。侍女嚇得連說承受不起，墨舞問她道：「侯爺回來了嗎？」

侍女道：「還沒有，但侯爺昨日交代過，他會回來用晚膳。」

墨舞若有所思的點點頭，命侍女為她準備水，她要沐浴。侍女便為她在木桶裡備好水，墨舞用著桂花做的皂角擦拭身體，極為柔和的香氣，侍女說：「這是波斯人進貢來的，做工十分細緻。」

洗完澡，侍女為她擦拭乾了頭髮，並仔細梳好，插上簪子，換上藕粉色的裙衫，點一抹紅唇，銅鏡裡映出的是一個明豔美麗的女子。

侍女便讚歎道：「我到姬府八年之久，還從未見過誰有夫人這般美貌，簡直就像是天上來的仙子。」

墨舞冷冷一笑，未等說些什麼，門外突然傳來腳步聲，侍女首先回頭去看，立刻恭候道：「侯爺回來了。」

只此一句，墨舞的笑意便僵在臉上。

此時是酉時初，姬晏璟負手而立，踱步進來，他一擺手，侍女乖乖退離，臨走之前關上了房門，剩下他與墨舞四目相對。墨舞望見他錦繡華衣上紋著的水墨海波金線，像極了初見他那日時的尊貴姿容。這些年過去，歲月似乎極為優待他，不曾給他帶來任何風霜。

而墨舞見到他，也並不躲閃，那些往昔全然都被她拋去了腦後，她神情堅定，對他笑道：「你來得正好，我正有話要跟你說。」

姬晏璟默不作聲坐到她對面的案桌旁，見有熱茶，便自行斟上了一杯，湊近唇邊想喝，卻覺得燙，便有些埋怨似對她道：「你既知我今日回府，怎不事先涼好一杯茶來等我？」

墨舞平靜道：「我並沒有等你，是你自行來我這裡的。」

他這才抬眼看向她，輕微一蹙眉，明知故問：「你心情不好？」

她搖搖頭：「別說這個了，我今日想求你幫個忙。璟郎，若你還記得當年的約定，我希望你今日能夠兌現，我想要重新做琉璃，這次，我想只為皇后做。」

他一怔，很快便釋然，眼裡有玩味之色，倒也目光灼灼：「夫人好端端的為何忽然提起這件事？」

「我已生下一雙兒女，圓你心願，也希望你能遂了我的心願。」她笑容蒼白，了無生機。

他看出她心中的落寞與不快，自然也是心疼的，不由歎息道：「看來是府中的日子令你覺得索然無味了。」

她默然。

「可以是可以。」他手中輕搖杯盞，瞇起眼凝視著杯中一朵桃花，「但堂堂姬府的夫人去委身製作琉璃，同僚中人會做何感想？」

墨舞早就料到他會這麼說，她心裡也十分清楚，自己丈夫雖是滿門榮耀，可身後又藏著多少死在利益刃下的冤魂枯骨？想來姬氏一族富甲一方，皇城內外大名赫赫，早些年也曾深陷權勢漩渦，站隊皇營，祖上更是為先皇做事，利用自身經商來蠱惑與撕裂朝臣，促使奪嫡之爭偏向那時還只是皇子的先皇，即便是將對立一方九族盡誅，連同剛降生的嬰孩也不放過，可終究是幫襯先皇登上皇位，姬氏從此搖身一變，成為皇室新貴，自然是漁翁得利。

而她身為姬氏後人的正妻，本是應該守著本分在這府中做一輩子的賢妻，可她在成為姬晏璟的妻子之前，她是姜墨舞。

也許世人都欽羡她嫁給了富商俊才，勝似嫁與那朝不保夕的王侯將相，她自己也曾滿足自己的選擇，直到她發現，以色待人，為時不久。

「璟郎，讓我為你講個故事吧！」墨舞在這時展露出一抹魅惑的笑意，徐徐道出：「二十五年前的南城地帶，有一戶人家得了女兒，那是個名門望族，代代由嫡子繼承家業，可惜這代嫡子偏巧生了女兒，致使被家族埋怨會令家道中落。而長夫人娘家財勢優渥，所以即便是生了女兒，那家嫡子也不敢休她再娶。然而這倆人生活並不快樂，他們互相抱怨、咒罵，簡直有辱夫妻情分。直到女兒長大，年滿十八歲，他們又想將女兒嫁給高官貴戚，要讓她的裙帶成為幫襯家族的工具。」

「她將會為手握權財的男子生育，她的身體將成為媚惑男子的利刃，她的肚子會包裹著贏來的底氣與日後漫漫長夜裡的籌碼，因為她生來便是女子，而女子只能用容顏、玉體來博得一席之地。她不是男子，無法像男子那樣拋頭露面，哪怕她勇敢堅強，只要有人肯給她一個機會，她自是可以登峰造極。偏偏沒人願意去瞭解她心裡在想些什麼，更沒人傾聽她的訴求，所以，她自盡了。」墨舞的眼神空洞而落魄，她語調清冷如冰，漠然道：「也許唯有死，才能令她得到永恆的解脫。」

姬晏璟凝視著墨舞的表情，他以拇指與食指撐著臉，玉扳指抵在下顎骨上，他詢問墨舞：「這女子，是你嗎？」

墨舞看向他，輕巧一笑：「倘若是我，那璟郎豈不是和一個已死之人做了這麼多年的夫妻？」

「死的是心，活的是身。」他彷若洞察了她的內心，眼神充滿疼惜憐愛之色。

墨舞則是對他古怪一笑，「如果你今日不答應我的請求，我也是會效仿那女子去自盡的。因為，我不想永遠都過著我不想要的生活。」

姬晏璟望著她，眼裡的哀戚又加深了一些，就是他這樣的神色，頃刻間剜進了墨舞心底，令她的心塌陷了一小塊。她見他起身走近她，抬起手，以修長手指撫過她的眉、眼、鼻，最終停留在她的唇間，他就那樣定定的凝望她，似無助也似挽留，問她道：「你這一去，可還願回？」

她不懂，以眼相問。

他鬆開手，側過首，「罷了，只要是你願，就都隨你的意吧！」

宦海浮沉，權欲詭祕，她既要投身於此，他又怎能忍心橫加阻攔？許是她厭倦了被護在身後的日子，而他也早就知道她眼裡透露出的灼灼野心，一如他初見她那日，晚秋，枯葉，唯獨她眼中閃著熾熱的光。雖危險，卻惑人。

早在那時，一切便已註定，他與她之間的那一眼，造就了彼此的傾覆與相息。

利用也好，假意也罷，她到底是他心尖上的朱砂，而此時此刻，看到她對他露出滿意的笑容，他也就覺得值得了。

想必是他愛的太謹慎，這一腔情意，或許也會有傷到她的時候，莫不如給她更多的自由，令她尋找她願意成為的任何人，她還年輕，總要嘗試許多不同的滋味。

只是那個時候的墨舞，全然不懂他這般深沉的愛。

她一心沉醉在自己即將實現的宏圖大業之中，甚至連兒女的挽留都全然不去理會。還記得那日離開姬府，再次回去琉璃坊時，不足六歲的鈺犀與銘筧被乳娘抱在懷裡，見到正欲坐上馬車離去的墨舞，鈺犀首先掙開乳娘，跌跌撞撞的朝母親跑去。

「娘親！不要走！」鈺犀呼喊著墨舞，明亮的眼裡淚光閃閃。

墨舞望向女兒，她當下心中酸楚，俯下身去欲將鈺犀抱進懷裡，可是姬晏璟卻命乳娘將鈺犀抱了回來，無論鈺犀如何掙扎哭喊，姬晏璟也不准乳娘撒手。

他就站在大門旁，無聲的望著墨舞。

墨舞也望著他，她知道，他是要她既然走就走得瀟脫，路是她自己選的，而他能做的，便是為她在琉璃坊安排最好的待遇，家中子女也有乳娘照看，她自是後顧無憂，又何必在此刻躊躇？

魚和熊掌難兩全，她既要去尋找自己，就必然要捨棄母親之身。

鈺犀與銘筧啼哭不已，墨舞悲傷看著自己的一雙孩兒，她張了張嘴，最後也只是戀戀不捨望了一眼女兒，又望了一眼兒子，終究是狠下心，轉身坐進了馬車。

馬夫喊了一聲「駕！」馬車匆匆駛離，鈺犀呆呆望著母親的車子漸行漸遠，她抽泣著詢問：「爹爹，娘親去哪兒？」

姬晏璟為鈺犀擦拭著淚水，道：「犀兒不哭，娘親很快就會回來，很快……」

但這「很快」二字，終究是沒有一個合適的期限。

也許在他人眼中，墨舞此舉是拋夫棄子，終究是離經叛道。在前往琉璃坊的路上，她也曾哀戚流淚，怨恨自己心狠，但僅僅只有那麼片刻的工夫，她便正視了自己的欲望——沒什麼值得哭泣的，等到她實現自己的人生價值，鈺犀與銘筧自是會以有她這樣的母親為傲，而姬晏璟再也不會拿她跟外面那些俗氣女子相提並論，她會向他們證明她的實力，她與那些女子不同，姜墨舞是不同的。

能夠燒製琉璃的女子，在這大千俗世之中又能有幾個？那些曾集中在琉璃坊玄武苑的女子，已是鳳毛麟角的頂端，一旦堅守下去，必可成就一番功績。

若干年後，史冊上也會載入她的名號，哪怕僅僅是輕描淡寫的幾個字。可憑藉女子之軀，又有誰人敢展露自己的野心？怕是連野心二字如何書寫，她們都不曾而知吧！

墨舞的這份傲骨與生俱來，一如她的媚骨，沈意曾評價過她，有這等美貌大可不必有這般才華，既有了這等才華，也毋須這副美貌了。

但她偏偏都擁有，且還妄圖得到更多。就這樣懷揣著勢在必得的決心，墨舞重返琉璃坊。主管人仍是趙內侍，幾年不見，他更為清瘦，對墨舞也更為恭敬。

想來也是，當年她初來乍到，他是高高在上的主管，而她只不過是小小的琉璃匠人。如今，她已是皇城富商的正妻，並經姬晏璟的關係，由朝中安排到此做總管，與趙內侍的職位一字之差，地位卻不相上下，自然可以耀武揚威跟趙內侍平起平坐了。

這女子勝任琉璃坊的領頭，自然是不會令四苑內的匠人們服氣的，尤其還是一個借助夫家榮耀的。墨舞自是不在意那些品頭論足的背後之聲，她早已習慣深陷流言蜚語的漩渦，且擅長利用那些帶有惡意的揣測。更何況，琉璃坊這幾年內早已是物是人非的大換血，熟臉的都走光了，升的升、嫁的嫁，就連當年傲視群芳的蕙樓，也是朝中寵臣的妻室了。唯獨剩下了沁女這個老面孔，她混得還算不錯，已是玄武苑的領頭，手下掌管著二十名年輕的女匠人，在她的操持下，玄武苑要比當年僅有十二人的時期多出八人。

可是白虎苑卻人去樓空，不僅沒有匠人，整個苑都閒置了。沁女告訴墨舞，兩年前，白虎苑的匠人疑似是前太子的黨羽，他們有餘孽時常在此聚集，大概是想要策反。冬天時，皇上派兵進了白虎苑，抓走了五名男匠人，由於不想弄髒了皇后心愛的琉璃坊，便將他們帶去了郊野那頭處刑，五個人頭落地，又被掛於城門示眾，從此再也沒有匠人願進白虎苑了，晦氣不說，還極為陰森。

「那便將玄武苑的女匠人分去白虎苑十個吧！」墨舞吩咐沁女道，「總不能空著一個苑，有損琉璃坊製作琉璃的數量。」

沁女花容失色，忙道：「這……玄武苑的女匠人怕是不會願意，她們晚上都不敢經過白虎苑，總說那裡有慘厲的哭喊哀求聲傳出，更別說讓她們住進去了。」

「怕什麼？」墨舞輕描淡寫道：「我帶著她們住進去，且下月初獻給皇后的琉璃藝品由我帶領他們做出，如此一來，既可表了白虎苑的忠心，也能洗清琉璃坊的嫌疑。倘若一直閒置白虎苑，才會令皇上覺得琉璃坊也參與過策反之舉。皇上是聖明，礙於皇后的面子才沒有夷平琉璃坊，我們必要先他一步保下琉璃坊，否則日後可說不定誰會是第二個白虎苑。」

沁女想了想，覺得墨舞說得也有理。要說這兩年來，琉璃坊送去給皇后的藝品，的確被皇上的侍衛隊扣下了許多，他們嘴上說著每月限貢，可實際上是擔心琉璃藝品裡夾雜著對皇后或是皇上不利的暗器。的確是在懷疑琉璃坊，皇上如此，皇后也不便多加參與，琉璃坊倒不如前幾年得寵了。

如今墨舞回來了，她向來天不怕、地不怕，又有手段，說不定可以藉此扳回一局。如果這次製出了令皇后眼前一亮的琉璃，再一打聽苑號，倒也可以為白虎苑，乃至是琉璃坊雪恥。

「想不到你嫁人幾年，生了孩子不說，腦子反而更靈光了。」沁女嬉笑著撞了一下墨舞的肩膀，忽見墨舞餘光掃向她，那是顯露凌厲的冷銳之色，令沁女頃刻間恭敬改口道：「屬下不才，一時忘乎所以，總管寬度，不要怪罪屬下……」

墨舞倒笑了，對沁女道：「姐姐，你胡言亂語些什麼呢？你我之間還需要這般假情假意嗎？只管像從前那般稱呼便好。」

「是……」沁女的額角滲出了一絲汗跡，她偷偷打量墨舞的側臉，只見此刻的墨舞又變回了那副冷酷無情的模樣，彷彿方才那嬌笑的人兒根本不是她。沁女心中暗暗想著，姜墨舞這個角色她是得罪不起的，可……她胡沁女也不會永遠都要像這般被壓制。

而帶領白虎苑製作精細的琉璃藝品極耗心血，年輕的女匠人們還太稚嫩，不得要領，所以大部分工藝都是墨舞親自操刀完成的。就這樣一晃，過去了三個月，琉璃藝品的製作進入了尾聲，墨舞也能夠放心交給女匠人們善後，她自己則是要回去姬府看看夫君與兒女了。

一別三月，倍感思念。墨舞暫且和趙內侍告別，並保證在五日內返回。趙內侍嘴上說著多待些時日也可，但心裡還是期望墨舞早些回來，畢竟白虎苑的首次大作，急需好生收尾。

墨舞則是巴不得飛回去告訴家人，自己已經勝任了琉璃坊的總管一職，也能夠帶領匠人們用心製作琉璃，而且很快便會將白虎苑在重新組成後、完成的首個工藝品送到皇后面前了。

想著馬上就能見到心愛的夫君，她心中滿是期待，這三月之間，她利用每晚休息的空隙，親手為他做了一樽仙鶴樣式的琉璃茶盞，每一個工序都是她親力而成。趙內侍見此情景，甚是感慨她情深一片、愛戀繾綣，高傲如她，也還是在那一刻羞紅了臉。且說這仙鶴的圖樣極其難製，要勾勒出仙鶴高潔縹緲之態，實在是下了許多工夫、熬紅了雙眼、弄傷了雙手，唯有在看到成品的剎那，她才覺得一切都是值得。想到這裡，她笑著撫摸了一下包袱中的茶盞，想像著姬晏璟看到它之後的表情。

窗外山林景色變換，天上的雲朵彷彿皆幻化成了仙鶴飛舞的模樣。

她一路顛簸、徹夜不休的坐著馬車趕回了姬府，顧不得道路崎嶇，她只要車伕加快速度。到了隔天傍晚，她終於風塵僕僕到了家門口。

這次回來的匆忙，便沒有傳送家書，家奴們見她回來，驚訝之後立即恭迎上來。侍女們爭搶著為她準備換洗的衣裳，墨舞脫下自己的披風，她在人群中見到了一張陌生臉孔，立即停住腳步，詢問那姑娘：「你是新來的？」

那是個穿著與其他侍女有些不同的姑娘，衣領是方的，鑲著牡丹花紋的金邊，且手腕處戴著白亮的玉鐲，怎會是普通丫鬟呢？

最為重要的是，她長得甚美。

「回夫人，奴婢來了兩月有餘了。」姑娘有著雪膚、杏眼，笑起來的樣子嬌羞又伶俐，十分媚人。

墨舞上下打量著她，侍女們也不敢言語，彼此面面相覷，聽到墨舞問著：「你今年多大？」

「十六。」

「叫什麼？」

「回夫人，奴婢叫明歌。」

明歌……墨舞……一明一暗，一歌一舞，思及此，墨舞立即懂了，臉色也變得極為難看，嗤笑道：「這名字可不像是一個侍女的。」

身旁的家奴趕忙圓場道：「夫人，她原來不叫這個名字，侯爺嫌她本名太難聽了，才賜她這雅名的。」

墨舞問：「原名叫什麼？」

家奴搶著說：「叫阿嵐。」

「我問你了嗎？」墨舞瞪向家奴，家奴立刻閉上嘴，她又看向明歌，低著嗓子問：「說吧，你原名叫什麼？」

明歌怯怯的縮了縮脖子，小聲囁嚅著：「奴婢原名……叫……阿嵐。」

「這不比明歌好聽多了嗎？」墨舞冷冷一笑，「你現在開始就叫回阿嵐，明歌不適合你。」

「明歌！」偏巧這時，不遠處跑來了一個面容明媚的姑娘。她沒想到這邊都是人，更一眼認出了墨舞，倒先是退了兩步，很快又筆直凝視著墨舞的眼睛，神色中竟顯露驕縱。

這姑娘倒比明歌還要有幾分姿色，當真是一個比一個美了。墨舞按捺住心中的憤怒與悽楚，她自是再清楚不過，短短三個月而已，她的夫君竟納了兩名妾室，而這個又叫什麼歌呢？

「奴婢琴好，給夫人請安了。」她傲慢的挺著胸脯，略一彎身，便算是作揖了。

墨舞攥緊了手指，原來她叫琴好，倒是人如其名，美豔照人。

「我不在的這段時間裡，都是你在照顧侯爺嗎？」墨舞走近她，細細將她從上至下打量了一番。

只見琴好綰著時下流行的如雲鬢，著短袖桃花錦衣，耳上綴著鑲嵌珍珠的玉石，連繡鞋都是極為精緻的蓮花荷葉樣式，這般殊遇，令其身分昭然若揭，根本不必旁人道明瞭。

琴好彷彿早就料到會有此時此景，她也不卑不亢，反而是略有驕縱的頷首微笑道：「回夫人，伺候侯爺是奴婢與明歌的本分，畢竟夫人一走數月，侯爺自是不能孤守空府。」

好一個孤守空府，墨舞冷下眼，如此一來，反而成了她的不對了。

「想你來府中的時間不短了，竟然連規矩都沒學會嗎？」墨舞居高臨下審視著琴好，漠然道：「主子問你什麼，你就回什麼，主子沒有問的，你身為奴婢卻多加言語，可是以下犯上？」

身旁的家奴一聽這話，趕忙斥責琴好：「還不給夫人跪下！」

琴好一臉的倔強，倒是明歌趕忙來拉她的手，又拖又拽按著她一起跪下，向墨舞請罪道：「奴婢無意冒犯夫人，且奴婢二人知錯了，還請夫人饒恕……」

墨舞的臉色難看至極，可她又想留有自己那可憐的心高氣傲，於是強忍著悲痛與怒火不去發作，只對家奴命令道：「就罰她們在此跪上一夜，不准吃喝，以示懲戒。」

家奴領命，墨舞轉身離去，落在身後的是家奴對明歌、琴好二人的唉聲歎氣，大概是怨她們不知好歹，妄想鳩占鵲巢。

鳩占鵲巢。墨舞品味著這令人苦楚淒涼的四字，一路上失魂落魄回到了自己的房內。她甚至無心去看望睡在乳娘處的一雙兒女，滿心都被這突如其來的變故攪得肝腸寸斷。

五年了，她與他相識相戀五年之久，本以為他們二人會相濡以沫直至白頭，而他當年送贈予她的風月纏綿，也令她真的信了世間會有感天動地的愛，才與他定下終生、生兒育女，哪怕是為他守著府邸長達四年之餘，為他事無巨細的料理生活起居、上下內外，想著他是愛她、護她，她便也是沒有怨言的。

然而，變故來得如此之快，曾經愛意竟在一夜之間付諸東流，風流男子哪裡守得住誓言？

是她太蠢，還是男子的心皆善變？

墨舞心中悲痛難言，可卻流不出眼淚，哀莫大於心死，她已是無淚可流。然而她又能如何去怨恨此事？是因她覺得他不同於其他膚淺男子嗎？可他富甲一方、正值盛年，有幾個侍妾又何足掛齒？自古帝王後宮佳麗三千，普天之下的男子誰又沒有三妻四妾呢？金屋藏嬌之事早已屢見不鮮，她又何必如此小題大做？

正如那侍妾所言，本就是她離府數月，而立之年的他，怎能耐得住寂寞？但，假設她沒有離開，他便不會尋花問柳了嗎？

想起那周府小姐，墨舞心中越發酸澀，她本是應該惱羞成怒的，可世間男子皆如此，她惱給誰看？誰又會在意她的不甘心呢？

難不成她為他所付出的青春、生育、愛戀……竟都是理所應當、微不足道不成？換來的竟是他這般羞辱，這般負心薄倖。

墨舞坐在梳妝銅鏡前，隨手擺弄著妝臺上的項鍊、耳環、珍珠瑪瑙……逐個擺在面前。房裡是這樣的靜，窗外是沉沉的夜，她覺得心涼了一片，她從未這樣冷過，幾乎無法思考出任何問題的答案。她想著母親是否也曾經像她這樣痛苦難過，她想到在姜家那段被祖母和母親逼迫嫁人從夫的日子，那時她也和如今這般如出一轍，痛不欲生。原來嫁給不愛的人，與被心愛的人不愛了，都是同樣痛苦。

可事到如今，她還能有什麼退路？她早該清楚，自己根本不會是他唯一的，他寵她、愛她，但卻沒有停止去寵愛別人。她是如此的傻，竟真的相信了生死不離、彼此相許。這又能怪誰，誰也怨不了，她只怨自己。想來當日在琉璃坊內一見，他一身錦衣華服，眼裡閃爍星火般璀璨，那樣的男子她從未見過，令她心慌意亂，卻不知那就是必須要壓抑的愛戀初始。

一眼動了情，一眼毀了心。從此，步步走錯，害人害己。她終究是要效仿那飛蛾撲火，沒法全身而退，她親手造就了這一切。可她只要想到他對其他女人也曾說過無數的溫言細語、柔情蜜意，她就難以忍受的心痛欲裂。

也不知道過去了多久，她神智不清的胡思亂想了許多，當一雙溫熱手掌從身後揉上她的肩，她才震驚般如夢初醒，懵懵懂懂抬起頭看過去，姬晏璟不知何時來到了房內，正擔憂的望著她，語氣關切：「夫人，我聽家奴稟報你回來了，正趕著來見夫人，可你這是怎麼了？你的身子在發抖。」

墨舞沒有立刻回答，待重新低回頭去，她才淡淡說了聲：「大概是連夜勞累所致，我很累，休息一晚就會好了。」

他這才略微放下心，俯身吻了吻她的臉，道：「數月不見，我十分想念夫人，你我今日便早些休息吧！」繼而轉過身去，一顆顆解開錦衣的鈕扣，誰知身後卻驀地傳來她漠然的聲音：「你今晚還要睡在我這裡嗎？」

他一愣，望向她冷冷目光，他瞬間便懂了。可事情明擺在那裡，他也不願辯解，沉吟半晌他才低歎一聲：「夫人，你我好久未見，不要去爭論那些傷感情的小事了。」

「背著我納妾二人竟是小事？」墨舞站起身來，忍無可忍的逼問他：「我這些時日都在琉璃坊內日夜不休，你且於府中有娥皇、女英在側，盡享魚水之歡了！」

「住口！」他一聲怒斥，成婚多年，他還是第一次對她這樣動怒。

墨舞也怔在原地，她見他神色複雜，漸漸又變得眼神黯然，坐去床榻旁對她無奈歎道：「夫人，你已入府五年，自是清楚姬府的規矩。祖上歷代光耀，我且作為姬氏後繼，只有一房妻是會遭到他人笑話的。」

墨舞聞言，定定望著他，滿眼驚色。

他輕蹙起眉，感到頭疼繼續道著：「我也無非是喜新罷了，但我並非厭舊之人，年輕女子固然新鮮，但我對夫人的愛自始至終不曾褪去半分啊。不過是兩個侍妾罷了，身分卑賤，不足以令你爭風吃醋。且我照樣會待你如初，你只管安心當好你尊貴的正妻，你我的筧兒作為嫡子，也會在日後順理成章的繼承家業，你全然不必擔憂會否有庶出來和筧兒爭奪名分，這些是你應得的，沒人配與你爭搶。」

墨舞愣了足足半晌，氣到極致，反而嗤笑一聲，悲痛道：「你在意的竟是這些……竟是這些……。你我成婚五年，我如你所願生兒育女、操持家業，難道只是為了鞏固自身地位嗎？夫妻之間的情意竟被你當作利益交換，你貪戀女色，卻還要如此大言不慚。可我，我……曾有半分對不起你的地方嗎？」

他不悅的看向她，「夫人，你是女子，豈能和男子相提並論。」

僅此一句，殺墨舞於無形。

男子三妻四妾天經地義，女子遵守婦道自是應當。

是天道不公？還是夫君無情？

「姬晏璟，我究竟算是你的什麼？是你的妻子，還是你征服而來的生育工具？」墨舞雙眼無神，終究是淚如雨下，「你曾口口聲聲說的堅貞不渝，竟抵擋不過你我之間的三月分別嗎？區區三月都是如此，倘若是三年，你豈非要另娶他人了？」

原來人心莫測，愛恨竟皆是戲言。

他久久凝望著墨舞的淚水，卻沒有走上前來為她擦拭，反而是覺得厭煩道：「你已年歲不小了，不要再去信奉那些一生一世一雙人的蠢話了，我已待你不薄，莫再得寸進尺。」

「我在你眼中，竟與其他女子沒有不同……」墨舞失神的呢喃著這一句，忽然心痛到極致，轉身伏在木柱旁，死死捂著胸口，哀哭不止。

那些愛戀過往竟統統都是虛幻，一如她當年初次見到他那般，彷若都是恍如隔世的前塵了。十八歲的秋末，她還只是琉璃坊裡籍籍無名的小匠人，他的馬車駛進她所在的苑裡，她抬起眼，彼此四目相對。

那日風暖斜陽，他走在緩緩一行人的最前方，手中押著墨綠色的暖爐，墜著一抹琉璃玉穗，映著空中飄落下的幾朵紅葉，將他華貴身影勾勒出一股子韻致。

他察覺到她直勾勾的視線側眼掃來，雖是輕描淡寫的一瞥，卻足以硬生生刻上了她心尖。她深知自那之後的五年裡，他之於她，是一種如山如海的淪陷。

他的甜言蜜語是致命的砒霜，令她一度肝腸寸斷。她也曾信他、痴戀他，以為他真會如他承諾那般，生生世世只愛她一人，以至於甘心情願奉獻自己的全部，到頭來卻換得今日境地。

在羞憤與悲痛之間，她回想那些他的情話與誓言——他為她揮灑千金，他為她提詩寫詞，也為她描眉點唇，也曾將她視作珍寶抱在懷裡，低念她的名字。

怕是一場舊夢了。

墨舞悲戚之後，獨自抹乾了臉上淚跡，不由分說從桌上包袱裡掏出那盞仙鶴琉璃，毫不猶豫的摔碎在他面前。

琉璃的碎片四濺，一如她破碎的情感與日夜相戀的過往，皆已碎成萬千碎片，令他震驚不已的抬起眼看她，幽深眼底泛起冷銳，更逼得墨舞心中沉鬱。

彼此相望，寂寂無言，最終，那般高傲的他也俯下身去拾那些碎片，一片接連一片，墨舞卻別看視線，沉默的轉過身，拂袖離開了。

夜風涼薄，露深情重，墨舞的整顆心都是空蕩蕩的，她途經花園時，瞥見明歌與琴妤還跪在地上受罰。她已無心去理會她們二人，偏又聽見琴妤憤慨的跟明歌怨恨著：「她以為她有什麼了不起的，年色漸衰，也能和你我這般花容月貌爭搶得過嗎？」

明歌性情溫順，只怯懦道：「夫人心存善念，已是放過你我一馬，琴妤，你又何必如此刻薄？你我本來就只是侍妾……」

「侍妾怎麼了？不照樣是和她一樣伺候在侯爺房裡嗎？」琴妤趾高氣

揚的哼道：「她也不過是出身琉璃坊的，就算她本家是小城大戶，可你我生在京城，她又比我們高貴多少？而且，侯爺當初願意抛擲重金將她娶回府，完全都是京城最有名的命理大師說她面相與八字旺夫，必定令侯爺兒女雙全，將來的子嗣也可以光宗耀祖。侯爺一直有著尅妻名號，早在她之前，侯爺已娶過兩房正妻，皆是不過三年就病死，連子嗣都未曾誕下過。但她不一樣了，她可以為侯爺擋住尅妻命相，否則侯爺怎會在芸芸女子中娶了她呢？」

明歌嚇得趕快制止她：「你快別再說了，夫人不知道這些的，她不是京城人，對侯爺的事情本就知之甚少，你休要再添亂了……」

此時的墨舞正站在隱蔽的陰暗處，將她們二人的對話一字不漏聽進了耳裡。她不悲也不怒了，只覺這份被她視作愛情的婚姻裡，竟掩藏了如此之多的鋒利暗刃。她原以為他對她的愛是如琉璃一般通透至誠的，沒想到卻是這般蒼白脆弱。

愛之於人，理應是美好而純粹的，怎可隨心所欲、傷人悅己？倘若以此為樂，豈非是罪無可恕？愛之於她，是根植在心裡的驕傲，是不容任何人踐踏的尊嚴，今日之恥，她必將永世不忘，且再不會輕易付出自己的愛意。

儘管墨舞也承認，自己妄想利用他的權財來達到心中的目的，可到頭來，終究是賠上了自己。

自古比目成雙，死了妻子的男子是鰥夫，沒了夫君的女子是寡婦，連待嫁未婚卻失了丈夫的姑娘，都可叫作遺孀。但同床異夢、貌合神離的夫妻，該如何稱呼彼此呢？

這一刻，墨舞在心中暗自嘲笑著自己與姬晏璟，呵！原來他們二人，皆是天下那可憐的無名氏！是從那日起，墨舞的身心都發生了不為人知卻又掩蓋不住的驟變。

而那個時期的皇城風氣本就奢靡無度，男男女女都習慣擁有情婦與情人，不僅男子時常出沒青樓，與煙火女子們談情說愛、吟詩作樂，長年空虛寂寞、與夫君感情不和的貴婦們，也是在外養著「男妾」，這並非是不入流的下作之事，反而是當時的一種風氣，或被稱為潮流。許是墨舞做了太久的閨閣婦人，忘了去察覺外面世界的翻天覆地，直至她到酒館中解酒消愁，遇見了一群「志同道合」的婦人們，她才發現人生的樂子太多了，不僅是相夫教子、心許一人。

那日已天色不早，距離返回琉璃坊的日子還有一天，墨舞不願在府中面對姬晏璟與他的兩個侍妾，便獨自一人到當時最負盛名的酒館裡喝著悶酒。

酒香繚繞之間，墨舞的心緒卻是紛亂如麻，她沒有注意到，對面有一桌男女自從她進來後，便格外在意她的一舉一動。不如說，她本身便是令人十分矚目的存在，這般驚豔容貌，又是一身華貴的綾羅綢緞，自是讓其他酒客挪不開那盯著她的視線。

她卻旁若無人的一杯接連一杯喝著，好似想藉此來忘記那些傷心事。然而還想再倒一杯時，卻發現酒瓶空了，墨舞欲喚小二添酒，酒盞在這時卻被旁人添滿了。

她循望過去，見是一位豐腴嬌媚的婦人，帶著一壺酒坐到了她案桌的對面，一雙鳳目盡顯風流韻味，墨舞以眼相問，婦人道著自己是謝老侯爺的第三房妻子，人稱謝侯夫人。

原來她就是謝侯夫人，墨舞眼睛亮了亮，倒是有所耳聞。據說那謝老侯爺雖名帶「老」字，實際上也不過剛剛知命，不過是為官較早，頗受敬仰。他家中財權顯赫，向來揮金如土，娶了多房妻子，個個也都出身尊貴。但據說他最愛的，要數他青梅竹馬一同長大的呂氏，可惜呂氏家境貧寒，在當年不被謝家所待見，更是不准入府。

尤其謝老侯爺的長妻極其刁蠻，整日哭喊著要謝老侯爺與呂氏一刀兩斷，否則她就要回娘家告狀。謝老侯爺本想著家和萬事興，既不想鬧得沸沸揚揚，便將呂氏養在府外，哪知長妻欺人太甚，竟是去呂氏那裡賜予她一碗毒酒，要家奴強迫她喝下了。

呂氏死了，謝老侯爺反而不再顧及家族顏面，他肆無忌憚的再娶、再納，任憑長妻哭號不止，他也充耳不聞。只是府中人人都說，謝老侯爺之後的每一房妻，都像極了呂氏的容貌。

「這女人之間啊！總是為了個男人爭得你死我活的，實在難看。」

謝侯夫人極為惋惜的輕笑，斟上一杯酒，言語之間有著自己的見解，「依我所看，女人就是把自己看得太低了，自己都輕賤自己，男人又怎會對其高看？且生在這等好時代，男女都可在婚後尋找自己想要的樂子，又何必獨吊在一棵大柳樹上？」

墨舞起先不太明白她想要跟自己說什麼，不過墨舞也是認可她話中內容的，要說皇城內貧富並不算懸殊，但皇室貴族可以尋歡作樂的場所，的確要多於尋常百姓。國家久無戰事，皇上採取「無為而治」，商貿經濟可自行運轉，倒也成了諸國之中最為富有、安逸的大國。

俗話說，酒足飯飽思淫欲，民富國強，奢靡之風也在大街小巷之中盛行，達官顯貴們也爭先搶後的彼此鬥富，他們興建起各色場所，有酒樓、古玩居、蹴鞠場，就連青樓也分置出雌院與雄院，自是一派紙醉金迷、樂不思蜀的盛世景象。

但墨舞也只是耳聞，並沒有真正去過其中任何一個場所，謝侯夫人也見出她在這方面的「生澀」，便笑著和她引薦了自己坐在旁桌的友人們。大概七、八個人，有男有女，皆是富貴瀟灑、美豔無雙。墨舞深知這是一個富貴之人的圈子，謝侯夫人也有意將她帶進來，她湊近墨舞耳邊低聲說道：「這世上無非就只有男子和女子，男子能做之事，你我女子有何不可？妹妹，你要知道，身為達官貴人，就是要培養自己高雅的品味，你多嘗試些樂子，就不會整日為了男人憂心了。」

墨舞怔了怔，她終於懂了，對方早已看穿自己的心思，也清楚她因何傷懷。墨舞打量她臉上的神情，嫵媚中透露一絲傲慢，眼角的幾褶細密紋路，宣告著她也曾經走過和墨舞一樣的舊路。

只是，她如今在走其他的路徑，或許不是康莊大道，卻也能見到路邊幽深美景。墨舞彷彿被她的聲音與話語誘惑，終是隨著她走入了她為其敞開的大門裡，也許旁人看不到，可墨舞卻被門內的萬丈光芒刺痛了眼睛。

等到光芒散盡，墨舞已然跟這一行人醉醺醺的躺在了花舟之上。船夫慢悠悠帶著花舟行駛於暗寂無波的湖面，達官顯貴們則是在花舟內花天酒地、熱鬧非凡。也不知是何時招來了歌舞藝伎，她們在男子面前搔首弄姿，引得男子們笑聲不斷。墨舞慵懶的半臥著，她凝視著眼前這燈火通明的靡靡之景，心中倒也格外快活。

謝侯夫人靠在墨舞身側，她嗔笑著數落起那幫男子道：「你們只管自己愜意，怎不體諒一下我等女眷的不易？哼！也不帶來幾個俊俏少年郎供我們賞樂，盡是群俗氣的胭脂舞女，有何看頭！」

有男子聞言，哈哈大笑著奚落起來：「你們快聽聽啊，謝侯夫人這是吵著鬧著要一個男妾來開心了！」

「我風韻猶存，便是養起一兩個男妾又有何不可？我家老侯爺還不是源源不斷納著新人，公平起見，我就算找十個男妾也未必划算呢！」謝侯夫人說這話時毫不臉紅，顯然是真心真意。

反而是墨舞震驚於她的快言快語，不免要替她火辣一下臉頰了。

謝侯夫人見墨舞臉有紅暈，像見了新鮮事兒似的挑眉笑道：「喲！妹妹這青澀模樣還真是少見，難不成你連雄院都沒逛過？」

墨舞自是虛榮，怎會提及自己相夫教子近乎五年之事？她只說自己在京城琉璃坊裡是總管，事務繁忙，無暇尋歡。

謝侯夫人也不拆穿她，親昵握著她的手提議道：「如此說來，你可真是少了好多快活事可做。不過也無妨，你今日遇到了我，等到遊湖之後，我們幾個女眷便帶你去最有名的雄院裡逛逛，有幾個男妓頗有姿色，你肯定會喜歡。」

墨舞倒也覺得有趣，竟也有幾分期待，不由笑道：「一雌一雄，聽上去反而要比青樓、妓院這等直白的稱呼更為露骨了。」

謝侯夫人輕佻一笑：「男人們見一個愛一個，哪個年輕納哪個為妾，也不管是不是老夫少妻，如此看來，那等做法不是要比雌雄之說更為露骨？」

墨舞的笑意便更深了一些，只是這抹笑，多了些對男子的嘲諷與輕蔑。而後，謝侯夫人被船頭的那幫友人喚去吟詩，墨舞便獨自在船中處閉上眼睛，試圖藉著夜風的吹拂來醒酒。

花舟之上，酒香輕繞，墨舞想到自己已有三日沒在府中。這三日來，她流連於各色酒館，皆是半夢半醒之間遊走。不知鈺犀與銘筧是否會哭喊著找她，但乳娘定會想方設法安撫好他們的情緒，一如她離開的那三個月

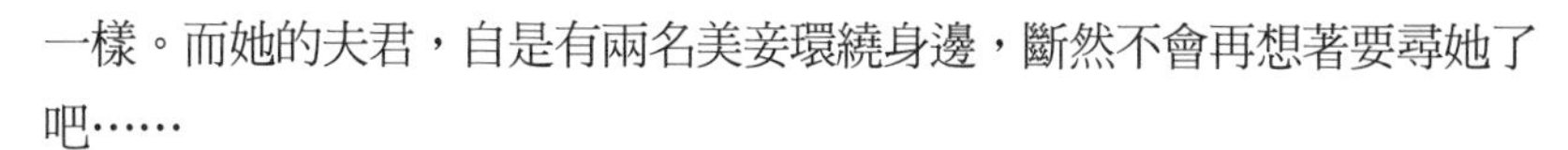

一樣。而她的夫君，自是有兩名美妾環繞身邊，斷然不會再想著要尋她了吧⋯⋯

如此看來，她倒像是個孤家寡人般可悲可憐了。不由得又心生悲切，低聲念道：「晚日寒鴉一片愁，柳塘新綠卻溫柔。若教眼底無離恨⋯⋯」

「不信人間有白頭。」

身側的聲音接下了她的詩，墨舞緩緩睜開眼，循聲側首。

她看見一雙深暗的眸子毫不躲閃直視著她，那眼底的光如同夜半寒星，且他青玉色的錦衣上繡著怒綻的白梅，栩栩如生，彷若可以嗅到清冽的梅花暗香。

正是那一點暗香，與他眉眼似清羽般的柔色令她心口泛起層層漣漪，她已許多沒有這般春心浮動了。

「在下冒昧，卻無意驚擾夫人雅興。」他手裡搖著杯盞，指尖觸碰玉石杯壁，施施然的姿態，「實在是這首詩的意境太美太殤，令人不由自主觸景生情⋯⋯」

「敢問閣下是？」墨舞帶著恰到好處的悠然笑容，心想著他從最初就在花舟上嗎？自己為何沒有注意到這樣出眾之人呢？

而她抬眼時流露出一股子閒懶風情，引得他更深入看她，眸中流光微閃，語調緩慢甚至是柔情：「在下姓石，字天奕，皇城朝中人士。」

一句皇城朝中人士，道明了他的尊貴身分，卻又不會讓人感到炫耀的反感。墨舞覺得這是個聰明人，更加有了興致，幽幽道：「小女子姜墨舞，見過石君。」

石天奕斟酌著她的名字，忽地悟道：「竟是姬侯爺家的夫人嗎？實在是幸會。」

「石君與我家夫君交好？」

他則道：「只是與姬侯爺曾往來貿易，還不曾有幸相知。倒是總聽旁人說起姬侯爺家有位國色天香的夫人，今日得見，果然驚塵絕豔。」

墨舞將垂落於眼前的髮絲捋去耳後，淡淡笑道：「石君過譽了。」

她這一動作雖輕描淡寫，可卻在不經意之間露出了玉臂半截，他望著她微抬的手，望著她袖口處裸露的潔白雪膚，一瞬間心猿意馬。又恰逢天公作美，花舟忽然劇烈搖晃，墨舞身軀後傾，顯然坐穩不得，他眼疾手快，忙上前一步握住了她的手腕，輕輕一拉，順勢將她帶入身畔。二人近在咫尺，他的掌心貼合著她的皓腕，熱度沿著墨舞的肌膚一路爬進了她的心底，於是方才驚起的心中漣漪驟然捲起波瀾，竟是鋪天蓋地淹沒了她的意識。

他輕微的喘息聲飄過她耳邊，撩動起她一兩絲鬢髮，令她略微頷首，而他也像是遊走情場的老手，極為自然的放開她的臂腕，不動聲色退後一步道：「如果冒犯之處，還請夫人見諒。」

真是聰明過了頭的男子。墨舞心想著，如果她回答並無冒犯之處，豈不是代表著她歡喜被他碰觸？可若真是面帶慍怒，反而會顯得她是個沒見過世面的小家碧玉，如此偶然的肌膚相碰都要顯得大驚小怪。

不如……

墨舞心思一動，忽然柔弱的扶住頭，略有恍惚向前一傾，恰好伏在他肩上，他關切的詢問，墨舞輕歎道自己有些頭暈，大概是酒意殘留。

他自然是將她的意圖心領神會，但還是謹慎著試探道：「既然夫人身子不適，石某陪同夫人去船內休息可好？」

「不必了。」她抬起眼看他，夜色星芒落進她眼底，難掩其狡黠與智慧，她笑道：「叫我墨舞吧，天奕。」

一聲「天奕」令他不自覺滯了滯呼吸，只覺她此刻一笑，彷若是日光撥開雲層般美豔不可方物，且像是受到鼓舞一般，他竟也敢大膽去握住她的手，連同身軀也一併貼近了她。

哪知她卻不疾不徐的將手抽出，轉身退了幾步，半掩著面容對他道：「等到下了船，我且要與謝侯夫人一起去雄院裡尋些樂子，今日就此別會吧！」說罷，她最後看了他一眼，然後便去船頭處與謝侯夫人一行人談笑去了。

石天奕望著她對眾人嫣然輕笑的模樣，不覺揚起嘴角，那唇邊弧度似一種野性的勢在必得。這女子有美貌、有才情、有財富，且又十分懂得欲擒故縱之術，實在是要比他家中夫人強出百倍。可他也深知自己是朝廷小官，比不上她夫君富足，而她今日的撩撥也許是一時興起，像她那般女

子，裙下之臣定是多如牛毛。

然而，他心中那呼之欲出的欲望，再難沉進水底，他抖了抖自己的後背衣衫，已被汗水浸濕，黏癢難耐。

半炷香的時間過去，花舟停岸，男子們都已醉得醺醺然，紛紛散著回去自己府中。而女子們則是在謝侯夫人的帶領下，一路去了最負盛名的青樓妓院——鳳鸞堂。

這鳳鸞堂建在皇城內最為繁華熱鬧的中心街南部，全天下頂尖的歌舞名妓都集中在此處，且此堂又分為鳳堂與鸞堂，鳳堂便是他人口中的「雄院」，鸞堂自是「雌院」了。

二堂徹夜燈火通明、芳香氤氳，絲竹聲靡靡，嬉笑聲嬌麗，墨舞隨女眷來到鳳堂前，抬頭打量著富麗堂皇的奢華建築，雙眸不禁明亮起熠熠光芒。

謝侯夫人打趣起墨舞道：「妹妹是第一次來吧？快，姐姐們帶你到此處見識一下少男們的盛世美顏，要說這裡還真有幾個色藝俱佳、嘴巴還甜的傾城美人。」

墨舞興致便更高了一些，她被謝侯夫人拉著進了堂內，撲進眼底的是一片紅豔豔的珠光寶氣，俊男美女們相談甚歡，高臺之上也有揮灑水袖的舞伎在拋灑媚眼，不同的是，這裡無論是舞伎還是歌伎，皆是年輕俊秀的男子。而光顧此處的自然都是財勢與名聲極其顯赫的富家夫人，她們有的更是在此養著幾名男妓，大筆大筆拋擲金銀，以此來捧他們成為名列前茅的頭牌。

一旦有男妓當紅，更是會做中間人為富家夫人們彼此引薦相識，女人與女人之間，反而不會因為分享男妓而爭得面紅耳赤，竟可以把對方當作紅顏知己，一同坐下喝酒、閒聊家事，再交換彼此人脈，使本家財力也更上一層樓。

但謝侯夫人今日可不打算為墨舞招妓，像他們這樣出身顯貴的富家正妻，斷然不會隨隨便便便在妓院裡與男子有肌膚之親，且鳳堂中排位前十的男妓皆是賣藝不賣身，試問富家夫人又怎會甘心去花錢尋只賣身而無才藝的男妓作樂呢？

鳳堂的老鴇夏公子見到謝侯夫人攜友人前來，立即笑吟吟迎上前：「這可真是貴客啊，多日未見夫人，怎還是這般容光煥發、風情萬種？」

夏公子是男妓們的「爹爹」，雖已年逾不惑，卻依然被人以「公子」相稱。謝侯夫人與他素來交好，今日更是大方給了他三錠金子，得意笑道：「我帶了一位新妹妹來，她身家顯貴，你必定要好好招待才是。酒是拿上等的，美人也要頭牌幾位，我這妹妹眼光極高，我看你就讓佘麒來陪她吧！」

夏公子見錢眼開，收下金子連連應道：「既是謝侯夫人的朋友，自然個個都是金枝玉葉。你且先去樓上最好的雅室小坐，我這就傳佘麒他們過來！」

墨舞和謝侯夫人等人便去了樓上雅室，一行四人進門落座，其中一位王夫人正吵著天氣悶熱，男侍們已經端著美酒與佳餚進了屋，他們為夫人們一一斟好酒，而後恭敬的退去。謝侯夫人向墨舞推薦這裡的酒，保證喝進口中賽神仙。墨舞品了一口，果真醇厚。緊接著，房門再次被推開，這次來的可是重要人物了。

一共有六名少年盛裝而來，皆是十六、七歲的年紀，他們其中兩個捧著琵琶，向四位夫人行禮問好，而後坐下，彈奏起動聽曲目。其餘四位少年踱步來到夫人們的身側，一一作揖，其中有名身穿鵝黃色繡衫的少年最為俊美，謝侯夫人歡喜的喊他道：「佘麒，你去坐到我墨舞妹妹身邊，好好伺候她！」

佘麒循著謝侯夫人指著的方向看去，目光盈盈落在墨舞身上，輕笑道：「佘麒見過墨舞夫人。」

墨舞看著他一路走向自己，明知用絕美二字形容男子有些欠妥，可她心中還是不禁感歎著他美貌絕倫，連肌膚的細膩也不輸給女子。

佘麒則是羞怯的掩唇道：「夫人這般看著我，怪令人不好意思的。」

墨舞立即誇讚他道：「你毋須害羞，實在是你太美了，你是我在京城見過最美的男子。」

佘麒的臉更加紅了，謝侯夫人打趣道：「墨舞妹妹，沒想到高貴如

你，見到美人竟然也會張口說起甜言蜜語來。可佘麒性子溫潤，你就不要惹他如此局促了。」

佘麒的性情在墨舞這裡可是極為受用的，想來她見慣了那些囂張跋扈又自以為是的男子，突然遇見一個生性純善、俊美非凡的少年郎，的確令她心情大好。她開始明白謝侯夫人她們為何喜歡來此了，鳳堂之於富有卻空虛的女子而言，當真是難能可貴的溫柔鄉，足以令墨舞放鬆身心、忘卻煩憂。

雅室裡一片熏香嫋嫋，舞曲曼妙於耳，眾人喝到起興，便要佘麒為大家跳舞。謝侯夫人說，佘麒的舞姿是鳳堂絕色，多少名門閨秀都不惜千金來此，為的就是一睹佘麒起舞時的尊容。墨舞便一邊飲酒一邊看佘麒跳舞，他雖柔弱，可一場劍舞卻跳得格外乾淨俐落，他的手鐲與腳鐲加在一起有幾十個，相互碰撞，發出清脆聲響。

圓月映空，夜風微拂，墨舞感慨道：「此番美人美景，又有美酒相伴，人生是何等愜意啊……」

等到一舞終了，掌聲驚鴻。謝侯夫人發覺時間不早了，便催促眾人今夜就玩樂到此，改日再造訪鳳堂。

臨走時，佘麒與夏公子一同恭送夫人們。看著佘麒低頭頷首的模樣，墨舞心生一絲憐惜，便送給他一支祖母綠的玉鐲，悄聲說著：「這是見面禮。」

佘麒面露欣喜，輕聲道過謝，偷偷說著希望墨舞下次還會再來看他。

美妙的鳳堂之行在今夜結束，墨舞與夫人們道別，獨自一人回往府中，不料半路上下起了雨，很快便成了傾盆大雨。墨舞無處可躲，正打算尋個屋簷暫且避雨時，忽然見到前方有輛鑲著白玉銀邊的馬車駛來。

落雨起霧，視線朦朧，月色之中氤氳起繚繞迷離，那馬車停在墨舞的面前，一隻顯露清雅氣息的手撩開車簾，對她道：「墨舞，上車吧！」

幾滴雨點打在他面容上，暈染開了他唇邊盡顯痴迷的笑意。墨舞心中竟也因此泛起一絲柔情，她清楚一旦上了車會是如何的走向，可她料想他早知她會去鳳堂尋樂，又如此煞費苦心的在此等她，倒也很久不曾有人為她費這等心思了。於是她兀自在雨簾之中站了片刻，最終，她毫不猶豫伸出手去，握住了他遞來的手。

他攜起她臂彎，將她帶上了馬車。

車伕高喊一聲「駕！」馬蹄踐踏在雨水之中飛奔而行，車內搖搖晃晃著兩個身影，恍惚中聽得見她問她：「你要帶我去哪？」

他道：「自然不會是我府中了，有我家夫人在，怎能與你旁若無人談天說地呢？」

她嗤笑：「看來朝廷的官也不是個個清廉，你的俸祿多到足以在他處另設別院不成？」

他回：「雖比不上姬侯爺闊綽，可你生得這般美色，若只給他一人看，豈非可惜？自古百花盛綻，也需識香之人懂得欣賞，石某又怎能錯過這難得一遇的賞花之機呢？」

「我只是朵花？」

「那也是花中之王的牡丹，豔傾天下。」

「你⋯⋯」

剩下的話被含進了對方的唇齒之中，吞沒她的不僅是他帶有掠奪意味的吻，也有他彰顯自己魅力的野心。

可她沒有拒絕他，大概是她想到了那兩名侍妾，又想到了女子不可與男子相提並論的謬論。如此一來，她抬手攀附上他的脖頸，手指纏在他鬢髮之中，溫柔而有力，似情也似刃。

也似對背叛的回擊，對誘惑的淪陷。

第十四節

初冬薄霧漫起時，墨舞已然回到琉璃坊數月了。她每日要比做總管的時期還要早醒兩個時辰，為的是部署當日的琉璃送宮進度、四苑製作琉璃的工序、新來匠人的入住打點……，這些瑣事皆要由她安排才能進行，緣於趙內侍已經受命回到了宮中，琉璃坊的大小事情全部都由墨舞接管了。

其實墨舞並沒有被任命為琉璃坊的總領，皇帝與皇后也從未召見過她。實在是這幾個月以來，經由她手製出的琉璃的工藝與美感突飛猛進，竟是一躍成了大師級別，據說皇后很喜歡她做的琉璃，便傳令來，要她負責琉璃坊的工藝製作，如此，趙內侍便回去宮裡了。

沁女對墨舞的變化卻極為狐疑，她雖知墨舞在琉璃手藝上有些天賦，但也不可能在短時間內進步得這般神速。然而，墨舞每次製作琉璃時都會獨居一室，並鎖上房門，連木窗都關得死死的，任憑是一隻蒼蠅也飛不進去，更別說是偷窺了。沁女心有不服，暗想著難道琉璃坊就要至此變成她姜墨舞一人的天下了嗎？她何德何能，無非是嫁了一個富賈，能有今天地位，不也全都是靠男子幫扶嗎？倘若有一天，她胡沁女也能飛上枝頭，斷然不會再讓姜墨舞騎在自己頭上作威作福！

可沁女只說對了一半，墨舞的確是嫁給了姬晏璟，但是能有今天卻不是來自夫君的慷慨相助。那些每日送進琉璃坊的玉盒子，的確都是點名給墨舞的，其中裝滿了荷包、繡囊、胭脂、香料、首飾……，載滿了濃濃愛意，引得一眾女子豔羨不已，都道墨舞的夫君絕世無雙。墨舞只笑著，從不回答，唯有她自己清楚送給自己這些的人是誰。

幸虧有他，墨舞才能接管琉璃坊。自從她與他相識之後，他自是透過人脈來幫墨舞尋找民間製作琉璃的隱士高手，從最初的合作演變到最後只冠墨舞之名，那些精美的琉璃工藝品，每次都藏於玉盒之下送進來，再由宮人來琉璃坊中取走，其過程銜接的天衣無縫，促使墨舞在短時間之內獲得了更多的名利，以及來自宮中的賞賜。

墨舞很慷慨，從來不會虧待他。那些賞賜有三分之一都托人送去他府上，二人也算得上是「舉案齊眉」、「同進同退」的雙贏了。而每逢去他的別院商討「合製」琉璃一事時，也是他們二人幽會的日子。那原本清雅的別院，也被他用得來的許多金銀修建得更為奢華了些。還記得初冬降雪時，墨舞獨自坐著馬車在夜裡前來，她披了件銀狐絨製的連帽斗篷，怕被旁人撞見，每每都要謹慎行事。

而他每次都會在院內的亭下等她，見她來了，二人相視而笑，竟也都見得出彼此眼中藏有痴情。她是處處受他寵讓的，連自己喜怒無常的脾性，都在他面前一展無遺，他雖偶爾抱怨，卻也全盤接收。她笑他如今還在新鮮勁兒，等到日子久了，他便會去尋下一個樂子了。他並不反駁，只笑看著她，略顯狡黠的模樣：「如果我家夫人有你一半的姿容與才情，我也不必如此偷偷摸摸尋歡作樂呢！」

呵！世間男子皆貪心，他明明有了門當戶對的夫人，卻還不滿對方的容貌與智慧。每逢此時墨舞都會想，即便是擁有了完美無缺的夫人，也還是會遺憾她無法永保青春。

久住之處無美景，枕邊之人無佳色，墨舞雖對世間男子口口聲聲的愛語嗤之以鼻，可石天奕並非她的夫君，他只是她的情人，一如佘麒與其他願意取悅她的男子，皆無不同。而她只也是想在他們身上找到純粹的快樂罷了，自是不問地久與天長。

那天夜裡，墨舞留宿在石天奕的別院，直至凌晨時分才起身回去琉璃坊。天色濛濛亮的時候，馬車停在石獅門前，墨舞發覺附近停著幾輛宮車，她蹙了蹙眉，摘下斗篷帽子走進琉璃坊，立即看到一行宮人等候在苑內。

墨舞怔了怔，趕忙俯身行禮，前來之人正是已回到皇后身邊的趙內侍，他今日穿戴華貴，像是已經在此等了許久了，抿嘴笑著打趣起墨舞：「姜總領深夜外出，天亮而歸，可是去何處逍遙快活了啊？」

墨舞頷首輕笑道：「回稟趙內侍，屬下不過是徹夜在琉璃坊後方的拋光房裡打磨琉璃石罷了，想來最近也沒有特別稀罕的精美物品送給皇后，屬下內心實在有愧。」

「如此說來，倒是洒家誤會姜總領了。」趙內侍一臉的老謀深算，他年歲沒長墨舞多少，卻見多了各行各人，且他與姬晏璟素來交好，倒也不願深究墨舞夜晚出行究竟所為何事，便一揮長袖，語聲忽然肅然了一些，道：「皇后娘娘正在寢殿裡等候姜總領呢。」

墨舞聞言，愕然抬起頭，驚訝道：「皇后娘娘召見屬下？」

趙內侍微微躬身，對墨舞示意門外：「姜總領，請吧！」

墨舞心中喜悅不已，她忍不住露出了雀躍的笑意，趕忙整理了一下自己的衣襟，轉身走出了琉璃坊。

天氣冷澀，沒有日光，濛濛白霧將磚紅色的宮牆渲染出一股陰寒之氣，坐在宮車內的墨舞輕撩車簾，望著冗長得彷若沒有盡頭的長宮之路心生不安。

這裡明明是皇宮，是天底下最高貴的地方，可她越發接近卻越發迷惘，隨著車輪的輕微顛簸，她一顆心懸在清冽的寒風之中，周遭靜的聽不見絲毫雜音，她竟不知自己究竟是要前往何處了。

晨露結出了一層薄冰，氣溫緩緩上升，冰柱便順著宮簷滴著水珠。到達內宮之後，門前有幾抹紫竹色的身影已恭候多時，她們是皇后的貼身侍女，是為來客引路的。墨舞下了宮車，與之恭敬問候，侍女們向趙內侍道別，一路引著墨舞進了內殿。

皇后的寢宮富麗堂皇，色調是金與紅，庭院的設計竟都是流線型的，襯著水潭中養著的金鯉，顯得十分奢華。最為奇妙的是，碧綠水潭之上駕著巨大的水車，而水車上綴滿了琉璃玉石連成的珠簾，每當水車滾動，珠簾便在水潭裡濺出折射出五色光暈的水花，就像千萬顆琉璃石彙聚在一起，霎時美豔。

「這劉皇后的確是痴愛於琉璃。」墨舞心中想著，已然已被侍女領進了殿內。最先引起墨舞注意的，是半米處立著的一座山水圖屏風，上面是潑墨畫，有婀娜身影映在屏風上，那正是劉皇后了。

許是聞見了腳步聲，皇后令侍女道：「帶她來這邊吧！」

侍女們得令照做，墨舞隨著來到了屏風之後，一眼便看見皇后坐在錦墊上，正在把玩錦盒裡的幾顆琉璃石。

「小女子姜墨舞，參見皇后娘娘。」墨舞趕緊跪拜。

皇后免禮道：「起來吧！來人，賜座。」

侍女們遵命，為墨舞搬來了紅木椅，又端上了上好的茶水。墨舞緩緩坐下，視線極為謹慎的落在皇后身上。她穿著一襲月華錦緞長裙，下擺卻是赤紅色的，上面繡滿了金燦燦的富貴花。而這一身似雲霞般縹緲的衣衫，緊緊包裹著她雪白豐腴的身軀，襯著她絕美的容顏，雖已不再青春，卻依舊是貌美，其眉眼之間旖旎嬌豔、顧盼生輝，竟是要比傳聞之中還要光華照人。

墨舞倒有些自慚形穢的垂下眼，她心想，原來世間當真有如此傾國傾城的美人，也難怪皇上會不顧朝臣反對，為她閒置後宮，將萬千恩寵集於她一身了。

「你抬起頭來。」皇后饒有興致的打量起墨舞，墨舞緩緩揚起頭，看向她，皇后讚許似的微笑道：「果然是個美人，難怪你能夠做出那麼多件深得我心的琉璃藝品了。」

墨舞道：「多謝皇后娘娘讚美，可小女子斗膽一句，娘娘姿容實乃風華絕代，雪山之端的仙蓮也比不上娘娘的美麗。」

皇后笑得俏麗：「想不到你連嘴皮子功夫都這麼了得，實在是個人才。」

墨舞倒是做出謙卑之態：「小女子還有許多不足之處，也期盼著能夠做出更多的稀罕物品，好讓娘娘開心。」

皇后聞言，微微一笑道：「好了，本宮今日召你前來，自是有關此事。」

墨舞立即道：「還請皇后娘娘明鑒。」

皇后雖眼裡含笑，但卻有些若有所思似的，她凝望著窗臺上擺放的一盆垂蘭，輕描淡寫般說著：「本宮對琉璃的喜愛，自是到了痴迷地步，見得多了，眼光也就刁鑽了，近來也只有你送來的琉璃可以讓本宮眼前一亮。但本宮還想看見更稀奇一些的工藝品，不知愛卿能否做出變換形狀的琉璃人像呢？本宮想看到你當年的那尊河伯公主像栩栩如生起來，如果她的四肢可以靈活變動，那就更妙了。」

提及河伯公主像，墨舞雙眼一亮，心中大喜，想不到皇后竟記得她當年的青澀之作！可喜悅過後，她又細細琢磨起皇后話中意思，能夠使琉璃人像的四肢活動起來，墨舞可從來沒聽聞過，凡塵俗世之中當真會有人做得到嗎？

皇后見她沉默了，便輕輕喚她一聲：「愛卿？」

「娘娘……可是在叫小女子嗎？」墨舞不敢置信，只因皇后第二次稱她是「愛卿」。

皇后掩唇笑道：「愛卿真會說笑，這裡只有你我二人，本宮會喚侍女做愛卿嗎？」說著，她起身踱步到墨舞的面前，雖是居高臨下，卻也情真意切：「這一次，只要愛卿在整月之內能夠做出令本宮滿意的琉璃人像，愛卿就會成為這偌大皇城裡的第一個女官了。」

女官？

她？

墨舞睜圓了雙眼，她感覺自己胸中有一股熾熱的血流湧向了頭頂。正如皇后所說，只要她能為皇后做出全天下首個可以活動四肢的琉璃人像，那麼她必定可以藉機成為首個女官，權力、名譽，她都會收入囊中，她想要的一切都可以實現。

但是，她真的能做得出那可以稱之為驚世駭俗的琉璃人像嗎？倘若失敗，等待著她的又會是何等淒慘的境地？欺君之罪？株連九族？或是死無葬身之地？

可若是成功了呢？

墨舞的額角滲出隱隱的冷汗，她握緊了手指，自己劇烈的心跳聲清晰可聞。那些淩亂的回憶在她的腦海中起起伏伏，她想起了明歌與琴妤的存在，想起了姬晏璟在納妾之後仍可以待她如初的畫面……他與她甚至更加相敬如賓了，許是有愧於她，他挖空心思想要挽回與她之間的感情，殊不知她心已涼得徹底，再難於背叛之後對他恍若無事的嫣笑以對。

愛變了就是變了，如同陳年老酒裡掉進一隻臭蟲，汙了整罈酒水，可目睹之人卻難以下嚥。

她不是他的小妾們，自是不會心甘情願與其他女子分享她的夫君，更不願心滿意足的困於一方天地，她將死不瞑目。

也許正如爹娘爭吵時的那些話語，當墨舞還是少女時，她也曾認定——倘若自己有了權力，那麼原本不堪的一切都會煥然一新，她可以主宰自己的一生，光有財富是萬萬不夠的，作為女子，自是沒有男子強壯有力，必定要利用更多的方式來保護自己，她已有了萬貫家財，唯獨需要再去擁有——權力。

女官，即是權。

這一刻，墨舞不再猶豫，她按捺住了自己內心的不安與倉皇，只准自己堅定回應皇后的期許，俯首說道：「微臣自當盡心盡力，一定不負娘娘信賴。」

皇后滿意的笑著扶起她，微微上揚起嘴角道：「本宮看好的人，自是不會錯的，你且盡善盡美，本宮絕不會虧待你。」

墨舞眼裡跳動著欲望混雜野心的凌厲之光，她的視線從皇后的臉一直延伸到她的裙擺處，那明豔、華貴的牡丹彷彿燃燒著她的眼，令她只看得見一片姹紫嫣紅、金燦絢爛。

自那日之後，墨舞回到琉璃坊中夜以繼日的苦心研究，可過去了七天，她仍舊毫無收穫。琉璃石拋光了千萬顆，她甚至都做不到將那些精美透亮的琉璃石結合在一起。比起當年製作河伯公主像的赤誠之心，她早已是利慾薰心之人，又如何能心無旁騖將整顆心都獻給製作琉璃的過程？

她痛苦的意識到了一個她不願承認的真相，便是她的確有著天賦，但那天賦已經耗盡，加上多年來嫁做人妻的塵俗染身，她那點可憐兮兮的靈氣被汙濁得蕩然無存了。

墨舞痛苦萬分，甚至屢次歇斯底里將琉璃石從自己的案桌上打飛。那段時間她陰鬱而寡歡，面對唾手可得的權力，令她焦急不已，可無論她如何努力苦研，也無法製作出驚世之作，她從未像這般懊惱過自己的平庸，更痛恨自己為何不是那曠世奇才。

那段時間，侍女們總會聽見她工作的房間裡傳來哭聲與響動，可又沒

人敢去打擾她，唯獨沁女有一次敲門關心她，她卻覺得旁人實在可憐她，立即發怒翻臉，令沁女十分沒面子。

經那天又過了幾日，算算日子，距離與皇后約定的期限還有十七天。墨舞頹唐的靠在木椅上，一臉的失魂落魄，連同整個人都消瘦了不少。

夜晚風涼，吹得窗紙嘩啦啦作響，冷風又從門縫中灌進來，墨舞渾渾噩噩起身去開門，想要重新關好時，門外之人於夜深人靜之中匆匆走進來，動作俐落的反手將門關緊。

「你來了。」墨舞這樣說著，腦子裡卻是才想起今日本應是相會之日，但她心情不好，已經是忘在了腦後，也難怪他會來此尋她。

「你怎麼不怪我跑來琉璃坊呢？以前你總說不可來此見你，會惹人懷疑……」話音剛落，他轉身看見她臉色青白，不由探手去撫上她臉頰，擔憂問道：「幾日不見，你怎如此憔悴？」他目光落去案桌的琉璃石上，不必她說，他自是懂了，蹙眉道：「原來還是在為人像的事情費神。」

提及此事，墨舞的眼神變得惱怒起來，她正欲發怒，又想到會驚擾旁人，隨即沉下一張臉轉身不去理會他，他趕忙一雙手臂從她身後環上來，將她圈入懷中吻她側臉，她欲掙扎，卻聽見他忽然道：「還以為你整日在苦愁些什麼大不了的事情，倘若是為了這等小事，我來幫你善後便好。」

墨舞停住掙扎的動作，微微蹙起了纖眉，問他道：「你有法子？」

「劉皇后自是提出了艱難的要求，可人外有人、山外有山，普天之下這般寬廣，自是有隱世高人能滿足她心願。」他笑著，語調是柔情蜜意的，「偏巧……我便認識這樣一個高人。」

墨舞聞言，立即回首看向他，眼中似有狂喜，他見她面向他了，便欲去吻她，她卻以指抵住他唇，忽又心懷不安道：「求名心切必作偽，求利心重必趨邪，欺君之罪萬萬做不得。」

石天奕卻覺得有趣的笑了，歎她道：「自然是聽從你吩咐，你若不許我做，我不做便是了，只要你不後悔。」

墨舞猶豫的垂下眼，道：「我只是擔心那『萬一』二字……」

石天奕又笑一笑：「你是擔心萬一之後的事，還是擔心我？」

「我怎會對你不放心呢，你已經幫過我很多了……」

「既是如此，你還怕會有萬一不成？」他笑著，眼裡光亮在笑意盈盈中更顯氤氳溫柔。

墨舞沉默片刻，忽又遲疑道：「此事不似從前尋常，你且容我三思。」

他握住她的手，叮嚀一句：「機不可失，失不再來。」

她動搖了，靜默注視他，心中五味雜陳，忽又厭惡起自己這般膽小怕事的模樣，繼而昂起首，堅定道：「我姜墨舞絕非貪生怕死之人，如你所言，自是機不可失。」

他極其喜歡她這種傲視一切的神色，攜起她的手背，湊近唇邊吻了吻，對她低聲道：「不出十日，我必將助你平步青雲。」

那晚的墨舞尚且還會為與石天奕之間的謀劃感到憂心，以至於一夜未睡。可十日之後，當她看到那樽可以靈活擺動四肢的琉璃人像後，她的全部憂慮都隨風而去了。

猶記得那是比她曾經所做的河伯公主像更為精美的琉璃工藝品，高約半尺，手臂、雙腿都是與衣衫分離開的，自然可以在人們的擺動之下隨意輕晃。而公主的面容竟似出神入化那般，達到了氣韻生動的境地，既不落俗又不妖媚，只覺整樽公主像秀氣所鍾，天人感應，便是世間百花齊放也不及此人像芬芳。且每一處肌膚紋理也都是精雕細琢，仔細看的話，還會發現頸項處的材質隱隱添加了金絲，一直延伸到鬢髮裡去，實在是美得讓人不得不側目。

墨舞驚歎不已，半晌時間都沒有回過神。等到心緒平靜下來之後，她既喜又憂，喜的是竟真有高人能夠製出這等奇珍異寶，憂的是她努力數年也不及高人的妙手半分。

然而，正是因為這樽妙不可言的人像，墨舞如願以償得獲得了女官的頭銜。那一日天高而無雲、萬里晴色，墨舞身穿黑緞紅紋宮服，於琉璃坊內領了朝廷下的旨意，在眾人豔羨的目光中，由皇后身邊的掌事姑姑柳溪引進皇宮。一路上，墨舞看見了殿前兩側的御林侍衛，看見了行色匆匆的醫官，也看到了和她一樣前往朝中的重臣。他們無一例外打量著墨舞，眼神中有輕蔑、有訝異、有不悅、有冷笑，只因她是即將步入大殿內的唯

一一個女子，也是千百年來唯一一個做琉璃而起家的女官。

而到了朝前，偌大的殿上，一眾文武百官皆素黑，皇上緩緩走上御座，面色冷峻，眾臣皆是跪拜叩首。墨舞同樣伏於其中，她雙手雖有虛軟，可在聽見帝王的那一句「眾卿平身」時，她即刻適應了新的身分，暗中湧動肅殺之氣的滿朝之上，墨舞隨同文武一併起身。她抬眼凝視高座之上的天子，忽覺自己和王權是距離這般之近。

宛如咫尺，伸手可觸。

等到下了朝，柳溪傳話來，說是皇后要見墨舞。一旁有朝臣聽見後，看似抬舉似的奚落起墨舞：「姜中使可真是恆流之上，深得娘娘厚愛啊，我等老朽實乃羨慕有加，擇日還要請中使傳授幾招妙計，也好讓老夫一躍成為四品大官，何不樂哉！」

墨舞並不惱火也不反駁，只淡淡一笑，對方雖位低於她，可畢竟是年歲半百之人，她不敢冒犯，便深深作揖，以示禮節。接著便另擇一路隨柳溪離去，身後還聽得見那群老臣的酸言酸語，他們說得越多，她心裡便越發痛快喜悅，彷彿是得到了一種被嫉妒後才會感受得到的快感，令她沉醉其中。

而到了外殿城門旁，她一眼便瞧見了負手立於馬車旁的姬晏璟。許是在等候朝中某位重臣商討貿易之事，他以前就時常到朝中殿外候著。而他身旁帶著的家奴認出她，立即對姬晏璟指著這方，並喚了聲「夫人」。姬晏璟聞言，側首循望而來，墨舞與之四目相對，彼此深深凝視，此時日光打透雲層筆直照射在他們二人臉上，映得兩人面容皆是明亮無比，深深淺淺的清風零碎拂過，上空之端浮來幾朵重雲，又遮住了光線，先使墨舞所在的方向陷入了陰影，可終究是他先向墨舞低首，躬身行禮。

她已是四品女官，他只是京城富賈，自然是要對她恭敬相待。家奴見主人如此，趕忙慌慌張張向墨舞跪拜，如此景象卻是讓墨舞心中一酸，她忽然想到自己已有數月不曾回去他府上了，想必如今再回，姬府上下必定是要大肆恭迎才可。

曾經夫妻，今朝有別，一時之間令人唏噓不已。見到他的臉，墨舞並未有揚眉吐氣的釋然之感，反而心情沉重，並不願再於此耽擱，轉身朝前方的皇后寢宮走去了。

只是她走了兩步，又停下身子回頭去看他。

他未曾離去，仍舊靜立於空曠得彷若沒有盡頭的長路之中，以一雙極為眷戀的眼望著她，像是在對她道，他仍在等候她回來。

她心裡驟然一驚，略微閃躲著視線回過身去，柳溪問她道：「可是姜中使的熟人？」

墨舞反問：「姑姑何來此言？」

柳溪瞥一眼她身後：「因為……他還站在那裡望著中使的背影出神呢。」

墨舞深深閉眼，竟仍舊是心痛萬分。她催促著自己快些去見皇后，快忘掉方才所見之人的臉。可路上她魂不守舍，直到柳溪提醒，她才發現自己已經到了皇后宮內，而劉皇后正站在廊外的小亭裡，逗弄著籠中金雀，墨舞見她今日未施粉黛，長髮如絲絹傾斜，衣衫是素淨的藕色，倒顯得格外的出塵脫俗。

見墨舞來了，皇后便朝她招手，墨舞躬身上前，皇后將手搭在她臂上走出亭外，兩人一同在花園附近散步，彼此之間倒也不像初見時那般生疏。

皇后是很喜歡墨舞的，也愛她的才情，墨舞感受得到這份殊榮。談話之間，皇后關心她今日上朝是否順利，墨舞點頭道著托娘娘的福，一切平安。

到了水潭附近，皇后便在木椅上坐了下來，又讓柳溪等人都退下，只留下墨舞陪著她。

皇后這時才對墨舞道：「愛卿製作的驚世之作，不僅讓本宮看得歎為觀止，皇上也是讚許有加。本宮果真沒有看錯人，你的確才貌雙全，自是配得上本宮重用。」

墨舞垂下眼，若有所思回道：「多謝娘娘厚愛，屬下定不會辜負娘娘器重。」

皇后望著結出冰層的水潭，忽然幽幽的歎息，道：「本宮今日會見愛卿，是有一事相求。」

「請娘娘吩咐。」

皇后緩緩道來：「此事說來話長，還且要從頭講起……」

劉皇后有一位同父異母的胞妹，閨名璿，她生得十分美麗，絕不遜色於姐姐姿容。跟姐姐與其他美貌公主的歸宿一樣，璿嫁給了一位英雄。

英雄是北部部落首領大君，統領遊牧民族，是多個部落共同推舉的共主。他從十三歲起便驍勇善戰、戎馬生涯，自是攻無不克、戰無不勝。

這樣神氣英武的大君，是草原上每個女子的夢中情人。而在一次入京面見皇上之時，陪同姐姐進宮的璿目睹了郝可汗的風姿，大君也是被璿的容貌所傾倒，二人互生情愫，且又都喜歡精美的琉璃工藝品，大君滿懷喜悅讚歎璿的才情，並道著自己第一次和女子有這般說不完的話，璿同樣認為大君是她一直尋覓的良人，即便她深知他已有妃嬪若干、子嗣數十，她卻還是義無反顧選擇嫁於他。

世間所有的青蔥少女，都單純得認為自己會成為她們心愛男子的最後一個女人，並認定自己是特別的，他會因她浪子回頭、共度白首。然而在撞了千萬次南牆之後才撕心裂肺的驚覺，那幼稚的想法無非只是痴人說夢。

年輕貌美的女子總是如同雨後春筍般層出不窮，大君也只是與璿恩愛了兩年，而後便又愛上了其他更為年輕美麗的女子，這令璿悲痛不已，嫉妒與絕望令她不知所措，只得聲淚俱下的寫下一紙家書，向姐姐劉皇后求助。

信中內容道著璿的悲苦，她向姐姐請求幫助打造一套琉璃，希望這琉璃工藝品能夠展現出她與大君相愛時的美好，大君睹物思人，定能回心轉意。

當年的璿與大君便是因琉璃而定情，還記得那時的皇后與皇上剛剛成婚不久，大君從遙遠的草原前來道賀，送於帝后一樽龍鳳琉璃像，皇上道著大君日日與沙場為伍，竟也是這般心思細膩，實乃誠意可嘉。璿那時只有十六歲，快言快語說著姐夫怎可嘲笑大君是武夫？大君笑笑並不在意，璿卻道：「我只覺得大君與這樽琉璃一樣，心思純淨，為人正直，舉世無雙。」

她說完才發現洩露了自己女兒家的情懷，不禁紅了雙頰，那正是夕陽灑落餘暉之時，滿堂之內都是一片金紫絢爛，更染得她面容嬌俏，引得大君看她看得如痴如醉。

她不敢去看他，因他火辣而熱烈的目光似要將她一寸一寸吞食，以至於她羞怯無措，找了個藉口便逃開了。

她沿著夕陽一路來到了後花園，胸口心跳還在劇烈砰砰跳動，未等平復心情，便聽到身後傳來腳步聲。她驚訝的回過頭，迎面而來的人忽地伸出手拉住了她，彼此之間近得呼吸相息，她身體僵硬不已，他卻笑了出來，對她道：「想我南北征戰、馳騁沙場，終是遇見了像你這般深得我意的女子，如果得之，實是我幸。」

她眼裡自是映滿了他，於那般璀璨夕陽之下，她終是不可自控的淪陷在他那雙彷彿可以將她燃燒的幽深眼眸中。

皇后講完了大君和瑢的往事，久久沉默不語，過了很長一段時間，她才問墨舞道：「正如瑢信中所求，愛卿能夠做出挽回大君心意的琉璃工藝品嗎？」

墨舞陷入了沉思。在聆聽這故事之時，她眼前又何曾不會浮現自己與夫君的往昔呢？她憐惜同為女子的瑢，彷彿可以看見瑢孤身站在懸崖峭壁之上，無人能夠拉她脫離險境，她的背影無比孤絕而痛苦，一如嘗盡背叛之痛的墨舞。

見墨舞沒有說話，皇后瞥她一眼，又道：「假設愛卿能夠實現瑢的心願，本宮自是不會虧待你。你做中使的日子不會太久的，此事一成，本宮會向皇上諫言，令你連升兩品。」

墨舞因此而抬起眼，卻不全部都是為了權力而心動，她再三思慮，終是領命道：「還請皇后娘娘放心，屬下必將竭盡全力。」

皇后滿意的笑了，命墨舞退下。

墨舞恭敬離開，她轉身時心中暗下決定，這次必要傾注全部心血來完成琉璃的製作。不僅是為了皇后允諾的連升官位，更是打算奠祭自己無疾而終的愛情。

曾經愛過，也覺可以改變，終究跌落進了塵埃裡，卑微的連美夢都

不敢痴想。即使如此，那琉璃的光彩卻能在殘存的碎片中綻放光芒……也許璿就是那樣的女子，可墨舞尚且不知，她終究是沒有徹徹底底看透璿的全部。

自那天回去琉璃坊，墨舞再一次夜以繼日投進了研製琉璃工藝品的創作中。唯有此次，她不想去依靠任何人的力量完成這次作品，也許除了她，再沒有人能夠幫助璿去挽回心愛男子的心了。哪怕，因此而冷落了石天奕。近來的石天奕怨聲載道，好不容易抽出時間去見他，他都要抱怨墨舞的心思根本不在他的身上。這令墨舞心生厭煩，索性不再與他相會，一心鑽研琉璃事務。

而七日後，到了皇上胞弟三王家郡主的生日，皇帝與皇后平日很喜愛郡主，自然要為其舉辦隆重的宴會。重臣提議進行皇族捕獵，皇后覺得甚妙，又提出邀請一些貴族世家同來參與，自然也少不了被人稱作是「皇后寵臣」的墨舞。

一炷香時間過後，捕獵隊伍便已準備就緒，皇帝也會一併參與，雙方換好衣服，就浩浩蕩蕩策馬奔向野外山林裡去了。

墨舞倒覺得這是放鬆一下的好機會，她策馬追上隊伍，但是跑著跑著卻發現大部隊都不見了去向。她似乎掉了隊，便勒停馬韁，正打算原地觀察一番地形，哪知身後突然射來一箭，擦過她的臉頰，只略微破了點皮，出現一條淡淡的血痕。

她困惑去看射箭來的方向，一名臣子再次對著她拉起了弓弦，墨舞心裡驚了驚，她立即明白是有人想趁著此次捕獵，來斬除她這顆眼中釘。

最近總會聽聞重臣們對她越發放肆的議論，他們說她是禍亂朝政的妖女，利用琉璃邪物去蠱惑皇后。墨舞知道他們不過是見不慣有女子做官罷了，這群可悲可歎的男子，竟容不得世間有女子凌駕於他們之上。難道殺掉她一個，便不會出現第二個了嗎？

正想著，那名早已拉起弓弦的臣子緊接著又放出一箭，這一次要不是墨舞及時躲開，小命便會不保。

臣子不滿的「啐」了一聲，墨舞趕忙驅馬狂奔，那幾名臣子立即追趕而上。果然不出所料，他們的確想要置她於死地。

那二人的馬跑得極快，越發追近了墨舞，墨舞看到他們從腰間抽出了長劍，她察覺自己今日可能是跑不掉了，距離如此之近，她便是插翅也難飛。怎料峰迴路轉，坡頂方向忽然射來一支箭，不偏不倚，正巧射中了其中一名臣子的右腿。

他慘叫一聲，當即栽下馬來，另一名臣子勒住馬韁，驚覺道：「西南方向！」話音剛落，又一支箭從坡頂射來，還好臣子躲得及時，避開了那支極有可能射中他臂膀的長箭。

「這娼婦竟有幫手！走，今日不宜行動！我們撤！」他喚起那名跌落在地的臣子，二人翻身上馬，調轉反向倉皇逃走了。

剩下墨舞驚魂未定的停下馬，她氣喘吁吁望向不遠處的斜坡處，只見同樣身穿狩獵錦服的男子策馬而來，由遠至近，灑落一地清冽光華。冬日烏雲遮住了殘陽，又一點點移開，他身上彷彿攏滿了光耀輝芒，踏著清風，離她越來越近。

二人目光交會在半空，他翻身下馬，摘下頭頂披帽，語調雖淡然如水，卻沁入墨舞心底，他問道：「姜中使可有受傷？」

墨舞恍惚的搖搖頭，她定定望著他的容顏，忽然雙眼一亮，急急問他：「你我可曾在何處見過？」

他聞言，只淡淡一笑，並不作答。

墨舞視線落在他腰間佩戴的長劍上，只見劍柄處刻著「雲」字，她立即恍然大悟道：「你是上官家的……」

上官晟雲。

而墨舞之所以曾與他相見，還要追溯到初夏時節。

第十五節

那年初夏，是琉璃坊由墨舞接手後的第二年。她想著要招待些達官顯貴、皇孫貴族來此做客，便設宴於坊中，又拜託回宮的趙內侍發出了邀請函。她自己尚且與那些貴人們還不熟識，只好藉此機會來熟絡感情。

既然是趙內侍發了話，自然有許多舊友願意結交琉璃坊的新任總領。那日天氣大好，陸陸續續來了許多名門望族，其中便有出身顯赫的上官家。皇城之中無人不知「上官」二字，倒不是因為其家族勢力龐大富足，而是因為上官的先代是宮中文王，文王是開國皇帝最為寵愛的皇子，可他生來身子骨弱，先皇不忍立他為太子勞累朝政，便在皇城最好的地段賜給他良田千畝、房屋數間，又封做文王，賜上官姓氏，從此令文王與後代在世外桃源一般的家宅中吟詩作，遠離汙濁與爾虞我詐。

而受邀來到琉璃坊參宴的上官家後人便是上官晟雲，由於與皇室有宗親裙帶關係，上官家歷代享有爵位稱譽，上官晟雲是鼎鼎有名的縢玉王，雖不問朝中之事，也並無幫派黨羽，但旁人見了都要敬他三分。論資質論相貌，他眉目清冷，身上總帶著不食人間煙火之氣，俊秀瀟灑自是渾然天成。

他那天對墨舞沒有太深的印象，只見她周旋在眾多賓客之中談笑有加，豔絕人寰的容顏，的確如傳聞中那般令人歎為觀止。可他卻只對她做出的琉璃有興趣，那些大小不一的琉璃人像，擺放在廳堂內的紅木櫃子中，或豔麗光華，或妖嬈多姿，令他記憶頗深。

反倒是墨舞瞥見他側影，在心中不自覺刻下了他的臉。初見其顏，只覺是如同來自遙遠洪荒世界、天地混沌之時的翩翩仙客，他獨自負手站立於擺滿了她琉璃作品的木櫃前，身側的兩株芭蕉襯著他白色衣衫，如一支翠玉碧綠簪，遺世孤立又逼得人不敢直視，彷彿連瞧一眼都會褻瀆他滿身潔光。

世間竟會有如此疏離於塵世、清冷孤傲、一身凜然正氣的男子嗎？

墨舞目不轉睛凝視了他許久，哪怕是耳邊絲竹聲聲、盛宴繁華萬千，都不及他姿容奪目。

許是歷經了渾濁與醜惡，墨舞反而不敢走上前去跟他寒暄。於是那一次，她甚至都未曾和他講過隻字片語，便在宴席散去的時候，只得目送他離開。

她不曾想過那之後會有第二次偶然相見，儘管過程極其狼狽。

那年年底，在隆冬時節的酒樓小聚中，墨舞陪權貴們喝得酩酊大醉，等到夜深無人，她醉醺醺獨自一人回去琉璃坊，其他人也是爛醉如泥，皆是搖搖晃晃四散而去。墨舞醉得厲害，走到河岸旁嘔吐不止，很快便不省人事的睡在岸上。

冬日寒冷，河水結冰，她在睡夢之中顫抖著身軀，卻奈何酒意深重，無論如何也醒不過來。假設她就那樣一直睡到天明，說不定會凍僵成屍。哪料他的馬車途經於此，恰逢看見了她，便命侍女前去搭救。

她躺在他的馬車上渾渾噩噩睜開眼，模糊中看見他坐在一旁翻看著書中的書卷，是侍女見她醒來湊上前，詢問她是否安然無恙。可墨舞無力支撐般的再度睡了過去，等到隔日清醒，竟發現自己睡在琉璃坊的寢殿裡。她身上的衣衫整潔乾淨，卻不是她自己的，她回憶不起昨晚之事，叫來侍女詢問，侍女只道有人在清早時分將墨舞送到了琉璃坊門外，大家接墨舞回房時，她就已經穿著這身蜀繡衣衫了。

墨舞追問侍女有沒有看清對方是何人，侍女搖搖頭道：「回總領，奴婢那會兒也剛剛醒來，意識都不算清楚，聽見敲門聲才去接應的，且對方又坐在馬車裡，是他的幾名侍女扶著總領下車，奴婢沒有來得及去看她們的主人是誰……」

難道是昨夜酒後失態？墨舞如何也回想不起昨晚之事，但自己身上的衣衫十分名貴，定是大戶人家幫她更換上的。再看向枕邊，自己原先穿著的錦服被洗得乾乾淨淨，墨舞拿起來嗅了嗅，聞得出淡淡的酒氣，她料想自己吐得那般髒亂，定是醉倒在路邊了。竟會有人不嫌棄那樣的她，不僅帶她回府，還為她更換衣衫、有禮相待，且又不留姓名，實在是令她心中動容不已。

自那之後，墨舞也想方設法尋找「恩人」，可線索太少，加上琉璃坊內日夜繁忙，她也一度作罷。直到某日去街市採買，巧的是，她遇見一位同樣穿著蜀繡針腳印記的侍女從藥坊裡走出來，那蜀繡的特別之處，在於每個繡娘都喜歡在自己的作品之下，留下個類似書法印章一般的印記，而這印記怕是只有相熟之人才能辨識。這針腳下留下的印記樣式，與自己當日的那一件極其相像，墨舞追上前去詢問她在誰人府中做差。

侍女當下一愣，回答自己是上官府上的人，末了又關切的詢問起墨舞：「總領那日回坊之後無大礙吧？」

墨舞一怔，侍女略有躊躇的笑笑道：「我家主人反覆叮囑過我切不可與旁人說起的，可總領又不是旁人，我跟你說也算不得是違背主人。只是那日總領醉得實在厲害，主人擔心總領在河岸旁久睡不醒傷了身子，便帶你回去上官府，在馬車之上您口渴向主人要水喝，因為醉酒人沉，我也扶不起，主人就親自扶著您餵水，只是您醉得把杯子打翻了幾次，約莫是路上顛簸，又晃動的吐了主人一身。主人也沒說什麼，只是淡然扶著您斜坐著，等到了府上，就命我等先為你換洗打理，然後自己才去換了一身衣裳。也不知道給總領換上我等奴婢穿的衣衫會不會惹怒總領，可夫人不及總領苗條，自是無法讓你去穿她的衣衫了……」

聽聞此事，墨舞震驚不已，原來她竟酒後睡倒在河岸旁，差點莫名其妙死了，倘若遇到不軌之徒劫色劫財，她又該和誰理論？而那萍水相逢的上官府主人卻義不容辭救了她，甚至不求回報，也未與任何人講起。

是在那一瞬間，墨舞對上官晟雲產生了一種連她自己都說不清楚的情愫。一如此時此刻，她從馬背上翻身而下，緩緩走到他的面前凝視著他，心中竟是有千言萬語想要對他訴說。

他同樣注視著她，並不提及當日之事，只道：「此地不宜久留，既有旁人想要奪走中使性命，本王今日便會親自護送中使返回，待確定中使身處安全後，我才會離開。」

墨舞見他轉身欲上馬，竟是急不可耐的追問他道：「縢玉王，你為何屢次出手幫我？」

她與他素昧平生，即便他曾給她留下刻骨銘心的身影，她卻覺得他不是她有資質能夠與其比肩之人。

他回首望向她，眼裡似有訝然，很快又平復下那份驚色，並未回答她的問題，只是低聲道：「舉手之勞，不足掛齒，中使，我們走吧！」

她心中竟有一絲沉甸甸的落寞，不覺嘲笑起自己，難不成還期待他有其他的回覆嗎？在他的面前，她竟變得像是一個懵懂無知的少女了。

也許……

是她落花有意，他流水無情。

塵間柳絮飄飄，轉眼到了春意盎然之時，琉璃坊內的女匠人們都換上了輕透飄逸的紗裙，等到清風襲來，一個個衣袖飄然、裙帶翻飛，宛如仙子降凡。

在為劉皇后的妹妹璿打造琉璃的空隙中，墨舞製出了一份流雲樣式的琉璃，並命人送去了上官府邸。表面上是謝禮，可琉璃下方卻由她親自刻上了「晟雲」二字，用意何在，倒也心照不宣了。

在等候上官府帶來回信的幾日裡，墨舞日夜惴惴不安。上一次像這般大費心思之時，還是為劉皇后打造河伯公主人像的幾年前了。她笑自己不知好歹，思及此，便心中淒涼的坐在石桌前暗自傷神。想來上官晟雲並不是她可以高攀得起的，而她也絕非是想要與他投懷送抱，她深知他出身顯赫，且家中還有位門當戶對的夫人，外界都說他們夫妻二人舉案齊眉、相敬如賓，是人人豔羨的一雙眷侶。

但她也清楚，他的夫人不及她貌美絕倫，他對她斷然只有責任，而非是熾熱情感。她也私下裡與他的侍女們往來，言笑間會裝作漫不經心問起他平日裡都做些什麼。侍女很喜歡墨舞送她的胭脂粉黛，倒也熱忱的對墨舞道：「主人大多時候不在府中的，即便回了府，也要忙碌許多事情。很多將軍、文官都願意來府上拜訪他，與武將在一起，他會比試劍術；到了文官那邊，他們會作詩、喝酒、下棋，再沒別的什麼了。」

說起上官晟雲時，侍女們是滿臉的敬畏與尊重，墨舞卻覺得他所做之事也極為符合他的氣韻，古板倒談不上，脫俗自是般配的。

「那……他與夫人感情可好？」墨舞試探著問。

侍女不曾多想，如實說著：「好是極好的，可也談不上多麼恩愛，主人和夫人十六歲便成婚，是望族之間的聯姻，皇城裡不知多少女子羨慕我家夫人呢！誰不想嫁給主人那樣的男子呢？可是主人眼光向來優渥，我雖然讀書不多，也能明白主人自是嚮往尋得一位才貌雙全、能與他聊得來的女子。夫人也是這樣希望的，她愛極了主人，但也想要主人快樂，我想，夫人是明白自己並非主人所愛的，故此，她盼著主人能早些遇見一個能讓他奮不顧身去愛的人，她也定會愛屋及烏的。」

墨舞蹙了蹙眉，她感到困惑不已，竟會有女子願意與他人分享自己的夫君？且能做到愛屋及烏？難道說她無法接受自己夫君納妾之舉，是她不夠愛他不成？

她雖然期盼著上官晟雲回應她，卻又矛盾的不想要他接受她。也許她私心認定他與尋常男子不同，可一旦他也是盼望著尋得情人的那種男子，他與她而言，又有何特殊呢？

即便他的妻子縱容也支持他去追尋閨閣之外的情愛，誰又能來替那位可憐的夫人擦拭傷悲淚水呢？

自己嘗受過其中滋味，墨舞自然不希望有旁人也去忍受這般痛楚。如此想著，她便低聲喟歎，大概是又想起了自己的丈夫，也曾在新婚燕爾時許諾她一生一世一雙人，可惜如今早已物是人非，男人的心與情，最是靠不住的。

當天夜裡，墨舞在新晉女匠人的服侍下，準備沐浴更衣，她卸下了簪子，換上藕粉色的裙衫，銅鏡裡映出的是一個素淡卻依舊美麗的女子。

女匠人便讚歎道：「我今年滿十六歲了，可這是十六年來，我還從未見過誰有總領這般美貌，簡直就像是天上來的仙子。」

墨舞莞爾一笑，未等說些什麼，門外突然傳來腳步聲，女匠人首先回頭去看，立刻認出對方，不由吃驚道：「塍玉王？」

只此一句，墨舞的笑意便僵在臉上。

那夜之於女匠人來說，是惶恐而心驚的，她守在墨舞的門外，生怕有人會撞見屋子裡的氤氳迷情。她也深知總領有著家室，更清楚大名鼎鼎的塍玉王背靠上官一族，他同樣是有著妻女的，可她更明白總領貌若天仙，即便是塍玉王，也必定難敵其石榴裙的芳香酥軟。然而琉璃坊裡把守森嚴，是否有人已目睹塍玉王來此？如果事情傳開，總領清白又該如何是好？

她又怕又急，不安的來回踱步，雖不敢去側目紙窗，但她心中卻忍不住悲戚起來，塍玉王那般清高傲然，卻仍舊逃不過美人關，他家中的妻子又該何去何從呢？

而這般顧慮，又何曾不困擾著墨舞的心。

此刻已是丑時，房內的蠟燭就要燃盡，她依靠在他的肩頭，手指輕撚著他的髮絲，忽地聽見他聲音喑啞問她道：「你在想什麼？」

她的眼神有些迷離，緩緩道：「我以為，你不會回應我的心意。」畢竟過了這麼多時日，她從沒想到他會以這般直接的方式出現在她的面前。

他黯了黯眼神，在這漂浮著異香的房間裡，他目光緩緩下移，從她的眼到她的唇，他的神智都像是被她蠱惑了一般，不禁對她道：「也許在我將你從山林裡救下的那一天開始，我便盼望著今日這一刻的到來了。」

她聞言，揚起臉凝視著他深情的眼，嫵媚的笑了，「世人都道上官家的塍玉王是正人君子……」

他認真看著她，彷彿她是他心尖上的朱砂。他眉目含笑，語氣溫和的反問她：「難道我還不夠正人君子嗎？」

她微微張口，話還未說，他吞下她口中餘音，已然再度翻身覆上她的胴體，那些既清冷又熾熱的吻如暴雨一般散落在她的心頭，他的熱烈彷彿要將她整個人都吞噬殆盡，連骨髓都不留。她不知他是何時愛上她的，大概是冬日裡他收留她的那夜開始，或者是收到她親手為他製作的琉璃起，彷彿他已經等了她好久好久，久到他再也按捺不住心中的愛意，他如鼓的心跳與急促的喘息像是在告訴她：名聲與妻子他都可以拋棄，只要她肯，他將會成為她的。

墨舞回想起他時常會看向自己的眼神，雖淡漠，卻深藏熱忱。而墨舞此生追逐的愛戀，正是此等的純粹與孤注一擲。她覺得自己找到了，所以用她的身體回以同樣的義無反顧。

只是，她卻不敢開口給他任何答覆。

她很清楚，兩個人想要在一起，只憑藉滿腔愛意是遠遠不夠的。離開彼此身後的世家，便等於捨棄了財力與靠山，等到激情褪去，他對她的愛還能維持到幾時？於是在那之後，墨舞的眼裡多了一份幽微的悲傷，儘管，她仍舊沉溺在與他熱戀的甜美滋味裡。

此後，他經常假藉公事之名來琉璃坊見她，她則會向屬下做好交代後隨他離去。他們一起策馬遊玩，一起躺在河岸旁細數夜空中的星辰，一起在酒樓中喝酒暢談……

可每次面對他眼中濃烈的愛意時，墨舞卻情不自禁屢次退縮，她的腦子裡不斷閃現丈夫與孩子的面孔，他們一家人曾經聚在一起共享歡樂時光，而她是妻子，是母親，也是她父母的女兒……。許多年來，她已然適應了這些附加給她的角色稱呼，即便她的名字是姜墨舞，可如今能夠如此柔情喚她此名的人，唯有他一人而已。

「墨舞。」他總是輕吻她的額，連聲音都是繾綣迷醉的。

她也是十分享受他的寵愛與陪伴，但同時她又害怕，她怕失去她苦心經營得到的一切。

墨舞放不下那雖不夠全心愛她卻可以給她富足的丈夫，也無法違背父母曾經對她的期許，更不忍面對子女失望的眼神。

她在心中嗤笑自己，真覺此生就是一個笑話。直到那一日，在平日喝酒的酒館單房裡，上官晟雲忽然握著她的手，無比認真的問她：「墨舞，你可願捨棄所有，與我一起走遍天涯？」

墨舞聞言，有一瞬間的心猿意馬，但很快便恢復神智，不動聲色抽出自己的手，笑道：「你今日竟是醉得厲害了，怎說起這般痴心夢話了？你我都是朝廷中人，且我又是皇朝歷代而來的唯一女官，哪裡是想走便能隨便走的呢？快別再說這些稚氣話了。」

上官晟雲怔了怔，隔著夜晚的清風，定定盯著她，問道：「你是不信我，還是不信你自己？」

這話令墨舞眼中浮現驚色，抬起頭去看他。她在他的眼裡看到了哀色，載著些許憂愁色澤，令墨舞在與之對視的剎那不禁感到強烈觸動。可她又在這眼裡找到了寒淵般的冷，以至於她感覺自己要被吸進那幽黑的瞳孔中。

直到他從容平淡的聲音再次於她耳畔響起：「我明白你不願意放棄現有的權力，或許你也不願意離開那能給你富足生活的商賈丈夫。可墨舞，我願意把我擁有的一切全部都給你，從此以後，你我將只有彼此，一生一世比翼成雙。」

如果是在十年前，這番話足以能讓墨舞為之奮不顧身，而此刻，她也絕非沒有半點感動，但聽聞那「一生一世比翼成雙」的字眼，卻令她覺得格外刺耳。以至於她握緊了手中的杯盞，竟是面露一絲不屑：「大名鼎盛的賸玉王，你如何能把你的一切給我呢？倘若你我就此私奔離去，你我的前程盡毀，不僅丟了官位，連身後的財力都會被一併斷送，難不成要我和你去過鄉農生活嗎？那時你將一無所有，又能給予我什麼？」

上官晟雲靜靜聽著她的話，目光緩緩沉下，像是若有所思。片刻後，他醒了醒神再看向她：「我愛的是你，並不是此刻擁有全部的你，我以為你的心意與我一樣。」

墨舞嗤笑一聲道：「回賸玉王，我不似你出身高貴，且萬眾矚目得來全不費功夫，我自然不敢說出這般冠冕堂皇的話來。」

上官晟雲聽著，竟也笑了，極為同情似的道：「所以你不惜陷害你的同期女匠人，以此來鞏固你在琉璃坊內的獨權。」

墨舞的臉色變得不太好看，她自是除掉了沁女這個最大的威脅，只因沁女總是表露出赤裸的野心，令她擔憂自己的位置會不保。所以，她使了一個小小的計謀，將勾引親王的罪名扣在沁女的頭上，又一併為皇后與皇上除掉了那窺探著皇位的五王爺，豈不是一石二鳥，何樂而不為呢？

偏偏上官晟雲又說道：「如果只有此事倒也罷了，可你私下裡總是進行假冒琉璃的交易，實在不妥。墨舞，你再也不要做如此下作之事了，這對你自己與琉璃坊都沒好處。」

「下作？」墨舞終於被這兩個字觸怒，她的嘴唇慘白，夾雜著怒意的聲音止不住顫抖起來：「你竟如此不懂我，我以為你與旁人不一樣，如今看來⋯⋯竟也別無二致了。」

說罷，她起身欲走，可酒意使她的身體略微搖晃，她踉蹌了幾步，

忽感腰間溫熱，一轉頭，發現是他攬住了自己。他動作輕柔的環抱著她，眉宇間的深情仍舊令她的呼吸微微一滯，她聽見他說：「正是因為我懂你，才不願失去你。」

的確，他每次望著她的眼神都毫不隱藏的展現出貪婪，他想要擁有的是她，乃至於她的日後，可他越執著於此，她就越發害怕。那曾經破碎的愛情也像今朝般美好，但她已然不敢再去體驗。

於是她輕緩推開了他的手，冷漠的轉身離去，徒留他獨自站在小窗前，背影兀自寂寥，並不曾發現有人躲在屋外的暗處。那身影窸窸窣窣的跑開，察覺到一絲異樣的上官晟雲轉身望向窗外，只看見一抹枯葉從半空中徐徐飄落。

當天夜裡，大雨滂沱而下，雷電交加，牆院裡的琉璃燈被狂風打滅，石府朝南房裡的燭光微弱，一縷嫋嫋煙霧從白色帳幔中飄飄而出，石天奕聽聞侍從稟報之事，立即震驚的起身。

這空曠的房裡只有他們一主一僕二人，石天奕手中的煙桿顫抖不已，他不斷問道：「此話可當真？絕無虛言？」

窗外一道閃電劃過，悶雷乍響，侍從單膝跪在石天奕的面前，戰戰兢兢道：「主人，奴家所見真真切切！」說到這，他情不自禁壓低音量道：「奴家是親眼見到姜總領與塍玉王，在那酒館的隱蔽房間裡私會，再定神打量，他們二人行為親昵、言語露骨，必然是有姦情！奴家還聽見他們說……說不能再做假冒琉璃的交易了，那塍玉王還口口聲聲說著不能失去姜總領。」

石天奕聞言，心境複雜，他一時之間憤恨不已，竟失手折斷了手中的煙桿。侍從不敢去看他，忽又聽見他大笑起來，竟是瘋魔般砸了床榻案几上的古玩，咒罵道：「賤婦！難怪她近來杳無音信，原來是有了新歡！居然攀上了塍玉王，真是讓人刮目相看啊！」話到此處，他沉下了眼，逐漸冷靜下來，平復了因妒火而燃燒的氣焰。他緩慢的上揚起嘴角，冷笑道：「可她休想把髒水都潑在我一人頭上，她既然背叛了我，便不要怪我無情了。」

雲母屏風燭影深，長河漸落曉星沉。嫦娥應悔偷靈藥，碧海青天夜夜心。晚秋時節，皇宮內乃至街市角落裡，都傳開了一個讓人瞠目結舌的消息——當朝唯一女官姜墨舞偷梁換柱、欺君罔上。

別說是朝中百官，就連布衣百姓都熱衷於談論此事，要說這個姜總領區區一介女流之輩，竟可掌管偌大的琉璃坊，這本就是件稀罕事，又被當今皇后賞識提拔成女官，著實令朝中老臣嫉紅了眼。她明明是一夜之間飛上了枝頭，卻被人祕密舉報出背地裡做的骯髒勾當，皇上盛怒，當即將她押進天牢裡等候發落。

一石激起千層浪，姜墨舞入獄之後，平日裡眼氣她得寵的烏合之眾，自是極盡所能的落井下石。負責審理此案的三品官員極為耿介，更是揚言要徹查得明明白白、清清楚楚，於是派人四處搜羅準確可靠的資訊，一時之間，好像是所有的晦澀與陰暗，都朝著墨舞鋪天蓋地而來，她陷入了四面楚歌之地，罪證也被一一列出。

賄賂他人打造琉璃藝品，冒充頂替；

私下高價倒賣琉璃，獲取錢財充足自己私囊；

為鞏固女官地位，陷害同期女匠人，設計令其與皇室有染；

先後勾引數名名門望族府中的男主人，與之閨閣密會，夜夜笙歌，有失婦道！

此等禍害，罪犯欺君，豈可留命？

皇后自然是保不住她了，已然驚動了皇上，如果不是皇后有帝王的寵愛保身，搞不好還會因此事受到朝廷的怒火牽連，她自是不敢多言一句。且墨舞在獄中被先後用刑，又被逼迫著將血手印按在認罪狀書上，白字黑字，百口莫辯！

對姜墨舞行刑的日期已經發布，城內的高牆上無不貼滿了告示。石天奕攜著自己夫人出街散步，途經畫像前，正聽著百姓們在七嘴八舌：「要說最毒不過婦人心，這女子攀權富貴、手段奸詐，著實是賠了自己的卿卿性命。」

「聽我家在朝中做官的姑舅說，皇后得知被此女欺騙後，大病一場，皇上心疼不已，只忙著陪伴皇后，要不然早就當即問斬了這妖婦。」

「這妖婦也是有些背景靠山的，富甲一方的姬侯爺可是她的結髮夫君，定會使出渾身解數去動用人脈為其求情的。」

「我看未必吧，想來那姬姓侯爺與倒戈的五王爺曾走動密切，雖未被查出是其勢力黨羽，可皇上怎會輕易放過五王爺的幕後同黨呢？且不說這個，那姬姓侯爺的家族的確強大，然而自古王權獨尊，過於顯赫的望族總要慘遭打壓，必有殺一儆百之意。」

話聽到這裡，石天奕慘白著一張臉，背脊僵硬。夫人憂心的詢問他是否身體不適，他回過神，立即擺擺手，示意自己無礙，轉而握過夫人的手繼續朝前走去。

可他一邊走著，一邊思慮著聽到的那些話，心中頗為惶恐。他的確是為了自保，才匿名將墨舞曾經的所作所為報上官府，可信中不過寥寥幾語，並未牽涉過多，他也怕自己會受到牽連。哪裡會料到此事竟然驚動了皇上，並被如此徹查到底。他自知闖了禍，但卻不敢去為墨舞說話，不如說，他更為畏懼的是自己與墨舞的事情會被知曉。

倘若被查出自己也是她的情人之一該如何是好？倘若夫人得知此事又該作何解釋？倘若他也要被問罪……不，他絕不會允許自己遭受殃及，即便是到了最壞一步，他也決心矢口否認，勢必撇清與她的關係。

思及此，他心中也算輕鬆了一些，接下來每走一步，都漸漸的如釋重負，並緊緊握住夫人的手，連凝望夫人的眼神都變得格外柔情蜜意了。

而這個時候，墨舞正身處於陰鬱潮濕的牢獄裡，一桶涼水潑過來，她不知是第幾次清醒。可身上的劇痛令她神智不清，天旋地轉中，她只看得清對面坐著的人是姓宋的判官。而她自己卻是被綁在木樁上，四肢癱軟而頹唐，簡直如同一株破敗的浮萍。

宋判官木然注視著眼前瘦弱的女子，命人道：「水。」

又是一桶沁入骨髓的冷水襲來。

幾個獄卒站在宋判官身側，似乎早已習慣了這種人間煉獄般的景象。多少朝中罪人就是這般被虐待致死，但這位出身琉璃坊的姜總領運氣要好很多。

皇帝暫未下達任何指令，那麼她還能保命。可從始至終她在罪證確鑿的鐵證前卻死不承認，哪怕是用了大刑，她也緊咬牙關，直叫一向鐵面無情的宋判官被磨光了耐心，不由得威懾她道：「你不認也是沒用了，皇上心意已決，你活不久的，且你何必受此折磨？難道你以為這樣閉口不談，皇上就會覺得你是無辜的嗎？勸你還是認了便是，我保你留有全屍。」

墨舞垂著頭，依舊沒有言語，嘴角的血跡滴落在地，凝聚成一攤小小的猩紅。

宋判官打量了她一會兒，緩緩沉下眼，抬手示意獄卒，便立刻有人遞來了煙桿，他點起煙，百無聊賴般吐出嫋嫋煙霧，霧氣籠罩在他身側，像是仙境雲煙。他又對墨舞道：「姜總領，你我明人不說暗話，想你今日走到這個地步，也是朝中眾臣期盼已久了的。雖然你有皇后做靠山，但鐵證如山，她也無法在皇上面前為你求饒，你不必懷有僥倖拖延時間；再者，就算你夫家腰纏萬貫也是無用，你的罪過是欺瞞皇上、敗壞女德，他怕是也不願為你這樣一個不守婦道的妻子淌這渾水。事到如今，你乾脆全部認罪，大家就不必再陪你熬過如此充滿痛楚的漫漫長夜了，你也要為我等當差的考慮下才是。」

然而，她彷若無動於衷。宋判官正欲發怒，外頭有獄卒傳話來：「宋大人，獄外有人求見，他是來探望姜總……姜墨舞的。」

宋判官蹙起眉：「何人求見？」

獄卒回道：「上官家的滕玉王。」

宋判官聞言，不由冷笑起來：「他倒是個有骨氣的，這等時候人人避之唯恐不及，他卻如此坦坦蕩蕩的求見，生怕旁人不知他與妖女有染不成？也罷，上官家嘛，總歸是招惹不起的，傳——」

可話還沒說完，一直沉默的墨舞卻突然歇斯底里大叫起來：「我不見他！讓他走！」

宋判官與幾名獄卒皆是受到驚嚇般一怔，只聽墨舞淒厲的喊著：「我從不跟他相識，更厭倦他一廂情願的糾纏！我不想在臨死之際還要看見他的臉，與其和他共處一室，不如現在就賜我一死！自始至終都是他對我苦苦相逼，我根本沒有愛上過他，我有夫君，我有兒女，我怎會背棄我所擁有的一切去和他談情說愛？都是他的瘋話！我寧願死，也不肯見他！」

她的叫喊聲痛苦而瘋狂，慘烈無比，害得宋判官後背起了一層密密

麻麻的雞皮疙瘩。

而獄外的上官晟雲將這些話語都真真切切聽進了耳裡，他沉下眼，終究是轉過身，決絕的拂袖離去。

彷彿是感應到他走了，墨舞終於悲痛的號啕大哭起來，淚水混合著臉上的血水一同流進嘴巴裡，腥鹹苦澀一片。她在受刑時都不曾留過一滴眼淚，偏偏在說出那些違心的假話後痛不欲生，她只是不願被他看見自己這副狼狽醜陋的模樣罷了。

這時的獄外，忽然雷雨大作。

獄門外的叢生雜草在暴雨中搖曳，野花被打落的花瓣飄零，儼然奄奄一息。閃電轟鳴之中，宮車停靠在鐵門前，幾名撐著傘的宮人，攜著聖旨匆匆進了獄裡。宋判官見狀，立即跪地接旨。

「應天順時，受茲明命，姜氏墨舞一案特賜服毒，明日午時行刑！」

宋判官得令，餘光瞥一眼墨舞，只見她失魂落魄抬起了臉，雙目呆滯無光，慘白的面容上滿是汙血與淚痕，那悽楚絕望的神情讓人見了心驚肉跳，竟也分不清此刻的她究竟是人還是鬼了。

第十六節

天甯 177 年。

時值初雪時節，星星點點的白雪從天而降，落地即化，卻在與地面積水混合之後，凝固成了一層寒薄冰層。

蒼茫天地之間是渾然一片暗色，無數的百姓圍在城中刑臺前，他們今日都是來看妖女服毒行刑的。那妖女身穿白色素衣囚服，雙臂被五花大綁在身後，長髮散在腰間，正頹唐的半跪在高臺之上。

臺下湧動著數不清的人頭，是一群烏壓壓的民眾，他們或竊竊私語，或嬉笑憐憫，也有人血氣方剛，將手中的髒物投向妖女，滿口咒罵。

而她卻始終平靜的垂著頭，嘴角血跡已淡去，一如黯似深淵的雙眸。凜冽寒風拂過，將雪花刮在她的髮鬢上，竟是沒有融化，引得她恍惚的望向天空，發現雪越發大了。

坐於高臺之後的宋判官看了眼香爐，柱香已經快要燃到底，行刑的時間不足半刻，他高聲令道：「備好湯膳，準備行刑！」

這一聲大喝令她身形晃了晃，她彷彿終於意識到自己的一切已是到了盡頭，也不知為何，她偏巧在此時想起曾在茶館裡聽過的戲書，說書人眉飛色舞講著一代帝王建國總要經歷切膚之痛，無論是生於帝王將相還是草莽英雄，若想登基成皇，必要承受常人所不能忍，行常人做不得之事。帝雄英勇有謀才能蓋世，東征西討，血流成河，最終才得以收復疆土、建立帝國。

等到國度建成後，將要對朝臣與部下論功行賞，劃分官爵，東、西、南、北四方都將歸順於一人之手，將是要風得風、要雨得雨的壽與天齊之路。

如此一來，也終可享受戰果，錦衣玉食、金銀珠寶、酒池肉林、美色奢靡，這本應是帝王理應擁有的全部，可那些被他封賞的臣子卻怨他荒淫，百姓怪他貪逸，他便收斂行徑，減少稅收，勢必要做一代明君。然而

妃嬪們又恨他無心後宮，怨聲四起；王儲們爭風吃醋、爾虞我詐，總想要篡位將其取而代之。他四面楚歌，內憂外患，便總是鬱鬱不得志，最終竟是因日夜思慮，過勞病逝在皇宮龍榻上。

死後的他駐足在皇宮前迷惘不已，他問自己修建出的道觀裡的神像：「為何寡人拚盡全力過活一生，到頭來卻是如此遺憾？」

神像未曾回答他，唯有動作變了變，彷彿是在指著前方。

於是，他抬頭向前循望，企圖尋到答案。就像此刻的墨舞，她緩緩抬起了頭，如那充滿了遺憾的帝王一般望向前方。有一襲青玉色的長衫擋住了她的眼，腰間墜下的玉穗晃進她心底，她神情一震，不敢置信的去看他。

他站在她面前，手中端著一碗清甜玉液，水面倒映著她複雜眼神，他對她輕聲道：「他們准我在你服毒之前送一碗清水，你且喝下吧！來世也可清清白白。」

她垂眼一笑，蒼白笑靨倒也極盡風流，像是抱怨似的呢喃著：「你我夫妻數年，憑你對我的瞭解，怎不在我臨死之前帶一碗酒來？」

他苦笑：「莫再喝酒了，喝酒誤事。」

她不屑的笑起來，也許在旁人聽著，只覺她是在口出狂言：「想我短短半生不曾有過分毫軟弱，我竭盡所有去獲得我想要的一切，偏偏一失足成千古恨，我還未曾來得及去盡情享受與快活，便要喪命於此，實乃天不遂我願，苦了帝王心。」

他蹙起眉頭斥責她：「都死到臨頭了，你還在胡言亂語？區區一介女流之輩，也敢談及帝王之心？」

她嘴角揚起一抹譏笑弧度，仰頭凝視他的眼，字字珠璣道：「都死到臨頭了，我還有何畏懼？且即便我身為女流之輩，我也是當朝唯一的女官，你們男子做得到的事情，我又有哪件做不得？究竟是我要怕你們，還是你們怕我？」

他也凝視她，臉色漸漸變得難看而鐵青。最終，他留下一句：「死不悔改，當真是無藥可救。」卻也還是親自餵她喝下了那碗她平日裡最為愛喝的玉液。

接著，行刑的時間到了。宋判官派獄卒端著藥碗走上刑臺，來到墨舞面前，那獄卒輕蔑的審視她一番，墨舞則是毫不猶豫飲下了賜予她的那碗毒藥。

藥湯順著墨舞的嘴角滲漏了幾滴，渾濁的液體落在地面的積雪中，很快便暈染開了一片濕跡。墨舞在這時發覺她的丈夫正欲離開刑臺，她張了張嘴想要喊住他，叮嚀他要照顧好孩子，可衝破喉嚨的卻是一口鮮紅的血液。

血染白雪，相融成殤。

墨舞死死盯著那鮮血，她這才意識到了自己已然瀕臨死亡。四周安靜至極，竟也開始有血不斷從她的眼眶、耳鼻中流淌而出，汙了她的視線，令世間一片猩紅。

她的耳畔迴蕩起了數不清的聲音，爭吵聲、歡笑聲、哭泣聲、呼吸聲……她努力想要辨別出每一個聲音，且恍惚之中，她彷彿看到了許許多多的畫面——石天弈正獨自在家中流淚，他自言自語般哀求著她的寬恕，可是午時剛過，他便擦乾眼淚，走出房門尋夫人，他們約好今日去丈人家相聚；琉璃坊內的匠人們沒有絲毫悲傷，他們甚至已經開始在內部推薦起新的總領來接管墨舞的職務；一雙兒女在乳母的照看下酣然入睡，彷若早已習慣了生母不在身旁的日子……

而最後，是那個痴情的聲音終止了這一切，他問她：「你願不願意捨棄這一切和我走？」

她無聲笑笑，心覺如今給他答覆，是否已然太遲？她身體不自覺的向前傾去，試圖更為靠近他一些，然而臉頰處卻冰冷無比，原來，她已經倒在地上，左臉頰浸在積雪裡，嘴角鮮血涔涔，她沒了呼吸。

宋判官漠然轉頭道：「來人。」

幾名獄卒心領神會，拖拽著她的屍體走下了刑臺。留下來的只有一條凌亂的拖痕，還有那灑滿雪中的，星星點點的，如同罌粟般惑人的血跡。

唯有那個問題再度迴響於耳畔：「為何寡人拚盡全力過活一生，到頭來卻是如此遺憾？」

死後的她也同樣問自己：姜墨舞的一生，都得到了什麼？為何沒有人

給她回頭的機會？為何沒有人願意聽她說真心話？她可曾擁有過親情？父母之於她，無非是最熟悉的陌生人。她可曾擁有過愛情？三個男人之於她，更像是權力的衡量。

那麼……友情呢？她與皇后之間，也算得上是友人嗎？不過是慕強罷了，皇室與布衣，如何能談平等呢？

想她從前尚未出嫁，她便總覺得自己是個外人，彷彿從不屬於姜家，更無從尋找歸屬感，所以她努力提升自己，直到最終能夠親自選擇命運、選擇愛人。誠然，她做到了，也選擇了，可惜那並不是她的良人。

於是她一心攀附權貴，唯有權力才能夠讓她感到安心，哪怕是她在最後遇見了上官晟雲。他如同虛妄的人間煙火，是她心中的白月之光，固然無比美好，卻是她與現實的對抗。倘若早一點相遇，倘若在她還有勇氣去相信愛戀之時。然而塵世從不憐憫眷屬，他的愛的確純粹，卻少了幾分銅臭滋味。偏巧她需要的，又正是被金粉包裹起來的愛意。

許是她貪婪饕餮，可浮在雲端上的情感，又如何能持久？

她與他，終究是生不逢時、愛水昏波。

可……

姜墨舞追逐了一生的財富與權力，她為此捨棄了太多，道義、良知，甚至於是心愛之人的請求，然而……為何在最終還會落得身首異處的淒慘結局？除此之外，她又得到了什麼呢？

她悲戚的睜開雙眼，迷惘詢問：「苟活一世，寥寥數載，真正該追尋的究竟為何？」

身後傳來略微笑意的淡然回答，他道：「無名，天地之始；有名，萬物之母。萬物自有根本，從何處來，往何處去，皆有它自己的緣法。天地初始的時候，所有的事物都沒有名字，聖人給每樣物品都起了個名字，便有了所稱謂的萬物。」

她聞聲轉過頭去，打量他的身姿，緩緩相問：「倘若風雨永無法亂我心，我也無法作為仁者而心動呢？」

他的笑容顯露出寬慰之意，回答她說：「三界六道，唯我冥界公平，所謂善者自興，惡者自病，吉凶之事，皆出於身，紅塵滾滾，若想參透，必要置身於中。你既不肯轉世去，便在此做守橋的孟婆吧，想來這奈何橋上人生百態、生死渡盡，各有其道，或許你終有一日可尋到你真正要追尋的東西。」

她凝視著他，便是在那一刻，她眉心中央出現了一抹若隱若現的玉色珠點。那是身為孟婆的印記，歷代不同，卻皆是出自冥帝和墨的認可。於是，奈何橋頭才多了她這樣一位孟婆。

時光匆匆，春夏秋冬，奈何橋上幾十年流逝，不過是須臾之間。身為孟婆的她，自是見證了無數人的來與去，更是見到了那些曾與「姜墨舞」痴纏的人們死後模樣。

她還記得劉皇后出現在奈何橋上時，仍舊是雍容華貴的姿容。歲月並沒有在她的容顏上留下痕跡，她的確是被心愛之人寵愛了一生的女子。可是萬般皆是命，半點不由人，劉皇后還是在風華正茂時死於一場惡疾。

而曾經的丈夫，他的一生也算順暢，自是家大業大，子嗣光耀門楣。她與他的兒子高中狀元，整個家族也搖身一變，成了朝中新貴。自古以來，商賈人家鮮少出現狀元，姬家會因此而躋身於朝廷也不足為奇。再說她與他的女兒，才貌雙全、能歌善舞，年歲及笄時，便嫁給了尚書家的二少爺，一對璧人相敬如賓，倒是羨煞旁人的神仙眷侶。

至於其他庶出的子女也不在少數，畢竟姬侯爺納妾不少，雖有子嗣夭折，但留存下來的也都出人頭地，不辱家門。到了晚年，享盡天倫之樂的姬侯爺自當是壽終正寢。

再說起她心中的白月光，那痴心的上官晟雲在回歸家中後，便如夢初醒般與髮妻好生度日。他做了太學院的先生，專教皇家子弟學問。可他此後的人生卻怎樣都不痛快了，連笑容都充滿了悲傷。最後，他未到不惑之年便草草離世了。

而孟婆最為遺憾的事情，便是沒有親自送上官晟雲離開奈何橋，只因她那日去了凡間幫人還願，她走時，他上橋，她歸來，他入了輪迴，二人因此再度擦肩而過、兩兩無期，實乃造化弄人。

至於她的父母親，倒也安享了晚年，可當他們雙雙來到奈河橋頭時，竟未認出孟婆。

孟婆沉默的盛了兩碗孟婆湯遞給他們，問他們在投胎轉生之前可有何遺憾之事訴說？二老不約而同喟歎不已，念叨著家中有一女兒名墨舞，被他們二人辜負至深，此生怕是無法彌補了，願來生還有機會償還。聽聞此言，她想起在冥府數年來，自己也曾收到不少來自凡間的冥幣，多是出自父母相送。這份血濃於水的一脈相連，終究是割捨不斷的。

也許曾經數不盡的愛恨情仇、痴心妄想都已是前塵往事了，她便不必再去感受那其中的悲苦與痛楚。只是記憶深處的路總是越發清晰，富麗堂皇的城牆外沿著鵝卵石小路載滿了紫藤花，甜膩芳香如瀑布泉水一般傾斜四溢，一團團錦繡般的花藤折損在腳下，冷風吹散汙泥，她隻身一人於這空曠僻世之中孤零零的抬起頭，便再次見到他出現在她的面前。

她問他：「你可是來給我答案的嗎？」

他淡淡一笑，輕啟唇瓣呢喃話語，她隱約聽得清最後一句，而後，她徒然驚醒般睜開雙眼，耳畔傳來衣襟碰觸的窸窸響聲，她警惕的轉頭去看，這才發現自己是站在告示前。而身旁依舊是那群七嘴八舌的民眾，他們盯著牆上的告示議論紛紛，其中有個年輕人冷哼一聲道：「我看，這分明就是世人謠傳，男子漢大丈夫都未必有欺君膽量，那一個弱勢女子又怎能做出這等大逆不道的事情來？」

一名老者立即訓斥那年輕人道：「休要不知禮數的胡言亂語！」

年輕人悶聲抱怨了幾句，惹得孟婆側目相望，不由一驚，那「不知禮數」的年輕人竟是上官逸舒。

這倒真算是一種奇緣了，孟婆內心略有動容，想來自己這般傷懷之際，還有他出現在身邊，即便他無心陪伴，卻也彰顯了一種羈絆。只是可惜了，孟婆在他身上未曾看見半點上官晟雲的影子。當年那衣袂飄飄、尊貴若仙的男子，有著清雅冷傲的深邃眼眸，如利刃雕刻而出的面容線條清冽，雖然身著繡著回雲波紋的華衣，可偏偏將如此柔和的紋路襯托出一股濃重的疏遠與淡漠。

然而面前的年輕人看見了她，立刻展現出一張喜出望外的笑臉，他自然是驚喜萬分，手舞足蹈對她問候一番，孟婆不禁失笑且悵然，也恍然大悟般的意識到，前塵終究已是前塵，那仙客般的男子已然是不復存在了，她又何必心存執念呢？

可上官逸舒哪裡看得出孟婆的思慮，他眉開眼笑湊到孟婆跟前傾訴衷情：「師父，真沒想到你我會在此處相遇，實在是天賜機緣！自從上次目睹師父的蓋世輕功，徒兒心中一直盼望著有朝一日能與師父重逢，屆時定要獻酒拜師、學習武功！如今美夢終於實現，當真是精誠所至金石為開了，師父，請受徒兒一拜！」說罷，他便單膝跪地，還誠摯的將裝滿佳釀的酒壺雙手奉上。

周圍群眾面面相覷，孟婆倒也不覺尷尬，反而是饒有興致打起了如意算盤——想來上官逸舒是個不缺錢財的富家少爺，要是收下這個徒弟，不僅多了個跟班，還可以每天都有好酒享用，何樂而不為？要說她前塵遺憾多多，死後做了孟婆，便不可再委曲求全，自然是要瀟灑妄為才不枉韶華。

於是她打趣他一句：「想要拜師，只憑一壺酒怎麼夠？」

上官逸舒一聽這話，心覺有戲，立刻趁熱打鐵道：「師父儘管開口，只要徒兒做得到的，包管師父滿意！」

倒是個嘴巴甜且識時務的，不錯，算得上可塑之才。孟婆滿意的摸摸下巴，一挑眉梢，令他道：「走，請我喝酒、吃肉去。」話音落下，她隨手一揮，招惹起陣陣大風，那風大片大片從四面八方地湧來，捲走了牆上貼滿的告示，令周遭百姓喧鬧不止。

誰讓那告示惹她不悅了呢？眼不見才心不煩。

上官逸舒目睹孟婆施展的咒術，不禁雙眼放光，越發佩服。他暗自讚歎：「這才配做我上官小爺的師父！想來從前家中找來的那些江湖騙子，根本都是些花拳繡腿，不值一提！哪有師父每天讓學生紮馬步、紮完了馬步就開始打一套傻拳的？且那些刀槍劍戟從來不許他碰，真是荒唐至極，可笑至極！」

都走出好遠了，他還在喋喋不休嘟囔著自己的經歷：「小爺我自然清楚是家父家母企圖糊弄我，他們二人從很久以前就極為反對我習武，可我又不是傻子，我有手有腳，大不了離家出走去自尋師父。花花世界這般流光溢彩，我自當行走江湖樂不思蜀。」

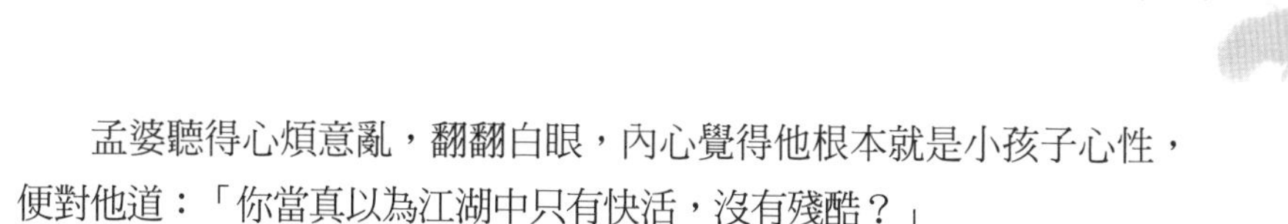

孟婆聽得心煩意亂，翻翻白眼，內心覺得他根本就是小孩子心性，便對他道：「你當真以為江湖中只有快活，沒有殘酷？」

他洋洋得意：「只要我從師父你身上學習到了百般武藝，天王老子也奈何不了我，還管江湖殘酷不殘酷！」

「也好，是該讓你這種二愣子體會一下來自現實的利刃。」孟婆悄聲說完，便帶著他來到了自己常去的白家居。

見到常客來了，小二立即熱情的招呼，引她去了常座，又端上她平日裡愛吃的菜色和好酒。

上官逸舒盯著那滿滿一盤子的醬牛肉目瞪口呆，喃喃道：「這起碼有三斤吧……」

孟婆略帶挑釁似的示意上官逸舒落座，並趾高氣揚道：「想要行走江湖，這大口吃肉、大口喝酒還只是最基本的，你可不要說你這就怕了。」

上官逸舒到底年輕氣盛，忍不得他人激將，當下紅著臉反駁道：「誰？誰說我怕了？我上官家的後人可不是被嚇大的，不就是三斤牛肉嘛，我吃得下！」說罷，他便抓起肉和酒，狼吞虎嚥的吃了起來。

孟婆笑得像隻狡猾的狐狸，她坐到上官逸舒對面，招來店小二低聲吩咐道：「給我溫壺桑葚酒，再切幾片鳳梨酥雞。」

小二立即照辦，他前腳剛走，老闆娘柳綺嫣便在後腳來了。

見到孟婆，她熱情的迎上前笑道：「喲！竟是孟姑娘，好些日子不見了，你我可要趁此良機好生暢談一番才可……」話說到這，她餘光瞥見了上官逸舒，先是一怔，很快又被他雙頰鼓成倉鼠狀的模樣惹笑，不由掩面打趣道：「孟姑娘今日還帶了位俊俏的小公子呢！可見你陌生，敢問尊姓大名？」

上官逸舒停住了咀嚼，咽喉間最後咽下的一口烈酒格外火辣，不僅是胃，彷彿心也一併被燒著了。

他睜大眼睛，目不轉睛望著面前出現的風情女子，夕陽的光穿透紙窗照上她的臉，映著她的簪花粉黛、媚眼如絲。她腰間繫著的桃色絹帕盡顯風流，一襲暗紫色流雲水紋交織的華服，且有一雙別致美豔的雙鳳眼。

彷若是一眼萬年，上官逸舒手中的牛肉「啪」一聲掉在桌子上。

孟婆看出了他的心思，只因他的眼神已經控制不住的追著柳綺嫣。她坐下，他目光下移；她抬頭，他目光上揚，好半晌之後才想起自報姓名，竟是極為笨拙的開口道：「我、我叫上官逸舒，年方十七，不知神仙姐姐姓什名誰，芳齡幾何……」

柳綺嫣聞言，不禁與孟婆相視而望，二人皆是忍俊不禁笑了起來，上官逸舒被笑得心中毛躁，又不知自己哪裡說錯了話，急得如坐針氈。

「唉喲！瞧我，竟因被稱了一聲神仙姐姐便忘乎所以了，我姓柳名綺嫣，是這酒館的老闆，自然是足以做你姐姐的年紀了。」柳綺嫣和上官逸舒笑過之後，輕飄飄的問孟婆：「這位弟弟和孟姑娘是何關係呢？」

孟婆自然看得出上官逸舒的情竇初開，便打算捉弄他一下，笑道：「他嘛……是我家姐姐的心上人。」

上官逸舒一聽，立即驚慌失措向柳綺嫣辯解道：「不！我是想拜孟姑娘為師的，我根本不認識她家的姐姐！這是個誤會，神仙姐姐，你聽我解釋！我還未曾有過婚配，我是清白的！」

這一番情真意切的話，更是惹得柳綺嫣捧腹大笑，甚至連眼淚都笑出來了。她不得不安撫這年輕人道：「上官少爺，孟姑娘分明是在打趣你呢！你倒好，自己一股腦全部都說出來了，可不要這麼輕易就上了當。」

上官逸舒見到她笑得如此嫵媚動人，自己反倒不好意思低下眼去撓起了頭，還「嘿嘿！」傻笑了幾聲。

而孟婆打量著面前傻氣直冒的上官逸舒，竟也覺得他有幾分可愛。想來她從未打算瞭解這個少年，於她而言，他不過是上官晟雲的後世。可前世皆已成為過往篇章，她也不必緊抓不放。而前世的上官晟雲是清冷驕傲的，今世的上官逸舒是純真憨厚的，他們本就沒有絲毫的相似，思及此，孟婆便釋然的勾起唇角，她心覺自己應當重新去瞭解、幫助上官逸舒，而不必再懷揣前塵往事的負擔。

傍晚過後，孟婆決定要回去姜家一趟。一來是想見見離歌，二來也打算製造機會讓上官逸舒與他的神仙姐姐獨處。柳綺嫣並不問她要打道回府的原因，她從不多嘴這點很讓孟婆喜歡。而上官逸舒果然沒有令她失望，

「見色忘師」用在他小子身上自是再恰當不過，他向孟婆嬉皮笑臉的揮手道別，然後便跟在柳綺嫣身旁忙著獻殷勤。

等到孟婆回到姜家，遠遠就望見花園裡的紫薇已然開滿，離歌與懷笙一家三口正和樂融融賞花談笑，孟婆不想打擾他們，便在一旁獨自遙望了會兒這幅天倫之樂般的絕美畫卷。

直到煜兒困倦了，離歌又察覺到了孟婆歸來，她便要懷笙帶著煜兒先回房去，她稍後就來。

看到懷笙離開，孟婆這才從紫薇花架下緩緩走向離歌。見到孟婆，離歌是既感激又懼怕，她先是作揖行禮，隨即小心翼翼詢問孟婆這幾日去了何處。

孟婆沒打算與她寒暄，只從袖口裡拿出了一支琉璃髮簪遞給離歌，輕笑道：「我本來打算在你成婚當日送給你的，可想到我來自冥府，這出自我手的禮物只怕會觸了大婚的楣頭，於是便耽擱了這些時日，你不要介意。」

雖說孟婆不願表露自己的縝密心思，可多年來，她畢竟喝了離歌釀的許多美酒，且這樁婚事也是她一手促成，理應送份禮物、聊表心意。

離歌受寵若驚接過那支漂亮的琉璃簪子，細細打量起它的色澤——通透的簪柄，豔紅的豆蔻鑲在簪頭，配以若有若無的兩抹綠色，簪身上還刻著精緻的詩文——

娉娉嫋嫋十三餘，豆蔻梢頭二月初。

離歌的雙眼亮起光，開心的道了謝，又詢問孟婆：「莫非這是孟姐姐親手做出的嗎？」

孟婆沒有理會她這個問題，只拂袖歎了聲：「這幾日路途勞累，此刻倒是有些餓了。」

離歌聰穎，立即心領神會笑道：「我這就去為姐姐做些食物。」

孟婆喊住她：「姜家少夫人豈可親自下廚？」

離歌非常認真道：「那些笨手笨腳的廚娘，哪裡會有我摸得清姐姐的口味？姐姐且等候片刻，我很快就會備好晚膳。」

孟婆目送著離歌輕盈的背影，只見她愉快的將琉璃髮簪插在髮鬢上，那翩翩如燕的身姿，倒像極了青蔥水嫩的豆蔻少女。

不出一炷香的時間，離歌便將酒釀丸子端到了孟婆的房裡。孟婆嘗了幾口，覺得味道不錯，隨口誇讚了一番，離歌笑得更加開心了。

只不過令孟婆有些頭疼的是，那之後一連幾日，離歌都會不停給她做酒釀丸子，以至於她在很長的一段時間裡，只要聽到「丸子」二字，都會忍不住反胃。

又過去數日，某天清晨，孟婆正百無聊賴躺在屋頂上曬太陽，她懶散盯著萬里無雲的天空，心想著人間實在無聊，竟不如她改造的冥界有樂子。這光景雖算愜意，但卻沒有牛頭、馬面與黑白無常四鬼陪她擲骰子，她只得在此處熬日子。

倒也不是她不想去外面尋快活，而是她前世父母的忌日就要到了，她自然是要安分等候那天的到來。

九月十日，是拜祭父母之日。

一位身著藕色素衣的婦人早早來到了墓地，她和往年一樣在父母的墓前放好了兩壺酒、兩碗湯、兩隻雞與兩碗白米，哭哭啼啼了一會兒後，又提起裙衫去了不遠處的另一塊墓碑前。

那墓碑前的花束已然枯萎如稻草，她又換上了白色鮮花，再用絹帕輕輕擦拭掉墓碑上的灰塵。

她好像回想起了什麼，淡淡的歎息道：「姐姐，我昨夜又夢見了你。想當初你明明已經去世了七年，竟不知為何會忽然出現在我們面前。我正是又夢見了那一日，死去七年的你再度現身，說來也真可笑，我那時害怕得幾乎暈厥過去。可如今……我們的父母都離世了，你也不在了，雖說我有夫君和孩兒在身側，卻仍舊感到好孤單……」

說到這，她極為懊悔的喃聲道：「倘若你還願意再次出現，我定不會像當年那般對你。」

當年的她只覺得死而再現的姐姐是厲鬼，嚇得她倉皇逃竄，鞋子都跑掉了一隻而渾然不覺。而站在墓碑大樹後的孟婆，聽到了妹妹的懺悔，竟心有戚戚的冷冷一笑。想當年，自己重返人間，本想回到親人身旁敘舊，哪知軟弱的妹妹竟露出極具惶恐的神情，並指著她的臉尖聲利叫：「鬼啊

——」

可此時此刻的孟婆也困惑起來，如果她再次現身在親人的面前，是否還會是與當年相同的結局？

孟婆垂了垂眼，她輕吐一口氣，然後從樹後走了出來，踱步向婦人面前，低聲喚她道：「妹妹。」

妹妹聞聲看向她，似有片刻怔然，隨後，妹妹搖搖晃晃站起身，頃刻間面色慘白，驚懼萬分的大叫著：「鬼——鬼啊——！」

還未等孟婆再度開口，妹妹已經踉蹌著連滾帶爬逃走了。

徒留孟婆一人站在原地失神，許久，她自嘲似的笑道：「分明是你自己要見我的，我出現了，你卻還是跑掉了，當年是，如今是，也許……永遠都是。」

孟婆略顯頹喪的低垂下了頭，那彷若是出自琉璃作坊的美麗眼珠，染上了一層灰蒙之色，她的目光落在自己腳下，一群螞蟻正在匆匆忙忙尋找著回巢的方向，卻偏偏被她的雙腳堵住了去路。

她心裡一驚，立即退後一步想要為牠們讓路，不料卻踩死了另一串密密麻麻的蟻群，是她不合時宜的好心，令牠們粉身碎骨。孟婆因此而感到了絕望，她竟覺得自己也如同這群弱小的螞蟻，在冥冥之中被人操控、遭遇滅頂之災。一如二十三年前，她重返人間時遭遇到的那些無情……與慌亂。

那是姜墨舞死去的第七年，也是她做孟婆的第七個年頭。

第十七節

天甯 184 年。

漆黑而漫長的夜，新月如冰冷的刀刃一般懸在空中。烏雲漸漸遮蔽了那淡漠的光暈，身穿灰色素服的道長，合起雙掌站在一塊半米高的墓碑之前。

在他的身後，有舉著火把年近六旬的夫婦，兩人的額角皆是滲出冷汗，夫人更是背脊發涼的靠緊在丈夫身邊。

道長念咒的聲音沉重有力，他將合起的雙掌緩慢分開，掐了個訣再輕擊兩下，兩手食指相對，又念出一串咒語。

在這散發出陰森氣息的墓地裡，樹影斑駁，風聲四起，夫婦手中的火把突然順著風勢飄動幾下，明顯有著熄滅的趨勢。夫人由此而受到驚嚇，緊閉著眼睛抓緊了丈夫的衣角。

站立於墓碑之前的道長再度擊掌，五指合攏，呈祈禱式：「破！」

火苗驀地竄起，縷縷清風從他的袖口之中湧動而出，道長「啪」的睜開雙眼，眼神堅定面對著墓碑，他高聲下令：「亡魂聽命，速回地府！」

話音落下的瞬間，風也慢慢停了下來，道長輕舒出一口氣，驅鬼儀式總算是成功結束了。

「好了，姜老爺、姜夫人，此事已經解決。」道長大功告成似的拍了拍手，轉身看向身後的夫婦二人露出滿意的笑意。

然而話還沒有說完，他便感到身後有一股陰風襲來。

「道長，敢問你解決了什麼？」

恐怖的、彷彿是來自冥界一般的聲音，令道長的全身都躥起了一股寒意。

「墨……」姜夫人慘白著一張臉，她哆哆嗦嗦指著道長的身後語無倫次道：「墨舞……你為何還是不肯離去……你、你快回去吧，回去地府，不要再留戀人間了……」

道長被這話嚇得毛骨悚然，他循著姜夫人的視線，顫顫巍巍的轉過身去看——從墓碑之後走來的正是那時常徘徊在姜府、身著一襲黑色華衣的女子，她容貌絕美，卻一身陰涼之氣，證明她的確是未被超渡的鬼魂。

「為何……為何還沒有回去地府……」道長癱軟跌坐在地，他滿頭冷汗念叨著：「貧道已經施法驅鬼了，你這鬼魂理應回去墓碑之中才是，究竟是為何還會在人世遊蕩，這不可能……」

孟婆嫌惡的蹙起眉，抬手揮揮衣服，一股陰風覆上道長的頭，他立即昏了過去。此番舉動可嚇壞了姜家夫婦，他們身為孟婆的前世父母，竟是既悲痛又懼怕，姜老爺甚至跪下求饒起來：「墨舞啊！你究竟還有什麼心願未了？倘若為父能幫，你儘管說出便是，萬萬不要在這世間流連了，你且回去屬於你的地方吧，人死如燈滅，你不要執迷不悟了！」

姜夫人也是痛哭流涕哀求著：「女兒，是為娘虧欠你太多，從前……從前為娘待你苛刻，定是讓你記恨了，可你含冤而死這件事不是為娘造成的，你也別來找娘親算帳啊！且你都死了七年了，早該去超生輪迴了！娘親可以向你保證，今後每逢你的忌日，都會多燒紙錢給你去冥界，也好讓你腰包富足，不受地下之苦！你便念著為娘懷胎十月生下你的情分，就別再陰魂不散了，娘親和你父親老了，禁不起你這樣折騰了，你便讓為娘與你父親安度晚年，好生再多活些時日吧！」

孟婆的眼神逐漸黯淡下去，原來，父母竟是把她當作了厲鬼。

他們不知道這是孟婆千辛萬苦得來的返陽機會，如果不是她死皮賴臉與冥帝和墨進行了交易，又怎會被允許返回人間一年？

還記得幾日前，身在冥府的她去向和墨邀功，又是耍賴又是撒嬌，幾乎是厚顏無恥說著：「和墨哥哥，我可是用峨眉刺抓住了一個為禍人間幾百年的惡鬼，連法術都沒施展，全是憑我的真功夫，受了傷不說，還險些死在惡鬼嘴下，難道這還不算赫赫功績嗎？」

冥帝和墨正在審閱生死簿上的名字，他眼也不抬去探手端茶，孟婆立即殷勤的把茶盞遞到他手上，他這才不得不看向她，抿唇失笑道：「雖是功績，但也不足以還陽。」

孟婆明白和墨是擔心自己的安全，但她同時也不明白，自己已是個死人，即便是回去了人間，還能有什麼不安全的？於是她與他討價還價許久，最終是和墨禁不住她的伶牙俐齒與軟磨硬泡，便妥協先讓一步，並提醒她：「不可感情用事，你要時刻牢記你已是冥府的孟婆。」

孟婆眉開眼笑的拍了拍和墨的肩，開心的答應道：「你儘管放心，我自是不會有失身分的。」

和墨無奈的看著她，輕歎一聲道：「早去早回。」

總算是得到了還陽一年的機會，孟婆心情激動的回到了人間，她心想著一眾親人見到她會作何表情，大概會和她一起抱頭痛哭吧？孟婆在當年臨死之際，心中曾有愧對父母的念頭，所以這次回到人間，她首先去的便是姜府。

老宅一如七年前那般靜謐，孟婆穿過長兩進長廊、穿過月亮拱門下的大片花木，順著清香繞過蓮池，一路走在熟悉的卵石路上，她覺得自己像是回歸了幼童時期，而這周遭的所有都令她倍感親切，她竟不知自己是如此懷念她出生的宅邸，更懷念……

思及此，她停住了腳步，只因看到了坐在籐椅上的母親。她年歲漸長，身形清瘦，臉色也不算健康，她正在侍女的攙扶下，去餵蓮池裡的金鯉。而父親從小橋上走下來，手中提了件外衣，竟是關切的為母親披在肩上。此前，孟婆從未見到父親體貼過母親，如今看在眼裡，內心不禁泛起一陣酸楚。

母親在這時對父親開口道：「再過幾日，便是墨舞的忌日了。」

父親長歎一聲：「七年了，她已離開我們如此之久，可我有時還會覺得她依然在你我身旁，我多希望當初能夠對她好一些，也許就不必有這白髮人送黑髮人的悲劇了。」

「現在也不晚。」孟婆在這時對他們道：「父親、母親，我這便回來看望你們了。」

母親聞聲望來，捧著魚食的手頓住。

父親已經癱軟退到了樹旁，他驚恐萬分，嚇得死死抓住侍女的手問道：「你……你看得見嗎？莫非是我老眼昏花……」

侍女的臉色鐵青，她身子顫了顫，雙眼翻白，當下昏倒在地。

母親終於醒過神來，可她卻連看也不敢看孟婆，只覺得頭髮都要直直豎起，她哆哆嗦嗦背向孟婆念道：「別、別過來！這、這可不是你能回來的地方了，人鬼殊途，終究是陰陽兩隔，我這把老骨頭可禁不起你來嚇唬……」

孟婆困惑的向前走去一步，探出手去碰了碰母親的背：「母親，難道你不信我是特意回來看你們的嗎？」

怎料母親因此而發出尖聲利叫，她瘋魔似的連抓帶拖，拉著一旁的父親逃出花園，奔跑的速度極為俐落，根本看不出是年邁的「老骨頭」。

剩下孟婆滿臉迷茫站在原地，她不懂父母為何會被嚇成這般倉皇的可笑模樣，面對自己的親生女兒竟會落荒而逃，只因她是死過一次的人嗎？

死了的她，就不再是她了嗎？

到了隔日，姜家老夫婦竟然早早便請來了和尚捉鬼，府中上上下下都圍在一起，陪著那和尚念著往生咒。那和尚還拿出鎮鬼符貼滿了府邸，甚至奚落她這個「惡鬼」在這些符咒的巨大威力下，將不得超生、魂飛魄散。

孟婆躲在暗處目睹了全部，只覺荒唐，她並非惡鬼，又怎會怕臭和尚的幾張咒符？她可是冥界裡位居高位的孟婆，凡間的修行之人怎能奈何得了她？於是她喚來大風，怒風狂捲，符咒紛飛，嚇跑了和尚。

姜家夫婦越發心驚肉跳，他們不死心，又請來威望更高的道士去墓地做法，那道長認為是姜墨舞的墓碑方位不對，才導致她怨氣過重、鬼魂不散。但最終也被孟婆現身嚇得昏厥過去，才有了方才姜家二老趁著孟婆失神之際逃出墓園的醜態。

此時的孟婆臉色灰白，她眼中是難掩絕望，心中則是萬分悲戚，她不解，為何她費盡全力重返陽間，難道帶給家人的只有恐懼不成？她原本以為父母會期盼她的歸來，至少也會溫情相待。

那可是她的親生父母，為何會這般懼怕她、逃避她？即便她真是厲鬼，他們也不必如此將她視作瘟疫，恐避之不及啊！

夜半時分，雷聲轟鳴，烏雲滾滾，電閃不斷，緊鎖大門的姜府被閃電映白，也映出孟婆那一雙泛起赤紅之色的眼。

她駐足在大門前，承受著暴雨淋頂。

身後忽然傳來一聲驚喜呼喚：「墨舞姑娘？」

孟婆恍惚的回過頭去，只見一位翩翩公子出現在她的面前，如玉如畫，正是守門的神獸睚眥。

她略有詫異囁嚅道：「你竟還認得我……」

睚眥趕忙撐開一柄傘，舉過墨舞的頭頂，神情極為喜悅道：「前幾日我便隱約聞到了姑娘的氣息，可想到姑娘離世已有七年，我還想是不是我搞錯了……不過今日得以相見，我自然是一眼便識出了姑娘。」

孟婆落寞的笑了，她喃聲道：「睚眥兄，你不怕我嗎？」

睚眥困惑道：「何出此言？」

孟婆搖搖頭不再言語，只默默從睚眥的身邊擦過，踏著滿地積雨離開了。

想不到整個偌大的姜府之中，能夠一眼認出她且主動接近她的，唯有那冰冷的、鏤刻在石環上的守門之獸，實乃令人唏噓不已。

孟婆走在大雨之中，並不覺得冷，只感到胸口悶熱，像是火燒一般焚著她的五臟六腑，似要燃成灰燼。

灰燼……這被她期盼的久別重逢、家人團聚，到頭來卻是如此淒苦鬧劇。

真何必，又何苦？

她閉上眼，慢慢隱去了自己的身形，懷著滿心蒼涼，以透明無形之姿重新跟隨在家人身旁。

這一次，父母看不見她了，他們以為是道長的法術起了作用，於是二老終於放下心來，又像往常那樣愜意生活，且彼此間默契的不再提及「姜墨舞」三個字。

孟婆忽然感慨萬分，原來她真的不再屬於人間，曾在七年前死去的她，也的的確確是不復存在的了。她的死並沒有影響任何人，反而是她的歸來惹來眾人不安。

或者只有父母如此而已？思及此，孟婆仍舊不相信自己真的被塵世遺忘，於是她匆匆離開姜府，決定奔去姬府去見她曾經的丈夫。

那日天氣大好，姬侯爺的府上擺滿了一盆又一盆的冬菊，煞是美豔。

中央的亭子裡坐著姬侯爺與他的三名美妾，侍女們為其斟茶燃香，一眾人等正在觀賞舞曲。年近知命之年的姬晏璟，面容上已爬出了歲月的印記，唯有一雙凜冽的眼眸仍舊明亮若星，令人錯覺他無論到了怎樣的年紀都會依舊風華絕代。而他今日也是一時興起，加上美妾若雲近來不喜言笑，他便請來了這麼一隊樂班子，想來博美人一笑。

姬晏璟搖晃著手中瓷杯，凝視著亭下碧潭波光，本陶醉在妙音之中，舞曲卻忽然中斷，是其中一名樂師的琴弦折了。他趕忙換上備用的琴，一個個的便又捧起琵琶、古琴、瑟、箏，還有笛與笙開始奏樂。

舞姬們再度隨著絲竹聲踏歌而舞。她們身姿曼妙，風情萬種，一時之間花影風動，暗香婆娑，如同天上人間。

雖是臨近冬日，可暖爐在懷，又有美人翩舞，姬晏璟凝望著這番景象，自是心情喜悅。從方才起，他的目光便始終盯著那名身穿碧綠長裙的領舞女子，見她輕抬腳尖，踏到亭外的小圓石臺上，流雲般的水袖揮灑如雪，縱情旋轉起來。姬晏璟的眼神也變得痴迷沉醉，他見她身姿綺麗，容光照人，便不自覺露出了一絲貪戀笑意。

隱去身形的孟婆，自是將這一切都盡收眼底，她就坐在他的對面，他看不見她，她卻看穿他還是那副老樣子。本以為刻意撥斷一絲琴弦會使他起疑，畢竟風會把她身上的氣息吹散給他，怎料他早就不曾想起有關她的絲毫了。孟婆嗤笑自己，難不成還對他懷有期待嗎？在她生前，他便是這副德行，她死後也不可能有所改變，只會變本加厲而已。雖說他府上的正妻之位始終懸空，可身邊的年輕美妾卻如雨後春筍般層出不窮，個個青蔥水嫩，鮮美可口。

至於琴妤與明歌二人，早已不見蹤跡。罷了，年華已逝的妾室在他眼中不過是腳底下的臭蟲，草草打發掉便是。孟婆因此而釋然了一些，並笑自己當年醋意大發實在幼稚，她竟會天真的以為她能改變他，試問誰又能指望一個多情浪子堅守忠貞呢？

接著她要去看望自己的一雙兒女了。想來七年光景過去，孩子們都已長大，且姬府子嗣居多，姬晏璟為防止多房之間爭奪財產，在孩子出生後沒多久，便交給專門的乳母與先生來撫養。只不過前世的姜墨舞一直忙於在權力的宦海中沉浮，時常會忽略自己的一對兒女，如此看來，她倒真是個失職的母親。

如今，鈺犀與銘筧身在姬府別院中，姬晏璟重視正妻誕下的子女，所以格外的偏愛他們。作為嫡子與嫡女，培養鈺犀與銘筧的待遇，自是有別於庶出子女。這麼多年來，他從沒有將任何妾室扶正為正妻的想法，在他的心中，正妻的空位無人能夠填補，倒也絕非他多麼痴情，而是塑造這般醇正形象，有利於整個家族的名譽長盛不衰。

這般時候，孟婆來到了別院的玉石小亭中，她遠遠看見出落成俏麗少女的鈺犀，正與如玉似的少年銘筧在吟詩背詞。

兩個孩子已經長得這麼高了……孟婆心中五味雜陳，眼裡也隱隱泛起淚光，骨肉之情像團火，揉雜著那份久別重逢的激動，撲進孟婆胸臆。

有兩碟精緻的蜜桃糕，放在鈺犀與銘筧面前的石桌上，二人正欲去拿糕點吃，忽然像是察覺到了什麼一般，轉頭看向了孟婆這邊。

孟婆心裡一驚，她以為孩子們看見了她，竟忘記自己早已是隱去了身形。鈺犀更是對她展露出真摯可愛的笑臉，拉過銘筧的手向她跑了過來。

孟婆喜悅的張開懷抱，她多想緊緊抱住她的兩個孩子！然而他們卻穿過了她的身體，撲向了走到此處的乳母懷中。

徒留孟婆維持著深處雙臂的動作，默然站在原地。

「乳母，你買了我要的胭脂了嗎？」鈺犀扯著乳母的衣角撒嬌道：「我都苦苦等了一上午，你可不能讓我失望！」

乳母眉目含笑，輕撫鈺犀的臉頰，又握起銘筧的手，對他們二人溫聲細語道：「自然不會忘記你們吩咐給我的差事，胭脂與筆墨，一樣都不會少。倒是你們兩個可有乖乖的背書？」

銘筧得意洋洋的挺直胸膛：「乳母，我這便背給你聽！」

茅簷低小，溪上青青草。

醉裡吳音相媚好，白髮誰家翁媼？

大兒鋤豆溪東，中兒正織雞籠。

最喜小兒亡賴，溪頭臥剝蓮蓬……

乳母讚許銘筧聰穎，背的一字不差，鈺犀也不甘示弱，立即又背了另外一首詩，只為博得乳母誇獎。母子三人和樂融融歡聲笑語，令一旁的孟婆緩緩回首，自是神色淒涼。

她靜靜凝望那毋須她存在的畫面，母慈子孝，歡喜美好。風從幽靜深遠的回廊吹來，四面枯樹枝條浮動，逐漸遮擋住了他們，使其面容模糊，唯獨他們的雙眼閃耀著璀璨光芒，瞳仁裡皆是映著彼此身影。

長廊沉沉，周遭空曠，孟婆孤零零站在那裡許久，許久……

等到傍晚時分，別院裡的廚娘在為少爺和小姐準備晚膳，孟婆藉此機會，順勢化身成了侍女的模樣，再端著兩份清茶走進了鈺犀的房間。果然，銘筧也在這裡。經過一天的觀察，孟婆感受到姐弟二人關係親密，總是時時刻刻黏在一起，不僅互幫互助，還懂得彼此，倒也令她這個生母倍感欣慰。

孟婆將茶水放到案桌上，鈺犀端起來喝了一口，忽然眼神明亮的問道：「這茶好香，以前從沒喝過這味道，是父親新送來的茶葉嗎？」

孟婆柔聲回道：「鈺犀小姐，這是奴家用晨露泡的茶，又加了幾滴玫瑰的汁液。」

銘筧也趕忙嘗了這茶，立刻連連點頭，看向孟婆端詳了一陣兒，有點懷疑地問：「你陌生得很，從前也不曾見過你。」

孟婆點點頭：「我才來別院不足三日，今天是第一次來伺候少爺和小姐。」

鈺犀卻眨著眼睛道：「你這姐姐倒是生得漂亮，像是畫裡的人。」

孟婆順勢引導她：「多謝小姐誇讚，可奴家出身卑賤，哪裡會像畫中之人呢？倒是別院廂房裡掛著一張等人高的畫像，那畫中的女子才清雅脫俗呢！」

一提起那幅畫，鈺犀當即沉下了臉，銘筧的表情也變得不太好看，孟婆因此而有些傷心，卻還是趕忙解釋道：「奴家初來乍到，若有不懂規矩之處……」

「不是你的錯。」是銘筧首先寬慰起孟婆，他擺擺手，低低歎了一聲道：「不瞞你說，那畫像上的人是我和鈺犀的生母，只不過她離開時我們還小，尚且記不清她究竟長什麼模樣了。」

孟婆心中酸澀，忍不住道：「也許她是不得已才離開你們的，天下哪有母親會真的狠心捨下自己的骨肉呢？定是有其苦衷……」

鈺犀卻毫不留情打斷她的話：「是啊！天下似她那般狠心的母親的確少有，難道只有她一個母親有苦衷嗎？其他母親便都苦的理所應當嗎？我只知道為人父母，無論發生何事都不該拋下牙牙學語的子女。」

孟婆欲言又止，鈺犀苦笑一聲：「罷了，提起她做什麼？像她那種滿口謊話又行徑不妥之人……且她已經逝世多年，我也不想評論一個死去的人。」說罷，鈺犀便起身走了出去，想必是壞了心情。

銘筧則是起身去追姐姐，孟婆也知趣的收拾好茶碗離開了。

她有些茫然，有些失落，她並不是怨恨說出那番話的兩個孩子，她只是悲痛於自己在他們的心中已經毫無位置。

然而站在庭院中央，那一家四口聚在一起的歡笑景象，彷彿昨日那般清晰可見。姬晏璟將年幼的鈺犀高高舉過頭頂，銘筧黏在墨舞的身邊笑聲不斷，姬晏璟望向墨舞，墨舞也對上他的視線，二人相視而笑，也曾恩愛難掩，幸福與甜蜜皆溢滿眼角。

可是此刻，她卻形單影隻地站在空曠的黑暗漩渦裡，那麼多那麼美的回憶在眼前零散晃過，她卻一片也抓不住。

彷彿只有她一人被留在了記憶的深海中。所有人都離她而去了，他們頭也不回的朝前走，聽不見她心中無聲的吶喊。

「你後悔嗎？」

面前出現了幻影，是少女時期的墨舞。她站在孟婆的面前，眼神滿載野心，又一次問：「你後不後悔？」

孟婆垂下眼去，她長久的沉默，少女墨舞便抬手一揮，給她看到了另一個場景。畫面中是如今的上官晟雲，他的清傲未曾隨著年歲的增長而淡去，反而是越發的遺世孤立。年逾不惑的他做了太學院首席先生，整日面對的都是小小年紀的皇家學生。他教他們吟詩，教他們作詩，卻從不喜言笑，冷若冰霜。然而在學生們夜讀酣睡在課桌時，他也會關懷的為其披上一層外衣。

他的溫柔是冰層之下的滾燙長河，一旦湧動，便一發不可收拾。可他從不表達自己內心的澎湃情感，即便他付出了許多，也吝嗇著隻字片語。或許，這就是孟婆當初不敢隨他私奔的原因，她認為他並不是真心愛她，她擔心他有朝一日也會另尋新歡……終究是情深緣淺，蹉跎了當日眷戀。

「你總說情深緣淺，為何卻從不願改變自己去牽就對方呢？」少女墨舞在這時冷冷相問。

孟婆的眼神黯淡，她回答她道：「你還年輕，不懂什麼是愛。任何一種為了牽就而改變自己本心的愛都不是愛，那是犧牲。時日久了，便會互生怨言，更是一拍即散。」

少女墨舞不屑的嗤笑一聲，再次抬手一揮，為她呈現出另外的景象。

這一次，出現在她視野中的，是害她罪犯欺君的石天奕。

他的身形變了一些，變得圓潤而發福，也蓄長了鬍子，眉眼倒是增添了幾分柔和。他的宅邸被修建得格外富麗堂皇，蓮塘裡是眼花繚亂數不清的錦鯉，如今的他和妻子過著富足的生活，雖算不上富甲一方，卻也格外滋潤，且他膝下有了一女，乳母牽著女兒在花園裡捉紙鳶，石天奕和夫人怕女兒摔倒，時刻護在她身側，體貼異常。

據說他現在不再喝花酒了，少女墨舞望著石天奕的臉，言語中頗有嘲諷之意，繼續道：「他每天除了經商，便是陪著夫人與女兒，連侍妾的屋子都很少去，哼！倒算是改過自新了。」

孟婆聽聞此話，忽覺胸口悶痛。她不知該如何描述這種感覺，恍惚間還能記起他迷戀撫著她的髮說：「墨舞，你美豔得勝過牡丹之花。」

然而如花美眷，終抵不過似水流年。姹紫嫣紅的春色，也只是韶光一現。紅顏老去，年華盡失，誰人又會為幾片泛黃的過往而痴心留戀？遙想那四季輪轉，月殘人散，煙色朦朧，木棉如血……

孟婆微微抬起頭，去看少女墨舞的臉，她終於對她說：「放過你自己吧！從今以後，去過你隨心所欲的人生，不要爭強好勝，不要攀權富貴，更不要違背自己的心意……」

少女墨舞起先倔強道：「你懂什麼，我不是你，不會向塵世妥協！」

孟婆輕歎道：「我從未妥協，我只是釋然了，對自己，對他人。」

「為何要原諒他人？世人詆毀你、背棄你！」

「我也詆毀與背棄過世人。」

「可你從未不忠在先。」

「又何必因為他人傷害過我，我便變成他們的卑鄙模樣？」

「你說過要睚眥必報的！」

「對你愛過，與愛過你的人，不必斤斤計較。」

少女墨舞沉默了，孟婆在這時頓了頓，艱難的哽咽道：「你只有十七歲，可以成為任何你想要成為的人，而不是別人口中那個光華萬千、卻毫不真實的姜墨舞。」

少女墨舞聽著這話，她長長的睫毛微微顫動，表情從懷疑到迷惘、從震驚到釋然，最終，她默默流下了兩行清淚，那淚水晶瑩如玉，彷彿散發出馥鬱香氣，嫋嫋迤邐，襯著她靜美容顏。

可……少女墨舞囁嚅著問：「可連我也離開你的話，你豈不是要孤單一人了嗎？」

孟婆眼噙淚水，對少女墨舞淡然一笑：「紅塵凡世，你我皆是過客，不求刻骨銘心，但求曾經來過，而有我記得你，你我便都不是孤單之人。」

話音落下的瞬間，少女墨舞的身軀便支離破碎的飛散。黑暗之中掛起了素白垂幔，不知從何處吹來陣陣寒風，撩起白幔飄拂。

孟婆穿過無盡的垂落白幔，經過那些全身縞素的故人，他們是沈意、宓曉、沁女……那些曾經因她而死，又或者是為她而死的人，都如同沒了靈魂的偶人一般站立著，孟婆越走越遠，逐漸將他們落在自己的腳下，再一抬眼，她不知何時站在了成堆的白骨山頂，這裡只有她一人，與一望無盡的昏暗蒼穹。

她只要抬起手，似可以摘星取月，與雲共舞。可卻再也不會有人對她笑，和她說話，她孑然一身，無親無故，無人惦念……

她坐在高高山巒之巔，烏黑如墨的長髮順著肩頭垂落，恍惚的揚起臉，淚水順著她的太陽穴滑落。

來世，不必有美貌，也不必有才情，更不必與他人爭高低，她只想做平凡無奇的世間眾人，捧一輪圓月，為老樹唱歌……

那之後，孟婆在人世徘徊了數月，她不願未滿一年之期便回往地府，只怕和墨會猜出她在人間遇到了不痛快的事情。為了保全顏面，她決定年滿一年再打道回去。

在這期間，她遇見了許多形形色色的人，有想要結識她的不懷好意的男子，有想要把她賣去青樓賺錢的皮條客，有試圖使她毀容、嫉妒她美貌的女子，還有送她一碗熱粥的善良小童……。她見多了心術不正的凡人，他們自私、貪婪、邪惡，甚至不如冥府的妖魔鬼怪；然而她也見到了許多心性純善的世人，從他們的身上，她感受到了久違的悲憫與溫情。他們之中有忠良，有奸商，有富有的遺孀，也有下三爛的乞丐，還有考不取功名的秀才。在與他們短暫的接觸之後，他們會向她訴苦，傾訴自己的不快，也會關切她的過去和未來，並給予真摯的祝福。

漸漸的，她發現「能忍耐終身受用，大學問安心吃虧」。吃虧多了，總有厚報；愛占便宜的人，定是占不了便宜，贏了微利，卻失了人心。別以為成敗無因，今天的苦果，是昨天的伏筆；當下的付出，是明日的花開。「月無日日圓，人無日日順」，不煩不惱、善待自己，便是與自己和解。一個人若能不跟自己較勁，就是置心於曠野以自由。

她也會恍惚間發覺，原來塵世之中還有許多她不曾瞭解也從未參透的情感與真諦，而曾經的自己只是一味追逐權與利，如今想來，實在是浪費了許多大好光陰。

距離一年之期越來越近，就在即將回往冥府的時候，她遇見了一位道長。那日她身在竹林，遇見暴雨，便待在山洞中等候狂風停止。不出一個時辰，大雨漸小，餘暉灑照的空中架起了一道彩虹，她走到林中觀望起美景，便看到那位道長在溪邊以竹筒盛水。而在他身側，有一隻奄奄一息的灰兔，身上被狼咬破，傷口的血雖已止住，但儼然命不久矣。道長餵灰兔喝下了最後幾口水，那灰兔似有眷戀的閉上眼睛，終是命歸了西。

孟婆看在眼裡，心有疑慮，便上前去與之打了招呼，報上了自己姓氏。道長樣貌清俊，年已而立，舉手投足間有股不食煙火的仙客之氣，他聽孟婆問自己道：「道長明知那灰兔將死，又何必溫柔對待？牠只是牲畜，若是貪戀道長所給予的溫柔，從而對人世心懷眷戀的話，死後豈不是會流連人間，不肯前前往生？」

道長卻道：「眾生平等，生靈同貴，正是因為牠能感受到人世柔情，才會對紅塵念念不忘。如此一來，牠才更願進入輪迴，重新開始新的一生。縱浪大化中，既不喜也不懼，應盡便須盡，無複獨多慮。生死是自然規律，無法改變，不必歡喜，也不必畏懼，盡心體會生命的過程，到了該結束的時候就隨自然而化。」

孟婆認為只有身為冥府的鬼差才更瞭解死後之事，於是反駁他道：「如此說法也不過是道長的一廂情願罷了，這般慈悲為懷，莫不是想要積攢自己的功德吧？」

道長釋然而笑說：「姑娘所言，也是姑娘的一廂情願。『為善無近名。』無論是付出還是行善，一旦有了執著，就有所障礙；有了執著，就有所期待。當期待落空，不免失望，反而憤怒不安定，內心就無法平靜。凡事盡了力就好，不必刻意，不要偏執。」

人們之所以會產生分歧，只是各自所見不同，一旦立場變化，正義也會露出獠牙，天地萬物莫不如此。無論是人或是牲畜，其壽雖短，於人於天有益，天人皆擇之，皆念之，短亦不短；壽雖長，於人於天無用，天人皆摒棄，倏忽忘之，長亦是短。而貧道願在灰兔死去的最後時間裡待牠以禮，也是希望以此來洗刷去牠被餓狼咬噬的悲痛，願牠銘記的是最後所獲得的人世溫柔，而那才是人人都有的純真本性，也望牠來生也可堅守本心，不被惡所改變。」

孟婆斟酌著此話，反問他道：「本心？」

道長點頭道：「人生於天地間，如白駒過隙，忽然而已矣。萬物之生，蓬蓬勃勃，未有不由無而至於有者；眾類繁衍，變化萬千，未始不由有而歸於無者也。物之生，由無化而為有也；物之死，由有又化而為無也。人之死也，猶如解形體之束縛，脫性情之裹挾，由暫宿之世界歸於原本之境地人遠離原本，如遊子遠走他鄉；人死乃回歸原本，如遊子回歸故鄉，故生不以為喜死不以為悲。視是非為同一是亦不是，非亦不非；視貴賤為一體，賤亦不賤，貴亦不貴；視榮辱為等齊，榮亦不榮，辱亦不辱。」

孟婆一愣，怔怔的看他。

道長瞟了她一眼，慢悠悠道：「本心如此，無人能撼。而堅守本心，也可泰然處之。」說罷，他起身欲要離去。

孟婆不禁追問道：「敢問道長尊姓大名？」

道長一邊前行一邊背對著她回話：「貧道清塵，於世間尋尋覓覓，只為找到失散已久的師弟與師妹。」

孟婆目送清塵道長離開，她思忖著他方才所說的那一番話，忽覺如雷灌頂，終是意識到自己不該忘卻本心。

又過去數日，在回往冥府的當天，孟婆攜了一盞精美的琉璃人像，來到了自己的墓碑前。那日天高風清，墨舞的墓前長出了兩棵參天大樹，繁茂的葉片之間結滿了新綠，孟婆便將人像埋進了墓中。泥土一點點覆蓋在琉璃上，那是她終於製作出的印證大君和大妃愛情的人像，男像白光閃閃，女像紅豔炫目，二人攜手相擁，眼神纏綿交織，彷彿在無聲中互訴衷腸。

仔細看的話，還可以看出女像的眼角噙著一滴淚，簡直栩栩如生。陽光穿透雲層照射下來，那光芒似乎賦予了人像靈動，孟婆甚至可以透過這人像，看到大君與大妃相戀的過程——風華正茂之際，英武的大君愛上明豔的大妃，他濃黑的眸子印在她身上，她一個回眸，流露千般風情。想必那日在他眼中，世間所有女子都不及她的膚若凝脂，而她裙上繪出的大簇牡丹火紅熱情，燎了他心尖的平原。

孟婆卻在此時自嘲且失落的笑了，想她終於製出了驚世的琉璃之作，卻是無人欣賞，只能被她親手埋葬進自己的墓塚之中，好生淒涼。

而她埋葬的，又何止一盞琉璃人像呢？連同她熾熱的本心，也一併浸於潮濕黑暗的泥土之中了。

第十八節

天甯 185 年。

一年之約已滿，回到冥府的孟婆，似乎終於「肆無忌憚」的堅守起了本心，做回了真真正正的自己。她變得和從前在人世那般過活，將冥界改造成自己喜歡的模樣，再不需要去看任何人的任何臉色，想來如今，就算是皇帝過這奈何橋，都要從她這裡領取一碗孟婆湯才可投胎，何不樂哉？

她扣下了死魂中的幾個宮伎，去她住處為她日夜彈琵琶、奏笙歌，也威逼利誘的留下了御廚來給她人間菜色，甚至還時而女扮男裝，穿著一身輕便的蜀錦衫，在自己建出的賭場裡紙醉金迷。

而她的這些變化自然也惹得同僚不悅，甚至還聯合寫了罪狀告到了冥帝和墨那裡。眾鬼差將孟婆的所作所為描繪得極為大逆不道，稱她為興風作浪、霍亂冥府，懇請冥帝廢除其孟婆職務，打去牢獄之中改過自新。冥帝和墨對此卻睜一隻眼閉一隻眼，每每都是笑著將摺子收起，毫無批覆之意。

其實冥帝和墨並非表面那般無情無義，他雖清冷孤傲也不徇私，可實際上，冥帝卻待每任孟婆都如親妹，時常為她們謀些福利，或者是對她們出格的行為裝作視而不見，諸任孟婆之中，冥帝待此任的孟婆更是非同一般。

而如今的孟婆沉浸在自己改造的冥界之中，自是十分滿足，雖然……也會有偶爾的迷茫。誠然，這奈何橋的確是她一手改成的小小人間市井圖，她可以坐在橋上遙望人世夜空中的流光溢彩，可每逢佳節到來，她痴痴凝望煙火的時候，都會面露憂傷。

牛頭、馬面與黑白無常在私底下談起孟婆時，總覺得她從人間回來後變了許多，雖然她此前也紙醉金迷，但如今的她彷彿會為旁人稍加照拂一些了。

「她竟然為一些不願超生的孤兒死魂修建了一座學堂。」馬面為此而感到震驚，他摸著下巴低聲道：「儘管那學堂比她的賭坊要小了許多，可上一次我偷偷經過門前，居然聽見她在裡面教孤兒念詩。」

牛頭鄙夷的問：「你確定是念詩？那個孟婆肯念詩？」

黑白無常插嘴道：「我等怎麼覺得她是在教那些孩子們一些她認可的人生真諦呢？」

馬面搖頭晃腦的歎了口氣，道：「或許，那才是孟婆原本的模樣吧！」

牛頭也點頭道：「能多做回自己一些，未嘗不是件好事。猜想著在世的時候也沒什麼機會為自己過活，這下來了咱們冥府，反而可以隨心所欲的活一次了。」

可卻沒人得知，在孟婆的內心深處，彷彿有一個誰也填補不滿的黑色巨洞。她不知道自己還能再期待什麼，或者是期待何人，因為無論是塵世還是地府，都已不再有人真正的記得她了。

或許真正的死亡就是終極的遺忘。

姜墨舞這三個字，終究只是隨風而散的灰燼，再不屬於任何人。

天甯 207 年。

從墓園中回到姜府的孟婆，正與離歌對面而坐，二人面前的茶已涼透，離歌察覺到孟婆有話對自己說，便靜靜等她開口。

又過去了半炷香的時間，孟婆搖晃著杯中清茶，徐徐說道：「我尋到了一處好地方入住，在山腳下的道觀旁。」

離歌聞言，趕忙問：「孟姐姐打算離開府中？」

孟婆點點頭。想來那些尚且活著的親人自是害怕她現身，尤其是她的妹妹。儘管嘴上說著想念她，但畢竟陰陽兩隔，生者與死者終究要交錯而行。且姜府裡還有幾位認識她的老傭人，她不想惹得他人因恐懼自己與「故人」相似的面容而寢食難安，也不想打擾離歌目前的生活，索性獨自離開，樂得清淨。

但離歌卻以為是自己做得不周而使孟婆不快，便試圖挽留。孟婆倒也難得耐著性子向她解釋道：「此事與你無關，是我自己決定了的，你也不必考慮太多，只管好好享受你剩下的幸福時日，我的事情我自有打算。」

離歌有些局促的眼神游移，孟婆知道她擔心的是何事，當即打消了她的顧慮：「你放心，但凡是你需要我的時候，我都會立刻出現在你身邊，這是你我之間的交易，我定當遵守。」

話已至此，離歌也不好再多說阻攔的話，便只得尊重孟婆的選擇，並承諾隨時都歡迎孟婆回來姜府。

當天晌午，孟婆辭別離歌，帶走兩匹馬，騎一匹、牽一匹，一路穿過七條街，一直到了寂靜無人的山腳下。她把馬匹拴好在樹旁，下了馬，走去不遠處的小宅，那正是她幾日前盤下的住處。要說這宅邸不算大，卻也五臟俱全，有蓮池、庭院與馬廄，一樣都不少。東家也把各個廂房打點得乾乾淨淨、整潔有序，孟婆很喜歡種在院落中央的那三棵梨樹，雖是逢冬枯萎之際，卻讓人期盼來年春天到來時的滿樹梨花香。

她在這院裡站了沒多久，門外便有了動靜，一身青紫煙色錦衣的少年，踩著灰色的烏皂靴跑了進來，腰間的佩劍上還繫著玉墜和香包，花裡胡哨的模樣，像極了富家的紈絝少爺。而此人，正是上官逸舒。

他一看見孟婆就徑直問道：「師父，你家為何住在這麼偏遠的地方？還有你飛鴿傳書來的鴿子，竟然一到我家就變成了紙片，我猜想師父除去身懷武藝，還會隔空變出戲法才是。」

孟婆向來不喜多言，她沒有回答他的問題，只管對他開門見山道：「你既然要跟我學習武藝，便要遵循我為你設計的一套練武方案，話說在前，規矩有三：不准半途而廢、不准偷工減料、不准頂嘴不准逃跑。」

他認真的數了數，並告知孟婆：「這算是四條。」

孟婆執意道：「我說三條，便是三條。」

「這倒是像師父的作風。」上官逸舒輕巧的聳了聳肩膀，又打了個響指道：「既然如此，便儘管放馬過來吧！我身為上官家的後人，自然是水來土掩、兵來將擋。」

於是乎，上官逸舒便開始了他的拜師學武之路。

這山腳下是孟婆的住所，山頂上則是有一處道觀，山腳連接山頂的，是近乎千階的臺階。孟婆所謂的「專用訓練方案」，不過是要他在這臺階

上來回蹦跳、奔跑，看似簡單，實則魔鬼，上官逸舒還未來到半山腰便已汗流浹背。而孟婆美其名曰「陪同爬梯」，實際上也只是在一旁不停鞭策上官逸舒加速。

夕陽西下，天色將暗，上官逸舒攀爬的速度越來越慢，步伐越來越沉重。他的肚子餓得咕嚕咕嚕直叫，此時此刻，他覺得自己可以吃掉一匹馬，且他大概是餓昏了頭，無數次把各式各樣的石頭當作食物。第一次是把石頭當作肉包，第二次是當作玉湯羹，第三次和第四次都是清一色的蒸紅薯。

總之，被當成什麼都好，到頭來疼的也都是上官逸舒自己的門牙。

不過俗話說得好，天將降大任於斯人也，必先苦其心志，勞其筋骨，餓其體膚，在到極限之後，上官逸舒竟發現自己已經在不知不覺中爬回到了山腳下。他感動不已，正興奮的打算向自己身旁的師父炫耀：「師父，我成功了！眼前我已經……來到……師父？」

孟婆並不在他身邊，他這才恍然大悟——孟婆從很早之前便沒有陪同他一起爬山了。

「我在這。」坐在山腳下的孟婆朝上官逸舒招了招手，她的面前架起了一堆篝火，而她正在悠閒愜意的吃著烤魚。

上官逸舒氣喘如牛，他既震驚又困惑的睜圓了眼睛，搖搖晃晃朝孟婆走去，「師父……你難道在中途就拋下我，自己跑下山來烤魚吃了嗎？」因為她的腳底下已經布滿了好多魚刺和魚骨。

孟婆一邊咀嚼著香噴噴的魚肉，一邊面不改色的回答：「乖徒弟，你要多多理解『憐香惜玉』這四個字才是。我雖是你的師父，可我畢竟也只是一個弱女子，是不可能陪你爬完整個千層梯的。那麼可怕的魔鬼訓練，我承受不來。」

弱女子？一個身懷絕技的女子也能稱得上是弱？上官逸舒不滿的擦了一把額際的汗水，忍不住抱怨：「想出這種魔鬼訓練的可是你本人，而且，我覺得你至少也該留一條烤魚給我才對。」

孟婆無動於衷的吃掉最後一口烤魚，抬眼看向他沉聲道：「人之所惡，唯孤、寡、不谷，而王公以為稱，故物或損之而益，或益之而損。正所謂寶劍鋒從磨礪出，梅花香自苦寒來。只有經過苦難的洗禮，你才能夠變得更加強大。如果吃不得苦中苦，又如何成為人上人呢？」

上官逸舒聞言，倒也不卑不亢回應道：「古人有云，不自見，故明；不自是，故彰；不自伐，故有功；不自矜，故長。私以為，能力強大的人不自以為是，反而會更受崇敬。」

孟婆自然明白上官逸舒的話中含義，她並沒有發怒，起身走向上官逸舒拍了拍他的肩膀，反而是對他恰到好處的笑了笑，道：「上官少爺，明早雞鳴時分，你要準時出現在山腳下開始爬梯，膽敢誤時的話，『自以為是』且沒有『更受你崇敬』的人保證會給你加量的。」

上官逸舒的表情略顯僵硬，彷彿在用眼神對孟婆說：「太沒人性。」

孟婆自然知道他心裡在想些什麼，奸詐的笑了笑，邊走邊暗自說道：「她又不是人，身為冥府的鬼差自然沒有人性。」

而且……

「你日後會感激我的。」孟婆默聲道。

夜已深宵禁聲響徹城內——暮鼓三鳴，一更天了。

孟婆總會被這聲音吵醒，她疲乏的爬起身，口乾舌燥，喚一聲，無人應，才發現自己已經不是住在姜府。

她醒了醒神，覺得怪，走下床推開木門，忽聞竊語聲，她一路繞著長廊循聲而去，見夜色之中有人站在亭裡。

是上官逸舒。

他穿著一身漂亮的青色長衫，月光盈袖，胸前佩戴一串紫色的珠玉，不知是不是她眼花，竟看到他眼眸閃爍出金玉之色。

孟婆詫異不已，更是見到他俯身對著池裡的金魚攀談，而有兩個身影站於他兩側，許是被他交代了什麼，兩人點頭後很快便消失，神色匆匆。

忽然，他側頭，見孟婆正目不轉睛望著他，他便頑劣一笑，語氣竟與平日裡的他毫不相同：「師妹，你在看什麼？」

孟婆一驚，「啪！」睜開雙眼，鳥兒啼叫，她望向窗外，天亮了，竟是個夢。而這個夢裡，本該是她徒兒的上官逸舒竟然喚她師妹，實在是離奇得很。

她懶得思考這些，伸著懶腰走下床去，心想著這個時候早已是過了雞鳴，上官逸舒理應爬到了山頂道觀才是，她決定出門在山腳下迎接他下山。

然而在山下等了兩個時辰，孟婆也沒有看到上官逸舒的身影，聰明如她，自是知道自己被上官逸舒放了鴿子。她剛要發怒，很快便作罷，心想著既然沒有徒兒在，她莫不如趁此良機去白家居喝頓好酒，豈不暢快？

心動不如行動，孟婆立刻策馬狂奔，一路穿過群山來到了鼎沸的街市，拴好馬，進了白家居的門，她正哼著小曲兒張望店內，竟一眼看到了好戲。

那錯過雞鳴爬梯的徒兒上官逸舒，正把剛剛買來的胭脂獻寶似的呈給柳綺嫣，哪知柳綺嫣臉色立變，直說著自己對胭脂過敏，還反問他明知如此卻送她胭脂，莫非是打算羞辱她不成？

上官逸舒哪裡知道柳綺嫣的這等小毛病，趕忙連連致歉。柳綺嫣不願再理他，轉身忙碌起來。上官逸舒跟在她身後，尋找解釋的機會，發現她打算去搬酒罈子，他搶過來打算好好表現一番，誰知酒罈太重，他身子骨又清瘦，一個重心不穩，便將整罈酒摔碎在地上，周遭的客人們倒楣的被酒水濺了滿身，儼然成了十足的落湯雞。

其中一名男客最為倒楣，錦衣濕透不說，還被酒罈子的碎片劃破了臉頰，頓時鮮血直流。柳綺嫣當即面露憂色的去詢問，他倒大度，只擺手笑笑，表示無礙。

店裡鬧鬧哄哄的一片，站在門口的孟婆也有些忍俊不禁。柳綺嫣見此情況，怒到極致反而啞口無言，好半天之後才質問上官逸舒：「你這小子是不是故意來找麻煩的？」

上官逸舒搖頭表示道：「柳姑娘，我絕非有意為之，你看這樣如何，碎掉的酒水都算在我的帳上，你且消消氣。」

柳綺嫣抓起帳臺上的鞭子揚了幾下，那是她用來打後院犁地的老黃牛的，沒成想今日要拿來抽人用了，「上官公子，請你給我立刻離開這裡，否則我手中的鞭子可不長眼睛。」

上官逸舒既局促又尷尬，盡力解釋說：「是我不小心，是我疏忽，柳姑娘，你別再生氣了，我今日還想約你去遊湖賞冰燈⋯⋯」

柳綺嫣越聽越氣，作勢將鞭子抽在地上幾聲，便氣勢洶洶朝上官逸舒走去。

上官逸舒只得連連後退，退到門口處才發現踩到了某人的鞋子，他慌忙轉頭去看，竟發現自己與孟婆四目相對，彼此近在咫尺。

他如獲救星般湊近孟婆身邊，道：「師父，你來得正好，快幫徒兒說說情吧！」

孟婆嫌棄的瞥了他一眼，挑眉道：「你腰間的佩劍難道是用來裝飾的嗎？」

上官逸舒唉聲歎氣一句：「沒⋯⋯沒開鋒的！」

孟婆恨鐵不成鋼，扯過他腰間的佩劍揮舞幾下，根本就是不費吹灰之力，便將柳綺嫣手中的鞭子捲了過來。

「可看見了？」她向上官逸舒一仰頭，「正所謂有無之相生，難易之相成，長短之相刑，高下之相盈，先後之相隨，恆也。而你手中既然握著武器，即便劍未開刃，也可用來奪她皮鞭。」

話剛說完，孟婆便感到柳綺嫣湊近她面前，皮笑肉不笑的咬牙切齒道：「孟姑娘，我方才聽見那個楞頭小子叫你師父，原來你已經收他為徒了呀！呵，可見你們師徒二人是一起來我這裡砸場子的是吧？」

「柳老闆，你誤會了。」孟婆順勢收起了劍，神色淡然的對柳綺嫣道：「我是來你這裡買酒喝的，至於他的事情，可與我無關。」

上官逸舒在這時插嘴道：「師父，已經晚了，這種時候你就不要自私的只顧自己，而與我撇清關係了。」

孟婆則是命令上官逸舒：「你給我閉嘴。」

柳綺嫣冷哼一聲，她可不想看什麼師徒情深的戲碼，只管朝孟婆伸出手：「孟姑娘，還我。」

孟婆一怔。

柳綺嫣示意她劍上的物品，「我的鞭子。」

孟婆這便物歸原主，然後把劍撇給上官逸舒，自己正要朝老位置走

去，柳綺嫣卻伸出手臂攔住她，瞇起眼睛冷冷一笑道：「孟姑娘留步，恕本店今日不招待你們師徒二人，你們二位走好不送。」

孟婆欲言又止張了張嘴，柳綺嫣已經給店鋪打手使了眼色，兩名虎背熊腰的壯漢心領神會，雄赳赳氣昂昂的走過來，一手提起孟婆，一手拎起上官逸舒，如同丟小雞一般將二人丟出了酒館。上官本想掙扎一番，別看那兩個壯漢體壯如牛，其實都是空架子，若是自己使點武藝放倒他們一點不難。側眼向師父看去，只見她一副既來之則安之的神情，毫不在意任由壯漢動手。既然師父都有心相讓，那自己更沒有動手的道理，於是心中雖有不快也按捺下來，學著師父閉目養神任由對方動手。

等上官睜開眼睛回過神來，這才發現自己與師父坐在白家居門口的臺階上，師父一臉帶笑看著自己。

面前是人來人往的熙攘街市，一片熱鬧喧嘩的景象。

上官逸舒不好意思的撓了撓頭，懺悔道：「都怪徒兒不孝，害師父你老人家今日沒有酒喝，還讓這壯漢如此羞辱一番。」

孟婆倒沒在意他的措辭問題，也沒在意「老」字，令她不滿的反而是：「沒喝酒無妨，讓人拎出來也無妨，柳姑娘的地盤總該給她些面子。倒是你我約法三章之事，你怎麼今朝便失信了？雞鳴時分怎不爬梯？」

上官逸舒立即正色道：「徒兒沒有失信，徒兒雞鳴時分便開始爬梯了，是師父你醒來得晚，徒兒完成千層梯後才來酒館找柳姑娘的。」

孟婆一驚道：「胡說，你會爬那麼快？」

上官逸舒也不高興了，道：「師父不可懷疑我，有傷師徒感情。」

孟婆不屑道：「誰和你有師徒感情。」末了又下達命令：「走，今天都是你惹的禍，你得賠我酒喝。」

半炷香的時間過後，上官逸舒全身僵硬的捧著兩罈好酒站在酒窖裡，四周一片狼籍，三、四個粗野酒夫四仰八叉的倒在地上，正是剛剛被孟婆「好好招待」了一番的下場。

而孟婆還貪心的在尋覓好酒，上官逸舒擔心被人發現，緊張兮兮的小聲催促孟婆道：「師父，已經偷了兩罈酒了，我們見好就收吧，還是快點離開此處為妙！」

孟婆慢悠悠的又挑出一罈陳釀桑葚酒，順便扔給上官逸舒一個碩大的白眼，又狡黠的譏笑他道：「我們這叫梁上君子，沒看見我把銀子留在地上了嗎？」

孟婆只管提著美酒揚長而去。

上官逸舒自然是要跟著孟婆的，師徒二人尋了處陽光充足的小亭子裡坐下，孟婆眼神期待的正欲品酒，坐在她對面的上官逸舒已然豪邁的大口灌起酒來。

孟婆端詳著他此刻的苦瓜臉，瞇起眼睛試探著問道：「你該不會是頭一遭情竇初開吧？」

上官逸舒倒也不遮掩，只悶悶的點頭應聲。

孟婆先是認可他的審美與品味，之後又悠哉的說起了風涼話：「正所謂窈窕淑女，君子好逑，柳老闆的確是個難遇的美人，可是你也得對症下藥才是。」

上官逸舒拉長了他的苦瓜臉，道：「我又不知她用不得胭脂，更何況我母親日日都要塗抹胭脂，又有哪個女子不需要胭脂呢？」

孟婆冷冷的說：「你還真是個二愣子，倘若這番話你當著她的面說出來，只會適得其反。」

「不可能，柳姑娘才不是心胸狹窄之人。而且，我永遠都忘不掉那日初次見她的情形，真美！連她方才生氣的模樣都那麼漂亮，這才叫真正的美人！」

孟婆心覺果然是情人眼裡出西施，喝口酒，咂咂嘴，一臉無聊的隨口問他：「可她大你很多歲啊，等到日後年老色衰，何以還讓你繼續傾慕？五音令人耳聾，五色令人目盲，五味令人口爽，馳騁畋獵令人心發狂，難得之貨令人行妨。」

上官逸舒細細思量著孟婆的話，而後緩緩道出：「我絕非只看色相的膚淺之人，如果單憑美貌來看，師父的樣貌自然要勝過柳姑娘好幾籌。」

孟婆自知他是在恭維，並不戳穿他，只好言相勸道：「我只是要你多發掘對方的脾性，畢竟無論女子還是男子，以色待人絕不長久。」

上官逸舒有些崇拜的望著孟婆道：「師父所言極有道理，懇請師父為徒兒指點迷津。」

孟婆愁道：「想來我並不喜歡好為人師，教你學習武藝已經破了我的規矩，至於你的感情問題……唉，近來的酒價實在是漲得奇高。」

上官逸舒很懂事理，知趣的從自己腰包裡掏出好幾錠銀子，道：「師父，錢財向來是身外之物，如果能解決問題，那麼它們便算是尋到了自己的最終歸宿。」

孟婆聽了卻更憂愁了，托腮歎息道：「我哪裡是個見錢眼開的俗人呢？我不過是想要我唯一的徒兒好生學習武藝，不要辱了師父的名號才是。至於這買酒喝的銀子，倒也算是懂事理的徒兒孝敬我的，我就勉為其難收下吧！」

上官逸舒咧嘴笑笑，心覺師父頗有得了便宜還賣乖的嫌疑。不過紅塵出行，自然是處處離開不金銀錢財的，好在他的身家背景還算優渥，光是腰間這把佩劍就價值不菲了，所以只要師父開心，他又何樂而不為呢。

於是乎，上官逸舒這一口一個「師父」喚得便更加殷勤了。

孟婆瞥見他沒心沒肺的笑顏，內心倒是有著自己的盤算：他竟有閒情逸致合計兒女私情，一定是她安排的訓練項目還不夠辛苦，她得給他點顏色看看才行。

自那以後，上官逸舒每日都要扛著十斤重的木樁攀爬千級臺階。他倒再也不喊苦也不吵累了，只管默默完成，然後再策馬前往城裡的白家居喝上一杯美酒。他每次都不忘給師父帶一壺回來，竟也十分懂事的會在夜間給自己加量，主動扛起木樁攀爬千級臺階，彷彿想以此來討師父的歡心。

日子便這樣一日復一日，轉眼間進入了寒冬臘月，樹梢上的最後一片枯葉凋落了，孟婆懷揣著暖爐，坐在院落中的籐椅上喝著熱茶。由於需要有侍女打點住所，她便用法術幻化出了兩名紙人式神做女僕，分別取名為嵐風與綠裳。

這會兒的嵐風正在打掃院落，接著又拎著熱茶過來為孟婆續上，見她有些無精打采，不由詢問道：「主人，你怎麼一臉憂愁？」

孟婆單手支著下巴，百無聊賴道：「你看錯了。」

嵐風認真的點頭道：「主人從方才起就歎個不停了。」

孟婆無心接一個式神的話，又歎一聲。

綠裳也走了過來，奇怪道：「主人只管望著院門外面發呆，茶涼了都全然不知，定是有心事。」

孟婆慢條斯理抱怨了一句：「還不都是那個傻徒弟，到現在也沒回來，我等他的酒都等得心焦了。」

原來是在等酒喝，嵐風和綠裳面面相覷，便都知趣的繼續各自忙碌去了。

又過了一炷香的時間，孟婆等得不耐煩了，乾脆起身親自去找傻徒弟。正氣急敗壞走出大門時，便看到有個青紫色的身影蹲在樹下縮成一團。仔細聽來，會發現他正在抽抽搭搭的啜泣。

孟婆一頭霧水，試探的走過去叫了聲：「上官逸舒？」

他恍惚的抬起頭，一臉受了驚嚇的模樣，兩隻眼睛紅腫的似核桃。見他這副狼狽又委屈的模樣，孟婆有些震驚，立即「護短心切」的坐到他身邊詢問道：「你哭什麼？難道是有人欺負你了？」

誰人吃了熊心豹子膽了，竟敢欺負她的徒弟？上官逸舒極有男子氣概的抹了一把臉，苦笑一聲道：「哪裡敢有人欺負我？我只是眼睛酸澀罷了。」

孟婆側眼打量了他一番，沉下聲來道：「你騙不了我，沒什麼好瞞的，說吧，到底出了什麼事？」

上官逸舒失落的垂下眼，略顯悲傷道：「說出來的話，師父可別笑我。我是今日才得知，我傾慕的柳姑娘早已有了心上人，唉！原來我早早便被排除在外了。不過我還是替柳姑娘高興，畢竟她能找到心中欽慕之人，兩人看起來也是兩情相悅。」

孟婆蹙起眉心，道：「還有這事兒？怎麼此前我不知道？從來沒聽她提起過什麼心上人。」

上官逸舒道：「師父，你可還記得那日被我摔碎的酒罈，濺滿了一身酒水，還被劃破了臉頰的男子嗎？那便是她的心上人，所以她那日才會氣不可遏的提著鞭子追打我……」說到痛心處，他整個人都越發落寞起來。

孟婆思忖了片刻，最終拉著他站起身，揚言道：「跟我走，為師的想去看看這個人。」

上官逸舒一怔，不由問道：「師父要帶我去哪裡？」

孟婆道：「自然是要一起去看看柳綺嫣的心上人了，看看他是否配得上柳姑娘！」

上官逸舒擰了擰眉，不忘叮囑道：「師父，我們可不能詆毀柳姑娘的心上人，她會傷心的。」

孟婆斷然道：「不過是去會會他罷了，不要緊張。」

二人一路來到了白家居的店門口，孟婆遠遠一望，立刻就辨別出了店內哪個客官是柳綺嫣的心上人。那男子身穿錦衣，腰間佩劍，看模樣是朝中侍衛，他笑起來的時候頰邊會浮現淺淺的梨渦，正是那小小的漩渦，將柳綺嫣的整顆心給吸了進去，她連為他添酒時的舉止都格外嬌柔羞澀，任憑是誰看見了都知道她迷戀他至深。

想來那侍衛每日都會來此喝上一壺酒，但醉翁之意自是明顯，喝酒次要，顯然是為了去見女老闆的。但柳綺嫣還要忙著招呼其他客人，自是不能在他桌前久留。他們兩個便偶爾在空隙時捕捉到對方的眼神，每每都是眉目傳情、相視一笑。

見此情景，孟婆一邊輕歎一邊為自己的徒弟感到不值，人家小情侶已經是如膠似漆了，壓根兒就沒旁人插足的餘地。可惜了，自家情竇初開的徒兒剛有初戀的感覺，還沒戀就栽了跟頭，日後可不要產生心理陰影才好。

而此時的上官逸舒自是哀歎一聲，默默垂下頭去。

孟婆察覺到他的低落，這才想起自己可不是帶徒弟來看他的情敵秀恩愛的，正打算上前聊上幾句，卻看到暫且忙完的柳綺嫣回到了侍衛桌旁，而侍衛則是從懷中拿出了一塊帕子，其中包著一支鎏金釵，他說是自己剛發了薪餉，又拿出一些積蓄買給柳綺嫣的。

柳綺嫣格外歡喜的接過鎏金釵，還沒等表示謝意，孟婆便走了上來，先是向柳綺嫣打了招呼，又看向侍衛點頭示意，繼而才客客氣氣道：「看來柳老闆這是收到常客送的禮物了，想必二人定是時常互贈信物，情意也非比尋常才是。」

柳綺嫣心想真是不知哪裡吹來的風，竟把多日不見的孟婆給吹來了，她總覺得孟婆話中有話，但也不想傷了彼此和氣，便笑著回道：「不過是熟識的人來看望我……」

孟婆卻打斷她，繼續道：「但這鎏金釵的做工算不得精緻，價位也高不到哪裡去，如此看來，這客官的薪餉哪裡比得上柳老闆酒館的收入呢？倒是顯露出自己的寒酸了。」說出最後一句話的時候，孟婆含笑的瞥了侍衛一眼。

那侍衛倒也不生氣，只尷尬的笑了笑，點頭低聲道：「這位姑娘說的是，在下送的禮物的確是寒酸了些。」

柳綺嫣的臉色則是變得十分難看，她顧不得埋怨孟婆口無遮攔，只忙著安慰侍衛道：「哪裡寒酸了？這是我平生收到最寶貴的禮物，任憑誰人拿幾兩黃金來我都不換！」

侍衛聞言先是一怔，隨後笑意深陷，心中不禁有一絲感動湧起。

孟婆卻提醒柳綺嫣道：「柳老闆，恕我多嘴，但天下皆知美之為美，斯惡已；皆知善之為善，斯不善已。正如話中所言，天下之人都產生了美的觀念，那麼必然會有與之相對應的醜的觀念；天下的人都產生了善念，也必然會伴隨著惡念相生。每一件事物都不可能存在其單一性，一旦它被人稱之為美，它也一定蘊藏著醜惡的一面。而你所認為的人是善良的，他必然也會有邪惡的一面。總之，不要只看一面才好啊！」

背在身後的手卻被人輕輕按了按，孟婆轉頭去看，見是上官逸舒對她堅定的搖了搖頭，並道：「師父，我突然餓了，不如我們去新開的那家酒樓嘗嘗招牌菜吧！」說罷，他便急匆匆拉著孟婆走出了白家居。

自始至終，柳綺嫣也沒有想到要看上官逸舒一眼，她一心只想著和心上人多相聚一些時間，自然沒有把孟婆出自肺腑的那番話聽進去，就連孟婆離開也沒有發現。

孟婆微歎著氣，任憑上官逸舒牽著自己朝前走著。她打量著自家徒兒那清瘦但卻堅毅的背影，深知他是善良到連孟婆去揶揄柳綺嫣的心上人，都會感到於心不忍。其實孟婆看到了之後的諸多因果，只不過想善意提醒柳老闆一下，別被眼前的情分蒙蔽了雙眼才好。但這世上就是人在局中如迷霧重重，又怎麼能夠看得清看得透呢？

一旁的上官逸舒略有難過的抿了抿嘴角，可很快又灑脫的揚起了頭，眼裡也重新亮起了光芒。

眼前夕陽正好，餘暉漫天，孟婆和上官逸舒二人一前一後踏著璀璨的金芒，搖晃在熙攘的人群之中，周遭的歡聲笑語，很快便將這對師徒淹沒了，只留下兩條長長的影子，逐漸消失在眾人行色匆匆的腳步中。

自那之後，有很長的一段時間裡，柳綺嫣都沒有見到孟婆與她的小徒弟來光顧自家酒館，但她很快便發現，那師徒二人饞她的酒都要饞得痛不欲生了，竟要用偷的手段來帶走罈酒，幸好還會把足夠的銀兩留在地上。

「死要面子活受罪，真是有什麼樣的師父，就有什麼樣的徒弟。」柳綺嫣無奈苦笑。

時間一長，熟悉了那師徒行徑的女老闆，也會好心的在酒窖裡留下新釀的美酒，順便在酒罈下壓好紙條，上面寫著：「此酒佳釀，價格貴些。」

沒想到隔日竟收到回話：「已多留銀兩，下次最好再記得配些小菜。」

於是第二日的晚上，兩罈美酒旁又會放好還飄著嫋嫋熱氣的蒸鱸魚、滷鳳爪。

每當這時，孟婆都會有些遺憾的搖頭道：「可惜了，柳老闆不能做我的徒媳婦，否則我就會有免費的美酒與佳餚了。如此看來，究竟是我的徒弟沒福氣，還是我沒這個福氣？不對不對，是那個柳老闆沒福氣遇到良人，唉……」

有時看見了因果卻不能言明，這或許也是一種煎熬，在這個崇尚自我判斷與所見就是真知的世上，人們總是習慣於只相信自己，不是沒有貴人出現提點，只是貴人總是被忽視罷了。人生中出現的一些看似聽進去卻從未付之於行動的話，隨著迷霧逐步退卻，才發現話還是那句話，那就是真正可以搭救你的話，它一直在那裡，只是你從未去用心對待罷了。

第十九節

正月前夕，清晨霧朦朧。

山腳下的小劍客身著花俏的赤紅襖，正在樹旁舞著一套最新學來的劍法。而他的師父則是坐在一旁，由嵐風與綠裳左右簇擁，一邊品茶一邊糾正他的動作：「腿再抬高點，腰再挺直點，出劍的速度要快！別扭扭捏捏的，你以為你自己是豆蔻少女嗎？」

上官逸舒是個謙遜的徒兒，自然是依照孟婆的指揮一一照辦。可他很好奇孟婆是如何會這麼多劍法的，且這套劍術與孟婆此前的招式風格全然不同。這麼想著，他便趁著練功的空隙詢問起自家師父，道：「師父的這套劍法是從別處得來的？可有高人相授？」

孟婆得意回道：「算你小子有眼力，自然是我為你特別尋來的高超劍術。」

上官逸舒萬分讚許的連連點頭，道：「此劍術如行雲流水般暢通無阻，又似泰山壓頂般有力，時而豪放，時而婉轉，竟是奇妙的揉合到了一處，好比陰陽二物般銜接無縫，實在妙哉！愚徒猜想，能使出此種劍法的人，也唯有師父的師父了，我應當尊稱其一聲師祖才對。」

孟婆聞言，差點把剛喝進嘴裡的茶噴出來，綠裳見狀，趕忙去輕撫孟婆的背。孟婆則是不禁回想起自己是如何央求和墨哥哥傳授絕世劍法的。

「和墨哥哥，我向你保證，一定不會傳給外人。我也不過是想讓自己家的蠢徒弟武藝精湛罷了，他既是我收下的徒兒，自然也算是咱們冥府的自己人了，還請你不要再見外。」孟婆特意在前幾日的夜裡返回冥府，為的就是直奔冥帝和墨的住所軟磨硬泡。

和墨慵懶的靠在紅木椅子上翻看奏摺，端起青瓷杯中的佳釀輕抿一口，慢條斯理敷衍起孟婆：「每次你喚我作和墨哥哥準沒好事兒，我是不知道你在人間收了什麼徒弟，可冥府劍法多如多毛，你隨便去藏書閣裡翻出一本祕笈便是了。」

孟婆獻殷勤的為和墨揉捏起肩膀，她笑著說道：「藏書閣裡的祕笈哪裡有你親自傳授的厲害？三界之中誰人不知冥帝和墨劍術高明，要說當年，和墨哥哥可是叱吒天地的戰神！」

和墨只管悠閒的品酒，道：「給我戴高帽子也沒用，我早看透你的油嘴滑舌了，有工夫獻媚的話，不如趁這會兒回來的空檔，去多熬幾碗湯備用。」

「我說的都是真心話，再者，我現在是在人間公出，哪有加班熬湯的道理？」

和墨點點頭，覺得她言之有理，便道：「說的也是，那你還是快回人間去吧！」

孟婆愣了一愣，然後立刻恢復原本面目，一臉不耐煩對和墨說道：「冥帝，你最好還是應了我，不然，你我這義兄義妹的關係也是會因此遭到動搖的，這對你我而言，都不是一件划算的事。」

看見這般極力爭辯的孟婆，冥帝輕輕一笑，心滿意足似的道：「我倒想知道你收下的徒弟給你灌了什麼迷魂湯，竟有能耐讓你跟我討價還價了。」

孟婆便有些憤怒了，沉下嗓音道：「你在捉弄我嗎？」

和墨見狀，終是意識到孟婆此次的態度極為認真，他便不再調侃她，而是無可奈何答應下她的請求。只不過他心中也在猜想，看來她此行在人間倒是收穫頗多，至少，有了一個能讓她這般寵愛的徒弟。

回憶至此結束，孟婆忽然後知後覺的發現自己被和墨看穿了。思及此，她不太高興的起身回去房間，並帶走了嵐風與綠裳，留下上官逸舒獨自練劍。

上官逸舒兀自練了好一會兒之後，才發現師父已經不在身邊，他正打算偷懶片刻，卻聽見不遠處傳來腳步聲。

只見晨曦之中，走來一位手提油紙燈籠的妙齡女子，她身穿繡滿了桃花的長裙，綰著風流別致的如雲鬢，一雙百蝶花樣的芙蓉鞋，鞋尖上染著些許泥濘，大概是在夜半時分便提著燈籠這樣一路走來的。

上官逸舒見她臉色蒼白，似乎少了些人間凡客的氣息。而她踱步走到上官逸舒面前，先是客客氣氣的作揖問候，繼而長歎不止，眉宇間皆是悽楚哀戚，她道：「小女子從姜府而來，有要緊事要向孟姑娘相告，不知孟姑娘可在此處？你能否帶我去見她？」

是來找師父的……上官逸舒略有戒備道：「可我連你的名字都不知道」

「小女子名離歌。」她凝視著上官逸舒，問道：「敢問公子是……」

上官逸舒想了想，道：「我是你要找的那位孟姑娘的徒弟，你就叫我上官吧！」

「上官公子能否幫忙帶路？我實在是有求於孟姑娘……」話到此處，離歌已然淚眼漣漣。

上官逸舒見她實在可憐，同情於她，便答應道：「好吧，你隨我來。」

上官逸舒本以為自己會被孟婆指責，卻沒想到孟婆不僅沒有責怪他，反而像是等候已久了。她甚至親自沏茶，還是她平日裡最寶貝的赤芍茶。

上官逸舒心有疑慮打量著孟婆為離歌倒茶的模樣，總覺得眼前景象令人難以置信，但還是介紹道：「師父，這位是離歌姑娘，她說她是從姜府來的，還說有事相求……」

孟婆一擺手，示意他不必多言，上官逸舒只好咽下話，坐到一邊。

離歌望著面前的孟婆，無奈道：「孟姐姐，我今日突然造訪也是逼不得已……」

孟婆道：「無妨，究竟所謂何事，你儘管說吧！」

離歌垂下眼，緩緩道出了事情的緣由。

原來是姜懷笙近來舊疾復發，他吃咽不下，整日昏睡，儼然是要走到了生命盡頭，且那舊疾十足稀奇，竟是從娘胎之中便帶來的。曾有道長指點過解救之道——需要天甯仙境的靈藥。

在遙遠空靈的天甯仙境，有一位得道高人居住，他練就了舉世無雙的靈藥，自是可醫治萬般奇病。只是肉體凡胎的紅塵之人，憑藉一己之力，根本去不到那裡，即便最終找到了天甯仙境，也是要花費一年半載，再加上來回往返，怕是藥還沒帶回，人都已經病死了，還如何來得及醫治？

離歌眼中含淚，哭訴道：「我只求孟姐姐幫我救救懷笙，他病得那樣重，若是沒有靈藥醫治，怕是撐不過今年除夕了。倘若他死了，而我又滿了一年之期，那天下再不會有煜兒的容身之處，稚童何辜……」

孟婆聽到這兒，臉色不算好看，冷聲問離歌道：「當初，你曾說自己重回人間，只是為了了卻自己嫁給姜懷笙的執念，又說自己三歲的孩兒沒有娘親疼愛令你於心不忍，想以一年之約來實現最後的心願。可如今看來，這些都是你使的伎倆，你早就清楚姜懷笙的惡疾，而你真正的目的便是為了救他。我可有說錯半分？」

離歌見被拆穿，竟有些瑟瑟發抖起來，她內心深處本就懼怕孟婆，而自己耍弄這般手段也著實可惡，她不敢承認，只得埋下頭去。

孟婆倒不惱怒，只是細細打量起面前這個嬌弱的姑娘，心想著當年那個被世人欺辱的少女已然長大，從亭亭玉立的清純少女變成了居心叵測之人，她竟也懂得了要算計他人，哪怕這最終要付出的代價還是要由她自己來扛。

孟婆微微垂眼，問：「為何這麼做？」

離歌一直低著頭，神色沉靜而悲戚，許久過後，她才哽咽道：「孟姐姐，也許你忘記了，可當年你曾對我說過，軟弱的人連選擇如何過活的權利都沒有，除非變得更為強大，否則根本不可能逃離現狀。」

孟婆的眼神飄向遠方，若有所思般回想起了她曾教導過離歌的那番話——女子也好，男子也罷，但凡是人，無論生前還是死後，對自己的命運都要去爭、去鬥、去拚，哪怕不擇手段，只要是應當自己得到的，便絕不要拱手讓人，更毋須在意他人感受，一如他們不會在意軟弱時的你。既生而為人，便要好生走完一生，必將極致絢爛，莫留遺憾。就算是要踩著他人的身軀做墊腳石，都不可辜負了自己。

離歌繼續道：「生時絢爛，死也無憾。而正如我所參透姐姐話中所言那般，真正愛一個人，便是不惜一切為他付出所有，哪怕我要為此飛蛾撲火、謀劃算計。哪怕，我已為此而遭受過撕心裂肺的痛楚，可我依然願意選擇再次奔赴刀山火海。說我愚蠢也好，笑我執迷不悟也罷，我仍舊是最原本決定時的想法，就算是要為此挫骨揚灰，我也絕無悔意。」

孟婆抬起眼，微微有些震驚，這些時日以來，她覺得自己已經有了某種改變，那些從她口中曾經說出的話，好似都那麼陌生而疏離一般。若不是離歌的一番言語，自己已然忘記了前世的自己也曾那麼竭盡全力過活著，而這份「竭力」在如今看來，又是如此得蒼白可笑。不知從何時開始，她的心念已經與過去的姜墨舞不同了，是那日遇到那位道長之後嗎？她也想不清晰，只是覺得這些日子心裡鬆快了不少，不像以往總是那麼緊繃與壓迫，自己也越來越喜歡這份「本心」與自在的閒情。可離歌卻始終堅定如初，不曾有過絲毫動搖。

而上官逸舒聽到這裡也總算是懂了，他自幼博覽群書，自當瞭解世分三界，也大概明白了孟婆與這個離歌的來路。他倒一臉的雲淡風輕，且並未露出大驚小怪之色，雖然也調整了一番心情才接受事實，可離歌所言悲切，他已顧不及去驚訝何人身分，只心想著她若是用自己為代價來換取丈夫得到靈藥，那麼——

「他豈不是會悲痛欲絕，隨你而去嗎？」上官逸舒小聲咕噥一句，像是自言自語。

恰被離歌聽到，她神色落寞道：「我不會讓他那麼做的，我們還有煜兒，他必須為了孩兒活下去，就算會痛不欲生，他也要將孩兒撫養成人才行。雖然我與他纏綿的愛意沒有修成正果，可我以自己為代價來治好他的舊疾，他便不能無所顧忌的撒手人寰。等到我回往冥界的一年之期滿了，也便能安心了。至少他與孩兒還可以相互依靠，他們皆不是孤單一人，而這也是他身為父親的責任。我能做的，便是在僅剩的日子裡為他籌謀好日後，哪怕我終將為此魂飛魄散……」說及傷心處，她再次潸然淚下。

聽到這兒，孟婆心頭不忍，她忽覺自己當年的愛情不堪一擊，的的確確只是權力的依附，毫無牢固的真情實感可言。

而離歌如同當年那般，再一次默然屈身，對孟婆行跪拜禮，懇求孟婆答應她的請求。她的雙手從袖口裡伸出半截，相互交疊，彷彿是塵世間最為卑微的凋零的玉白花朵。

孟婆凝望著她，言語雖淡漠，卻也不是不近人情：「此去天宵仙境路途遙遠、道路崎嶇，且會迫使我不得不使用更多的咒法。而在人間，我過多使用咒法，極有可能會遭到反噬。」

離歌聞言，不禁露出了絕望的表情，她以為孟婆會拒絕。

「不過，我既然與你有過交易，便不會違約。」孟婆輕歎道：「我答應你便是。」

離歌驚喜道：「孟姐姐，你肯幫我了？」

孟婆只道：「總歸不能見死不救。」然後，又對上官逸舒道：「你接下來去轉告嵐風與綠裳，這段時間我要出遠門，除了你來此處之外，便要終日鎖好院門。」

上官逸舒卻毛遂自薦道：「師父，你帶著我同行吧，沒有我在，誰來保護你？」

孟婆盯著他，從下至上的將他打量一番，然後輕蔑一笑，足以令上官逸舒氣不可遏。但他並不退縮，繼續央求道：「師父，我早前在書上便讀到過，那天甯仙境可是世人心目中的仙山，人人嚮往，如今能有機會前去，師父不可獨攬好事！」

「好事？」孟婆冷冷嗤笑一聲道：「我方才已經說過了，此去將是困難重重，你難道以為我是去玩樂不成？」

上官逸舒理直氣壯道：「再苦再難我也不怕！」

孟婆雙手環胸，道：「啟程之後一切禍福難料，我也沒有十足把握護你周全，你就算如此也要一同前往？」

上官逸舒想到孟婆獨行會有危險，斬釘截鐵堅定道：「即便如此，我也要與師父同行。」

孟婆有些詫異的問：「你還真是不懼生死？」

上官逸舒豁然一笑，答道：「何懼之有？人生天地之間，若白駒之過隙，忽然而已，死生為晝夜，生之來不能卻，其去不能止。生死之間具有共性，並無不可逾越的鴻溝。明乎坦途，故生而不悅，死而不禍，知終始之不可故也。計人之所知，不若有所不知；其生之時，不若未生之時。既然死生是人所必然要行走的道路，所以活著沒有必要喜悅、死了也不要認為是災難，因為生與死始終是處於變化之中的。方生方死，方死方生。生與死原本就是一體的。」

孟婆接著問道：「你為何認為生死是一體的？」

上官逸舒接著答道：「道家認為生死統一於氣。生也死之徒，死也生之始，孰知其紀！人之生，氣之聚也；聚則為生，散則為死。若死生為徒，吾又何患！故萬物一也，是其所美者為神奇，其所惡者為臭腐；臭腐變化為神奇，神奇變化為臭腐。故曰：『通天下一氣耳。』聖人故貴一。生是死的連續，死是生的開始，人的出生，不過是氣的聚積而已，氣聚積起來便是生命，氣消散了便是死亡。整個天下是一氣相通的，若將生死置之度外，超越生死，就能夠真正達到淡泊靜觀的境界，也是小徒心中所追求的大道之境。」

聽完上官逸舒的一番言辭，孟婆竟久久無法回覆。從沒想到這般年輕的徒兒，竟然有如此智慧與開悟，在追尋大道之途上，已然超越自己許多境界，這倒是讓自己自行慚愧了幾分。想到此處，她不由仔細打量起上官，到底這少年身上還有什麼自己看不透的辛祕所在，怎麼能時而天真純善、時而頓悟深徹，好像一個人的身上有兩個靈魂一般……

「師父，您倒是回句話啊？」上官逸舒又恢復了往常的神色，一臉期待看著孟婆。

看來他是執意這般了，孟婆不打算違背他的本心意願，便答應了他。上官逸舒當即歡呼雀躍，離歌也為孟婆有人陪同而感到欣慰。但孟婆卻沒指望要讓上官逸舒來保護自己，想來以她的功力，保護自己的徒弟還是綽綽有餘的。

而且人間相遇，她已讓這個徒弟增加了許多見識，或許天甯仙境一行，還能讓她的徒弟得到仙緣。不知何時開始，她越來越為這個徒弟著想，只是總是不露痕跡去做著自己認為對他有益處的事情罷了。

而再望向離歌，發現她站在光線昏暗的角落裡，臉上沒有任何表情，眼角眉梢倒是彰顯憔悴。孟婆不由得在心裡暗想，紅塵中的情字煎熬且辛苦，令原本嬌俏的少女染上了頹敗，自然也是一件心酸事。而她自己，當初又何曾不是其中一員呢？好在人世已了，在冥府之中反而過得自在幾分。

臨近晌午時分，離歌辭別孟婆，望著瘦弱女子的背影漸行漸遠，上

官逸舒忍不住問孟婆道：「師父，你為何決定幫她這麼多？」他雖不清楚此前的孟婆與離歌有何淵源，可是以他的見解，孟婆並不算是一個「樂於助人」的純善之輩。

孟婆只是望向湛藍的天空，語氣淡如秋水：「人之生也柔弱，其死也堅強。草木之生也柔脆，其死也枯槁。故堅強者死之徒，柔弱者生之徒。是以兵強則滅，木強則折。強大處下，柔弱處上，我也是近來才逐漸參悟。或許，唯有柔和才是生存之道。」

上官逸舒有些不明所以，心想著師父是在說離歌柔弱？他想不透徹，便索性不去自尋煩惱了。

而孟婆自然知道，這份柔和，不過是她自己內心的變化，一如天地間萬物萬事，都存在著相互矛盾的兩個對立面，譬如有和無、強和弱、福和禍、興和廢、剛和柔……，這些都是互相依存、互相聯結的，自然也可以相互轉化、共生共棲。

到了隔日，天色濛濛亮，孟婆與上官逸舒便踏上了前往天甯仙境的東行之路，一連幾日都不停歇，只盼著快馬加鞭的早日到達目的地。

「天甯仙境的確如同蓬萊聖地，傳言那裡的湖水懸掛在頭頂，海棠樹的花朵開成了雲，還有交織成原野般的紫藤花蔓盤旋在上空，結滿了如霧如海的紫色花簇。許多皇親國戚、王孫貴族都想方設法前往天甯仙境一睹光彩，但唯有心中想著聖潔之事，天甯仙境的大門才會為來者敞開……」孟婆說到這兒，便沉下臉，不滿的掀開車簾抱怨起上官逸舒：「你能不能把馬車駛快一些？就按照你這種速度，我們下輩子也別想到達仙山。」

上官逸舒手中的馬鞭便又揚起了幾下，兩匹白馬立即嘶鳴著狂奔起來，他則是小聲嘀咕道：「師父坐在車裡當真是閒情逸致，我且在寒風之中充當馬夫一職，你不感激我就算了，卻還要訓斥我。昨夜為你爬樹摘山楂，又被樹梢刮破了衣裳，你也不講幾句好聽的話，來撫慰我受傷的心靈……」

孟婆聽見他的碎碎念並未生氣，反而發覺這般速度很難在一定時間內趕去天甯仙境，索性便略施法術在四個車輪上，頃刻間，整輛馬車如同踩著風火輪一般驟然加速，上官逸舒一陣恍惚，等到反應過來時，他已然嗅到了一股凜冽的清涼。

而身旁竟有一輛拉著稻草的牛車緩慢駛過，駕車的是位老翁，他在悠悠吟唱著：「蜀國曾聞子規鳥，宣城又見杜鵑花。一叫一回腸一斷，三春三月憶三巴……」

上官逸舒揉了揉眼睛，他困惑的四處張望起來，一抬頭，便看到了面前的城門是黑色的，門口處蹲著兩頭獠牙尖銳的獸，讓人不禁心生恭敬。他再次轉頭，目送老翁進了城門，可城門卻在老翁消失後立刻關上，彷彿不打算再為旁人打開一般。

上官逸舒微微蹙眉，他搞不懂這是怎麼回事，而馬車上的孟婆已然走了下來，她仰望著巨大的城門道：「想必這便是天甯仙境的宮門了，而方才那位老翁，便是傳說中唯一被仙境迎接的人，他徘徊於此，大概是想為後人引路。」

上官逸舒聞言，不禁大驚失色，震驚叫道：「我、我們已經到了天甯仙境？竟是瞬間！」

孟婆瞥他一眼，道：「這個瞬間之中已然過去了三七二十一日，只不過是我用法術加快了行程。」

上官逸舒仍舊回不神來，唯一確信的是，他更加崇拜自己的師父了。

而孟婆巡視了四周，發現宮門只是幻影，真正的宮門怕是要登上仙山才能尋到，於是她便將馬車拴好，帶著上官逸舒徒步上山。

正值黃昏，天甯仙境常年雨霧繚繞，周身的空氣倒也格外清爽。而越發接近白霧氤氳的仙山，便越發看見一些樣貌稀奇的生物。

譬如說結伴輕舞在小池潭上方的白色小蟲，皆是不知名的形態，像是一簇一簇小而耀眼的純白火苗。也有相互纏繞著生長在一起的雙頭樹，一顆頭是男性形態，另外一顆頭則是溫婉的女性面容。

不過，這些稀奇的東西並不會讓人覺得可怕，甚至連一絲不舒服的感覺也沒有，反而有種如沐春風的神聖之氣迎面拂來，孟婆自是享受的沉醉其中。

唯獨跟在後面的上官逸舒，捏著鼻子一臉痛苦，嘟囔道：「這裡有股酸臭的味道。」

竟會有人覺得臭？那麼只有一個原因了，孟婆嘲諷道：「定是你前世做出過不潔之事，今世來此，你身上的罪孽才會褻瀆了這裡的聖潔之氣。」

上官逸舒皺起眉，他不算喜歡孟婆的說法，正欲反駁，突然見前方湧來了四名身穿白衣的長者，他們見到孟婆與上官逸舒，立即東、南、西、北四方擺出陣勢將師徒二人團團圍住，並質問道：「來者何人？竟膽敢擅闖天甯仙山！」

上官逸舒被嚇了一跳，他冷靜下來，打量起這四名長者，皆是樣貌清瘦、鬢髮花白，許是年近古稀之歲，可聲音與姿態卻鏗鏘有力，絲毫不輸青壯男子。

他見來者不善，像是仙境的修道之人，便趕忙解釋道：「各位長輩，我與我師父不遠萬里前來此處實有苦衷，還請各位放行，讓我師徒上山……」

話還沒說完，那為首的長者便怒喝一聲，他可不會被眼前這高雅孱弱的公子的幾句話迷惑，當即打斷上官逸舒道：「我等身為天甯仙境的護衛，絕不會允許外來之人擾亂此處清寧，你等速速原路折回，否則定當兵戎相見！」

對方態度強硬，這可愁壞了上官逸舒，他滿臉都是「這可如何是好」的苦楚，正撓著頭一籌莫展，身後的孟婆已然快速衝上來，雙手揮出玄武刺，以迅雷不及掩耳之勢與四名長者過了數招，不出三個回合，她便將四名長者打暈在地。

上官逸舒怔在原地，孟婆則是收起玄武刺，俯身去試探長者們的鼻息，而後奇怪道：「看來他們都是天甯仙境的道人，可呼吸卻這般氣若游絲，說不定是大限將至了。如此看來，他們的修為並沒有更進一步，也就是沒有得道成仙，怪不得他們不希望外人來此，打擾了他們最後的修行，也的確是惹人煩心……」

「師父，你下手會不會太重了一點，他們不會有大礙吧？」上官逸舒反而更加擔心他們是否能醒來。

孟婆沒有理他，忽然抬起頭望向前方，像是察覺到了什麼異樣，她喊了一聲徒兒，二人便急匆匆朝山腳下的那片碧海跑去。

只見那翠綠碧海的海面上，停靠著許多船隻，各個船隻上樹立的旗幟皆有不同，分別代表著各個門派。孟婆與上官逸舒藏身在巨大的礁石之後，她瞇起眼張望，瞧見最為靠近的大船上，洋洋飄灑著一面赤紅色的旌旗，上面繡著金色蛟龍與赤色鳳凰，龍鳳戲珠，她不由得皺眉道：「是珠凰派……」

上官逸舒則是悄聲告訴孟婆：「師父，左面那艘磚紅色的船是蒼陰派的，家父家母曾請過那門派的人來教我武功，可他們華而不實，作風也是奢靡為主，據說他們門派下的男子皆美，女子盡風流。」

孟婆點了點頭，道：「這門派我倒也聽聞過，算不上什麼名門正派，可這裡足足聚集了八個門派，連蒼陰派都招來了，究竟要在天甯仙境的腳下搞什麼名堂？」

話正說著，不遠處便有兩名身穿紫色錦衣的俊秀男子走來，孟婆與上官逸舒趕忙壓低身形、屏住呼吸，而那兩名男子則是靠在礁石旁掏出煙桿，分別為對方點燃了煙草，各自吐出一口寥寥煙霧，竟是抱怨道：「珠凰派的那群老古董，總仗著資歷深遠來壓制我等新派，此番前來也是他們挑起事端，我便要看看他們到最後怎樣跟我等分紅。」

眼角有顆淚痣的男子則是冷笑道：「倒也不能說他們急功近利，誰人不覬覦天甯仙境這塊寶地呢？一旦佔領，那仙山上的所有靈藥都將歸我們所有，包括整個仙境也將成為各派的後花園。」

孟婆這下明白了，原來這些門派是想要合力攻占天甯仙境。呵！他們也算是有自知之明，清楚仙山不易攻克，才想著召集各大門派來搞偷襲。

「卑鄙的小人作風。」上官逸舒憤憤不平的嘀咕了一句。

孟婆趕忙捂住他的嘴，示意他不可輕舉妄動。

那兩名紫衣男子全然沒有察覺礁石之後的動靜，還在喋喋不休道：「珠凰派的掌門是個乳臭未乾的小丫頭，她老爹剛死沒多久，她便野心勃勃起來了。要說也是胡鬧，她竟要長雲派做前鋒，一旦攻下天甯，長雲派豈不是成了首要功臣？」

「這你就比不了了，據說她與長雲派的大師兄有私情。且長雲派皆是貌美的男弟子，他們都有著與生俱來的能力，身輕如燕不說，還可以策雲浮空，儼然是一副上天為鳥、入水為魚的絕技，所以嘛，把珠凰派迷得神魂顛倒也不足為奇。」

「哼！我倒覺得長雲派不比我們紫鶴派，他們只仗著富貴身家，才敢擺出唯我獨尊的德行，見到各大門派也是一張不苟言笑的臉，好像他們多高人一等似的。」

「算啦！別酸這些了，我們快回去吧！被師兄發現跑到這頭偷懶，又該聽他囉唆了。」說罷，二人吸下最後一口煙，便火急火燎的回去了船上。

剩下孟婆與上官逸舒面面相覷，她自然不想插手此等閒事，畢竟是人間之事，她隨便插手不得，於是便拉著上官逸舒偷偷離開，想著趁天甯仙境還沒有大亂之前，登上仙山取得靈藥。至於天甯仙境是存是亡，自要看它自身的造化了。

眼前時間緊迫，也實在是迫不得已，孟婆帶著上官逸舒偷偷潛入了天甯仙境。起先，上官逸舒的心中還十分困惑，傳聞與記載中都曾指明，必須心懷虔誠才能被天甯仙境迎接，可為何師父憑藉法術便可進到天甯仙境內部？難道記載中都是騙人的不成？

而孟婆自己也有些狐疑，她自是覺得這般輕易便走進天甯仙境有些出乎意料，但在看見仙境內部的景象時，她便把憂慮拋在了腦後。

高大壯麗的白色巨城聳立在完全漂浮在仙境的島嶼上，優柔的霧氣繚繞在嶼尖，白鳥環舞、仙鶴停駐、花香四溢，聖潔的光亮璀璨絢爛，當真是如同現世的仙境蓬萊。

在這煙霧氤氳、香氣馥鬱的境地中，萬物都極具空靈之氣，此地彷若遺世孤立又神祕清幽，連一絲欲望與汙穢的骯髒都嗅不到。孟婆與上官逸舒緩緩踏上雲橋，一層一層走到了島上，赫然發現來到了另一個世界般，眼前皆是數不清的仙島。

這些島嶼形狀各異，景色也不同，有的仙島孕育著巨樹，有的棲息著飛龍，有的盛滿了琳琅滿目的珠玉，也有仙島之中出沒著奇珍異獸……

上官逸舒震驚的半張著嘴巴，他目不暇接道：「原來世間竟真有此般人間仙境，我能有幸來此一遭，也算是不負此生了。」

孟婆也是有些吃驚的低聲道：「難怪那些門派想要奪下天甯仙境，這裡的確是個裝滿了美景與財富的寶囊。」可她很快便察覺到不對勁的地方，想來這般偌大的仙境島嶼之中，竟然無一人看守，甚至連個掃院的弟子都沒有，實在蹊蹺。

「師父，這裡一望無際，我們該如何尋找靈藥？」上官逸舒苦惱道。

孟婆聞言，倒也不急，沉下神來四處打量一番，忽然看到一抹白色的身影走進了前方的雲層。

「有人。」孟婆的眼睛亮起來。

上官逸舒也機敏道：「師父，不如我們跟上去，求他來給我們些指引。」

孟婆點點頭，二人加快步伐去追那道白色身影。

第二十節

這天甯仙境裡彷彿剛下過一場清雨，城簷下滴著水珠，兩抹撐著紫竹傘走在石路上的身影在清風中搖曳著，她們是幻術紙人，像是在為來客引路似的，正領著孟婆與上官逸舒朝某個住處前往。

到了一處清淨的院所前，紙人們收傘，為孟婆讓出一條路來，似在示意：便是此處了。

孟婆踏入府門，上官逸舒也跟著她走進去，腰間繫著的紫色玉佩隨他的動作而晃了幾晃。

清幽的府內如同世外桃源，色調是金與紅，庭院的設計竟然都是流線型的，襯著水潭中養著的金鯉，顯得十分靜謐。而走進大廳，引起孟婆注意的是半米處立著的一座山水圖屏風，上面是潑墨畫，有身影在屏風之後，孟婆與上官逸舒悄然走過去，看到一名廣袖舒袍的清雅長者，正在席間煮茗。

而他正是那名匆匆閃過的白色身影。看見此人，孟婆的眼神亮起了光，但見他一身素白之色，長袖上繡著碧水波紋的圖案，鬢中銀髮如雪，眉宇間的細密皺紋反而顯出一股氣度不凡的華貴。

「你……」孟婆的表情略顯驚訝，她坐到他的面前，試探著問：「你是……」

話未說完，那道人便將兩盞熱茶推到了孟婆與上官逸舒的面前，彷彿已經等候他們多時了一般。

上官逸舒道了謝，選擇了一個青瓷杯裡的茶喝起來。轉而打量孟婆與那道長之間的眼神，忽覺困惑道：「你們二人該不會是舊識吧？」

那道長笑了笑，一邊為自己倒上茶，一邊回道：「七年前萍水相逢，貧道清塵自是不曾忘卻過那一面之緣。」

孟婆沒想過當年那位指點過她迷津的道長，竟會是天甯仙境之人，忍不住有些歡喜，一時之間便有些肆無忌憚道：「我也是不會忘記故人的，不知老道近來可好？可知自己即將大禍臨頭？」

清塵道長明白孟婆話中所指，卻也只是不疾不徐道：「貧道一切安好，多謝掛念。」

上官逸舒看向孟婆，好奇的問：「師父，你是如何與這位神仙似的道長相識的？怎麼什麼事情都瞞著我。」

孟婆望向窗外，扶桑花瓣隨風飄舞，似金芒連綿起伏，她回憶道：「那都是發生在遇見你之前的事了……」

七年前，在孟婆獲得重返陽間之際，她發現一切早已是物是人非，自己也不再被曾經的親人需要。可她又不願未滿一年之期便回往地府，只怕和墨會猜出她在人間遇到了不愉快的事情。為了保全顏面，她決定在人間徘徊到期滿再打道回去。

在那段時日裡，她也遇見了許多形形色色的人，有秀才，有奸商，有不得志的詩人，也有敢愛敢恨的煙火女子……而在與清塵道長相遇之前，她最為難忘的便是那個在沙場上迷茫的王族少年。

「我從不想像祖輩那樣，走那些被鋪設好的陽光大道，也不想深陷權力與欲望的爾虞我詐，我拚命逃離那暗如深淵的漩渦中心，哪怕會死在這無情戰場。」

那日是黃昏斜陽，少年不過舞勺，可他的面容上已經沾染著看透一生的悲戚與絕望。他坐在沙漠邊際，遙望遠方的烽火臺，而化身漠客的孟婆牽著駱駝與他同坐，二人凝望這衰草斜陽，這孤煙直上。

然而戰場向來冷酷，他隨軍踏入胡地，在淒涼飛雪之中殺敵萬千，到頭來卻被偷襲的暗劍刺穿胸膛。鐵衣寒夜之中，他的屍首被馬馱回了軍營。沒人來得及為他垂淚哀悼，大敵瀕近陣營邊角，眾軍同仇敵愾，飛雪漫天飄搖，廝殺聲震響天際，血液染紅了沙池。唯有披著麻布的漠客孟婆走到那少年的屍首旁，為他闔上了難以瞑目的眼。

關山難越，誰悲失路之人？萍水相逢，盡是他鄉之客。

孟婆遙望白雪遮空，忽覺當年刑臺之上冰冷慘寂，只餘她一人含恨而終。一如今朝少年孤死，無人為其淚流。

一個是為逃離權力，一個是深陷宦海，為何仍是結局相同？

試問生死終是命數，還是命數鬥不過天意？

她懷著那般觸景傷情的憂思離開沙漠，途經竹林，被暴雨困住，便待在山洞中等候狂風停止。等到雨停出洞，她遇見了那位在溪邊以竹筒盛水的清塵道長。

當時的他為了救一隻被惡狼咬傷的灰兔而待其溫柔，孟婆卻問他道：「道長明知那灰兔將死，又何必溫柔對待？牠只是牲畜，若是貪戀道長所給予的溫柔，從而對人世心懷眷戀的話，死後豈不是會流連人間、不肯前前往生？」

清塵道長回道：「眾生平等，生靈同貴，正是因為牠能感受到人世柔情才會對紅塵念念不忘，如此一來，牠才更願進入輪迴，重新開始新的一生。」而後，他點破了孟婆長久以來的迷茫，並讓她尋回了她的本心。

直至今日，孟婆仍記得他的那番指引——

人生於天地間，如白駒過隙，忽然而已矣。萬物之生，蓬蓬勃勃，未有不由無而至於有者；眾類繁衍，變化萬千，未始不由有而歸於無者也。物之生，由無化而為有也；物之死，由有又化而為無也。人之死也，猶如解形體之束縛，脫性情之裹挾，由暫宿之世界歸於原本之境地人遠離原本，如遊子遠走他鄉；人死乃回歸原本，如遊子回歸故鄉，故生不以為喜死不以為悲。視是非為同一是亦不是，非亦不非；視貴賤為一體，賤亦不賤，貴亦不貴；視榮辱為等齊，榮亦不榮，辱亦不辱。本心如此，無人能撼。而堅守本心，亦可泰然處之。

「若覺得人世迷茫，可找一物寄託，將情感投入其中，方可找回本心。」那是道長最後對她說的話。也正是因此，才令孟婆重拾琉璃手藝。

猶記得那一日的清塵道長已然鬢髮如銀，而孟婆的姿容卻始終風華正茂、傾國傾城。他轉身戴上帷帽離去時，孟婆目送他素白清瘦的背影，冥冥之中也曾在心中暗想，若有朝一日得以重逢，她定要與他溫酒煮茗，暢談古今。

而想到這裡，道長似乎略微側目望了她一眼，唇邊淺笑洩露溫情，好似一種心照不宣的默契。

孟婆訝異的同時也感到似曾相識，就彷彿他們曾經坐在一處，在五色帷幔之中側耳傾聽那晚風輕撞風鈴，氤氳的晚霞裡，她緩緩抬手，接過他遞來的一盞青瓷杯，其中盛滿淡朱色的清茶，而又有一人的雙手搭在他二人肩上，眼中閃動粼粼水澤，滿懷柔情。

她抬起頭，望見他二人年輕容顏，隨即卻有一陣晚風刮起了塵沙，她終究是沒有看清他們的眉眼……可最後，孟婆完成了舉世無雙的琉璃，帶著兩色光芒，是世間最為真摯的純白和火紅，二者交織在一起，如同白月光與朱砂痣的融匯。誠然，那是她終於製作出的印證大君和大妃愛情的人像，孟婆甚至可以透過這人像看到大君與大妃相戀的過程——風華正茂之際，英武的大君愛上明豔的大妃，他濃黑的眸子印在她身上，她一個回眸，流露千般風情。想必那日在他眼中，世間所有女子都不及她的膚若凝脂，而她裙上繪出的大簇牡丹火紅熱情，燎了他心尖的平原。

而她最後的琉璃則是被她親手埋在了自己的墓前，無人欣賞的驚世之作，只能被她用來祭奠死去的墨舞。也許唯有那深藏琉璃的寂滅之處，才是她最終的歸處。

思及此，孟婆回過神來，一抬頭，發現清塵道長正靜默的凝望著她。

七年過去了，他的樣貌未變半分，她也是如此。

「今日相見，道長可是早已得知我會前來？」孟婆示意他擺好的三盞茶杯，又問：「你是在等我來此嗎？」

清塵道長笑笑，點頭稱：「正是。」

孟婆瞇起眼，像是在審視他一般道：「看來你可以將別人的命運掐算，也能掌控於自己的股掌之中。可你是否能猜到有朝一日會有眾多門派集合起來，攻打這天甯仙境，又能否猜到自己會不會因此而喪命？」

清塵道長卻雲淡風輕道：「天機莫測，一切自有定數。」

孟婆輕笑道：「即使如此，道長可知我此次前來所謂何事？」

清塵道長拂了拂素白長袖，道：「世人皆知天甯仙境是現世蓬萊，一想入住，二想長生，三來想得靈藥治癒種種惡疾。而看孟施主的衣著與神色，既不想長留此地，也是不痴迷永生，怕是只有第三種符合你的造訪之意了。」

孟婆笑道：「道長果然料事如神。」

清塵道長聞言，神色卻暗了暗，似是悵然道：「凡人皆不是神，神祇也不需要豔羨。若是心態不能超然，只是空有長生的皮囊，那再沒有比歲月漫長更為痛不欲生的了。獨自長存於世，自是一種悲傷的折磨。所以，長生與否只是表面而已，真正能看破和放下，自然可得長久自在。」

上官逸舒聽著他的話，心中忽然感到一陣酸楚，他略有傷感的望著清塵道長，而道長也抬起頭看向他，這使上官逸舒一怔，並不是由於局促，而是類似這般的對視彷彿似曾相識。

上官逸舒略帶惆悵的問道：「那道長這些年修行求的是什麼？」

清塵道長頗有深意的答道：「貧道這些年求的就是真正的樂。人生在世，難免有看不慣的人和事。物固有所然，物固有所可。無物不然，無物不可。不譴是非，以與世俗處。要遵從自己的內心，不為世俗所累。看不慣的東西、人和事越多，人的境界也就越低，格局也就越小。」

「古有云：『士有三不鬥：勿與君子鬥名，勿與小人鬥利，勿與天地鬥巧。』禍莫大於不知足，咎莫大於欲得。痛苦和煩惱來自不合理的欲望。欲望過盛，心頭貪念越多，羈絆越重，痛苦和煩惱也就越多。」

「夫天下之所尊者，富、貴、壽、善也；所樂者，身安、厚味、美服、好色、音聲也；所下者，貧賤、夭惡也；所苦者，身不得安逸，口不得厚味，形不得美服，若不得者，則大憂以懼，其為形也也愚哉！富、貴、壽、善並不是快樂的必要條件。至樂無樂，至譽無譽。真正的快樂是與自然相融合、與天地相感應的樂，並不靠任何外在形式呈現，僅僅是取決於個人的智慧與境界。」

孟婆在這時蹙起眉心，沉聲道：「你們聽，什麼聲音？」

上官逸舒也豎起耳朵，道：「好像是鑼鼓在響，雖然很微弱，像是從下方傳上來的。」

清塵道長微微上揚視線，他望向窗外，神色淡然道：「是他們來了。」

是各大門派！上官逸舒這下意識到糟了，他還想再說些什麼，鑼鼓聲突然更加劇烈且密集。「砰砰」的巨響，以及令人背脊發毛的陣營腳步聲。

清塵道長在這時將自己手腕上的一串琥珀色玉珠摘下來，不由分說扔到地上，玉珠瞬間架起了一片散發著紫光的屏障。

「我在此處建立起的屏障，可以暫且保護我們不被發現，但他們既然能攻進天甯，必然會首先衝到核心處的這裡，想必這屏障也撐不了多久。」清塵道長凝視著孟婆的雙眼，對她道，「沒時間了，你且隨我來吧，靈藥在密室裡。」

孟婆點頭，正欲同道長前往後方，卻發現上官逸舒衝到了屏障的最前端，他勢在必得對孟婆道：「師父，有我在此處掩護你與道長，你就放心地取靈藥吧，我保證為你們拖延出更多的時間！」

「胡鬧，你哪裡是那些門派的對手？更何況寡不敵眾——」孟婆不悅地皺起眉頭，心覺蠢徒弟實在是搞不清自身處境。

可清塵道長卻拍了拍她的肩膀，眼神堅定，彷彿在示意她毋須擔憂。然後，他對上官逸舒道：「小夥子，你身旁的箱子裡裝滿了十八般武器，你可隨意取之。貧道再為你設個陣法，你毋須擔心。」

清塵道長說完便口中念念有詞，一邊手中結印而道：「入名山，以甲子開除日，以五色繒各五寸，懸大石上，所求必得。又曰，入山宜知六甲祕祝。祝曰，臨兵鬥者，皆陣列前行。凡九字，常當密祝之，無所不辟。要道不煩，此之謂也。」

上官逸舒眉開眼笑的合拳道：「多謝道長！」

「想來……道長已是早有定奪。」孟婆心領神會，便叮囑上官逸舒多加小心後，隨清塵道長走去了後方的密室。

孟婆跟在清塵道長身後，不由仔細打量起他的背影，這熟悉話語好像在哪裡聽過，那熟悉的感覺時時刻刻纏繞著自己，卻又著實想不起來原委。腦子忽然脹痛了起來，眼前竟然浮現出清塵道長另一幅模樣，身著紫色道袍微笑的在泉邊看著自己說道：「師妹，你可記好了，師兄只說一遍。『臨兵鬥者，皆陣列前行』口訣源自我教經典《抱樸子》一書，九字真言有大威能，常默念這九個字，可辟除一切邪惡。這是我道家進入山林時的護身辟邪之術。」

「臨者，明天地所在，悟萬物本來，臨者感悟天地，感悟自然。若能時刻感覺天地，萬物的存在，這就達到了臨字的本義，所以身心要常保持清靜無私，方能天人合一。」

「兵者，由臨而進，此時天地已明，陰陽已現，身內龍虎初啼，有爭鬥之意，當更進溫養，以待咆哮之時。」

「鬥者，此時身內天地分明，龍虎咆哮，上下爭鬥，又有調和之意，宜靜養龍虎待其鼎盛而調和陰陽。」

「者者，者乃成相之意，與此當顯真意。龍虎上下而行，於玄關而合陰陽相遇，如春陽融雪，又如潑火遇油，自然而然一點本源現於混沌之中，活潑潑，圓融融，得大藥而金丹成。」

「皆者，與此當明無內無外，天地如我，我如天地，皆同一理，自然元神內現，無分彼此，皮囊元神本為一體何有彼此，皆是我，又皆非我。於此則天地為過客，黃庭有我而獨居。」

「陣者，神居黃庭，則萬物可為掌指，天地不仁以萬物為芻狗，大道不仁以天地為芻狗，世間浮華當雲煙而過，當悟卻本性還歸本來，面目一明自然超脫。陣者，天地為棋，蒼生為掌，萬物有而神不惑。」

「列者，與此本來已明，面目一新，當繼續精進，時刻一至自然超脫輪迴，天地合一，與道同存。」

「前者，於本來之處當悟天地輪迴之意，天地合一是為終，也是為始，須知此輪迴乃道之輪迴天地之輪迴，循環往復，當於靜念處體會道之義理，前者，進也，不思，不昧，不惑，循天地而演萬物，得大道而不退本源。」

「行者，於此當明道天地之間無不是道，萬物之內無不有道，悟天地而不礙，觀萬物而不著，與此無礙無著方能直行而不周，循道而不迷。行者，無礙無著，天地如一，我也如一，我彼此無分別，直行而不礙，循道而不迷……」

「孟姑娘，孟姑娘？你還好嗎？」

耳邊忽然傳來前方的詢問聲，孟婆猛地一驚，才發覺自己正呆呆站在原地，前方不遠處的臺階之上，清塵道長正轉身看向她，並關切的問道。

「哦，沒事沒事，我這就跟上，您繼續帶路就好。」孟婆收斂神思，也不再多想，加快步子跟了上去。

大戰當前，清塵道長的神色依舊淡然如水，不卑不亢。他引孟婆一路穿過數道狹窄的走廊，途經冒著火光的天池，最後走進了一處外牆上爬滿了血色蔓藤的黑門密室。

這門與來時所見的仙山腳下宮門如出一轍，兩端佇立著尖嘴獠牙的小獸，唯一不同的是那小獸身上披著青色鳳鳥紋的羽織。看來，這才是真正通往天甯仙境核心處的大門，而孟婆之所以能夠輕而易舉依靠小小法術便侵入仙境，也是道長在暗中助她一臂之力。

清塵道長推開兩扇黑色的門，對孟婆道：「便是這裡了。」

孟婆隨他走進去，只見密室偌大如宮殿，兩側屋梁上掛滿了螭龍紋宮燈，紅木鏤花廊後的牆壁上繪著八仙過海圖。孟婆細細打量著那些圖案，海裡有龍，鱗甲金光，蜷轉圓弧，紅白輝映。

總覺恍如隔世，又彷彿曾身臨其境。

待走到約十人才能環抱的金色丹爐前，清塵道長背起雙手，悵然道：「世人皆知天甯有靈藥，的確，這丹爐裡自是裝有人人求之不得的后土丹。可丹爐雖大，丹藥卻稀少，每十年才可練就三枚，其中藥材更是稀世珍奇。然而，天甯仙境畢竟是修行靈地，如今遭到外人入侵，怕是會摧毀這裡的不少仙島。」

孟婆則是深深凝視他，試圖在這張蒼老瘦削的臉上尋回一絲記憶深處的影子，她知道，她一定在何時與他相知過，可問出口的卻是：「既然遭到外人入侵，為何不召集仙境中的修行之人進行攻守？」但她很快便改口道：「我剛剛到達仙境時，便已發現這裡毫無聲息，難道⋯⋯」

清塵道長接下她的話，道：「沒錯，這裡只有貧道一人。」

孟婆不解：「為何？」

清塵道長揚了揚下顎，示意那丹爐，道：「如果今日被那些門派得手，天甯仙境的靈藥就會流出於世，定然會惹得人們爭得頭破血流，屆時人間將淪為權力與欲望的血獄。畢竟延長壽命之道是每個人趨之若鶩的事情，而這丹藥自可實現帝王將相的延壽夢。」

孟婆蹙起眉頭：「這與方才的問題有什麼關聯？」

清塵道長轉而看向她，略微沉眼，輕歎一聲道：「每一顆后土丹都要由一位修行之人的畢生道術來煉製，你之所以見不到天甯仙境中的其他人，正是因為他們在生命的盡頭將自己的道術奉獻而出，那些靈與道凝聚成了一枚又一枚的后土丹，而他們的肉身也將化作這天甯仙境中的島嶼，繼續守護著天甯仙境。」

孟婆一怔，她感到震撼道：「難怪這裡有著數不清的仙島……」

清塵道長打開了丹爐，取出了其中的一枚后土丹，那靈藥似珍珠般圓潤璀璨，被他放入錦盒裡送與孟婆：「這顆后土丹是由貧道一生的道術煉製而成的。」

孟婆緩緩接過錦盒，一時啞口無言，半晌之後才望著他問：「你接下來，會怎樣？」

清塵道長釋然一笑：「不久之後，貧道也會成為天甯仙境中的一座島。」

孟婆猶疑的抿起嘴角，纖眉皺得越發深了。清塵道長卻握起她的手，把錦盒交到她的掌心中，他對她道：「你要知道，回魂續命絕非易事，逆天改命皆要付出代價的。」

孟婆覺得他的這般舉動極為熟悉，便禁不住對他展露出一抹往昔似的笑容：「道長，你可知道我的真實身分？」

清塵道長的眼神彷彿能看穿前塵過往，他自是含笑點頭，孟婆則是無奈聳了聳肩膀，道：「你看，你還是老樣子，總是能將一切掌握在手心，我根本就是自己撞在你布好的密網上。」

清塵道長卻苦澀笑了：「你不必幫我什麼，這后土丹是貧道送給你的，也是貧道情願的。所以，你不必認為我是特意等你來到天甯，更不必認為我想要將整個仙境託付給你。」

這道長連求人的態度都這樣慢條斯理，孟婆心中失笑，繼而快意恩仇道：「我自然不會是為了這丹藥而打算出手幫忙，只是當年人間相遇，道長給予我的指點令我如夢初醒，如果沒有你，我不會完成那最後一份琉璃作品，不如說，那能夠製成驚世之作的材料是道長給的。」

清塵道長挑了挑眉：「此話怎講？」

此刻，孟婆的眼神裡充滿了驕傲與自信，彷若終於一掃前塵的迷茫與陰霾，她只道出二字：「本心。」

能製出驚豔之作的琉璃的材料，除了本心，再無其他。

而另一邊，那些密集的鑼鼓聲正兇猛敲擊著心臟與耳膜，且越來越大，越來越激烈。在製造出這可怕聲響的天甯仙境中，各大門派的衝鋒弟子禦劍前行。而一支箭猛地脫離弦弓射了出去，飛舞在空中的瞬間幻化成帶著幽藍色光芒的龍，由一條分散成三條，再由三條轉變為六條，東南西北四方衝去，奔騰出千絲萬縷的火光，頃刻之間射穿十幾名弟子的肩膀。他們哀號著墜到地面，捂著肩膀逃竄到後方。

射出這天甯仙箭的主人——上官逸舒再度拉緊弦弓，瞄準在屏障上空聚集的紫鶴派弟子瞇起左眼，滿頭大汗的自語數目：「第五十六人。」

「嗖——」

天甯仙箭騰空而出，誰知中途突然有人殺出來，一劍砍下去，他的仙箭還沒幻化成龍便斷成兩截。

他憤怒的望向左方上空，手持長劍的珠凰派掌門正踩著挾持而來的仙鶴，俯瞰著屏障內的上官逸舒，並上揚起嘴角，朝他挑釁一笑，然後高舉細如新月的長劍，旋轉著劍身刺向屏障，低喝一聲：「我等門派今日必將破此天甯屏障，奪下仙境！」

也不知道她的長劍是何方寶物，竟然真的開始震撼起整個屏障，上官逸舒立刻看見上空的屏障開始在她的劍下出現裂縫。

這可氣壞了上官逸舒，他心道：「豈能容她放肆！我堂堂上官後人，可是立下誓言要成為名流千古的俠客的！這群宵小之徒乘人之危，企圖傷害道長、吞併陷阱，我今日定要為正義而戰！而且師父還與道長在密室尋那丹藥，我必要守下這一關！好在道長這裡有著數不清的仙器，也的確解決了不少入侵者。但是，今日，我必要使出師父傳授給我的劍法來替天行道！」

「但使龍城飛將在！」上官逸舒抽出腰間佩劍，擺好陣勢，怒喝道：

「不教胡馬度陰山！」

然而，珠凰派的掌門卻狡黠一笑，她猛地起身離開了屏障上空，就在上官逸舒面露困惑之時，一臺接一臺的大炮從下方出現了。

珠凰派的掌門高舉起手臂，如流星滑落那般，她落下了一個乾淨俐落的手勢。

「放！」

命令已下，無數臺火炮吐著蛇信一般的火舌騰躍出巨石火彈，它們紛紛砸在了那出現裂縫的屏障之處，一發連接一發，如洶湧的驚濤駭浪一般，將屏障砸出了巨大的窟窿。

上官逸舒愣住了，他的眼神變得不安而惶恐，那些各大門派的弟子順著窟窿鑽了進來，衝在前方的是長雲派的大師兄，他唇邊的笑意陰涼而可懼，只見他揮舞著手中雙刀，飛速衝向了上官逸舒。

上官逸舒根本來不及閃躲，他就要命喪於此了！就在這千鈞一髮之際，後方驚現一條鱗光閃閃的黑龍，它迅猛的附在上官逸舒的身上，剎那間，上官逸舒的雙眼閃爍起璀璨的金芒，他彷若換了一個人那般，動作輕巧的丟下手中佩劍，轉而從袖中取出了兩柄鋒利尖銳的玄武刺，雙腳踩地，驟然騰空而起，以迅雷不及掩耳之勢，飛到長雲派大師兄的面前，手中玄武刺一揮，那大師兄驚訝得瞪大了眼，腹中噴濺出猩紅血液，他瞬間便墜落到地面昏死了過去。

「大師兄！」長雲派的弟子們擔心其安危，紛紛圍到他身邊察看情況。等到發現其尚且留存呼吸時，皆是鬆了一口氣，末了又都兇狠的看向上官逸舒，恨不得將他撕成碎片。

還沒等這派出手，從屏障突破口又衝進來了蒼陰派，數十名弟子從後方橫刀砍向上官逸舒。然而，那些刀刃還未接近上官逸舒，便在空中碎成了粉末，飛揚四散。

上官逸舒側過頭來，臉上浮現出危險的笑意，眼中金色也閃爍如火，嘴角更是顯出了獠牙。

蒼陰派見此情形，嚇得連連後退，他們猜想此人是妖異，可天甯仙境裡怎會有妖異？但凡人肉軀又如何能與之相鬥？

「還是、還是去稟報掌門吧！」眾弟子驚慌逃走，沒想到上官逸舒縱身飛躍，一下子擋住了他們的去路。

他使出玄武刺，抵在其中一名弟子的喉嚨處，害得那弟子恐懼不已，冷汗直流，竟是連連求饒起來。

上官逸舒注視著五官扭曲的眾人，忽而嗤笑一聲，收回玄武刺來到空中，俯視著眾多門派道：「眾人聽命！我乃這天甯仙境守護之神，奉天之意在此守候千百年，而你等今日入侵已是犯下滔天大罪，若立即回頭，我且饒你等不死，否則——」

話到這兒，他故作兇狠的齜出獠牙，字字珠璣威脅道：「我便把你們一個不留統統吃掉。我最喜歡……吃人肉。吃光了你們的肉，便把你們的屍骨和人皮掛在仙島上，讓此處的奇珍異獸去啃噬你們的骨髓，唆食你們的腦液。」

這番話的確嚇壞了不少弟子，他們不顧掌門的命令，竟都丟盔棄甲的逃之夭夭了。

卻也還有不怕死的鐵骨珠凰派掌門怒斥道：「不准跑！都給我回來！區區一個妖異，便將你們嚇得魂飛魄散，你等日後還如何振興我珠凰門派？」話到此處，她便抓起一個弟子扔向上官逸舒，並命道：「給我殺！殺！」

弟子雙腿癱軟，哀叫連連，上官逸舒面對此景輕歎一聲，只道：「既然你等仍舊頑固不明，便不要怪我讓你們統統在此殉葬了。」

話音落下的瞬間，上官逸舒伸出雙臂，嘴中念出了一串咒語，頃刻間便地動山搖，整個天甯仙境都在塌陷，長風掀起了巨浪，唯有他一人站在雲霓之間。

碧海之水被召喚而來，它一路從山腳漫過船隻，打碎了船身與巨炮，尚且留在船上的弟子被無情吞沒，連同旌旗也一併被無情巨浪撕碎。

冰冷海水呼嘯著湧向仙境，它沖毀了仙島，於蒼穹之巔風起雲湧，形成巨大的漩渦撕裂了地面。

耳畔傳來驚天動地的海浪聲，珠凰派、長雲派與其他門派倉皇聞聲看見，只見如深淵一般的巨浪撲面而來，他們連慘叫聲都未發出，便被節節升高的巨浪捲進了碧綠色的海水之中。

眾生皆沉於海底，一如逐漸陷落的天甯仙境。

上官逸舒的眼中閃爍著璀璨金芒，他靜默注視著沉入水底的仙島，面容之中隱現出孟婆的模樣。

天甯 207 年 12 月未時，天甯仙境沉進了碧海之中。而風平浪靜的海面上，漂浮著船隻殘骸與無數屍體，海下則是埋葬著神祕聖潔的現世蓬萊。

殘餘的各大門派幸存者散逃而出，也許在短時間之內，他們再也不敢談及「天甯仙境」四個字了。

而一代世外桃源就此沉海，如果被世人得知，也將會是無窮無盡的傷思。

天甯 207 年 12 月戌時，孟婆與上官逸舒駕車返程。一路上，上官逸舒腰酸背痛，始終在埋怨孟婆不該附身在他身上來懲戒各大門派。但肉身在天甯仙境裡能更好行動，孟婆也是為了大局著想。

這般趕路一夜，等到日出時分，上官逸舒凝望著晨曦光芒，默聲問道：「師父，清塵道長去了何處？」

孟婆神色滲透一絲悲傷，她回道：「他變成了仙島，與天甯仙境共赴海底。」

若有朝一日，孟婆得以轉世，她為天甯仙境設下的法術便會消失，或許……那時的天甯仙境將會迎來新的守護者。

而那時的光景，卻是孟婆看不到的了。

上官逸舒在這時打斷了孟婆的憂思，他側眼問：「師父，你真的是天甯仙境的守護神嗎？是一條黑龍？可你使用的武器是玄武刺，你的真身總不會是一隻黑色的龜蛇玄武吧？」

孟婆並沒有生氣，轉頭看向他，兩人相視，竟是默契的會心而笑。

一個笑意清朗，自是明麗中帶有崇敬，想來當日涉世未深的青澀少年郎已然蛻變得可以獨當一面，竟也可以為她化劍做盾。

一個笑意蒼涼，卻也重新燃起了期盼，哪怕曾在前塵中糾纏於名利宦海的沉浮跌宕，可也能與他一起攜手走上回家的路途。

家？

這個字令她心中一驚，她可還有家嗎？

他在這時笑容滿面地對她說：「師父，還有多久才能回去我們的家啊？快快把丹藥送給離歌姑娘，你還得繼續教我練劍呢。」

他們的家，她的家，他的家……她知道，他是在說那山腳下的簡陋住所，但也許，那樣的容身之所也可被稱作是她與他的家。不知為何，這令她的心中感到了一絲欣慰。

等到天色濛濛亮，他們已經走到了城關。守城的官兵在交頭接耳的談笑，孟婆打算在此稍做休息，一轉頭，看到有一大一小的兩名孤女載著花籃穿梭在人群之中，可憐兮兮地念著官人老爺，買支扶桑花吧，買吧！

只見那兩名孤女約莫豆蔻與金釵的年紀，衣衫襤褸，面容髒亂，其中那名豆蔻孤女是盲眼，金釵孤女緊緊抓著她的手，生怕遺失了她。孟婆望著這景象，眼中洩露出憂愁，她轉回身兀自沉默了一會兒，偏偏上官逸舒在這時探頭出現在她面前，舉起手中的一束扶桑花獻寶道：「師父，這是徒兒方才買給你的，你快嗅嗅這花香不香。」

孟婆接過來，若有所思地道著：「原來，你也是個惜花之人。」

可人如此花，美則美矣，總有花期。

上官逸舒瞧見孟婆興致不高，猜想她是勞累過度，便想盡辦法想要逗她開心。可是幾個笑話講完，孟婆絲毫反應沒有，反而是把他自己笑得前仰後合。

此事作罷。他盤腿坐在馬車上，恢復一臉正色去問她：「師父，花兒嬌豔你都不喜歡，那你到底喜歡何物？」

孟婆不假思索地回道：「酒。」

上官逸舒撇撇嘴，覺得這答覆欠妥，便雙手環胸，認認真真道：「師父，我且來和你說說我自己的事情吧！」

孟婆板著張臉，並沒看他。

上官逸舒輕歎一聲，望著半空回憶道：「想來我已從家中偷跑而出有段時日了，私以為正人君子不該一走了之，可家人非逼迫我去朝中做官，我死也不願。又念著我到了娶親年齡而不顧我反對的為我謀了一位閨中秀女，他們甚至算好了良辰吉日，要把我拖去拜堂成親，再送入洞房，來年生出個兒子，再過十八年後要兒子再去生兒子，如此去過生生世世，平穩安定，共用天倫。」

孟婆聽了，略轉過頭看了一眼他，淡漠地道：「如此這般，有何不好？」

上官逸舒搖頭道著：「子非魚，安知魚之樂。更何況我家中兄弟三人，我是老么，兄長們都已娶妻生子，又何必拖我下水去為家中延續香火？即便是少了我這一個，也不會對家族造成損失，再者又說，我本就不喜歡那仕途中的拘束，比起做官，我更愛習武練劍、行走江湖，寥寥一生幾十年，為何不去策馬馳騁、肆意快活？」

孟婆撚著扶桑花的花枝，輕飄飄道：「所以你便離家出走，不辭而別。」

上官逸舒糾正道：「錯，我留下了書信，我算是知會了他們我要離家，也算是正派作為。而不管如何說，難得生而為人，必要按照自己的意願過活。如今的我自是在努力地為自己而活，不管他人怎樣看，這就是我喜歡的生活，只有體會其中妙趣，才能叫作此生無憾。」

倒是好一個此生無憾。孟婆終於看向他，忽又聽見他直截了當地問：「師父，你便當真沒有喜歡的事與物嗎？唯有真心實意去堅守某事，才配稱得上是喜愛。」

孟婆聽他這樣說，便也耐下心來細細思量起自己喜愛的東西，如果這般追究的話，那便唯有琉璃一物了。想來曾經的琉璃對於墨舞來說，不過是通往權力的捷徑，可如今的孟婆已沒有了對追求權力的執念，而她仍舊做出了那份埋葬自己墓碑中的琉璃人像，由此可見，她的的確確是喜愛上了琉璃這東西。

見她出神的模樣，上官逸舒便順勢對她道出：「人這一生啊，若是擁有一件自己打從心底喜愛並去追求的事物，便足夠幸福了。正所謂天下皆知美之為美，斯惡也。而萬物作而不為始，生而不有，為而不恃，功成而弗居。夫唯弗居，是以不去。如此雜亂無章的塵世裡，縱然秩序無常，每天都是紛紛擾擾、吵吵鬧鬧，善人做善事，惡人做惡事，但惡人也會從善，善人也會變惡，人與物都不是一成不變的，變化無常倒也十分精彩，而在這精彩之中守護內心的珍愛之物，是為圓滿。」

若是在從前聽到有人對她說這番話，她定會嗤笑一聲，罵對方你撞邪了。可如今聽進耳裡，倒感到了幾分暖意，尤其是當她看向他時，見他的右手輕繞著自己腰間玉佩的九轉結，左手順著玉身邊緣來回摩挲著，那正是前塵故人經常做出的動作。而望著她時的眼神中帶有淡淡憐惜，也像極了那人。

孟婆腦中轟鳴一聲，臉上更是浮現出了許久不曾有過的欣喜，而上官逸舒卻非常不合時宜地指著孟婆的脖頸處驚奇道：「師父，你的骨笛竟然會發光。」

孟婆一怔，恍惚地摘下自己繫在脖頸處的骨笛，雖只餘半截，卻在此刻莫名閃著碧綠光芒。

第二十一節

猶記得前世的墨舞在年幼之際身體羸弱，大小病症不斷，為儘快讓她強壯起來，父母親也四處找來了不少名醫，卻也無果。直到她五歲那年，有一位道長途經姜府門前，聽聞院內的她因肺熱而啼哭不止，便將一支細小的骨笛戴在了她的脖子上。

說來也怪，自從那之後，墨舞的病症便逐漸消失，到了六歲時，她與曾經病弱的自己已然判若兩人。而那小小的骨笛，便成了墨舞無論去到何處都會隨身攜帶的寶貝。

而墨舞服毒離世之後，那骨笛便一直留存在姜家，直到為幫助離歌而來到人間，孟婆才有機會將那骨笛取回。可惜的是時間太久，骨笛已有部分損壞，即便只剩下了半截，卻也不影響孟婆對它的珍視。

此時此刻，孟婆凝望著熠熠閃爍的骨笛蹙起了眉，她輕輕撚動笛身略顯困惑，而上官逸舒也感到好奇的探出手來，去觸碰那骨笛。

就在那一瞬間，骨笛之中迸射出巨大的光芒，彷彿要將孟婆與上官逸舒二人吸進去一般，呈現在眼前的是當年清塵道長將骨笛送與墨舞的畫面，而後，他轉過頭來淡淡笑著，對如今的孟婆與上官逸舒道：「唯有當你們二人一起觸碰到這骨笛，我施法在其中的封印才會被開啟，一如我當年將它戴在師妹你的身上。清舞、清雲，願這一刻於你們而言，來得不算太遲。而我等這一刻，卻已經等了三世。」

那一世，是孟婆身在天甯仙境的第一世。

仙緣在身，白紗輕裳，仙島沉浮，雲霧縹緲。她是天甯仙境的師尊最為得意的女弟子清舞，她有著可以依靠的大師兄清塵與二師兄清雲。

三人同修同行，唯有小師妹天賦最高，諸多經典皆是過目不忘，這天分實在是曠古少有。而天甯仙境的修行之人不僅要遵守繁多的規矩，還必須要摒除七情六欲才能得道成仙。但清舞唯愛美酒，又極其貪玩，總是破了規矩惹來懲罰，清塵不忍她徹夜連跪，便每次都會偷偷替換她受罰。

那時的清塵眉目俊秀，容顏清麗，勝似畫卷中的天人之姿。而人如其名，做起事來也是一板一眼、清心寡欲，自然也是被眾多師弟妹尊崇的榜樣。但或許是因他太正派、太一絲不苟，清舞雖尊敬與信任他，可很多心中的感受與想法，更願意去說給二師兄清雲聽。

大師兄方正，二師兄溫潤，然而與其說是溫潤……倒不如說是更為縱容小師妹的「七情六欲」。

他不僅會幫她私藏酒水，甚至還會陪同她一起觸犯規矩喝酒作樂。

溫一壺酒，上乘佳釀，燃一爐香，輕煙嫋嫋。

夕陽的血紅覆上天際，赤紅的扶桑花在園裡連接成海浪，而喝到興起的清舞會縱情起舞，清雲也會為她撫琴伴奏，那琴聲曲調婉轉，絲絲入扣，扣上心頭。

夜雲漸漸融入餘暉，她纖纖玉手遮擋著半張猶如凝脂的容顏，衣衫白如雪，綰朝雲香髻，一縷鬢髮垂落下來，拂過玉白臉頰。她移開遮著半張臉的手，眼波流動，側看向他。他因此而疏漏了一處弦音，曲調斷了斷，一如他被撩撥的心。

而寂靜之處，清塵望見這一切，不禁擔憂起二人前途。但每次又勸慰自己不要思慮過多，師弟與師妹皆是天選之人，一定不會有私心私欲，只不過是天性使然罷了。

某日和師尊會面結束，清塵追趕上離殿的清雲，兩人先是有一搭沒一搭聊著同門弟妹都已著手今後的苦練修行，而後清塵又說起昨夜是下弦月掛空，清雲接話說下弦月便是殘月，清塵順勢道：「殘月絕非圓滿，唯有捨棄七情六欲、心中唯證大道才可得見滿月。」

清雲怔了怔，而後失笑道：「師兄，修仙成道為何定要捨棄本心與情感？」

清塵聽見這話，心中大驚，不由和他正色道：「師弟，我雖痴長於你幾歲，可你我二人是同一天入的天甯，早在那一日便有師尊強調過仙境裡的規矩，不可被七情迷心，不可被六欲遮眼，而這其中的五色令人目盲，五音令人耳聾，正所謂為腹不為目，故去彼取此，但凡摒棄這些才可心無旁騖的修道，你怎能忘記自己立下的誓言？況且如果修為越高，心中如果還存雜念就會反噬越深，輕則損失了道行、重則丟失了性命。此事切不可輕視。」

師兄的提醒令他動搖了幾分，清塵握住他的肩頭，苦心道：「為兄知道你與小師妹關係交好，如果只是兄妹之情，大可不必惹人心煩。就如對你對她，為兄都是一視同仁，只盼望你二人能與為兄一起修道圓滿，三人共同留在天甯仙境延續師尊使命，豈不更好？」

清雲輕歎著點了點頭，心中想起了師尊也曾在前幾日囑咐過：「清雲，師尊老了，天甯到底還是要選出得力的人才來支撐，其餘弟子們大多是要在此修行一世的，而早在若干年前，為師便已告知世人天甯仙境不再接納任何外來者，哪怕是無比虔誠之人。為師最看好的便是你們師兄妹三人，在這其中，為師是最不擔心清塵的，他道心最堅。而清舞的確天緣最深，可她性情頑劣，極易失心。再者是你……清雲，你心性純善，資質過人，但你要堅守自己的信念，不要遲疑，不要猶豫，更不要迷失。你和舞兒都要好好修煉才是。還有幾年就是試煉大考，不要錯失良機。」

清雲自是牢記住了師尊的叮嚀，然而眼前總是要晃過一張女子的臉，那便是清舞的笑顏，是她喊著他師兄時的笑眼。

也許他根本就不配獲得師尊的重任，也不配師兄的信任。可他自幼潛心修道，若不是在道觀中的師父虔心祈求，他也不會順利進入天甯仙境的大門。他自是應當珍惜這份來之不易的修道機緣，他也明白理應做到大師兄那般清心寡欲，一心修行。然而每每想起她的臉，他心中都有一股難以控制的情緒在五臟六腑之中蔓延，甚至於是單單念出她的名字，他都會感到萬分憐惜。

清舞，清舞，清麗氤氳，舞姿繚繞，他害怕這便是七情，更害怕，她是他的六欲。他每次都對告訴自己，自己對舞兒只是兄妹之情，定是沒有其他念想。只是舞兒太可愛活潑，自己才總想多看她兩眼，想多幫著她一些罷了……他想若自己多些刻苦練功定能摒除雜念、通達真經，如大師兄那般明透如玉。

自此之後一千個日夜，清雲的笑容越來越少，話也越來越少。但是每日的八個時辰都能看到他在山林之間刻苦練功的身影。在自己揮汗如雨之間，好似天地之間只有自己，才能忘卻所有一般。最初清舞還去找二師兄喝酒聊天，漸漸的，她發現二師兄總是在躲著自己。清舞的心中就像被刀紮了一樣疼，她不由得一驚，不知自己為何這般感受。她慌亂之餘再也沒有單獨去找過清塵，就算有事也是和大師兄一同前往。

只是每月的下弦月時，她總是獨自站在竹林之後看著清雲練功的背影。她總是對自己說：「一個人喝酒也很好啊，不一定要和二師兄喝嘛，再說了師弟、師妹們也有很有趣的主兒，既然二師兄練功那麼精進，還是不要再去打擾才是。」從此後山涼亭就成了清舞和幾個師弟、師妹喝酒聚會的場所，只是這酒喝進嘴裡竟然沒有了以前的滋味，怕是釀酒的酒師偷工減料了吧……

清雲逐漸從每日八個時辰的練功時間延長到每日十個時辰，滿門師弟、師妹們皆以其為榜樣，師尊與清塵下棋對弈之時提起清雲的專心與勤勉也是含笑點頭，心中甚為滿意。

日與日更替、月與月交換，在天甯仙境的日子那麼悠長而寧靜。

終於試煉大考的一日來臨了。那日清塵、清雲、清舞皆穿上了由雲紗銀線特製而成的天玄禮服。這禮服是由百名繡娘耗時三年手工精繡而成，只有天選之人才有資格穿上。在整個天甯仙境能穿上這身華服就代表著可以參加試煉大考，正式面對神聖無比的天君的聖裁。

天玄禮服在天甯祕境的聖花叢中熏香足足三年，每時每刻都幻化一種自然的花香，幽香縈繞、沁人心脾。目前整個天甯仙境只有他們三人有資格進行試煉大考，這種機會對於所有修行之人都是莫大的榮耀。甚至可以說是將來能位列仙班的第一步。

首先被師尊叫上試煉之臺的是清塵。他毫無懸念的在一眾師弟、師妹們的眼前完成了試煉大考。天君對他甚為滿意，在仙鶴祥雲籠罩之下，整場一片祥和吉慶之相。

清雲此刻有些緊張的深呼吸了一口氣，看著白玉砌成的試煉臺有些出神。

然而他被身旁的聲音喚著回了神：「清雲，清雲——到你了。」

喚他的人是清塵，他們正站在大殿之下，仰頭望去，高高在上的殿臺上站著清舞，她對他展露出那熟悉的笑容，他一時無意識的也回以柔和笑顏。殊不知，那溫暖和煦的笑意，令坐在高臺紗幕後的師尊心中一顫。

清塵便又催促他一番：「快去殿臺上吧，你不是都瞧見了嘛，我方才已經領到了皇天露，只差你和清舞還未領到。」末了，他湊近清雲小聲道：「一旦領到了皇天露，我們三個就可以正式成為天甯仙境的接任人了。」

皇天露，后土丹，前者是被任命為天甯仙境接任人的唯一憑證，唯有服下皇天露，才可令自己此後的畢生修行煉製出后土丹。

而皇天露不會由師尊贈與，師尊並沒有決定權，得到皇天露的辦法只有一個——走上高聳入雲的殿臺，得到天意認可。一旦天君點頭，天甯仙境內的仙鶴便會銜來荷葉盛著的皇天露，反之……

沒有反之，因為能夠登上殿臺的修行之人，都得到了認可。

然而那殿臺後方坐著的師尊卻忽然傾了傾身子，他已垂垂老矣，卻也嚴肅厲聲道：「今日大考試煉，天君在上。清雲與清舞上試煉殿臺……」

話還未說完，清雲已經走到了清舞的身邊，雙雙站在試煉臺的中央，兩人一襲白衣那般脫俗超然。下意識之間，二人相視一笑，彼此眼中竟有一絲相惜之意，師尊大驚、心覺不妙，正欲阻攔兩人，哪知天空徑直劈下一道紫光閃電，雷鳴聲轟轟，烏雲浮現，清舞驀地抓緊了自己的胸口，她哀叫一聲跪倒在地，清雲驚慌的俯身扶她。

又一道天雷從空中降下，這一次，不偏不倚，端正的劈在了清舞的背上，刺穿了她胸膛，引得血液滴答滴答落在殿臺之上。

為何會這樣？難道……天君只一眼便看穿了她已是不配成為修道之人？

清雲亂了陣腳，他想要止住她胸口的血，撕扯下自己的衣衫去為她擦拭，可清舞胸前的白衣已被徹徹底底染成血紅，她烏黑的長髮也一同變成了紅色，連同她的眼睛也滲透猩紅的光。她痛苦的伸出手，一把推開了清雲，那已是她使出的最後一絲力氣。她便那樣伏在高臺之上，整個人都浸在了血液之中。清雲幾乎是踉蹌著跌爬到她身邊，他嚇壞了，怕她會死，怕就此與她分離，他……他還從未告訴過她……

「你別過來。」清舞艱難的從齒縫中擠出斷續的聲音，阻止清雲道：「是我自己心中有魔，修行不夠，師兄且不要再接近我，免得受到牽連……」

他身子一僵，痛心疾首閉上眼睛，道：「師妹，我又何曾沒有心魔？」

她一怔，似驚又似喜看向清雲。淚水順著眼眶滑落，她竟覺得此刻魂飛魄散也是值得。

而清雲抓住她的手，猛地將她整個人抱進自己懷裡，緊緊的抱著，顫抖著聲音道：「我不會讓你有事的，師妹，你放心，有我在，有我在你身邊……」

這也許是他們在天甯仙境相遇以來唯一的，也是最後的相擁。她渾身是血，他髮絲凌亂，但他們卻覺得如此相擁，即是一世。紫色的天雷咆哮著在兩人周圍閃爍，卻因為兩人相擁而無法擊準清舞。

「快走，天君懲罰的只是我而已，你和大師兄都可以通過試煉的！」清舞竭力推著清雲，但是清雲一言不發、絲毫不為所動，只是更加用力將其緊緊擁在懷中。直到天雷再次閃現，不留絲毫情面的刺穿了清雲的胸口。

電閃雷鳴之間，狂風大作，暴雨驟降，那是天君在彰顯怒顏。他彷彿在質問天甯仙境的師尊，為何要讓背負著如此深重的七情六欲之人登上修行殿臺？早已著了心魔的人，豈能留在聖潔的仙境之中？簡直大逆不道！罪犯滔天！

「不……不！」殿臺之下的清塵目睹此景，早已是痛心疾首，他發瘋似的衝上階梯，想要憑藉一己之力將那二人從殿臺上救出，他甚至背棄了自己的原則，拋下端正態度，企圖用道法來喚出式神與天君敵對。

然而他只是動了這念頭一下，烏雲之中便落下幾道閃電，砸向了他，將他彈飛好遠。

「滴答」

「滴答」

「滴答」

……

血珠不停砸碎在地，清塵的嘴角流淌出涓涓血跡，他止不住的咳出一大口血，猩紅液體染汙了他的白衫，他終是支撐不住的癱倒，大口大口的咳血。

紗幕之後的師尊慌了神，他真擔心連清塵也會不保，便怒斥清塵不可再輕舉妄動。

這是天意，任憑何人都將無能為力。

清塵也能夠聽得出師尊聲音中的無盡悲傷，他們眼睜睜看著天雷不停降在殿臺上，直到高殿被天雷粉碎，清雲環抱著清舞一同墜下了高殿，穿透了一個接一個的雲層，耳邊滿是呼嘯的巨風。清舞僅剩下一絲力氣，她緩緩睜開眼，看向近在咫尺的清雲，她流下眼淚，只道：「師兄，你這是何苦……」

嘴角滿是血跡的清雲卻微笑了，他竟是心滿意足道：「有舞兒在側，天也應妒我。」

「清雲！清舞！」

是清塵的聲音……

清雲與清舞昏昏沉沉望向下方，很想對悲痛欲絕的清塵道聲：「大師兄，你不要流淚啊……可是，從今以後，卻再也不能一同修行、一同談笑了……」

他與她，終究是在他的面前，墜落在地，屍骨粉碎。

清塵跪坐於地，頹唐的低垂著頭，他顫抖著雙手去觸碰他們的屍骸，慟哭失聲。

頭頂上空的烏雲緩緩散去了，明亮的光芒筆直灑照下來，天甯仙境中的扶桑花仍舊怒放滿園，陣陣芳香被風吹散，了無聲息的淒涼。

一轉眼，數年時間匆匆而過。

到了仲夏時分，繁花盛開。

一樹樹扶桑開得如雲如霧，風一吹來，花瓣四散，坐在樹下的清塵抬起手，接住了寥寥幾片花瓣。這是他在天甯仙境後泉山養傷的第六年，想來就算他有滔天的本事，也禁不起天雷的懲戒。他身負重傷，元氣受損，卻也還是不能救下他的師弟與師妹。而這四年的光景中，師尊已經化作仙境中的最大的一座仙島，便把畢生修行煉製出的后土丹留在了丹爐之中。

清塵只能一個人苦苦支撐著天甯仙境，既要保得眾弟子在此安心修行，又要防止外人打探天甯仙境，同時……也會前往人間去尋找師弟、師妹的轉世。

只不過，他獨自一人的身影，實在是顯得孤寂而又令人心憐。

那日晚上，他喝下了療傷的湯藥後便早早去睡了。

午夜夢迴時，他似乎看見清舞與清雲在高臺上遭遇天雷懲時的景象。二人浴血墜落，身體一片片瓦解紛飛，最後則是連同他們的屍骨也一起瓦解消散了。

清塵站在高殿之下大聲呼喊他們的名字，一遍又一遍，喊到聲嘶力竭、喉嚨腥澀。可是，師弟與師妹再沒有出現在他眼前，他們已經死了，他再也見不到了。

每次夢見這些，清塵都會肝腸寸斷，可今日的夢境不太一樣，有一隻文鳥飛進夢裡，銜著紅色絲繩繫著的小巧金盒子。

文鳥將金盒子投到清塵手中，然後張張鳥嘴，流淌而出的竟是師尊的聲音：「清塵徒兒，師父知你心中悲痛，本想讓你面壁思過，畢竟師弟、師妹未斷七情，又淪入心魔，你身為大師兄實在有責，然而師徒連心，你如此難過，為師即便是在死後也痛不欲生。這盒子裡裝著清舞的一塊骨骸，你順著這骨骸的氣息去人間尋她吧；至於清雲，為師尚未感知到他的氣息，可清舞仙緣深重，她已然轉世再生了，你便去與她相見吧！」

清塵極為震驚的打開盒子，果然放著清舞殘存下的骨骸。他眼眶濕潤，卻逐漸亮起了光，比起之前的黯淡眼波，他彷彿看見了希望。於是向托夢的師尊道了謝，而後沒有絲毫猶豫的轉過身去，攜著那小小的一塊兒骨骸離開了。

那一年晚夏，姜府的長女姜墨舞剛剛年滿五歲，她近來正在鬧肺熱，整日哀哭不已，這會兒正在乳母的陪同下，坐在花園裡的鞦韆上啜泣，時不時的咳起來，燒紅的臉頰令人心疼。

然而請來的醫者們都診不出她身體的毛病，只是說要靜養，苦藥喝了幾十帖，終是不見半絲好轉。

母親被她咳得心煩，回房歇息去了。剩下乳母餵她喝冰糖蓮子羹，她卻因劇咳而食不下嚥。

這時，大敞的院門外傳來了腳步聲，她隨著乳母循聲望去，見是一位頭戴帷帽的男子走了進來。他的面容隱藏在薄薄的輕紗後，使人看不真切。她卻感到一絲奇妙的熟悉感，尤其是望見他腰間佩戴著一塊紫玉，那玉的顏色似曾相識，彷彿誰人總是會身著紫袍，似那玉一般姿容奪目。

她還在出神，乳母則是與那男子交談起來，她聽見乳母稱呼他為「道長」。也不知他們都說了些什麼，她只記得那位道長走向自己，俯身摸了摸她的頭，聲音也是極其溫柔的，他對她說：「萍水相逢，相見是緣，我將送你一份禮物，它會治好你的頑疾。」

他的語調似琴聲流淌，一直流進她心裡。她的目光便一路落去他的衣衫上，雖簡樸卻格外整潔，袖口針腳也縝密，這便是……道長嗎？可道長是做什麼的呢？她困惑的歪了歪頭。

府內茶香嫋繞，沁人心脾。

他身上也有異樣奇香。

她聞著這幽幽清香，問道：「你要送我什麼禮物？」

他略微躬身，舉止得體，不疾不徐的將一支細小的骨笛戴在她的脖頸上，道：「這是我親手燒製出的骨笛，可為你抵禦疾病與災難，保佑你此後遠離憂愁。」

她低頭摸了摸骨笛，覺得它小巧精緻，極為好看，便笑稱：「如此說來，這便是代表祝福的禮物了。」

他一怔，彷彿是苦笑著歎息道：「你不記得也好……總歸是令你難過的記憶。只盼你能早日度過心魔，修成大道。」

她聽不懂他在說些什麼，但還是對這個送給她「禮物」的道長道了謝。

他則是和她道別，離開了府中。

她望著他逐漸遠去的背影，只覺像是隔著一層簾幕看見了過往，他的身姿被渲染出了一種朦朧。

她就那樣望了許久許久，連乳母將她抱起都渾然不知。

夜風撲面，皎月當空，她抬手遮了遮掩，只覺得今夜的月亮太圓太亮，刺得人眼睛發痛。

當天夜裡，五歲的墨舞做了一個奇怪的夢。夢裡的她是少女模樣，她雖身著白衣，卻渾身是血，披頭散髮站在無盡的白霧之中。

夢裡的一切都是她前所未見的——有懸掛在空中的湖、有血色的結滿了珠玉的藤蔓……還有數不清的島嶼。

她再四周環顧，夢的場景變換成另一番景象——身穿紫袍的清俊男子出現在兩扇巨大的黑門之前，他凝望著她，將她迎接進了大門，並告訴她這裡便是天甯仙境，而他是大師兄清塵，她從今日起，便是他的小師妹。

那之後的朝朝夕夕，身為大師兄的清塵總是默默守在她身後。

雨天，晴天，雪天，烏雲密布時，異常寒冷時，他總是以一副不苟言笑的模樣站在她的身邊，在她需要他的時刻出現。

當她在樹下修行結束後，午睡休息，他會站到樹上，舉起一把大大的葉片，來為她遮擋炎陽；當她清晨醒來時，他會在她的窗前放上一枝嬌豔的扶桑花，像是在和她做無聲的問候。

他履行身為大師兄的職責，盡心盡力照顧她、陪伴她……

卻不能救下遭遇天君懲罰的她。

為了救她，他遭遇連累，三番五次被天雷擊中，血濺紫衫。

一如那年初秋豔陽，他帶著她策馬在島嶼的後山之中，風沙迎風襲來，一隻雄鷹翱翔於空，她心血來潮拔出羽箭，對準雄鷹放出箭矢。可惜支箭下來都射去了偏處，她心中不快，他卻從她手上接過，拉緊弓弦，一箭射出，雄鷹卻撲騰著翅膀飛走了，只剩下幾根烏黑的羽毛飄灑而落。

她勒緊馬韁，不敢置信的問他：「師兄為何故意射偏？」憑他的資質，別說是一隻雄鷹，就算是十個太陽也可以射落。

他卻笑得風輕雲淡，「天無以清，將恐裂；地無以寧，將恐廢；神無以靈，將恐歇；穀無以盈，將恐竭；萬物無以生，將恐滅；候王無以正，將恐蹶。故至譽無譽。是故不欲琭琭如玉，珞珞如石。大道之初，混混沌沌，元氣無形，謂之無極。無極生萬物，萬物有陰陽，一旦萬物得一，終可得道。師妹，我不是故意射偏，而是希望你明白這便是道，是自然運轉，萬物都是平等的，無欲而無懼，才不會失道。」

她並不算聽得透徹，卻也還是心覺感激的笑了。他總是照料著她的一切，連同她的情緒。他為她，擋下了許許多多的風沙與指責，是為了和她一起得道，一起修行。

猶記得在登上高臺的前一日裡，他領著她走到天甯仙境最高的一座島嶼上縱觀雲海。也是在這片夕陽景色中，他俯瞰數不清的仙島對她道：「師妹，你看啊，這裡的每一座島嶼都代表了一位修行之人的虔誠，而我們三人的職責，便是要守護這些虔誠的修行之人不被打擾，唯有如此，你我三人才能在最終修道圓滿。」

三人……

她這才發現自己的身邊還站著另外一個人，她緩緩轉頭去看，那人的容顏逐漸從模糊變得清晰，頃刻間令她心疼萬分，那一刻她已然知道，她終究是無法修成大道。

然而，何為道？

天甯仙境的清舞在死後曾向天君詢問發問：「為何要摒棄七情六欲？為何五音、五色、五味會令人盲目？難道一樣東西對生命有益，但因為它顏色豔麗便要拒絕使用嗎？倘若認為甜味便不是藥，豈不是更加可笑？」

天君搖了搖頭，沒有回答她，終究是將她賜進了輪迴，要她自己去尋道。

夢是在這時醒了過來，五歲的墨舞淚流滿面的爬起身，卻再也記不起夢中的內容。唯有脖頸上戴著的骨笛時而閃動碧綠光暈，一直到了今日，孟婆手中緊握骨笛，她這才明瞭自己的三生三世。

第一世，她是天甯仙境最有天緣的修行之人清舞。

第二世，她是紅塵人世中掙扎在權欲宦海的墨舞。

第三世，她是冥府奈何橋上那尋覓去與從的孟婆。

世分清濁，平分三界，仙界、人界與冥界。她在陰陽三界中來來回回走了一遭，歷經磨難與千劫，也回想起自己在身為墨舞時，也時常會問自己得到了什麼，而究竟什麼才是自己的道。

如今恍然大悟，原來道就在自己的手中。

道可道，非常道；名可名，非常名。也許道存在，卻無法觸摸，道之一字，難以言說，但唯有原諒與接納自己，才能悟得真道，而心魔則是源於對自己的折磨與迷失，正如破鏡安能重圓。然而，破鏡也何須重圓。道生一，一生二，二生三，三生萬物，葉綠為陽，葉黃為陰，萬物抱陰而付陽，實乃天地自然，何不順其自然？

望見自己前緣的孟婆逐漸平息了內心的波動與困惑，而她手裡的骨笛也漸漸退去了光芒。

接著，她緩緩轉頭，看向了自己身邊的上官逸舒。彼時的他還未醒來，許是觸碰到骨笛上的法術，他凡人肉軀無法承受，才會沉沉昏睡。而孟婆看見的那些前塵過往，他自然是無法看得見的了。

然而，便是眼前的這個人與自己有著三世的糾纏。

她回想起前一世，自己尚且身為墨舞時，曾與他在琉璃坊的初次相見。那日高颱風來，吹起她輕薄紗衣，而他的廣袖也隨風起伏，順著滿樹花影踱步而來。坊內百花繚繞，琉璃萬千，在妖嬈彌漫的花香之間，他的步伐流露出一股縹緲如仙的韻致。

而墨舞僅僅是看到他的剪影，便覺得心中燃燒起一股動容的澎湃，遏制不住的心跳聲令她慌張的低下頭去，不敢與之對視。

他慢慢走近她，來到她的面前，略微俯首，似以一種令世間萬物都為之沉醉的眼神凝望著她。如同第一世那般，他與她對面而站，唇邊笑意是恰到好處的柔情，水波一般清澈的聲音在她耳畔響起，他喚她：「師妹。」

第二世時，他則是握起她的手，百般呵護的輕道：「墨舞。」

到了第三世……

「師父。」

這一聲呼喚令孟婆怔了怔，她回過神來，循聲去看，只見上官逸舒已經醒了過來，湊到孟婆跟前搖晃著頭道：「師父，我剛才怎麼忽然睡著了？」

孟婆默默看著他，心中有很多話想說，卻又不知從何說起，想著有些事情他還是不知道為好。索性重新駕起馬車，一言不發的快馬加鞭趕回昌陵。

上官逸舒不知道孟婆在想什麼，嘰嘰喳喳黏在她身邊問東問西。孟婆充耳不聞，忽覺風中有一絲奇妙的清涼之意，抬起頭去看，果然見到飄雪如花，斑斑駁駁的落在二人身上，如同旖旎的白色花瓣。

孟婆披著滿身的輕雪之花，靜靜望著前方的路，彷彿看到清舞與墨舞二人正在引領著她走向嶄新的境地。

曾經的暴雨已洗去了一切塵埃，或許從今以後，又是明朗晴空。

孟婆的唇邊逐漸浮現出了一絲釋然的笑意。

三日之後，孟婆攜帶靈藥回到了姜府。

離歌見到她真的找到了靈藥，又是平安歸來，不禁感激涕零，竟喜極而泣。然而，孟婆想起離歌欺騙自己這件事，她在把后土丹交給離歌之前，決定略施小計，以其人之道還其人之身道：「服下此靈藥之後，你的夫君會在月餘之後醒來。但是他將會失去所有的記憶，忘記曾經發生的一切，也包括你。倘若這般，你可還願救他？」

離歌聞言，如遭晴天霹靂。她癱軟跌坐在地，淚流滿面，整個人極其煎熬與掙扎。孟婆見她這副模樣，自是滿意的撇過頭去偷笑起來。

離歌自然會痛苦萬分，她當真信了孟婆的話，她說：「還請孟姐姐賜藥，離歌不悔。」

說她自私也罷、虛偽也好，她的確害怕服藥後的懷笙會將她忘記。想來，她為了懷笙已經付出了自己的全部，她自是不甘心到頭來卻換得一個被遺忘的下場。可悲思過後，她也感到慶幸，至少……她也可以在期滿之後走得了無牽掛了。

孟婆倒也有幾分驚訝於離歌的覺悟，不過，也為她能有這份覺悟而欣喜。

而服下靈藥的懷笙，則是做了一個夢。

夢裡的景色如同仙境，美輪美奐，雲端之上更是飛舞著成群結伴的仙人，她們手捧花枝，身穿霓裳，正嬉笑著超天際那邊的仙島飛去。

懷笙心中詫異，正打算去追隨仙人此處是何地，然而走著走著，他被腳下異物所絆，低頭去看，竟是一個酒壺。

他疑惑著俯身去拾，酒壺卻一蹦一蹦跑了起來。他吃驚的去追，酒壺已帶他來到一片空曠的暗色異域。

周圍極其靜謐，酒壺「啪」一聲倒在地上，一名身穿黑色華衣的女子提起酒壺，飲下一口烈酒，轉頭看向懷笙，對他挑眉道：「怎麼，你昏睡了這麼久，如今總算是捨得醒過來了？」

什麼？昏睡已久？他嗎？而她又是誰？懷笙打量著她的尊容，美豔無雙，眸中流光，可她眼角眉梢中卻帶有戾氣，且那股子氣焰幾乎要與她的那身黑衣融為一體般，冷漠如淵。

「姑娘，你我是否曾在何處相見過，你的姿容十分熟悉……」懷笙喃喃道。

「還真是貴人多忘事，這才幾日不見，你便想不起我是誰了。」她冷冷一笑，用力推了一把懷笙，「時候差不多了，你且快快醒來吧！等到甦醒之後，你再來找我。」

姜懷笙緩緩睜開雙眼，他醒來時，發現自己榻旁正趴著妻子離歌。他略微動了動身子，離歌便也醒了，見到懷笙甦醒，她十分激動，淚眼漣漣道：「懷笙，你終於醒來了，我真怕你一直睡下去，再無醒來之日。」

懷笙像是仍舊恍惚，他問道：「我好像睡了很久，離歌，我現在不會還在夢中吧？」

他喚她離歌……她驚喜萬分握住他的手，不敢置信道：「你竟還記得我？你……你沒有忘記我？」

懷笙失笑不已，道：「我怎會忘記你呢？倒是我久睡以來，你一定休息得不好，見你憔悴了許多，也瘦了許多。」

離歌這才恍然大悟，定是孟婆以此提點她一番，不可自作聰明。思

及此，她氣也不是，笑也不是，到底還是不爭氣的捂住臉哭了起來。

而這個時候的孟婆，正在自己院落門前打量著多出來的一間小屋子，其中堆滿了琳琅滿目的琉璃石，全部都是上官逸舒特別為她準備的。

看來他的確把她喜愛的東西記在了心間，果然沒有白疼他，更不枉費她死皮賴臉的從冥帝和墨那裡求來祕笈傳授給他。

要說上官逸舒也的確爭氣，功力提高很快，每日的試煉期間，他竟也可以在三招之內便擋住孟婆的玄武刺了。

但他也好奇一件事，忍不住詢問孟婆道：「師父，你為何要騙離歌姑娘？聽聞她這月餘以來，皆是守在她夫君床榻旁片刻不離，每每想到她夫君醒來時會忘記她，便會哭得泣不成聲，好生可憐。」

「一報還一報，不過是禮尚往來罷了。做人、做鬼皆一樣，想要算計別人，恐最終還是會害了自己的，不是每次都能好運氣，遇到不計前嫌的人。」孟婆淡然道，忽然嗅到了一絲沁人心脾的酒香。

她轉頭望去，只見不遠處有一道身影緩緩而來，還真是說曹操曹操到，正是那「好生可憐」的離歌。只是她今日眉眼含笑，神色喜悅，手裡則是提著滿滿一籃謝禮，想必是孟婆最為喜愛的酒釀丸子了。

第二十二節

當天夜裡，孟婆先是送走了既是道歉又是道謝的離歌，又把上官逸舒打發去了別處，剩下嵐風與綠裳兩個僕人被她交代著去外頭引「貴客」入院。

已經臨近子時，嵐風與綠裳也在山腳下等了半個時辰，眼看著烏雲遮月，彷彿就要風雨欲來，她們二人遠遠看見前方有個身影緩緩而來。

那大概便是主人今夜在等的「貴客」了。由於她們是式神，自是很清楚孟婆眼中看到的事與物，她們知曉那人是姜府的當家人姜懷笙，也知曉姜府是昌陵一等一的高貴門第，宅邸是南北通透、美輪美奐，而那姜家唯一的獨子姜懷笙更是氣宇不凡。

他今晚穿了一件靛色的中單，外罩烏色絳紗，袖口處繡著紅絲金紋，腰間繫著一條綴滿珠玉的帶子，自是顯得風姿清雅。他雖是大病初癒，卻面露紅潤，眉梢眼角盡是溫潤之容，如果不是出身世家，也實在很難養出這等氣韻。

而嵐風、綠裳二人向前走了幾步，迎上他道：「奴婢在此恭候多時了，還請公子隨奴婢去院中與我家主人相見。」

懷笙客客氣氣道：「有勞兩位姑娘了。」

走進孟婆居住的小院裡，懷笙隨嵐風、綠裳二人一路去了長廊盡頭的小廳，那廳內中央處立著一座等人高的翠綠假山，有身影從其後緩緩走出，正是孟婆了。

懷笙怔了怔，只因她與自己夢中所見的模樣相同，穿著黑色錦衣，長袖上繡著火焰繚繞的圖案，配著鬢上金朱色的步搖與臉頰兩側的黑曜石耳墜，盡顯出她骨子散發而出的華貴之氣。

她迎面走向懷笙，恰到好處的微微一笑，道：「姜少爺，你我終於又見面了。」

懷笙則是暗了暗眼神，他今日偷偷尾隨離歌前來此處，自是有著自

己的打算。而懂得察言觀色的式神們為懷笙端來了上好的香茶，隨即知趣的退下。

但懷笙親自登門來尋孟婆，可不是為了喝茶的。他坐到孟婆的對面，蹙起眉心，斟酌著道出：「在我醒來的前一晚，姑娘托夢於我，你要我醒來之後再來找你。而今日看見離歌悄悄帶著酒釀丸子出門，我便猜出她定是來見你的。當我將這些零零散散的線索聯繫在一處，我忽然記起了許多年前的一件稀奇事——當年在上元節為我帶來離歌，又將她從我面前帶走的人，可是姑娘沒錯吧？」

看來一場大病使他不僅沒有失去記憶，還連那些塵封在內心深處的過往都一併想起了。

思及此，孟婆感到有些諷刺的低笑幾聲，她輕輕撫著青瓷茶杯的杯身歎道：「當年的確是我為你帶去了離歌，沒想到會成就你與她之間的這段姻緣。可看如今這情形，我又要把離歌從你身邊收走了。」

這話令懷笙感到心中不安，他握緊了手指，目光猶疑定在孟婆臉上，警惕問道：「你究竟是何人？」

孟婆雲淡風輕回道：「只是一個與離歌有緣的人。」

「不，你絕不是凡人。」懷笙的聲音變得低沉而緩慢，竟也有掩藏不住的慌亂，「當年我便知道你與我等不同，而今你又說你將會帶走離歌，我承認，我很怕你會再一次把她從我身邊帶走……儘管，我深知她總有一天會離開我……」

他的最後一句話，反而令孟婆訝異的瞇了瞇眼，問道：「你竟已經有所察覺？」

懷笙悲痛道：「在我服下那丹藥之後的確昏睡不醒，我猜想是需要時間來分解靈藥。可在意識恍惚的期間，我尚且還有清醒的片刻，而每次睜開渾濁的雙眼，我都能看見離歌寸步不離的守在我身旁，那整整一個月的時間裡，她滴水未進、飯食不吃，我又怎能不去懷疑她如今的……身分……」

孟婆靜默抿緊了雙唇，她沒想到離歌這女子竟用情如此之深，想必她定是擔心會錯過懷笙甦醒，所以才會死死守著他，連要去維持凡人的日常行為都忘在腦後了。

正所謂關心則亂，離歌便是因此而暴露了「身分」。

孟婆在這時淡淡開口，道：「你既然已知道，又何必將一切說破。」

懷笙苦笑道：「我並不曾拆穿離歌，我也不願她難過。她所做的一切也定都是為了我，我又怎會忍心將她苦苦經營的一切打破？而我今日前來見你，也不過是希望從你這裡得知離歌還能在我身邊留多久，僅此而已。」

孟婆平靜看著他：「不到半年。」

懷笙在燭光下凝視著孟婆，他一向溫潤從容的面容上在瞬間流淌過無數複雜的情緒，震驚、悲傷、無奈、淒涼，還有無助與驚慌……

許是出於同情，或者是彼此之間的血脈促使，孟婆抬起手，安慰似的拍了拍他的手背。

他這才如夢初醒般抬起頭，滿面神傷的望向孟婆，問道：「可還有什麼法子能救得了她嗎？」

孟婆沒有回答，只搖了搖頭。懷笙便更加悲涼的垂下頭去，忽然喃聲道：「姑娘可還記得當日在接應迎親隊伍時，你曾對我說過的那番話嗎？」

孟婆遲疑良久，歎道：「以道蒞天下，其鬼不神。非其鬼不神，其神不傷人。非其神不傷人，聖人亦不傷人。夫兩不相傷，故德交歸焉。我曾問你，『道』是什麼？你是否也相信這種道的存在。」

「當日姑娘的問話，讓我覺得你所言縹緲如夢，好像能夠蠱惑人心，令我內心深處的某種欲望打開了雙眼，直抵心口深處最為隱蔽的私密地帶。我曾想，能與鬼神匹敵的道會是什麼呢？當真是你所說的『人心』嗎？也許一切都像你所說的那般進展，我成了姜府隻手遮天的人，自是可以挑選千千萬的女人，她們多得如同天上星，數也數不清。可我最愛的那個女子呢？她的真心究竟是至善，還是至惡？」

說到此處，他沉默半晌，而後噙著眼中厚重的哀傷道：「如今我終於明白，我愛她，她便是至善；我不愛她，她便是至惡。與鬼神匹敵的不是她的心，而是我的心，只要我永生永世愛她如初，她便會永存於世。」

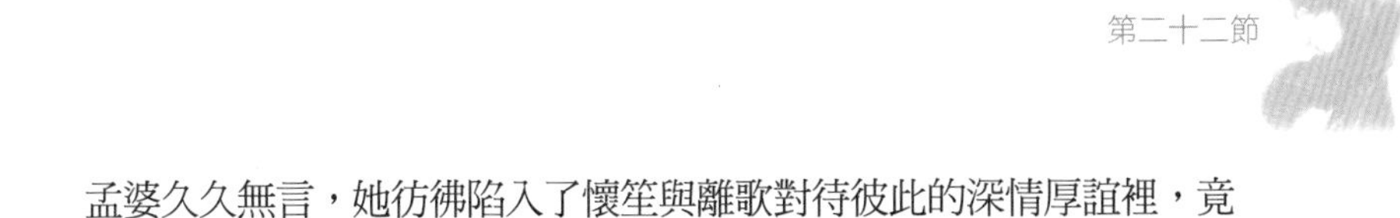

孟婆久久無言，她彷彿陷入了懷笙與離歌對待彼此的深情厚誼裡，竟感到人間一切都不及他們二人的愛意深重。原來世人並非全部薄情寡義，原來，紅塵也有這般悲壯綿遠的愛戀……

在那之後的時日裡，離歌尚且還有不足半年的壽命，而孟婆也還是瀟灑快活的老樣子，每天除了喝酒，便是教徒弟練功，閒暇時間還會做幾件琉璃小物品來裝飾院落。

直到臨近年關時，有一則消息在昌陵的大街小巷裡傳開——

如今的草原部落打算與朝廷建立良好關係，但現任的部落大君也有條件，他希望朝廷可以幫他打造一套稀世琉璃。

據說是大君的母親在生前一直想要世間最為驚豔的琉璃藝品，來祭奠她與大君父親之間的愛情，可惜終是不得，實在遺憾。而大君身為獨子，始終將此事記掛在心頭。想來他的母親便是當朝仙逝的劉皇后的妹妹，他提出這樣一個小小要求，朝廷自然不會反對。

皇帝對此事也極為關心，可今年年初發布的廣招琉璃匠人告示，早就被風沙捲走了，實在是極為耽誤招納賢才的進度，以至於還沒有兌現大君提出的要求，這使龍顏不悅、眾臣憂愁。

說來也巧，此番製造琉璃的工程，是由懷笙負責監督的。他大病初癒後回朝的第一件差事，便是接手此事。但這可著實是件令人棘手的苦差事，要說當年曾有姜氏墨舞一案鬧得滿城風雨，劉皇后至此便不再熱衷於收藏琉璃，於是，琉璃之風一落千丈，許多良才都紛紛離開了琉璃行業另尋他路。

如今又想要找到一個能夠製作出稀世琉璃的高人，哪還是件容易事？

可這差事遲遲沒有進展，懷笙便被朝廷問責，甚至打了十大板子以示懲戒，還逼迫他務必在三十日內尋得賢才。

為了夫君，離歌便哭哭啼啼來到孟婆的住處哭訴：「孟姐姐，你今日就算怪我厚顏無恥也好，怨我得寸進尺也罷，可我實在是心疼夫君，他病才剛好，真是禁不起那板子的伺候，但假設一直尋不到那可以製出交差琉璃之人，朝廷定要拿他做替罪羊。一旦他再有什麼閃失，我……我真怕我會……」

「變成厲鬼去嚇死那群大刑招待姜懷笙的領事不成？」孟婆歎了口氣，看了眼天上明晃晃的月亮，心想著離歌前來，左右都是求她幫忙的，這倒也不算是什麼難事，畢竟琉璃也算是她自己的看家本領……可轉念又一想，她已經幾十年沒有製作過精湛的琉璃藝品了，定然是不能靠自己來圓全此番差事的。

想著想著，孟婆突然眼睛一亮，她想起了那被埋葬於自己墓碑之中的琉璃人像。紅白兩色交織的精湛工藝品，赤紅象徵著濃烈的愛，純白則是代表了綻放的生命，且那正是她為璿與大君製作而出祭奠愛情的作品，也是彰顯真情的傑作。

思及此，孟婆湊近離歌耳畔和她悄聲說了幾句，離歌聽聞之後，神情極具震驚，不敢置信的望向孟婆。

孟婆則是對她難得認真的點了點頭，眼裡含笑，自是十分婉轉優美的眼波，反而令離歌更加懷疑了。

可與其坐以待斃，不如以身試險。離歌低下頭躊躇了半晌，最終站起身來，離去時留給孟婆一個略顯迷惘的眼神：「那……孟姐姐，我便去你所說的地方尋寶物了。」

孟婆手持團扇搧風，這屋裡的火爐太暖了，令她雙頰緋紅。她對離歌笑了笑，表情是既嫵媚又端莊的，然而在離歌看來，倒是顯得極為不靠譜。

天色臨近黃昏，離歌擔心天色會越來越暗，便催促駕馬的車伕加快速度。可惜的是到了墓園之後，到底是夜深人靜之時了。離歌給了車伕銅錢，便隻身一人走進了靜謐深沉的墓地。

這地方寂靜無人，陰森森的涼氣令離歌感到毛骨悚然。她戰戰兢兢順著小山坡走到南邊，看到孟婆告知於她的那塊墓碑，只見墓前的花束依然鮮豔，怕是前幾日才有人來悼念過。離歌遲疑著走上前去，她確信就是此處、此墓。

可她從未做過這般恐怖而又不敬之事，內心便猶豫不已，抬起頭望著夜空，烏雲遮住了殘月，又一點點移開，露出了月華光亮。那光照進她眼

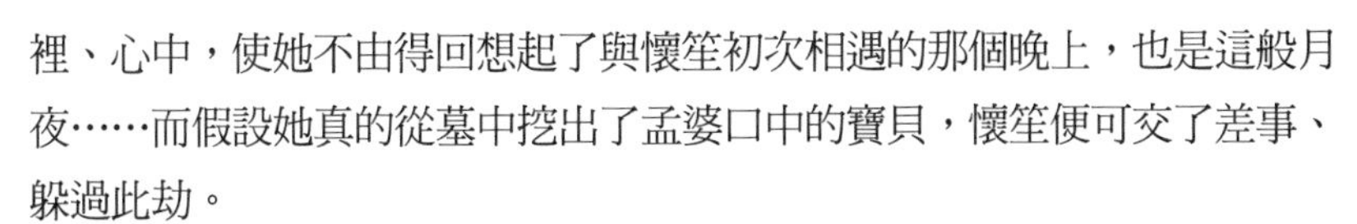

裡、心中，使她不由得回想起了與懷笙初次相遇的那個晚上，也是這般月夜……而假設她真的從墓中挖出了孟婆口中的寶貝，懷笙便可交了差事、躲過此劫。

想她此生從遇見他的那一眼開始，便願為他付出全部，哪怕是連同性命一併交付也在所不惜，至於眼前，不過是掘墓而已，又如何能令她皺半下眉頭？只要是為了他，只要是為了懷笙……想到這，離歌不再動搖，她從腰間拿出帶來的短鏟，竟是不由分說挖起了墓。

這墓土倒是極為鬆軟，像是不久之前已被翻新過，她沒有半點含糊，一鼓作氣挖至深處，甚至幻想著即便是見到白骨也不會驚懼。就這般挖著挖著，她手中的短鏟觸碰到了某種硬物，她一驚，以為是人的屍骸，嚇得半天不敢動。

月色迷濛，夜風呼嘯，空無一人的荒郊墓園，離歌獨自癱坐在地，四肢無力且不聽使喚。直到月光明晃晃的打照下來，不偏不倚照到從墓土中露出一角的琉璃上，那炫目的光彩瞬間刺到了離歌的眼，她心中大喜，立刻繼續去挖。

不出半炷香的時間，離歌便挖出了一盞精美的琉璃人像。她小心翼翼擦拭掉覆在人像上的泥土，捧在手中仔仔細細的打量。這是雙人之像，男像白光閃閃，女像紅豔炫目，二人攜手相擁，眼神纏綿交織，彷彿在無聲中互訴衷腸。其製作手法如行雲流水，又似鬼斧神工般精雕細琢，仔細看來，還可以看出女像的眼角噙著一滴淚，簡直栩栩如生，儼然就是眾人在苦苦尋找、最為適合祭奠大君和大妃愛情的琉璃藝品。

離歌幾乎就要喜極而泣，孟婆沒有騙她，她竟真的挖出了驚世之作！可當她看到琉璃底座上印著的一個「姜」字後，卻不禁神色悵然起來。

三日後。

「實乃驚世之作！」

「豈止驚世之作，簡直是舉世無雙！」

「這女像的裙擺上連牡丹花卉都是燒製而出的，定是出自世外高人之手！」

「姜侍郎，你可真是深藏不露啊，這才區區幾日，你便尋得了這般了不起的高人，老夫敢打包票，此作送到皇上面前，包管他會龍顏大悅、重重有賞！」

六部廳堂中，一群眾臣圍在懷笙帶來的琉璃人像四周滔滔不絕，懷笙自己也是長出了一口氣，他心裡一直覺得此件差事怕是難以完成，沒想到離歌在前幾日帶回了這樽驚豔的寶貝，這才得以令他逃過一劫。雖然其他人等都只在驚歎琉璃人像的華美豔絕，懷笙卻只感激也感動於離歌為自己所做的一切。她沒有說是從何處找到的這寶貝，他也不去多問，唯有心中欣慰道：「有妻如此，夫復何求。」

可這會兒又有人發現了琉璃底座的印記，一個「姜」字赫赫在目，不禁惹得眾人竊竊私語起來。

「想必是出自前朝的大師之手……」其中一人試探的問懷笙：「姜侍郎，你認識前朝那擅長琉璃工藝的大師不成？」

懷笙對此毫不知情，但也不想把離歌扯進這渾水，便隨口打著馬虎眼道：「我哪裡認識前朝的大師呢，這是我托人尋了好久才尋到的琉璃人像，可究竟是出自哪位大師之手，我便不得而知了。」

這話剛說完，便有人低聲嘀咕了句：「可姓姜的琉璃大師，自古也便只有前朝的姜氏墨舞一人。」

姜氏墨舞。

這四個字令懷笙心中一怔，隨即不由得垂下眼，連神色都禁不住黯然了。他自是深知姜氏墨舞何許人也，她和他一樣，都流淌著姜家的血統。但她的名字始終都是姜家禁忌，畢竟當年罪犯欺君之事鬧得人盡皆知、滿城風雨，絕非光彩之事。

然而他那時尚未出生，便從未與之打過照面，所以她究竟是怎樣一個人，他全然不知。可如今又意外收穫這印有「姜」字的驚世琉璃，總覺得有種奇妙緣分在其中牽扯，他內心裡自然會五味雜陳。

從那之後，懷笙將琉璃人像呈獻給了皇上。年逾不惑的帝王讚許著懷笙尋得良才的能力，也驚歎此琉璃之作精美非凡，尤其是在望見底座的姓氏後，他像觸景生情般陷入思量，似是回想起了母后在世時的光景。

當年，他尚且年幼，總會隨同母后前往她一手打造而出的琉璃坊。

那富麗堂皇的坊內種滿了垂絲海棠，寓意著皇后青睞的琉璃坊將會代代玉堂富貴。

母后每次去琉璃坊，都要去見一位樣貌出塵的琉璃匠人。據說，那女匠人深得母后的喜愛與賞識，那時還只是皇子的他，略有羞怯的躲在母后身側，見那女匠人迎面而來，一雙美目格外晶瑩清澈，雙雲鬢上的金玉步搖，更是將她的膚色襯得玉白通透。

「見過皇后娘娘。」她行過大禮之後，又俯身望向他，語調輕柔，手中遞來一塊琉璃製成的玉佩，道：「微臣聽聞皇子今日前來，便起早打磨出了這塊兒上好的琉璃玉佩，送給皇子做見面禮物。」

他望著那塊漂亮的琉璃，立即喜出望外的笑了，看向她有些不好意思的說道：「這琉璃玉佩真是美，就和你……一樣美。」說著竟然臉頰上印出了一些紅暈。

她聽了似有片刻驚訝，卻也很快便展露出一抹寬慰的笑意。他便問她叫什麼名字，她回答：「皇子殿下，微臣姓姜，名為墨舞。」

院外風來，吹起了垂絲海棠的花與葉。陣陣芳香撲進胸臆，而天際雲朵厚重如墨，又似群鳥飛舞。

墨舞，姜氏……墨舞。

凌波不過橫塘路，但目送、芳塵去。

錦瑟華年誰與度？

月橋花院，瑣窗朱戶，只有春知處。

皇帝在這時抬起頭，從回憶中醒過神的他，凝望著手中琉璃人像，神色感傷道：「可惜了一代賢才，尤其還是那般秀外慧中的年輕女子……朕記得，母后當年最為得意她製作的琉璃，而她當年送朕的那塊玉佩也被朕收藏在寢宮的錦盒裡。」話說於此，他再度惋惜道：「雖說她是一失足成千古恨，但朕總覺得她是遭人陷害，恐怕有著難言之隱。朕少年時與她有過幾面之緣，心覺這是一個如琉璃一般通透的女子，畢竟前朝女官只有她一人，能走到那般位置，又怎會犯下低級錯誤呢？」

懷笙見皇帝十分喜愛這琉璃人像，還有些出神的回想起了前朝時光，心中不由一怔，突然想起皇帝最偏愛的妃子就是番邦進貢的「舞妃」，仔細一想這舞妃的眉眼之間，竟然和姜墨舞有幾分相似。思及此處便小心翼翼請示道：「微臣有一言，還請皇上准微臣道明。」

皇帝側眼看向他：「愛卿但講無妨。」

懷笙斗膽道：「微臣以為，人非聖賢，孰能無過。且善惡在我，毀譽由人，蓋棺定論，無藉於子孫之乞言耳。也許唯有一個人死去，才能定奪他的過失與成敗。可前朝因果皆有前朝來判決是非功過，眼前又是新的朝代，自然也會有不一樣的見解。」

皇帝聽著，微微蹙起了眉，不禁歎道：「是啊！這麼多年過去，時間早已洗刷了許多汙跡。想來誰人不曾為心中私欲做出過他人所無法認同之事呢？一如深宮中寂寞孤老的女子，一如身邊群狼環伺的幼主，也都有各自的痴心妄想，而不是因一件錯事便否定了他人之前所有的功勳。」

懷笙頷首道：「皇上明鑒。」

皇帝默然片刻，喊來候在殿外的李內侍道：「傳朕口諭，恢復前朝琉璃坊總領姜氏墨舞的女官一職，追封其為前朝第一琉璃匠人名諱。」

李內侍得令道：「遵旨。」

那日，離開皇宮的懷笙望著碧藍高空，心中自是舒暢萬分，他快步朝回家的路走去，迫不及待想要把這等好消息分享給離歌。

而後的皇城內外都流傳著一段故事：前朝女官姜墨舞，在生前製出了能夠博得當今皇上與草原大君都讚不絕口的驚世琉璃，可卻是在死後才被發現其遺作的。當初，世人都認定她欺世盜名，早已忘記了她擁有真才實學，使她的作品顛沛流離，如今終於將傑作昭告天下，她若泉下有知，也能得以瞑目了。

然而，即便現今的大街小巷、市井小民都認可了前朝姜墨舞的才華，統統聽在耳裡的孟婆反而不甚在意。她早已不再痴迷名利，更不追逐眾人豔羨，也不計較世俗說法，她只管隨心所欲的享受著製作琉璃的快樂，為自己營造出世外桃源般的愜意生活。

現世安穩，有酒相伴，徒兒明理，自是甚妙。

只是許久沒回去冥府探望了，孟婆也有點想念和黑白無常、牛頭、馬面擲骰子的日子。她便挑了個良辰吉日回到冥府與老友們談天說地，牛

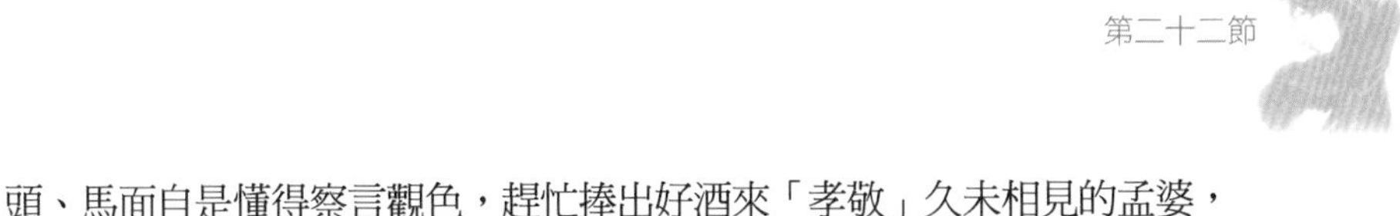

頭、馬面自是懂得察言觀色，趕忙捧出好酒來「孝敬」久未相見的孟婆，黑白無常更是獻殷勤似的，邀請孟婆去小賭坊裡切磋切磋，眾鬼玩得不亦樂乎。幾杯酒下去，牛頭竟借著酒興作起詩來，馬面讚其好詩，孟婆也覺得難得開心，一群老友猜拳飲酒，笑聲滿堂。

直到月色爬滿冥府鬼門，曼珠沙華收起花苞，黑白無常已經爛醉成泥，和牛頭、馬面一起東倒西歪躺在賭桌旁。

孟婆自是千杯不醉，她依舊清醒，便起身走出了賭坊，順著奈何橋來到彼岸河畔，果然見到冥帝和墨坐在亭下品茶、翻看奏摺。

和墨聞到聲響，並未抬頭，只無奈道：「你此次回來，不會又要逼迫我傳授你那寶貝徒兒劍法吧？」

孟婆緩緩走到他面前，作揖道：「和墨哥哥，我打算去享受我的下一世人生了。」

和墨翻閱奏摺的手停了下來，他抬起頭，望著彷若來自燈火闌珊處的孟婆，不由微笑道：「今日的你，好像有些許不同。」

她一笑：「有何不同？」

他瞇眼：「格外堅定，也十足淡然了。」

她雲淡風輕道：「前世的墨舞固然迷戀權力，可建立在權力之上的親情、愛情與友情都脆弱無比，且不堪一擊，那麼今朝的孟婆又何必重蹈覆轍呢？」

他點頭：「人間一年，不虛此行。」

她再次笑了，想來身為孟婆的她在人間無權無勢，為了喝酒還收下了個徒弟，可俗話說：「無心插柳柳成蔭。」那心性純善的徒弟，反而對她呵護備至、關愛有加，這讓原本毫無血緣的兩個人彼此溫暖、共同前行。此般感情無關情愛，卻通透純粹，雖是師徒，卻又勝似知己，實為可貴。

「或許，這便是我一直在苦苦追尋的道。」她眼中露出釋然意味。

和墨笑一笑，他起身走向她，抬起手，去將她掉落在額前的髮絲拂起，這舉動令她感到親切無比，一如她當年剛剛來到冥府時，他對她格外關照，如同兄長對待幼妹那般憐惜。而今，她聽見他說：「持而盈之，不如其已；揣而銳之，不可長保。金玉滿堂，莫之能守；富貴而驕，自遺其咎。功成身退，天之道也。」

孟婆聽後，倍感欣慰的看向和墨，笑意深陷，溫潤如水。

而待她回到人間，正值除夕之夜，本應熱鬧無比的光景，姜府的大門外卻掛上了兩扇白綢緞，一年之期已到，離歌終究是離世了。

孟婆就站在布滿了淒涼哀色的姜府門外，她看見抱著煜兒的懷笙身穿素縡，緩緩走來，他沒有流淚，彷彿是早已準備好了迎接這一天的到來，他的眼神平和卻悲壯，靜靜凝望著孟婆道：「也不知何時才能再相見，還請姐姐對她多加照顧。姐姐為我姜氏一族做的努力，懷笙銘感於心，家族已經將姐姐的牌位隆重供奉，今後香火不斷四時祭拜。」

孟婆低著頭並未看懷笙，果然他早已洞察一切，姜家有這樣聰慧的人來掌家，父母泉下有知也會安心了。

孟婆手中握著離歌的福報珠子，那是顆大而亮的福報珠，她微微喟歎，抬眼與懷笙相視而望，道：「姜墨舞的一切已經與我無關。至於離歌，她已安睡，你且珍重。」說罷，她轉身離開。

懷笙不捨的望著她離去的背影，像是還在期盼著她能把離歌還回來。

可人間有情，三界有規，他的愛妻已然與他永別，徒留他獨自空守著那些甜蜜的回憶、一遍一遍細數過往，以此來度過漫漫餘生中的每一個長夜。

或許他也可以幻想，有朝一日，他還會與她重逢在月圓之夜，哪怕彼此早已朱顏改、鬢髮白，卻也恨不得踏著野花與塵沙，片刻不停歇奔向彼此，便再也不言分離。

只是那一夜，除了懷笙要告別離歌，孟婆也要告別徒兒。

她早已約好要陪他練劍，那晚她很溫柔，沒有去數落他的招式，或許也的確是他出招完美，再沒有絲毫能被她挑剔的餘地。

可他尚且不知，那晚是她最後看他練劍，若事先知情的話，他定會把劍舞得更加賣力。

幾套劍法完成之後，孟婆又陪他去街市上玩樂一番，吃了糯米糰、小糖人，聽了茶樓戲，又一起去河邊放花燈。

花燈都是蓮花的形狀，放進河裡用來祈願，上官逸舒早就想試試這玩意兒了，便一連放了好幾隻，閉著眼睛雙手合十的念念有詞，嘰裡咕嚕說著，期盼人世太平、天下無亂、家人和睦、世人平安。

孟婆覺得他的心願都太空泛了，沒想到他塞給她一隻，要她也趕快許個願，並追上他的那些蓮花小船，這樣願望才能一個接一個的實現。

孟婆看著手中的花燈，到底還是告訴他，道：「我要離開了。」

上官逸舒看著她，有些驚訝：「師父要回去來處了？」

孟婆點了點頭。

他又問：「可還會回來看望我嗎？」

孟婆搖了搖頭。

上官逸舒倒是一臉的意料之中，只能無可奈何道：「這倒也是，畢竟我第一次見到師父時，就知道你是個狠心的人。」

孟婆便笑了笑。

上官逸舒卻揮手解釋道：「此第一次見非彼第一次見，我是說在家中第一次見到師父的畫像。」

孟婆以眼相問。

上官逸舒繼續侃侃而談道：「是我家叔父珍藏的畫像，雖然他去世之後我才出生，但他的書房一直被保留著原來樣貌。我也是兒時無意之間看到他書房中掛著的那幅畫像，畫中女子冷豔絕美，與師父相貌如出一轍。想來師父也不是凡間之人，會與師父有過淵源也不是沒有可能，所以我見到師父的本尊後，雖然有些震驚，卻很快便接受此事了，畢竟世間之大，千變萬化。」

叔父……

「果然是上官晟雲。」儘管孟婆為此而感到不可思議，可她得知世間竟還是有人牽掛於她的，便也不由自主的倍感欣慰。

「今日一別，不知何時才能再相見。」上官逸舒自是通透且灑脫，早已明白自己與孟婆的機緣皆有定數，不如笑納一切，對她道：「師父，你不問問我今後的打算嗎？」

孟婆望著他明亮的眸光與清澈的神情，輕笑著問他：「那為師這便問問，上官徒兒今後有何打算？」

他抬起頭，望向夜空繁星閃爍，神采奕奕道：「我且先要回家一趟，和家人報了平安之後，便隻身闖蕩江湖去了，有師父傳授的高超劍法在身，我這次定可快意恩仇、行走天涯！」

孟婆順勢打趣了一句：「如果你順利的話，若干年後定會以俠客之名流傳千古了。」

上官逸舒卻在這時低低歎息了一聲，遺憾道：「也不知等到那時，我還會否有機會再與師父一起飲酒，不醉不休……」

孟婆看了他一眼，而後，終於將手中的蓮花燈放進了河裡，道：「我便許下此願吧！有朝一日，重逢之時，你我師徒二人定將把酒言歡、共敘桑麻。」

上官逸舒凝視著孟婆，含笑點頭，眼底有無數留戀與情意湧動，卻始終說不出口。

蓮花燈順著河水漸漸行遠，載著沉甸甸的心願，彷彿可以令舊日重現。

昌陵夜色如酒，恨不能與君共醉方休。曾經往昔呼嘯而來，飛馳而去，孟婆握一握他的手，說：「來日方長。」

他眼神溫潤，閃爍瑩瑩光亮，回道：「後會有期。」

第二十三節

皇城街市中心最為熱鬧繁華的茶樓裡，今日照舊是座無虛席。

說書人站在戲臺子上繪聲繪色道著：「各位看官聽客，現在要講的是承接上回，昨日我們說到姜氏墨舞在被判決毒刑後入了大獄，家中父母、丈夫、親友無人敢去探望，唯有她的舊相好義無反顧前往獄中，打算在她行刑之前送她最後一程。各位可知那有情有義的男子是何許人也？」

臺下便有人搶著回應道：「便是那風流倜儻的上官賸玉王了！」

說書人立即拍板道：「不錯，正是大名鼎鼎的賸玉王！想當年，他與女官姜墨舞的一曲愛恨情仇，也著實是可歌可泣！但他們畢竟只是情人關係，只能遺憾彼此皆是對方的生不逢時！然而比目不成雙，鴛鴦難眠並，這對苦命眷侶到底是有緣無分，一個服毒而亡，一個英年早逝，怕是只有在來世才能再續前緣了！」

「說不定他們二人早在前世便已許下終身，還要我們來替人家操心不成？」

「我倒聽說那賸玉王家中掛著的，都是些有關世外桃源的畫卷，也許他與女官墨舞的前世都是神仙，投胎人世後恩愛難成，那便再去轉世尋覓彼此，也算是某種意義上的生生世世不分離了！」

臺下議論紛紛、眾說紛紜，然而二樓雅座處卻忽然傳來一個清澈男聲，他那聲音飄散在室內的煙草香氣裡，竟有一種縹緲如異域般的空靈：「說書先生，你怎就如此確信他們是對苦命眷侶？」

說書人循聲望去，只見二樓中央位置站著一位素白衣衫的俊秀少年，他黑髮束在腦後，綰著一塊雞心玉石，唇紅齒白，眉眼之間盡顯風流。

「這位公子便不知內情了吧！」說書人見少年陌生，便得意和他細細道：「那女官本有夫君，賸玉王也是有家有室，一對男女卻在各自成親之後，才發現對方是自己的摯愛，豈非不是苦情？」

少年卻道：「可這也只能說明在那一世的他們相愛而不能相守，又何以證明他們的每一世都會如此呢？」

「怎麼，難不成你還知道他們前世、後世的事情了？」

少年輕笑著，那笑意深藏著早已洞察了世間一切玄機的深邃，「即便我知曉，也不會像你這般對外人道明。」說罷，少年收起手中摺扇，轉身走下了樓梯，洋洋灑灑朝茶樓外面走去。

說書人與一眾群眾朝他的背影嗤了一聲，便繼續旁若無人的口若懸河起來。

唯有少年走在豔陽之下，攤開掌心，凝望手中那支細小的骨笛，面容上的神色既有欣喜，又有滿足。

那些旁人不曾得知的，是他與她在天甯仙境中的第一世，他是風姿綽約的清雲，她是姿容靈動的清舞。仙島雲海，霞光疊嶂，他與她一同坐看夕陽大好、朝霞蜿蜒，他撫琴，她起舞，哪怕終是醉心那日漸滋生而起的心魔，他也和她生死與共、齊赴輪迴。

到了第二世，他是縱馬沙漠、擅詩作賦的賸玉王，她是歷經風與月、雪與殤的琉璃女官，他再一次與她一見傾心。唯一能夠值得慶幸的是，在人世寥寥數十載中，他也曾與她纏綿恩愛了幾十個晝夜，而她一生在宦海中馳騁，是他的出現令她放緩了追逐權勢的速度。他站在她的面前，攬滿一身光耀華月，她就那樣與他遠遠凝望，彼此中間隔著一條河，河水中載滿了道德、良知、家室與子女的譴責，直到她最終罪犯欺君、命絕雪夜，他也是在那之後封閉內心，不言情愛，直至撒手紅塵。

到了今朝第三世，他已然忘記了前塵往事，更忘記了她。而她已是冥府來客，卻在冥冥之中收他為徒，二人有酒同飲、有難同當，他與她共同前往天甯仙境，去他們二人最初相遇的地方找回前緣；一路艱難困苦，他不怕坎坷，自始至終守候在她的身邊，她也願意將自己的全部絕學傳教給他，甚至會在暗中幫助與支持他提升武藝。沒錯，他發現了她命他苦練爬梯的真實緣由——她在最初便偷偷給他服下了增強功力的藥，那是她從冥界帶來的，可凡人畢竟不好遇冥界的東西融合，而為了讓他儘快消耗掉藥物帶來的副作用，她便透過魔鬼訓練來幫他儘快適應。

那是因為她曾在從天甯仙境歸來時，對他感慨道：「縱然是一柄稀世寶劍，如果沒有人去悉心呵護的話，它也會在閒置或是風沙中生出鏽跡，最終失去光芒，折煞了原本擁有的良才美質。唯有去引導與照拂，才能引他的劍刃散發出絕美鋒芒。」

而這些，也是他從骨笛中讀出的前塵、往昔與現世。天甯仙境一行，已然令他收穫頗多，最讓他痛徹於心的是，他得知了前塵往事，得知了三世的糾葛。可他不願讓她深陷曾經，索性裝作一無所知，不如就此灑脫結束三生三世的糾纏，重新開啟清舞嶄新的來世。

縱然他與她此生、永生都不會再相見，只要她能去暢快的做一次自己，他也無怨也無憾。思及此，上官逸舒的嘴角勾起淡淡的笑容，他哼起悠遠的曲調，攜著骨笛與寶劍，踏上了回家的路。

隰桑有阿，其葉有難。既見君子，其樂如何。

隰桑有阿，其葉有沃。既見君子，雲何不樂。

隰桑有阿，其葉有幽。既見君子，德音孔膠。

心乎愛矣，遐不謂矣？中心藏之，何日忘之！

中心藏之，何日忘之……

夕陽大好，餘暉萬千，孟婆在回去冥府之前，打算最後去自己的墓園一次。

距離墨舞的墓碑還有半米之遙時，她忽然看見了有幾抹身影在碑前駐留。

她心裡一驚，立即躲到了樹後。側眼偷偷望向前方，只見那幾抹身影竟是長大成人的鈺犀與銘筧，正帶著家眷前來掃墓。

「墨兒。」銘筧牽過身側的男童，對他示意面前的墓碑，輕聲道：「這裡埋葬的人是你的祖母，而今日，便是祖母的忌日，你且來為祖母斟上一杯酒吧！」

墨兒還未動身，一旁略微年長一些的女童搶先端過酒杯道：「銘筧舅舅，還是讓舞兒來斟酒吧，墨兒弟弟還小，只管幫忙放好花束。」

身為舞兒母親的鈺犀聞言，不禁無奈失笑，歎一聲：「舞兒，你不過也才四歲有餘，怎就有資格評論只比差你半月的墨兒年歲小了呢？」

舞兒調皮的吐了吐舌頭，而後便認認真真為祖母斟酒、擺好，再恭恭敬敬行大禮，繼而才抬起頭，神情嚴肅端正著小臉對著墓碑道：「祖母，我和母親、舅舅還有墨兒弟弟來探望您了。」

鈺犀撫著舞兒的髮鬢，靜靜凝視著墓碑上的刻字，眉目之間一片傷感與落寞，她低聲道：「母親，你的外孫與外孫女都平安健康的長大了，若你也能看見他們，該有多好。」

而那曾經連墨舞的名字都不願提起的銘覓，已是能夠獨當一面的青年，他像是回想起了往昔，不由得垂下了眼。墨兒在這時拉了拉的衣襟，仰頭問著：「父親，祖母是怎樣一個人呢？」

銘覓聞言，略微怔了怔，而後緩緩微笑出來。他俯下身，刮了一下墨兒的小鼻子，耐心的和他細細講起：「你的祖母啊，曾經是皇城裡最負盛名的琉璃女官……」

說話聲間，孟婆靠著大樹靜默聽著，內心無限欣慰與釋然。原來她的鈺犀和銘覓早已原諒了她，他們終是與自己和解了，也與她和解了。而眼前的新綠之色，也在告別晚冬、迎來初春的時節中萌芽，四下曠野中鼓起一簇簇細小野花，宛如無數生靈在迎風生長，一如那些獲得新生機緣的故人。想來離歌為期一年的約定之日，便是墨舞的忌日，而姜墨舞與孟婆之間的三十年竟是彈指一揮間，也的確是到了她該離開的時候了。

只不過，究竟是離歌帶走孟婆，或者是孟婆帶走離歌，已然無法分辨得清楚了。

往昔溫情留與此處，孟婆因此而慨然微笑，心中終覺寧定。

可她能夠在冥界肆意三十年之久，也是幸得有冥帝和墨這個哥哥做庇護。於是，孟婆決定去白家居買幾罈好酒，帶回去冥府跟和墨好生道別一番。

當她來到久違的白家居時，竟見到柳綺嫣已經身懷六甲，她且還在店裡忙進忙出，轉身的空隙瞥見孟婆，立即眉開眼笑走上前來招呼，模樣雖然胖了點，眼神卻仍舊和以前那般風流嬌俏。

看得出她是極具幸福的，眼角眉梢都藏不住喜悅。孟婆說自己是來向她道別的，順便買些好酒路上作樂。

一聽這話，柳綺嫣倒有些感傷，心想著今後再也見不到孟婆了，向來吝嗇的她竟然破天荒送了孟婆一罈子「三生久」。

孟婆道過謝，臨別時對柳綺嫣道：「柳姑娘無論將來何等景象，不要將幸福托予旁人，你這樣的姑娘一定能將日子過得有滋味兒，定不負此生。」

柳綺嫣一怔，總覺得今日的孟婆與往日有些許不同，可究竟又是何種變化，她卻說不上來，只笑著對孟婆揮了揮手，道了再會，又道順風。

孟婆雲鬢微鬆，羅衫猶帶霞光，她最後笑看柳綺嫣一眼，然後拂袖離去。

紅塵種種，今朝皆為雲煙消散。

回到冥府的孟婆，來到冥帝和墨的面前，他像是已經等了她很久一般，為她擺好了兩盞青瓷杯，又為她燃上了一爐幽冥香。

孟婆不言也不語，只靜默微笑，端起斟滿了一杯美酒的青瓷杯，敬給冥帝和墨。

和墨也笑著舉起酒杯，二人皆是相顧無言，隨即一飲而盡，又相視而笑。

這酒是三生久，而三生確實久，卻也值得回味，美酒自是越久越醇香；三生輪迴雖然苦，卻同樣值得回味，來世且洋洋灑灑做一次自己，何不痛快？

今夜便就此大醉一場，許一個逍遙來世，造一座不老城池！

周遭靜謐無比，曼珠沙華的芳香環繞在他們二人身側，和墨在這時抽出腰中寶劍，探手牽過孟婆。孟婆心領神會，彼此頷首點頭，她揮舞起玄武刺，與他最後舞劍一曲。

他們誰也不曾說話，就那樣靜靜在紛落的花瓣中，一併起舞同一套劍法，一如她當年初次來到冥府，一如他那日初次遇見她……

前塵厚重，來世縹緲，四海八荒，天上人間，終有曾經故人攜手與共。哪怕數年之後，不曾有人得知那當日初出茅廬的青澀少年已然面目沉穩，他翻山越嶺、踏遍河川，一步一步，踏著晨曦，踩著夕陽，從雲端到海岸，從懸崖到山巔，他歷經無數個日夜白晝，再次找到了天甯仙境。

如今的天甯仙境，已經淹沒在朦朧的雲霧之中，偌大的仙島在海水之中沉沉浮浮，上官逸舒站在山巒頂端俯瞰其中，不禁心生哀戚。

他知道，仙島模糊難現，定是代表她依然入了輪迴。

這麼多年過去，她怕是早已喝下了那碗孟婆湯，告別了所有故人。

長河月圓，四季輪轉，初冬已至。

深夜，江府內忙成一團，家中第三個孩子即將出世。只是這本是夫人的第三胎，怎麼還半天生不下來，穩婆們急得滿身大汗。站在外堂焦急等候的除了江老爺之外，還有七歲的江家長子江若塵。

這若塵自幼被譽為神童在世，才七歲年紀琴棋書畫無一不精通，為人溫和有禮、謙虛好學、大家都稱讚其將來必為棟梁之材。這次母親懷三胎時，他表現得尤為不尋常，不但日日陪母親賞花遊園，還日日讀詩詞歌賦給仍在母親腹中的胎兒聽。家人打趣逗他，問他母親腹中是弟弟還是妹妹，他每次都堅持說是：「是妹妹，是我的舞兒妹妹。」

許是被他說得多了，叫得也順口了，母親竟然也跟著若塵喊腹中的胎兒舞兒。到了分娩的那一天，生產的異常艱難，產程足足拖了六個時辰。江老爺都站不住回房休息好幾回了，唯有這七歲大的若塵不吃不喝默默在外堂守著。下人們見了，都感動不已，說老爺夫人生了這麼孝順的少爺，真是福報深厚。

子時的打更聲伴隨著幼兒洪亮的啼哭喚醒了夜的寂靜，「生了，生了，恭喜老爺，夫人給您生了三小姐。」穩婆喜氣洋洋的跑著小碎步來到外堂報喜。

「好好好！今晚大家都有賞！」江老爺喜上眉梢。

一旁的若塵也終於露出了燦爛的笑容，走到父親身邊，拉了拉父親的衣袖指著天空中說：「父親，你看三妹一出生，這天上就下了今年的第一場初雪。真是『冰凌六瓣若飛花、舞盡人間待芳華』。」

江老爺滿眼笑意看著這才情橫溢的兒子，心中得意之情溢於言表。心中念想，祖上代代富商、賺得都是良心錢，也時時幫濟鄉里、樂善好施。定是祖上多代累積福報深厚，才讓自己得了這麼一個福慧深厚的子嗣。

「好一個冰凌六瓣若飛花、舞盡人間待芳華。塵兒說得妙，那為父就給你三妹取名若舞吧！反正你母親懷她之時，你就日日這麼叫她了，想必你們兄妹緣分深厚，哈哈哈哈哈！」江老爺滿臉喜色的說。

當幼兒出落成亭亭玉立的少女，當少女綰起髮鬢、披上輕紗，她跟著長兄若塵學著在山林中策馬、學著在月夜下舞劍，也學著經商與兵法，在父母與若塵的開明引導下，她自是可以隨心所欲、暢快自在。

而那日雨過天晴，她騎著愛馬一路前往時常造訪的林中，途中遇見許多文鳥鳴叫，似是在與她問好。

走著走著，前方出現了往日從未見過的一處溪流，順著溪水繼續前行，她看到了一片盛放的花叢，赤紅的花朵蔓延成海，她叫不出那花的名字，只覺得美麗異常。

再往前走，她發現了一戶院落。那小院修建的格外整齊，門口處擺放著精緻小巧的琉璃小物，在陽光的照射下流光溢彩。

她心生興致，拴好了馬匹，獨自一人走進了院子。

這裡被打點的乾乾淨淨，但又不像是常有人居住，屋舍簡單，卻也秀美。院裡架起了葡萄架，還搭起了假山與小橋，綠竹翠豔勝似瑪瑙，芍藥鮮紅如同玉石，滿樹的露水好比珍珠，池中金鯉歡快惹人喜愛，她注視著四周一切，恍惚間覺得似曾相識。

待她走進屋內，在屏風之後看見了一幅掛於牆壁上的人像。

畫中女子正值韶華，姿容綽約，一雙美目玲瓏風流，手中環抱著熠熠光芒的琉璃，衣袂縹緲宛如雲中仙子。

她便靜靜凝視著這畫中人出神，只覺其容顏與自己的樣貌神似。可畫紙泛黃，定是年頭已久，她更加覺得困惑，正欲抬起手去觸碰畫中之人的臉頰，外面的馬兒卻突然嘶鳴起來。她這才驚覺天色已晚，山林之中不宜久留，便趕忙離開屋中，解開馬兒的轠繩返回家中。

那年，她已年滿及笄，且她出身家底富裕的藥草商賈之家，又是家中么女，自是集萬千寵愛於一身。可她並不跋扈，加上長兄若塵一直對她悉心指導，她不僅精湛琴棋書畫，更擅騎馬射箭。而二姐已出嫁，她也逐漸到了選擇良婿的年紀。方圓十里乃至鄰城的適齡男子紛紛聞訊而訪，他們早已久聞「江家么女豔驚四方」的美名，自是窈窕淑女、君子好逑了。

只是比起權傾朝野的士族，她更傾心長兄的好友商氏君雲。商家書香門第，歷代鴻儒，與江家也算得上是門當戶對。君雲小長兄一歲，卻與長兄是知己之交，從自己懂事起就常來家中做客，與長兄志趣相投。君雲名字雖然文雅，卻不是文弱書生，他不愛書墨反愛長槍，自從十歲開始便鮮衣怒馬的追隨朝中將領馳騁沙場，年紀輕輕便已建立功勳，且模樣生得俊朗清秀，著實被許多名門閨秀「虎視眈眈」。

若舞對若塵十分信任，心中無論大小事情皆告知，一日花園之中、月色之下，若舞滿面羞泛的談及自己對君雲的思慕之情。若塵只是含笑默默聽著，待她支支吾吾的說完。長兄也沒有反對，只是淡淡笑著，一如往常般輕撫著她的頭髮說：「只要我的舞兒喜歡的人，為兄都喜歡，何況君雲賢弟與舞兒心意相通，為兄替你們安排。」

若舞聽後歡天喜地的蹦回了閨房，空留若塵一人站在偌大的園中，滿眼寵溺目送妹妹離去的身影。

君雲與江家長子若塵有同窗之誼，又是知己之交，還是陪伴著若舞長大之人，多年來對若舞的愛意心照不宣，早已暗自立下誓言娶其為妻。好在雙方父母是世交，又深知彼此孩兒的心思，再加上若塵在其中安排，兩方家長各自委婉推辭了許多前來提親的望族之後，再擇一良日，為若舞與君雲操辦起一出風風光光、熱熱鬧鬧的親事。

時值桃花盛放之際，豔陽高照，天藍無雲，商家長子迎娶江家么女一事已成為長街上的盛事。旁人都道，一個是年少英雄的俊逸男兒，一個是才貌雙全的碧玉佳人，誰不豔羡？誰不驚歎？此乃一樁門庭相和的金玉良緣，勝似神仙眷侶。

爆竹聲響徹街角，鳳冠霞帔綴滿珠翠，媒婆攙扶著新娘坐入花轎，長兄若塵湊近轎簾旁對蓋頭下的人兒說道：「舞兒，今天是你大喜的日子，今後你就有自己的家了。為兄只盼你能與你心愛的人白頭相守、共度往後。你且幸福美滿，再無擔憂。」

這一番話情真意切，是對她的祝願，也是對她唯一的要求。

許是如同長兄若塵所說那般，她此生何其有幸，與她心愛的男子大婚，與她心愛的男子恩愛。兩、三年之後，她與他先後得了一兒一女，他們舉案齊眉，在子女的陪伴下共用天倫之樂，一起度過漫漫時光，直至白髮皤首……

一日復一日，年歲皆歡喜，她也曾悲傷難過，卻在他的呵護下重展笑顏；她也曾迷茫憂愁，卻在兒女的笑容中重獲希望。她的一生平凡而美好、淡然且珍貴，她活到了古稀之齡，直到去世的那一刻，她蒼老的嘴角都含著淺淺笑意。不出幾日，她心愛的男子也隨她一同離世，家中僕人都道，老爺與夫人恩愛一世，都迫不及待要趕著陪去對方身邊，好在他們離去的容顏是從容而沉靜的，人人都看得出，他們此生無比幸福。

子女將他們二人的墓合在一處，碑上刻著他們的名字：

商氏君雲，江氏若舞。

商君雲。江若舞。

這兩個名字彷彿在許久許久之前就曾經痴纏在一起，只不過，在這一世，他們終於獲得了難得的圓滿；這一世，她與他都能夠按照自己的意願過活一生，許是之前歷經了太多世的坎坷與磨難，那些淒涼悲戚的痛苦疊加在一起，終是修來了這一世的攜手共度。

人更三聖，世曆三古。

或許，唯有圓滿了紅塵小我，才能去實現世間大愛。

前世、今生、輪迴、來世，倘若初心不曾更改，福德與慧德便會在生生世世的緣果之中累積。愛與恨皆是感知，苦與樂也是體驗，欲海之中自有那虔心追尋道義與心中真諦的女子在輪迴中起伏、輾轉，她在第一世墮入心魔，在第二世追求名利，在第三世越漸通透，在第四世收穫圓全。

而接下來的來生，她的靈魂又將再次歸於大海、天空與土地，由星辰與長雲庇護，載著那一具逐漸由靈氣凝聚而成的肉身，前往她最初成長的地方。

縱然她要經歷許多黑暗與數不清的背叛，或是漫長的孤獨與短暫的愛戀，等到時光將她靈魂深處的欲望、貪婪、虛榮，乃至於是私情都一併洗刷殆盡，她將會完全消解過往幾世的痴心，重回聖潔之域的懷抱。

十年，二十年，三十年，五十年，一百年……

冗長的等待與無盡的長夜都不會是虛度，她是三界中縹緲的旅人，也是天地間尋覓真我的勇者。

她不是過客，她是天選之人。

一如百年之後，海面上緩緩浮起一座仙島，島上空無一物，皆是破敗廢墟。又過去百年，無數虔誠之人尋到了這島，他們用自己的精元與靈血將島嶼建造成仙境之貌，外界的紅塵中人嚮往此處，在他們的口中，這仙境有一個絕美的名號：天幻仙境。

如天似夢，若真若幻。

而某一日，島上的師尊晨起之時，忽然感到殿外有一股緩緩而來的氣息。他攜徒弟前往殿外，隨著那氣息來到海岸旁，在風聲與濤聲之後，他看到一個竹籃載著繈褓中的嬰兒飄向仙境。

那嬰兒不曾哭鬧，師尊將其抱起，見她眉眼秀麗，方知是個女嬰。她睜開雙眼，在見到師尊的那一刻眉開眼笑。師尊略有驚詫，可他立即便感知到了，她是天賜於此的修行之人，而她也將是門下第一個女弟子。

或許，一切皆是機緣。師尊靜默片刻，而後為她起名道：「便叫作幻舞吧！」

幻字門下，她已然有了兩位年紀最為接近的師兄，他們今日皆是跟隨在師尊身側，一位是年僅六歲的幻塵，另一位則更為年幼，是剛滿四歲的幻雲。

兩位師兄爭搶著去看那繈褓中的師妹，他們高興的異口同聲著：「太好了，有了師妹，我們總算不是師尊門下最小的徒兒了。」

嬰孩被逗弄得開懷嬉笑，她頭頂的上空，則是迴蕩著仙境內的晨時誦讀：

欲躡神仙境，深窮道德經。

坎男元服素，離女自披青。

有意閒眠日，無心出戴星。

但令爐灶暖，丹熟自然馨……

仙境海面上碧浪成濤，四季交替，晝夜更轉，一年又一年，修行無邊際。

彷彿是在須臾之間，雲幻仙境門下的弟子都已長大成人，同修同行的幻塵、幻雲與幻舞也已成了師尊最為青睞的三名弟子。

幻舞生性活潑，仙緣極深，每日早起修行是她最喜歡做的事情。仙境中有規定，離開仙境去仙島必須要在卯時出、辰時歸，這幾個時辰裡能夠在仙島上吸取山谷之中的靈氣，使眼明、耳通，提升修行作為。正所謂洞源與洞明，萬道由通生。

所以，她每日都起得很早，為的就是去僻靜的仙島裡尋覓最真、最純粹的天地靈氣。而幻塵與幻雲也會隨她一同前行，「三人並行」也成了雲幻仙境的特殊景色。想來兩位師兄對聰慧的小師妹格外呵護，師尊每日考題時，其中有一項是「勞其筋骨」。所有弟子都要將黃昏之前裝滿一缸清水，幻舞雖然瘦弱，卻也勢必要親力親為。但師兄幻塵還是會心疼她，他總會不動聲色走在她的後側方，用手搶過她扁擔上的一桶水，為她減少重量。幻雲則是會將自己打來的井水偷偷灌進幻舞的水缸中，又不想被她發現，便總是做完之後匆匆離開。

顯然，幻舞深知二人對自己的幫助，她自然不會理所應當享受這份特殊待遇，於是，她會將自己修煉的內力製成內丹，分給二位師兄，促進他們提升修為。

而那年是幻舞十五歲的早春，總是會被鷓鴣的叫聲擾了清夢。仙島上的天氣溫暖宜人，風是柔情似水的風，河水是風情萬種的水。她與幻塵、幻雲站在島嶼之巔上，任憑高空長風掠過自己面容。四周極靜，唯有他們三人在俯瞰仙島下的碧海，彷彿透過那些洶湧的波濤可以看盡世間蒼生的前塵往昔、悲歡離合。

「師兄，」幻舞在這時悵然道：「我總覺得自己很早很早之前便已屬於這裡，有時我會做許多許多的夢，夢中不知是何人的過往，皆是說不盡的繚亂繁華。他們一個一個在我的夢境裡浮現，可我卻認不出他們，唯有看著他們對我露出悲傷神色，也或是淚流滿面。不知師兄也會有我這般煩惱嗎？或者這是每個修行之人所要必須面對的難題嗎？」

幻塵凝望著廣袤大地，低聲道：「身處四海八荒之中的你我，不過是微緲的滄海一粟。前塵已逝，今朝於此，過往已然皆是流轉輪迴，百年之後再次啟轉生死枯榮，如此而已。」

幻舞看向幻塵，又看了看幻雲，不禁淺笑道：「這般說來的話，或許……我與兩位師兄在前世也曾相識相知過？」

幻雲笑笑，點頭道：「倘若世世皆為修行，今世相遇的確是前世造就的機緣，唯有此世妥善修為，才可為來世積澱功德。」

「一心修行，方可圓滿。」幻舞再次望向腳下的碧海，內心竟有一種釋然之感，她道：「無論前世的我們是否生活於繁榮的盛世，或是顛沛的亂世，此生都該心無旁騖的追尋心中道化。」

幻塵認同幻舞所言，便道：「能站在仙島之巔上的我們，必定已是歷盡磨難，便更要珍惜此番機緣。」

幻舞道：「如此看來，紅塵萬物都極盡渺小了。無論是成就千秋偉業的帝王、征戰無數的將軍、傾國傾城的絕色、沉魚落雁的美人，或者是流離街頭的乞兒，他們在最後都將化為白骨灰燼，重入輪迴，無所不同。」

幻塵沉聲道，「而靈魂是不滅的，只有潛心修行，才能歷經數次輪迴後重新回到起點。哪怕面目與身分皆有變化，可心與靈始終如一。」

幻雲長長歎道：「自古便有修行之人歷經千百輪迴，他們在第一世濟世度人，在第二世殺身成仁，在第三世建功立業，在第四世為國捐軀……生生世世，代代不息，只為積累功德，十德圓成。」

「而你我三人終將完成大道，圓全此身。」幻舞牽過幻塵與幻雲的手，她將他們的手握在自己手中，幻塵反扣住她的掌心，幻雲也是合住他們二人的手，彼此深深凝望，眼神極具堅定。

風在這時吹來紛紛落下的花瓣，影影綽綽的光斑透過葉片的莖脈打照在他們的臉上，像極了他們在最初那一世相見的模樣。

天大地大，歷盡繁華，紅塵數載，人生百年，九重天之上，是無欲無求的真道。

九重天之下，也有凡塵之中的小愛小恨。

然而這三人終究是再次回到了原點，不同的是，這一次的他們已是在血與淚、痛與亡中浮沉而過，滿身滄桑，誓約亙古。

或許人間有愛，天道無情，摒棄了七情六欲的修行之人，早已超脫於塵，不再被命運玩弄於股掌之中。

只是在夜深人靜之時，幻舞的夢中仍舊出現了故人姿容。

她不知他們的名字，卻看到了他們與自己與師兄神似的容顏。

那三人白衣縹緲，光輝奪目，卻在仙臺上縱身墜落，跌得粉身碎骨。而夢的盡頭，幻舞自己站在流光溢彩的長梯開端。

她沒有猶豫踏了上去，走著走著，她的身邊出現了幻塵與幻雲，身後亮起了長明燈，前方通向觸手可摘日月星辰的仙臺。

她知道，這一次，任憑風雲變幻，她也將義無反顧走向階梯的盡頭，與他們一起，將曾經悲歡捨在身後，再無眷戀的迎向圓全。

（全書完）

孟婆傳奇：墨舞篇

作　　者／李莎
封面書法／季風
封面設計／董紹華
插畫創作／董紹華
美術編輯／孤獨船長工作室
責任編輯／許典春
企畫選書人／賈俊國

總　編　輯／賈俊國
副總編輯／蘇士尹
編　　輯／高懿萩
行銷企畫／張莉滎・蕭羽猜・黃欣

發　行　人／何飛鵬
法律顧問／元禾法律事務所王子文律師
出　　版／布克文化出版事業部
臺北市中山區民生東路二段 141 號 8 樓
電話：(02)2500-7008 傳真：(02)2502-7676
Email：sbooker.service@cite.com.tw
發　　行／英屬蓋曼群島商家庭傳媒股份有限公司城邦分公司
臺北市中山區民生東路二段 141 號 2 樓
書虫客服服務專線：(02)2500-7718；2500-7719
24 小時傳真專線：(02)2500-1990；2500-1991
劃撥帳號：19863813；戶名：書虫股份有限公司
讀者服務信箱：service@readingclub.com.tw
香港發行所／城邦（香港）出版集團有限公司
香港灣仔駱克道 193 號東超商業中心 1 樓
電話：+852-2508-6231 傳真：+852-2578-9337
Email：hkcite@biznetvigator.com
馬新發行所／城邦（馬新）出版集團 Cité（M）Sdn.Bhd.
41，JalanRadinAnum，BandarBaruSriPetaling，
57000KualaLumpur，Malaysia
電話：+603-9057-8822 傳真：+603-9057-6622
Email：cite@cite.com.my
印　　刷／韋懋實業有限公司
初　　版／ 2021 年 5 月
定　　價／ 469 元
I S B N／ 978-986-5568-53-5
E I S B N／ 978-986-5568-52-8（EPUB）

城邦讀書花園 www.cite.com.tw
布克文化 WWW.SBOOKER.COM.TW